ANDREAS GRU

Todesmärche

GOLDMANN

Lesen erleben

Buch

In Bern wird die kunstvoll drapierte Leiche einer Frau gefunden. Als der Profiler Rudolf Horowitz das spezielle Zeichen entdeckt, das der Mörder in der Haut des Opfers hinterlassen hat, fordert er umgehend Maarten S. Sneijder vom BKA Wiesbaden an.

Dieser äußerst exzentrische niederländische Profiler trifft wenig später zusammen mit seiner jungen Kollegin Sabine Nemez in Bern ein. Gemeinsam untersuchen sie Tatort und Leiche, und bald weist alles darauf hin, dass dieser Mord nur der erste in einer Reihe von äußerst blutigen Taten ist und mit einer anderen Serie von Verbrechen zu tun hat, die Sneijder vor Jahren aufgeklärt hat. Damals brachte Sneijder den ebenso intelligenten wie grausamen Serienmörder Piet van Loon nach einer mörderischen Hetzjagd hinter Gitter.

Van Loon sitzt jetzt in einer Haftanstalt auf einer kleinen Felseninsel in der Flensburger Förde ein. Dort soll die junge Psychologin Hannah eine Therapiegruppe leiten, der auch Piet van Loon angehört. Zwischen den beiden beginnt ein intensives Katz-und-Maus-Spiel, das die aktuellen Ermittlungen beeinflusst.

Dort folgen Sneijder und Sabine inzwischen der blutigen Spur des Mörders. Doch um den Täter endgültig zu überführen, fehlt ein letztes Puzzleteil – und das scheint irgendwo in Maarten S. Sneijders Vergangenheit verborgen zu sein …

Weitere Informationen zu Andreas Gruber
sowie zu lieferbaren Titeln des Autors
finden Sie am Ende des Buches.

Andreas Gruber

Todesmärchen

Thriller

GOLDMANN

Dieses Buch ist auch als E-Book erhältlich.

Verlagsgruppe Random House FSC® N001967

5. Auflage
Originalausgabe September 2016
Wilhelm Goldmann Verlag, München,
in der Verlagsgruppe Random House GmbH
Copyright © 2016 by Wilhelm Goldmann Verlag, München,
in der Verlagsgruppe Random House GmbH,
Neumarkter Str. 28, 81673 München
Ein Projekt der AVA international GmbH
Autoren- und Verlagsagentur
www.ava-international.de / www.agruber.com
Umschlaggestaltung: UNO Werbeagentur, München
Umschlagmotiv: FinePic®, München
Th · Herstellung: Str.
Satz: Buch-Werkstatt GmbH, Bad Aibling
Druck und Bindung: GGP Media GmbH, Pößneck
Printed in Germany
ISBN: 978-3-442-48312-9
www.goldmann-verlag.de

Besuchen Sie den Goldmann Verlag im Netz

für Heidemarie

danke für die letzten
neunzehn Jahre

»Der ärgste Feind ist in uns selbst.«

PROLOG
... fünf Jahre zuvor

Maarten S. Sneijder stand an den Klippen und starrte aufs Meer hinaus. Die Gischt spritzte so hoch die Felsen herauf, dass er den feinen salzigen Sprühregen im Gesicht spürte. Noch versteckte sich die Morgensonne hinter einer Nebelbank, auch wenn der Wind bereits angefangen hatte, erste Löcher in die graue Masse zu reißen.

Über Sneijder kreischten die Möwen. Irgendetwas hatte sie aufgeschreckt. Er sah zu dem kleinen Hafen hinunter, in dem sich auch der Bahnhof von Ostheversand befand. Soeben kam ein Wagen die enge Klippenstraße entlang, die er vor einer Stunde zu Fuß hinaufgegangen war. Ein Gefangenentransporter. Er beförderte drei Häftlinge, doch Sneijder interessierte sich nur für einen von ihnen.

Er schnippte die Zigarettenkippe über die Klippen. Für einen Moment war der Duft von Marihuana in der Luft zu spüren, danach nur noch der Geruch von Seetang, Möwenkot und den Muscheln, die an den Felsen klebten und vom schäumenden Meerwasser umspült wurden.

Sneijder trat von den Felsen zurück und verbarg sich im Schatten des hohen Gebäudes, das sich hinter ihm befand. Im nächsten Moment war der Transporter auch schon da und hielt mit knirschenden Reifen auf dem Kies vor dem Tor.

Zwei uniformierte Justizvollzugsbeamte kamen aus dem Gebäude. Sie trugen keine Schusswaffen, waren jedoch mit Taser, Pfefferspray und Schlagstock ausgerüstet. In ihren Gesichtern las Sneijder, dass sie – wenn es sein musste – nicht zögern würden, gnadenlos auf die Häftlinge einzuprügeln. Hier gab es keine Touristen, die mit ihren Handys Videos drehten.

Die Tür des Transporters öffnete sich, und zwei uniformierte Männer stiegen aus, gefolgt von den drei Häftlingen in grauen Overalls. Um ihre Fußgelenke lagen Ketten, und zweien von ihnen waren die Arme vor dem Körper mit Handschellen gefesselt worden. Auch dem dritten hatten sie die Hände gefesselt – allerdings hinter dem Rücken. Wegen dieses Mannes war Sneijder hier. Er musste sichergehen, dass er tatsächlich hinter den Mauern dieser speziellen Anstalt verschwinden würde – und zwar für immer: im Hochsicherheitstrakt für geistig abnorme Rechtsbrecher.

Sneijder trat vor, wandte sich an die Beamten und deutete zu Piet van Loon. »Ihm sollten Sie die Handschellen enger um die Gelenke legen, und werfen Sie einen Blick in seinen Mund.«

»Haben wir schon. Wir machen das nicht zum ersten …«

»Ich auch nicht!«, unterbrach Sneijder den Mann. »Kontrollieren Sie seine Backenzähne!« Er hatte bei Häftlingen schon die unmöglichsten Verstecke entdeckt.

»Ja«, seufzte der Mann.

Die Beamten tauschten einige Dokumente aus, dann wurden die Häftlinge zum Tor geführt, an dem sie das Personal der Anstalt empfing.

»Ihr redet nur dann, wenn ihr gefragt werdet. Und ihr bewegt euch nur, wenn es euch jemand befiehlt. Habt ihr verstanden?«, knurrte einer der Beamten. »Und jetzt rein mit euch!«

Keiner der drei Häftlinge nickte, doch zwei von ihnen folgten den Anweisungen. Einer nicht. Piet van Loon.

Geh schon rein!, dachte Sneijder, doch Piet bewegte sich immer noch nicht. Er stand einfach nur da, reckte die Nase in die Luft, blickte aufs Wasser hinaus und atmete tief ein, als wollte er noch einmal den salzigen Duft des Meeres genießen. In diesem Moment riss die Nebelwand zur Gänze auf, und die Sonne brachte das Meer zum Glitzern. Van Loon drehte langsam den Kopf und blickte zu Sneijder. Dabei fuhr ihm eine Windbö durchs blonde strähnige Haar und wehte es in seine Stirn. Er sagte einen Satz auf Niederländisch, den der Wind zu Sneijder herübertrug.

»Maul halten!«, brüllte einer der Beamten. Van Loon wurde an den Oberarmen gepackt und weitergeschoben.

Einmal noch drehte er sich zu Sneijder um und flüsterte ihm kaum merklich etwas zu. Wieder auf Niederländisch. Sneijder konnte nur an den Lippenbewegungen erkennen, was er gesagt hatte. Im nächsten Moment verschwand Piet van Loon hinter dem Tor.

Nachdem auch die Beamten aus dem Transporter die Anstalt betreten hatten und das Tor verriegelt worden war, stieg der Fahrer aus dem Wagen, vertrat sich die Beine und kam auf Sneijder zu. »Sind *Sie* Maarten Sneijder?«

»Maarten *S.* Sneijder«, korrigierte er ihn und steckte sich einen weiteren Glimmstängel an.

Der Fahrer griff in die Jackentasche und holte ein schmales Kuvert hervor, das er Sneijder reichte. »Einer der Häftlinge hat mich gebeten, Ihnen das zu geben.«

Der Umschlag war blütenweiß und sauber zugeklebt. Kein Absender, kein Empfänger.

»Welcher?«, fragte Sneijder, obwohl er die Antwort bereits kannte.

»Der große Niederländer mit den breiten Schultern.«

»Danke.«

»Woher wusste er eigentlich, dass Sie hier sein würden?«

»Er wusste es nicht.« Sneijder ließ das Kuvert ungelesen in der Innentasche seines Sakkos verschwinden.

»Wollen Sie es nicht öffnen?«

»Vielleicht öffne ich es nie«, antwortete Sneijder. »Fahren Sie wieder runter? Im Hafen wartet ein Boot auf mich.«

Der Mann nickte. »Mir wurde gesagt, ich soll Sie mitnehmen. Aber Rauchen ist im Fahrzeug nicht gestattet.«

Sneijder starrte in die Glut des Joints. »Was ich rauche, ist nirgends gestattet.«

»Dachte ich mir schon.« Der Fahrer hob die Augenbrauen. »Was hat der Mann zu Ihnen gesagt?«

Sneijder stieß den Rauch langsam durch die Nase aus und kniff die Augen zusammen. *»Zwischen uns ist es noch nicht zu Ende«*, übersetzte er. »Der Rest ist unwichtig.«

Sneijder schnippte die Zigarette weg und stieg in den Transporter.

1. Teil

BERN ... heute

1

Donnerstag, 1. Oktober

Das bleigraue Wasser der Aare floss träge durch die Stadt und kräuselte sich an den massiven Pfeilern der alten Steinbrücken. Sobald sich die Sonne über die bewaldete Schlosshalde geschoben hatte, würde der Fluss türkis funkeln.

Rudolf Horowitz liebte diesen Anblick. Er saß in eine karierte Steppdecke gewickelt vor dem geöffneten Fenster und sah von seiner Wohnung aus auf Bern hinunter. Bis jetzt war der Herbst eher mild gewesen. Aber das würde nicht so bleiben. In den Nachrichten hatten sie von einer heranziehenden Kaltwetterfront berichtet. Dann würden seine alten Knochen wieder zu schmerzen beginnen. Er schlug den Kragen seiner Strickweste hoch und beugte sich näher zum Fenster. Er liebte den frischen Duft des Morgens. Früher war er jeden Tag vor der ersten Tasse Kakao eine Runde gejoggt, doch vor fünf Jahren hatte er damit aufgehört. Nun vertrieb er sich die Morgenstunden anders.

Er griff in die Papiertüte, holte Brotkrumen hervor und fütterte damit die Tauben, die ein Stockwerk tiefer gurrend über das Balkongeländer seines Nachbarn hüpften. Der hasste ihn dafür, was Horowitz freute. Wer eine junge Frau schlug, für den war Taubenscheiße auf dem Balkon noch das Mindeste, was er verdiente.

Horowitz' Handy klingelte. Er blickte kurz auf das Display, ließ es aber erst einmal weiter läuten. Er kannte diese Nummer. Wenn Berger anrief, war die Kacke am Dampfen. Erst nachdem er noch eine Handvoll Brotkrumen an die Tauben verfüttert hatte, hob er ab.

»Horowitz«, knurrte er.

»Guten Morgen«, sagte Berger. »Ich nehme an, du bist schwer beschäftigt.«

»Wie immer.« Horowitz leerte die Papiertüte aus dem Fenster. Eine neugierige Taube hüpfte sogar auf seine Fensterbank. Horowitz scheuchte sie weg. *Unten darfst du alles vollscheißen. Hier nicht.*

»Kannst du zur Untertorbrücke kommen?«, fragte Berger.

»Ich bin nicht mehr im Dienst.«

»Ich weiß, aber … wir brauchen dich.«

»Es dauert ziemlich lange, bis ich dort bin.«

»Ein Wagen ist bereits unterwegs zu dir. Ein bequemer großer Van. Deine ehemaligen Kollegen holen dich ab.«

»Ihr müsst es ja ziemlich eilig haben.«

»Sieh es dir an, dann weißt du, warum. Bis später.« Berger hatte aufgelegt.

Horowitz schloss das Fenster, dann fuhr er mit seinem Rollstuhl ins Wohnzimmer und holte Kamera und Diktiergerät aus einem alten verstaubten Koffer.

Die Untertorbrücke war die älteste Steinbrücke Berns und stammte aus dem fünfzehnten Jahrhundert. Sie bestand aus drei massiven, langgezogenen Rundbögen, die sich über die Aare spannten und die Landzunge der Innenstadt mit dem anderen Ufer verbanden.

Die Feuerwehr hatte neben der Brücke eine zwei Meter tiefer gelegene Plattform aus Eisentraversen errichtet, deren Pfeiler im Fluss standen. Die Brücke war gesperrt, und der Verkehr wurde umgeleitet. Auch der Bereich zu beiden Seiten des Ufers war großräumig abgesperrt worden, damit keine Schaulustigen die Arbeit der Kripo störten. Nicht zu vermeiden gewesen war, dass die Menschen aus ihren Fenstern stierten oder auf ihren Dachterrassen standen und mit Feldstechern zu Brücke und Baugerüst hinübersahen. Bestimmt gab es bereits die ersten Videos im Internet.

Horowitz fuhr mit dem Rollstuhl durch die geöffnete Schiebetür des Polizeivans über eine Rampe hinunter und wurde sogleich von Berger begrüßt. Dieser trug Anzug, Krawatte, einen schwarzen Steppmantel und hatte – seit Horowitz ihn das letzte Mal vor fünf Jahren gesehen hatte – graue Schläfen bekommen.

»So schick?«, fragte Horowitz, dem keine Zeit zum Umziehen geblieben war und der immer noch seine Strickweste und eine braune Flanellhose trug.

Berger ignorierte den Kommentar. »Morgen, Rudolf«, sagte er nur.

»Mein Gott, bist du alt geworden«, brummte Horowitz.

Berger hielt sich sichtlich zurück. »Ja, ich freue mich auch, dich zu sehen.« Eigentlich hätte er sagen können, was er wollte, da er als Staatsanwalt des Kantons Bern fast niemandem Rechenschaft ablegen musste. Aber anscheinend hatten ihn die Jahre ruhiger gemacht.

Statt sich also mit Horowitz auf irgendwelche Wortgefechte einzulassen, deutete Berger jetzt auf einen jungen Beamten Anfang dreißig, der an seiner Seite stand und hier offensichtlich die Ermittlungen leitete. »Das ist Kommissariatsleiter Rüthy von fedpol.«

Horowitz kniff die Augen zusammen. *fedpol?* »Und was ist mit dem kriminaltechnischen Dienst der Kantonspolizei Bern?«

Berger schüttelte den Kopf. »Nicht zuständig. Ich habe gleich fedpol mit den Ermittlungen beauftragt.«

Horowitz nickte. Die Bundeskriminalpolizei von fedpol ermittelte nur dann direkt, wenn wirklich etwas im Argen lag oder wenn die Zeit drängte und die Staatsanwaltschaft sämtliche bürokratischen Amtswege außen vor lassen musste.

Der junge Mann mit den roten Haaren, Sommersprossen und Segelohren trug legere Jeans und eine Windjacke. Er streckte Horowitz die Hand entgegen, die dieser jedoch nicht nahm. »Ich freue mich, Sie kennenlernen zu dürfen und dass Sie sich Zeit nehmen für …«

»Sag dem Jungen, er soll wieder aus meinem Hintern kriechen.«

Berger blickte seinen jungen Kollegen an und schüttelte kaum merklich den Kopf. »Er mag es nicht, wenn man ihm die Hand gibt.«

»Verstehe.« Rüthy zog die Hand zurück.

Berger wandte sich wieder an Horowitz. »Auch im Ruhestand bist du immer noch der beste Profiler, den es gibt, und kennst die Psyche sämtlicher Serientäter. Deshalb möchte ich dich bitten, ein wenig …«

»Ihr geht von einem Serienmörder aus?«

Berger blickte zur Brücke. »Sieht ganz danach aus. Ich habe schon vieles gesehen, aber so etwas noch nicht. Während das Gerüst aufgebaut wurde, haben die Leute von fedpol und ich den Tatort diskutiert und vom Boot aus jeden Winkel studiert. Aber wir kommen nicht dahinter.«

Horowitz sah ihn fragend an. »Hinter was?«

»Was bezweckt der Killer damit? Warum hier? Warum so? Warum heute? Und warum ausgerechnet … dieses Opfer?«

»Sehen wir es uns an«, schlug Horowitz vor.

Berger steckte die Hände in die Manteltaschen und blickte auf die andere Straßenseite zu seinem Wagen. »Die Spurensicherung hat soeben mit der Arbeit begonnen«, erklärte er. »Ich würde dich ja gern zum Tatort begleiten, aber ich muss zu einer Pressekonferenz.«

»Deswegen?«

»Ja, deswegen. Rüthy zeigt dir alles. Ihr werdet sicher gut miteinander auskommen.«

»Bestimmt«, knurrte Horowitz. »Habe ich freie Hand?«

»Hast du. Ich muss los.« Berger drückte Horowitz kurz die Schulter. »Danke.« Dann warf er Rüthy einen beschwichtigenden Blick zu und wandte sich ab.

Horowitz sah ihm nach, wie er zu seinem Auto lief und bereits nach wenigen Schritten hektisch ins Handy sprach.

»Immer im Stress«, seufzte Horowitz. »Wollen Sie wissen, ob ich diese Arbeit vermisst habe? Nein, keine Minute lang.« Er blickte Rüthy erwartungsvoll an. »Und?«

»Soll ich Sie hinfahren?«

»Nein verdammt, Sie sollen mir einen Becher heißen Kakao holen, mit so viel Milch und Honig, dass der Löffel drin stecken bleibt. Ich brauche Zucker beim Denken.«

»Ich bin nur deshalb freundlich zu Ihnen gewesen, weil Sie eine Legende und ein guter Freund von Staatsanwalt Berger sind, aber ich bin nicht Ihr …«

»Mit viel Milch und Honig«, wiederholte Horowitz.

Rüthy atmete tief durch. »Ich wüsste nicht, woher … Ich meine …«

Horowitz sah sich um. Die Kaffeehäuser hatten noch geschlossen. »Vergessen Sie es«, knurrte er. »Kommen Sie mit.« Er wendete den Rollstuhl, fuhr mit ein paar kräftigen Schwüngen zur Rampe, ließ sich auf die Hinterräder kippen und hievte die Vorderräder schwungvoll auf die Plattform. Unter der Brücke ankerte ein Boot der Seepolizei, auf dessen Heck zwei uniformierte Beamte soeben ein Stativ für Scheinwerfer errichteten.

Mit einem weiteren kräftigen Schwung rollte Horowitz auf das Gerüst zum ersten Rundbogen. Seit er vor fünf Jahren aus dem Dienst scheiden musste, waren seine einst muskulösen Beine im Rollstuhl zu dünnen Ästen verkümmert. Von Anfang an hatte er absichtlich auf den Elektromotor verzichtet, den ihm das Bundesamt für Polizei sicherlich bezahlt hätte. Aber er wollte von keinem Akku abhängig sein oder durch einen Kurzschluss lahmgelegt werden, sondern selbst über sein Schicksal bestimmen. Binnen kürzester Zeit waren seine Arme immer kräftiger geworden, und auf seinen Händen hatten sich harte Schwielen gebildet. Auf diese Weise war er körperlich fitter als so manch anderer Siebzigjährige – zumindest von der Taille an aufwärts.

Horowitz erreichte den ersten Rundbogen aus massivem Stein und stoppte den Rollstuhl. Hier roch es nach brackigem Wasser. Einige Krähen saßen im Gebälk unter der Brücke, andere flatterten aufgeregt herum. Horowitz fuhr über das Metallgerüst in den Schatten der Brücke. Schlagartig wurde es kühler, doch wirklich innerlich erstarren ließ Horowitz erst der Anblick der Leiche. Von ihr ging eine ganz andere Kälte aus, die ihm die Kehle zuschnürte.

Ein Kripofotograf, der Rechtsmediziner und zwei Männer von der Spurensicherung in weißen Overalls arbeiteten bereits vor Ort. Für einen Moment nahm Horowitz das blendende Licht eines Scheinwerfers die Sicht. Ein Mann rollte soeben ein Stromkabel von einer Kabelrolle ab. Hier ging es zu wie auf dem Hauptbahnhof.

»Wissen Sie, was ich mir denke …«, begann Rüthy.

»Wie lange sind Sie schon bei der Kripo?«, unterbrach Horowitz ihn, ohne den Blick von der Leiche zu nehmen.

»Seit drei Jahren und seit einem Jahr bei der Mordgruppe.«

»Sie dürfen sich erst dann etwas denken, wenn Sie zwanzig Jahre lang dabei sind«, schnitt Horowitz ihm das Wort ab. Im Moment brauchte er einen übereifrigen Burschen an seiner Seite so dringend wie einen Pickel in der Arschfalte.

Fasziniert starrte Horowitz auf den Rücken der Toten. *Wie hat der Mörder sie an diese Stelle gebracht? Und warum ausgerechnet an* diese *Stelle?*

Eine Krähe glitt im Tiefflug über Horowitz' Kopf. Beinahe hätte ihn das Tier berührt. Er liebte Tauben, aber er hasste Krähen. Sie waren wie Aasgeier. Offensichtlich hing die Leiche bereits seit den frühen Nachtstunden hier, denn die Viecher hatten bereits einige Teile aus dem Fleisch gepickt.

Horowitz schätzte die nackte Frau auf etwa fünfzig Jahre. Sie hing nur an ihrem langen Haarschopf, der oben an der Brücke festgemacht worden war. Eine Krähe flog von der Schulter der Leiche weg, ließ sie eine langsame Drehung vollziehen, und die Vorderseite der Toten schwang zu Horowitz. Ihre Augen fehlten bereits, die Gesichtszüge hingen schlaff herunter … dieses Gesicht! *Verdammt!* Er kannte die Frau. Nun wusste er, warum die Kripo unter Zeitdruck stand und jetzt schon eine Pressekonferenz einberufen hatte.

»Scheiße …«, entfuhr es ihm.

»Ich würde gern …«, begann Rüthy.

»Nicht jetzt!« Horowitz rollte näher. Was war das auf dem Bauch der Toten? »Haben Sie eine Taschenlampe?«

»Ja.«

»Her damit!« Horowitz streckte die Hand aus, ohne den Blick von der Leiche zu nehmen. Rüthy gab ihm die Lampe, und Horowitz richtete den Strahl auf den Bauch der Toten.

»Scheiße«, flüsterte er ein weiteres Mal. Ein schreckliches Déjà-vu jagte ihm einen Schauer über den Rücken, und hätte er noch Gefühl in den Beinen gehabt, wäre das Kribbeln bestimmt auch noch in den Zehenspitzen zu spüren gewesen.

»Sagen Sie Ihren Leuten, dass sie sofort die Arbeit einstellen sollen«, befahl Horowitz.

Rüthy bekam große Augen. »Was sollen sie?«

»Herrgott!« Horowitz fuhr zum Geländer des Gerüsts. »He, Sie! Lassen Sie alles liegen und stehen und verschwinden Sie von hier.«

»Was?«, rief einer der Männer.

»Sind Sie taub?«, brüllte Horowitz. »Alle Mann herhören!« Er klatschte in die Hände. »Ab jetzt wird nur noch das angefasst, was Sie hergebracht haben. Sie packen sofort Ihre Stative, Lampen und Kabeltrommeln zusammen und bringen alles wieder in den ursprünglichen Zustand. Dann verlassen Sie den Tatort, haben Sie verstanden?«

»Hören Sie mal«, sagte einer der Männer. »Ich bin der Rechtsmediziner und verantwortlich dafür, dass die Leiche …«

»Ist mir scheißegal, wer Sie sind. Und wenn Sie die Bundespräsidentin wären. Packen Sie Ihren Krempel ein und verschwinden Sie von hier.«

Die Männer starrten ihn an. »Und wer sind Sie?«

»Derjenige, der diesen Fall aufklären wird. Wenn Ihnen das nicht passt, beschweren Sie sich beim Staatsanwalt. Und jetzt hauen Sie ab.« Horowitz beugte sich über seinen Rollstuhl. »Und Sie von der Seepolizei auch«, brüllte er hinunter. »Sofort!« Er wandte sich an Rüthy. »Sie haben doch sicherlich ein Telefon?«

Rüthy nickte nur. Anscheinend war er angesichts von Horowitz' Ausbruch zu verdutzt, um ebenfalls zu protestieren.

»Berger sagte vorhin, ich sei der Beste.« Horowitz schüttelte den Kopf. »Das ist glatt gelogen. Es gibt einen, der ist besser als ich.« Er holte die Visitenkarte aus seinem Portemonnaie, die er immer bei sich trug. »Buchen Sie ein erstklassiges Hotelzimmer in Bern. Sorgen Sie dafür, dass sich keine Zimmerpflanzen darin befinden und der Rauchmelder ausgeschaltet ist. Und dann rufen Sie diese Nummer an.«

Rüthy nahm die Karte und warf einen Blick auf die Adresse. »Das ist das deutsche Bundeskriminalamt in Wiesbaden.«

»Sie können ja lesen.« Horowitz' Stimme troff vor Sarkasmus. »Dieser Mann soll sofort herkommen.«

»Maarten Sneijder«, murmelte Rüthy.

»Maarten S. Sneijder«, korrigierte Horowitz ihn.

»Und warum keine Zimmerpflanzen?«

»Die nehmen ihm angeblich den Sauerstoff zum Denken.«

»Und der Rauchmelder?«

»Fragen Sie lieber nicht. Wir brauchen ihn hier. Und solange er nicht eingetroffen ist, sorgen Sie dafür, dass keiner am Tatort herumlatscht und etwas anfasst.«

»Aber wenn er verhindert ist oder nicht herkommen will?«

Horowitz starrte zur Toten. »Schicken Sie ihm ein Foto vom Bauch der Leiche. Dann wird er kommen!«

2
Mittwoch, 23. September

Der Wagon holperte mit einem beruhigenden *Ta-tamm–Ta-tamm* über die Gleise. Nach jeder Schwelle hüpfte der Koffer im Gepäckfach ein wenig hoch. Insgesamt würde die Fahrt nur zehn Minuten dauern – und die Hälfte lag schon hinter ihr.

Hannah saß am Fenster und blickte hinaus. Zu beiden Seiten erstreckte sich das Meer. Die See war spiegelglatt und der Horizont so eben wie mit einem Lineal gezogen. Die Sonne lag hinter einer weißen Wolkenbank. Angeblich war es so hoch im Norden immer bewölkt, besonders zu Herbstbeginn.

Hannah blickte nach vorne zur Lokomotive. Der Damm machte eine leichte Rechtskurve, in die sich der Zug legte. Eigentlich war die Fahrt ein wenig beängstigend, denn der Damm war schon 1927 errichtet worden, an der schmalsten Stelle nur zehn Meter breit und führte fünf Kilometer vom Festland direkt übers Meer zur Insel Ostheversand. Fast ein Jahrhundert war das nun her, und man gelangte immer noch entweder nur mit dem Zug oder dem Polizeiboot auf diese Insel. Vielleicht war das aber auch Absicht – eine perfekte Sicherheitsmaßnahme.

Die Felseninsel kam in Sicht, und Hannah presste das Gesicht an die Scheibe. Ostheversand bestand aus nichts weiter als schroffem Stein und grünem Moos. Unten, wo das Wasser an die Klippen schlug, war das Gestein dunkel, weiter oben wurde es immer heller. Manche Felsen schimmerten weiß im Sonnenlicht. Als Nächstes kamen der Leuchtturm, der Hafen und der kleine Bahnhof in Sicht.

Hannah erhob sich, nahm ihren Koffer aus dem Gepäckfach

und trat aus dem Abteil. Der Zug verließ den Damm und fuhr auf der Insel in den Bahnhof ein.

»Soll ich Ihnen helfen, junge Dame?«, fragte der Schaffner.

»Danke, nicht nötig.« Hannah öffnete die Tür. Diese altmodischen Falttüren, bei denen eine Treppe für die Füße ausfuhr, hatte sie seit ihrer Kindheit nicht mehr gesehen. Beinahe wirkte der Zug, als stammte er wie die Gleisanlage vom Beginn des vorigen Jahrhunderts.

Hannah betrat den Bahnsteig und ging durch die Wartehalle ins Freie, wo sie ihren Koffer abstellte. So sah sie also aus, die Flensburger Förde, jene schmale Bucht in der Ostsee zwischen Deutschland und Dänemark. Am Horizont konnte sie sogar die Küste Dänemarks erkennen.

Die Möwen zogen ihre eleganten Runden über die Anlegestelle des kleinen Hafens und umkreisten den Leuchtturm, der mit seinen rot-weißen Streifen wie ein weiteres Relikt aus dem vorherigen Jahrhundert wirkte. Hannah fragte sich, ob er in der Nacht immer noch sein Licht über das Meer schickte, und falls ja, ob sie es von ihrem Zimmer aus sehen würde. Boote waren jedenfalls keine unterwegs.

Sie blickte auf die Uhr. Kurz nach acht. Der Zug war pünktlich angekommen. Soeben jagte ein Auto die Straße herunter, legte sich schwungvoll in die Kurve und hielt vor dem Bahnhof. Ein großer schlanker Mann mit breiten Schultern und blonden schulterlangen Haaren stieg aus. Er ließ den Motor laufen, sodass der Wagen, ein alter weißer VW-Käfer, weiter vor sich hin knatterte. Die Hemdsärmel des Mannes waren aufgerollt, und er klemmte sich die Daumen in die Hosenträger. Seine Leinenhose hing ziemlich weit oben und gab einen Blick auf seine Socken preis. Rotweiß gestreift, passend zum Leuchtturm.

Er wippte auf den Zehenballen. »Sind Sie Hannah Norland?«, rief er.

Wie scharfsinnig. Immerhin war sie die einzige Frau, die mit dem Zug angekommen war. »Ja.«

»Willkommen auf Alcatraz. Ich bringe Sie zu Ihrem Quartier.« Zielstrebig kam er auf sie zu, nahm ihr jedoch, als er bei ihr war, den Koffer nicht ab, sondern sagte nur: »Auf dem Rücksitz ist Platz für Ihren Koffer – bin gleich wieder da.« Ohne weiteren Kommentar marschierte er durch die Wartehalle zum Zug.

Hannah hörte, wie er mit dem Schaffner sprach. Sie ging zum Wagen, klappte den Beifahrersitz nach vorne und verstaute ihren Koffer. Im nächsten Moment kam ihr Fahrer auch schon wieder aus dem Bahnhof. Jetzt trug er einen Postsack über der Schulter, den er zu ihrem Koffer auf die Rückbank warf.

»Der Zug verkehrt nur zweimal täglich und verbindet die Insel mit dem Festland.« Er wischte sich die Hand an der Hose ab und reichte sie ihr. »Ich bin Frenk, nicht Frank, auch nicht Fränk, sondern *Frenk* mit e. Frenk Bruno.« Er grinste. »Meine Mutter hat mich so genannt. Wollte mir damit wahrscheinlich eins auswischen. Hab sie dann vergewaltigt und ihr den Schädel eingeschlagen. Brauchen aber keine Angst zu haben. Ist schon viele Jahre her, war damals erst fünfzehn. Habe mich seitdem geändert. Jetzt bin ich dreißig.«

Hannah starrte ihn an. Meinte er das tatsächlich ernst? Zumindest wirkte er nicht so, als wollte er sie verarschen. Vermutlich hatte er seine Strafe im Jugendknast abgesessen.

»Und Sie?«, fragte er.

»Ich bin siebenundzwanzig«, sagte sie.

»Nein, ich meine, ob Sie auch jemanden getötet haben?«

»Nein, ich habe niemanden getötet, ich bin … aus einem anderen Grund hier.« Sie musterte Frenk. Das fing ja gut an.

Frenk klopfte auf das Autodach. »Die Insel ist zwei Quadratkilometer groß. Insgesamt gibt es hier nur fünf Autos. Eines gehört dem Leuchtturmwärter, die anderen vier der Anstalt.« Er sprang in den Wagen. »Kommen Sie, der Direktor will Sie sehen.«

Sie stieg in den Wagen und schloss die Tür.

Frenk beugte sich zu ihr und musterte sie scharf. »Haben Sie nicht etwas vergessen?«

Sie blickte ihn fragend an. »Trinkgeld?«

Er sah sie ernst an. »Nein, anschnallen! Der Direktor legt großen Wert auf Sicherheit. Und Bestechungsgelder darf ich nicht annehmen!«

Frenk Bruno legte den Gang ein, drehte eine Runde vor dem Bahnhof und fuhr dann die Straße zur Anhöhe hinauf.

Hannah schnallte sich an. Dieser Mann hatte dringend eine Therapie nötig. Und wenn das schon für den Fahrer galt – wie würden dann erst die Häftlinge sein?

Nach einer Biegung hatten sie einen ungehinderten Blick auf die Anhöhe direkt vor ihnen. Auf der höchsten Stelle der Insel lag Steinfels, das Hochsicherheitsgefängnis für geistig abnorme Rechtsbrecher. Daneben befand sich der Angestelltentrakt. Zwischen den Gebäuden erstreckte sich eine Lindenallee, die – zwischen dem Knast und der freien Welt – wie eine Barriere wirkte. Angeblich waren auch im Angestelltenhaus alle Fenster vergittert, doch das konnte Hannah aus dieser Entfernung nicht sehen. Obwohl das Gebäude sicher schon siebzig Jahre alt war, gab es diese Einrichtung erst seit fünf Jahren. Steinfels war ein Versuchsprojekt.

Hannah hoffte, dass sich ihre Ausbildung bezahlt machen würde. Schließlich hatte sie fünf Jahre lang auf diesen Moment gewartet. Nun musste sie endlich Antworten finden.

3
Donnerstag, 1. Oktober

Sabine Nemez setzte die Sonnenbrille auf und ging an der breiten Glasfassade der Schwimmhalle vorbei. Die Scheiben waren innen von Kondenswasser beschlagen, und zarte Dunstschleier lagen auf der glatten blauen Wasseroberfläche. Innerhalb der nächsten Stunde würden die Trainingseinheiten der Taucher beginnen, und dann war es mit der geradezu idyllischen Ruhe vorbei.

In den Hörsälen daneben war Sabine in den letzten zwei Jahren zur forensischen Fallanalytikerin ausgebildet worden. Sie gehörten zur Akademie für hochbegabten Nachwuchs, mit der das Bundeskriminalamt hier auf dem Wiesbadener Geisberg dafür sorgte, dass ihm die Ermittler nicht ausgingen. Sabines Lehrer und Mentor, der von allen Studenten zu Recht gefürchtete Maarten S. Sneijder, hatte sie während dieser Zeit unter seine Fittiche genommen. Dabei hatte Sabine den Eindruck gehabt, dass er ausgerechnet sie und ihre Kollegin Tina Martinelli härter rangenommen hatte als all seine anderen Studenten.

Sabine erinnerte sich gern an ihre Ausbildung, weshalb sie immer noch in der Kantine der Akademie frühstückte oder zu Mittag aß, wann immer sie Zeit dafür fand. Merkwürdigerweise hatten alle anderen aus dem Modul das Handtuch geworfen: Gomez, Schönfeld und Meixner waren abgesprungen, nur Tina und sie hatten das Programm bis zum Ende durchgezogen.

Sneijder hatte es prophezeit. Es gab eine Durchfallquote von siebzig Prozent. Im Sommer hatten Sabine und Tina ihren Abschluss an der Akademie gefeiert und standen nun seit zweieinhalb Monaten im Außendienst. Tina arbeitete als Spezialistin für

Entführungsfälle und Sabine in der Mordgruppe. Ihre Einsätze führten sie quer durch Deutschland und manchmal auch ins Ausland. Sabine hatte kürzlich zwei Fälle parallel lösen können, nachdem sie den Zusammenhang zwischen ihnen erkannt hatte. Sie versuchte, die unschöne Erinnerung so rasch wie möglich zu begraben, denn ab morgen stand nach langer Zeit ihr langersehnter erster Urlaub auf dem Programm. Endlich heim nach München, ihre Schwester und ihre drei Nichten wiedersehen.

Sie betrat den Speisesaal, schob sich die Sonnenbrille ins Haar und holte sich einen Becher Kaffee aus dem Automaten. Damit setzte sie sich an einen freien Tisch und blickte aus dem Fenster. Neben dem beschrankten Parkplatz und der Heckenreihe lag der Helikopterlandeplatz. Mehrmals täglich knatterte hier ein Hubschrauber heran, doch im Moment war es ruhig.

Soeben wurde die Tür zur Kantine aufgestoßen, und einige der neuen Studenten, die im September mit der Ausbildung begonnen hatten, traten ein. Sie nahmen keine Notiz von Sabine und setzten sich an einen Tisch.

»Sneijder ist ein Arsch«, murmelte einer.

»Ein arroganter Kotzbrocken.«

»Meinst du, es macht ihm Spaß, uns zu demütigen?«

»Bestimmt. Das erkennt man gleich an dem berühmten Leichenhallenlächeln, das er aufsetzt, wenn ihm wieder ein Kommentar einfällt, mit dem er uns niedermachen kann.«

Sneijders berühmtes Leichenhallenlächeln! Fast hätte Sabine aufgelacht. Diese Sprüche hatte sie in den letzten Jahren öfters gehört und manchmal sogar selbst ausgesprochen. Doch mittlerweile wusste sie: Sneijders Unterricht hatte Methode. Seine Philosophie war es, seine »Schützlinge« für den Job draußen so gut wie möglich vorzubereiten. *Menschenleben hängen von Ihrem Einsatz ab,* hatte er ständig betont. *Und wenn Sie jetzt aufgeben, brechen Sie draußen erst recht zusammen.* Nicht umsonst gab es in Sneijders

Modulen diese hohe Durchfallquote. Schönfeld, Gomez und Meixner wären dem Job nicht gewachsen gewesen – und manchmal zweifelte Sabine sogar an ihren eigenen Fähigkeiten.

»Vielleicht denkt Maarten Sneijder, dass …«

»Maarten S. Sneijder«, unterbrach einer der Studenten seine Kollegin mit zynischem Unterton. »Außerdem – Sneijder denkt nicht, er *weiß*.«

»Wenn er nicht einschlafen kann, zählt er angeblich nicht Schäfchen, sondern die Killer, die er gefasst hat.«

Manchmal fragte sich Sabine, wie sie ihre eigene Studentenzeit durchgestanden hatte. Vielleicht war ihr Vorteil gewesen, dass sie mit achtundzwanzig Jahren erst relativ spät an der Akademie begonnen hatte. Wäre sie zuvor nicht mehrere Jahre beim Münchner Kriminaldauerdienst gewesen, hätte sie bei Sneijders unkonventionellen Unterrichtsmethoden vermutlich ebenso das Handtuch geworfen. Außerdem war es immer ihr großer Traum gewesen, eine Ausbildung beim BKA machen zu dürfen. Nun hatte sie es durchgestanden – sich den erfolgreichen Abschluss zu ihrem dreißigsten Geburtstag im Juni sozusagen selbst zum Geschenk gemacht –, und sie war ehrlich gesagt ein wenig stolz darauf.

»Das ist doch die Nemez …«

Den Rest verstand Sabine nicht mehr. Sie erhob sich, warf den Plastikbecher in den Müll und verließ die Kantine. Auf dem Weg zum Ausgang kam sie an den Hörsälen vorbei. Eine Tür war nur angelehnt, und sie hörte tatsächlich Sneijders Stimme. Sein niederländischer Akzent mit dem gedehnten *L* war kaum zu überhören, und sie würde diese Stimme unter Tausenden wiedererkennen.

»Sie reden doch ständig von der Seele des Mörders«, hörte Sabine einen Studenten. »Was ist diese Seele? Können Sie mir diese Seele bei einer mikroskopischen Untersuchung des Gehirns zeigen?«

Boah-eh! Der Student hatte einen provokanten Ton angeschlagen. Manche wollten Sneijder herausfordern, doch meist ging das schief.

Unwillkürlich blieb sie neben dem Türspalt stehen und blickte in den Saal. Sechs Studenten saßen in der ersten und zweiten Reihe. Sabine konnte Sneijder nicht sehen, da er vermutlich hinter seinem Pult stand, das von der Tür verdeckt wurde. Sie hörte nur seine gelassene Stimme.

»Warum sind Sie an einem mikroskopischen Beweis interessiert?«

Sabine sah, wie der Student schmunzelte. »Das ist mein Drang nach der Erforschung der Wahrheit. Die Suche nach Fakten, Beweisen und logischen Ursachen.«

»Und dieses Streben nach Wahrheit ... Was ist das?«, fragte Sneijder. »Ist es etwas Leibliches und Fleischliches oder etwas Seelisches?«

Der Student zögerte. »Etwas Seelisches.«

»Aha.«

In Gedanken sah Sabine, wie Sneijder sein Leichenhallenlächeln aufsetzte. Sie hörte, wie er das Podest verließ und zur ersten Reihe ging.

Durch den Türspalt sah sie seine hagere Gestalt von hinten. Er war etwas über einen Meter achtzig groß und trug wie üblich einen schwarzen Designeranzug. Er verschränkte seine langen Arme hinter dem Rücken und legte den Kopf schief. Seine Glatze war wie immer käsebleich, als hätte sie schon seit Jahren kein Sonnenlicht mehr gesehen.

»Mit einem Wort«, sagte Sneijder, »Sie suchen nach der Seele, können sie nicht finden, dabei ist sie bei all Ihrer Suche längst schon die Voraussetzung gewesen.«

Der Student schwieg.

Langsam drehte Sneijder sich zur Seite und starrte Sabine an, als hätte er längst geahnt, dass sich jemand hinter dem Türspalt verbarg. Er zwinkerte ihr zu.

Sie nickte lächelnd. *Nimm sie ordentlich ran!* Da läutete ihr Handy. Sie zog es aus der Tasche und lief den Korridor hinunter zum Ausgang.

»Ja?«

»Frau Nemez, Präsident Hess möchte Sie sprechen. Und zwar vor dem Hauptgebäude – jetzt!«

Es war die Sekretärin des BKA-Präsidenten. Sabine wurde stutzig. »Er will mir doch sicher nicht nur alles Gute für meinen bevorstehenden Urlaub wünschen?«

»Nein, ich fürchte nicht«, antwortete sie. »Er sagte, er habe ein neues Betätigungsfeld für Sie. Und es ist dringend.«

4

Mittwoch, 23. September

Die Fenster in den Unterkünften des Angestelltentraktes waren tatsächlich vergittert, doch die Aussicht war trotzdem wunderschön. Frenk Bruno hatte Hannah in ihr Apartment gebracht, und nun stand sie am Fenster, umklammerte die Gitterstäbe und blickte aufs Meer.

Sie hörte das Rauschen und spürte den feinen Sprühregen von Salzwasser auf den Lippen. Die Sonne hing immer noch hinter den Wolken, und mittlerweile hatte der Wind die See ein wenig aufgeraut. Wenn Hannah die Nase ans Gitter presste, konnte sie sogar den Leuchtturm auf einem der vorspringenden Felsen sehen.

Soll das Gitter verhindern, dass jemand hinausklettert? Oder dass jemand hereingelangt? Vermutlich eine Mischung aus beidem.

Sie ließ das Fenster gekippt und schaltete das Deckenlicht ein – eine mickrige kleine Funzel, die die Bezeichnung »Lampe« gar nicht verdiente und mehr Schatten als Licht spendete. Hannah packte den Inhalt ihres Koffers in den Schlafzimmerschrank und bestückte die Fächer des Badezimmerregals. Insgesamt war ihr Apartment nur dreißig Quadratmeter groß, verfügte jedoch bequemerweise auch über eine schmale Küchenzeile, in der sie sich immerhin selbst Frühstück machen konnte.

Bevor Hannah ihr Zimmer verließ, zog sie sich für den Besuch bei Direktor Hollander um und betrachtete sich im Spiegel. Grauer Rock, flache Schuhe und eine schwarze Bluse, die sie sich über das Handgelenk zog, um die Narbe zu kaschieren. Das Nasenpiercing hatte sie rausgenommen und das Loch mit Make-up überdeckt. Mit dem langen blonden Zopf, den Sommersprossen und blitzblauen Augen sah sie ganz brav und entzückend aus.

Sie selbst konnte ja mit diesem süßen Blondinen-Typ nicht so viel anfangen, aber wenn sie bisher eines im Leben gelernt hatte, dann, dass man, um vorwärtszukommen, niedlich aussehen, aber klug handeln musste.

Sie griff nach ihrer Magnetkarte und machte sich auf den Weg.

Die Äste der Lindenallee bogen sich im Wind, der das Laub von den Bäumen riss und vor Hannah herfegte. Ein wenig fröstelte sie in der dünnen Bluse. Am Ende der Allee lag der Haupteingang der Anstalt: ein von wuchtigen Marmorsteinen und Ornamenten umrahmtes Holztor, auf dessen Stirnseite sich eine Kupfertafel befand. Sie zeigte zwei ineinander verschlungene Löwen, darunter eine alte geschnörkelte Kurrentschrift.

– Sich selbst zu bekämpfen ist der allerschwerste Krieg –
Erbaut 1933

Zwischen den wilden Kletterrosen, die sich in den Ritzen der Steinwand emporschlängelten, lugten mehrere Kameralinsen hervor, die den Vorplatz filmten. Irgendwie wirkten die Kameras wie ein Anachronismus an dem Gebäude – genauso wie Hannahs Magnetkarte und die nachträglich eingebauten Lesegeräte an den Türschlössern.

Hannah hatte sich vorab über die wenig ruhmreiche Geschichte des Gebäudes informiert: Während der Nazidiktatur waren in Steinfels Hunderte Todesurteile mit dem Fallbeil vollstreckt worden, und in den Fünfzigerjahren war in dem Gebäude eine – wie man damals gesagt hatte – *Irrenanstalt* untergebracht gewesen, in der noch Psychotherapien mit Elektroschockbehandlung durchgeführt worden waren, um Homosexuelle von ihrer »Abartigkeit«

zu heilen. Erst in den Siebzigerjahren wurde die Anstalt zu einem Frauengefängnis umfunktioniert, dann aber in den Neunzigerjahren nach einem verheerenden Feuer während einer Gefängnisrevolte geschlossen. Danach stand das Gebäude jahrelang leer. Mit Fördergeldern wurde es schließlich renoviert und umgebaut. Seit fünf Jahren gab es nun dieses Pilotprojekt.

Soviel Hannah auf Fotos im Internet gesehen hatte, lag der Zugang für Häftlingstransporte auf der Rückseite des Gebäudes. Gleich hinter dem asphaltierten Wendeplatz fiel die Klippe zum Meer hinab.

Hannah läutete. Unmittelbar darauf öffnete Frenk Bruno die Tür. »Sie sind spät dran.«

»Ich habe mich noch rasch umgezogen.«

Er musterte sie, und für einen Moment blieb sein Blick auf ihrem Busen haften. »Der Direktor wartet bereits. Kommen Sie!«

Frenk führte sie an einem verwaisten Anmeldeschalter vorbei durch eine gewaltige Aula mit hohen Säulen und gefliestem Boden, die den Klang ihrer Schritte lange nachhallen ließ. Über eine breite Marmortreppe gelangten sie in den ersten Stock. In weiter Ferne hörte sie das Echo von Rufen, gefolgt von einem dumpfen Lachen.

»Die Zellen befinden sich im hinteren Bereich des Gebäudes«, erklärte Frenk.

Sie erreichten das Ende der Treppe.

»Ganz hinten im Gang liegt sein Büro«, erklärte Frenk ihr. »Seine Sekretärin heißt Morla, wie die uralte Schildkröte aus der unendlichen Geschichte. Dort müssen Sie sich anmelden. Direktor Hollander ist anders als der alte Direktor. Er diktiert den ganzen Tag Briefe. Er ist ein Idiot – habe ich gehört.« Frenk zuckte mit den Achseln.

»Wie kommen Sie darauf?«

»Nur Analphabeten müssen diktieren. Ich …«

»Vielen Dank.« Hannah wollte das Gespräch nicht vertiefen. »Ich finde den Weg.« Sie eilte den Gang hinunter und klopfte an die Tür. Während sie wartete, sah sie im Augenwinkel, wie Frenk Bruno am Treppenabsatz stand und sie beobachtete.

»Herein!«, erklang die Stimme einer Frau.

Hannah trat in das Büro. Sie schätze Direktor Hollanders Sekretärin auf Ende fünfzig, die Falten und braunen Flecken an Hals und Händen verrieten ihr Alter. Sie war schlank, hatte schwarze Haare, eine konservative Pagenfrisur, dick aufgetragenen Lippenstift und trug eine Perlenkette. Eine Lesebrille saß auf ihrer Nasenspitze. Mit langen roten Fingernägeln tippte sie in die Computertastatur, dann nahm sie den Kopfhörer herunter.

»Mein Name ist Hannah Norland. Ich habe mich für das Praktikum beworben. Heute ist hier mein erster Arbeitstag.« Sie reichte der Sekretärin die Hand.

Eine Kette mit Anhängern klimperte am Handgelenk der Frau. »Ich habe Ihre Ankunft durchs Fenster beobachtet. Der Herr Direktor erwartet Sie bereits.«

Hannah sah sich nach einem Namensschild auf dem Schreibtisch um, konnte jedoch keines finden. »Darf ich Sie etwas fragen?«

Ihr Gegenüber nestelte am Kopfhörer. »Wenn es schnell geht.«

Hannah verzog schüchtern das Gesicht. »Morla ist ein interessanter Name. Woher stammt der?«

Die Frau kniff die Augen zu schmalen Schlitzen zusammen. Mit den Falten in ihrem Gesicht sah sie tatsächlich wie eine uralte Schildkröte aus. »Hat Ihnen das Frenk erzählt? Er ist ein Idiot. Mein Name ist Morena, aber für Sie bin ich Herrn Direktor Hollanders Sekretärin.«

Ach du Scheiße!

Morena drückte auf eine Taste, und die gepolsterte Tür hinter ihr sprang mit einem Summton auf. Im nächsten Moment hatte sie wieder den Kopfhörer im Ohr und tippte weiter.

Was für ein gelungener Auftritt.

Hannah trat ein. Zuerst nahm sie würzigen Tabakgeruch und den Duft von frischem Kaffee wahr, die beide wie eine antike Wandbespannung zum Raum zu gehören schienen.

Von Direktor Hollander hatte sie kein Foto im Internet entdecken können. Sie kannte nur seine Unterschrift auf dem Brief, mit dem er ihre Anstellung für das nächste Arbeitsjahr bestätigt hatte. Als sie ihn jetzt sah, war sie überrascht. Irgendwie hatte sie ihn sich anders vorgestellt. Älter, gesetzter, erfahrener – eine graue Eminenz. So jemand wäre ihr angemessen erschienen für die neue Direktorstelle auf Steinfels. Doch Hollander war Mitte vierzig, hatte ein spitzes, kantiges Gesicht und längeres graues, leicht gewelltes Haar.

Als sie die Tür hinter sich schloss und mit ein paar Schritten über den knarrenden Parkettboden zu seinem Schreibtisch ging, blickte er kurz auf.

»Einen Moment bitte.« Er hielt ein Messer in der Hand, und vor ihm auf dem Schreibtisch stand ein Tablett mit Kaffee, einem Glas Tomatensaft und frisch aufgebackenen Brötchen. »Ich mag es, die Butter aufzustreichen, solange die Brötchen noch warm sind, und dabei zuzusehen, wie sie zerläuft.«

»Soll ich später wiederkommen?«

»Warum denn? Bleiben Sie nur.«

Direktor Hollander legte das Messer beiseite, trank einen Schluck Tomatensaft, wischte sich Mund und Finger mit einer Stoffserviette ab und erhob sich aus seinem knirschenden Lederstuhl. Er kam um den wuchtigen Mahagonitisch herum, auf dem sie die Rückseite einiger Fotorahmen sah. »Willkommen auf Alcatraz.« Lächelnd gab er ihr die Hand.

»Den Scherz habe ich heute schon einmal gehört.«

»Vermutlich von Frenk. Er wiederholt vieles, was er so hört.«

Auch dass nur Analphabeten diktieren müssen?

»Er hat mir auch erzählt, dass er mit fünfzehn Jahren seine Mutter vergewaltigt und ihr anschließend den Schädel eingeschlagen hat«, sagte Hannah.

»Das stimmt nicht.« Hollander war glatt rasiert und roch nach Aftershave. Er krempelte die Ärmel seines weißen Hemds hoch. Seine sehnigen Unterarme waren braungebrannt. »Er hat ihr *zuerst* den Schädel eingeschlagen und *danach* ihre Leiche geschändet. Und er war erst vierzehn.«

»Oh.«

»Tja, eine schreckliche Geschichte. Er war im Jugendgefängnis, hat aber im Zuge eines Resozialisierungsprogramms eine Schule mit sonderpädagogischem Förderschwerpunkt abgeschlossen und arbeitet nun seit fünf Jahren hier.«

»Dieser Job für einen Vorbestraften ist …«

»Was, unüblich? Mag sein, aber die Anstalt ist ein Pilotprojekt, und wir müssen mit gutem Beispiel vorangehen. Frenk betreut die Bibliothek und verteilt die Post an die Klienten. Allerdings vergisst er manchmal, dass er schon lange nicht mehr in Haft ist, und wird ungehalten, weil er an keiner Therapiesitzung teilnehmen darf.«

Hannah nickte. Mit *Klienten* meinte Hollander wohl die Häftlinge.

»Wollen Sie sich nicht setzen?« Hollander deutete zu einer Sitzecke in einer Nische.

»Danke.« Hannah nahm auf dem Lederstuhl Platz. Zwischen den Lamellen, die im Luftzug des gekippten Fensters klapperten, konnte sie zur Felsküste sehen. Mittlerweile hatte sich der gesamte Himmel verdunkelt. Vielleicht würde am Abend ein Gewitter über dem Meer niedergehen.

Hollander setzte sich mit einem Krug Wasser zu ihr und schenkte ihr ein Glas ein. »Wir haben Sie in dem Apartment Ihrer Vorgängerin einquartiert. Wie gefällt Ihnen das Zimmer?«, fragte er.

»Die Fenster sind vergittert.«

»Daran müssen Sie sich gewöhnen – ebenso an das Essen in der Kantine. Leider können Sie in der Mittagspause nicht zum Festland, der Zug fährt nur zweimal täglich. Morgens und abends.«

»Weiß ich bereits.«

»Aber falls Sie spazieren gehen wollen: Es gibt einen schönen Rundwanderweg um die Insel, und beim Bahnhof befindet sich ein nettes Lokal mit guter Küche. Allerdings schließt es um zwanzig Uhr. Und an jedem letzten Sonntag im Monat grillt der Leuchtturmwärter. Das ist immer das Highlight zum Monatsende.« Hollander lachte. »Sonst kann ich Ihnen hier nicht viel Luxus bieten.«

»Das habe ich bei einer Anstellung im Gefängnis auch nicht erwartet.«

Hollander öffnete die Zigarrenkiste auf dem Tisch. »Eine Havanna?«

Sie schüttelte den Kopf.

Er griff zur Streichholzschachtel. »Es stört Sie doch nicht, oder?«

Hannah hatte immer schon eine Abneigung gegen Suggestivfragen gehabt, wollte aber an ihrem ersten Arbeitstag nicht gleich unangenehm auffallen. »Es ist Ihr Büro.«

»Natürlich – meine Insel, meine Regeln.« Er steckte sich eine Zigarre an und paffte den Rauch zur Zimmerdecke. »Deshalb verwenden wir hier weder den Begriff *Gefängnis* noch *Knast*. Steinfels ist eine Justizvollzugsanstalt, aber wir nennen sie schlicht: *die Anstalt*. Wir sind ein Sonderfall des Maßregelvollzugs. Im Gegensatz zu anderen Gefängnissen ist Steinfels auch nicht Ländersache, sondern wurde zur Bundesangelegenheit erklärt. Unsere Vollzugsbeamten sind ehemalige Berufssoldaten, die psychologisch ausgebildet sind und die Justizvollzugsschule absolviert haben. Hier werden Sie nur Rechtsbrecher an der Grenze zur Unzurechnungsfähigkeit vorfinden: Pädophile, Vergewaltiger, Sadisten, Psychopathen, alles, was Ihr Herz begehrt. In einem normalen Knast würden sie wegen ihrer Neigungen von anderen Häftlingen mindestens halb totgeprügelt werden. Aber Gewalt sät nur weitere Gewalt. Daher gibt es dieses Projekt.«

»Klingt gut.«

»Nicht jeder sieht das so wie Sie. Wir haben viele Gegner. Weshalb sollte der Staat so viel Geld und Ressourcen verschwenden, um geistig kranke und von der Gesellschaft verachtete Menschen zu therapieren? Wir wollen sie ja nicht wieder in die Gesellschaft integrieren … Das ginge auch gar nicht.« Er lächelte. »Aber wir versuchen unsere Klienten zu therapieren, damit sie eines Tages die Chance erhalten, in eine normale JVA überstellt zu werden, um die dortigen Vorteile zu genießen. Denn hier haben wir nur wenige Einzelzellen, nur eine Stunde täglich TV und begrenzte Sportmöglichkeiten, aber – und darauf habe ich großen Wert gelegt – eine sehr gute Bibliothek.«

»Das Paradies habe ich mir immer als eine Art Bibliothek vorgestellt«, zitierte sie.

»Ah, Jorge Luis Borges.« Hollander zeigte mit der Zigarre auf sie. »Ganz meine Meinung.« Er breitete die Arme aus. »Auf dieser Insel gibt es nicht viele Möglichkeiten, und vermutlich haben Sie sich gefragt, warum wir ausgerechnet hier untergebracht wurden? Ostheversand ist nicht das Ende der Welt, aber wenn Sie mal die Gelegenheit haben, den Leuchtturm zu besteigen, können Sie das Ende der Welt von hier aus schon ziemlich deutlich sehen.« Er lächelte.

Offensichtlich hörte er sich selbst gern reden und hatte diesen Scherz vermutlich schon öfter angebracht. Auch diesen Gag würde sie wohl noch von Frenk serviert bekommen.

»Und warum ist diese Anstalt nun hier?«, fragte sie, weil er ihr die Antwort schuldig geblieben war.

»Sehen Sie sich um. Hier gibt es keine Fischerboote und keinen Tourismus. Es ist eine abgeschiedene Gegend. Wer hier fliehen will, muss entweder gut zu Fuß oder ein olympiareifer Schwimmer sein.«

»Gab es denn schon Fluchtversuche?«

Hollander schüttelte selbstgefällig den Kopf. »Seit ich Direktor bin, nicht. Und so soll es auch bleiben. Denn dieser Therapieversuch ist eine Langzeitstudie, bei der wir die ersten Erfolge vermutlich erst in ein paar Jahren sehen werden. Aber meiner Meinung nach ist es die Mühe wert.«

»Kann man Serientäter therapieren?«

»Das herauszufinden ist Ihre Aufgabe, Frau Norland. Außerdem möchte ich Sie bitten, den politisch korrekten Begriff *Klient* zu verwenden und Ihre Klienten auch als solche zu betrachten, selbst wenn Sie in deren Akten lesen, dass sie Leichen vergewaltigt, zerstückelt und gegessen haben.«

»Natürlich.«

»Für nächstes Jahr ist übrigens die Renovierung eines stillgelegten Gebäudetrakts geplant. Ich habe mich dafür stark gemacht, dass wir Platz für fünfzehn Klientinnen schaffen – Gleichberechtigung muss sein, nicht wahr?«

Sie nickte. Wieder eine Suggestivfrage. Ein älterer, konservativer Vorgesetzter wäre ihr lieber gewesen. Auch wenn das Herz einer Rebellin in ihrer Brust schlug, konnte sie mit politischer Korrektheit und dem ganzen Gender-Gequatsche nichts anfangen. In ihren Augen löste die bloße Verwendung eines anderen Wortes keine Probleme.

»Hören Sie mir zu?«, fragte Hollander.

Sie schreckte hoch. »Wie bitte?«

»Sie haben einen niederländischen Akzent, nicht wahr?«

»Meine Eltern stammen aus Amsterdam, aber ich habe in Deutschland studiert.«

»Sogar mit Auszeichnung und in Mindeststudiendauer, wie ich in Ihren Bewerbungsunterlagen gesehen habe. Und obwohl Sie über noch nicht viel Erfahrung verfügen, haben Sie sich ausgerechnet für dieses Praktikum beworben?« Er blickte sie fragend an.

»Mein Supervisor meinte, es gebe keine bessere Möglichkeit, Erfahrungen zu sammeln, als hier.«

Anerkennend hob er die Augenbrauen. »Nun, zum Sammeln von Erfahrung werden Sie hier in der Tat genug Gelegenheit haben. Und somit heiße ich Sie im Namen der gesamten Belegschaft als die jüngste Psychologin, die wir in Steinfels jemals hatten, herzlich willkommen.« Hollander erhob sich und ging zu seinem Schreibtisch, wo er drei Mappen aus der Schublade holte.

»Das sind die Dossiers der Teilnehmer Ihrer Therapiegruppe, die Sie von Ihrer Vorgängerin übernehmen werden. Die Klienten Nummer sieben, elf und dreiundzwanzig. Falls Sie noch Fragen haben sollten, wird sie Ihnen Major Doktor Ingrid Kempen beantworten. Sie ist meine Stellvertreterin.«

Hannah nahm die Unterlagen entgegen. Sie hoffte, dass Hollander ihren schnellen Atem nicht bemerken würde. Außerdem wagte sie keinen Blick auf die Deckblätter mit den Namen zu werfen. »Darf ich auch Einsicht in die Polizeiakten nehmen?«

Hollander lächelte. »Das ist nicht notwendig. Ich bin davon überzeugt, dass die Männer auch ohne dieses Wissen bei Ihnen in besten Händen sind.«

Hannah schloss die Tür und hörte dahinter immer noch das dumpfe Klappern der Tastatur, auf die Hollanders Sekretärin ohne Unterlass hämmerte.

Hastig schob sie nun die Dossiers auseinander und warf einen Blick auf die Namen. Von zweien hatte sie noch nie gehört. Beim Anblick des dritten Namens schlug ihr Herz schneller. Es war kaum zu fassen. Klient Nr. 23 war Piet van Loon.

Sie sah auf und blickte zum Ende des Gangs. Frenk Bruno stand immer noch am Treppenabsatz und starrte in ihre Richtung.

5

Donnerstag, 1. Oktober

Sabine Nemez steckte ihr Handy in die Tasche, verließ die Akademie und lief über das Areal Richtung Bundeskriminalamt. Ein Helikopter knatterte über ihrem Kopf. Herbstlaub flog hoch, und ihre lange braune Mähne wurde durcheinandergewirbelt.

Der Hubschrauber setzte hinter ihr zur Landung an, doch sie schenkte ihm keine weitere Beachtung. Hastig verließ sie das Grundstück, überquerte die Straße und gelangte in die Thaerstraße, eine kleine Sackgasse mit Wendehammer. Dort befand sich der Eingang des BKA-Hauptgebäudes, wo Präsident Hess sie sprechen wollte.

Soeben trat Hess durch die Drehtür und lief in Begleitung von zwei Beamten die Treppe herunter. Der Mann im schwarzen Anzug und die Frau im blauen Hosenanzug waren beide um die vierzig und trugen jeder einen schweren Koffer. Alle drei, inklusive Hess, telefonierten.

Sabine erreichte die Gruppe. »Sie wollten mich sprechen?«, fragte sie Hess.

Der bedeutete ihr mit einer knappen Geste, ihm zu folgen. Während sie wieder zurück zum Gelände der Akademie liefen, presste Hess das Telefon ans Ohr. »Ja, wir fliegen sofort nach Hohenlimburg. Nein, natürlich nicht! Wissen Sie eigentlich, mit wem Sie sprechen?«, bellte er ins Telefon. »Ich pfeife auf eine Überfluggenehmigung! Wir sind in vierzig Minuten dort.« Er legte auf.

Ohne zu keuchen rannte Sabine neben ihm her. Mit ihren einen Meter dreiundsechzig reichte sie Hess gerade mal bis zur Schulter, konnte jedoch locker mit seinem Tempo mithalten.

»Sie wollten mich sprechen«, wiederholte sie.

»Ja«, presste Hess hervor. Für seine zweiundsechzig Jahre war er noch ziemlich fit. Bloß ein dünner Schweißfilm zeigte sich auf seinen grauen Schläfen. Hess zerrte am Knoten seiner Krawatte. »Ich habe einen neuen Auftrag für Sie.«

»Ich bin nur noch bis morgen Mittag im Dienst, danach im Urlaub«, widersprach sie.

»Haben Sie eine Reise gebucht?«

»Nein, ich besuche meine Schwester in …«

»Nemez, den Besuch können Sie sich abschminken.«

»Aber ich …«

»Keine Diskussion! Ich hätte das Wochenende auch gern in meinem Ferienhaus verbracht, aber es geht nicht immer alles so, wie wir es uns wünschen.«

Sabine verschlug es die Sprache. Kein *Es tut mir sehr leid* oder *Ich möchte Sie bitten, Ihren Urlaub zu verschieben.* Aber wieso war Sie eigentlich noch überrascht? Hess war ein gnadenloser Tyrann, undiplomatisch und direkt – und er hatte Sabine vom ersten Tag an gehasst, als Sneijder sie vor zwei Jahren an die Akademie geholt hatte.

»Warum, wenn ich fragen darf?«

»Dürfen Sie! Ich habe beschlossen, dass Sneijder ab sofort im Team arbeiten soll.«

Sneijder im Team? Das war wohl ein Witz! Das hatte sich Hess bestimmt wieder nur ausgedacht, um Sneijder zu schikanieren.

»Sie wissen, dass Sneijder keine Kollegen duldet und ein Einzelgänger …«

»Ist mir egal!«, unterbrach er sie.

»Aber Sneijder hat kein Team, er hatte noch nie eines.«

»Jetzt schon.«

»Und wer ist in seinem Team?«

»Sie! Sie sind sein Team. Herzlichen Glückwunsch.«

Sabine biss die Zähne zusammen.

»Wie Sie sich denken können, hat sich niemand freiwillig als Partner für Maarten gemeldet«, sagte Hess. »Wer will denn schon mit jemandem wie ihm zusammenarbeiten? Aber Sie sind gut, Nemez. Sie haben kürzlich zwei Fälle in Rekordtempo gelöst.«

Rekordtempo war das nun wirklich nicht gerade gewesen. Stattdessen hatte sie sich drei Wochen lang in den Fall reingekniet und einen Glückstreffer gelandet.

»Und deshalb habe ich beschlossen, dass *Sie* sich freiwillig für diesen Job melden.« Hess wischte sich den Schweiß von der Stirn.

Freiwillig! Typisch Hess. Mittlerweile hatten sie den Landeplatz erreicht. Die Tür des Helikopters stand offen, und der Pilot bedeutete ihnen durch die Cockpitscheibe mit zwei erhobenen Fingern, dass sie in zwei Minuten abheben würden.

Die beiden Beamten sprangen in den Hubschrauber. Sie telefonierten immer noch, und Sabine hörte sie ins Handy brüllen. Anscheinend telefonierte die Frau mit einem Krankenhaus und ihr Kollege mit einem Spurensicherungsteam.

»Haben Sie ein Problem damit, Nemez?«

»Nein, *Herr Präsident*«, knirschte sie.

»Gut.« Er kletterte in den Helikopter und wollte bereits die Tür zuziehen, doch Sabine legte die Hand auf den Griff und beugte sich in die Kabine.

»Hat Ihr Flug mit Sneijders Arbeit zu tun?«

»Nein.«

»Wohin fliegen Sie?«, brüllte sie, da sie aus Erfahrung wusste, dass Hess seine Leute nur selten zu einem Außeneinsatz begleitete.

Er zögerte einen Moment, entschloss sich dann aber doch zu einer Antwort. »Nach Hagen, ins Ruhrgebiet. Ihre Kollegin Tina Martinelli hat auf Schloss Hohenlimburg an einem Entführungsfall gearbeitet, der sich dann zu einem Mordfall entwickelt hat. Dabei wurde sie lebensgefährlich verletzt. Es tut mir leid.«

Sabines Herz zog sich wie im Krampf zusammen. Wie benommen trat sie zurück, und Hess zog die Tür zu. Die Rotorblätter beschleunigten, und Sabine taumelte gebückt zur Heckenreihe, die sich im Wind bog.

Mit einem flauen Gefühl im Magen sah sie dem Hubschrauber nach, der sich in den Himmel Richtung Norden erhob.

6

Mittwoch, 23. September

Nach ihrem Begrüßungsgespräch bei Direktor Hollander wurde Hannah von Frenk durch die Anstalt geführt.

Sie hatte sich die drei Dossiers unter den Arm geklemmt und folgte Frenk durch die verschiedenen Abteilungen. Zuerst hatte er ihr im Erdgeschoss die Wäscherei und den Zugang zum Heizungskeller gezeigt. Anschließend das Fitnesscenter und den Aufenthaltsraum für das Personal. Danach war er mit ihr an den Büros der Verwaltung im ersten Stock vorbeigelaufen und hatte sie schließlich zu den Therapieräumen im zweiten Stock geführt. Ihr Arbeitsbereich war das Zimmer mit der Nummer 2.07. Noch war die Tür abgesperrt, doch schon morgen würde sie in diesem Zimmer die Bekanntschaft Piet van Loons und ihrer anderen zwei Klienten machen.

Als sie an der Mensa und der Großküche vorbeikamen, duftete es nach Bratfleisch.

»Zu Beginn jeder Woche müssen Sie den Essensplan ausfüllen«, erklärte Frenk. »Ich bringe Ihnen noch heute die Liste aufs Zimmer. Sie können täglich zwischen drei Menüs wählen. Eines davon ist ein vegetarisches … aber *uhhh*.« Er verzog das Gesicht.

»Ich habe schon gehört, das Essen in der Mensa sei eher schlecht«, sagte sie.

»Das ist wahr. Angeblich kocht unser Küchenteam streng nach Vorschrift – aber manche Kochbücher sollten der Zensur unterliegen.« Er lächelte.

Anscheinend hatte er auch diesen Witz irgendwo aufgeschnappt.

Zuletzt führte Frenk sie zur Bibliothek. »Mein Reich«, präsentierte er ihr stolz. »Sie können sich auch gern ein Buch ausleihen – aber nur bis Sonntag, ab Montag bin ich nämlich eine Woche im Urlaub. Da hat die Bibliothek zu.«

»Am Sonntag sind Sie noch da?«

Frenk sah sie erstaunt an. »Natürlich, da ist doch das Grillfest beim Leuchtturm. Kommen Sie nicht hin?«

»Doch, vielleicht.« Sie sah sich um. »Gibt es eine getrennte Bibliothek für Häf… ich meine für Klienten und Personal?«

»Nur andere Öffnungszeiten. Die Klienten dürfen die Bibliothek nur nach den Therapiestunden zwischen fünfzehn und fünfzehn Uhr dreißig besuchen. Und natürlich nur unter Aufsicht der Schließer. Und wenn einer nicht spurt …« Er tat so, als wollte er eine Waffe ziehen, und streckte den Arm aus. »*Buzzz!* Bekommt er eins mit dem Taser vor den Latz geknallt. Hab ich schon mal gesehen. Tut höllisch weh!« Er verzog schmerzvoll das Gesicht. Dann warf er einen Blick auf die Dossiers. »Sind das Ihre Klienten?«

»Nein, das sind die Akten über meine Klienten.«

Er sah sie irritiert an, dann lächelte er plötzlich. »Verstehe. Darf ich einen Blick hineinwerfen?«

»Nein, dürfen Sie nicht!«

»Warum nicht?«

»Streng vertraulich.« Sie deutete zur Decke, wo sich eine Kamera befand.

Er folgte ihrem Blick und nickte schließlich, als hätte er verstanden.

Direkt neben dem Zugang zur Bibliothek lag ein Korridor mit einer Gittertür, einem Metalldetektor und einem massiven weißen Stahltor. Mehrere Lampen befanden sich neben der Tür sowie Kameras an Decke und Wänden. *Hochsicherheitstrakt* stand in roten Lettern auf der Tür.

»Ist das der Zugang zu den Zellen?«, fragte Hannah.

»Dahinter liegt der gesamte Gefängnisbereich. Ich …« Er stockte. »Ich sollte Sie jetzt besser zu Frau Doktor Kempen bringen.«

Hannah blickte auf die Uhr. Es war Viertel nach zehn. »Einverstanden.«

»Die Krankenabteilung befindet sich im alten Gebäudetrakt«, erklärte Frenk. »Bin nicht gern dort, sieht ziemlich unheimlich aus.« Er ging voran. »Obwohl Frau Doktor Kempen …« Er verstummte.

»Was?« Hannah lächelte. »Gefällt Ihnen die Ärztin?«, versuchte sie es mit einem Scherz.

»Nein, sie ist noch unheimlicher als der Trakt.«

»Oh.« *Na, das ist nach hinten losgegangen.*

Der Weg führte wieder an der Bibliothek vorbei, über eine Treppe einen Halbstock tiefer und danach durch einen dunklen Gang in einen separaten Gebäudeflügel. Auf dem Weg dorthin begegneten ihnen nur ein paar Leute, die Frenk zwar freundlich grüßte, dann aber jedes Mal kommentierte, solange sie noch in Hörweite waren.

»Das ist eine andere Therapeutin, aber die mag ich nicht. Spricht immer so überdeutlich und übertrieben freundlich, als wäre ich bekloppt … Das ist der Koch, der uns ständig vergiften möchte … Das ist der Haustechniker, aber der kann nicht mal eine Kabeltrommel richtig aufrollen, ohne sich damit selbst zu erwürgen – hab ich zumindest gehört.«

»Frenk«, unterbrach sie ihn, als der Techniker außer Hörweite war. »Sie sollten darüber nachdenken, ob Ihre Einstellung anderen gegenüber hilfreich ist.«

Er sah sie verwirrt an. »Wie?«

Sie wiederholte ihren Rat mit anderen Worten.

»Ich möchte ja wieder mal an einer Therapierunde teilnehmen. Sind spannend und lehrreich. Und ich möchte dazulernen, aber Direktor Hollander hält das für keine gute Idee.«

»Da hat er wohl recht. Er ist immerhin der Direktor«, sagte sie.

»Ja, er muss es wissen. Wenn nicht er, wer dann?« Frenk erreichte die Krankenstation. »Wir sind da.«

»Danke fürs Herbringen«, sagte Hannah. »Und diesmal müssen Sie nicht auf mich warten.«

»Schon okay, die Bibliothek macht erst um zehn Uhr auf.«

»Es *ist* bereits weit nach zehn.«

»Wirklich?« Er schob den Hemdsärmel hoch und blickte auf sein Handgelenk, wo sich nichts weiter befand als die Tätowierung einer schwarzen Armbanduhr. Der Form nach zu urteilen eine wuchtige Rolex. »O Scheiße! Direktor Hollander mag das gar nicht gern. Ich meine, nicht das Zuspätkommen, obwohl, das auch, denn er legt besonderen Wert auf Pünktlichkeit und Zuverlässigkeit, sondern ich meinte das verdammte Fluchen. O Scheiße!« Er presste sich die Handballen an die Schläfen.

»Okay, schon gut«, beruhigte sie ihn. »Ich sage es keinem weiter.«

»Dem Direktor auch nicht?«

»Dem erst recht nicht.«

»Aber der Direktor mag es nicht, wenn man lügt.«

»Ich lüge ja nicht, ich sage es ihm nur nicht. Einverstanden?«

»Einverstanden. Bis später.« Er lief weg, drehte sich aber im Laufen noch einmal zu ihr um. »Leihen Sie sich mal ein Buch bei mir aus. Steht viel drin. Ist kostenlos!«

Was für ein verrückter Kerl. Sie sah Frenk nach, wie er im Korridor verschwand. Dann drehte sie sich um und klopfte an die Stahltür mit der Aufschrift *Krankenabteilung.*

»Ich öffne!«, kam eine raue, knarrende Frauenstimme aus der Gegensprechanlage.

Hannah legte die Hand auf den Knauf. Im gleichen Moment summte der automatische Öffner, und die Tür sprang auf. Hannah trat ein. Sofort drang der Geruch von Salben, Alkohol und

Desinfektionsmittel in ihre Nase. Eine schlanke ältere Frau kam ihr im Gang entgegen, mit einem burschikosen grauen Bürstenhaarschnitt und einer kleinen Narbe auf der Unterlippe. Sie hatte nicht einmal Lippenstift aufgetragen, um die Narbe wenigstens ein bisschen zu kaschieren. Außerdem fiel Hannah auf, dass sie keinen Schmuck trug, ja nicht einmal Löcher in den Ohrläppchen hatte.

»Sie müssen Hannah Norland sein, herzlich willkommen.« Die Frau reichte ihr die Hand. »Mein Name ist Major Doktor Kempen.«

Sie hatte einen festen Händedruck. In den Trekkingschuhen, legeren Jeans und dem Norwegerpullover mit V-Ausschnitt machte sie trotz ihres herben Auftretens eine schnittige Figur. Zum Glück ersparte Kempen ihr den Alcatraz-Scherz.

»Kommen Sie in mein Büro.«

Kempen führte sie schnellen Schritts den Gang entlang und bog am Ende rechts zu einer Milchglastür ab. Der Raum dahinter war etwa halb so groß wie Direktor Hollanders Büro und roch nach Pfefferminztee. Auf dem Schreibtisch stand ein graviertes Schild. *Major Dr. Ingrid Kempen – stellv. Direktorin.*

Da der alte Gebäudetrakt auf einem schmalen Felsplateau errichtet worden war, das wie eine Halbinsel ins Meer ragte, sah man von dem Fenster direkt über die Felsen zum Wasser hinunter. Seitlich war ein Stück des Wendeplatzes auf der Rückseite der Anstalt zu erkennen.

»Sie haben gar kein Gitter vor dem Fenster«, stellte Hannah fest.

»Ein Zugeständnis des alten Direktors, das ich trotz Direktor Hollanders neuen Anweisungen beibehalten durfte.«

Hannah nickte anerkennend. »Respekt.«

»Ich bin ehemalige Armeeärztin. Glauben Sie mir, ich habe schon vieles gesehen und kann das Risiko einschätzen – zumal ich für die technische Sicherheit der Anstalt verantwortlich bin.

Aber das Gefühl, eingesperrt zu sein, lässt mich wahnsinnig werden. Ich brauche zumindest freien Ausblick aufs Meer.«

Kempen bot ihr keinen Platz an. Auch sie selbst blieb stehen und verschränkte die Arme hinter dem Rücken. »Hat Frenk Sie schon herumgeführt?«

»Ja, das hat er.«

»Gut, ich habe Ihre Akte studiert.«

»Meine ... Akte?«, wiederholte Hannah.

»Ich mag keine Überraschungen. Wenn ich ein Buch beginne, lese ich zuerst den Schluss. Wie gesagt, ich bin für die Sicherheit der Anstalt verantwortlich, und ich habe mich über Sie informiert. Meinen Sie nicht auch, dass Sie ein bisschen jung für einen Job dieser Art sind?«

Jetzt beginnt dieser Scheiß!

»Ich habe einen Hochschulabschluss in Psychologie und mache bereits seit zwei Jahren das Spezifikum am Institut für Verhaltenstherapie und forensische Psychotherapie in Marburg.«

»Seit zwei Jahren schon, ich bin beeindruckt. Und Sie meinen, das reicht?«

Hannah ignorierte Kempens ironischen Ton. »Ich habe sowohl die theoretische Ausbildung als auch die Selbsterfahrung abgeschlossen, verfüge über ausreichend viele Praxisstunden mit Häftlingen und bin gerade im Supervisionsstadium.«

»Und warum absolvieren Sie Ihr Praktikum nicht in einer psychiatrischen Klinik, um auf Ihre Stunden zu kommen?«

»Weil ich mich auf die Zusammenarbeit mit Sexualstraftätern spezialisiert habe. Ich glaube an die Therapie von Klienten, auch wenn es sich dabei um abnorme Rechtsbrecher handelt, die von der Gesellschaft als Abschaum bezeichnet werden. Sie haben eine Chance verdient und ...«

Kempen hob die Hand. »Was erzählen Sie mir da! Wollen Sie ins Guinness-Buch der Rekorde?«

Hannah verschlug es die Sprache. »Ich …«

»Sparen Sie sich dieses Gelaber für Direktor Hollander auf. Der ist Jurist, hat eine humanpsychologische Ausbildung und steht auf solchen Mist – ich nicht! Er war dreimal verheiratet, und man könnte meinen, dass er etwas vom Gefangenendasein versteht, aber leider hat er vom praktischen Vollzugsbereich keine Ahnung.«

»Im Gegensatz zu Ihnen«, ergänzte Hannah.

»Richtig«, antwortete Kempen prompt. Bestimmt war ihr Hannahs zynischer Ton nicht entgangen. »Für mich sind diese Verrückten einfach nur Knastbrüder, die andere vergewaltigt und ihnen die Kehle aufgeschlitzt haben. Ich sorge bloß dafür, dass sie nicht abkratzen und das Ende ihrer Therapie erleben. Was danach mit ihnen passiert, ist mir scheißegal, Hauptsache, sie werden nicht wieder auf die Gesellschaft losgelassen.«

Hannah kniff die Augen zusammen. Hatte sie sich vor einer halben Stunde nicht einen konservativen Vorgesetzten gewünscht? Nun, den hatte sie jetzt gefunden.

»Haben Sie ein Problem mit meiner Einstellung?«

Hannah atmete tief durch. »Nein.«

»Fein, ich nämlich auch nicht.« Da läutete Kempens Handy lautstark.

Hannah hörte den eigenwilligen Klingelton einer alten Reggae-Nummer, den sie der Frau gar nicht zugetraut hätte.

Who let the dogs out, woof, woof …

Kempen nahm das Gespräch sogleich entgegen. Hannah hörte nicht, wer dran war, sondern sah nur Kempens Reaktion. Sie murrte ein paarmal zustimmend, dann sprach sie in einem schroffen Ton. »Nicht arbeiten geht nicht. Er soll sich aussuchen, wo er die nächsten zwei Wochen verbringen will, sonst teile ich ihn ein. Wir haben eine Schlosserei, eine Gärtnerei und eine Tischlerei. Wenn ihm das nicht gefällt, wird er Packungen einschachteln und den Müll trennen … Nein, in die Küche kommt er nicht. Ja, ich kümmere mich darum.« Kempen unterbrach die Verbindung und steckte das Handy weg.

»Abnorm, geisteskrank oder völlig gesund, niemand drückt sich vor der Arbeit«, erklärte Kempen. »Die Sache ist die: Wenn wir die Gefangenen nicht beschäftigen, beschäftigen sie uns. So einfach ist das.«

Kempen sah das ziemlich pragmatisch – und Hannah musste ihr zustimmen.

Die Ärztin ging durch den Raum und blickte für einen Moment aus dem Fenster. »Sie müssen eine perverse Ader haben, um sich in die Psyche dieser Sexualtäter hineindenken zu wollen.« Nachdem Hannah nicht antwortete, drehte Kempen sich um. »Als Therapeutin müssen Sie in die Fantasien dieser Männer eindringen, aber die Täter versuchen zugleich auch in *Ihre* Geschichte einzudringen.« Kempen musterte sie von oben bis unten. »Und wenn Sie mit diesem Rock zur Gruppentherapie kommen, werden Sie darüber hinaus unweigerlich Teil männlicher Masturbationsfantasien.«

»Das habe ich nicht vor.«

»Gut. Falls Ihnen einer der Häftlinge zu nahe kommen sollte – und das wird passieren –, versuchen Sie die Sache nicht selbst zu klären. Sprechen Sie auch mit keinem der Sicherheitsleute darüber, sondern kommen Sie unverzüglich zu mir.«

Hannah nickte.

»Und falls einer der Häftlinge Ihnen drohen sollte, dann …«

»Komme ich zu Ihnen.«

Kempen lächelte für einen Moment, dann griff sie in eine Schublade. »Hier ist Ihr Ausweis. Damit haben Sie freie Fahrt zum Festland und einige Vergünstigungen beim Einkaufen. Tragen Sie ihn immer bei sich.« Sie legte eine Plastikkarte auf den Tisch, auf der sich Hannahs Foto befand. »Die Magnetkarte für Ihr Apartment im Angestelltengebäude haben Sie schon erhalten?«

»Ja.«

»Die Grundeinstellung ist 9999. Sie sollten den Code so rasch wie möglich ändern, damit nur Sie Zutritt zu Ihrem Zimmer haben.«

»Mach ich«, sagte Hannah, obwohl sie den Code bereits geändert hatte, als sie mit Frenk zu ihrem Apartment gegangen war. Der neue Code lautete nun *0806,* das Geburtsdatum ihrer Schwester.

Kempen holte aus der Schublade eine schmale Laptoptasche, die sie vor Hannah auf den Tisch legte; dann packte sie noch ein Handy drauf.

»Ihr Diensthandy und Ihr Dienstlaptop. Damit haben Sie Zugriff auf unser internes WLAN. Der Computer ist bereits eingerichtet. Zusätzliche Programme sind nicht gestattet. Hier sind die Passwörter.« Sie legte ein Kuvert dazu. »Morgen Vormittag erhalten Sie von einer Kollegin im Seminarraum 2.01 eine Einführung in das Computerprogramm, mit dem Sie im Rahmen der Therapie arbeiten müssen. Mit Ihnen sind insgesamt sieben Therapeuten und Sozialarbeiter auf Ostheversand. Zunächst übernehmen Sie nur eine Dreiergruppe, drei Monate später, wenn Sie die Gepflogenheiten des Hauses besser kennen und sich bewährt haben, eine zweite.«

»Erst so spät?«

»Was haben Sie erwartet? Wir sind personell stark unterbesetzt, und deshalb müssen Sie auch andere Aufgaben übernehmen. Sie haben einen straffen Dienstplan. Nach dem Frühstück werden Sie den Sozialarbeitern zur Hand gehen und bis dreizehn Uhr darauf achten, dass die Tagesstruktur in den Werkstätten eingehalten wird und …«

»Bei allem Respekt, aber …«

»Ich zähle auf Ihre Hilfe und Ihr Fachwissen«, unterbrach Kempen sie. »Am Nachmittag haben Sie täglich zwischen vierzehn und fünfzehn Uhr eine Sitzung mit Ihrer Therapiegruppe.«

»Nur *eine* Stunde?«

»Das reicht völlig aus, und danach haben Sie noch genügend Zeit für die Dokumentation und das Planen des weiteren Therapieverlaufs. Außerdem möchte ich, dass Sie der Kollegin beim Verwalten der Geldkonten der Gefangenen helfen.«

Buchhaltung!

Nun war Hannah klar, warum sie die Zusage für diese Stelle so leicht erhalten hatte. Hollander und Kempen brauchten eine billige Arbeitskraft. Und vermutlich hatte ihre Bewerbung auch nur deshalb geklappt, weil ihre Vorgängerin Irene Elling einen tragischen Unfall gehabt hatte und die Stelle rasch nachbesetzt werden musste.

»So, und damit Sie wissen, wohin Sie müssen, bekommen Sie noch das hier.« Doktor Kempen legte einen farbigen Flyer aus Hochglanzpapier auf den Tisch und klappte ihn auf. »Ein kleiner Wegweiser durch das Gebäude.« Sie zeigte auf einen großen roten Bereich. »Hier befinden sich zweiundvierzig Häftlinge, achtzehn Justizvollzugsbeamte, zwei Köche, fünf Küchenhilfen, vier Büroangestellte, drei Putzfrauen, zwei Krankenschwestern, zwei Techniker, je ein Elektriker, Gärtner, Tischler, Schlosser und Computerfachmann – und dann eben Frenk.« Sie zuckte mit den Schultern, als könnte sie diese bedauerliche Tatsache nicht ändern. »Wir sind eine autonome Einrichtung und könnten, sollten wir jemals vom Festland abgeschnitten sein, einen Monat lang überleben.«

Wie Hannah die ehemalige Armeeärztin einschätzte, würde ihr dieses Szenario sogar großen Spaß bereiten.

Kempen tippte wieder auf den Flyer. »In den grünen und blauen Bereich haben Sie Zutritt, der Rest ist für Sie tabu.«

Hannah starrte auf das Papier. »Ich darf die Zellen nicht sehen?«

Doktor Kempen schüttelte den Kopf. »Das ist der Hochsicherheitsbereich. Den werden Sie nicht einmal von außen zu Gesicht bekommen, es sei denn, Sie begehen einen ziemlich kranken Mord, dann haben Sie nächstes Jahr gute Chancen, Mitglied im Club zu werden.«

»Und was ist mit stichprobenartigen Überprüfungen, während die Häftlinge im Hof oder auf Hafturlaub sind?«

»Hafturlaub? Soll das ein Scherz sein? Diese Burschen kriegen nicht einmal Ausgang, wenn ihre Mutter zum Mars fliegt.«

»Bekomme ich nach dem Probemonat Zugang zu den Zellen?«

»Spreche ich vielleicht undeutlich?« Kempen machte eine Pause. Ihr Augenlid zuckte. »Nein, nie! Außerdem gibt es keinen Probemonat. Sie sind jederzeit sofort kündbar.«

O Mann, darf ich bitte noch einmal Direktor Hollanders Ansprache über political correctness hören?

»Hier ist Ihre Magnetkarte für den Anstaltsbereich. Diesen Code können Sie nicht ändern. Ihre Zutrittsberechtigungen sind bereits darauf gespeichert. Grün und Blau *ja* – Rot *nein!* Einfach die Karte durch das Lesegerät ziehen, dann öffnet sich die Tür. Öffnet sie sich nicht, leuchtet eine rote Lampe, und ein Wärter kommt augenblicklich zu Ihnen. Falls das passieren sollte, führen wir ein kleines Gespräch in diesem Büro. Haben Sie verstanden?«

»Laut und deutlich.« Hannah legte ihre Dossiers auf den Tisch und zeigte auf den Flyer. »Allerdings ist der Krankenbereich rote Zone, und wie Sie ja sehen, bin ich gerade hier …«

»Sie Klugscheißer!«

*Klugscheißer*in, lag es Hannah auf der Zunge. »Ich versuche nur, die Anweisungen meiner Vorgesetzten zu verstehen.«

Kempen faltete die Fingerspitzen vor den Lippen. »Ich mag es nicht, wenn sich jemand über mich lustig macht, und schon gar nicht, wenn dieser Jemand eine blutjunge Psychologin ist, die gerade mal ihren ersten Arbeitstag begonnen hat.«

»Und falls ich mich als blutjunge Kollegin, die die Gepflogenheiten des Hauses noch nicht kennt, irgendwo verletze und dringend Erste Hilfe brauche?«

»Dann finden Sie in jedem Korridor einen Erste-Hilfe-Verbandskasten.«

»Darin befinden sich wohl kaum eine Schere, um die Mullbinde abzuschneiden, oder eine Nadel, um eine Wunde zu nähen.«

»Haben Sie eine medizinische Ausbildung?«

»War Bestandteil meines Studiums.«

Kempen musterte sie lange. »Geben Sie schon her!«, sagte sie schließlich, nahm Hannahs Magnetkarte und ging zu ihrem PC. »Ich speichere Ihnen die Zutrittsberechtigung für die Krankenstation auf die Karte. Aber nur für Notfälle. Sonst rufen Sie mich vorher an, damit Sie entweder von mir oder einer der Krankenschwestern empfangen werden.«

Nachdem sie fertig war, zog sie die Karte aus dem Lesegerät und reichte sie ihr. Hannah nahm Karte, Flyer und Handy, klemmte sich den Laptop unter den Arm und wollte nach ihren Dossiers greifen.

Kempen nickte zu den Mappen. »Sind das Ihre Häftlinge?«

»Klienten, ja«, korrigierte Hannah sie.

»Ach ja, *Klienten*«, wiederholte Kempen so zynisch, als handelte es sich dabei um Hannahs beste Freunde. »Darf ich sehen?«

»Natürlich.« Hannah deutete auf den Stapel.

Kempen schob die ersten zwei Dossiers auseinander. »Aha, Oswald Dehmel, den alle Ossi nennen, und Wiktor Jakowlew. Mit denen werden Sie viel Spaß haben. Der eine ist pädophil, der andere ein Sadist. Und wer ist der dritte?« Sie zog das dritte Dossier hervor. Augenblicklich hoben sich ihre Augenbrauen. »Hollander hat Ihnen Piet van Loon in die Gruppe gegeben?«

»Ja, was ist mit ihm?«

»Nichts.« Kempen schob die drei Dossiers zusammen.

»Kommen Sie, man muss keinen Nobelpreis in Psychologie

haben, um in Ihrem Gesicht zu lesen, dass Sie das für keine gute Idee halten.«

»Wenn Sie Psychologie studiert haben und sich für so schlau halten, haben Sie sicher kein Problem mit Piet van Loon.«

»Warum sollte ich?«

»Nein, natürlich, warum sollten Sie?« Kempen setzte sich leger auf den Schreibtisch und verschränkte die Arme vor der Brust. Sie schien kurz zu überlegen, ob sie sich auf Hannahs Frage einlassen sollte, aber anscheinend war die Versuchung zu groß, ihr ein wenig Angst einzujagen. »Piet ist kein durchschnittlicher Häftling. Er hat ebenfalls studiert, allerdings nicht Psychologie, sondern Theaterwissenschaften. Und zwar in Kopenhagen. Dort hat er als Student ein Theaterstück inszeniert, bevor er mit zweiundzwanzig völlig durchdrehte und fünf Morde beging.«

»Er ist nicht der einzige intelligente Mörder in dieser Anstalt.«

Kempen lächelte. »Nein, ist er nicht. Aber er hatte als Einziger eine angeborene Immunerkrankung. Er litt als Kind an einer Überfunktion der Schilddrüse, die von einem Arzt falsch diagnostiziert worden war. Der verabreichte ihm ein viel zu hoch dosiertes Schilddrüsenhormon. Bei Untersuchungen wurde festgestellt, dass dieses mittlerweile verbotene Präparat *Jodtox* sich negativ auf die geistige Gesundheit auswirkt, aber auch den Intelligenzquotienten erhöht.«

Hannah sah Kempen erwartungsvoll an. Noch wusste sie nicht, worauf die Ärztin hinauswollte.

»Piet beherrscht vier Fremdsprachen und liest pro Tag mindestens ein Buch«, fuhr Kempen fort. »Er ist hyper-intelligent. Nein, das ist noch untertrieben, er hat einen unfassbaren IQ von 158, und ich hoffe, dass Sie ihm gewachsen sind.«

»Das wird sich herausstellen. Je mehr ich über ihn erfahre, umso besser kann ich ihn einschätzen«, sagte Hannah. »Ich habe in den Dossiers keine Polizeiakten über meine Klienten gefunden.«

»Polizeiakten sind für Therapeuten nicht zugänglich.«

So ein Schwachsinn! Für eine erfolgreiche Behandlung muss der Therapeut alles über seine Klienten wissen. »Wie soll ich da ...?«

»Direktor Hollander hat es so entschieden«, unterbrach Kempen sie. »Darüber hinaus hält die Kripo manche Akten unter Verschluss, damit die Namen der Opfer geschützt sind und nicht in die Presse kommen.«

»Aber ich ...«

»Sie müssen sich schon mit den Dossiers von Direktor Hollander zufriedengeben. Da steht alles drin, was ich Ihnen gerade erzählt habe, und auch noch einiges mehr. Insgesamt genug Daten, um im Rahmen Ihres Praktikums mit Ihren *Klienten* zu arbeiten.«

Hannah wusste, dass das eine Ausrede war – und außerdem wusste sie nun, wo sich die Polizeiakten befanden. Kempen hatte unwillkürlich zu ihrem Schreibtisch geblickt.

7

Donnerstag, 1. Oktober

Sabine Nemez betrat die Akademie. *Ihren Urlaub können Sie sich abschminken.* Hätte Hess ihr das nicht ein paar Tage früher sagen können? Sie hatte sich so auf ihre Nichten gefreut – aber noch mehr hatten die sich auf sie gefreut. Kerstin, Connie und Fiona mit ihren blonden Mähnen – sieben, acht und zehn Jahre alt –, die, wenn man sie nebeneinander stellte, wie drei Orgelpfeifen aussahen und richtig entzückende Nervensägen sein konnten.

Aber noch mehr wurmte Sabine, dass Hess sie herumkommandierte und nicht nach ihrer Meinung fragte. *Mit Sneijder im Team!* Das konnte was werden. Sneijder hatte noch nie jemanden neben sich geduldet, weil der ihm die Luft zum Atmen raubte, wie er es formulierte. Er war fast schon ein Autist. Dazu unhöflich und verletzend. Außerdem litt er unter Cluster-Kopfschmerzen, einer extremen Variante von Migräneanfällen, weshalb er ständig kiffte – was die Sache auch nicht einfacher machte. Wenn sich Sneijder in einen Fall verbiss, war er wie eine tickende Zeitbombe. Manchmal drang er so tief in das Gehirn eines Mörders ein, dass er nicht mehr zwischen seinen Gedanken und jenen des Killers unterscheiden konnte. Doch das alles störte sie nicht. Was sie wirklich störte, war seine Arroganz gegenüber Dümmeren – also dem gesamten Rest der Welt.

Sabine betrat den Hörsaal, in dem Sneijder unterrichtete, durch die Hintertür und setzte sich in die letzte Reihe. Keiner der Studenten in den ersten Reihen hatte bemerkt, dass sie sich zu ihnen gesellt hatte, und Sneijder selbst registrierte sie nur mit einem kurzen emotionslosen Blick.

Er sah nicht aus wie neunundvierzig, sondern viel älter. Sein Job hatte ihn gezeichnet. Die dünn rasierten Koteletten begannen beim Ohr und verliefen in einer schmalen Linie bis zum Kinn. Der Kontrast zu der Glatze und dem ungesund bleichen Gesicht wirkte wie aus einem unheimlichen Schwarzweißfilm.

Dieses Modul würde noch eine knappe Stunde dauern, dann konnte sie mit Sneijder reden. Anhand der Fotos, die Sneijder mit dem Videobeamer an die Wand projizierte, erkannte Sabine, dass er wie üblich einen ungelösten Mordfall mit seinen Studenten durchnahm. Bei aufgeklärten Fällen hätten sie die Lösung googeln oder aus dem Archiv ausheben können, doch Sneijders Philosophie lautete, seine Auszubildenden zu eigenständig denkenden Menschen mit brauchbaren Ideen zu erziehen, die offen für neue Ansätze waren.

Sabine hörte Sneijders Ausführungen nur mit einem Ohr zu, da sich ihre Gedanken ständig um Tina drehten. Wieso war sie lebensgefährlich verletzt worden? War sie angeschossen worden? *Oder hat sie mit dem Mörder gekämpft?* Vielleicht wusste Sneijder mehr darüber. Jetzt, da sie ja ein »Team« waren, würde sie ihn nach aktuellen Details fragen. Sabine stützte den Kopf auf die Hand und hörte Sneijder zu.

»Dieser Brief wurde im Schlafzimmer des Opfers gefunden«, erklärte Sneijder in seinem gedehnten niederländischen Akzent und betätigte die Fernbedienung des Beamers.

Auf der Leinwand wurde eine mit Schreibmaschine verfasste Nachricht abgebildet. Sabine überflog die Worte.

»Ich habe das Haus schon seit fünf Monaten beobachtet. Ich musste wissen, wer wo schläft, damit ich besser planen kann. Bald ist es so weit.«

»Was denken Sie darüber?«, fragte Sneijder. »Los, meine Zeit ist knapp, Freiwillige vor.«

Eine Studentin hob die Hand. »Da es sich bei dem Opfer um Richterin Joana Beck handelt, nehme ich an, dass sie eine Geheimadresse hatte.«

»Richtig«, sagte Sneijder.

Sabine spitzte die Ohren. Sie hatte von dem Fall gehört. Die Richterin war vor zwei Tagen am späten Abend im Schlafzimmer ihrer Villa in Dortmund ermordet worden, während ihr Mann im unteren Stockwerk fernsah. Joana Beck war um die fünfzig Jahre alt gewesen, von schwarzer Hautfarbe und stammte ursprünglich aus dem Senegal, wo sie an der Universität in Dakar Recht und Politikwissenschaften studiert hatte. Ihr Ehemann war Anwalt und stammte aus Dortmund. Die Presse hatte den Fall als *Rechtsextremen-Mord* betitelt. Soweit Sabine wusste, hatte Sneijder das Opfer gut gekannt. Nahm er deshalb diesen Fall mit seinen Studenten durch?

»Also muss sich der Mörder schon im Vorfeld länger mit ihr beschäftigt haben. Er hat sein Opfer nicht zufällig ausgewählt. Allerdings stand in den Akten zum Fall kein Hinweis darauf, dass Richterin Beck die Polizei über diesen Brief informiert hat.«

»Hat sie auch nicht«, bestätigte Sneijder.

»Nachdem auch der Ehemann des Opfers nicht über diesen Brief informiert gewesen ist – und Richterin Beck hätte doch zumindest mit ihm darüber gesprochen –, vermute ich, dass der Killer den Brief am Tag des Mordes im Schlafzimmer deponiert hat.«

»Warum?«

»Um uns auf eine falsche Spur zu bringen.«

»Sie vermuten richtig«, bestätigte Sneijder. »Sie machen weiter!« Er zeigte auf einen Studenten in der ersten Reihe. »Was ist Ihrer Meinung nach passiert?«

»Ich habe zwei Theorien. Die erste: Joana Becks Ehemann hat den Brief geschrieben, die Leiter an der Rückseite des Hauses an die Wand unter dem Schlafzimmerfenster gelehnt, seine Frau ermordet und dann …«

»Okay, und Ihre zweite Theorie?«, unterbrach Sneijder ihn schroff.

»Der Mörder ist etwa um zwanzig Uhr, zu einer Zeit, als es bereits dunkel war, sich das Ehepaar aber noch unten befand, durch das Schlafzimmerfenster geklettert. Wäre der Ehemann als Erster raufgekommen, hätte der Killer auch ihn ermordet.«

Sneijder hob die Hand. »Auch ihn oder nur ihn?«

Der Student schwieg eine Weile. »Das kann ich nicht beantworten. Dazu müsste ich Fotos von der Leiche sehen, um herauszufinden, was der Killer mit ihr gemacht hat.«

»Richtig«, sagte Sneijder. »Der erste wichtige Hinweis an diesem Morgen. Die Fotos geben uns Aufschluss.« Er ging zum Pult, von wo er einen Stapel Dossiers holte. »Ich zeige Ihnen nun, was der Mörder mit Joana Beck gemacht hat. In den Medien war nichts darüber zu erfahren. Wir haben diese Details der Presse absichtlich vorenthalten, damit es zu keinen gewaltsamen Unruhen kommt, die womöglich einen weiteren rassistisch motivierten Mord provozieren.«

Sneijder ging durch die Reihen, verteilte die Kopien des Dossiers, in dem sich vermutlich das Gutachten des Rechtsmediziners befand, und betätigte nach einer Minute den Videobeamer.

Schlagartig verstummte das Rascheln von Papier im Raum. Alle starrten zur Leinwand. Auch Sabine hielt den Atem an.

Ach, du Scheiße! In einer Endlosschleife erschien alle fünf Sekunden ein weiteres schreckliches Bild vom Tatort. Sabine hatte so etwas noch nie gesehen. Sneijder schonte seine neuen Studenten kein bisschen. Vermutlich zweifelten einige bereits heute Abend, ob sie sich für den richtigen Job entschieden hatten.

»Freiwillige vor! Was ist hier passiert?«

Eine kleine, toughe Studentin mit struppigen schwarzen Haaren und einem Piercing, die Sabine sehr an Tina Martinelli erinnerte, hob die Hand. »Als Joana Beck das Schlafzimmer betritt, merkt sie noch nicht, dass sich ihr Mörder im Raum befindet. Er versteckt sich im begehbaren Wandschrank. Sie öffnet die Schranktür und steht ihm plötzlich gegenüber. Er nutzt das Überraschungsmoment und betäubt sie mit Chloroform. Danach setzt er sie auf den Stuhl, wo er sie an Armen und Beinen mit Kabelbindern fesselt. Unmittelbar darauf schneidet er ihr mit einem Stanley-Messer die Kehle durch. Der tiefe Schnitt geht mit medizinischer Präzision mitten durch den Kehlkopf. Da kein weiteres Chloroform inhaliert wurde, lässt die Wirkung rasch nach, und durch den Schmerzreiz und die Adrenalinausschüttung erwacht Joana Beck aus ihrer Betäubung.«

»Wie reagiert ihr Mörder?«

»Er ist darauf vorbereitet. Er hält ihr die Nase zu. Sie erstickt an ihrem eigenen Blut. All das passiert, während ihr Mann im unteren Wohnzimmer fernsieht.«

Sneijder nickte zufrieden. »So hat es sich zugetragen. Was ist danach passiert?«

Sabine starrte wieder mit einem bitteren Geschmack im Mund auf die grausigen Fotos an der Leinwand.

»Er sticht in ihre Augen und schneidet ihr mit dem Stanley-Messer das Gesicht vom Kopf. Nur die Stirn lässt er zunächst unversehrt.«

»Warum?«

»Schizophrene können die Grimassen und Mimik anderer nicht deuten und fühlen sich dadurch bedroht. Daher hat er ihr das Gesicht herunter…«

»Grundsätzlich richtig, aber das ist nicht die Tat eines Schizophrenen. Andere Theorien? Warum verstümmelt er ihr Gesicht? Warum nicht ihre Vagina oder ihre Brüste?«

Jemand hob den Arm. »Verletzungen im Gesicht oder in den Augen sagen im Gegensatz zu Verletzungen am Körper etwas anderes über den Mörder aus: Er hat eine persönliche Beziehung zum

Opfer, eine sehr enge. Möglicherweise sehr persönliche Hassgefühle.«

»Schon besser«, sagte Sneijder. »Warum klebt er das aufgeklappte Gesicht an den Spiegel über dem Schminktisch?« Er machte eine Pause. »Und warum platziert er die Leiche in einem Stuhl vor dem Spiegel?«

»Er teilt ihre Psyche?«, vermutete jemand.

»Nein, dann hätte er die Haut an der Stirn, wo sich nach gängiger Meinung der Sitz der Seele befindet, mit abgetrennt.«

Niemand sagte etwas.

»Herrgott! Strengen Sie sich an«, rief Sneijder. »Angeblich sind Sie aus dem Aufnahmetest an der Akademie als Beste hervorgegangen. Die Cleversten der Cleversten sozusagen … Was ich ohnehin bezweifle«, fügte er murmelnd hinzu.

»Er … er wollte ihr ihre eigene Hässlichkeit vor Augen führen?«, sagte jemand. »Vielleicht hat er auch deshalb Chloroform verwendet. Es hat eine krebserregende Wirkung und könnte somit langfristig Geschwüre verursachen.«

»Präzisieren Sie diesen Zusammenhang!«

»Er hat ihr das Gesicht wie ein Geschwür vom Kopf abgezogen.«

Sneijder hob eine Augenbraue. »Interessanter Gedanke. Allerdings ist dieser Mord so mit Symbolen behaftet, dass man vor lauter Spekulationen nicht mehr die wirklich relevanten Fakten sieht.« Er hob den Finger. »Aber ich denke, das ist es, meine Damen und Herren. *Sieh dich an! Deine unglaubliche Hässlichkeit! Ich habe dein Innerstes nach außen gestülpt. Was übrig bleibt, ist nur eine leere Hülle.*«

Sneijder ließ seine Worte wirken. Durch den beleuchteten Spiegel, auf dem das mit gestocktem Blut haftende Gesicht klebte, sah es aus, als würde das Glas durch die Augen leuchten.

»Und wie passt die Botschaft dazu?«, fragte Sneijder.

Sabine betrachtete das Foto. Über dem Gesicht hatte der Killer mit Blut einen halbkreisförmigen Satz auf den Spiegel geschrieben.

Ein Student meldete sich. »Das Wort *Eidotter* erinnert an ein Küken; ein Küken, das schlüpft. Möglicherweise wollte er mit seiner Tat, wie Sie sagen, das Innerste nach außen stülpen.«

»Ja, weiter!«

»Vielleicht eine Anspielung auf die inneren Werte des Opfers, die sie nicht hatte.«

»*Was übrig bleibt, ist nur eine leere Hülle*«, wiederholte Sneijder. »Ja, das ist eine gute Theorie«, seufzte er. »Aber die Wahrheit ist … Wir wissen es nicht.«

Sneijder stoppte die Endlosschleife und projizierte ein Bild an die Leinwand, das eine Großaufnahme von Joana Becks Stirn zeigte. Sabine erinnerte sich an die Studentin, die zuvor erwähnt hatte, dass der Killer die Stirn des Opfers *zunächst* unversehrt gelassen hatte. Nun sah sie, was er später damit gemacht hatte.

»Kommen wir nun zur letzten Handlung unseres Mörders. Was ist passiert?«

»Er hat ihr mit dem Stanley-Messer ein Symbol in die Stirn geschnitten. Es sieht aus wie die Zahl Vier, aber ich vermute, dass es sich um ein unvollendetes Hakenkreuz handelt.«

»Warum blieb es unvollendet?«, fragte Sneijder.

»Der Mörder wurde vom Ehemann überrascht, der die Treppe hochkam, worauf der Mörder durchs Fenster fliehen musste … und zwar so schnell, dass er das Stanley-Messer im Schlafzimmer zurückgelassen hat.« Der Student blätterte in dem Dossier. »Soviel ich gelesen habe, gab es keine Fingerabdrücke auf der Tatwaffe.«

Sneijder nickte. »Das war schon mal nicht schlecht. Sie stehen noch am Anfang Ihrer Ausbildung, aber letztendlich behalten wir von unseren Studien am Ende nur das, was wir praktisch anwenden.« Er reckte den Hals und blickte zur hintersten Reihe, in der Sabine saß. »Kollegin Nemez hat in den letzten Monaten durch einen glücklichen Zufall zwei Mörder gefasst.«

Die Studenten drehten sich um und warfen ihr einen Blick zu.

Was soll das jetzt? Am liebsten wäre sie aufgestanden und hätte den Saal verlassen.

Sneijder stieg die Treppe zu ihr nach oben. »Geschätzte Kollegin Nemez«, sagte er, wobei ein gewisser zynischer Ton mitschwang. »Teilen Sie unsere Schlussfolgerungen?«

Sabine dachte kurz nach und rief sich ein bestimmtes Bild ins Gedächtnis, das sie zuvor gesehen hatte. »Nein, das tue ich nicht.«

Sneijder hielt in der Bewegung inne. »Darf ich fragen, warum?«

»Dürfen Sie«, antwortete Sabine, schwieg jedoch. Wenn Sneijder austeilen konnte, musst er auch einstecken können.

Sneijder presste die Lippen aufeinander. »Und warum?« Zugleich hielt er drei Finger hoch – seine berühmten drei Finger. »Schaffen Sie es, Ihre Ausführungen in drei knappen und präzisen Sätzen zu formulieren?«

In den letzten zwei Jahren hatte sie in Sneijders Modul nichts anderes gemacht, als in knappen präzisen Sätzen zu denken. »Es war kein rassistisch motivierter Mord. Meiner Meinung nach handelt es sich um kein Hakenkreuz, und die Botschaft *wurde* vollendet. Es ist eine Vier«, begann sie.

»Und wie kommen Sie darauf?«

»Zeigen Sie uns doch bitte nochmal das Foto vom Schlafzimmer.«

Sneijder projizierte die Totalaufnahme des Raums auf die Leinwand. Die Leiche saß im Stuhl, mit Blick auf den Schminkspiegel, auf dem ihr Gesicht klebte. Die Tür zum Treppenhaus stand einen Spaltbreit offen, ebenso das Fenster. Auf der Kommode neben der Tür lag das blutige Stanley-Messer.

»Das Messer liegt auf der Kommode neben der Tür und nicht auf dem Fluchtweg vom Schminkspiegel zum Fenster. Warum sollte der Täter, als er hörte, dass der Ehemann die Treppe heraufkommt, das Messer zur Kommode bringen, wertvolle Zeit vergeuden und erst danach durchs Fenster abhauen?«

Ein Murmeln ging durch den Saal.

»Was soll diese Vier bedeuten?«, fragte Sneijder.

»Keine Ahnung, möglicherweise das vierte Opfer.«

»Es gibt keine anderen ähnlichen Fälle.«

Noch nicht, dachte Sabine.

»Ich persönlich halte nichts von dieser Theorie«, sagte er.

Sabine hatte auch nichts anderes von ihm erwartet.

Sneijder schaltete den Videobeamer aus. »Morgen durchleuchten wir die rechtsradikale Szene nach Hinweisen und sehen uns alle Entscheidungen an, die Richterin Joana Beck in den letzten drei Jahren getroffen hat.« Zum Abschluss hob er die Hand. »Aus welchem Grund dient nichts, was wir hier besprechen, als Pausenfüller?«

»Weil wir eines Tages möglicherweise in diesem Fall auf neue Erkenntnisse stoßen«, antworteten alle wie aus einem Mund.

Sabine kannte diesen Spruch zur Genüge. Er hatte sich in der Praxis schon oft bestätigt.

»Bis morgen, und denken Sie an die Verschwiegenheitserklärung, die Sie unterzeichnet haben«, sagte Sneijder. »Kein Wort über diesen Fall! Zu niemandem!«

Die Studenten nickten, klappten ihre Notebooks zu und verließen den Hörsaal. Sabine erhob sich und ging langsam die Treppe hinunter.

Sneijder schob seine Unterlagen zusammen. »Diese Grünschnäbel kosten mich Substanz«, sagte er ohne aufzusehen.

Wie immer war er weiß wie ein Blatt Papier. Anscheinend stand er kurz vor einer Cluster-Kopfschmerz-Attacke, denn er ließ die Blätter liegen und massierte einen Druckpunkt am Handrücken zwischen Daumen und Zeigefinger. Die Punkte waren auf beide Hände tätowiert, damit er sie schneller und präziser fand, wenn ihm der Kopf vor Schmerzen zu platzen drohte.

»So schlimm?«, fragte sie.

»Eichkätzchen, Sie haben ja keine Ahnung.«

Diesen Spitznamen hatte er ihr während ihres ersten gemeinsamen Falls wegen ihrer braunen Haare und der rehbraunen Augen gegeben, und sie konnte ihn ihm einfach nicht abgewöhnen. »Warum unterrichten Sie dann?«

Er sah kurz auf. »Wer soll den Nachwuchs sonst heranbilden? Ich werde nicht ewig im Dienst sein, und dann brauchen wir gute Leute, die in den Abgrund eintauchen können, ohne den Verstand zu verlieren.«

»Ich weiß, dass Sie Richterin Beck gut gekannt haben. Ihr Tod tut mir leid.«

Sneijder blieb ungerührt. »Sparen Sie sich Ihre Kondolenz. Sie hat uns Ermittlern das Leben unnötig schwer gemacht, wenn Sie die Wahrheit hören wollen. Ihr Tod geht mir nicht im Geringsten nahe – im Gegenteil. Um die ist es nicht schade.« Nun massierte er seine Schläfen.

Sabine schluckte. »Fürchten Sie nicht, wegen solcher Aussagen als Rassist bezeichnet zu werden?«

Er sah sie aus müden Augen an. »Die einzige Angst, die ich habe, ist die, dass ich einen Fehler begehe und mir ein Mörder durch die Lappen geht.«

»Bisher haben Sie mit Ihren Studenten doch nur ältere ungelöste Fälle durchgenommen«, überlegte sie laut. »Warum dieser brandaktuelle Fall?«

»Weil er so schockierend und brutal ist und ich damit die Studenten aussiebe und die Spreu vom Weizen trenne.«

Prima! Und das bereits in den ersten Unterrichtswochen. »Wer bearbeitet den Fall? Die Kripo Dortmund?«

Sneijder nickte. »Mit Unterstützung des BKA. Kollege Timboldt ermittelt. Er ist ein alter Hase, der weiß, was er tut.«

»Tina Martinelli wurde schwer verletzt«, sagte sie.

»Ich weiß, aber ich kenne keine Details. Sind Sie deshalb hergekommen?«

Sie schüttelte den Kopf. »Präsident Hess hat mich darüber informiert, dass Sie ab sofort im Team arbeiten sollen. Ich melde mich freiwillig dafür.«

Sneijder schmunzelte; es sah unheimlich aus. »Lügen Sie nicht. Hess hat mich dazu gezwungen, ab sofort mit einem Partner zusammenzuarbeiten. *Ich* habe Sie für mein Team vorgeschlagen.«

»Ich fühle mich geschmeichelt«, sagte sie.

»Sie haben auch allen Grund dazu. Nicht jeder bekommt die Gelegenheit, mit mir zusammenarbeiten zu dürfen.«

Sabine verkniff sich jeden weiteren Kommentar. »Im Moment haben wir keinen aktuellen Fall. Eigentlich spricht doch nichts dagegen, wenn ich das Wochenende in München verbringe.«

»Abwarten«, sagte Sneijder, während im gleichen Moment sein Handy läutete. Er zog es aus der Sakkotasche und ging ran. Eine Minute lang hörte er zu, blickte auf die Uhr und sagte ein paarmal *ja* und *nein* und gegen Ende *Verdomme!* Dann legte er auf.

»Sie irren sich, Nemez«, sagte er. »Das war Hess' Sekretärin. Das Bundesamt der Schweizer Polizei bittet mich um Unterstützung.«

»Und das bedeutet?«

»Wir *haben* einen Fall. Willkommen in meinem Ein-Mann-Team. Sie haben fünfzehn Minuten Zeit. Packen Sie Ihre Zahnbürste ein, wir fliegen nach Bern.«

8
Donnerstag, 24. September

Der Therapieraum Nummer 2.07 war quadratisch, jede Wand etwa fünf Meter lang. Hannah stand an einem der drei vergitterten Fenster. Seitlich fiel ihr Blick auf die Lindenallee, an deren Ende das Gebäude der Angestellten lag. Auch den Leuchtturm konnte sie von hier aus sehen sowie die Straße, die zum Bahnhof hinunterführte. Direkt unter dem Fenster erstreckte sich dann nur noch der Felsabgrund.

Hannah starrte auf die weißen zerklüfteten Steine, die schroffen, spitzen Formen, die die Erosion in Tausenden von Jahren geformt hatte. Einige Möwen hüpften über die Klippen und pickten nach Krebsen. *Wie steil es hier bergabgeht!* Sie stellte sich vor, wie es wäre, da hinunterzustürzen. *Was für ein absurder Gedanke. Wahrscheinlich bin ich doch etwas nervös.*

Kopfschüttelnd löste Hannah sich vom Fenster und ging zu ihrem Stuhl, auf dem ihre Mappe lag. Die anderen drei Stühle, die vor dem ihren im Halbkreis standen, waren noch leer. Ein Blick auf die Uhr zeigte, dass in wenigen Minuten ihre Klienten kommen würden. Und dann würde sie endlich Piet van Loon gegenübersitzen.

Gestern Abend hatte sie noch versucht, über das Computerprogramm auf ihrem Laptop an die Sitzungsprotokolle von Irene Elling ranzukommen, doch sie hatte keine Berechtigung dafür. Offenbar vertrauten Direktor Hollander und Doktor Kempen der neuen Praktikantin noch nicht.

Hannahs Herz schlug schneller, als sie Schritte und Kettenrasseln im Gang hörte. *Ketten?* Die Tür ging auf, und ein Justizvollzugsbeamter in blauer Uniform trat ein. Ein großer Schlüsselbund, Handschellen, Pfefferspray, Mehrzweckstock und Taser hingen an seinem Gürtel.

Der Mann nickte Hannah zu. »Ihre Klienten sind da. Nähern Sie sich nicht weiter als bis auf zwei Meter, geben Sie den Klienten nichts, nehmen Sie von den Klienten nichts. Haben Sie verstanden?«

Hannah nickte.

»Gut.« Er machte den Weg frei.

Drei Männer traten hintereinander ein. Zuerst ein großer, glatzköpfiger, massiger Kerl mit Stiernacken, dann ein kleiner unscheinbarer. Sie trugen die gleiche Anstaltskleidung: Turnschuhe ohne Schnürsenkel, graue Hose und weinrotes Sweatshirt. Der dritte und letzte war ein blonder gutaussehender Mann von knapp dreißig Jahren. *Nr. 23* stand auf der Brust seines Shirts. Piet van Loon.

Ihre Hände waren nicht gefesselt, doch um ihre Fußgelenke befand sich eine Kette, die ihnen kurze Schritte ermöglichte, aber schnelles Laufen verhinderte. Die Männer stellten sich vor Hannah auf. Anscheinend waren sie zuvor ausreichend instruiert worden. Hannah wartete einen Moment, da sie hoffte, die Beamten würden den Häftlingen die Ketten abnehmen, doch nichts dergleichen passierte.

Normalerweise hätte Hannah den Männern die Hand gegeben, doch die Anstaltsvorschrift verbot jeglichen Körperkontakt zwischen Therapeuten und Klienten. Außerdem musste sie den zuvor erwähnten Sicherheitsabstand einhalten.

»Mein Name ist Hannah Norland.« Sie gab ihrer Stimme einen festen Klang. »Der Tod Ihrer ehemaligen Therapeutin tut mir leid. Ich werde versuchen …«

Die drei Männer warfen sich vielsagende Blicke zu, die Hannah ignorierte.

»Ich werde versuchen, sie bestmöglich zu vertreten, und hoffe auf eine gute Zusammenarbeit«, vollendete sie den Satz.

Sie wischte ihre schweißnassen Hände hinter dem Rücken an der Hose ab und hoffe, dass keiner der Männer ihre Nervosität spürte. Sie hatte bei ihrer Kleidung auf rote und gelbe Signalfarben verzichtet, ebenso auf orange. Stattdessen trug sie schwarze Jeans und einen grauen Pullover. *Du schaffst das! Eine Gruppentherapie ist weniger gefährlich als eine Einzeltherapie,* versuchte sie sich zu beruhigen. Sie ließ den Blick von Ossi über Wiktor zu Piet wandern. In jeder Gruppe war immer ein Fan dabei, der meinte, er müsste auf die Therapeutin aufpassen. *Wer wird es bei mir sein – ein Pädophiler, ein Sadist oder ein Psychopath?*

Indessen betrat ein zweiter Beamter den Raum, ebenfalls mit Schlagstock, Pfefferspray und Taser. Er schloss die Tür und nahm neben seinem Kollegen Aufstellung. Desinteressiert blickten sie in den Raum, und es wirkte, als sähen sie durch die Hausmauer hindurch bis zum Horizont.

Hannah betrachtete die beiden Männer irritiert. »Bleiben Sie etwa hier?«

»Vorschrift.« Mehr sagten sie nicht.

»Die ganze Zeit?«

Einer von ihnen nickte. »Jede verdammte Minute, die ganze Woche, das ganze Jahr.«

Davon war in der Projektbeschreibung keine Rede gewesen. Hannah versuchte, sich ihre Entrüstung nicht anmerken zu lassen. Sie hatte gehofft, mit den Häftlingen allein reden zu können. Wie sollte sie so eine entspannte und vertrauensvolle Atmosphäre zustande bringen?

»Seit zwei Jahren ist das so«, sagte der schmächtige der drei Häftlinge.

Das war Ossi, wie Hannah aus dem Dossier wusste. Auf seiner Schulter saß eine weiße Ratte mit roten Augen, die jetzt neugierig den Kopf hob und in die Luft schnupperte. Der Mann war fünfzig Jahre alt, hatte schütteres Haar und sah unscheinbar aus. Ein ehemaliger Kinderpädagoge, der angeblich glücklich verheiratet gewesen war, zwei erwachsene Kinder hatte, ein Haus mit Garten – und der, immer wenn seine Frau im Herbst auf Wellnessurlaub gewesen war, fünfjährige Buben entführte, vergewaltigte, anschließend tötete und nachts im Blumenbeet verscharrte.

»Danke. Ist das Ihr Haustier?«, fragte Hannah.

Ossi nickte. »Die Therapeuten meinen, das sei gut für mich und mein soziales Verhalten. Ich müsse lernen, Verantwortung zu übernehmen. Haben Sie etwas dagegen?«

»Gegen die Ratte oder dass Sie soziales Verhalten lernen?«

Ossi fixierte sie mit seinem Blick. »Sehr witzig! Sie haben was gegen meine Ratte, stimmt's?«

Das geht ja schon heiter los. Allerdings wusste sie bereits aus Ossis Akte, dass er nicht nur pädophil, sondern auch paranoid war. »Nein, die Ratte kann an der Gruppentherapie gern teilnehmen.« Sie blickte in die Runde. »Suchen Sie sich einen Stuhl aus und nehmen Sie bitte Platz.«

Ossi kam gefährlich nahe auf Hannah zu, und obwohl ihre erste Reaktion instinktiv Flucht war, wich sie keinen Schritt zurück. Im Gegenteil – sie hob den Kopf und sah ihm fest in die Augen.

»Sie mögen meine Ratte nicht«, stellte Ossi fest. »Darum haben Tricky und ich beschlossen: Wir möchten *diesen* Stuhl.«

Okay, er will Spielchen spielen. Es war auch immer einer dabei, der auf den Busch klopfte, um zu sehen, wie weit er gehen konnte. »Tut mir leid, das ist meiner, und ich brauche kein Schoßhündchen. Ihnen stehen drei andere Plätze zur Auswahl.«

»Wir wollen aber diesen!«

»Wie Sie sehen, liegt meine Mappe bereits darauf.«

Ossi machte einen weiteren halben Schritt auf Hannah zu.

»Wenn Tricky und ich nicht auf diesem Stuhl sitzen dürfen, nehmen wir an der Sitzung nicht teil, so einfach ist das.«

Aus dem Augenwinkel sah Hannah, wie einer der Sicherheitsbeamten mit den Fingern ungeduldig auf den Griff seines Schlagstocks trommelte, doch sie bedeutete ihm mit einer sanften Handbewegung, sich nicht einzumischen. Manche Dinge musste sie allein regeln.

»Setzen Sie sich. Auf der Stelle. Oder Sie fliegen raus. Ihre Entscheidung! Aber wenn Sie die erste Stunde verpassen, dann haben Sie erst wieder in ein paar Monaten eine Möglichkeit, an meiner zweiten Gruppe teilzunehmen. Dadurch ersparen Sie mir nur Arbeit.«

Ihre Blicke trafen sich. Es war wie das Spiel, das sie in ihrer Kindheit mit ihrer Schwester bis zum Umfallen zelebriert hatte. Wer zuerst zwinkerte, hatte verloren. Und sie hatte nie verloren. Sie würde auch jetzt nicht verlieren. Schon gar nicht gegen jemanden wie Ossi.

Sie atmete ruhig und fixierte Ossis Pupillen, die immer enger wurden. Nach einer halben Minute musste Ossi schließlich schmunzeln. Er wandte den Kopf ab und meinte lapidar: »Okay, Ihr Stuhl.«

»Gut.« Sie atmete tief durch und hoffte, dass es niemandem aufgefallen war. »Noch jemand, der hier eine ähnliche Show abziehen will?«

Verwende niemals scharfe Worte, lautete eine der Therapieregeln. Aber bei diesen Häftlingen musste sie einiges zu ihren Gunsten ändern. Zumindest in der ersten Stunde.

Der massige Wiktor schwieg, und Piet von Loon stand am Fenster und blickte aufs Meer hinaus, als ginge ihn das alles gar nichts an.

»Also nehmen Sie bitte Platz, denn ich würde gern mit einer Vorstellungsrunde beginnen.«

Piet van Loon nahm den Blick nicht vom Horizont. »Eine Vorstellungsrunde, wie originell«, murmelte er. Seine Stimme hatte einen niederländischen Akzent und klang irgendwie – wenn sie ehrlich zu sich selbst war – interessant; rau, aber interessant.

Nun drehte sich auch der glatzköpfige Riese zu ihr. Wiktor war knapp über fünfzig. »Ich bin an keiner Vorstellungsrunde interessiert und bleibe lieber stehen.« Seine Aussprache mit dem russischen Akzent war hart. »Und ob ich etwas sage, überlege ich mir noch.« Auch er machte jetzt einen Schritt auf sie zu, sodass sie seinen frischen Atem und sein Rasierwasser roch.

Obwohl er eine grobschlächtige Statur hatte, waren seine Fingernägel sauber, seine Glatze poliert und sein Gesicht frisch rasiert. *Aber der Blick!* Diese Augen verhießen nichts Gutes.

Aus seiner Akte wusste sie, dass er äußerst intelligent war. Er war in Russland aufgewachsen, hatte in Berlin Architektur studiert, dort ein eigenes Büro mit drei Angestellten geführt und sogar einige Preise für seine Wohnhausentwürfe gewonnen – allerdings war er ein durchtriebener Sadist, der Menschen und Tiere quälte und missbrauchte.

Wiktor hielt ihrem Blick stand.

Wow, das hast du toll hinbekommen, dachte Hannah. Wenn sie jetzt nachgab und in der ersten Stunde Schwäche zeigte, würde sie den Respekt der Häftlinge nie bekommen. Eine weitere leere Drohung, wie zuvor bei Ossi, die sich nur zu leicht als Bluff herausstellen könnte, würde sie kein zweites Mal riskieren. Außerdem sahen Piet und Wiktor nicht so aus, als würden sie Drohungen von einer jungen Therapeutin groß beeindrucken.

Sie nahm ihre Mappe vom Stuhl, setzte sich hin und schlug ein Bein über das andere. »Also, meine Vorstellungsrunde sieht so aus«, begann sie. »Niemand sagt etwas über sich, sondern jeder stellt seinen Sitznachbar vor und darf über ihn erzählen, was er will.«

Ossi und Wiktor sahen überrascht auf und musterten sie. Sogar Piet hatte den Kopf gedreht und blickte zu ihr herüber.

Dachte ich mir, dass euch das interessiert.

»Allerdings …« Sie hob den Finger, denn nun ging es darum, den Rahmen abzustecken. »… begegnen wir uns mit Respekt. Das bedeutet, dass wir zuhören und nicht unterbrechen, egal was gesagt wird.«

»Klingt interessant.« Ossi nahm als Erster links von Hannah Platz. Er fischte seine Ratte von der Schulter, setzte sie sich auf den Schoß und streichelte sie. »Ich erzähle Ihnen etwas über Wiktor. Er …«

»Stopp!«, unterbrach Hannah ihn. »Ich sagte, jeder erzählt etwas über seinen Sitznachbarn. Sie haben noch keinen Sitznachbarn.«

Ossi sah zu Wiktor. »He, Mann, setz dich schon, das wird witzig.«

Wiktor blieb stehen. »Mich würde mal interessieren, was es Witziges über mich zu erzählen gibt.«

»Setzen Sie sich, dann erfahren Sie es«, forderte Hannah ihn auf.

Widerwillig zog er den Stuhl heran, drehte ihn aber um und setzte sich vor Hannah hin, die Arme auf die Rückenlehne gelegt.

Die Lehne wirkte wie eine Barriere zwischen Wiktor und ihr, als wollte er die Spielregeln ein wenig nach seinen Vorstellungen abändern. Aber immerhin – er saß, und darauf kam es an. Jetzt stand nur noch Piet van Loon am Fenster und beobachtete die Wellen. Garantiert ließ er sich kein Wort von dem entgehen, was sie besprechen würden.

»Schieß los, du kleine Ratte!« Wiktor grinste und zeigte einen gewaltigen Mund mit zwei Reihen blitzend weißer Zähne.

»Ich weiß gar nicht, wo ich anfangen soll.« Ossi grinste. »Wiktor ist ein total gestörter Typ, seine Psyche ein Bild des Jammers. Seine Ausbildung zum Architekten hat nichts gebracht. Keine Ausbildung bringt je etwas. Wenn man von Geburt an irre ist, hilft die beste Schule nichts. Außerdem hasst er Tiere. Er muss sie hassen, sonst würde er sie nicht tagelang in seinem Keller einsperren, quälen und was weiß ich noch alles mit ihnen treiben. Außerdem schaut er Tricky immer so schief an, als wollte er ihm den Kopf abbeißen …« Ossi machte eine Pause und strich seiner Ratte zärtlich über Schnauze und Fell. »Und schließlich hat er das alles dann auch mit Menschen gemacht.«

Wiktor hatte die ganze Zeit über nicht aufgesehen, und Hannah merkte, wie er mit sich kämpfte, um ruhig zu bleiben. In seiner Akte stand, dass er nicht nur andere quälte, sondern auch unter Allmachtfantasien litt.

»Menschen, die Tieren etwas antun, sind das Letzte«, fuhr Ossi fort. »Aber er mag auch keine Blumen und keine Menschen. Er hatte nie Familie. Dabei ist eine große Familie mit vielen Kindern etwas Schönes, worin man sich geborgen fühlt. Und weil ihm diese Liebe fehlt, frisst er zum Ausgleich ständig, darum ist er auch so fett.«

Nun wandte Wiktor sich um. »Piet, findest du, dass ich zugenommen habe?«

Piet starrte immer noch zum Fenster hinaus. »Nein, das Zimmer ist kleiner geworden.«

»Ha, hörst du das?«, rief Wiktor.

»He, ich bin dran!«, unterbrach Ossi ihn scharf. »Ich habe Wiktor mal gefragt, ob er je verheiratet war. Wissen Sie, was er geantwortet hat? Die Ehe ist wie eine Marderfalle – die Marder, die nicht drin sind, wollen mit aller Gewalt rein, und die, die drin sind, wieder raus.« Er sah Hannah an. »Beantwortet das Ihre Frage über ihn?«

»Danke, das war sehr gut. Und nun Sie, Wiktor.«

Wiktor hatte die letzte Minute mit dem Bein gewippt und mit dem Kiefer gemahlen, als überlegte er fieberhaft, wie er es Ossi heimzahlen könnte.

Nun rutschte er mit dem Stuhl näher. »Ossi ist ein Kinderficker, ein Schwächling, ein Feigling, der auf der Evolutionsstufe ganz unten steht. Ja, okay, er wurde als Kind selbst missbraucht, aber ich glaube diesen Psycho-Bullshit nicht. *Die Psyche hält es nicht aus, ein Leben lang ein Opfer zu sein*«, äffte er eine weibliche Stimme nach. Vermutlich die von Hannahs Vorgängerin. »*Das Gefühl von Lust wird an Gewalt gekoppelt, und Jahre später reizt es ihn, dieses Erlebnis wieder zu suchen, nur dass er diesmal selbst zum Täter wird.* Bullshit! Er stinkt wie seine Ratte nach Schweiß und Pisse. Seine dünnen Haare gehen ihm aus, sie liegen überall herum. Es ist ekelhaft. Sie sind beide Abschaum, er und die Ratte, wie das verkümmerte Resultat einer Inzucht. Und wahrscheinlich hat ihn seine Frau, diese Schlampe, mehrfach betrogen, wie es alle Frauen tun.«

Hannah merkte, wie die Raumtemperatur plötzlich runterging. Sie fröstelte. Noch blieb Ossi ruhig und hörte sich alles an. Vermutlich hörte er es nicht zum ersten Mal.

»Frauen sagen, sie wollen einen fürsorglichen Ehemann, einen verständnisvollen Freund, der ihnen die Tür öffnet, immer glatt rasiert und sauber gekleidet ist«, redete Wiktor weiter. »Aber tatsächlich sehnen sie sich nach einem rauen, verschwitzten und unrasierten Kerl, der es ihnen hart auf dem Küchentisch besorgt. Ist es nicht so?« Er blickte kurz zu Hannah, doch sie ließ sich keine Reaktion anmerken. »Und genauso war Ossis Frau. Sie hat ihm zwei Kinder von jemand anderem angehängt, denn er steht ja nicht auf Frauen. Familie, Kinder, Blumen, Garten, alles nur Fassade. Tatsächlich bevorzugt er etwas anderes, aber das will er ja nicht hören. Ende der Vorstellung.« Wiktor presste die Lippen zusammen und schwieg.

»Sehr schön, danke für Ihre offenen Worte.« Hannah merkte, wie Ossi etwas erwidern wollte, doch sie bedeutete ihm mit einer Geste, dass er jetzt nicht dran war. »Und nun Sie, Piet. Wollen Sie nicht Platz nehmen und uns Ihre Meinung zu einem Ihrer beiden Kollegen sagen?«

Piet wandte sich vom Fenster ab. Er war groß und schlank, hatte muskulöse Schultern und interessante Augen. Warum so jemand Frauen auf solch bestialische Weise ermordete, würde sie im Lauf der Therapie hoffentlich noch herausfinden.

Langsam kam er auf den freien Stuhl zu und setzte sich. Damit hätte Hannah nicht gerechnet. Viel eher hätte es Piets Profil und seiner hohen Intelligenz entsprochen, wenn er sich der Vorstellungsrunde entzogen hätte. Doch als er den Mund aufmachte, wusste sie, dass sie sich nicht getäuscht hatte.

»Ich merke an Ihrem Blick, dass Sie überrascht sind«, sagte Piet. »Und weil ich auch in Ihren Gesten noch so viel mehr lese, werde ich etwas über meine *Sitznachbarin* erzählen. Nämlich über Sie.«

Das war zu erwarten gewesen. »Aber wir reden hier nicht über mich.«

»O doch. Das sind Ihre Regeln!«

»Aber wir …«

»Hat man Ihnen an der Uni nicht beigebracht, einen Klienten nicht zu unterbrechen?«

Okay, dachte sie. Sie hatte diese Regeln nun mal so aufgestellt, und er hatte die Bedingungen nach seinen Vorstellungen umgeformt und sie ausgetrickst. Sie würde es zulassen. »Ich bin neugierig, bitte.« Sie lächelte.

»Sie haben Psychologie studiert, weil Sie – wie die meisten, die sich dafür interessieren – selbst ein gewaltiges psychisches Problem haben. Schon als Teenager ahnten Sie, dass Sie nicht so sind wie die meisten anderen jungen Frauen. Komplexe, Phobien, Depressionen, Traumata … die Palette ist groß. Das Leben war nicht immer nett zu Ihnen – aber Sie selbst waren es auch nicht.« Er deutete auf ihr Handgelenk. »Die Narbe ist schon alt. Teenagerzeit?«

Hannah schluckte nicht, sie atmete auch nicht schneller, und sie versuchte erst recht nicht, den Ärmel hinunterzuziehen, um die Narbe zu verdecken. Sie hörte nur aufmerksam zu.

»Aber Sie sind zu intelligent, um Ihre Probleme zu verdrängen, also haben Sie begonnen, sich damit zu beschäftigen«, fuhr Piet fort. »Ihr Anderssein ließ Sie die Verhaltenstherapie wählen – vermutlich forensische Psychologie, denn die meisten Insassen in Steinfels sind Sexualstraftäter. Andernfalls wären Sie nicht hier. Aber warum, frage ich mich? Reines Interesse am Trieb? Sind Sie sexuell gehemmt? Oder wurden Sie sexuell missbraucht? Vermutlich eine Mischung aus allem. Sie müssen zunächst sich selbst heilen, bevor Sie andere heilen können. Sie haben förmlich darauf gebrannt, die Selbsterfahrungsstunden an der Uni zu machen. Was ist Ihnen zugestoßen? Sie tragen weder einen Ehe- noch einen Verlobungsring. Vermutlich haben Sie keinen Freund, sonst würden Sie sich nicht ein Jahr lang hier einquartieren. Ihr Blick bestätigt mir, dass ich recht habe. Ist es nicht so?«

»Ja, Piet, gib's ihr!«, rief Ossi.

»Halt's Maul!«, sagte Piet leise, ohne den Blick von Hannah zu nehmen. »Ihrem Akzent nach zu urteilen, stammen Sie aus den Niederlanden. Aber Sie haben in Deutschland studiert, andernfalls hätten Sie diesen Job niemals erhalten. War Ihr Studium in Deutschland eine Art Flucht? Flucht vor der Heimat? Nein, dazu ist Ihr Akzent zu ausgeprägt. Flucht vor der Familie? Wohl eher! Doch wohin Sie auch flüchten, selbst wenn es ein neues Gefängnis ist wie dieses, Sie werden erst Freiheit finden, wenn Sie sich Ihren Ängsten gestellt haben. Welche sind es, Hannah?«

Sie antwortete nicht, versuchte auch, nicht zu schlucken und stattdessen Piets intensivem Blick standzuhalten.

»Ich sehe, wie Ihre Kiefer mahlen«, fuhr er fort. »Wie Ihr Puls raufschnellt, wie Ihre Wangen vor Zorn rot werden. Anscheinend habe ich einen wunden Punkt berührt. Dabei dachten Sie, dass Sie fürchterlich schlau wären. Sie haben Ossi und Wiktor dazu gebracht, sich gegenseitig aufzustacheln, damit Sie Ihre kleinen, brav aus Sachbüchern erlernten Theorien bei uns anwenden können.

Und Sie fühlten sich so enorm clever, weil es Ihnen gelungen ist, uns auf die drei Stühle in diesem Kreis zu bekommen. Tatsächlich sind wir drei nichts anderes als Mittel zum Zweck bei dem Versuch, Ihre angeschlagene Seele zu heilen.«

»Sollen wir eingreifen?«, fragte einer der Beamten, der immer noch reglos neben der Tür stand.

»Nein danke, alles in Ordnung«, wehrte Hannah ab. Ihr Puls war tatsächlich hochgeschnellt, ihre Hände waren schweißnass, und sie merkte, dass ihre Stimme krächzte. Nun musste sie schlucken und hätte viel für ein Glas Wasser gegeben.

Piet lehnte sich zurück. »Ich bin schon fertig.«

Sie nickte. »Das war sehr schön von Ihnen. Danke für Ihre Gedanken und Ihre Offenheit.«

»Es war klar, dass Sie das sagen«, entgegnete Piet. »Sie müssen so etwas sagen. Lernt man schließlich an der Uni, nicht wahr?«

»Genau.« Sie lächelte.

»Ihr arrogantes Auftreten ist reiner Selbstschutz, damit keiner von uns zu nahe an Sie herankommt.«

Ertappt! Hannah versuchte, nicht zu schlucken. »Fertig?«, fragte sie.

»Ja.«

»Gut, denn nun werde ich Ihnen den Sinn dieser Übung verraten.« Sie nahm das Bein herunter, das sie über das andere geschlagen hatte, und rückte mit dem Stuhl näher an die Männer heran. »In Wahrheit hat jeder von Ihnen – auch Sie, Piet – unbewusst nur über sich selbst und seine Ansichten gesprochen. Rufen Sie sich Ihre Worte in Erinnerung und denken Sie darüber nach, was Sie gesagt haben.«

Ossi und Wiktor sahen sie mit offenem Mund an. Sogar Piet sah einen Moment lang überrascht aus. Sie glaubte sogar etwas wie Anerkennung in seinem Gesichtsausdruck zu sehen. Und noch etwas war ihr aufgefallen. Er hatte die ganze Zeit über seine Fäuste geschlossen gehalten – normalerweise ein untrügliches Zeichen für Anspannung, doch Piet hatte keine Sekunde lang angespannt gewirkt. Im Gegenteil. Er hatte ruhig, konzentriert und überlegt gesprochen – nur eben mit geschlossenen Fäusten.

»Ich lasse Sie heute früher als geplant gehen. Es war ein erstes Kennenlernen und Beschnuppern. Wir wollen es nicht übertreiben. Nutzen Sie die gewonnene Freizeit für was immer Ihnen guttut. Morgen um dieselbe Zeit machen wir weiter.« Sie griff nach ihrer Mappe.

Ossi kraulte seiner Ratte das Fell. »Und was haben Sie morgen mit uns vor?«

»Ich würde mit Ihnen gern über Ihre Ängste sprechen.«

Ossi erhob sich und setzte sich Tricky auf die Schulter. »Die einzige Angst, die *ich* habe …«, murmelte er und schielte zu den Wärtern, ließ den Satz jedoch unausgesprochen.

Hannah wartete, bis sich auch Wiktor und Piet erhoben hatten, und sah den dreien nach, wie sie den Raum verließen und draußen von weiteren Beamten in Empfang genommen wurden. Im Gänsemarsch mit kurzen, klimpernden Schritten ging es Richtung Hochsicherheitstrakt.

Morgen wartete die nächste Herausforderung auf sie, denn wegen des Sicherheitspersonals würde niemand ein offenes Gespräch mit ihr führen. Sie musste unbedingt mit Direktor Hollander darüber sprechen.

Hannah trat ebenfalls in den Gang und sah, wie Piet van Loon von zwei Justizvollzugsbeamten in einen anderen Korridor geführt wurde.

»Wohin wird er gebracht?«, fragte sie den Beamten, der den Therapieraum zusperrte.

»In die Bibliothek, vermutlich will er sich ein Buch ausleihen.«

9
Donnerstag, 1. Oktober

Sabine und Sneijder landeten um vierzehn Uhr in Bern, wo sie von einem Beamten der fedpol in einem schwarzen Van abgeholt wurden.

»fedpol ermittelt?«, war Sneijders einziger Kommentar zu dem Fahrer, der bloß nickte und ihr Gepäck im Auto verstaute.

Sabine hatte nur ihren Trolley gepackt mit ihrem Notebook und Kleidung für eine Woche. Sneijder hingegen reiste mit einem großen Schrankkoffer auf vier Rollen, den er mit einem alten Ledergurt zusammengebunden hatte. Anscheinend hatte er sein gesamtes mobiles Büro dabei.

Der Wagen war klimatisiert, was aber gar nicht nötig gewesen wäre, da sich dunkle Wolken über die Berge schoben. Die Fahrt in die Berner Innenstadt dauerte eine halbe Stunde. Sabine schrieb ihrer Schwester eine kurze SMS, dass sie ihren Besuch verschieben musste und sie später, wenn sie ungestört reden konnte, anrufen würde.

Währenddessen telefonierte Sneijder und verschickte einige SMS. Sabine bekam nur mit, dass er seine Vorträge an der Akademie absagte, die nun Kollegen von ihm übernehmen mussten. Das hatte Sabine in den letzten zwei Jahren öfter erlebt. In einem Semester war Sneijder sogar mal einen ganzen Monat lang weg gewesen. Und jedes Mal, wenn er nach einem erfolgreichen Einsatz wieder zurückgekommen war, hatte sein Gesicht diese kranke Blässe verloren. Die Mörderjagd wirkte auf ihn wie ein Gesundheitselixier. Und wenn sie ihn so betrachtete – die eingefallenen Augen und die von Cluster-Kopfschmerzen angespannten

Schläfen –, wurde es höchste Zeit, dass er wieder einen Killer zur Strecke brachte.

Nachdem sie eine Zeit lang die Aare entlanggefahren waren, erreichten sie einen von Polizeiwagen abgesperrten Bereich. Links lag die halbinselförmige Altstadt, rechts führte eine alte Steinbrücke mit drei Rundbögen auf die andere Seite der Stadt. Ihr Fahrer hielt mit dem Van vor der Brücke.

Sabine und Sneijder stiegen aus. Sogleich empfing sie ein überraschend kalter Wind. Nicht weit entfernt am Ufer standen zwei Feuerwehrwagen und ein großer Baukran. Die Feuerwehrleute hatten ein Gerüst neben der Brücke montiert, das aussah wie eine behelfsmäßige Brücke der Bundeswehr.

»Sie werden jetzt gleich Rudolf Horowitz kennenlernen«, sagte Sneijder. Es klang wie eine Drohung. »Er ist ein wenig ... na ja, verschroben. Tragen Sie seine Launen mit Fassung.«

»Verschrobener als Sie?«, fragte Sabine. Das konnte doch wohl nur ein Scherz sein. »Sind Sie verwandt?«

Sneijder sah sie emotionslos an. »Tun Sie mir einen Gefallen und versuchen Sie in meiner Gegenwart ...«

»... nie wieder lustig zu sein«, vollendete Sabine den Satz.

Sneijder wandte sich wortlos um.

Ein Mann um die siebzig mit grauem Haarkranz kam ihnen in einem Rollstuhl entgegen.

»Ist er das?«

Sneijder nickte.

»Er ist ...«

»Querschnittgelähmt«, erklärte Sneijder. »Vor fünf Jahren erwischte ihn eine Kugel im Rückgrat. Das Projektil hat den vierten Lendenwirbel zertrümmert, ist im Knochen stecken geblieben und hat das Rückenmark vollends zerstört.«

Sneijder weiß ziemlich genau darüber Bescheid. »Nein, das meinte ich nicht. Er ist ... alt.«

Sneijder sah sie kurz an. »Ich würde es *erfahren* nennen.«

Sie gingen an einem halben Dutzend Dienstfahrzeugen vorbei sowie an jeder Menge Polizisten, Ermittlern und Feuerwehrleuten, die Sneijder großzügig ignorierte. Sabine spürte regelrecht die erwartungsvollen und neugierigen Blicke der Leute in ihrem Rücken.

Im nächsten Moment war Horowitz bei ihnen. Er reichte Sneijder die Hand, und dieser drückte sie fest.

»Wir haben uns seit über dreieinhalb Jahren nicht gesehen. Deine Besuche haben aufgehört«, sagte Horowitz.

»Ich hatte viel zu tun.«

»Sieht man, alter Freund, du bist hässlich geworden.«

Sneijder antwortete nicht, was so gar nicht seine Art war. Offensichtlich war Horowitz jemand, der gut mit Sneijders Macken umgehen konnte, da er selbst ein schrulliger Kauz war, und so etwas respektierte Sneijder.

Horowitz wurde ernst. »Ich habe gehört, dein Lebensgefährte ist verstorben. Tut mir leid.«

»Ist lange her. Immunschwäche. Ich bin darüber hinweg.« Sneijder warf Horowitz einen Blick zu. »Aber mach dir keine allzu großen Hoffnungen, du bist mir zu alt.«

Horowitz grinste. »Du hast dich nicht verändert. Willst du mir nicht deine junge Begleiterin vorstellen?«

»Nemez – Horowitz, Horowitz – Nemez«, sagte Sneijder. »Ist die Leiche dort unter der Brücke?« Er trat auf das Eisengerüst.

Horowitz nickte Sabine kurz zu. »Ja. Wurde heute gegen sieben Uhr früh entdeckt.«

Während Sneijder zum ersten Brückenbogen ging, vollführte Horowitz im Rollstuhl eine Drehung. »Nehmen Sie es dem alten Knaben nicht krumm«, flüsterte Horowitz. »Er ist manchmal etwas verschroben. Rudolf Horowitz.« Er reichte Sabine die Hand.

»Sabine Nemez«, sagte sie. Sein Händedruck war fest, die Haut vom Lenken des Rollstuhls rau.

»Ich wusste gar nicht, dass er eine Partnerin hat.«

»Seit heute. BKA-Präsident Hess hat entschieden, dass er im Team arbeiten soll.«

»Sneijder und … *im Team?*« Horowitz lachte. »Das ist wohl wieder eine Schikane vom guten alten Hess.«

Sabine nickte. Anscheinend war das angespannte Verhältnis der beiden Männer bis über die Landesgrenzen hinaus bekannt. Soweit Sabine wusste, hatte Sneijder der Ehefrau von Hess vor vielen Jahren das Leben gerettet, als dieser als Sicherheits-Chef einer Konferenz kläglich versagt hatte. Sneijder hatte seinem Vorgesetzten Unfähigkeit vorgeworfen, was ihm Hess bis heute übel nahm. Im Gegenzug wartete Sneijder auf ein lapidares *Danke* von Hess – was natürlich nie gekommen war. Zum Glück stand Sneijder seitdem unter dem persönlichen Schutz von Hess' Ehefrau Diana, sonst hätte Hess ihn wegen seiner Eskapaden schon längst vom Dienst suspendiert.

»Kommen Sie, ich zeige Ihnen den Tatort.« Horowitz griff nach den Rädern seines Rollstuhls und fuhr über das Metallgerüst.

Sabine folgte ihm. Als sie den ersten Brückenbogen erreichten, hielt Sabine unwillkürlich den Atem an. Unter dem dunklen Rundbogen baumelte eine nackte Frau einzig und allein an ihrem Haarschopf. Ihr Gesicht war abgewandt, doch Sabine schätze sie auf etwa fünfzig Jahre. Die lange schwarze Mähne war irgendwo an der Decke des Brückenbogens festgemacht worden. Zwei Krähen, die sich von Sneijders Anwesenheit nicht abschrecken ließen, hockten auf den Schultern der Toten und pickten in ihr Fleisch.

Jeder andere Ermittler, den Sabine kannte, hätte die Krähen sofort verscheucht, doch Sneijder stand nur regungslos da und beobachtete die Szene.

»Hat den Tatort schon jemand betreten?«, flüsterte Sneijder, um die Vögel nicht aufzuschrecken.

»Ja, ein paar Leute von der Spurensicherung«, antwortete Horowitz, »aber ich habe sie wieder weggeschickt.«

Sneijder nickte unmerklich. »Hast du eine Taschenlampe?«

Horowitz fuhr näher und reichte ihm eine kleine Stabtaschenlampe, mit der Sneijder die Pfeiler und die Unterseite der Brücke beleuchtete. Er streckte den freien Arm aus, spreizte die Finger, als wollte er den Wind spüren, und inhalierte hörbar das Sammelsurium aus Gerüchen, das unter der Brücke vorherrschte.

Jeder Leichenfundort hatte seine eigene unvergleichliche Atmosphäre, wie Sneijder immer behauptete. Wie ein verwundetes Wesen im Todeskampf, dessen Lebensatem von Minute zu Minute schwand, bis er unwiederbringlich verloren war. Sneijder musste diese Tatorte für sich allein haben, bevor die Kollegen mit ihren Überziehern durchmarschierten und die Atmosphäre zerstörten.

»Wie ist es dem Mörder gelungen, die Leiche so anzubringen?«, fragte Sabine.

Sneijder wandte sich kurz zu Horowitz. »Gibt es oben auf der Brücke einen Schacht mit Zugang zu den elektrischen Leitungen für die Beleuchtung?«

»Das nicht«, antwortete Horowitz, »aber eine Art Kanaldeckel für den Regenwasserschacht.«

»Dann hat unser Mörder den Deckel geöffnet, die Leiche mit den Haaren an ein Seil geknüpft und daran durch den Schacht heruntergelassen.« Sneijder machte eine Pause. »Aber das ist nicht die Frage, Nemez!« Sneijder ging in die Hocke und blickte an beiden Ufern den Fluss hinauf und hinunter. »Die Frage lautet, warum hat er alles *so* arrangiert und nicht anders? Er hätte die Leiche auch im Wald auf einem Baum aufknüpfen können und wäre dabei ein geringeres Risiko eingegangen, eventuell beobachtet zu werden.« Sneijder hockte immer noch. »Ich nehme an, die Verkehrskameras filmen diese Stelle oben auf der Brücke nicht?«

Horowitz nickte. »Ein toter Winkel.«

»Wird die Straßenbeleuchtung auf der Brücke in der Nacht abgeschaltet?«

»Zwischen zwei und fünf Uhr.«

»Ich vermute, er hat die Tote genau um zwei Uhr früh hergebracht. Nach dem Abschalten herrscht für die Dauer von ein bis zwei Minuten besondere Dunkelheit, weil sich die Augen möglicher Beobachter erst an die Finsternis gewöhnen müssen.«

»Ziemlich weit hergeholt«, bemerkte Sabine.

»Nein, das ist es nicht.« Sneijder schüttelte den Kopf. »*Ich* hätte es so getan, und wenn der Killer einigermaßen Grips hat – und das hat er –, hat er ebenso gehandelt.« Er sah sich um. »Vermutlich hat er die Leiche in einem Kleinlaster transportiert. Wenn ihr die Kameras auswertet und alle Autos überprüft, die in dieser Zeit zur Brücke gefahren sind, werdet ihr höchstwahrscheinlich feststellen, dass sich ein gestohlenes Fahrzeug darunter befindet.«

»Wir haben es bereits gefunden. Ein Kleinlaster, schwarzer Lack. Stand in der Nähe des Hauptbahnhofs.«

»Lass mich raten: Die Spurensicherung hat nichts gefunden.«

Horowitz nickte. »Nur Spuren vom Opfer.«

»Wann und wo wurde der Wagen gestohlen?«

»Gestern, ebenfalls am Hauptbahnhof.«

Sneijder blickte nachdenklich zur Leiche. »Warum bringt er den Wagen wieder dorthin zurück?«

»Vielleicht stammt der Mörder nicht aus Bern«, vermutete Horowitz. »Er kam mit dem Zug an und verschwand wieder damit.«

»*Nee.*« Sneijder klang nicht sehr überzeugt. »Er wollte verhindern, dass der Wagen als gestohlen gemeldet wird – was ihm aber nicht gelungen ist. Sein erster Fehler. Gibt es Verkehrskameras am Bahnhof?«

»Nicht auf diesem Parkplatz.«

»*Godverdomme!*« Wiederum blickte Sneijder den Fluss hinunter. »Was uns zur ursprünglichen Frage führt. Warum geht er das Risiko ein, den Fundort so zu arrangieren?« Ächzend erhob er sich. »Wann ist Sonnenaufgang?«

»Um sieben Uhr neunundzwanzig.«

»Wann genau wurde die Leiche entdeckt?«

»Um sieben Uhr zehn.«

Sneijder steckte sich eine selbstgedrehte Zigarette an. Binnen Sekunden roch es unter der Brücke süßlich nach Marihuana. »Ich schätze, die Frau wiegt sechzig Kilo, und ich nehme weiter an, dass sie seit höchstens vierundzwanzig Stunden tot ist. Die Fäulnis hat also erst vor kurzem eingesetzt, sodass die Haarwurzeln noch nicht nachgeben und die Haare sich noch nicht ausziehen lassen. Danach würde die Leiche ins Wasser fallen und abtreiben. Er wollte aber, dass wir sie genau so hängend vorfinden. Deshalb hat er sie auch hier arrangiert und nicht in einem Waldstück.«

Sabine lauschte angespannt und sah, dass auch Horowitz konzentriert zuhörte.

»Warum wollte er, dass wir sie hängend vorfinden? Für alle Berner zur Schau gestellt, sobald die Sonne aufgeht?« Sneijder wandte sich zu Sabine um. »*Das* ist die Frage, die wir beantworten müssen.« Er blickte zu Horowitz. »Und eine weitere Frage beschäftigt mich: Warum hast du mich deswegen hergeholt? Bestimmt kann ich dir nicht mehr sagen, als du ohnehin schon weißt.«

In diesem Moment fegte ein heftiger Windstoß unter der Brücke hindurch, der die Leiche herumdrehte. Sabine hielt den Atem an. Die Gesichtszüge der Toten hingen schlaff herunter, Augen und Lippen fehlten bereits. Und in ihren Bauch, zwischen Nabel und Ansatz der Schamhaare, war mit tiefen Schnitten ein Unendlichkeitszeichen ins Fleisch geschnitten worden.

Unwillkürlich musste Sabine an die ermordete Dortmunder Richterin Joana Beck und an das Symbol in ihrer Stirn denken.

Sneijder starrte die Tote ebenfalls fasziniert an. Er nahm den Joint aus dem Mund und griff in die Sakkotasche nach seinem Diktafon.

»Dachte ich mir doch, dass dich das interessiert«, sagte Horowitz.

»Tut es.« Sneijder ging näher zur Leiche, führte das Diktafon zum Mund und sprach in das Mikro. »Ich weiß, wessen Handschrift das ist, aber das ist unmöglich ...« Er nahm einen Zug von der Zigarette, schloss die Augen, und plötzlich veränderte sich seine Stimme – wurde sachlich, distanziert und kühl. »*Tatverdächtiger Null. Ich nehme an, Sie sind in der Nähe und beobachten uns in diesem Augenblick. Was fühlen Sie, wenn Sie uns neben der Leiche stehen sehen?*«

Sneijder war in seinem Element – nun war es besser, ihn nicht zu stören.

Als hätte Horowitz den gleichen Gedanken, bedeutete er Sabine, ihm zu folgen. Sie entfernten sich vom Fundort und bewegten sich einige Meter über das Gerüst auf das Ufer zu. Sabine blickte wieder zu den Männern und Frauen, die am Ufer immer noch darauf warteten, dass Horowitz den Fundort endlich freigeben würde, damit sie mit ihrer Arbeit weitermachen konnten. Ein rothaariger Mann mit schwarzer Windjacke schien deswegen besonders nervös zu sein. Zum Glück ahnte er nicht, dass Sneijder theoretisch noch Stunden mit seinem Diktafon neben der Leiche verbringen konnte.

Horowitz nickte zum Ufer. »Das ist Rüthy von fedpol. Er leitet die Untersuchung. Ein junger Pupser, der erst seit drei Jahren dabei ist. Kümmern Sie sich nicht weiter um ihn.«

»Ich habe die Akademie auch erst dieses Jahr im Sommer abge-schlossen«, erklärte Sabine.

»Ich hoffe, das klingt jetzt nicht uncharmant, aber Sie sehen deutlich älter aus.«

»Ich bin dreißig und war vorher beim Kriminaldauerdienst in München.«

»Eine steile Karriere«, sagte Horowitz, und Sabine wusste nicht, ob er es ironisch meinte oder nicht – tippte allerdings auf Ersteres. »Aber wenn Sie Sneijders Partnerin sind, müssen Sie einiges auf dem Kasten haben«, fuhr Horowitz fort, »denn einen Grünschna-bel würde Sneijder niemals an seiner Seite dulden.«

»Könnt ihr BITTE mal die Klappe halten?«, brüllte Sneijder. Im nächsten Moment hatte er sich bereits wieder zur Leiche gewandt.

»Kommen Sie«, flüsterte Horowitz und schob seinen Roll-stuhl weiter Richtung Ufer. »Stören wir den Meister nicht bei der Arbeit.«

»Aus welchem Grund haben Sie Sneijder als Berater angefor-dert?«

»Es ist mehr als eine bloße Beraterfunktion«, korrigierte Horo-witz sie. »Eine grenzüberschreitende Unterstützung zum gegen-seitigen Informationsaustausch – eine internationale Amtshilfe, wenn Sie so wollen.«

»Und warum?«

»Nun, er kennt das Opfer. Genauso wie ich. Das ist Nicola Wyss. Sie ist – besser gesagt war – Direktorin von fedpol. Sie führte die Geschäfte des Bundesamtes für Polizei. Außerdem war sie Mit-glied der Kerngruppe Sicherheit, die den Sicherheitsausschuss des Bundesrats berät.«

Sabine sah zum Ufer. »Deshalb sind alle so nervös.«

»Nervös ist gar kein Ausdruck.« Horowitz versuchte zu lächeln. »Sehen Sie sich die Leute dort drüben an. Sie haben Angst. Und wissen Sie, warum? Sie haben zwar das Wissen und die Technologie, aber nicht die Erfahrung, es auch anzuwenden.« Horowitz blickte zu Sabine. »Warum schmunzeln Sie?«

»Ach nichts.« Sie schüttelte den Kopf. Andererseits – warum sollte sie Horowitz gegenüber nicht offen sein? »Sneijder sagte mir, Sie und er seien sich sehr ähnlich.«

»Und, was meinen Sie?«

»In gewisser Weise hat er recht, allerdings habe ich den Eindruck, dass Sie etwas entspannter sind als er.«

»Äußerlich vielleicht. Schließlich bin ich schon siebzig und habe einfach nicht mehr die Kraft, mich mehrmals am Tag aufzuregen.«

Sabine lachte, dann wurde sie ernst. »Kannte Sneijder das Opfer gut?«

»Ja, könnte man so sagen.« Horowitz presste die Lippen aufeinander. »Vor fünf Jahren wollte sie Sneijder ein Disziplinarverfahren anhängen.«

Sabine zuckte die Achseln. »Das wäre nicht das erste Mal gewesen, dass das jemand versucht hat.« Sie stutzte. »Aber aus dem Ausland?«

»Wyss hat eine Dienstaufsichtsbeschwerde bei Sneijders Vorgesetzten eingebracht und ein Disziplinarverfahren initiiert. Beinahe wäre es zum Edeka-Fall gekommen.«

»Edeka?«, wiederholte Sabine. »Wie die Supermarktkette?«

Horowitz verzog das Gesicht. »Sie sind tatsächlich noch nicht lange im Dienst. Das bedeutet: Ende der Karriere«, erklärte er. »Fast hätte Wyss damals Sneijders Karriere ruiniert. Das BKA ließ den Fall durch die Revision und das Referat der Verwaltungsermittlung prüfen. Schließlich wurde die Staatsanwaltschaft Wiesbaden eingeschaltet, die – nachdem ich zweimal ausgesagt hatte – entschied, dass die Sache nicht weiter strafrechtlich verfolgt wurde.«

Horowitz verstummte, und Sabine fragte nicht nach. Wenn er mehr darüber erzählen wollte, würde er das tun.

Sie erreichten das Ufer und begaben sich von dem Gerüst auf die Brücke. Sabine zog den Reißverschluss ihrer Jacke zu, steckte die Arme in die Taschen und setzte sich auf die Steinbrüstung. Horowitz starrte den Fluss bis zur nächsten Biegung hinunter. Hinter ihnen leitete ein Polizist den Verkehr um.

»Vor fünf Jahren haben Sneijder und ich an einem internationalen Fall gearbeitet«, murmelte Horowitz. »Wir erstellten damals gemeinsam das Profil des Mörders und konnten seine Spur bis in die Schweiz verfolgen. Sneijder kam nach Bern. Wir ahnten, was der Täter als Nächstes vorhatte, und konnten tatsächlich einen weiteren Mord verhindern.«

»Haben Sie ihn gefasst?«

»Das haben wir, aber …« Horowitz machte eine Pause. »Nennen Sie es Kollateralschäden. Wir haben viel riskiert, aber schlussendlich gesiegt. Dem Killer habe ich es zu verdanken, dass ich heute im Rollstuhl sitze – und Sneijder, dass ich überhaupt noch lebe.«

10
Donnerstag, 24. September

»Sie wollten mich sprechen?«, fragte Direktor Hollander.

Hannah verschränkte die Hände hinter dem Rücken. »Ja, und danke, dass Sie sich so kurzfristig Zeit für mich nehmen konnten.«

»Fünf Minuten, danach habe ich eine Telefonkonferenz.«

»Natürlich.« Hannah war sicher, dass Morena den Auftrag hatte, sie nach fünf Minuten aus dem Büro zu werfen.

»Nehmen Sie doch Platz.«

»Danke, ich stehe lieber.«

Direktor Hollander blieb hinter seinem wuchtigen Schreibtisch sitzen. »Wie ist Ihr erstes Treffen gelaufen?« Er warf einen Blick auf seinen Monitor und klickte mit der Maus herum. »Im Therapieprogramm habe ich noch keinen Eintrag dazu gefunden.«

»Die Einheit ist erst kürzlich zu Ende gegangen, und ich hatte noch keine Zeit, die Ergebnisse einzugeben.«

»So?« Hollander sah sie überrascht an. »Dieses Programm ist das Herzstück unserer Therapie. Das Herzstück dieser Anstalt, wenn Sie so wollen. Ich lege großen Wert auf Kooperation und Disziplin – denn nur so haben wir Erfolg.«

»Genau darum geht es«, sagte Hannah. »Ich kann nur erfolgreich sein, wenn die Klienten Vertrauen zu mir aufbauen, und die Basis dafür ist eine gute Atmosphäre für ungezwungene Gespräche.«

»Höre ich einen gewissen Sarkasmus in Ihrer Stimme?«

»Nein, das würde ich mir nie erlauben«, erwiderte sie rasch. »Aber wenn ich meinen Klienten diese Atmosphäre nicht bieten kann, führt sich die Therapie ad absurdum.«

»Nun, dafür haben Sie doch studiert. Sie sind zwar noch etwas jung und unerfahren, aber lassen Sie sich etwas einfallen.«

»Das ist unmöglich. Die Klienten tragen Eisen um die Füße. Das sind Methoden wie im Mittelalter.«

»Ja, wie Sie richtig bemerkt haben, sind unsere Sicherheitsvorkehrungen sehr hoch. Sobald die Klienten den Zellenblock verlassen, tragen sie die Fußfesseln. Das ist auch in Ihrem Interesse. Außerdem kann ich meine Mitarbeiterinnen keinem Risiko aussetzen.«

»Von mir aus«, sagte Hannah. »Aber da ist noch ein Punkt. Mit den Wärtern im Raum werden mir die Klienten nie etwas über ihre wahren Fantasien und die Hintergründe ihrer Taten erzählen. Sie müssen befürchten, dass einer der Beamten die Informationen an die Begutachtungsstelle für Gewalt- und Sexualstraftäter weitergibt.«

»Wollen Sie meinem Personal etwa unterstellen, seine Schweigepflicht zu verletzen?«

»Nein, *ich* unterstelle gar nichts. Aber *die Klienten* könnten das unterstellen. Deshalb werden sie sich so verhalten, wie wir es von ihnen erwarten.«

Hollander seufzte mitleidig. »Nun, ich wiederhole mich nur ungern, aber Sie selbst haben sich für dieses Praktikum beworben – und ich habe Ihnen, trotz Ihrer jungen Jahre, diese Chance geboten. Fühlen Sie sich überfordert?«

»Keineswegs. Ich möchte nur zu bedenken geben, dass ich diese Vertrauensbasis zwischen den Klienten und mir nicht aufbauen kann, solange sich bewaffnetes Sicherheitspersonal im Therapieraum befindet.«

Hollander beugte sich nach vorne. »Was schlagen Sie vor? Dass ich Sie mit den drei Männern im Therapieraum allein lasse?«

Hannah atmete tief durch. »Ja.«

»Mit einem Pädophilen, einem Sadisten und einem Psychopathen?«

»Ich dachte, die drei wären *Klienten*?«, bemerkte sie spitz.

»Das sind sie auch, dennoch würde Ihr Vorschlag ein enormes Sicherheitsrisiko darstellen. Wenn ich Ihre Klienten unbeaufsichtigt im Therapieraum lassen würde, müsste ich ihnen Arme *und* Beine fesseln und sie an den Stuhl ketten. Gefiele Ihnen das besser?«

»Nein.«

»Eben! Sie wollen also mit Ihren Schützlingen unbeaufsichtigt eine Therapiestunde verbringen, während diese sich frei bewegen können?«

»Ich würde dafür die volle Verantwortung übernehmen.«

»Die volle Verantwortung«, wiederholte er lachend. »Wie alt sind Sie? In wie vielen derartigen Situationen waren Sie bereits?« Es war eine rhetorische Frage, denn er kannte ihre Akte gut genug, um das zu wissen. »Ich glaube nicht, dass Sie wissen, worauf Sie sich einlassen.«

»Für solche Situationen bin ich ausgebildet worden«, widersprach sie. »Eine versteckte Videoüberwachung des Raums und Sicherheitsleute *hinter* der Tür müssten doch reichen.«

»Meinen Sie?« Er griff in den Hängeschrank seines Schreibtisches und holte eine Akte hervor. »Kommen Sie her! Ich zeige Ihnen etwas.«

Sie trat näher.

Er schlug die Akte auf und holte ein Foto daraus hervor. »So sah Ihre Vorgängerin Irene Elling kurz nach ihrem Tod aus.«

Hannah nahm das Bild in die Hand. Eine Farbaufnahme auf Hochglanzpapier. Neben dem Kopf der Leiche befand sich ein Maßstab, vermutlich von der Kripo.

»Hier sind weitere Aufnahmen.« Hollander legte einige Bilder auf den Tisch.

Irene Ellings Körper lag zerschmettert auf den Felsen, Arme und Beine wiesen offene Knochenbrüche auf.

Hannah schluckte. »Ich dachte, meine Vorgängerin hätte einen Unfall gehabt.«

»Sie hat sich im Therapieraum 2.07 aus dem Fenster gestürzt.«

»Selbstmord?«

»Nach ihrer letzten Sitzung blieb sie noch im Zimmer. Die Sicherheitsbeamten haben bestätigt, dass sie allein war. Damals hatten die Fenster noch keine Gitter. Wir wollten eine *gute Atmosphäre* schaffen.« Hollanders Worte klangen zynisch. »Dann hat sie sich über die Felswand hinunter in die Tiefe gestürzt.« Er reichte ihr ein weiteres Foto. Diesmal war es eine Aufnahme aus der Rechtsmedizin.

Ellings linke Gesichtshälfte war vollständig eingedrückt. Hannah wandte den Kopf ab.

»Tja, das haben Ihre Klienten mit ihr gemacht«, sagte Hollander.

»Meine Klienten?«, wiederholte Hannah. »Sie sagten doch …«

»Was denken Sie, warum sie Selbstmord begangen hat? Man kann einen Menschen auch psychisch unter Druck setzen und in den Tod treiben.« Hollander erhob sich und ging durch den Raum. »Ich trage die Verantwortung in dieser Anstalt, und damit es zu keinem weiteren solchen Vorfall kommt, bleiben während jeder Therapiesitzung auch weiterhin zwei Sicherheitsbeamte im Raum, die sofort eingreifen, wenn die Situation eskaliert.«

Hannah ballte die Faust hinter dem Rücken. Das mit Irene Elling hätte Hollander ihr schon viel früher sagen müssen, doch offensichtlich war es ihm lieber, wenn er über manche Dinge den Mantel des Schweigens ausbreiten konnte, damit kein Makel an seinem Projekt haften blieb.

Hannah schielte zu den Fotos. Nun wurde ihr auch klar, warum sie diesen Job so leicht erhalten hatte. Anscheinend hatte sich Ellings Tod in der Szene herumgesprochen, und Direktor Hollander hatte keinen anderen Therapeuten für diese Gruppe finden können. Wer wollte schon gern mit Piet van Loon zusammenarbeiten?

»Ich teile Ihre Bedenken«, lenkte Hannah ein. »Aber ich …«

Beinahe hätte sie *verlange* gesagt. »Aber ich *bitte* Sie, dass die Sicherheitskräfte während der Therapiesitzungen zumindest Gehörschutz tragen, damit bei den Gesprächen eine gewisse Intimität gewährleistet ist.«

»Aus welchem Grund beharren Sie so darauf?«

»Ich bin mindestens so ehrgeizig wie Sie, was den Erfolg des Projekts betrifft – und dafür muss ich das Vertrauen der Gruppe gewinnen.«

Direktor Hollander starrte sie an. »Nein.«

Aber diesmal starrte sie zurück. »Ich nehme an, es haben sich nicht viele für diese Stelle beworben. Wollen Sie mich verlieren?«

»Sie wollen kündigen?«

»Es gibt andere Justizvollzugsanstalten mit Praktikumsstellen.«

Für Hollander musste es wie eine unverhohlene Drohung klingen, auch wenn es nur ein Bluff war. Aber wenn man fünf Jahre lang in einem Uni-Campus gelebt, mit den Kommilitonen regelmäßig Strippoker gespielt hatte und sich nicht ständig bis auf die Unterwäsche ausziehen wollte, dann hatte man gelernt, andere zu täuschen. Außerdem hatte sie Psychologie studiert.

Hannah zuckte nicht zurück, sie zwinkerte nicht, und schließlich läutete Hollanders Telefon, und er wandte den Blick ab.

Er betätigte die Gegensprechanlage. »Ja?«

Morena war dran. »Graf Erich von Kessler auf Leitung zwei für Sie.«

»Soll eine Minute warten«, bellte er und ließ die Taste los.

»Was ist jetzt?«, drängte Hannah.

Hollander sah sie an. »Einverstanden.«

»Falls ein Einwegspiegel im Raum ist, muss er verhängt werden.«

»Haben wir nicht.«

»Und falls es im Raum Kameras gibt, mit denen Sie die Sitzungen filmen, müssen die Geräte entfernt werden.«

»Wie stellen Sie sich das vor? Die lassen sich nicht ausbauen.«

»Dann schalten Sie sie zumindest ab.«

Er knirschte mit den Zähnen. Schließlich nickte er. »Einverstanden.«

Sie atmete erleichtert auf. Mal schauen, was Piet ihr das nächste Mal erzählen würde … falls er überhaupt den Mund aufmachte.

11

Die Tür glitt auf, und Sabine stieg aus dem Lift. Horowitz folgte ihr in seinem Rollstuhl. In der obersten Etage des Wohnhauses roch es nach Scheuermittel und Fliesenreiniger. Hier gab es nur zwei Wohnungstüren. Sabine beugte sich über das Geländer und blickte ins Treppenhaus hinunter. Sneijder kam zu Fuß die Stufen herauf. Er murmelte immer noch in sein Diktafon, aber Sabine verstand kein Wort.

Als er in der obersten Etage ankam, schaltete er das Gerät aus und ließ es in der Manteltasche verschwinden. »Es ist ein Serientäter«, stellte er fest.

Horowitz nickte zustimmend.

»Obwohl er bisher nur eine Tat verübt hat?«, fragte Sabine skeptisch.

»Das können wir nicht mit Bestimmtheit sagen.«

»Denken Sie, dieser Fall hat etwas mit dem Mord in Dortmund …?«

»Nein, denke ich nicht«, unterbrach Sneijder sie. »Aber ich weiß, er wird garantiert wieder zuschlagen. Das ist erst der Anfang.«

»Was macht Sie da so sicher?«

»Sehen Sie sich den Tatort unter der Brücke an«, sagte Sneijder. »Der Mörder wollte sein Opfer erniedrigen und zur Schau stellen. Die Tat ist eindeutig psychologisch motiviert.«

»Was wird er als Nächstes machen?«

»Wenn wir das wüssten«, seufzte Horowitz. »Jedenfalls wird er weiterhin seine Vorstellungen und Fantasien in die Realität umsetzen. Wir müssen abwarten, was er uns noch von sich zeigt, damit wir ihn besser studieren können.« Er hielt kurz inne. »Was ist in Dortmund passiert?«

»Nichts.« Sneijder verzog den Mund. »Schluss mit dem Gerede. Konzentrieren wir uns auf *diesen* Fall.« Er deutete zu der Wohnungstür, an der kein Namensschild hing. »Ist das ihr Apartment?«

»Ja.« Horowitz rollte zur Tür und klopfte an.

Der rothaarige Mann, der Sabine zuvor als Kommissar Rüthy vorgestellt worden war, öffnete ihnen die Tür. Er war bereits vor ihnen hierhergefahren, um das Spurensicherungsteam genauer zu instruieren, das schon seit Stunden hier beschäftigt war. Rüthy trug Latexhandschuhe und Überzieher für die Schuhe und reichte nun auch Sabine und Sneijder jeweils ein Paar davon.

Horowitz fuhr als Erster in die Wohnung, dann folgte Sneijder. Er blieb kurz im Türrahmen stehen und tastete mit dem behandschuhten Finger über das Schloss. Sabine blickte ihm über die Schulter. *Keine Einbruchspuren!*

Danach betrat auch Sabine das Apartment. Hier hatte die Direktorin von fedpol also gelebt. Nicola Wyss hatte anscheinend kein Faible für Krimskrams gehabt, wie Sabine feststellte. In dem hundertzwanzig Quadratmeter großen Apartment mit Dachterrasse gab es keinen einzigen Setzkasten mit Porzellanfiguren an der Wand, keine Kalender, keine Platzdeckchen, kein gehäkeltes oder gebasteltes Irgendwas.

Die Wohnung war steril und funktional eingerichtet. Eine Leseecke mit cremefarbener Ledercouch und Flatscreen, eine Küchenzeile mit Barhocker, große Dachflächenfenster und eine breite Glasfront, hinter der die Dachterrasse mit einer Markise lag. Nicht einmal dort gab es Blumenkästen. Vieles war verchromt und wurde mit futuristisch designten Neonlampen beleuchtet. Nicola Wyss schien Sabine nicht gerade der liebenswürdige Hausfrauentyp gewesen zu sein.

Auf dem Weg zum Schlafzimmer kam Sabine an einer Wand

vorbei, die mit Urkunden, Diplomen und Auszeichnungen behängt war und die sie intensiv betrachtete. In dieser Hinsicht war Sneijder völlig anders. In seinem Büro hing nur ein einziges Foto, und zwar eines von der niederländischen Königsfamilie – gerahmt und persönlich für ihn signiert. Mehr war Sneijder anscheinend nicht wichtig.

Am Ende der Wand stieß Sabine dann auch noch auf ein Foto von Wyss. Es zeigte die Frau in der Galauniform der Polizei bei einer Ehrung. Irgendjemand schüttelte ihr die Hand und überreichte ihr eine Skulptur. Wyss hatte ein schmales Gesicht, kantige Gesichtszüge und konnte sich selbst angesichts der Ehrung nur ein verbissenes Lächeln abringen. Sabine bemerkte, dass Wyss keinen Ehering trug. Auch an der nackten Leiche hatte sie keinen gesehen.

Wieder musste Sabine an die ermordete Dortmunder Richterin denken. Zwei Karrierefrauen in ähnlich hohen Positionen – nur mit dem Unterschied, dass die eine im Schlafzimmer ihres Hauses ermordet und die andere unter einer Brücke in Bern aufgehängt worden war.

Die Schlafzimmertür war einen Spaltbreit offen, doch Sabine trat nicht ein, weil die Leute von der Spurensicherung gerade damit beschäftigt waren, Fingerabdrücke von den Möbelstücken zu nehmen.

Sabine sah nur, dass Laken und Decke nicht zerwühlt waren. Ein einfaches Bett, kein Doppelbett. Möglicherweise war Nicola Wyss letzte Nacht gar nicht mehr heimgekommen, sondern schon vor dem Wohnhaus, in der Tiefgarage oder im Gang vor ihrem Apartment entführt worden. Sabine ging wieder zurück ins Wohnzimmer.

Sneijder stand an der Hausbar neben dem Festnetzapparat und trommelte ungeduldig mit den Fingern auf die Theke. »Sind Sie bald damit fertig?«, fragte er einen jungen Spurensicherer, der mit

Pinsel und magnetischem Pulver die Fingerabdrücke auf den Tasten des Geräts sichtbar machte und mit einer Gelatinefolie abzog.

»Ja, Sie können schon her.« Der Mann trat einen Schritt zurück und stieß mit dem Ellenbogen unabsichtlich eine Flasche an der Hausbar an, die daraufhin kippte und über die Theke tanzte.

Sneijder fing die Flasche mit einem raschen Griff auf und stellte sie wieder zurück. »Mann, Sie haben eine Reaktion wie eine Bahnschranke.«

»Entschuldigung, ich dachte, hinter mir …«

»Wollen Sie mir jetzt auch noch ein Gespräch aufzwingen?«, fuhr Sneijder ihn an.

Der Mann drehte sich kommentarlos um und verschwand. Sabine hasste es, wenn Sneijder einen seiner Zustände bekam, weil zu viele Menschen um ihn herumstanden. Dann war es besser, man ging ihm aus dem Weg.

Schweigend stellte sie sich neben ihn und sah zu, wie er eine Taste auf dem Anrufbeantworter betätigte. Eine distanziert kühle Frauenstimme im Schweizer Dialekt erklang aus dem Lautsprecher.

»*Wir sind im Moment nicht zu Hause. Bitte hinterlassen Sie eine Nachricht. Wir rufen zurück.*« Danach folgte ein Piepton.

Horowitz rollte soeben durchs Wohnzimmer zur Hausbar. »Sind Nachrichten darauf?«

Sneijder schüttelte den Kopf und hörte sich den Ansagetext ein weiteres Mal an. Sabine konnte deutlich hören, wie im Hintergrund ein Hund bellte.

»Ich nehme an, Direktorin Wyss war nicht verheiratet und hatte auch keinen Lebensgefährten«, stellte Sabine fest.

Horowitz nickte. »Sie lebte allein.«

»Warum spricht Sie dann von *wir* auf dem Ansagetext?«

»Ein kleiner psychologischer Trick. Eine Frau wie Wyss hatte eine Dienstwohnung, die natürlich mit Geheimadresse und

Geheimnummer versehen ist. Falls aber doch jemand herausgefunden hätte, wo sie wohnt, sollte das *wir* etwaige Einbrecher abschrecken.«

»Und wo ist der Hund, der auf dem Anrufbeantworter zu hören ist?«, fragte Sabine. »Auch ein Trick?«

Horowitz nickte. »Während sie den AB besprochen hat, lief im Hintergrund ein Tonband mit Hundegebell. Das Geräusch sollte Stalker abschrecken. War seinerzeit meine Idee. Wurde von vielen Beamten übernommen.«

»Hat aber nicht viel genützt.« Sneijder wandte sich an Rüthy und schnippte mit den Fingern. »He, Sie! Haben Sie drei Minuten?«

Rüthy kam zu ihnen. »Auch länger, wenn es sein muss.« Er lächelte freundlich.

»Nein, muss es nicht. Was halten Sie von der Verletzung im Bauchbereich der Leiche?«

»Tja, wollen Sie nicht das Gutachten des Rechtsmediziners abwarten?«

»Ganz genau, ich will es nicht abwarten!«

»Gut. Also, der Chefarzt sagt, dass …«

»Lassen Sie niemals andere für sich denken«, unterbrach Sneijder den Mann. »Was halten *Sie* davon?«

»Also, ich meine …«

Sneijder hob die Hand und spreizte drei Finger ab. »Wenn es geht, in drei knappen und präzisen Sätzen!«

Sabine wandte sich um. Sie musste gehen, andernfalls wäre sie Sneijder an die Gurgel gegangen. Er brachte nicht einmal etwas Respekt auf, wenn er als Berater ins Ausland geholt wurde. Schon klar, Sneijder vertrat die Meinung, dass ein Mord, der nicht innerhalb der ersten zwei Tage gelöst wurde, nur noch geringe Chancen hatte, aufgeklärt zu werden. *Außer durch ihn!* Aber das war noch lange kein Freibrief für Arroganz und einen Demütigungs-Rundumschlag gegen alles, was nicht aus den Niederlanden kam.

»Wohin gehen Sie, Nemez?«, rief Sneijder ihr nach.

»An die frische Luft, von zu viel Testosteron bekomme ich Kopfschmerzen.« Sie öffnete die Tür zur Dachterrasse und trat ins Freie.

Das Apartment der Direktorin lag im siebten Stock. Die Fassade des Altbaus war mit vielen Stuckarbeiten versehen, und die Balkone, die unter Sabine lagen, waren bei weitem nicht so modern wie der von Nicola Wyss. Anscheinend war das Haus renoviert und die obere Dachterrasse nachträglich dazugebaut worden.

Sabine lehnte sich ans Geländer und zog den Reißverschluss ihrer Jacke zu. Ein kalter Wind blies von Westen kommend durch Bern. Von hier hatte sie einen schönen Ausblick auf die Aare, die sich schlangenlinienförmig durch die Stadt wand, und die dahinter liegenden Berge. Eine der Spitzen war sogar weiß. In spätestens ein oder zwei Monaten jedenfalls würde Schnee auch auf den Hausdächern liegen. Nicola Wyss würde diesen Anblick nicht mehr erleben können, und wer immer diese Dienstwohnung beziehen würde, erbte den Ausblick auf die Aare und die Untertorbrücke, von der die Leiche der vorherigen Bewohnerin gebaumelt war. Vielleicht hatte auch das – wie anscheinend sämtliche Details in diesem Mordfall – einen symbolischen Charakter.

Sabine zog ihr Handy heraus und ließ sich über die Zentrale des Wiesbadener Bundeskriminalamts mit dem Krankenhaus in Hagen verbinden. Nach einer Minute des Wartens hörte sie, wie der Hörer weitergereicht wurde.

»Das BKA ist dran«, flüsterte eine Frau. »Nimmst du das Gespräch?«

Endlich hatte Sabine eine Krankenschwester von der Intensivstation dran. »Hallo?«

»Guten Tag, mein Name ist Sabine Nemez, ich bin eine Kollegin von Tina Martinelli. Ich weiß, dass Sie telefonisch keine Auskünfte über Patienten erteilen dürfen, aber ich bin dienstlich im Ausland und wollte mich nur …«

»Kein Problem«, unterbrach die Frau sie. »Frau Martinelli hat mir gesagt, dass Sie anrufen würden.«

Sabines Herz machte einen Sprung. »Sie ist bei Bewusstsein? Wie geht es ihr?«

»Nun, Sie sagen ja selbst, wie das ist, mit telefonischen Auskünften«, murmelte die Schwester. »Frau Martinelli nannte mir Ihren Spitznamen, den Ihnen Ihr Ausbilder …«

»Eichkätzchen«, sagte Sabine prompt. Es klang wie der Code in einem schlechten Agenten-Film.

»Okay.« Die Frau schien zu lächeln, dann wurde sie ernst. »Das Stilett hat ihre Lunge schwer verletzt und andere innere Organe nur knapp verfehlt. Die Operation dauerte fünf Stunden. Es war ziemlich knapp, aber seit heute Morgen ist Martinelli über den Berg. Im Moment schläft sie.«

Sabines Brustkorb zog sich zusammen. *Stilett? Lunge? Innere Organe?*

»Danke«, stammelte sie. »Wann wird sie das Krankenhaus verlassen können?«

»Auf der Intensivstation bleibt sie jedenfalls noch zwei Tage, danach müssen wir abwarten.«

»Danke. Falls sie aufwacht, richten Sie ihr bitte aus, dass ich angerufen habe, und ich wünsche ihr baldige Besserung.«

»Selbstverständlich.«

Sabine legte auf. *So eine verfluchte Kuhscheiße!* Gerade mal ein paar Monate im Dienst und dann das! *Tina, wo bist du da nur hineingeraten?*

Sie hob den Kopf, blickte zum wolkenverhangenen Himmel und spürte, wie der Wind ihre Tränen in den Augenwinkeln trocknete. Dann steckte sie das Handy weg und betrat wieder das Apartment.

Sneijder, Horowitz und Rüthy standen immer noch an der

Hausbar und unterhielten sich über das Unendlichkeitszeichen. Offenbar hielt sich Sneijder auch nicht immer an seine eigene Drei-Sätze-Regel.

Sneijder wandte den Kopf. »Haben Sie Ihr Privatgespräch schon beendet?«, fragte er scharf. Seine Laune hatte sich weiter verschlechtert.

»Wie Sie sehen, ja«, antwortete sie.

»Dann wollen Sie ja vielleicht auch etwas zur Lösung dieses Falls beitragen.«

Sabine trat zu den drei Männern. »Wir brauchen so rasch wie möglich ein rechtsmedizinisches Gutachten von der Schnittverletzung am Bauch der Toten, damit wir es mit den Schnittspuren vom Mord an Joana Beck in Dortmund vergleichen können. Möglicherweise handelt es sich dabei um ein ähnliches Stanley-Messer.«

Horowitz sah auf. »Richterin Beck ist tot?«

12
Donnerstag, 24. September

Der Wind ließ die Blätter in den Bäumen rauschen und trieb das Laub durch die Lindenallee. Der Anblick erinnerte Hannah an ihre Kindheit. Wie damals, als sie als Mädchen mit ihrem Vater abends durch das herbstliche Amsterdam spaziert war, lief sie jetzt mitten durch einen Haufen Laub und schob die Blätter mit den Turnschuhen vor sich her.

Zu den Laufschuhen trug Hannah eine Trainingshose und eine schwarze Windbreakerjacke. Sie war zum Leuchtturm gejoggt und einmal um die Insel gelaufen. Nun war sie wieder auf dem Plateau und erreichte gerade das Ende der Allee. Hinter ihr lag der Angestelltentrakt und vor ihr der Haupteingang der Anstalt. Die Sonne versank soeben blutrot hinter den Wolken am Horizont. Hannah hatte bereits Feierabend, und eigentlich hätte sie gleich unten beim Bahnhof bleiben können, um in dem Gasthaus etwas zu essen. Doch sie hatte keinen Hunger – außerdem hatte sie an diesem Abend etwas anderes vor.

Sie lief am Haupteingang vorbei und ging den schmalen asphaltierten Weg entlang, der um die Anstalt herum zur Rückseite des Gebäudes führte. Neben der hohen Backsteinmauer standen einige dürre Hecken und von Efeu überwucherte Sitzbänke aus Marmor. Die Lindenallee und dieser Bereich schienen die einzigen annähernd freundlichen Plätze auf dem Plateau der Felsinsel zu sein. Hannah schien es, als hätten sich überall sonst bereits vor Jahrzehnten Hass, Furcht und Wahnsinn eingenistet.

Sie kam zur Rückseite des alten Gemäuers. Hier lagen der Wendeplatz und das große vergitterte Tor, das direkt zum Häftlingsbereich führte. Hinter den hohen Mauern mit Kameras und Stacheldraht war der Gefängnishof, wie sie aus dem Flyer wusste. Irgendwo in dem fünfstöckigen Backsteingebäude mussten sich die drei Etagen des Zellenblocks für die zweiundvierzig Häftlinge befinden. An dieser Gebäudeseite waren die Gitter an den Fenstern massiver als vorne. Die Häftlinge hatten einen Ausblick auf den Innenhof und sahen hinter dem Stacheldraht das offene Meer. Bestimmt bot die Anstalt noch Platz für mindestens weitere hundert Gefangene, doch die würden erst nach erfolgreichem Abschluss des Pilotprojekts in dieses Haus einziehen – und das konnte noch Jahre dauern. Als Therapeutin wollte sie einen kleinen Beitrag dazu leisten. Allerdings war sie aus einem völlig anderen Grund hier. Doch davon durfte niemand etwas mitbekommen.

Hannah ging zum Ende des Wendeplatzes und sah zur anderen Längsseite der Anstalt. Hier würde der Weg zurück zur Lindenallee führen. Theoretisch. Dann hätte sie das Gebäude einmal umrundet. Das war jedoch nicht möglich, da der alte Gebäudetrakt, in dem sich Doktor Kempens Krankenstation mit den ehemaligen Isolationszellen befand, seitlich aus dem Gebäude herausragte. Dieser Trakt lag auf einer schmalen Felszunge, die links und rechts von Klippen umgeben und praktisch unüberwindbar war, es sei denn, man riskierte einen Todesmarsch über den schmalen Schotterweg und die spitzen und abschüssigen Felsen.

Hannah zählte die Fenster im ersten Stock. Das dritte von rechts musste Doktor Kempens Büro sein. Als Hannah bei der Ärztin gewesen war, hatte sie aus dem Fenster einen Teil des Wendeplatzes gesehen, und außerdem war dieses Fenster das einzige ohne Gitter. In dem Zimmer brannte Licht, aber mehr ließ sich nicht erkennen.

Hannah setzte sich auf einen Felsen und holte ihr Handy aus der Jackentasche. Der Wind fuhr ihr durchs Haar und kühlte den Schweiß in ihrem Nacken. Sie wählte die Kurzwahl *Zu Hause*.

Nach dem dritten Klingelton hob jemand ab.

»Hoi, met Emma. Met wie spreek ik?«

Emma war ihre jüngere Schwester. Sie würde bald neunzehn werden und wohnte immer noch in dem kleinen Hotel ihrer Eltern.

Sogleich wechselte Hannah in ihre Muttersprache. »Wie geht es dir, meine Kleine?«, fragte sie auf Niederländisch.

»Danke, gut«, antwortete Emma. »Bist du schon …?«

»Ja, bin gestern früh hier angekommen. Hat alles geklappt.«

Emma schwieg.

»Es ist nicht so schlimm.«

»Das sagst du nur so.«

»Nein ehrlich, die Leute sind alle fürchterlich nett«, log Hannah.

»Hast du schon gefragt, wann du Urlaub bekommst?«

Hannah lachte auf. »Nein, aber in knapp zwei Monaten werde ich meine ersten Urlaubstage nehmen, dann komme ich übers Wochenende nach Amsterdam.«

»Papa wird sich freuen. Du weißt ja, wie er ist … in der Vorweihnachtszeit.«

»Ja, weiß ich«, seufzte sie. Ihr Vater wollte die gesamte Familie um sich haben. Bestimmt hatte sie bis dahin Zeit gefunden, um aufs Festland zu fahren und Krimskrams zu kaufen. Sie wusste auch schon, was sie mitbringen würde: einen Räucheraal und ein Buddelschiff für Vater, Lübecker Marzipan für Mutter und eine Schneekugel mit einem Leuchtturm für ihre Schwester.

»Bringst du uns was mit?«, fragte Emma, als könnte sie Gedanken lesen.

»Bin ich schon jemals ohne Geschenke heimgekommen? Wie geht es Papa?«

»Stressig wie immer, aber die Urlaubssaison ist bald zu Ende. Du fehlst ihm.«

Ich fehle ihm? Oder meine Hilfe beim Kochen und Zimmerputzen? »Grüß Mama und Papa von mir.«

»Besser nicht, du weißt, was Papa davon hält, dass du in dieser Anstalt arbeitest.«

Jetzt beginnt gleich wieder die alte Leier. Hannah hatte es satt, darüber zu diskutieren. »Du weißt, dass ich das machen muss.«

»Ja, das hast du mir schon oft genug erklärt«, fuhr Emma fort, »aber ich kapiere es nicht. Das Einzige, was wir alle eines Tages machen müssen, ist *sterben.*«

Die Logik meiner Schwester! Hannah seufzte. Es hatte keinen Sinn, das Thema erneut aufzuwärmen. »Vertrau mir einfach«, sagte Hannah daher nur. »Es ist am besten so.«

»Gib auf dich acht.«

Hannah strich sich das Haar nach hinten. Die Gischt spritzte einige Meter unter ihr hoch, und der Wind trug eine feuchte Brise herauf, die ihr Gesicht benetzte. »Tue ich doch immer.«

»Versprich es mir.«

»Versprochen.«

»Ich will dich nicht auch noch verlieren.«

Hannah sah, wie das Licht in Doktor Kempens Büro erlosch. Der gesamte Trakt lag im Dunkeln. Auch die Sonne war nun zur Gänze verschwunden, sodass sich nur noch ein dunkelvioletter Streifen am Horizont ergoss. Hannah fröstelte. »Ich muss Schluss machen«, sagte sie rasch. »Ich rufe dich morgen wieder an.«

Sie legte auf, steckte das Handy weg und machte sich auf den Weg zur Anstalt.

Hannah zog ihre Magnetkarte durch das Lesegerät an der Tür zur Krankenstation. Hoffentlich ging der Alarm nicht los. Mit angehaltenem Atem wartete sie darauf, dass die Lampe an der Stahltür auf Grün umspringen würde.

Nichts geschah. *Fuck!* Das Lesegerät blinkte, und Hannah wollte schon panisch den Rückweg antreten, da leuchtete die Lampe endlich grün, und die Tür sprang auf. *Das war knapp!* Rasch schlüpfte

Hannah in die Station und schloss die Tür hinter sich. Vor ihr lag der dunkle Korridor. Beim nächsten Schritt aktivierte der Bewegungsmelder automatisch die Deckenbeleuchtung.

Hannah lauschte einen Moment, doch in diesem Gebäudeteil war nichts zu hören. Sie lief den Gang entlang, bog rechts um die Ecke und stand vor Doktor Kempens Bürotür. Hinter der Milchglastür war es dunkel. Hannah drückte die Klinke nieder. *Abgesperrt.* War zu erwarten gewesen.

Zum Glück war es ein altes Schloss. Sie holte ihren Dietrich aus der Tasche, bog die beiden Drahtenden zurecht und schob sie in das Schlüsselloch, an der Schablone für den Schlüsselbart vorbei. Während ihrer Studentenzeit war sie aus der Übung gekommen. Davor hatte sie durch regelmäßiges Probieren versucht, die Türen der Hotelzimmer zu öffnen – was ihr auch gelungen war –, und sich mit Emma heimlich in die Zimmer geschlichen, wo sie *Eine-reiche-Familie-auf-Urlaub* gespielt hatten.

Diesmal waren mehrere Versuche nötig, bis der Dietrich den Riegel verschob, dann war die Tür endlich offen. Sie ließ den Draht im Schloss stecken, damit sie die Tür anschließend rascher wieder abschließen konnte, falls es schnell gehen musste.

Hannah trat ein und lehnte die Tür hinter sich an. Natürlich war es verrückt, gleich am zweiten Tag so vorzupreschen, aber warum noch länger warten? Ihre Karriere war ihr sowieso gleichgültig, da sie nicht vorhatte, diesen Job ein Leben lang auszuüben. *Komm schon! Darauf hast du fünf Jahre lang gewartet. Du musst diese Antwort finden!*

Rasch durchschritt sie den Raum und schaltete die Lampe auf dem Schreibtisch ein. Niemand würde das Licht in Doktor Kempens Büro bemerken, es sei denn, er stand auf dem Wendeplatz und sah zum alten Gebäudetrakt herüber, so wie Hannah vor zwanzig Minuten. Sicherheitshalber kippte sie jedoch die Lamellen der Jalousie.

Dann setzte sie sich auf Doktor Kempens Lederstuhl und zog die Schubladen der beiden massiven Rollschränke aus Aluminium auf, die links und rechts unter dem Schreibtisch standen. Die Ärztin hatte sich nicht die Mühe gemacht, die Laden abzuschließen. Gott sei Dank, denn da Doktor Kempen für die Sicherheit dieser Anstalt verantwortlich war, befanden sich hier garantiert irgendwo die Polizeiakten sämtlicher Klienten – schließlich hatte sie zu ihrem Schreibtisch geschielt, als Hannah sie danach gefragt hatte.

In einer Schublade stieß Hannah auf eine Holzschatulle mit Schlüsseln. Klobige Dinger, deren Anhänger von *I-01* bis *I-10* durchnummeriert waren. Waren das etwa die Schlüssel für die alten Isolationszellen? Falls ja, stammten sie wahrscheinlich noch aus jener Zeit, als Steinfels eine psychiatrische Anstalt gewesen war und es keine Magnetlesegeräte gegeben hatte.

Hannah schob die Lade zu und öffnete einen der Hängeschränke aus Aluminium. Darin befanden sich tatsächlich Akten, und zwar mit den Nummern eins bis zweiundvierzig auf den Deckblättern. Willkürlich öffnete Hannah ein Dossier und sah Fotos von verstümmelten jungen Männern. *Das sind die Polizeiakten!* Rasch schloss sie die Mappe wieder. Dann blätterte sie hastig zur Nummer 23, zog sie heraus und legte sie vor sich auf den Tisch.

Gleich auf der ersten Seite sah sie Piet van Loons Gesicht. Fünf Jahre jünger, aber schon damals hatten Wahnsinn und berechnende Intelligenz in seinen Augen gelodert. Hinter dem Foto steckte eine CD in einer Klarsichtfolie. *Sicherheitskopie* stand mit schwarzer Schrift darauf, darunter ein Datum. Der 1. August des aktuellen Jahres. Das war der Tag, an dem ihre Vorgängerin sich durch das Fenster auf die Klippen gestürzt hatte.

Hannah überlegte, ob sie die ganze Mappe rausschmuggeln und in ihrem Zimmer in Ruhe lesen sollte. Doch sobald Doktor Kempen etwas nachsehen wollte, würde sie bemerken, dass etwas fehlte. Außerdem hatte Hannah vielleicht nicht noch einmal so viel

Glück, wenn sie die Akte unbemerkt zurückbringen wollte. Besser, sie las sie hier und verschwand anschließend wieder aus dem Büro.

Sie blätterte weiter und gelangte zu Polizeiprotokollen und Befunden des Rechtsmediziners. Viele Passagen waren geschwärzt worden. Offenbar nachträglich von Doktor Kempen und vermutlich aus Datenschutzgründen. Fotos von Opfern und Tatorten fehlten komplett, ebenso wie Zeugenaussagen oder Piet van Loons Geständnis. Hannah hatte sich mehr erhofft. Enttäuscht las sie die wenigen ungeschwärzten Textpassagen, die ihr aber nichts verrieten, was sie nicht ohnehin schon über Piet van Loon wusste.

Vor fünf Jahren hatte er innerhalb weniger Monate mehrere Frauen auf grausame Weise ermordet. Seinen Opfern hatte er jeweils wahllos irgendeinen Buchstaben in den Körper geritzt. Daher auch der Spitzname *Der Analphabet,* den ihm die Medien verliehen hatten. Aber Hannah fand keinen Hinweis darauf, um welche Buchstaben genau es sich gehandelt hatte. Hätten die Presseleute damals schon geahnt, dass Piet van Loon einen IQ von 158 besaß, ständig in der Bibliothek war und täglich mindestens ein Buch las, hätten sie sich wohl etwas anderes für ihn einfallen lassen. Vielleicht *Der Bibliothekar.* Hannah blätterte weiter. Merkwürdigerweise fand sie nichts darüber, dass Piet seine Opfer sexuell missbraucht hätte, wie es sämtliche Medien berichtet hatten.

Einem der Protokolle war die Kopie eines fünf Jahre alten Zeitungsartikels beigelegt, in dem stand, dass Piet van Loon von dem polizeilichen Fallanalytiker, Spezialisten für Entführungsfälle und forensischen Kripopsychologen Maarten S. Sneijder gefasst worden war, unmittelbar bevor er einen weiteren Mord an einer jungen Frau hatte verüben können. Sneijder hatte Piet van Loons Überstellung in den Hochsicherheitstrakt der Anstalt Steinfels höchstpersönlich überwacht. Und auch diese Zeitung hatte die Meldung aufgegriffen: *Der Vergewaltiger Piet van Loon.*

Wie kamen die darauf? Hannah fand weder etwas in dem Polizeiprotokoll noch in dem rechtsmedizinischen Befund, das diese Behauptung bestätigt hätte.

Zuletzt stieß sie auf das Gutachten einer Gerichtspsychologin, die sich vor fünf Jahren eingehend mit Piet van Loons Geisteszustand beschäftigt hatte. In dieser Expertise entdeckte sie dann doch noch Fotos der ersten zwei Opfer, die von der Polizei gefunden worden waren. Die Frauen waren etwa um die zwanzig, langhaarig, blond und mussten einmal sehr hübsche Gesichtszüge gehabt haben.

Auf den Tatortfotos war deutlich zu erkennen, dass mit einem scharfen, spitzen Gegenstand in die Haut über dem Brustbein einer der Leichen der Buchstabe *N* und in die Haut der anderen ein *D* graviert worden war. Kein Blut. Offensichtlich war es nach dem Mord passiert.

Die Gerichtspsychologin hatte diese beiden Fotos wahrscheinlich als Anschauungsmaterial verwendet, um ihre Theorie zu untermauern, dass Piet van Loon in eine Anstalt für abnorme Rechtsbrecher eingewiesen werden sollte.

Allerdings fand Hannah in diesem Gutachten nicht die üblichen haarsträubenden Details, die man gern über Serienkiller erzählte. Hier stand nichts über eine schreckliche Kindheit, über Zündeln, Bettnässen, das Quälen von Tieren oder darüber, dass Piet als Kind von jemandem aus der Verwandtschaft jahrelang sexuell missbraucht worden wäre. Nichts von alldem traf zu. Eigentlich hätte aus Piet ein tadelloser Familienvater werden können. Bis auf die Tatsache, dass sich seine Eltern getrennt hatten, als er fünf Jahre alt gewesen war, fand sie keinen Hinweis auf eine zerrüttete Kindheit. Wie komplex die menschliche Psyche doch war – und was alles als Auslöser für abnormes Verhalten dienen konnte. Die Schuld an den Verbrechen sah die Gerichtspsychologin weder in Kindheit, Erziehung oder gesellschaftlichem Einfluss, sondern einzig und allein in Piets außergewöhnlicher Intelligenz. Sie war teils vererbt, teils ein unbeabsichtigter Nebeneffekt der Medikamente, von denen Doktor Kempen schon berichtet hatte. Und Piet van Loon habe nie gelernt, richtig damit umzugehen. Dieser Stress sei jahrelang wie in einem Hochdruckkessel komprimiert worden und habe schließlich zu Aggressionen geführt, die ihr einziges funktionierendes Ventil im Ermorden und Verstümmeln von Menschen gefunden hätten.

So ein Quatsch, dachte Hannah. *Das würde ja bedeuten, dass alle Wunderkinder und Nobelpreisträger latente Serienmörder wären. Und außerdem: Was hat dieses Gutachten in einem Polizeibericht verloren?*

Sie überflog den Rest, konnte aber auch hier nichts darüber finden, dass Piet van Loon seine Opfer vergewaltigt hätte, bevor er ihre Körper mit einem Hammer zertrümmert und ihnen einen Buchstaben in die Haut geschnitten hatte.

Zuletzt fand Hannah noch ein Foto von Piet van Loons erstem Opfer, mit dem alles begonnen hatte, das jedoch zuletzt gefunden worden war: seine damalige Freundin Sarah. Der Mord war in Rotterdam vor etwas mehr als fünf Jahren, und zwar am 8. Juni, passiert. Sarah war eine attraktive junge Frau gewesen – und Piet hatte sie ausgerechnet an ihrem Geburtstag erschlagen. Hannahs Finger strichen gedankenverloren über das Bild. Wie schön Sarah gewesen war!

Ein leiser Piepton ließ sie hochfahren. Er kam vom magnetischen Lesegerät am Eingang der Krankenstation. Hannahs Körper versteifte sich. Das elektrische Schnappen des Schlosses war zu hören. *Fuck!*

Rasch blätterte sie zum Anfang der Mappe, fischte instinktiv die CD aus der Klarsichtfolie, steckte sie in die Jackentasche und verstaute die Mappe wieder im Hängeschrank. *Hoffentlich ist das die richtige Stelle.* Doch darum konnte sie sich jetzt nicht kümmern. Sie musste Doktor Kempens Büro so rasch wie möglich verlassen.

Durch die Milchglastür sah sie, wie das automatische Licht im Korridor anging. Sie hörte Stimmen, konnte aber nicht erkennen, wer da sprach. Da ließ sie das Läuten eines Telefons zusammenfahren. Der Klingelton kam vom Gang.

Who let the dogs out, woof, woof …

Doktor Kempens Handy!

Die Ärztin ging ran, sprach aber bloß einen Satz, den Hannah nur undeutlich verstehen konnte.

»Ich komme später … bin gerade in der Krankenstation.« Kempen legte auf und setzte die vorherige Unterhaltung fort.

Nun hörte Hannah, dass sich die Ärztin mit einem jungen Mann unterhielt. Sie kamen auf das Büro zu. Sollte Hannah sich im Büro verstecken? *Nein, was für eine blöde Idee!* Kempen würde sie finden, und Direktor Hollander würde sie fristlos entlassen. Sie musste sich einen Grund einfallen lassen, weshalb sie hier war.

Ohne lange zu überlegen, legte sie das erste Glied ihres linken Zeigefingers über die Eisenkante der geöffneten Schublade. Dann stieß sie die Lade mit voller Wucht zu. Das Geräusch war dumpf, aber die Kante quetschte dennoch ihren Fingernagel so heftig ein, dass der Schmerz sie beinahe laut aufschreien ließ. Sie biss die Zähne zusammen, zog die Hand aus der Lade, schloss diese und lief zur Tür. Der Schmerz ließ ihr die Tränen in die Augen steigen. Rasch schaltete sie das Licht aus und trat in den Gang.

Hinter der Ecke waren bereits Doktor Kempens Schritte zu hören. Hannah schloss die Tür, und während der Schmerz in ihrem Zeigefinger wie verrückt zu pochen und pulsieren begann, fingerte sie mit beiden Händen am Dietrich. *Mist! Die Lamellen!* Sie hatte vergessen, die Jalousie wieder aufzuklappen. Doch dafür war es jetzt zu spät. Außerdem ließ sich das verdammte Schloss im Moment nicht schließen. Ihre Hände war schweißnass, und beinahe wäre ihr der Dietrich aus den Fingern gerutscht.

Komm schon, du Mistding!

Sie versuchte den Tränenschleier wegzublinzeln, um einen klaren Blick zu bekommen. *Verflixt!*

Doktor Kempen würde jeden Moment um die Ecke kommen, sie sehen, wie ein Lehrmädchen zusammenscheißen und dann vermutlich mit einer Anzeige drohen. Doch noch unterhielt sie sich mit dem Mann mit der hohen Stimme, den Hannah nicht kannte.

»Ich koche nun mal gern mit Rotwein«, sagte er.

»Und schüttest du ihn manchmal auch ins Essen?«, fragte Kempen zynisch.

»Ich ...«

»Hör zu, ich werde dir weder Salbe noch Puder auf die Wunde geben. Kaltes Wasser hilft am besten. Danach bekommst du ein Schmerzmittel und einen sterilen Verband. Die Wunde wird über Nacht nässen. Hast du eine Tetanusimpfung?«

»Ja.«

»Gut, ich ...«

Endlich klickte der Riegel. Schnell zog Hannah den Dietrich aus dem Schloss, da kam bereits Doktor Kempen um die Ecke. Sie blieb wie angewurzelt stehen und starrte ungläubig auf Hannah. Neben der Ärztin stand ein junger Mann mit Kochschürze. Sein rechter Handrücken und das Handgelenk waren puterrot, als hätte er sich in der Küche mit siedend heißem Öl verbrannt.

»Gut, dass ich Sie hier treffe«, sprudelte Hannah sogleich los. »Ich dachte schon, Sie wären mit dem Abendzug von der Insel gefahren, weil Ihr Büro zugesperrt ist.«

»Was wollen Sie hier?«

Hannah zeigte ihr den Finger. Das Glied pochte wie irre. Mittlerweile waren der Finger schon geschwollen und der Nagel blau angelaufen. Die Lade etwas weniger kräftig zuzuschlagen hätte auch ausgereicht. Aber in der Hektik!

»Haben Sie sich den Fingernagel eingerissen?«, fragte Kempen.

Hannah blieb ruhig und gefasst. »Schön wär's. Ich habe mir den Finger in der Schranktür meines Zimmers gequetscht. Haben Sie ein Aspirin und einen Eisbeutel?«

Kempen musterte Hannah skeptisch. Dann fiel ihr Blick auf Hannahs andere Hand, die sie zur Faust geballt hatte – darin versteckt immer noch der Dietrich. Hoffentlich kamen weder Kempen noch der junge Koch auf die Idee, ihr zur Begrüßung die Hand geben zu wollen.

»Scheint heute kein besonders glücklicher Tag für Neuankömmlinge zu sein«, stellte Kempen fest. »Kommen Sie mit ins Behandlungszimmer.«

Eine Stunde später lag Hannah auf dem Bett ihres Zimmers. Sie hatte sich den Knochen geprellt. Ihr Finger war in einen mit Arnikatinktur getränkten Umschlag gewickelt worden, und Kempen hatte ihr versichert, dass der Nagel in ein bis zwei Tagen abgehen würde. Im Moment ruhte der Verband auf einem Handtuch, darauf ein Kühlpad.

Die Tabletten, die Kempen ihr gegeben hatte, begannen langsam zu wirken und vertrieben den pochenden Schmerz. *Und wozu das alles?*

Auf Hannahs Schoß lag ihr Laptop, das CD-Gehäuse surrte. Auf dem Silberling, den sie gestohlen hatte, befand sich nur eine Videodatei von etwas über einer Stunde Länge. Anscheinend handelte es sich um die Aufzeichnung der letzten Therapiestunde von Irene Elling mit ihren drei Klienten Ossi, Wiktor und Piet, bevor sie sich aus dem Fenster gestürzt hatte. Wenn dies die Sicherheitskopie war, musste es irgendwo ein Original geben. Und die Frage, warum sich diese Aufnahme ausgerechnet in Piet van Loons Akte befand, konnte vermutlich nur Doktor Kempen beantworten.

Nach dem Blickwinkel der Kamera zu schließen, musste das Stativ gegenüber der Eingangstür gestanden haben – anscheinend war das automatische Überwachungssystem erst nach Irene Ellings Unfall in den Therapieräumen eingebaut worden. Am Rand der Aufnahme war klar zu erkennen, dass es damals, wie Hollander Hannah schon erklärt hatte, noch keine vergitterten Fenster im Therapieraum Nummer 2.07 gegeben hatte. Nicht verzichtet hatte man jedoch auf die Anwesenheit eines Justizvollzugsbeamten mit Schlagstock und Taser.

Der Ton der Aufnahme war echt miserabel. Hannah verstand nur die Hälfte, konnte sich aber den Rest zusammenreimen und war ziemlich entsetzt. Es ging um Elektroschockbehandlung und Schalltherapie – Methoden, die vor fünfzig Jahren in psychiatrischen Kliniken angewendet worden waren.

Was Hannah außerdem irritierte, war die Tatsache, dass ihre Vorgängerin mit ihren drei Klienten per Du war. Zunächst hatte Hannah gedacht, sich verhört zu haben, doch dann war es deutlich zu verstehen. Ossi sagte *Irene* und *du*. Und Irene Elling schien das kein bisschen zu stören, obwohl das in der Therapeutenszene ein absolutes *No-Go* war – erst recht zwischen Therapeuten und Häftlingen.

Nachdem die Stunde vorbei war und die drei Klienten in Fußfesseln mit kleinen Schritten zur Tür gebracht worden waren, wurde das Bild plötzlich dunkel. Jemand war vor die Kamera getreten. Das Bild ruckelte. Hannah hörte, wie ein Knopf an der Videokamera betätigt wurde, dann brach die Aufnahme ab. Das Bild flimmerte einige Sekunden. Plötzlich war es wieder da, wenn auch mit leicht verändertem Blickwinkel. Zehn Sekunden lang war nur der leere Therapieraum zu sehen. Ein Vorhang wehte im Wind, Scherben lagen auf dem Boden, und das Fensterkreuz war mitsamt der Scheibe aus dem Rahmen gebrochen worden. Zuletzt erklang im Hintergrund das Geräusch einer ins Schloss fallenden Tür. Dann war die Aufnahme zu Ende.

13
Donnerstag, 1. Oktober

Sabine und Sneijder folgten Horowitz durch die Berner Fußgängerzone, bis dieser mit dem Rollstuhl vor dem Eingang des Alpenblick-Hotels hielt.

»Aber hallo!«, staunte Sabine. »Hier sind wir untergebracht?«

Horowitz lächelte. »Damit Sie sehen, wohin unsere Steuergelder fließen.« Er wandte sich an Sneijder. »Wenn Rüthy alles richtig gemacht hat, sind zwei Zimmer für euch reserviert. Ich habe noch etwas zu erledigen. Wir sehen uns später in der Lobby.« Er wendete den Rollstuhl.

»Was haben Sie vor?«, fragte Sabine.

Er wandte kurz den Kopf über die Schulter. »Tauben füttern.« Dann fuhr er über das Kopfsteinpflaster davon.

Sabine sah Sneijder an. »Meint er das ernst?«

»Ich fürchte schon.«

Das Hotelzimmer war Weltklasse. Begehbarer Schrank, Bad mit Whirlpool, eine riesige Minibar mit indirekter Beleuchtung und ein Flatscreen so groß wie ein Fußballfeld. Eigentlich unnötig, denn Sabine würde kaum etwas davon nutzen können. Sie betrachtete es aber als Schmerzensgeld dafür, dass sie das Wochenende nicht bei ihrer Schwester verbringen durfte. O Gott, die musste sie noch anrufen.

Nachdem sie heiß geduscht hatte, trat sie mit Bademantel und Hotelpantoffeln auf den Balkon. Die Kälte wirkte erfrischend. Sabine hatte noch eine Dreiviertelstunde, ehe sie sich mit Sneijder, Horowitz, Rüthy und Staatsanwalt Berger in der Lobby treffen würde.

Auf der Kommode neben der Balkontür hatte sie einen tragbaren Drucker von der Rezeption an ihr Notebook angeschlossen. Über das WLAN des Hotels hatte sie sich vorhin in das Wiesbadener BKA-Archiv eingeloggt. Die Verbindung war etwas lahm, aber nach einiger Wartezeit bekam sie endlich Zugang zu der Akte des Mordfalls in Hagen. Während nun eine Seite nach der anderen aus dem Drucker ratterte, lehnte sie sich an die Balustrade und blickte in die Altstadt.

Für einen Moment musste sie an die Dachterrasse der ermordeten Nicola Wyss denken. Die Aussicht hier war auch nicht schlecht. Zwar lag ihr Zimmer nur im dritten Stock, aber sie hatte einen Ausblick auf die Fußgängerzone, die bis zur Aare und zur Untertorbrücke hinunterreichte. Unter ihr liefen Einheimische und Touristen vorbei. Allein auf diesem Straßenstück hingen fünf Schweizer Fahnen vor den Hotels und flatterten im Wind. *Ein weißes Kreuz auf totem Grund,* dachte sie. *Scheiße!* Sie musste unwillkürlich lachen. Hatte sie gerade *totem* gedacht?

Irgendwo erklang das Schlagen von Kirchturmglocken, und Tauben flatterten hoch. Die Sonne versank hinter den Hausdächern. Es wurde rasch kühl, Sabine fröstelte. Trotzdem blieb sie auf dem Balkon stehen. Sie zog ihr Handy aus der Tasche des Bademantels und wählte die Nummer ihrer Schwester in München.

»Tante Bine!«, rief eine Mädchenstimme in den Apparat, kaum dass es einmal geklingelt hatte.

»Fiona, du bist noch auf?«, fragte Sabine mit gespielter Empörung.

»Ich bin zehn!«

»Ja, und schon *sooo* groß. Ist deine Mama in der Nähe?«

»Die hat Nachtschicht. Die lange Nacht der Museen. Opa ist da und passt auf uns auf.«

»Na, da habt ihr es ja klasse.« Sabines Schwester war alleinerziehend, aber ihr Vater war bereits im Ruhestand und nach dem Tod ihrer Mutter extra nach München gezogen, um Sabines Schwester beim Bändigen der drei Orgelpfeifen beizustehen.

»Connie ist auch da – einen Moment, ich schalte auf Lautsprecher«, flüsterte Fiona.

Sabine hörte es knacken.

»Hallo Tante Bine!«, rief Connie.

»Leise!«, zischte Fiona im Hintergrund.

»Ja, lass mich.«

»Warum flüstert ihr? Und wo ist Kerstin?«, fragte Sabine.

»Die schläft schon. Hat ein wenig Fieber. Liegt bei Opa im Bett.« Kerstin war mit sieben Jahren die jüngste von Sabines Nichten. Vermutlich hatte Opa ihr etwas vorgelesen und war dabei selbst eingeschlafen. »Und was treibt ihr so?«, fragte Sabine.

»Wir schauen fern. *Batman.*«

»Tatsächlich? Seid ihr nicht ein wenig zu klein dafür?«

»Tante Bine, bitte! Außerdem ist es Lego Batman, also kein Grund, dich künstlich aufzuregen.«

»Entschuldige bitte, meine Große.« Sabine musste lachen. »Hat euch Opa eine Geschichte vorgelesen?«

»Ja, Märchen, voll öd. Deine Geschichten sind viel besser«, jammerte Fiona. »Wann erzählst du uns wieder von deinen Einsätzen mit den Nachtsichtgeräten und den kugelsicheren Westen?«

Während der Drucker im Zimmer knatterte und weiterhin Seiten mit Farbfotos ausspuckte, senkte Sabine die Stimme. »Hört ihr das?« Sie hielt das Handy einen Moment lang ins Zimmer.

»Ja«, flüsterten beide. Es klang, als drückten sie sich Wange an Wange an das Telefon.

»Das ist der Helikopter. Er hat mich gerade hergebracht. Ich bin in Bern. Die Schweizer Bundespräsidentin hat mich angefordert. Ein komplizierter Fall, den nur ich lösen kann.«

»Wow, krass! Brauchst du unsere Hilfe?«

»Wahrscheinlich schon. Deswegen rufe ich an. Ich habe bereits mit meinem Vorgesetzten gesprochen, dass ich mein Team zur Unterstützung brauche. Wir haben eine nagelneue Ausrüstung für euch. Drei Headset-Funkgeräte, Wärmebildkameras und einen Überlebensanzug.«

»Wow, krass!«, riefen sie erneut. »Spürhunde auch?«

»Die besten bayerischen Gebirgsschweißhunde!« Sabine schmunzelte. Mit diesen Storys hatte sie – zum großen Ärgernis ihrer Schwester – ihre Nichten schon vor Jahren unterhalten, als sie noch kleine Delikte beim Kriminaldauerdienst in München aufgenommen hatte. Kerstin, Connie und Fiona waren wie wild darauf abgefahren.

Sabine flunkerte noch eine Weile, doch dann wurde sie ernst. »Ich muss euch leider etwas Trauriges sagen.«

»Wurde die Schweizer Bundespräsidentin verletzt?«

»Nein, zum Glück nicht.«

Das Kichern am anderen Ende der Leitung verstummte.

»Ich bekomme am Wochenende leider keinen Urlaub und kann euch nicht besuchen.«

»Oh, wegen des Falls?«, fragten die Mädchen enttäuscht.

»Ja«, seufzte Sabine. Sie dachte an Präsident Hess, der seinen wohlverdienten Urlaub in seinem Ferienhaus auch nicht antreten konnte. *Und was für ihn gilt, gilt für seine Mitarbeiter erst recht,* dachte sie bitter. »Aber ich rufe euch morgen wieder an, versprochen! Ich wünsche Kerstin baldige Besserung, und gebt ihr morgen früh einen Kuss von mir.«

»Opa und Mama auch?«

»Mama schon, aber Opa nicht, der mag das nicht so gern.«

»Stimmt gar nicht, der mag das voll!«

Sabine schmunzelte. »Okay, dann Opa auch.«

Sie beendete das Gespräch. Mittlerweile war der Drucker verstummt. Auf dem Balkon war es ohnehin schon zu kalt geworden. Sie ging ins Zimmer, schloss die Tür und nahm den Packen

Papier aus dem Fach. Im Licht der Deckenspots setzte sie sich an den Schreibtisch, knipste die Stehlampe an und breitete die Unterlagen vor sich aus.

Zwei Jahre lang hatte sie mit ihren Studienkollegen an der Akademie unter Sneijders Anleitung ungelöste Kriminalfälle durchgenommen. Einige davon hatten sie sogar lösen können. Diesen hier *mussten* sie lösen!

Es war Tina Martinellis Fall. Vor zwei Tagen war die Gerichtspsychologin Doktor Aschenbach auf ihrem Nachhauseweg von einer nächtlichen Einsatzbesprechung im Hagener Knast spurlos verschwunden. Kurz zuvor hatte sie noch mit ihrem Ehemann telefoniert, als sie jedoch um dreiundzwanzig Uhr immer noch nicht zu Hause war, hatte er an eine Entführung gedacht. Daher war sofort das BKA eingeschaltet worden. Tina war nach Hagen geflogen und hatte mit den Kollegen von der örtlichen Spurensicherung mit ihren Ermittlungen begonnen. Viele Spuren waren unbrauchbar gewesen, doch eine hatte zum Schloss Hohenlimburg geführt. Sabine kannte das Schloss, eine alte Burganlage mit Museum und Wehrgang, die auf einer Anhöhe mit tollem Ausblick auf den Schlossberg und den Stadtteil Hohenlimburg lag. Manchmal fanden Führungen im Kaltwalzmuseum statt oder Dinner & Crime-Theaterstücke im alten Rittersaal. In der Nacht auf Mittwoch, den 30. September, aber war dort dann ein echter Mord passiert.

Die entführte Gerichtspsychologin war geknebelt worden, danach hatte ihr der Täter um zwei Uhr nachts bei lebendigem Leib die Beine unterhalb der Hüfte mit einem Beil abgetrennt. Laut rechtsmedizinischem Gutachten war sie bereits nach den ersten Hieben bewusstlos geworden und Minuten später verblutet. Die Beine waren bis jetzt nicht gefunden worden. Der Rumpf der Leiche steckte im Innenhof der Burg auf einem von zwei Holzpfählen. Normalerweise waren die Pfähle mit einem Querbalken verbunden, von dem aus ein Eimer in den Burgbrunnen hinuntergelassen werden konnte. Sabine hätte vermutet, dass die Beine der Toten auf dem Boden des Schachts lagen, doch auch dort waren sie nicht gewesen. Anscheinend hatte sie der Täter als Trophäe mitgenommen.

Was für ein kranker Scheißkerl!

Schon die Beschreibung der Tat hörte sich entsetzlich an. Die Fotos waren noch schrecklicher. Sabine öffnete eine Flasche Mineralwasser aus der Minibar und betrachtete die Aufnahmen. Der Tatort sah aus wie bei einer mittelalterlichen Hinrichtung. Unter der Bluse der Toten fand die Kripo weitere Spuren. Sabine sah auf den Großaufnahmen vom Rücken der Leiche, dass die Schulterblätter rot und blau bemalt worden waren. Dazwischen befand sich an der Halswirbelsäule ein vermutlich mit einer Zigarette in die Haut gebranntes *S*.

S für Schloss Hohenlimburg? Oder *S* für Schlampe? Und was bedeuteten die Farben? *Rot – Blau.* Es gab Hunderte Möglichkeiten. Als Mörder kamen in erster Linie schon einmal mehrere Dutzend Straftäter in Frage, in deren Fall Doktor Aschenbach im Lauf ihrer Karriere ein psychologisches Gutachten erstellt hatte und die mittlerweile entlassen worden waren.

Laut Polizeiakte hatte Tina Martinelli gute Arbeit geleistet. Sie hatte den Mord zwar nicht verhindern können, hatte aber den Täter noch in derselben Nacht unmittelbar nach der Tat am Tatort gestellt. Doch genau das war ihr zum Verhängnis geworden. Nun lag sie auf der Intensivstation.

Sabine schob die Akte zusammen und wählte die Nummer des Hagener Krankenhauses. Eigentlich wollte sie sich nur nach Tinas

Gesundheitszustand erkundigen, doch dieselbe Krankenschwester, mit der sie schon vor zwei Stunden telefoniert hatte, sagte ihr, dass Tina gerade aufgewacht sei.

»Hat sie ein Telefon im Zimmer?«, fragte Sabine.

»Nein, sie braucht absolute Ruhe, aber ich … Wissen Sie was? Ich gebe Ihnen die Nummer von meinem privaten Handy«, schlug die Schwester vor. »Rufen Sie mich in einer Minute an. Dann bin ich in Frau Martinellis Zimmer. Sie können mit ihr reden, aber nur eine Minute, einverstanden?«

So viel Entgegenkommen war Sabine vom Personal eines Krankenhauses gar nicht gewöhnt. Sie spürte, wie ihre Augen vor Rührung feucht wurden. *Mein Gott, reiß dich zusammen, du Memme!* »Danke«, presste sie hervor.

Eine Minute später hatte sie Tina am Apparat.

»Welcher Fan möchte mich jetzt sprechen?«, flüsterte Tina. Ihre Stimme klang brüchig, trotzdem war sie frech wie immer.

»Du solltest besser auf dich aufpassen«, rügte Sabine sie.

»Sabine!«, presste Tina hervor. »Zu Mittag war Hess höchstpersönlich hier, und jetzt rufst du auch noch an. Was für eine Überraschung!«

»Wie geht's dir?«

»Keine Sorge, in einem Monat bin ich wieder fit.«

Die Krankenschwester murmelte etwas im Hintergrund.

»Hoffentlich«, sagte Sabine.

»Wo bist du überhaupt?«

»Mit Sneijder in Bern.«

»Oje, die armen Schweizer tun mir jetzt schon leid«, stöhnte Tina.

Sabine lachte. »Ja, zu Recht. Er ist mal wieder in Bestform!« Dann wurde sie ernst. »Ich habe deine Akte gelesen.«

»Du kannst es nicht lassen, was? Pass auf dich auf! Der Typ ist kein normaler Killer.«

»Sie sollten jetzt besser auflegen«, hörte Sabine die Stimme der Schwester im Hintergrund.

»Ich bin noch nicht fertig!«, sagte Tina scharf. »Sabine, ich habe ihn von hinten gesehen und ihm einen Streifschuss am Bein verpasst. Oberschenkel. Das Projektil ging in die Burgmauer. Trotzdem ist er nicht abgehauen. Jeder andere wäre geflüchtet, der nicht. Er hat sich im Burghof versteckt.« Tina machte eine Pause. »Ich bin noch nicht fertig!«, zischte sie erneut und atmete dabei schwer. »Er hat mir aufgelauert, von der Seite. Ich konnte sein Gesicht nicht erkennen. Ich weiß nur, er war groß und kräftig. Er hat mir ein langes spitzes Stilett zwischen die Rippen getrieben. Ein Lungenflügel ist dabei zerrissen. Ich wäre fast an meinem eigenen Blut ersoffen.« Sie hustete.

Tina war in Sizilien inmitten einer Horde von Brüdern aufgewachsen. Sie beherrschte Ju-Jutsu und hatte zusätzlich zu den Selbstverteidigungstrainings an der Akademie Sabine noch Extrastunden in Falltechniken gegeben. Wer diese Frau niederkämpfte, musste ein verdammt abgebrühtes Arschloch sein!

»Warum ist er das Risiko eingegangen, dich anzugreifen?«.

»Das kann ich dir sagen … Nachdem ich bewusstlos auf dem Boden lag, hat er das Projektil aus der Mauer gekratzt.«

»Von deiner Kugel?«

»Ja, er hat auch die Erde an der Stelle mit Spray besprüht, an der ich ihn getroffen hatte.« Tina hustete wieder. »Ammoniak. Es gibt nur eine Erklärung: Er wollte verhindern, dass wir eine brauchbare Spur seines Bluts finden.«

Das bedeutet, dass seine DNA in irgendeiner Datenbank gespeichert ist, schlussfolgerte Sabine. »Woher hatte er den Ammoniakspray?«

»Das hat Hess auch gefragt. Ich kann es mir nur so erklären: Der Mistkerl war auf alle Eventualitäten vorbereitet. Doch Hess glaubt das nicht.«

»Jetzt ist Schluss!«, unterbrach die Schwester sie.

»Ein Satz noch, sonst können Sie etwas erleben, Schwester!«

Typisch Tina! Nicht unterzukriegen!

»Du solltest jetzt wirklich aufhören und dich schonen«, sagte Sabine.

»Jetzt fang du nicht auch noch damit an«, murrte Tina. »Bevor ich nachts zur Burg gefahren bin, habe ich eine Verbindung zwischen Aschenbach und dem BKA entdeckt, aber ich konnte der Spur nicht mehr nachgehen.«

»Welche Spur?«

»Sie hat …«

Offensichtlich hatte die Schwester es endgültig geschafft, Tina ihr Telefon aus der Hand zu winden, denn Sabine hörte nur noch Tinas Protest, dann war die Leitung tot. Bestimmt hatte die Schwester ihre gute Tat schon längst bereut, und Sabine konnte sich einen neuerlichen Anruf sparen. Sie starrte auf die Akten. Schließlich ging sie zum Notebook und griff erneut auf die Internetverbindung zu. Sie googelte den Namen des Opfers in Verbindung mit »BKA« und ging auf Bildersuche. Doktor Aschenbach war eine attraktive Frau um die fünfzig gewesen. Es gab einige Fotos von ihr im Internet, im Anzug mit Blazer und Lesebrille. *Anscheinend eine intelligente und integre Frau,* kam Sabine sogleich in den Sinn. Musste sie wohl auch sein, bei diesem Job.

Es gab auch etliche Zeitungsartikel über sie. Sabine öffnete einige davon gleichzeitig in mehreren Fenstern.

Da läutete der Hotelapparat neben ihrem Bett. Sie sah zur Wanduhr. *Verdammt!* Sie hatte die Zeit vergessen. Bestimmt kam der Anruf von der Hotellobby. Und sie musste sich noch anziehen.

Im Bademantel lief sie zum Telefon und hob ab.

Es war Sneijder. »Wo stecken Sie? Wir sind in der Gaststube und haben schon angefangen.«

»Komme gleich runter.«

Sie legte auf, schnappte sich ihre Kleider und ging zur Kommode, wo das Notebook stand.

Mein Gott, die Zeitungsartikel bauten sich nur schleppend auf. Langsames Internet machte viel aggressiver als so manche Ego-Shooter-Computerspiele.

Während sie in die Hose schlüpfte, sah sie im Augenwinkel die Schlagzeile des ersten Artikels.

Gerichtspsychologin prangert Methoden des bekannten forensischen Kripopsychologen an.

Darunter war ein Foto von Maarten S. Sneijder zu sehen. Da läutete ihr Zimmerapparat erneut.

Herrgott!

Sabine überflog die Zeilen. Doktor Aschenbach hatte vor Jahren ein negatives Gutachten über Sneijder erstellt, das beinahe seine Karriere ruiniert hätte.

Sabine blickte auf die Fotos von Aschenbach.

Nun war sie tot.

14
Freitag, 25. September

Nach dem Frühstück hatte Hannah den Verband um den geprellten Finger wieder abgenommen. Es schmerzte nur, wenn sie die Finger zur Faust ballte – und das versuchte sie zu vermeiden.

Mittlerweile war der Nagel dunkelblau geworden, genauso wie das Fingerglied. Also hatte sie sich die anderen Fingernägel schwarz lackiert, denn so würde es am wenigsten auffallen und den Häftlingen möglichst wenig Anlass für Spekulationen liefern.

Den Vormittag über hatte sie einen Sozialarbeiter zu den Werkstätten begleitet und dabei einen Großteil der restlichen Insassen kennengelernt. Im Gegensatz zu anderen Justizvollzugsanstalten mit Schwerverbrechern waren die Häftlinge in Steinfels keine tätowierten muskelbepackten Rohlinge, die im Hof Basketball spielten oder Gewichte stemmten. Was diese Menschen hier gefährlich machte, war ihre Psyche. Falls ihr der Kontakt zu diesen geistig gestörten Männern emotional zu nahe gehen würde, dann – so hatte Hannah sich geschworen – würde sie sich einfach vorstellen, es mit schwierigen Gästen im Hotel ihres Vaters zu tun zu haben. So simpel war das – zumindest in der Theorie.

Nun stand sie im Therapieraum 2.07 vor dem Fenster. Allerdings blickte sie nicht aufs Meer, sondern betrachtete das Fensterkreuz. Im Gegensatz zu denen der anderen Fenster war es neu, das Holz war deutlich dunkler. Auch daran erkannte man, dass dies das Fenster war, durch das sich Irene Elling in die Tiefe gestürzt hatte. *Angeblich selbst.* Zu diesem Zeitpunkt war sie vierundfünfzig Jahre alt gewesen – eine erfahrene Therapeutin, die zuvor bereits in vielen anderen Gefängnissen gearbeitet und für die Kriminalpolizei psychologische Profile erstellt hatte. Warum brachte sich eine solche Frau um? Und warum auf diese schreckliche Art? Jedenfalls hielt Hannah nichts von Direktor Hollanders Theorie, dass sich Irene Elling möglicherweise von den Häftlingen in den Selbstmord hatte treiben lassen. Nicht jemand mit ihrer Erfahrung! Dafür war sie zu gut ausgebildet gewesen. Und außerdem – wer hatte vor Ellings Tod die Videoaufnahme aus- und nachher wieder eingeschaltet und anschließend die Tür im Raum geschlossen?

Möglicherweise würde Hannah in wenigen Minuten mehr herausfinden, wenn ihre Klienten den Therapieraum betraten und sie mit ihnen über ihre Ängste sprechen konnte. In diesem Moment wurde die Tür aufgestoßen, pünktlich um vierzehn Uhr.

Wiktor Jakowlew, Piet van Loon und Ossi Dehmel mit seiner weißen Ratte im Arm traten ein. Mit einem knappen kommentarlosen Nicken blieben sie neben den Stühlen stehen.

Hannah löste sich vom Fenster. »Guten Tag, meine Herren.« Eigentlich hatte sie gehofft, dass die Stimmung zu Beginn der zweiten Sitzung etwas lockerer sein würde, doch da hatte sie sich geirrt. »Nehmen Sie bitte Platz.«

Die Männer blieben stehen. Die Atmosphäre war merklich angespannt.

Jetzt geht das wieder los. Zwei Schritte nach vorne, einer zurück!

Die beiden Justizvollzugsbeamten schlossen die Tür, postierten sich daneben und setzten sich Kopfhörer auf. Sehr gedämpft klang die Musik, die die beiden hörten, in den Raum. Was die Gespräche in diesem Zimmer betraf, so waren sie nun taub, doch umso konzentrierter beobachteten sie die Szene.

»He, warum dürfen wir keine Musik hören?«, beklagte sich Ossi.

»Ich darf Sie daran erinnern, dass Sie nicht hier sind, um Musik zu hören«, sagte Hannah. »Außerdem habe ich veranlasst, dass wir ohne Zuhörer und eingeschaltete Kameras reden können. Es muss nicht jeder erfahren, worüber wir heute sprechen.«

»Worüber denn?«, fragte Wiktor.

»Nehmen Sie Platz, dann werden Sie es erfahren.«

Piet van Loon hob anerkennend eine Augenbraue. »Respekt«, murmelte er. »Sie müssen Direktor Hollander ganz schön beeindruckt haben.«

»Sagen wir es so: Ich habe mich für Sie eingesetzt«, antwortete sie.

»Haben ihm wohl keine andere Wahl gelassen«, vermutete Ossi.

»Unser knallhartes Mädchen.« Wiktor lächelte. »Willkommen in unserer Runde.« Er nahm als Erster Platz.

Dann gab Ossi nach, und Piet van Loon setzte sich zuletzt hin. Hannah versuchte sich ihre Erleichterung nicht anmerken zu lassen und sie mit einem emotionslosen Blick zu überspielen, doch Piet van Loon musterte sie, als könnte er mit seinem Blick ihre Atmung und ihre Pulsfrequenz messen.

Schließlich setzte sich auch Hannah. »Heute möchte ich mit Ihnen über Ihre Ängste reden – und wenn auch Sie sich an die Abmachung halten, kann ich Ihnen versprechen, dass dieses Gespräch unter uns bleibt.«

Keiner der Männer nickte.

»Einverstanden?«, hakte Hannah nach.

»Ich habe vor nichts Angst«, sagte Ossi.

Wiktor musterte ihn abfällig. »Du perverser Kinderficker müsstest eigentlich Angst haben, selbst in deiner Zelle vergewaltigt zu werden.«

Ossi streichelte unbekümmert seine Ratte. »Was soll mir hier schon passieren?«

»Dein Glück, dass du hier bist«, fügte Piet hinzu.

Hannah hörte aufmerksam zu. Da es sich bei den in Steinfels inhaftierten Männern ausschließlich um Sexualtriebtäter, Sadisten, Psychopathen sowie Kinder- und Frauenmörder handelte, gab es unter den Häftlingen nicht die in anderen Justizvollzugsanstalten üblichen Repressalien gegen diese Art von Tätern. Überall sonst wären sie Freiwild gewesen – hier nicht.

»Ich verstehe«, sagte sie, bevor das Gespräch auszuufern drohte. »Eine Krähe hackt der anderen kein Auge aus, ist es nicht so?«

»Sie sollten froh darüber sein, dass es so ist«, sagte Piet. »Andernfalls gäbe es keine Notwendigkeit für dieses Therapieprogramm, und Sie hätten keinen Job.«

»Zumindest nicht *diesen* Job«, parierte Hannah den Seitenhieb und wandte sich wieder an Ossi. »Sie haben also keine Ängste. Wie schaut es mit Albträumen aus?«

»Manchmal träume ich davon, dass ich rückfällig werde.«

»Beängstigt Sie diese Vorstellung?«

Ossi nickte.

»Wie fühlen Sie sich dabei?«

»Sobald ich einen Knaben sehe, zittere ich und bekomme schweißnasse Hände. Ich weiß, es ist eine krankhafte Störung. Ich will sie unter Kontrolle bringen, aber je mehr ich dagegen ankämpfe, umso schlimmer wird sie.«

»Danke.« Hannah machte eine Pause. »Ich hatte einen Klienten, dreimal vorbestraft, dem erging es ähnlich«, erzählte sie. »Er konnte nachts in der Zelle nicht schlafen, da ihm so viele Dinge durch den Kopf gingen. Aber er *musste* schlafen, um am nächsten Morgen mit klarem Verstand vor Gericht zu erscheinen. Sie kennen das sicher. Je mehr man sich zwingt zu schlafen, umso weniger funktioniert es. Also gab ich ihm den Rat, wach zu bleiben. Um jeden Preis, bis in die Morgenstunden.«

»Dann ist er natürlich eingeschlafen«, sagte Ossi zynisch. »Und was soll mir das nützen?«

»Was könnten Sie sich sagen, wenn Sie in Ihrer geistigen Vorstellung einem Knaben gegenübertreten?«, fragte sie.

Ossi sah sie entgeistert an. »Ich *muss* zittern, ich *muss* schwitzen, mein Puls *muss* rasen?«

»Zum Beispiel. Versuchen Sie es zu erzwingen, und Sie werden sehen, es wird Ihnen nicht gelingen.«

»Das ist doch Psychokacke-Esoterik-Scheiß!«, mischte sich Wiktor in das Gespräch ein.

Hannah blieb ruhig. »Natürlich ist es das. Aber es funktioniert!«

»Niemals«, schloss sich Ossi Wiktors Meinung an.

»Brillante Idee, den Trieb eines Triebtäters zu steigern«, bemerkte Piet zynisch. »Und ganz und gar ungefährlich! Vielleicht raten Sie ihm noch, den nächsten Knaben, den er sieht, zu vergewaltigen?«

»Dabei geht es doch um etwas völlig anders: So stellt er sich seiner Angst.«

»Das wird nie funktionieren.«

»Doch, das wird es.« Sie wandte sich zu Wiktor. »Wie steht es mit Ihnen?«

»Ich steh nicht auf Knaben, aber vielen Dank.«

Hannah schloss die Augen. »Ich meine die Albträume«, sagte sie geduldig.

»Ich habe immer wieder denselben Albtraum.«

»Haben Sie schon mal mit …?«, sagte sie, brach jedoch ab. Beinahe hätte sie *Irene Elling* gesagt, doch sie wollte nicht über die Therapiesitzungen ihrer Vorgängerin sprechen, um keine Vergleiche heraufzubeschwören. »… mit jemandem darüber gesprochen?«

Wiktor schüttelte den Kopf.

»Darf ich den Traum hören?«

Er zuckte mit den Achseln. »Ich bin nachts auf dem Heimweg. Es ist dunkel, ich bin allein. Und plötzlich ist da das Gehege eines Tiergartens.«

Wiktor stützte die Ellenbogen vornübergebeugt auf die Knie und starrte zu Boden. »Und da ist ein kleiner Braunbär, gerade mal so hoch.« Er hielt seine mächtige Pranke in Kniehöhe. »Er ist noch ein Baby, hat große Tatzen und ein weiches Fell, das im Mondlicht glänzt. Er sieht mich mit seinen großen Knopfaugen traurig an.«

Hatte Hannah sich verhört? *Traurig?* Es war ungewöhnlich für einen Sadisten und Tierquäler, Mitleid für ein anderes Wesen zu empfinden.

»Also, ich gehe zu dem Gitter und sage ihm, dass ich ihn nicht herausholen kann. Aber er jammert so fürchterlich. Schließlich quetscht er sich unter dem Gitter durch. Er kämpft sich heraus, dann klettert er an mir hoch. Er drückt sich an mich, aber ich kann ihn nicht mitnehmen. Also packe ich ihn und drücke ihn mit der Schnauze voran wieder durch das Loch in sein Gehege. Dabei muss ich ihm seinen kleinen weichen Bauch an einer spitzen Kante aufgeschlitzt haben, denn als er wieder in seinem Gehege ist, liegt er auf dem Rücken ...«

Wiktor verstummte für einen Moment. Auch Ossi, Piet und Hannah sagten kein Wort. Nur die dumpfen Geräusche aus den Kopfhörern der Wärter waren zu hören.

Wiktors Stimme wurde brüchig. »Auf seinem Bauch ist ein langer Riss. Er blutet ... überall ist Blut. Und er jammert so fürchterlich. Ich weiß, dass er sterben wird. Aber ich kann ihm nicht helfen ...« Wiktors Stimme versagte.

»Wollen Sie ihm helfen?«, fragte Hannah.

Wiktors Augen wurden feucht. Das konnte unmöglich gespielt sein. »Ich weiß es nicht. Ich ... ich kann ihn nicht erreichen. Ich habe auch kein Telefon dabei, kann nicht um Hilfe rufen. Es ist niemand in der Nähe, und der Bär wälzt sich auf dem Rücken und verliert immer mehr Blut. Sein Fell ist schon ganz verklebt, und seine Knopfaugen sehen mich an. Ich möchte das Gitter verbiegen, um ihn rauszuholen. Ich muss seine Wunde zudrücken, aber sie werden mich dabei erwischen und glauben ...« Er wischte sich über die Augen.

Niemand sagte etwas. Hannah hatte kalte Hände bekommen. Sie sah, dass Wiktors Hände zitterten. »Ist es das erste Mal, dass

Sie Mitleid empfunden haben?«, fragte sie, da sie sicher war, dass Wiktor dieses Gefühl in der Realität nicht kannte.

»Das ist doch kein Mitleid!«, fuhr er sie an.

»Was ist es dann? Beschreiben Sie es. Wie fühlt sich das für Sie an?«

»Es ist ein unbekanntes Gefühl.«

»Haben Sie Angst davor?«

»Ich habe vor nichts Angst.«

Natürlich! Da war sie wieder, seine Allmachtfantasie.

Ossis Ratte quiekte. »Scheiße, Mann«, fluchte er, als er bemerkte, dass er seine Ratte zu fest gepackt hatte.

Das Geräusch löste die Anspannung in der Gruppe.

Wiktor blickte zu Ossi. »Wenn du das jemandem erzählst, bist du tot.«

»Danke«, krächzte Hannah. »Und keine Drohungen, bitte.« Sie atmete tief durch. »Und Sie, Piet?«

Piet van Loon schien einen Moment lang in Gedanken versunken zu sein. »Ich träume nicht«, sagte er schließlich.

»*Ich träume nicht*«, äffte Wiktor ihn nach. »Nachts höre ich dich manchmal in deiner Zelle.«

»Wobei?« Ossi grinste. »Spielt er an sich selbst herum?«

»Nein. Ich höre ihn nachts durch die Belüftung im Schlaf reden. Er bettelt um die Anerkennung sein…«

Piet hatte blitzschnell den Kopf gedreht, woraufhin Wiktor verstummte. Dieser Blick in Piets Augen, wenn er binnen einer Sekunde auf Angriff umschaltete, konnte einem die Nackenhaare aufstellen.

»Wenn er nicht darüber sprechen will, ist das in Ordnung. Wir können niemanden dazu zwingen«, lenkte Hannah ein.

»Aber es ist unfair«, beschwerte Ossi sich. »Wir reden, und er macht sein Maul nicht auf.«

»Betrachten Sie es als Vertrauensvorschuss, den Sie und Wiktor

ihm gegeben haben. Eines Tages wird Piet uns etwas von sich erzählen.« Sie sah Piet scharf an. »Nicht wahr?«

Sein Blick war immer noch kalt und berechnend. »Wenn Sie
wollen, dass dieser Tag kommt, dann tue ich Ihnen den Gefallen.«

Es klang wie ein Versprechen, bei dem es Hannah eiskalt über
den Rücken lief.

»Machen wir heute wieder früher Schluss?«, fragte Ossi.

Hannah blickte auf die Uhr. »Uns bleibt noch etwas Zeit. Zum
Abschluss möchte ich eine kleine Atemübung mit Ihnen machen.«

Nach der Entspannungsübung, bei der die Männer die Augen geschlossen und Hannah ihnen mit sanfter Stimme positive Sug-
gestionen mit auf den Weg gegeben hatte, gingen sie wieder im
Gänsemarsch zur Tür.

Piet und Wiktor wurden draußen von anderen Sicherheitsbeamten in Gewahrsam genommen und zu ihren Zellen abgeführt.

Ossi ließ sich noch etwas Zeit, indem er sich im Therapieraum
umständlich die Ratte auf die Schulter setzte.

»Ist noch etwas?«, fragte Hannah.

»Worüber sprechen wir morgen?«

»Über Aggressionen.«

»Mhm. Das Gespräch über Ängste fand ich interessant«, gab er
zu. »Allerdings haben Sie uns nichts über Ihre Ängste erzählt.«

Das hättest du wohl gerne. Es war ein absolutes Tabu, als Therapeutin gegenüber ihren Klienten auch nur das Geringste aus
ihrem Privatleben zu erzählen. »Ich bin auch nicht in Therapie«,
sagte sie.

»Haben Sie Ängste?«

»Warum wollen Sie das wissen?«, entgegnete Hannah.

»Sie sollten welche haben.«

Hannah sah im Augenwinkel, dass sich der Sicherheitsmann,
der noch im Raum neben der Tür stand, den Gehörschutz abneh-

men wollte. Doch Hannah brachte ihn mit einer knappen Geste zum Stoppen. Er ließ den Kopfhörer oben.

»Wollen Sie mir drohen?«, fragte sie.

»Was? Ich?«, entfuhr es Ossi entrüstet. Dann senkte er die Stimme. »Ich meine ja nur, weil Ihre Vorgängerin gestorben ist.« Er wandte dem Wärter den Rücken zu, sodass der kein Wort von seinen Lippen ablesen konnte. »Vielleicht war es ja gar kein Selbstmord.«

»Wie meinen Sie das?«

»Vielleicht wurde sie gestoßen.«

Hannah musterte Ossi. Es klang nicht wie eine Drohung. Dafür war seine Stimme zu unsicher. Eher wie eine Warnung. »Von wem?«, fragte sie.

»Vielleicht ist sie hinter ein Geheimnis gekommen. Aber wenn ich Ihnen mehr darüber verrate, schweben Sie genauso in Lebensgefahr.«

Es klang völlig surreal. Beinahe hätte Hannah laut aufgelacht, doch Ossis ernster Blick ließ sie schweigen. Seine Ratte schnupperte in der Luft, sodass die Barthaare vibrierten.

»Denken Sie darüber nach.« Er wandte sich um und verließ den Raum.

15
Donnerstag, 1. Oktober

Sabine betrat die rustikale Gaststube des Hotels. Geweihe und Aquarelle von Berggipfeln hingen an den Wänden, und sogar die Kronleuchter unter den Holzbalken der Decke bestanden aus Geweihen. Auf einer Kommode stand ein ausgestopftes Murmeltier, das eine Schweizer Fahne in der Pfote hielt. Ob dieses Murmeltier zu Lebzeiten tatsächlich so ein Patriot gewesen war?

Die Stube roch nach ziemlich altem Holz. Sabine fragte sich, warum die Schweizer Kripo ausgerechnet diesen Ort für ein Gespräch gewählt hatte. Vermutlich, damit Sneijder nicht zu lange durch die Gegend fahren musste.

Sie fand die Männer in einer Nische sitzend, auf dem Tisch vor ihnen waren eine Menge Unterlagen ausgebreitet. Der Rest der Stube war menschenleer. Als Sabine die Tür hinter sich schloss, wandten sich ihr alle Köpfe zu.

Horowitz begrüßte sie sogleich und stellte ihr Staatsanwalt Berger vor, einen grauhaarigen attraktiven Mann im maßgeschneiderten Anzug, dessen Krawattenknoten bereits sichtlich locker saß. Während des Gesprächs war Sneijder aufgestanden und telefonierte nun auf der anderen Seite des Raums. Ein Fuß stand auf einer Holzbank. Er stützte sich mit dem Ellenbogen auf dem Knie ab, starrte aus dem Fenster und sprach leise und eindringlich in sein Handy. Sabine verstand kein Wort, doch sie bemerkte Sneijders Nervosität.

»Nehmen Sie bitte Platz«, sagte Berger. »Möchten Sie etwas trinken?«

»Nein danke.« Sabine setzt sich. Im gleichen Moment kam

Sneijder wieder zum Tisch zurück, das Telefon war weggesteckt, er sah erleichtert aus.

Berger wandte sich zu Sabine. »Also, bisher haben wir besprochen, dass ...«

»Das ist jetzt nicht notwendig«, unterbrach Sneijder den Staatsanwalt – höflich, aber mit einer gewissen Bestimmtheit. »Unsere Zeit ist knapp, und Nemez ist alt genug, um die Uhrzeit zu lesen.«

Du verdammter ...! Sabine führte den Gedanken nicht zu Ende.

Horowitz und Rüthy sagten nichts, nur Berger ignorierte Sneijders Worte und nickte zu Sabine. »Was haben Sie da für Unterlagen mitgebracht?«

Sabine rollte den Packen Papier auseinander, den sie in ihrem Zimmer ausgedruckt hatte. »Eine meiner Kolleginnen hat an diesem Fall gearbeitet. Es geht um einen Mord in Hagen, bei dem ...«

»Nemez! Bitte!« Sneijder hob die Hände. »Tun Sie mir einen Gefallen. Konzentrieren wir uns auf *diesen* Fall. Wenn ich anschließend Zeit habe, höre ich mir Ihre Fragen an.«

»Ich habe keine Fragen«, sagte Sabine kühl. Sie breitete die Fotos von der Leiche auf dem Tisch aus. Sneijders Augenlid zuckte für einen Moment, als er auf einem der Bilder das Gesicht der gepfählten Gerichtspsychologin erkannte. Allerdings sagte er nichts zur Identität des Opfers. »Nemez, dieser Fall geht uns nichts an. Präsident Hess kümmert sich darum.«

»Doch, er geht uns etwas an«, widersprach sie. »Sehen Sie!« Sie ignorierte Sneijder und reichte Horowitz die Aufnahme vom Rücken der Leiche. »Zwischen die Schulterblätter wurde mit einer Zigarette ein *S* in die Haut des Opfers gebrannt.«

Horowitz betrachtete das Bild und gab es Berger, der es nach einem langen Blick an Rüthy weiterreichte.

»Wo ist der Zusammenhang?«, fragte Berger.

Am Ton seiner Stimme merkte Sabine, dass er die Antwort bereits kannte, doch er wollte sie aus ihrem Mund hören. »In Dortmund wurde vor zwei Tagen Richterin Joana Beck getötet. Der Mörder hat die Nachricht *Die Eidotter sind am Leben* hinterlassen und ihr mit einem Stanley-Messer ein unvollständiges Hakenkreuz, womöglich aber auch die Zahl vier in die Stirn geschnitten. In der Nacht von vorgestern auf gestern wurde die Gerichtspsychologin Aschenbach in Hagen ermordet. Der Mörder hat das hier auf ihrem Rücken hinterlassen.« Sie pochte mit dem Finger auf das Foto.

»Sie glauben, es handelt sich bei diesen beiden Morden um ein und denselben Täter?«, vermutete Berger. »Und der soll auch den Mord an Direktorin Nicola Wyss in Bern verübt haben?«

Sie nickte.

»Das kann gar nicht sein!«, widersprach Sneijder. »Glauben Sie allen Ernstes, das hätten wir nicht bereits untersucht? Erstens geht sich das mit dem Weg-Zeit-Diagramm gar nicht aus, denn Richterin Beck wurde um zehn Uhr nachts in Dortmund getötet und Aschenbach um elf Uhr in Hagen entführt.«

Sabine zog ihr Handy aus der Tasche, aktivierte das Display.

»Und zweitens«, fuhr Sneijder fort, »handelt es sich bei allen drei Morden um drei unterschiedliche Modi Operandi. Was zum Teufel tippen Sie da in Ihr Handy?«

Sabine blieb ruhig. »Laut Routenplaner liegen Dortmund und Hagen nur fünfundzwanzig Minuten voneinander entfernt. Es ist unwahrscheinlich, aber es ist *nicht* unmöglich! Und zweitens sehe ich das mit dem Modus Operandi anders.«

Sneijder kniff die Augen zusammen. Schließlich hob er die Hand und streckte drei Finger aus. »Okay, reden Sie! Drei Sätze, nicht mehr.«

»Meiner Meinung nach handelt es sich bei dem Hakenkreuz um eine 4, bei dem Unendlichkeitszeichen um eine 8, und bei dem S um eine 5. Also weder Buchstaben noch Symbole, sondern Zahlen: Vier, Fünf, Acht.«

Sneijder schüttelte den Kopf. »Es könnte sich aber auch um Buchstaben handeln. Ein *S*, und das Unendlichkeitszeichen ist ein *B*.«

»Und das vermeintliche Hakenkreuz?«, fragte Sabine.

»Ein nicht vollendetes *H*.«

»Sie kennen meine Theorie. Die Botschaft wurde vollendet. Ich glaube, dass es eine Vier ist. Außerdem … was soll HSB bedeuten?«

»Hauptsicherheitsbeauftragter, Hochschule Bremen oder die internationale Kennung einer bestimmten westslawischen Sprache«, zählte Sneijder auf.

»Es gibt eine ziemlich harte deutsche Heavy Metal Band, die *Heaven Shall Burn* heißt«, warf Rüthy ein.

Sabine starrte Rüthy mit offenem Mund an. Dass so etwas ausgerechnet aus seinem Mund kam, hätte sie nun nicht erwartet.

»Sehen Sie, es gibt viele Möglichkeiten«, tat Sneijder ihren Einwand ab.

»Ich …«

»Nein! Wir müssen weitermachen«, drängte er.

»Ich habe meinen dritten Satz noch nicht gesagt«, fuhr sie ihm dazwischen.

Sneijder verstummte, schloss die Augen und atmete tief durch. »Bitte!«

Es war nicht zu übersehen, dass er ziemlich angepisst war. Offensichtlich stand er unter hohem emotionalen Druck. Aber es war nicht ihre Schuld, wenn Präsident Hess aus heiterem Himmel beschloss, dass Sneijder ab sofort im Team arbeiten musste. Jedenfalls würde sie sich von Sneijder nicht mundtot machen lassen. Zumal er an der Akademie selbst lehrte, man müsse stets für alternative Ansätze offen sein. Doch Sneijder wäre nicht Sneijder, wenn er nicht sogar seine eigenen Regeln brechen würde.

Sabine versuchte ruhig zu sprechen, denn der nächste Punkt würde Sneijder erst recht nicht schmecken. »Es gibt eine weitere Gemeinsamkeit – und zwar zwischen den Opfern.«

»Das hat das BKA schon geprüft«, kommentierte Sneijder kühl.

»Auch die Verbindung zu Ihnen?«, fragte sie.

Einen Augenblick lang war es leise im Raum.

»Sie sagten selbst – und entschuldigen Sie bitte, wenn ich Sie jetzt zitiere«, fuhr Sabine fort, »dass es um Richterin Joana Beck nicht schade sei. Gerichtspsychologin Aschenbach prangerte Ihre Methoden an und wollte Ihre Karriere ruinieren, und Direktorin Wyss von fedpol hat ebenfalls versucht, Ihnen ein Disziplinarverfahren anzuhängen.«

Sneijder setzte sein Leichenhallenlächeln auf, und diesmal sah es noch bedrohlicher aus als sonst. »Schlagen Sie mich als Täter vor?«

»Ich stelle nur fest, dass die Opfer Sie entweder gehasst und verabscheut haben oder Ihnen etwas anhaben wollten.«

»Nemez, Sie müssen noch viel lernen. Unter Kollegen heißt es, ein Polizeibeamter ohne Diszi ist eine faule Sau. Also würde ich das nicht überbewerten.«

»Dennoch wollten die Damen Ihre Karriere zerstören!«, beharrte Sabine.

»Vielleicht will Ihnen jemand die Morde in die Schuhe schieben«, sinnierte Berger.

»Das ist absolut lächerlich.« Sneijder schüttelte den Kopf. »Außerdem wäre das äußerst schlecht inszeniert, denn für mindestens zwei Morde habe ich ein Alibi.«

»Vielleicht wirst du von einem Irren gestalkt?«, schlug Horowitz vor.

»Indem er Leute ermordet, die ich nicht ausstehen kann?«, fragte Sneijder. »Da hat er viel zu tun.«

»Jedenfalls sieht es so aus, als wollte der Mörder Ihre Aufmerksamkeit auf sich lenken«, sagte Rüthy. »Und das hat schon mal ganz gut geklappt. Kollege Horowitz hat Sie als Berater angefordert, und nun sind Sie hier.«

Sneijder wollte etwas sagen, doch Horowitz unterbrach ihn mit einer Geste. Zugleich wandte er sich an Sabine. »Ihre Theorie in allen Ehren, aber es gibt – nichts gegen dich, Maarten – Tausende Menschen auf dieser Welt, die Sneijder hassen. Vermutlich sind es mehr. Eigentlich fast alle, mit denen er je zu tun hatte. Es könnte sich also um einen reinen Zufall handeln, und die Wahrscheinlichkeit dafür wäre meiner Meinung nach sogar ziemlich hoch.«

»Danke, schön gesagt«, sagte Sneijder. »Können wir nun weitermachen?«

»Noch nicht«, unterbrach Staatsanwalt Berger ihn. »Lassen Sie uns diese Theorie noch etwas vertiefen. Falls sie stimmt, was könnte der Killer damit bezwecken, Frau Nemez?«

Sabine war überrascht, dass wenigstens Berger bereit war, ihr zuzuhören – aber vielleicht war auch er nur einer von den vielen, die Sneijder nicht ausstehen konnten.

»Dadurch, dass der Killer Menschen tötet, die Sneijder kannte, haben wir es mit keinem gewöhnlichen Serienkiller zu tun, der aus sexueller Wut heraus handelt, sondern mit etwas anderem.« Sie schloss für einen Moment die Augen und rief sich die Bilder der Opfer in Erinnerung. Die Haut vom Gesicht geschnitten, mit dem Rumpf auf einen Holzpfahl gespießt und an den eigenen Haaren aufgehängt.

»Rache an Sneijder?«, murmelte sie schließlich, schüttelte aber gleichzeitig den Kopf. »Nein, denn der Mörder tötet nicht Sneijders Verwandte oder Freunde, sondern seine *Feinde*. Eigentlich ist es das Gegenteil von Rache, nämlich Verehrung …« Sie sah auf. »Oder Liebe!«

Sneijders Reaktion zeigte, dass sie ihn empfindlich getroffen haben musste. Sein Gesicht war so weiß geworden wie die Wand hinter ihm. Sie konnte förmlich zusehen, wie seine Cluster-Kopfschmerz-Attacke von Sekunde zu Sekunde stärker wurde. Jeden Moment würde er seine Akupunkturnadeln auspacken.

Da läutete sein Handy, und der Klang ließ ihn für einen Sekundenbruchteil zusammenzucken. »Sie entschuldigen mich.« Er führte das Telefon zum Ohr und ging wieder auf die andere Seite des Raums.

Die anderen blieben schweigend am Tisch sitzen. Vermutlich dachten sie über Sabines Worte nach, oder sie lauschten Sneijders Gespräch. Doch er sagte nicht viel, außer *ja*, *nein* und ein gelegentliches *Verdomme!* Dann blickte er auf die Uhr.

Kurz darauf beendete er das Gespräch und kam wieder zu ihnen. Zu der Blässe in seinem Gesicht war nun auch ein dünner Schweißfilm auf der Stirn hinzugekommen.

»Das war das BKA. Nemez, packen Sie Ihren Koffer! Wir checken aus dem Hotel aus«, sagte er in einem Ton, der keinen Widerspruch duldete. »Wir übernachten nicht in Bern.« Dann wandte er sich an die Runde. »Meine Herren, es tut mir leid, aber wir müssen Sie verlassen. Können Sie uns einen Helikopter zur Verfügung stellen?«

Berger warf Rüthy einen fragenden Blick zu. Dieser sah überrascht aus, nickte jedoch schließlich. »Das lässt sich machen.«

Sneijder blickte erneut auf seine Armbanduhr, eine Swatch mit einem Zifferblatt in den Farben der niederländischen Flagge: Rot-Weiß-Blau. »Wir brauchen eine Nachtfluggenehmigung. Um die Landeerlaubnis kümmere ich mich während des Flugs.«

»Wohin fliegen wir?«, fragte Sabine.

»Nach Regensburg. Dort wurde soeben eine weitere Leiche entdeckt.«

»Eine weitere *Freundin* von Ihnen?«, fragte Sabine vielleicht eine Spur zu zynisch, aber sie hatte sich den Kommentar nicht verkneifen können.

»Da muss ich Sie leider enttäuschen. Diesmal ist der Tote ein Mann.«

Sabine kannte Sneijders Blick mittlerweile gut genug, um zu

wissen, dass es sich um keinen gewöhnlichen Mord handelte. Dafür würde man Sneijder auch niemals von einem aktuellen Tatort abziehen. »Welche Zahl wurde in der Haut verewigt?«, fragte sie.

»Auch da irren Sie sich.« Er warf einen abschätzigen Blick auf die Tatortfotos auf dem Tisch. »Es geht nicht um Zahlen, diesmal ist es das Gemini-Zeichen.«

16
Freitag, 25. September

Wenn es jemanden gab, der in einem Gebäude über alles Bescheid wusste, dann war es entweder der Hausmeister, der Portier, die Putzfrau oder der Barmann. Das behauptete zumindest Hannahs Vater – und als Hotelier musste er es wissen. Also machte sich Hannah auf den Weg zu der Person, die diese Funktionen in Steinfels am ehesten in sich vereinte.

Hannah betrat die Bibliothek, blieb aber im Türrahmen stehen und klopfte an die offen stehende Glastür. »Hallo? Sind jetzt Öffnungszeiten?«, rief sie.

Frenk Bruno kam zwischen den Regalreihen hervor. Wie in den Tagen davor trug er auch heute Hosenträger über dem Hemd. »Oh, Besuch! Was für ein Glück. Ich dachte schon, ich hätte die Bibliothek heute umsonst geöffnet. Kommen Sie rein!«

Hannah trat ein. Die Bibliothek war fensterlos, nur ein paar Neonlampen beleuchteten den Vorraum. Auf dem Schreibtisch stand ein alter Computer mit Monitor, der jedoch ausgeschaltet war. Kein Wunder, dass Direktor Hollander einen geistig zurückgebliebenen Ex-Knacki hier arbeiten ließ. Ein richtiger Bibliothekar hätte diesen Job niemals angenommen.

Hannah ging weiter und sah sich um. Es roch nach Holz und Papier. Der alte Parkettboden knarrte bei jedem Schritt. Auch das Büro ihres Vaters in seinem kleinen Hotel in Amsterdam hatte einen solchen Boden. Hannah hatte als Mädchen oft darauf gespielt, aber niemals mit Puppen wie ihre Schwester, sondern mit Matchboxautos. Ihr Vater hatte damals seinen Gästen immer erzählt, dass seine Tochter eines Tages Rennfahrerin werden würde.

»Was wollen Sie sich ausborgen? Das Kamasutra haben wir leider nicht, aber das könnte ich Ihnen persönlich zeigen, falls Sie …«

»Wollen Sie mich anbaggern?«, fragte sie ernst.

Frenk wurde rot. »Nein, war nur ein Scherz …« Er verstummte.

Bereits auf der Uni hatte sie gelernt, dass es besser war, nicht immer jedem gefallen zu wollen – so wie ihre Schwester es tat –, und mittlerweile war sie richtig gut darin.

Frenk räusperte sich. »Also, was wollen Sie sich ausborgen?«

»Nichts, danke. Nach der Uni hatte ich *sooo* einen Kopf vor lauter Büchern.« Sie hob die Hände. »Ich glaube, ich brauche mal ein Jahr lang keine Lektüre.«

»Schade.« Frenk ließ enttäuscht die Schultern sinken und deutete auf ein Schild, das über dem Empfangstisch an der Wand hing.

Du kannst kein Buch öffnen, ohne daraus zu lernen.
– Kang-Si –

»So ist es«, bestätigte sie. »Aber Sie können mir bei einer anderen Sache helfen. Mich würde interessieren, welche Bücher sich Piet van Loon so ausborgt.«

»Keine Romane, nur Sachbücher.« Frenk steckte die Hände in die Hosentaschen und wippte auf den Zehenspitzen auf und ab, als wäre die Frage damit ausreichend beantwortet.

»Ich dachte, Sie könnten mir eine Liste ausdrucken mit den Titeln aller Bücher, die sich Piet in den letzten zwei Jahren ausgeliehen hat.«

»Ich darf nur *Bücher* verleihen, keine Listen, da ist Direktor Hollander ganz streng.«

»Verstehe.« Hannah nickte. »Und da hat er bestimmt recht.« Ihr Blick fiel auf den Empfangstisch. *Bibliotekar Frenk Bruno* stand auf einem zusammengefalteten Kärtchen, das Frenk offensichtlich selbst mit Filzstift geschrieben hatte. Daneben sah sie eine offene Dose Pepsi, eine Schale mit Erdnüssen und die Leihkarten einiger Häftlinge. Unter dem Tisch lugte das Ende einer abgewetzten schwarzen Sporttasche hervor.

»Bibliothekar schreibt man mit einem *h*«, sagte Hannah.

Frenk senkte die Stimme. »Ich weiß, aber Piet hat gesagt, ich soll es so schreiben, damit niemand merkt, wie clever ich in Wahrheit bin.«

»Sind Sie denn so clever?«

Er presste die Zungenspitze zwischen den Lippen hervor und nickte. Dann sagte er noch leiser: »Piet hilft mir manchmal mit dem Computer, zeigt mir, wie ich damit ins Internet komme, und erklärt mir Dinge.«

»Wann sprechen Sie denn mit ihm?«

»In der Bibliothek, wenn er sich Bücher ausleiht.«

»Verstehe. Und da sind keine Wärter anwesend?«

»Doch. Immer zwei Schließer. Einer für Piet und einer für mich.«

»Für Sie?«

Er nickte. »Ich könnte ja von hier abhauen. Mach ich aber nicht.«

Abhauen? Hannah dachte an Direktor Hollanders Worte. *Manchmal vergisst Frenk, dass er schon lange nicht mehr in Haft ist, und wird ungehalten, weil er an keiner Therapiesitzung teilnehmen darf.* Anscheinend identifizierte sich Frenk durch seinen Job zu sehr mit den Häftlingen. »Hat Piet auch so eine Leihkarte?«

»Mehrere sogar. Er liest unglaublich viel.«

»Darf ich einen Blick darauf werfen?«

»Natürlich, aber ich darf sie Ihnen nicht mitgeben.« Er drehte sich um und verschwand zwischen den Regalen. Kurz darauf hörte sie ihn Schubladen öffnen.

Hannah betrachtete die Bücher. Soweit sie erkennen konnte, befand sich kein einziges neues darunter. Lauter alte abgegriffene und schmuddelige Lederbände und vergammelte Taschenbuchausgaben. Vermutlich Spenden von Flohmärkten oder Bücher, die von anderen Gefängnissen ausgemustert worden waren. Obwohl Direktor Hollander sich damit gebrüstet hatte, großen Wert auf eine Bibliothek zu legen, investierte er offensichtlich keinen Cent in die Bildung seiner Häftlinge.

Während Hannah einen Band über Psychotherapie herausnahm, gedankenverloren durchblätterte und an ihre Studentenzeit dachte, schlenderten im Gang zwei Wärter an der Bibliothek vorbei.

»Ich verstehe es nicht. Wie kann ein so junger Mann so einen Einfluss auf die anderen ausüben?«

»Hast du ihm mal tief in die Augen gesehen? Der hat so einen Blick, als wüsste er genau, was du gerade denkst.«

Hannah sah auf und lauschte. Die Männer entfernten sich im Gang, doch ein paar Sätze konnte sie noch aufschnappen.

»Außerdem ist er nicht dumm. Mach nie den Fehler und unterschätz ihn. Piet hat die Gabe, andere zu beeinflussen.«

»Der hätte seinen Psychokram mal bei sich selbst anwenden sollen, dann wäre …«

Die Männer waren außer Hörweite.

»Hallo?«

Hannah fuhr herum. Beinahe hätte sie das Buch fallen lassen.

Frenk stand neben ihr und wedelte mit einem Packen gelber Karten. »So, da sind sie.« Er fächerte die Karten auf dem Tisch auf.

Hannah warf einen Blick darauf und studierte die Buchtitel. Piet interessierte sich für Medizin, Anatomie, Körpersprache, das Verhalten von Tieren, Psychologie und verschiedene Therapieformen. Wenn er das alles tatsächlich gelesen und auch in seinem Kopf halbwegs abrufbar abgespeichert hatte, dann war er ihr und ihrer Ausbildung um einige Jahre voraus. Doch Bildung allein war nicht alles. Es zählte auch die Praxis. Andererseits hatte Irene Elling über viele Jahre Erfahrung verfügt und war trotzdem tot.

Hannah warf einen Blick auf die nächsten Karten. Piet war ein Phänomen. Er interessierte sich für Geografie – vor allem für Deutschland, Österreich und die Schweiz, aber auch für Afrika, besonders Kenia – und ebenso für Mythen und geschichtliche Themen. Unter anderem hatte er Biografien über Hitler, Stalin, Napoleon, Caesar und Alexander den Großen gelesen. Alles Männer, die unter Größenwahn gelitten hatten.

»Piet ist ganz schön schlau«, bemerkte Frenk. Beinahe klang es ein wenig stolz, als wäre Piet sein bester Freund.

»Sie halten ziemlich viel von ihm, nicht wahr?«

Frenk lächelte wissend. »Wenn eine Frage mit *nicht wahr* endet, handelt es sich um eine Suggestivfrage. Darauf brauche ich nicht zu antworten, hat Piet gesagt.«

Ganz schön cleveres Bürschchen.

»Richtig. Und ich sage Ihnen noch etwas.« Hannah senkte die Stimme. »Sie müssen auf gar keine Frage antworten, wenn Sie nicht wollen.«

»Muss ich nicht?«

»Sie sind ein freier Mensch. Niemand kann Sie zu etwas zwingen.«

»Das hat Piet auch gesagt.«

»Er ist wirklich ziemlich schlau.«

»Ja, das ist er.«

Normalerweise suchten sich Häftlinge automatisch das schwächste Glied für ihre Schikanen aus – und so jemand wie Frenk Bruno wäre als Insasse jeden Tag fertiggemacht worden. Wenn sie Frenk richtig einschätzte, hatte er nur einen einzigen Freund im Knast – und das war Piet van Loon. Möglicherweise war das auch der Grund, warum die anderen Häftlinge Frenk in

Ruhe ließen und sich nicht über ihn lustig machten, wie sie in den Werkstätten erfahren hatte.

»Wissen Sie, was Piet in seiner Zelle gemacht hat?«, fragte Frenk.

»Nein.«

»Er hat den ersten Buchstaben auf der Beschriftung seines Wasserhahns weggekratzt«, flüsterte er in einem verschwörerischen Ton.

»Nein, wirklich?« *Wie originell!* Hannah gab ihrer Stimme einen überraschten und zugleich interessierten Klang.

»Ja, ehrlich. Aus *kalt* wurde *alt*. Und auf Englisch käme das Gleiche heraus, hat Piet gesagt. Da wird aus *cold* nämlich *old*.«

Hannah sah Frenk ein wenig ratlos an.

»Piet ist ganz schön intelligent, nicht wahr?«

Hannah antwortete nicht.

»Ah!«, rief Frenk. »Eine Suggestivfrage, und Sie haben nicht geantwortet. Ich glaube, Sie sind genauso schlau wie er.«

»Danke für die Karten.«

Frenk sammelte sie wieder ein. »Warum interessieren Sie sich eigentlich nur für Piet?«

Hannah hatte auf diese Frage gewartet. *Mach sie neugierig und lass sie kommen,* lautete ihre Devise. *Der Rest passiert von selbst.* »Ich interessiere mich auch für Irene Elling …« Aus dem Augenwinkel beobachtete sie Frenks Reaktion, doch da war nichts zu erkennen. Anscheinend hatte er nicht viel Kontakt zu ihr gehabt.

Frenk zuckte mit den Achseln. »Über die weiß ich nichts. Die ist mir schnuppe.«

»Ist auch besser so. Ich müsste ohnehin Direktor Hollander um Erlaubnis fragen, ob ich Ihnen etwas über Irene Elling erzählen dürfte.«

Frenk hob den Kopf. »Warum? Was hat sie denn gemacht?«

Wenn du einen Fisch fangen willst, muss er das Maul aufmachen, hatte ihr Vater immer gesagt. »Ach, nicht so wichtig.« Hannah wandte sich ab.

»Ich … äh …«

Sie drehte sich um. »Ja?«

Er sah zu Boden. »Ich darf nie an den Therapiesitzungen teilnehmen und werde von den meisten wie ein Idiot behandelt.«

»Was wollen Sie mir damit sagen?«

»Niemand gibt mir eine Chance …«

Sie kam näher und senkte die Stimme. »Okay, ich glaube, ich kann Ihnen vertrauen. Möglicherweise hat Irene Elling gar nicht Selbstmord verübt, sondern wurde gestoßen.« Sie ließ die Worte auf Frenk wirken.

Er kniff die Augen zusammen. »Von wem?«

»Von einem Häftling?«, vermutete sie.

»Oder von jemandem vom Personal …«, flüsterte Frenk.

Nun wurde es völlig verrückt. *Jemand vom Personal.* Was steckte denn hinter *dieser* Aussage? Falls ihr Klient Ossi recht hatte, war Hannahs Vorgängerin hinter ein Geheimnis gekommen. Möglicherweise hatte sie gedroht, etwas auffliegen zu lassen. *Aber wenn ich Ihnen mehr darüber verrate, schweben Sie vielleicht genauso in Lebensgefahr.* War das bloß ein Manipulationsversuch, um sie zu verunsichern? Allerdings war es unwahrscheinlich, dass Ossi und Frenk Bruno sich abgesprochen hatten, um ihr einen Floh ins Ohr zu setzen.

Frenk sah sie immer noch erwartungsvoll an.

Sie dachte an die CD mit der Aufzeichnung von Irene Ellings letzter Sitzung und dem Gespräch mit ihren Klienten. »Was wissen Sie über Elektroschock- und Schallbehandlungen?«

Er biss sich auf die Lippen. Seine Pupillen rollten hin und her, und dann sah er wieder zur Tür. »Darüber …«

»Ja?«

»Kann ich nichts sagen.«

Zumindest hatte er nicht gesagt: *Darüber weiß ich nichts.* Nun musste sie es schlau anstellen. Womit konnte sie jemanden wie

Frenk ködern? Mit Zuneigung, Anerkennung, Freundschaft und Vertrauen – wie es bei anderen Menschen funktionierte – sicher nicht. Diesen Part deckte bereits Piet van Loon ab. Aber es gab eine andere Sehnsucht, die Piet nicht befriedigen konnte.

»Sie wissen, dass alles, was einem Therapeuten gesagt wird, der beruflichen Schweigepflicht unterliegt.«

Er nickte. »Natürlich.« Es klang so, als wollte er sagen: *Ich bin ja nicht blöd.* »Aber ich darf keine Therapie machen.«

»Ich könnte mich dafür einsetzen, dass ich mit Ihnen eine Einzeltherapiesitzung mache.«

»Das geht?«

»Einzeltherapien sind sogar wesentlich interessanter und erfolgreicher als Gruppentherapien.«

»Und danach würden Sie mir, so wie allen anderen auch, eine gute Beurteilung geben?«

»Hängt von Ihrer Zusammenarbeit ab.«

Frenk dachte nach. »Okay, und womit würden wir anfangen?«

»Normalerweise beginne ich eine Therapie damit, dass ich über Fantasien, Ängste und Wünsche spreche.«

»Einverstanden, wann fangen wir an?«

Hannah unterdrückte ein Lächeln. »Nicht so hastig. Zunächst brauche ich Ihr Vertrauen. Immerhin muss ich gegenüber Direktor Hollander vertreten können, dass sich eine Therapie mit Ihnen lohnt.«

»Sie haben mein Vertrauen.«

»Gut. Also, was wissen Sie über Elektroschock- und Schallbehandlungen?«

Er biss sich wieder auf die Lippen.

Komm schon!

Er kam näher an Hannah heran, sodass sie die Erdnüsse in seinem Atem riechen konnte. »In dem alten unheimlichen Gebäudetrakt, da wo ich Sie zu Frau Doktor Kempen gebracht habe, gibt es die Krankenabteilung.« Er senkte die Stimme, sodass Hannah fast nichts mehr verstehen konnte. »… dahinter liegen Isolationszellen … In den letzten zwei Jahren … hat es drei Fälle gegeben, bei denen Häftlinge … speziell behandelt wurden.« Frenk verstummte und wich wieder zurück.

Wollte er sie verarschen?

»Heißt das, dass Doktor Kempen dort Häftlinge quält?«, flüsterte sie.

Frenk gab keine Antwort. Er hob nur die Augenbrauen.

»Um welche drei Häftlinge hat es sich dabei gehandelt?«

Frenk presste die Lippen aufeinander.

»Frenk?«

»Ich sage Ihnen mehr, wenn Sie eine positive Beurteilung über mich geschrieben haben.«

»Frenk, ich werde mich bei Direktor Hollander nur dann um eine Einzeltherapie für Sie bemühen, wenn Sie mir die Namen der drei Häftlinge nennen«, drängte sie ihn leise.

In diesem Moment hörte sie, wie jemand hinter ihr die Bibliothek betrat. Frenks entsetzter Blick verhieß nichts Gutes. Sie wandte sich um und stand Direktor Hollanders Sekretärin gegenüber. Schlagartig musste sie an Frenks Spitznamen für sie denken. *Morla!* Sie trug ein schwarzes, hochgeschlossenes Kleid, das perfekt zu ihrem schwarzen Pagenkopf passte.

Bisher ist alles so glatt gelaufen, und ausgerechnet jetzt muss die alte Kuh kommen!

Morena hob das Kinn und blickte Hannah ein wenig von oben herab an. »Alles in Ordnung?«

»Ja, danke. Ich wollte mir gerade ein Buch ausleihen.«

Fuck! Sie hat doch nicht etwa meine letzten Worte mitbekommen?, schoss es Hannah durch den Kopf. Aber die waren so leise geflüstert gewesen, da musste Morena schon über ein außergewöhnliches Gehör verfügen.

»Frenk, ich brauche deine Hilfe.« Morena zupfte an den Rüschen ihrer Ärmel. »Du musst die Müllcontainer mit dem Lastwagen zum Bahnhof bringen. Der Zug geht heute eine Stunde früher.«

»Ja.« Frenk zog den Kopf ein. Dann blickte er entschuldigend zu Hannah. »Das Buch von Ken Kesey ist im Moment verliehen, aber ich kriege es noch heute zurück. Kommen Sie morgen wieder, dann bekommen Sie es.«

Dann warf Frenk ihr einen Blick zu – und dieser Blick sagte ihr: Sie hatten einen Deal!

Fünf Jahre zuvor – Köln

Sneijder betrat die Wohnung. Herrgott, hier stank es fürchterlich. Hätte nicht jemand die Leiche früher entdecken können? Bei diesen sommerlichen Temperaturen mussten die Körpersäfte des Opfers ja schon durch den Holzboden in das untere Stockwerk gesickert sein.

»Wer ist die Tote?«, fragte Sneijder den Beamten von der Kölner Kripo.

»Evelyn Kessler, die Eigentümerin der Wohnung. Einundzwanzig Jahre alt, Stewardess. Stammt ursprünglich aus Wien und lebt seit zwei Jahren in Köln.«

»Wie kann sich eine so junge Frau eine solche Wohnung leisten?«

»Reiche Eltern. Es …« Der Beamte verstummte. Augenblicklich versteifte sich sein Rückgrat, und er wurde um gut fünf Zentimeter größer. »O Herr Präsident, ich wusste nicht, dass Sie auch …«

Hess betrat hinter Sneijder die Altbauwohnung in der Kölner Innenstadt und sah sich um. »Kümmern Sie sich nicht um mich. Eigentlich bin ich gar nicht hier. Beantworten Sie nur Sneijders Fragen.«

Sneijder hob drei Finger.

»Ja, sicher. Die Frau wurde vermutlich vor drei Tagen mit einem Messer lebensgefährlich verletzt und danach mit einem Hammer erschlagen. Die Bewohner der anderen Wohnungen sind im Urlaub. Keine Zeugen.«

»Haben Sie sie befragt, ob sie davor etwas Ungewöhnliches gesehen, gehört oder sonstwie bemerkt haben?«

»Nein, ich sagte doch, die sind …«

Sneijder deutete zum Wandkalender, der im Vorraum oberhalb

einer Schuhkommode hing. Zuletzt war der *8. Juli* abgerissen worden. Der Spruch des 9. Juli lautete *Lachen ist ja sooo gesund …*

Weiter las Sneijder nicht. »Entsprechend diesem Kalender ist sie nicht erst seit drei, sondern seit mindestens fünf Tagen tot. Ich nehme jedoch an, dass sie in Wahrheit noch länger tot ist. Und um das zu verschleiern, hat der Mörder einfach ein paar zusätzliche Blätter abgerissen.«

»Aber …«

»Waren die Bewohner des Hauses am sechsten Juli auch schon im Urlaub?«

»Nein, die sind erst …«

»Eben! Holen Sie sie aus dem Urlaub zurück und befragen Sie sie.«

»Alle?«

»Nein, nur die Kinder – natürlich alle, Sie Idiot!«

Der Beamte zog das Telefon aus der Tasche und verschwand in einen anderen Raum, wo Sneijder ihn telefonieren hörte.

Hess trat an ihn heran und senkte die Stimme. »Maarten, hör endlich damit auf, die Leute so hart ranzunehmen. Die Beamten machen ihren Job teilweise schon seit über zehn Jahren.«

»Man kann seinen Job auch zehn Jahre lang schlecht machen.«

Hess seufzte. »Ein wenig Respekt haben sie trotzdem verdient, selbst von einem Arschloch wie dir.«

»Willst du diesen Fall einem anderen Profiler geben?«

»Nein.«

»Gut, dann lass mich meine Arbeit machen, und danke für das *Arschloch*. Ich fasse es als Kompliment auf.« Sneijder betrat das Schlafzimmer, in dem die Tote lag.

Spurensicherer und Rechtsmediziner hatten in dem Raum noch nichts angefasst.

Hess betrat nach Sneijder das Zimmer. Sneijder sah, wie er vor dem Gestank zurückzuckte, den Kopf abwandte und eine Dose

Mentholcreme aus seiner Hosentasche hervorholte, von der er sich etwas unter die Nasenflügel rieb. »Möchtest du auch?«

Sneijder schüttelte den Kopf, ohne den Blick von der Leiche zu nehmen. Wie sollte er einen Mord aufklären, wenn er sämtliche Sinneseindrücke eliminierte?

Sie sah genauso aus wie die tote Zeitungsredakteurin, die sie vor zwei Wochen in Hannover gefunden hatten. Ebenfalls knapp über zwanzig, nackt auf dem Bett, Arme und Beine gespreizt, Blick zur Decke gerichtet, mit einem Messer schwer verletzt, anschließend mit dem Hammer bearbeitet und über dem Brustbein ein tief in die Haut geschnittenes Symbol.

Sneijder betrachtete das Zeichen genauer. »*Vervloekt!*«, entfuhr es ihm. Wie es der Beamte vom Kriminaldauerdienst bei der Meldung an die Kripo gesagt hatte. Es war wieder ein Buchstabe. Bereits die zweite Leiche. Mittlerweile konnten sie vom Beginn einer Serie reden, denn es würde garantiert weitergehen – so lange, bis die Botschaft vollendet war. Sie hatten es mit einem Serienmörder zu tun, der offensichtlich durchs Land reiste. Hannover, Köln. Welche Stadt kam als nächste?

»Wieder ein Buchstabe«, flüsterte Hess. »Das ist nicht gut.«

Diesmal war es ein *D*. Bei der Toten in Hannover war es ein *N* gewesen. Sie könnten die Botschaft frühestens beim Fund einer dritten Leiche entschlüsseln. Aber darüber machte er sich keine Sorgen – die würde schon noch auftauchen. Falls es sie nicht schon längst irgendwo gab, denn *N-D* ergab keinen Sinn.

Sneijder hörte Schritte hinter sich.

Der Mann von der Kripo betrat das Zimmer. »Wir haben die letzten zwei Kalenderblätter im Mülleimer gefunden.«

»Na, da hat sich Ihre langjährige Ausbildung ja voll ausgezahlt«, murmelte Sneijder. »Haben Sie die anderen abgerissenen Kalenderblätter auch gefunden?«

»Ja, in einer Schublade mit anderem Altpapier.«

»Das bedeutet, dass der Mörder zwei Blätter abgerissen und sie woanders entsorgt hat. Das bedeutet weiter, dass der Mord zwei Tage früher geschehen ist – und dass der Mörder das Opfer und seine Gewohnheiten nicht besonders gut kannte.«

Der Beamte starrte Sneijder mit offenem Mund an.

»Aber ich bitte Sie. Keine Ursache«, sagte Sneijder. »Ich brauche die Fingerabdrücke auf den letzten beiden Kalenderblättern. Und wissen Sie, wie?«

Der Mann sah ihn fragend an. »Nein, wie?«

»Ein bisschen flott.« Sneijder presste die Augen zusammen und massierte seine Schläfen.

Zuerst Hannover, danach Köln. Wohin bist du als Nächstes unterwegs?

Der Beamte verschwand. Zum Glück verließ auch Hess mit seiner Mentholcreme den Raum und schloss die Tür.

Sneijder setzte sich neben der Toten auf die Bettkante und holte sein Diktiergerät hervor.

»Ich habe deine Botschaft erhalten. Was willst du mir damit sagen …?«

Eine Stunde später verließ Sneijder das Zimmer. Überrascht atmete er die frische Luft ein, die im Wohnzimmer herrschte. Gewiss hatte seine Haut den Duft des Todes bis in jede Pore und seine Kleidung ihn bis in jede Gewebefaser aufgenommen.

Hess und die Beamten von der Kölner Kripo hielten in ihrer Tätigkeit inne und starrten ihn überrascht an. Verwundert blickte Sneijder an sich hinunter. Erst jetzt sah er die Akupunkturnadeln, die er sich – wahrscheinlich unbewusst – in den Handrücken gestochen hatte, um daran zu drehen und seine Kopfschmerzen zu lindern.

»Gibt es etwas Neues?«, fragte er mit brüchiger Stimme.

»Wir haben tatsächlich Fingerabdrücke auf den beiden Kalenderblättern gefunden. Sie stammen nicht von der Toten«, antwortete der Beamte.

»Prima, und wer ist unser Mörder?«

»Es sind leider nur Fragmente. Ich habe so etwas noch nie gesehen. Ein ausgefranster Abdruck, vermutlich seitlich von einem Daumen.«

»Ausgefranst?«, wiederholte Sneijder.

»Als hätte sich der Täter den Rest der Fingerkuppen gewaltsam entfernt.«

2. Teil

REGENSBURG

17

Donnerstag, 1. Oktober

Sabine hörte das Knattern der Rotorblätter des Schweizer Armeehubschraubers durch ihre Kopfhörer. Über das Headset war sie mit Sneijder und den Piloten verbunden.

Der Flug dauerte bereits dreißig Minuten, und in einer Stunde würden sie auf dem Hubschrauberlandeplatz der Universitätsklinik Regensburg aufsetzen. In der Kabine war es eiskalt, und alles vibrierte und klapperte. Sabine zog sich die Erste-Hilfe-Decke, die ihr der Co-Pilot gegeben hatte, bis zur Brust, vergrub die Hände darunter und starrte durchs Fenster in die Dunkelheit. Es war unmöglich zu erkennen, wo sie sich gerade befanden.

»Darf ich fragen, warum diesem Flug höchste Priorität eingeräumt wurde?«, hörte Sabine die Stimme von einem der Piloten.

»Dürfen Sie«, antwortete Sneijder über das Headset.

Sabine fürchtete bereits, dass Sneijder wieder ein Feuerwerk zynischer Bemerkungen vom Stapel lassen würde – sie wusste ja, dass er nicht gern flog und sich deshalb häufig mit Piloten anlegte. Doch diesmal blieb er überraschenderweise ruhig. Ja, er antwortete sogar ganz normal. »Spaziergänger haben vor einigen Stunden im Bayerischen Wald eine Leiche entdeckt.«

»Und warum die Eile?«

»Wenn wir ein Verbrechen nicht innerhalb von achtundvierzig Stunden aufklären, fassen wir den Täter nur noch mit viel Glück«, erklärte er. »Langjährige Erfahrung. Spuren verwischen sich, Zeugen vergessen, mutmaßliche Verdächtige haben sich bereits abgesprochen.«

»Dann ist unser Zeitfenster nicht sehr groß.«

»Ist es nie«, beruhigte Sneijder ihn.

»Wir bemühen uns, Sie so rasch wie möglich nach Regensburg zu bringen.«

»Danke.« Sneijder betrachtete Sabine skeptisch von der Seite. Er schaltete auf einen anderen Kanal, auf dem nur sie ihn hören konnte. »Warum machen Sie so ein Gesicht?«

Wenn ich Gesichter machen könnte, hätten Sie und Hess schon längst ein anderes, lag ihr auf der Zunge, doch sie wollte nicht genauso verbittert und zynisch werden wie Sneijder. Darum antwortete sie nur: »Warum verbeißen Sie sich so sehr in diese Fälle? Stattdessen sollten Sie mehr auf Ihre Gesundheit achten.«

Sneijder betrachtete sie lange, dann starrte er auf den tätowierten Punkt auf seinem Handrücken. »Nietzsche hat gesagt: *Wer ein Warum zu leben hat, erträgt fast jedes Wie.* Die Verbrecherjagd gibt meinem Leben einen Sinn, und dieser Sinn überlagert alle Beschwerden – innere und äußere.«

»Aber warum so verbissen?«

»Das hat private Gründe.«

»Ich weiß, dass Ihr Vater sich das Leben genommen hat, weil er mit seiner Buchhandlung finanziell ruiniert wurde, und das tut mir auch leid, aber …«

»Ich meine etwas anderes. Vielleicht finden Sie es eines Tages heraus.« Er schaltete die Verbindung ab, zog sein Handy aus der Tasche und begann, eine Reihe von SMS zu beantworten, die er in der Zwischenzeit erhalten hatte. Wahrscheinlich Anfragen zu anderen Fällen.

Sabine zog die Decke bis zum Kinn, lehnte den Kopf an die Nackenlehne und schloss die Augen.

Als der Helikopter zur Landung ansetzte, erwachte Sabine aus einem unruhigen Schlaf. Die Decke lag über ihren Schultern. Anscheinend war sie hinuntergefallen, und Sneijder hatte Sabine wieder zugedeckt. Er sah nicht so aus, als hätte er ebenfalls geschlafen. Seine Augen waren rot gerändert, und seine Gesichtsfarbe wirkte ungesünder denn je.

»Sind Sie nicht müde?«, fragte sie.

»Müde macht mich nur die Arbeit, die ich liegenlasse, nicht die, die ich erledige.«

»Aber wenigstens ein paar Minuten Schlaf?«

»Wozu? Untätig verbrachte Zeit ist für mich wie der Tod.«

Sie wickelte sich aus der Decke. »Dem sehen Sie mittlerweile ziemlich ähnlich.«

Er sah sie von der Seite her an. »Da redet die Richtige!«

Charmant wie immer!

Neben dem Landeplatz der Klinik wartete bereits ein ziviles Fahrzeug der bayerischen Polizei. Sneijder wechselte ein paar kurze Worte mit dem Fahrer, woraufhin sie die Koffer in den Range Rover hoben, einstiegen und sogleich losfuhren. Die Fahrt dauerte eine knappe Dreiviertelstunde. Sie rasten über die A3 Richtung Osten, überquerten die Donau und fuhren bei Wörth nach Nordosten in den Naturpark Bayerischer Wald. Die Straßen und Wege wurden immer schmäler, und bald rumpelten sie über einen als *Seeweg* beschilderten Pfad, bis sie die Zufahrt zu einem Waldstück erreichten. Zwei Polizeiwagen, deren Blaulicht grell durch die Nacht blitzte, blockierten die Zufahrt.

Ihr Fahrer beugte sich aus dem Wagen. »Sneijder vom BKA ist hier.«

Sofort wurde das gelbe Absperrband zusammengerollt, und der Wagen durfte passieren. Die Fahrt ging noch weitere zehn Minuten über einen holprigen Waldweg, bis die Scheinwerfer des Wagens eine kleine Lichtung aus der Dunkelheit rissen und sie danach das Ufer eines Sees erreichten. Nur ein einziger Polizeiwagen der bayerischen Polizei stand dort, die anderen Autos waren allesamt Zivilfahrzeuge. *Landeskriminalamt,* schätzte Sabine.

Ihr Fahrer hatte das Seitenfenster unten gelassen, und Sabine spürte deutlich, wie es feucht wurde.

»Sie können Ihre Koffer im Auto lassen«, sagte der Fahrer. »Wenn Sie wollen, fahre ich Sie anschießend in ein Hotel.«

Mit steifen Gelenken kletterte Sneijder aus dem Wagen. »So wie es aussieht, werden wir die Nacht wohl hier verbringen.«

Sabine sah, wie er die Zähne zusammenbiss. Offensichtlich hatte er auch Rückenschmerzen. Kaum stand er aufrecht, zündete er sich schon eine selbstgedrehte Zigarette an.

Sabine nahm den Geruch von Gras wahr. Marihuana, falls sie sich nicht täuschte, denn mittlerweile kannte sie den Duft schon ziemlich gut. Sie deutete auf die Glut der Zigarette. »Wir sind mitten im Wald.«

»Der Boden ist so feucht, als hätte ein Bär mit Blasenentzündung alles vollgepisst.«

»Danke für den bildhaften Vergleich.«

»Gern geschehen.« Sneijder nahm mit geschlossenen Augen einen langen Zug.

Wenigstens hatte er nicht im Auto geraucht. Sabine sah zum Ufer. Das Mondlicht spiegelte sich im Wasser, und anhand der weitläufigen Oberfläche konnte sie erahnen, wie riesig der See war. Etwa hundert Meter weiter rechts wurde der Leichenfundort mit Scheinwerfern auf Stativen ausgeleuchtet. Etwas von dem Licht fiel auf den See. Schilf bog sich im Wind, und ein Geräusch drang zu ihr herüber, als würde eine Ente im Schlaf schnattern. Sonst sah Sabine nur, wie zarter Nebel über das Wasser waberte.

Ein grauhaariger Mann, schlank und hochgewachsen, mit Lesebrille und einer Mappe unter dem Arm kam auf sie zu. Er nickte ihnen zu. »Sneijder.«

Sneijder sah ihn emotionslos an. »Timboldt.«

Der Mann war etwa so groß wie Sneijder, nur deutlich kräftiger, trug Jeans, Trekkingschuhe und einen grauen Rollkragenpullover. Er reichte Sabine die Hand. »Timboldt, BKA Wiesbaden.«

Sabine hob die Augenbrauen. »Oh, ein Kollege. Sie haben doch an dem Mordfall Joana Beck in Dortmund gearbeitet. Warum ermitteln *Sie* hier und nicht die bayerische Kripo?«

»Wir haben übernommen. Ich zeige Ihnen später, warum.« Timboldt wandte sich an Sneijder. »Ich dachte, das solltest du sehen.«

»Wo sind wir hier?«, fragte Sneijder.

»Am Höllhornsee. Heißt so wegen der Form. In der näheren Umgebung gibt es nur ein Wasserschloss und eine Wallfahrtskirche. Ziemlich armselige Gegend.« Der Beamte zeigte zum linken Ufer. »Dort liegt das Seeblickhotel, das aber seit Ende September geschlossen hat.«

»Also seit gestern«, murmelte Sneijder.

»Ja, könnte man so sagen. Aber die haben ein paar Tage früher zugemacht.«

»Wie viele Zimmer?«

»Na ja, *Hotel* ist übertrieben. Die haben nur zehn Zimmer. Und etwa zwei Kilometer weiter am Ufer entlang liegen der Campingplatz und ein Tretbootverleih.«

»Auch geschlossen?«

»Tretboot ja, Campingplatz nein. Ein paar Hartgesottene harren trotz des Wetters aus. Mehr gibt es hier nicht. Nur Wanderwege und Wald. Ein älteres Ehepaar hat am späten Nachmittag die bisher nicht identifizierte Leiche eines Mannes entdeckt.«

»Wurden sie schon vernommen?«

»Nur kurz.« Timboldt deutete auf ein Diktafon, das an seinem Gürtel klemmte. »Sind jetzt in psychologischer Betreuung.«

»So schlimm?«, fragte Sabine.

Der Mann seufzte. »Kommen Sie mit.«

Der Fundort wurde von fünf Tageslichtlampen beleuchtet. Die Leute von der bayerischen Spurensicherung waren bereits seit Sonnenuntergang damit beschäftigt, die Gegend zu durchkämmen. Nun zeigte Sabines Handy 22.25 Uhr, und sie waren immer noch nicht damit fertig.

Sabine folgte Sneijder über einen mit Bodenmarkierungen abgesteckten Trampelpfad zum Fundort. Bereits nach wenigen Metern bemerkte sie den Geruch von verkohltem Holz.

Sneijder und Timboldt blieben stehen und traten zur Seite. Dazwischen sah Sabine die Überreste eines etwa eineinhalb Meter hohen Baumstumpfs. Anscheinend war er hohl, denn darin steckte ein Mensch – zumindest das, was die Flammen von ihm übrig gelassen hatten; und das war nicht viel.

»Hat niemand das Feuer bemerkt?«, fragte Sneijder. »Das muss ja wie der Teufel gequalmt haben.«

»Wie gesagt, das Hotel hat dichtgemacht, und die paar Camper sind über zwei Kilometer weit entfernt. Das Feuer muss gegen fünfzehn Uhr gebrannt haben. Niemand hat es gesehen, das ist ein abgeschiedener Platz. Das Ehepaar hat den Brandgeruch bemerkt und schließlich die Leiche entdeckt.«

»Hast du einen Kugelschreiber?«, fragte Sneijder.

»Brauchst du auch einen Block?«

»Nein, sonst hätte ich danach gefragt.«

Timboldt warf Sabine einen Blick zu, doch sie hob nur entschuldigend die Schultern. Der Beamte reichte Sneijder einen Kugelschreiber, woraufhin Sneijder zum Baumstumpf ging.

»Hat sich der Rechtsmediziner das schon angesehen?«, fragte Sneijder.

»Um diese Uhrzeit? Machst du Witze? Wir sind hier im tiefsten Niederbayern.«

»Wenn ich lustig sein wollte, würdest du es merken. Ich schlage vor, du trommelst ihn aus dem Bett und holst ihn her.«

»Kann ich versuchen, aber für gewöhnlich schaut er sich die Leichen erst in der Rechtsmedizin an.«

»Dieser Fall ist aber nicht gewöhnlich. Ich dachte, das wäre der Grund, weshalb du mich hergeholt hast.«

Timboldt seufzte. »Unter anderem.«

»Wir brauchen so rasch wie möglich ein erstes Gutachten. Todesursache und Todeszeitpunkt. Und ein Brandsachverständiger von der Feuerwehr sollte sich das auch ansehen.« Sneijder berührte mit dem Kugelschreiber das Gesicht des Toten, das wie eine erstarrte Fratze auf dem eingedorrten Hals saß. »Meiner Meinung nach wurde der Mann mit Kunststoffball und Lederband geknebelt.« Sneijder trat zur Rückseite. »Und seine Hände wurden hinter dem Rücken gefesselt. Siehst du das ausgebrochene Holz?«

Timboldt trat näher.

Sneijder deutete mit dem Stift zum Baumstumpf. »Als er in Flammen stand, hat er noch gelebt, aber er konnte sich nicht befreien.«

Sneijder stellte sich direkt neben die Leiche und starrte in den hohlen Stumpf. »Eine Taschenlampe!« Er schnippte mit den Fingern, worauf Timboldt ihm eine reichte.

Sneijder leuchtete in den Baumstumpf. »Hohl bis zum Boden. Ich nehme an, dem Opfer wurden zuvor die Beine gebrochen oder zumindest die Kniescheiben zertrümmert, damit es sich nicht befreien konnte.« Sneijder knipste die Lampe aus, drehte sich um und starrte seinen Kollegen an. »Und das alles am helllichten Tag.«

Unwillkürlich musste Sabine an den Mord in Bern denken, bei dem der Täter ebenfalls ein hohes Risiko eingegangen war, entdeckt zu werden.

»Ich …«, begann Sneijder, brach jedoch ab. Rasch knipste er die Lampe noch einmal an und starrte erneut in den Baumstumpf. Er wechselte ein paarmal den Einfallswinkel des Lichts. »Dort unten glänzt ein silberner Gegenstand. Sobald der Rechtsmediziner die Leiche rausgeholt hat, möchte ich wissen, was das ist.«

Sabine wandte sich an den Beamten. »Sie erwähnten am Telefon das Gemini-Zeichen.«

»Ja, richtig.« Der Mann trat zu Sneijder und deutete auf den Kopf des Toten. »Das ist der Grund, weshalb ich dich hergeholt habe. Die Kollegen von der Spurensicherung haben in wenigen Metern Entfernung Haare entdeckt, vermutlich vom Toten. Der Mörder hat dem Opfer offensichtlich eine Stelle auf dem Kopf kahlrasiert und ihm dann mit einem Messer dieses Zeichen in die Kopfhaut geschnitten. Danach hat er dem Mann tiefe Schnitte in der Brust zugefügt, diese Wunden mit Brennpaste ausgefüllt und angezündet.«

»Originell«, entfuhr es Sneijder. »So etwas hatten wir noch nie.«

»Nachdem die Brust gebrannt hat, hat sich das Feuer über die Kleidung und den Körper ausgebreitet und schließlich den Baumstumpf erfasst.«

Sabine blickte zu Boden. »Die Erde wurde rundherum aufgegraben.«

»Vermutlich, damit es zu keinem Waldbrand kommt, aber dafür ist der Boden ohnehin zu feucht.«

Sneijder betrachtete den Kopf des Toten. »Die Schnitte in der Kopfhaut sind besser zu erkennen als die in der Brust. Beinahe unversehrt. Darin befand sich kein Brandbeschleuniger?«

Timboldt schüttelte den Kopf. »Im Gegenteil. Der Mörder hat einen Schwamm in die Wunde gedrückt. Höchstwahrscheinlich nass. Als wollte er, dass wir die Zeichen sehen. Sowohl die Tiefe und Breite der Schnitte als auch das Symbol erinnern stark an den Mord an Richterin Beck.«

»Wie sicher ist das?«, murrte Sneijder.

Timboldt holte sein Handy hervor und zeigte Sneijder ein Bild. »Dieses Foto haben wir mit dem Computer bearbeitet und so die ursprünglichen Schnitte rekonstruiert.«

Sabine trat näher, um ebenfalls einen Blick auf das Display zu werfen. Es zeigte den verkohlten Hinterkopf.

»Wenn du mich fragst«, sagte Timboldt, »sehen die Schnitte aus wie das Gemini-Zeichen des Tierkreiszeichens Zwilling.«

$$\coprod$$

»Oder wie eine Elf oder eine römische Zwei«, ergänzte Sabine.

Sneijder ignorierte sie. »Du hast die Haare des Toten. Außerdem sein Gebiss. Wir müssen so rasch wie möglich die Identität des Mannes feststellen.«

18
Samstag, 26. September

Hannah saß im Therapieraum ihren drei Klienten gegenüber. Diesmal hatten Ossi, Wiktor und Piet ohne Diskussion Platz genommen und sahen sie teils erwartungsvoll, teils provozierend an.

»Heute möchte ich mit Ihnen über die Ursache Ihres aggressiven Verhaltens sprechen«, begann sie. »Aber vorher möchte ich Sie noch einmal daran erinnern, dass keine Videokamera mitläuft und die Justizvollzugsbeamten einen Gehörschutz tragen.«

Ossi streichelte seine Ratte. »Und Sie meinen, das genügt, damit wir Ihnen alles über uns erzählen?«

»Wovor haben Sie denn Angst?«, fragte Hannah ruhig.

»Ich habe keine Angst.«

»Dann können wir ja offen über alles reden.«

»Warum sollte ich das?«

»Weil es erstens zur Therapie gehört und zweitens alles, was Sie mir sagen, ohnehin der Schweigepflicht unterliegt.«

»Sie glauben doch nicht wirklich, dass wir darauf reinfallen?«, schlug nun auch Wiktor denselben Ton an.

»Ich bin weder eine Richterin, die Sie verurteilt, noch eine Staatsanwältin, die Sie anklagt. Ich bin nur Ihre Therapeutin, und ich möchte Sie verstehen lernen und Ihnen helfen.«

»Dann beginnen doch *Sie* und erzählen uns etwas über sich«, schlug Piet vor. Im Gegensatz zu den vorherigen Sitzungen wirkte Piet diesmal auffällig entspannt.

Misstrauisch betrachtete Hannah ihn. »Einverstanden«, sagte sie schließlich. »Aber ich erzähle Ihnen nichts über *mich,* sondern ich erzähle Ihnen eine Geschichte.«

Piet van Loon verschränkte die Arme und lehnte sich bequem zurück.

»Ein weiser Mann saß vor den Toren seiner Stadt«, begann Hannah zu erzählen. »Alle Menschen, die in die Stadt gingen, kamen an ihm vorbei.«

»O wie schön, ein Märchen«, warf Ossi zynisch ein.

Hannah ignorierte ihn. »Da blieb ein Fremder stehen und sprach ihn an. *Du kannst mir sicher sagen, wie die Menschen in dieser Stadt sind?* Der Weise sah ihn freundlich an und fragte ihn. *Wie waren sie dort, wo du herkommst?* Der Fremde antwortete. *Freundlich, hilfsbereit und großzügig.* Der Weise lächelte. *Genau so sind sie in dieser Stadt.* Später kam ein anderer Fremder an ihm vorbei. *Sag mir, wie sind die Menschen in dieser Stadt?* Der Weise fragte ihn dasselbe wie zuvor, und der Mann antwortete. *Furchtbar, unfreundlich und arrogant!* Der weise Mann lächelte. *Ich fürchte, so sind sie auch in dieser Stadt!«* Hannah legte die Hände auf die Knie und schwieg.

»Aha«, sagte Ossi nach einer Weile gelangweilt. »Tolle Geschichte, kannte ich aber schon. Habe ich während meiner Ausbildung zum Kinderpädagogen gehört.«

»Dann können Sie uns ja den Sinn der Geschichte erläutern«, schlug Hannah vor.

»Wir sehen die Welt so, wie wir sind. Der Freundliche erlebt sie freundlich, der Unfreundliche unfreundlich. Das ist alles!«

»Und mit den Aggressionen verhält es sich genauso. Sie stecken in jedem von uns drin. Wenn wir sie nicht zügeln, werden wir auf eine aggressive Welt stoßen.« Hannah sah immer noch Ossi an, da sie ihn am ehesten von den dreien für redewillig hielt. »Wo steckt Ihre Aggression?«

Er runzelte die Stirn. »Ich verstehe die Frage nicht.«

»Wo ist sie zu Hause? Wo sitzt sie? In Ihrem Kopf? In Ihrem Herzen? Oder in Ihren Händen?«

Ossi dachte eine Weile nach, dann senkte er den Kopf. »Da unten.« Er zeigte zwischen seine Beine, wo seine Ratte saß.

»Okay, danke.« Hannah wandte den Blick zu Wiktor. »Und wo sitzt Ihre Aggression?«

Wiktor ballte die Hände zu Fäusten. »Hier drin. Kostprobe gefällig? Damit könnte ich jeden auseinanderreißen, der …«

»Vielen Dank.« Sie sah zu Piet. »Und bei Ihnen?«

Er neigte den Kopf. »Ich bin nicht aggressiv.«

Beinahe hätte Hannah lauthals aufgelacht. *Ein Mann, der fünf Frauen ermordet hat!*

»Das ist nicht fair!«, protestierte Ossi.

Wiktor wandte seinen massigen Kopf zu Piet. »Sehe ich genauso. Du bist uns vom letzten Mal noch eine Geschichte schuldig, da hast du nämlich brav die Klappe gehalten.«

»Ja, Piet! Du bist dran!«, fügte Ossi hinzu.

Hannah hob auffordernd die Augenbrauen. Das war das Gute an Gruppentherapien – wenn es einmal lief, konnte man sich nur schwer dem Gruppendruck entziehen. »Also Piet«, forderte sie ihn auf, »wo sitzt Ihre Aggression?«

»Ich sagte bereits, ich bin nicht aggressiv!«

»Sind Sie doch«, provozierte sie ihn. »Ständig! Ich kenne Sie gar nicht anders.«

»Das ist doch dummes Geschwätz. Ich habe meine Emotionen unter Kontrolle.«

»Ach was.« Hannah beugte sich zu Piet nach vorne. »Sie sind unbeherrscht und haben weder Ihre Wut noch Ihren Hass oder Ihre Streitsucht unter Kontrolle … wie ein kleines Kind.«

»Ich muss mir diesen Mist von einer Aushilfspraktikantin nicht länger anhören!«

Hannah hob die Stimme. »Tatsächlich sind Sie schwach und werden von Ihren Emotionen beherrscht!«

»Ich und schwach?«, echote er. »Sie haben ja keine Ahnung!«

»Sie sind rechthaberisch und spielen sich gerne auf, was auf ein extremes Minderwertigkeitsgefühl zurückzuführen ist. Und ...«

»Ich frage mich, wer sich von uns beiden minderwertig fühlt?« Piet machte Anstalten, sich zu erheben. »Sie mit Ihrem Geltungsdrang, sich profilieren zu müssen ...«

»Oder Sie, weil Sie eine höllische Angst davor haben, sich vor Ihren Kollegen eine blamable Niederlage einzugestehen.«

»Sie mieses Stück Sch...!« Er sprach den Satz nicht zu Ende.

Hannah sah aus dem Augenwinkel, wie einer der Beamten sich den Kopfhörer vom Kopf ziehen wollte, doch sie bedeutete ihm mit einer Geste, dass alles in Ordnung war.

»Sehr gut«, sagte sie sanft. »Vielen Dank, dass Sie mir soeben Ihre aggressive Seite gezeigt haben. Was fühlen Sie im Moment? Wo sitzt der Zorn?«

Piet sank auf seinen Stuhl zurück. Er krümmte den Oberkörper und sah zu Boden. »Hier ...«, murmelte er und fasste sich an die Kehle.

Hannah erinnerte sich an Piets angeborene Immunerkrankung und Überfunktion der Schilddrüse. »Im Hals?«

»Keine Ahnung«, murmelte Piet. Er klang unsicher. Dann fuhr seine Hand hinunter zur Brust.

Im Brustkorb also!

»Ich weiß, wie Sie sich jetzt gerade fühlen«, sagte sie sanft. »Ich habe Sie überrumpelt, und Sie sind darauf reingefallen. Das tut mir leid.«

Piet antwortete nicht.

Sie durfte den emotionalen Draht zu ihm nicht verlieren. »Okay, Sie hassen mich gerade. Das ist gut«, fuhr sie fort. »Wir wissen jetzt, wo dieser Hass steckt. Tief drinnen in Ihrer Brust. Wie sieht er aus? Geben Sie ihm eine Form.«

Piet schloss die Augen. Die Adern an seinen Schläfen traten hervor.

»Wie sieht dieser Hass aus? Personifizieren Sie ihn!«

»Er ist ein kleiner schwarzer Mann, der Sie am liebsten mit einem Hammer erschlagen würde. Zuerst die Hand- und Kniegelenke, dann die Hüfte, die Rippen, den Kehlkopf und den Schädel …«

Hannah schluckte. »Das ist gut!« Sie machte eine Pause. Nun kam der schwierigste Teil. Sie rückte näher und veränderte ihre Stimme, sodass sie noch sanfter wurde und Piet direkt ansprach. »Schwarzer Mann, was würdest du am liebsten noch mit mir machen?«

»Dich in Stücke schlagen«, kam die prompte Antwort.

»Und dann?«

»Zusehen, wie du zuckst, das Blut aus dir herausläuft und du langsam stirbst.«

»Wie fühlst du dich dabei, schwarzer Mann?«

»Befreit.«

»Wovon?«

»Von dem Druck, der auf mir lastet.«

Sie drehte den Spieß um. »Welche Last bedrückt dich, schwarzer Mann?«

»Ich will nicht darüber sprechen.«

»Warum?«

»Weil es dich nichts angeht.«

»Du verweigerst mir also zu sehen, was in Piets Innerem vorgeht?«

»Das geht nur ihn und mich etwas an.«

»Aber ich bin Piets Therapeutin, wir beide müssen darüber sprechen.«

Piet saß immer noch mit geschlossenen Augen vornübergebeugt da und richtete den Kopf zu Boden. »Warum müssen wir das?«

»Weil ich Piet helfen möchte.«

»Aber *ich* will Piet nicht helfen.«

»Fühlst du dich vernachlässigt? Gibt dir Piet zu wenig Aufmerksamkeit?«

»Nein, ich brauche keine Anerkennung.«

»Vielleicht nicht von Piet – aber vielleicht von jemand anderem?«
Der schwarze Mann schwieg.

»Von wem fühlst du dich vernachlässigt, schwarzer Mann?«
Piets Stimme wurde kalt. »Ich bin purer Zorn und Hass. Ich brauche niemanden.«

Fuck! Hannah hatte einen Fehler begangen. Rasch versuchte sie, ihn zu korrigieren, ehe sie den Draht zu Piets unbewussten Gefühlen verlieren würde. »Nicht du, sondern Piet fühlt sich vernachlässigt, habe ich recht? Und *das* bringt dich in Wut.«

»Piet ist stark genug.«

»Wir wissen beide, dass das nicht stimmt.«

»Er braucht keine Anerkennung.«

»Vielleicht nicht von seinen Mithäftlingen«, vermutete Hannah, »aber es gibt jemanden, der ihm mehr Aufmerksamkeit schenken könnte. Ist es das, was dich wütend werden lässt?«

»Du hast ja keine Ahnung!«

»Wovon?«

»Wie es ist, alleingelassen zu werden.«

»Piets Mutter war immer für ihn da.«

»Aber sein Vater hat ihn verlassen. Ist einfach gegangen.« Piets Hände waren zu Fäusten geballt.

Hannah blickte kurz zu Ossi und Wiktor. Sie hielten den Atem an und gaben keinen Mucks von sich. Anscheinend hatten sie Piet noch nie in einer derartigen Verfassung gesehen.

Aus Piets Akte wusste Hannah, dass er eine geistig abnorme Persönlichkeitsstörung hatte. »Spürst du einen Zwang, schwarzer Mann? Eine Bedrohung?« Sie wusste, dass dies eine einmalige Chance war, mehr über Piet und seine wahren Beweggründe zu erfahren. *Komm schon! Sag etwas!*

»Da ist dieses Ungeheuer. Es wartet auf mich. Lauert mir auf.«

»Wie sieht es aus?«

»Es ist dunkel.«

»Was tut es?«

»Es will mich schlucken, hinunterziehen in sein schwarzes Loch.«

»Wer oder was ist dieses Ungeheuer? Versuch ihm einen Namen oder eine Eigenschaft zu geben.«

»Es ist … schwermütig, pessimistisch, unglücklich und …«

»Depressiv?«

»Ja.«

Hinter Zwang lag oft eine tiefe Depression, wobei der Ausdruck der männlichen Depression die Aggression war. Hannah dachte an Piets Akte. Alles schien plötzlich einen Sinn zu ergeben. Doch dann wurde sie einen Moment lang stutzig. Es passte auch irgendwie … *zu glatt* zusammen.

»Es ist gut«, sagte sie.

Piets Fäuste öffneten sich. »Nichts ist gut!« Gleichzeitig riss er die Augen auf, sprang auf und trat den Stuhl durch den Raum, sodass seine Fußketten klirrten und der Stuhl an der Fensterfront krachend zu Bruch ging.

Die Justizvollzugsbeamten zogen sich die Kopfhörer herunter und griffen gleichzeitig zu ihren Tasern. Einer von ihnen trat hinter Piet.

Hannah stand ebenfalls auf und hob sogleich abwehrend den Arm. »Es ist alles in Ordnung. Danke … Piet.«

Sie schob Piet ihren eigenen Stuhl hin. »Sie können sich da hinsetzen.«

Piet hob den Kopf und sah sie mit funkelnden Augen an.

»Danke, dass ich mit dem schwarzen Mann in Ihrer Brust reden durfte«, sagte sie.

Ossi ließ die angespannten Schultern sinken. »Halleluja.«

Piet sagte nichts. Er starrte sie nur feindselig an. Für einen Moment fürchtete sie, dass alles nur Show gewesen war, Piet sie hereingelegt hatte und plötzlich laut zu lachen beginnen würde. Doch nichts dergleichen passierte.

Wenn ein Mensch wütend erscheinen wollte, gab es viele Möglichkeiten, diese Wut vorzutäuschen. Er konnte mit den Armen fuchteln, den Beinen aufstampfen, laut schreien, schimpfen oder eine grimmige Miene ziehen. Doch eine Sache ließ sich nicht künstlich herbeiführen: schmale Lippen. Wenn jemand wütend war, wurden seine Lippen schmal. Es hatte etwas mit dem Kapillareffekt und der Muskelkontraktion zu tun. Und das ließ sich nicht vortäuschen.

Piets Lippen waren schmal – so dünn wie eine weiße Linie. In diesem Moment musste er sie hassen wie keinen anderen Menschen auf der Welt. Und er hatte ihr auch in aller Deutlichkeit beschrieben, was er mit ihr machen würde. Allerdings war eine Sache nicht darunter gewesen. Er hatte nicht erwähnt, dass er sie auch vergewaltigen würde. Auch in den Polizeiberichten hatte sie kein Wort darüber gefunden, dass Piet je eines seiner Opfer sexuell missbraucht hätte. Aber aus welchem Grund hatten die Medien trotzdem darüber berichtet? Trotz dieser eindrücklichen Sitzung stand sie erst am Anfang und musste noch so viel über ihn und seine Beweggründe herausfinden.

»Hallo? Alles in Ordnung?«

Hannah sah auf. Ein Beamter war neben sie getreten. »Ja, danke, alles fein.«

Mittlerweile waren Ossi und Wiktor hinausbegleitet worden. Piet verließ als Letzter den Raum. Kurz bevor er durch die Tür ging, glaubte sie, ihn schmunzeln zu sehen.

»Piet?«, flüsterte sie.

Er drehte sich um, lächelte ihr zu und flüsterte: »Hat Ihnen der schwarze Mann gefallen?«

19
Donnerstag, 1. Oktober

Sabine starrte immer noch auf die bizarre Form der verkohlten Leiche. Gefesselt, in einen hohlen Baumstumpf gepfercht, die Brust mit einer Brennpaste entzündet und bei lebendigem Leib verbrannt. Wie konnte sich ein Mensch an den Qualen eines anderen nur so erfreuen?

»Ist alles in Ordnung, Eichkätzchen?«, fragte Sneijder.

»Nein, ist es nicht«, antwortete sie mit rauer Stimme. »Welche Gottferne ist für so eine Tat nötig!«

»Nun, ich glaube nicht an Gott«, antwortete Sneijder. »Und unser Mörder offensichtlich auch nicht.«

»Womöglich ist er an Astrologie interessiert«, vermutete Timboldt.

Sabine schüttelte langsam, aber bestimmt den Kopf. »Meiner Meinung nach handelt es sich bei den Schnitten um die Zahl Elf. Dann wäre es ein weiteres Opfer einer Serie.«

Sneijder verdrehte die Augen. »Sie haben sich da in etwas verrannt. Aber ich werde nicht weiter mit Ihnen darüber streiten.«

»Weil Sie es leid sind?«, fragte Sabine.

»Nein.« Er strich sich über die Glatze. »Weil Sie möglicherweise recht haben könnten ... Ich weiß es nicht.« Er schien unschlüssig.

Sabine hob erstaunt den Blick. *Das aus Sneijders Mund!*

»Ich warte auf den Rechtsmediziner und werde hier noch mindestens eine Stunde beschäftigt sein«, sagte Sneijder. »Wollen Sie sich in der Zwischenzeit im Auto hinlegen?«

»Ich habe im Helikopter geschlafen.« Sie wandte sich an

Timboldt. »Ich würde mir gern die Zeugenaussagen des älteren Ehepaares anhören.«

»Kein Problem.« Der Mann löste das Diktafon vom Gürtel und reichte es Sabine.

»Danke.« Sie nickte in Richtung des Sees. »Kann ich mich hier ein wenig umsehen?«

»Klar, der Wanderweg führt um den See herum. Aber passen Sie auf, dass Sie nicht ins Wasser rutschen. Das Ufer ist an manchen Stellen sehr glitschig.«

»Gut, danke.«

Sabine wollte sich bereits in Bewegung setzen, doch Sneijder stoppte sie. »Werden Sie weit gehen?«

»Ich habe nicht vor wegzulaufen.«

»Hast du eine Ersatzwaffe?«, fragte Sneijder den Kollegen.

Timboldt griff an sein Gürtelholster und zog eine kleinkalibrige Walther PPK heraus, die er Sabine hinhielt. »Ich nehme an, Sie können damit umgehen.«

Instinktiv griff sie zu der Stelle, wo sich normalerweise ihr Holster mit der Dienstwaffe befand. Doch beides hing im Waffenspind des BKA in Wiesbaden. Sneijder und sie waren direkt aus der Schweiz gekommen, und ins Ausland hatte sie keine Waffe mitnehmen dürfen. »Ja, ich kann damit umgehen, aber ist das notwendig?«

Der Beamte und Sneijder warfen sich einen Blick zu.

»Sicher ist sicher«, sagte Sneijder. »Und geben Sie acht, dass Ihnen nichts passiert.«

Wie besorgt er plötzlich um sie war. Sabine nahm die Waffe, prüfte das Magazin und steckte sie hinten in den Hosenbund. Dann verließ sie die Gruppe.

Schon bald erstarb das Gemurmel der Männer und Frauen hinter ihr. Auch der Schein der Lampen und die Blitzlichter der Kameras verblassten. Vor ihr lag der Wanderweg.

Nach einer halben Minute hatten sich ihre Augen an die Dunkelheit gewöhnt. Der Mond beleuchtete die Wurzeln vor ihr, und manche Bäume warfen lange Schatten auf den Pfad. Neben ihr raschelte das Schilf im Wind. Die Wellen plätscherten ans Ufer, und in weiter Ferne hörte sie den Ruf eines Kuckucks.

Bestimmt hätte sie im Wagen jetzt gut geschlafen, doch wie hätte Sneijder es formuliert? *Eine Stunde konzentrierte Arbeit hilft mehr, das Schiff wieder flottzumachen, als ein kurzes Nickerchen.* Als sie zu einer Stelle kam, an der sich das Blätterdach der Bäume lichtete und das Mondlicht hell auf den Boden fiel, hatte sie den richtigen Ort gefunden, um in die Stimmung des Mörders, des Opfers und der Zeugen einzutauchen. Sie schaltete das Diktafon ein.

Timboldts blechern klingende Stimme nannte Datum, Ort sowie Name und Adresse der beiden Zeugen. Nach einigen Fragen erzählte der alte Mann mit brüchiger Stimme, was passiert war.

»*Hin und wieder gehen wir zum See. Am Abend ist dort sonst niemand. Heute war es besonders feucht am Ufer, außerdem war der Nebel so dicht, dass ich wieder das Rheuma in den Knochen gespürt habe. Ich wollte schon zurück, doch meine Frau wollte die ganze Runde bis zum Hotel gehen, wo unser Wagen auf dem Parkplatz stand. So sind wir schließlich zu dieser Stelle gekommen.*«

Der Kuckuck schrie wieder. Nein, diesmal kam das Geräusch aus dem Diktafon. Sabine hielt das Gerät näher zum Ohr und ging weiter. Sie kam ziemlich nah ans Wasser und spürte, wie der Boden unter ihr schlammig wurde. Doch wenn ihr Blick sie nicht trog, dann sah sie vor sich im Mondschein, wie der Weg vom Wasser weg und wieder in den Wald führte. Pilze wucherten am Wegesrand aus der feuchten Erde.

»*Zuerst rochen wir den Gestank. Holzkohlegrill, dachte ich zuerst. Wohl ein paar Camper, die mitten im Wald ein Lagerfeuer gemacht hatten, um … ich weiß nicht … einen Fisch zu grillen. Kommt manchmal vor, doch diesmal roch es auch irgendwie anders.*

Verbrannt ... sehr verbrannt! Nach Fett und Haaren. Wir gingen weiter. Dann sah ich den dünnen Rauchfaden kerzengerade in den Himmel aufsteigen. Es war kurz nach sieben, die Sonne ging gerade unter, und ich wollte mir das ansehen.«

Sabine hörte das Knacken eines Astes im Wald. Automatisch tastete sie zur Walther, um sicherzugehen, dass die Waffe noch da war. Dann zog sie ihr Handy aus der Tasche, aktivierte die Lampe und leuchtete in den Wald. Die Bäume, Sträucher und hohen Farne standen dicht aneinandergedrängt und warfen merkwürdige Schatten.

Sie folgte dem Weg, der jetzt deutlich vom Wasser wegführte, mitten in den Wald hinein. Statt der Pistole hätte sie eine Taschenlampe mitnehmen sollen! Aber der Weg sollte schließlich um den See herumführen. Also konnte sie sich gar nicht verlaufen.

Ein Ast schlug ihr ins Gesicht. *Scheiße!* Wurde wohl doch Zeit umzukehren, bevor sie sich noch verirrte.

»Und dann hab ich den Baumstumpf gesehen. Zuerst glaubte ich, das ist eine schwarze Vogelscheuche, die da aus dem Inneren rausragt, doch dann habe ich die abgespreizten Finger hinter dem Rücken erkannt. Es stank entsetzlich! Das war ein Mensch, komplett verkohlt. Meine Frau begann sofort hysterisch zu schreien.«

Wieder hörte Sabine einen knackenden Ast und Rascheln im Laub. Wahrscheinlich nur von einem Vogel oder Igel. Sie leuchtete mit dem Handy in den Wald. Nichts. Vor ihr kreuzte ein schmaler ausgetretener Trampelpfad den Weg. Links führte er zum Wasser, rechts in den Wald.

Die Zeugeneinvernahme war zu Ende. Sie ließ die Aufnahme zurücklaufen und spielte eine bestimmte Stelle noch einmal ab.

»... eine schwarze Vogelscheuche, die da aus dem Inneren rausragt, doch dann habe ich die abgespreizten Finger hinter dem Rücken erkannt ...«

Trotz der verlassenen Gegend, des Nebels und der Feuchtigkeit am Nachmittag hätte der Mörder damit rechnen müssen, von Wanderern überrascht zu werden. Wo hatte er seinen Wagen geparkt? Wie weit hatte er sein Opfer durch den Wald bis zu dem Baumstumpf geschleppt? Und hatte er den Baumstumpf schon vorher ausgesucht? Falls ja, war er die letzten Tage vielleicht als Gast im Hotel gewesen?

Instinktiv nahm Sabine den schmalen Pfad zum Wasser. *Da ist doch etwas am Ufer!* Sie leuchtete mit dem Handy zu jener Stelle, doch das war gar nicht nötig. Das Mondlicht enthüllte klar und deutlich ein aus Ästen konstruiertes Gestell. Darauf hingen Badetücher und eine Badehose. An einem Baum lehnte eine Angelrute, auf dem Boden lagen Angelhaken und ein blutiger Fischkopf. Wieder knackte es im Wald! Sie fuhr herum.

Meine Frau begann sofort hysterisch zu schreien …

Sabine schaltete das Diktafon aus. Auf dem Erdboden nahe dem Ufer spiegelte sich das Wasser mehrerer winziger Pfützen im Mondlicht. Es waren Abdrücke nackter Füße! Hier war vor nicht allzu langer Zeit erst jemand baden gegangen. Um diese Jahreszeit! Der See hatte bestimmt nur zehn Grad.

Sie lief den Weg zurück in den Wald, und als es um sie herum wieder dunkler wurde, leuchtete sie mit der Handylampe den Pfad aus. Jemandem musste das Bade- und Angelzeug gehören. Vielleicht stieß sie auf einen weiteren Zeugen, der etwas gesehen hatte? *Oder auf den Mörder!* Sie hielt einen Moment inne. *Hör auf, mach dich nicht verrückt!* Einige Meter vor ihr blitzte etwas im Licht des Handys auf. Eine Reflexion, wie von einer Glasscheibe. Sie schob die Äste, die in den schmalen Pfad hingen, beiseite und hielt darauf zu.

Nach einigen Schritten gelangte sie auf eine Lichtung. Umrahmt von Bäumen stand ein Wohnmobil mitten auf der Wiese im Mondschein. Sabine erkannte das typische gelbe Kennzeichen der Niederlande. Über der Eingangstür befand sich ein Sonnenvordach mit Gestänge. Tisch und Campingstühle standen da, und ein Fahrrad lehnte an dem Trailer. Unmittelbar davor steckten zwei blaue Solarlampen in der Wiese, die spärlich leuchteten. Der schwarze Lack eines Kugelgrills glänzte im Mondlicht. Daneben lehnte ein Sack mit Holzkohlen.

Sabine wählte Sneijders Nummer, der sofort abhob.

»Wo sind Sie?«, bellte er ins Telefon.

»Ich bin am Ufer entlanggelaufen und habe auf einer Lichtung ein Wohnmobil entdeckt«, flüsterte sie. »Womöglich habe ich einen Zeugen gefunden.«

»Oder den Mörder. Rühren Sie sich nicht von der Stelle. Ich komme mit Timboldt und zwei Polizisten zu Ihnen.« Er hatte aufgelegt.

Sabine lief eine Gänsehaut über den Rücken. *Oder den Mörder!* Möglicherweise befand sich aber auch jemand ganz anderes in dem Wohnmobil – lag gefesselt auf dem Boden, verblutete gerade und brauchte ihre Hilfe.

Sie steckte Handy und Diktafon in die Tasche, zog die Waffe aus dem Hosenbund und lief in geduckter Haltung über die Lichtung auf den Wagen zu. Die Wiese war feucht. Unter ihren Schuhen hörte sie das Geräusch von zermatschten Blättern und Pilzen. Im Schein der Solarlampen sah sie, dass Thermoskanne, Teller und Becher auf dem Campingtisch standen. Es roch nach verkohlten Grillkoteletts. Sie erreichte den Wagen, drückte sich an die Seitenwand und spähte durchs Fenster ins Innere. Es war nichts zu sehen. Drinnen war es dunkel, und der Vorhang verbarg alles. Schließlich hob sie die Waffe, schob sich an die Wand gepresst zur Tür und klopfte an.

Keine Antwort.

»Hallo?«, rief sie.

Nichts.

Sabine legte vorsichtig die Hand auf die Klinke und spürte, wie der Riegel die Tür freigab und sie sich nach außen öffnete. Sie dachte an Tina Martinelli, der ein langes Stilett in die Lunge gerammt worden war. Rasch verdrängte sie den Gedanken. Die Tür schwang auf. Drinnen blieb es dunkel. Dennoch stand sie plötzlich in gleißendem Licht, so hell, dass sie völlig geblendet war. Sie fuhr herum, lud in der Bewegung die Waffe durch und hielt sie in Kopfhöhe vor sich – doch nichts passierte.

Unter dem Vordach war eine Lampe angegangen. *Ein Bewegungsmelder!* Die sich öffnende Tür hatte ihn aktiviert. Entspannt atmete sie aus.

»Bundeskriminalamt Wiesbaden!«, rief sie. »Ich komme jetzt rein.« Sie betrat den Trailer. An der Innenseite neben dem Türrahmen tastete sie über die Wand und fand einen Lichtschalter, den sie betätigte.

Zwei Lampen gingen an und ließen sie einen Blick in das geräumige Innere des Wohnwagens werfen. Doch sowohl Boden als auch das Bett waren leer. Hier drin war keine Menschenseele. Trotzdem lauschte sie. *Nichts!* Sie stieg über Handtücher, Teller und Plastikbecher, die verstreut auf dem Boden lagen. Hinter ihr fiel die Tür automatisch zu. Sabine erreichte den kleinen Waschraum und starrte auf den knapp einen Meter langen Hängeschrank neben der Klotür. Eine rote Schliere zog sich in Kopfhöhe über den Kunststoff. Blut oder Kirschmarmelade? Das ließ sich im Moment schwer feststellen.

Sie klopfte an die Toilettentür. »Hallo?«

Irgendwie kam sie sich dämlich vor, doch möglicherweise hing eine Leiche in der Duschkabine, oder es saß eine gefesselte Frau auf der Kloschüssel. Sie zog ein Paar Latexhandschuhe aus der Jackentasche, zog sie über und öffnete die Tür. Das Licht vom Wohnraum fiel ins Bad. Duschkabine, Toilettendeckel, ein Hängeschrank und das Gesicht einer Frau.

Sabine riss die Waffe hoch. Doch dann erkannte sie ihr eigenes Gesicht im Spiegel des Wandschranks. *Scheiße! Reiß dich zusammen!* Sie sicherte die Walther und steckte sie in den Hosenbund. Wo war der Bewohner des Wagens?

Sabine stieg erneut über den Unrat auf dem Boden, ging zur Fahrerkabine und durchwühlte das Handschuhfach. Alles Mögliche lag darin, von Kugelschreibern angefangen über Taschentücher, Kondome, Kaugummis bis zu Bargeld, Sonnenbrille und Straßenkarte. Doch weder Führerschein, Personalausweis noch Zulassungspapiere fand sie darin. Auch nicht hinter der Sonnenblende. Allerdings steckte der Autoschlüssel im Zündschloss. Der Fahrer konnte demnach nicht weit sein. Doch warum hatte er den Schlüssel stecken lassen, aber die Papiere mitgenommen? *Ganz einfach!* Mit ziemlicher Sicherheit war sie im Wagen des Opfers, das jetzt verbrannt im alten Baumstumpf steckte – und der Mörder hatte die Papiere mitgenommen, um die Identifikation der Leiche zu erschweren. Wobei er dann eigentlich noch die Nummerntafeln entfernen und im See hätte versenken müssen. *Aber das hat er nicht!*

Sabine schaltete das Licht im Wagen aus, setzte sich auf die schmale Bank neben der Kochzeile, zog die Handschuhe aus und blickte in die Dunkelheit. Wahrscheinlich war der Fahrer des Wohnwagens am Nachmittag zum See gegangen, um kurz ins kalte Wasser zu springen oder nach seiner Angel zu sehen. Danach hatte er sich abgetrocknet …

… das Handtuch auf die Holzlatte gehängt und ist aus der Badehose geschlüpft. Anschließend zieht er sich trockene Kleidung an.

Mittlerweile ist es gegen drei. Der Himmel ist bewölkt. Nebel kriecht vom See an Land. Kein Mensch ist in der Nähe. Barfuß geht er zurück zum Wohnmobil.

Sabine wandte den Kopf. Neben ihr stand jemand im Dunkel. Ein großer Mann mit breiten Schultern. Sie sah nur seine Umrisse im Mondlicht, das durchs Fenster fiel. Der Mörder!

Er nimmt sie nicht wahr, sondern steht nur da und presst sich gegen die Wand. Dort wartet er auf den Fahrer des Wohnmobils. Er hält einen schweren Wagenheber in der Hand, verbirgt sich hinter der Tür und sieht durchs Fenster. Als er den Kopf wendet, fällt Mondlicht auf sein Gesicht.

»Wie lange stehen Sie schon hier?«, fragt Sabine ihn leise, um ihn nicht in seiner Konzentration zu stören.

Der Mörder rümpft nur die Nase. »Eine halbe Stunde.«

»Aber Sie beobachten Ihr Opfer schon lange.«

»Seit Tagen.«

»Haben Sie darauf gewartet, dass das Hotel schließt und die Urlauber abreisen?«

»Seien Sie still, er kommt!«

Das Geräusch von Schritten ist auf der Wiese zu hören. Das Opfer kommt näher, öffnet die Tür und tritt ein. Der Killer schlägt ihm sogleich den Wagenheber an die Schläfe. Der Mann taumelt, reißt den Arm hoch und versucht sich zu wehren. Es kommt zum Kampf. Die Männer rangeln im Wagen. Teller und Handtücher fliegen vom Tisch, und einer von ihnen kracht mit dem Hinterkopf an den Hängeschrank. Blutspuren ziehen sich über die Schranktür.

Der Killer überwältigt sein Opfer, fesselt seine Hände und knebelt es. Danach treibt er den Mann hinaus, durch den Nebel, den Waldpfad entlang zum Baumstumpf, wo er ihm die Beine bricht.

Sabine hob den Blick und kehrte in die Realität zurück. Die Vision vor ihrem geistigen Auge löste sich langsam auf. Nun hörte sie draußen tatsächlich Schritte. Sie richtete sich auf und hielt den Atem an. Jemand stand vor der Tür. Das Licht des Bewegungsmelders ging automatisch an. Sie sah einen Schatten vor dem Fenster.

Die Tür wurde aufgerissen. Gleichzeitig zog sie die Waffe aus dem Hosenbund. Doch im nächsten Moment ließ sie die Hand wieder sinken. Vor ihr stand Maarten Sneijder und blickte ins Wohnmobil.

»*Vervloekt*, ich sagte doch, Sie sollen sich nicht von der Stelle rühren!«

»Habe ich doch nicht.«

Sneijder musterte sie scharf. »Waffe weg! Haben Sie etwas angefasst?«

»Nur den Lichtschalter und die Türklinke am Wagen, danach habe ich Handschuhe angezogen.«

Sneijder schaltete das Licht ein, betrat den Wohnwagen und sah sich um.

»Ich nehme an, das ist der Wagen des Ermordeten«, sagte sie.

»Wie kommen Sie darauf?«

Ohne es zu wollen, hatte Sabine Sneijders Methode des visionären Sehens übernommen – nur dass sie kein Marihuana dazu benötigte. »Ein Bauchgefühl«, sagte sie. »Auf dem großen Hängeschrank dort hinten klebt Blut. Wir sollten von dem Kennzeichen so rasch wie möglich eine KFZ-Halteranfrage machen, um die Leiche zu identifizieren. Denn falls dieser Mord tatsächlich *Nummer elf* einer Serie ist, würde es mich brennend interessieren, ob Sie auch dieses Opfer gekannt haben.«

»Schon möglich«, murmelte Sneijder. »Zumindest hat der Wagen ein niederländisches Kennzeichen.«

»Alles in Ordnung?«, rief Timboldt von draußen.

»Ja, sonst hätte ich schon nach dir gerufen.« Sneijder ging zum Ende des Trailers, schob mit der Schuhspitze die Tür zur Toilette auf und warf einen Blick hinein. Dann betrachtete er die rote Schmiere auf dem Hängeschrank, schob einen Kugelschreiber in die Griffe und öffnete ihn. Lange Zeit starrte er in die Box.

»Und, etwas Interessantes gefunden?«, fragte Sabine.

»Das sollten Sie sich ansehen«, sagte Sneijder. »*Ich* glaube, wir sind im Wohnmobil des Mörders.«

Sabine erhob sich und ging zum Hängeschrank. In den beiden Fächern lagen zwei in Klarsichtfolie verpackte, am Oberschenkel abgetrennte Frauenbeine mit Stöckelschuhen, an denen noch Erde klebte.

20

Hannah sah ihren drei Klienten nach, die von den Beamten aus dem Therapieraum zum Zellenblock geführt wurden.

Sie hoffte, dass der Vorfall keine negativen Folgen für Piet van Loon nach sich ziehen würde, weil er am Ende der Therapiestunde einen Stuhl zerschmettert hatte. Jedenfalls würde sie bei Direktor Hollander ein gutes Wort für Piet einlegen, zumal sie ihn ja provoziert hatte. Aber selbst wenn Hollander von einer Disziplinarmaßnahme absah, fragte sie sich, ob Piet an der nächsten Einheit überhaupt teilnehmen würde.

Hannah schloss die Tür zum Therapieraum hinter sich und ging zur Bibliothek. Am Vortag hatte Frenk Bruno ihr nahegelegt, sich ein bestimmtes Buch auszuleihen, und das würde sie sich nun holen.

Als sie die Bibliothek betrat und Frenk sie erblickte, legte er sogleich den Bücherstapel, den er im Arm trug, beiseite, ging zu seinem Schreibtisch und holte ein zerfleddertes Taschenbuch aus der Schublade.

»Ich würde mir gern etwas von Ken Kesey ausborgen«, sagte sie der Form halber.

»Das trifft sich gut, ich habe es heute zurückbekommen.« Er hielt das Buch fest umklammert. In den Seiten steckte ein zusammengefaltetes Blatt Papier.

Hannah griff nach dem Buch, doch Frenk zog die Hand zurück.

»Haben Sie schon mit Direktor Hollander über meine Einzeltherapie gesprochen?«

»Ich denke, er hat sicher nichts dagegen.«

»Fein.« Frenk grinste. »Sie sagten, Sie wollten mit meinen Fantasien, Ängsten und Wünschen beginnen. Ich habe mich schon vorbereitet.« Er zog das Blatt Papier aus dem Buch und faltete es auseinander. »Ich habe meine Ängste und Wünsche niedergeschrieben.«

»Danke, ich werde sie mir heute Abend durchlesen.«

Enttäuscht sackten seine Schultern herunter. »Ich dachte, wir würden es jetzt gleich besprechen. Sie haben doch Zeit?«

Hannah sah zur Wanduhr. Es war zehn nach drei. Natürlich hatte sie Zeit. »Gut«, seufzte sie. »Lesen Sie mir Ihre Wünsche vor.«

»Ich … ich habe heute Morgen meine Lesebrille in meinem Apartment vergessen.«

»Sie tragen eine Lesebrille?«

Frenk nickte. »Brauche ich nur zum Lesen von Kleingedrucktem. Das sonstige Arbeiten geht gut, in der Weite sehe ich wie ein Fuchs.«

Wie ein Falke, wollte er wahrscheinlich sagen, doch das war egal.

Er hielt ihr den Zettel hin. »Würden Sie …?«

Hannah blickte auf das Buch in seiner Hand. Bestimmt würde er es ihr nicht geben, bevor sie sich nicht zumindest ein paar Minuten mit ihm beschäftigte. »Ja, gerne.«

Hannah nahm den Zettel und warf einen Blick auf die kleine, säuberliche und fein gestochene Handschrift. »*Für mich ist Sex eines der wichtigsten Dinge*«, las sie vor.

Frenk hatte seine Hand in der Hosentasche verschwinden lassen, und es sah aus, als würde er an seinem Ding herumfummeln.

»*Ich denke fast jede freie Minute daran. Abends befriedige ich mich selbst, und dabei denke ich an Sie …*« Hannah schluckte. Sie wagte nicht von dem Blatt aufzusehen, war jedoch ziemlich sicher, dass Frenk jedes einzelne Wort aus ihrem Mund gierig aufnahm.

»*Ich stelle mir vor, wie ich Sie vergewaltige*«, fuhr sie fort. »*Sie stecken in einer Zwangsjacke und werden von hinten missbraucht. Es gefällt Ihnen. Trotzdem habe ich Angst, dass Sie mich zurückweisen könnten. Warum fragen Sie mich jetzt nicht, ob ich Sie …«* Die letzten Worte las sie nicht mehr vor.

… in den Arsch ficken möchte.

Hannah faltete das Blatt zusammen und sah Frenk an. Er schob die Unterlippe vor und kniff die Augen zu schmalen Schlitzen zusammen. Sie wettete, dass er gar keine Lesebrille besaß. Wie eine blutige Anfängerin war sie in seine Falle getappt. Je dümmer die Leute, umso raffinierter. Trotzdem versuchte sie, ruhig zu bleiben. »Warum versuchen Sie, dieses Spielchen mit mir zu treiben?«

»Sie sagten doch, ich sollte …« Er verstummte, als er ihren ernsten Blick sah.

»Wie fühlen Sie sich jetzt?«, fragte sie. »Sexuell erregt?«

Er schwieg.

»Danke.« Sie reichte ihm den Zettel. »Darf ich nun das Buch haben?«

Er gab ihr das Taschenbuch. »Sie dürfen es drei Wochen lang behalten.«

Hannah verließ mit dem Buch die Bibliothek. Auf dem Weg durch den Gang warf sie einen Blick auf den Titel. *Einer flog über das Kuckucksnest.*

Anscheinend wollte Frenk sie ein weiteres Mal verarschen. Das Buch war ziemlich zerfleddert. Auf der ersten Seite prangte ein Stempel von der Bibliothek Steinfels, und auf der zweiten Seite klebte eine gelbe Verleihkarte, die ziemlich neu aussah. Hannah konnte sogar noch den Klebstoff riechen. Obwohl das Buch so zerlesen war, standen nur drei Namen auf der Verleihkarte. Zwei davon kannte sie von ihrer Aufsicht in der Tischlerwerkstatt, und der dritte Name lautete Piet van Loon.

War das etwa Frenks Hinweis?

Falls ja, war er der Meinung, dass diese drei Männer in der Isolationszelle von Doktor Kempen speziell behandelt worden waren.

Zehn Minuten später klopfte Hannah an die Stahltür zur Krankenstation. Mit ihrer Magnetkarte konnte sie die Station zwar betreten, doch war sie bereits einmal von Doktor Kempen überrascht worden – und sie wollte sich nicht unnötig verdächtig machen.

Hannah lächelte in die Kamera, kurz darauf summte das Magnetlesegerät, und die Tür sprang auf. Hannah tauchte in den Geruch von Salben und Desinfektionsmittel ein und ging schnurstracks zu Doktor Kempens Büro.

Die Frau saß hinter ihrem Schreibtisch und tippte in den PC. »Wie geht es Ihrem Finger?«, fragte sie ohne aufzusehen.

»Danke gut. Und selbst?«

»Es hat keinen Sinn, mich mit Smalltalk weichkochen zu wollen. Ersparen Sie uns das.« Kempen tippte weiter auf der Tastatur herum. »Was wollen Sie?«

»Ich würde mir gern von einigen Klienten den Befund der letzten medizinischen Untersuchung ansehen.«

»Wozu?«

»Wozu?«, wiederholte Hannah. »Ich sammle Erfahrung und Praxisstunden für den Abschluss meiner Ausbildung. Und einige der Männer sind interessante Fälle, die mir bei der Therapie meiner Klienten helfen könnten.« Sie nannte Kempen zehn Namen, unter anderem auch die von Piet van Loon und den anderen beiden, die Frenk in die Verleihkarte geschrieben hatte.

»Interessant. Warum ausgerechnet die?«, fragte Kempen.

»Ich habe während der Runde mit dem Sozialarbeiter und bei meiner Aufsicht in den Werkstätten mit einigen Männern gesprochen. Ich möchte mich über deren Krankheitsbild informieren, und falls sie in Behandlung sind, erfahren, wie sie medikamentös eingestellt sind.«

»Sind das alles Ihre Klienten?«

Was für eine blöde Frage! »Natürlich nicht, ich habe im Moment nur drei, aber …«

»Dann steht Ihnen das nicht zu.«

Das war ja klar. Hannah dachte kurz nach. »Für einen Außenstehenden könnte es so wirken, als wollten Sie mir bei meinem Praktikum Knüppel zwischen die Beine werfen.«

Kempen hörte auf zu tippen, schob die Tastatur beiseite und sah auf. »Für wen zum Beispiel?«

»Für die gesamte Prüfungskommission.«

»Sie Streberin!« Kempen musterte sie eindringlich. »Wenn Sie Parallelen im Krankheitsbild suchen, wird Ihnen der letzte Befund wenig helfen. Da müssten Sie schon einen Blick in die gesamte Krankenakte werfen.«

Hannah hob die Augenbrauen. »Ich bitte darum.«

»Dann wünsche ich Ihnen viel Spaß beim Lesen«, seufzte Kempen. »Sie haben einen Tag Zeit, morgen möchte ich die Akten wieder in meinem Büro sehen.« Sie erhob sich und zog das Hängefach eines Metallschranks auf.

Erstaunt beobachtete Hannah, wie Kempen zehn Akten herausnahm. Die Ärztin hatte sich alle Namen gemerkt. Nach einer Minute türmte sich ein zwanzig Zentimeter hoher Stapel auf dem Tisch. Einige Mappen, aus denen Röntgenaufnahmen ragten, waren so dick wie das Taschenbuch, das Hannah immer noch in der Hand hielt. Sie packte das Buch oben drauf und wollte bereits nach dem Stapel greifen.

»Was lesen Sie da?«

»Einer flog über das Kuckucksnest.«

»Ist nicht Ihr Ernst, oder?« Kempen lächelte nachsichtig. »Ich dachte, ich hätte im Lauf meiner Karriere schon genug merkwürdiges Personal kennengelernt, werde aber immer wieder von neuem überrascht.« Sie streckte die Hand aus. »Ich brauche Ihre Magnetkarte.«

Hannah kam zum Tisch und gab ihr die Karte. Dabei sah sie, wie Kempen ein Programm am PC aufrief, in dem sie vermerkte, welche Akten ihr Büro verließen. Zum Schluss zog Kempen Hannahs Magnetkarte durch ein Lesegerät.

»Einen Tag«, wiederholte sie.

Hannah hob den Stapel auf. »Geht klar.«

Bevor Kempen das Programm schloss, sah Hannah in der Tabelle auf dem Monitor, wer sich die Krankenakten zuletzt ausgeborgt hatte.

Es war Irene Elling gewesen.

Und zwar drei Tage vor ihrem Selbstmord.

Allerdings hatte sie sich nur die Akten jener drei Klienten ausgeliehen, deren Namen Frenk in das Buch geschrieben hatte.

21

Sneijder und Sabine hatten nichts mehr angefasst, das Wohnmobil sofort verlassen und das Spurensicherungsteam angefordert.

Schweigend waren sie den Pfad zurück zum verbrannten Baumstumpf gegangen. Dort packten die Männer und Frauen der Spurensicherung soeben ihre Ausrüstung zusammen, um sich auf den Weg zum Wohnmobil zu machen.

Diese Nacht wird nie enden!

Sneijder stützte ein Bein auf eine verwitterte Holzbank, legte den Ellenbogen aufs Knie und blickte auf den See. »Sie haben recht, die Morde hängen zusammen«, murmelte er. »Vermutlich sind es die Beine der in Hagen ermordeten Gerichtspsychologin. Der Mörder hat sie ihr mit einem Beil abgetrennt, in seinem Wohnmobil verstaut und ist damit nach Bayern gefahren.«

»Und dazwischen war er in Bern«, ergänzte Sabine.

Sneijder hob die Schultern. »Möglich.«

Timboldt kam zu ihnen und reichte Sabine heißen Kaffee. »Gute Arbeit.«

Dankbar nahm sie den Becher und wärmte ihre Hände daran. Der Duft der gerösteten Bohnen weckte ihre Lebensgeister. Nach ein paar Schlucken reichte sie Timboldt die Waffe. »Danke.«

»Keine weiteren Erkundungstouren?«

»Ich setze mich lieber eine Weile ins Auto.«

»Wir können Sie auch gern in ein Hotel bringen.«

»Danke, nicht nötig.«

Der Ermittler begleitete sie zum Wagen. Sneijder blieb allein am Ufer zurück. Als sie über ihre Schulter blickte, sah Sabine, wie er telefonierte. Seine Stimme war angespannt. Solange es für ihn keine Nachtruhe gab, würde er auch keine Rücksicht auf andere nehmen – ganz gleich, mit wem er telefonierte und wie spät es war. Sie verstand nur die Worte *Blutprobe* und *DNA-Abgleich,* dann war sie außer Hörweite.

»Machen Sie es sich im Wagen bequem«, sagte der Kollege. »Im Kofferraum liegt eine Decke.«

»Danke.« Sie setzte sich auf die Beifahrerseite des Geländewagens, stellte den Kaffeebecher auf die Armaturenablage und beugte sich zu ihrem Trolley auf dem Rücksitz. Ihre Computertasche lag obenauf.

Während auf ihrem Schoß das Notebook hochfuhr, schob sie den Sitz ein wenig zurück. Es war zwar nicht so bequem wie in ihrem Büro, doch es würde gehen. Die Uhr des Computers zeigte einige Minuten nach eins in der Früh. Sabine nippte am Kaffee, steckte ihren Internet-Stick an das Gerät und baute eine Verbindung zum BKA-Archiv auf.

Während sie auf der Tastatur tippte, sah sie, wie die Scheiben beschlugen.

»Okay«, murmelte sie. »Vier, fünf, acht und elf.« Falls sie recht behielt und es sich um eine Mordserie nach einem bestimmten Zahlenmuster handelte – wo blieben die Leichen mit den restlichen Zahlen auf dem Körper? Oder standen die Zahlen vielleicht für die entsprechenden Buchstaben des Alphabets? Dann würden sie *D, E, H* und *K* bedeuten. D und H waren die Initialen von Dietrich Hess, doch was bedeutete E und K? *Das führt auch zu nichts.*

Sie startete über das BKA-Archiv eine Suchabfrage im deutschsprachigen Raum über kürzlich gefundene verstümmelte Opfer, in deren Körper Zahlen oder Symbole geritzt, geschnitten oder gebrannt worden waren. Doch sie fand keine Treffer.

»Scheiße.« Mutlos sank sie in den Sitz. So einfach, wie sie gehofft hatte, war es also doch nicht. Sie erweiterte die Suche und bezog einige Nachbarländer wie Niederlande, Belgien, Schweiz, Dänemark und Österreich in die Abfrage mit ein. Diesmal brummte der Computer schon deutlich länger.

Wieder nichts!

Nur ein paar zügig aufgeklärte Morde, die ohnehin nicht in das Schema passten.

Sie nippte wieder am Kaffee. Das konnte nur bedeuten, dass die Leichen, falls es sie überhaupt gab, einfach noch nicht gefunden worden waren. Oder dass man sie bereits vor längerer Zeit gefunden hatte.

In einem weiteren Versuch dehnte sie die Abfrage auf die letzten fünf Jahre aus, tippte auf *Enter* und starrte auf den Monitor. Die Internetverbindung war nicht gerade die schnellste. Fünf Minuten musste sie warten, bis schließlich eine lange Liste von Treffern auf dem Bildschirm angezeigt wurde. Rasch filterte sie die Mordfälle heraus, die ihrer Meinung nach nicht bizarr genug und nur »normale« Morde im Affekt gewesen waren. Die restlichen Daten sah sie sich der Reihe nach an, indem sie sich chronologisch in die Vergangenheit vorarbeitete.

Sie wollte bereits aufgeben, als sie schließlich auf eine Mordserie stieß, die sich vor fünf Jahren zugetragen hatte. In den Niederlanden und Deutschland waren fünf junge Frauen zuerst mit einem Messer verwundet und danach brutal mit einem Hammer erschlagen worden. Der Mörder hatte seinen Opfern jeweils einen wahllosen Buchstaben in die Haut über dem Brustbein geritzt, weshalb er von der Presse der *Analphabet* genannt worden war. Bevor er ein sechstes Mal zuschlagen konnte, war er allerdings in der Schweiz gefasst worden. Hatte sie richtig gelesen? *In Bern?*

Sabines Magen zog sich zusammen. Sie rief die Akte auf und scrollte durch das Dokument. Der Mörder war von Maarten Sneijder und Rudolf Horowitz zur Strecke gebracht worden.

»Das darf doch nicht wahr sein!«, entfuhr es ihr. Wie ein Film im Zeitraffer liefen die Szenen, die sie vor wenigen Stunden in Bern erlebt hatte, vor ihrem geistigen Auge ab. Horowitz' Erzählung, dass er bei einem Einsatz vor fünf Jahren von einem Projektil an der Wirbelsäule schwer verletzt worden war, die Anklage von der fedpol-Direktorin Nicola Wyss gegen Sneijder … und zuletzt die an den Haaren unter der Brücke aufgehängte Leiche mit dem in den Bauch geschnittenen Unendlichkeitszeichen.

Ich dachte mir schon, dass dich das interessiert, hatte Horowitz zu Sneijder gesagt. Aber nicht nur, weil Sneijder das Opfer gekannt hatte, sondern weil ihn die Schnitte an die damalige Mordserie erinnerten.

So ein Mistkerl! Warum zum Teufel hatte Sneijder sie nicht eingeweiht? Zumindest Horowitz hätte ihr mehr darüber erzählen können. Oder sie selbst hätte nachhaken und es hinterfragen müssen. *Selber schuld!*

Mit einem dicken Kloß im Hals las sie den Schluss der Akte, die damit endete, dass Sneijder den Mörder gefasst und der Staatsanwalt ihn hinter Gitter gebracht hatte. Seit fünf Jahren saß der Killer nun sicher verwahrt auf der Insel Ostheversand, in einem Knast für geistig abnorme Rechtsbrecher. Gemeinsam mit einundvierzig anderen Irren.

Er war in Amsterdam geboren und siebenundzwanzig Jahre alt. Unwillkürlich dachte sie an das niederländische Kennzeichen des Wohnmobils. Sie starrte auf den Namen des Killers. *Piet van Loon.* Und während Sabine sein Foto auf dem Notebook betrachtete, lief ihr ein kalter Schauer über den Rücken.

Warum, verflucht, weiß ich nichts davon? Ihre Kiefer mahlten unaufhörlich. Eine Partnerschaft mit Sneijder hatte sie sich anders vorgestellt! *Wirklich?* Na ja, vielleicht doch nicht.

Zornig packte sie das Notebook weg, stieg aus dem Wagen, knallte die Tür zu und ging zum Tatort. »Wo ist Sneijder?«, fragte sie einen der Beamten.

Der sah kurz auf. »Beim Leichenfundort. Der Rechtsmediziner ist gerade eingetroffen und …«

»Danke.« Sie stapfte zu dem verkohlten Baumstumpf.

Da das Spurensicherungsteam abgerückt war, brannte mittlerweile nur noch eine Lampe auf einem Stativ. Vor der Leiche im Baumstumpf standen Sneijder und ein Mann mittleren Alters, die heftig miteinander diskutierten.

Sabine trat an die Männer heran. »Guten Tag«, grüßte sie knapp und wandte sich bereits zu Sneijder. »Wir müssen reden!«

»Nicht jetzt«, sagte er genervt.

»Doch! Und zwar unter vier Augen!«

Sneijder warf dem Arzt einen Blick zu. »Dauert nicht lange.« Er ging zum Ufer, und Sabine folgte ihm. »Was ist so fürchterlich wichtig, dass es nicht warten kann?«

»Hat die KFZ-Anfrage etwas gebracht?«

»Nein. Das Wohnmobil gehört einem niederländischen Autoverleih. Wir müssen bis morgen früh warten, bis wir eine Auskunft vom Büro erhalten, wer sich den Wagen ausgeliehen hat.«

»Und der glänzende Gegenstand im Baum?«

»Eine Silbermünze. Details wissen wir noch nicht.« Seine Pupillen funkelten im Mondlicht. »Deswegen wollten Sie mich sprechen?«

Sie atmete tief durch. »Piet van Loon«, sagte sie nur.

Sneijder wartete eine Weile. »Was ist mit ihm?«

»Was mit ihm ist?«, fuhr sie ihn an. »Ich bin stinkwütend auf Sie, weil Sie mir vorenthalten haben, dass er fünf Frauen auf ähnliche Weise getötet hat und Sie und Horowitz ihn in Bern gefasst haben und Nicola Wyss Sie deswegen damals fertigmachen wollte … Und jetzt ist sie tot.«

Er riss die Augen auf. »Und?«

»Was und?«, rief sie. »Das wäre eine wichtige Information gewesen, weil sie möglicherweise mit diesen Fällen zusammenhängt.«

Sneijder hob beschwichtigend die Hand. »Okay, ich verstehe, dass Sie sauer sind. Sie haben den Eindruck, ich nehme Sie nicht für voll, verheimliche Ihnen Informationen und behandle Sie nicht als gleichwertigen Partner, weil Sie jung, unerfahren und meiner nicht würdig sind.«

»Ja, genauso fühle ich mich!«

»Nemez, ich sag Ihnen was.« Sneijder kam näher heran, sodass sie den Duft von Marihuana riechen konnte. Er senkte die Stimme. »Ich will Sie nicht mit Dingen belasten, die nichts mit diesen Fällen zu tun haben, damit Sie sich auf die *aktuellen* Fakten konzentrieren können!«

»Und wer sagt, dass die Vergangenheit nichts mit den aktuellen Morden zu tun hat?«

»Ich«, fuhr er sie an. Nun wurde auch er zornig. »Sie müssen lernen, Relevantes von Irrelevantem zu unterscheiden, sonst verzetteln Sie sich! Fokussieren Sie sich auf das Wesentliche! Herrgott, das kann doch nicht so schwer sein. Ich will Ihnen doch nur alles Unnötige vom Hals halten, damit Sie Ihre Arbeit tun können!«

Sabines Puls schnellte hoch. Am meisten hasste sie es, wenn er sie wie ein Kleinkind behandelte. »Ist Ihnen eigentlich klar«, sagte sie mit bemüht ruhiger Stimme, »dass wir hier streiten, aber nicht zu dem Zweck, die Wahrheit zu finden, sondern um sie zu verbergen?«

Er sah sie lange an und schien mit sich zu ringen, ehe er eine Entscheidung fällte. »Tut mir leid. Sie haben recht, Sie sollten die Wahrheit erfahren.«

Hatte sie sich soeben verhört? Sneijder hatte sich tatsächlich bei ihr entschuldigt. Ein verdammt guter Grund, den Tag mit einem roten Ausrufezeichen im Kalender zu markieren.

»Die Handschrift, der Tathergang, die Planung und das Ambiente des Fundorts in Bern sind Piet van Loons Vorgehensweise ziemlich ähnlich«, begann er. »Doch Piet van Loon sitzt in Steinfels auf Ostheversand. Deswegen habe ich, als wir in Bern waren, mit dem Direktor der Anstalt telefoniert. Ich musste sichergehen, dass Piet van Loon immer noch sitzt, und habe sicherheitshalber angeordnet, zur Identifizierung eine Blutprobe von ihm zu nehmen. Vor einer Stunde habe ich noch einmal telefoniert, um den Prozess zu beschleunigen. Aber das dauert, weil wir dafür eine richterliche Genehmigung brauchen.«

»DNA-Vergleich?«, wiederholte sie, nachdem sie begriffen hatte, worauf Sneijder hinaus wollte. »Sie wollen wohl auf Nummer sicher gehen. Aber Fingerabdrücke tun es doch auch.«

»Nicht bei Piet van Loon«, sagte Sneijder. »Er hat sich vor fünf Jahren die Fingerkuppen mit Säure verätzt.«

22
Samstag, 26. September

Hannah saß auf ihrem Bett und starrte ins Dunkel. Das Fenster war gekippt, eine kühle Meeresbrise drang ins Schlafzimmer, und im Abstand von zwanzig Sekunden warf das Licht des Leuchtturms eine grelle Reflexion auf den Fensterrahmen.

Seit einer Viertelstunde ging ihr immer wieder ein und derselbe Gedanke durch den Kopf. *Soll ich mir die Akten tatsächlich ansehen oder nicht?*

Denn wenige Tage nachdem Irene Elling sich dieselben drei Akten ausgeborgt hatte, war sie durch das Fenster des Therapieraums gesprungen ... oder gestoßen worden.

Nun befand sich Hannah in genau demselben Zimmer, das Elling zuvor bewohnt hatte. Wie musste sich die Frau gefühlt haben? Vermutlich genauso wie sie; nachts allein im Zimmer, umgeben von den Akten. Mit einem Kloß im Hals und einem schweren Stein im Magen.

Eigentlich war Hannah nach Steinfels gekommen, um etwas anderes herauszufinden. Kurz war sie versucht, alle Akten einfach wieder zusammenzuraffen und es gut sein zu lassen. *Das hier ist nicht deine Suche, sondern die von Irene Elling – und die hat auf den Felsen der Insel geendet.*

Fuck! Hannah stand auf. Ihr Arm war eingeschlafen, sie schüttelte ihn. Die kleine Funzel an der Decke spendete so wenig Licht, dass Hannah noch zusätzlich die Stehlampe einschalten musste, damit sie die Krankenakten überhaupt lesen konnte.

Rasch suchte sie aus den zehn Mappen die jener drei Männer heraus, deren Namen Frenk ihr aufgeschrieben hatte.

Sie begann mit dem ersten Häftling. Ein Kindermörder, ähnlich wie Ossi, nur dass seine Opfer jünger gewesen waren. Deutlich jünger sogar! Manche erst einige Monate alt. Rasch überflog sie das Stammdatenblatt und kam zu dem medizinischen Befund. Eine halbe Stunde lang las sie sich durch medizinisches Kauderwelsch. Am interessantesten erschien ihr, dass der Mann vor einem halben Jahr wegen Verbrennungen an den Hoden von Kempen verarztet worden war. Sie betrachtete die Fotos, die Doktor Kempen zur Dokumentation gemacht hatte, und las den dazugehörigen Bericht.

Der Kindermörder hatte allerdings auch Verbrennungen an den großen Zehen beider Füße. In der Großaufnahme eines Fußes waren deutlich gezackte Abdrücke im Fleisch zu erkennen, als hätte man ihm eine Zange auf den Zeh geklemmt. Der Begriff *Elektroschockbehandlung* kam ihr in den Sinn.

Natürlich! Die Verbrennungen waren Brandmarken an jenen Stellen, wo der Strom von einem alten Stromgenerator aus den fünfziger Jahren mit Elektroden in den Körper rein- und wieder rausgeleitet worden war. Sie wusste, dass so etwas nur zustande kommen konnte, wenn man auf drei Ampere hochdrehte und etwa sechshundert Volt durch den Körper jagte. Der Strom würde dann von einem Fuß bis zur Hüfte fließen, durch den Unterleib und beim anderen Fuß wieder raus. Da der Strom auf diese Art nicht übers Herz geleitet worden war, hatte der Mann keine lebensgefährlichen Verletzungen erlitten.

Hannah studierte den Bericht und betrachtete die beigefügten Bilder von den Verbrennungen des Hüftgelenks. Deutlich war auf dem Ausdruck einer Ultraschallaufnahme zu erkennen, dass der Mann auch innere Verletzungen an der Blase erlitten hatte – an jener Stelle, an der sich das meiste Wasser im Körper befand.

Wer hatte dem Mann das angetan? In einem Aktenhinweis stieß Hannah darauf, dass der Mann von Mithäftlingen gefoltert worden war. Aber woher sollten die das Stromgerät gehabt haben?

Hannah schlug die Mappe zu und nahm sich die zweite Krankenakte vor. Dieser Häftling war zweiundsiebzig, nekrophil *und* kannibalistisch!

»O Mann!«, entfuhr es Hannah. Bei einem Kinderschänder oder Vergewaltiger fiel es ihr trotz ihrer Ausbildung schwer, den Menschen hinter dem Monster zu sehen. Aber dieser Typ war einfach nur bemitleidenswert und krank.

In den Unterlagen fand sie den Bericht einer Untersuchung, der zeigte, dass der Mann vor einem Jahr einen irreparablen Schaden am Gehör erlitten hatte. Sowohl die Fotos als auch Doktor Kempens Bericht belegten jedoch, dass der Schaden nicht etwa durch Schläge aufs Ohr herbeigeführt worden war – wie bei einer naheliegenden Schlägerei unter Häftlingen –, sondern durch eine … Hatte sie richtig gelesen? Durch eine *Beschallung?*

Wie Kempen schrieb, konnte dafür nur ein lauter Knall direkt am Ohr in Frage gekommen sein. Beispielsweise der Schuss eines großkalibrigen Revolvers. Anders hätte das Innenohr wohl kaum zerstört werden können.

Die medizinischen Tests ergaben, dass der Mann auf diesem Ohr fast nichts mehr hörte und nur noch wenige Töne durch die Schädelknochen wahrnehmen konnte. Laut eines Protokolls waren auch dafür andere Mithäftlinge verantwortlich gewesen. Die Frage stellte sich allerdings, ob die mit einem Revolver nicht etwas anderes angestellt hätten, als einem alten Mann das Trommelfell zu *zerschießen.*

Außerdem hatte Hannah von Ossi erfahren, dass es unter den Häftlingen so gut wie keine Gewalt gab. *Eine Krähe pickt der anderen kein Auge aus.* Das alles passte nicht zusammen.

Zuletzt nahm sie sich Piet van Loons Krankenakte vor. Sie überflog das Stammdatenblatt und den Part mit der psychischen Beurteilung, wobei sie sah, dass Piet die ersten drei Jahre seiner Haft medikamentös richtig eingestellt gewesen war, danach jedoch jegliche medikamentöse Behandlung mit Psychopharmaka verweigerte. Wie in den anderen Akten gab es auch hier eine interessante Verletzung. Kein Elektroschock, keine Beschallung ... stattdessen sah sie Fotos seiner zerquetschten, blau gefärbten Hoden. Die Haut war eingerissen, die Wunde hatte sich entzündet und geeitert.

Jemand hatte Piet van Loon vor eineinhalb Jahren mit einer Kneifzange beide Hoden zerdrückt. Hannah wurde übel bei dem Gedanken dran. Diese Art der Kastration musste teuflisch schmerzhaft gewesen sein. Piet war mit Antibiotika behandelt worden. Obwohl auch dafür andere Häftlinge verantwortlich gemacht worden waren, war es bis jetzt zu keiner Anzeige oder Untersuchung durch den Staatsanwalt gekommen. In keinem der drei Fälle.

Hannah erinnerte sich an ihre Begegnungen mit Piet im Therapieraum. Sie hatte nichts von dieser Verletzung gemerkt. Konnte sie auch gar nicht. Da Piets sexuelle und körperliche Reife bereits nach seinem Teenageralter abgeschlossen war, gab es keine äußerlich erkennbaren Merkmale wie eine höhere Stimme oder dergleichen. Piet war ein Mann wie jeder andere auch – bis auf die Tatsache, dass er impotent gemacht worden war. Aber die Frage lautete: Warum?

Hannah legte die Mappen weg, schloss die Augen und versuchte sich in Irene Ellings Gedanken hineinzuversetzen. Elling musste irgendwie herausgefunden haben, dass diese Häftlinge gequält worden waren – aber von wem? Von anderen Häftlingen? Wohl kaum. Von Doktor Kempen? Sie hätte sicher die Möglichkeit dazu gehabt – aber welchen Grund? Bevor Elling jedenfalls Gelegenheit gehabt hatte, ihre Erkenntnis an die große Glocke zu hängen, war sie von jemandem durchs Fenster gestoßen worden, der den Mord als Selbstmord vertuscht hatte. Und dazu waren mehr als nur ein paar Häftlinge nötig. So schwer es Hannah auch fiel, an diese verrückte Verschwörungstheorie zu glauben.

Mittlerweile war es kurz nach Mitternacht. Hannah fröstelte.

Sie erhob sich aus dem Bett und schloss das gekippte Fenster, weil es im Zimmer verdammt kalt geworden war. Der Lichtkegel des Leuchtturms zog immer noch unermüdlich seine Kreise über das Meer und die Felsen. Warum eigentlich, wenn es keine zivile Schifffahrt um Ostheversand gab? *Egal.* Ihr fielen schon die Augen zu. Müde schloss sie den Vorhang.

Da bemerkte sie den Brandgeruch im Zimmer. Rauchte jemand im Nebenapartment? Nein, der Geruch kam nicht von draußen herein, sondern von *drinnen.* Sie fuhr herum. Außerdem roch es nicht nach Tabak, sondern nach verkohltem Papier.

Sie stürzte in den Nebenraum zur Küchenzeile und sah sich um, doch der Herd war aus. Also ging sie zurück ins Schlafzimmer. Der Geruch wurde wieder intensiver, es stank eindeutig nach versengtem Papier. In *diesem* Zimmer. *Wo zum Teufel?* Sie starrte zur Decke. *Da!*

Dort waberte zarter Rauch aus der Deckenlampe. Die kleine Funzel, die nur spärlich Licht spendete, bestand bloß aus einer Milchglasschale, hinter der sich eine Glühlampe befand. Und zwischen Zimmerdecke und dem Rand der Schale kam der Rauch hervor. Ein Kabelbrand? Anscheinend durfte die Lampe nicht länger als vier Stunden brennen. Merkwürdigerweise roch es aber nicht nach Kunststoff oder durchgeschmorten Kabeln, sondern wirklich nur nach angekokeltem Papier.

Rasch schaltete sie das Deckenlicht aus. Um diese Uhrzeit wollte sie den Haustechniker nicht aus dem Bett läuten. Womöglich käme sogar Frenk, und den wollte sie nun ganz sicher nicht in ihrem Zimmer haben.

Im Licht der Stehlampe zog sie einen Stuhl heran, stieg darauf und sah sich die Deckenlampe genauer an. In der Glasschale lag etwas, das aussah wie ein zusammengefaltetes Blatt Papier.

Sie benetzte die Fingerkuppen mit Speichel und drehte an den heißen Schrauben für die Halterung. Nachdem sie zwei davon gelockert hatte, konnte sie die Glasschale herausheben. Die nackte Glühlampe ragte mit der Fassung aus der Decke. Zum Glück keine verschmorten Kabel! Aber in der Schale lag ein dünner Papierstapel, dessen Ecken versengt waren und immer noch rauchten. Deshalb war es im Zimmer so dunkel gewesen.

Hannah kletterte vom Stuhl und schaltete das Deckenlicht wieder ein. Nun war es deutlich heller als zuvor. Sie schüttelte die Asche vom Papierstapel in die Glasschale und breitete die von der Hitze vergilbten Blätter auf dem Bett aus.

Es waren Kontoauszüge, Kopien von Telefonverbindungen und ausgedruckte E-Mails. Die Daten stammten vom Herbst letzten Jahres. Hatte Elling etwas entdeckt, das sie nicht wissen sollte, und diese Unterlagen vor ihrem Tod in ihrem Zimmer versteckt?

Soviel Hannah erkennen konnte, war jemand dafür bezahlt worden, einen gewissen PVL zu bearbeiten. *Piet van Loon?* Aber warum? Aus Rache? Jedenfalls hatte Ossi nicht übertrieben. Das hier war ein verdammt brisantes Geheimnis – ein Geheimnis, das Irene Elling möglicherweise das Leben gekostet hatte.

Fünf Jahre zuvor – Frankfurt

Nach Hannover und Köln war es diesmal in Frankfurt passiert. Mitte August. Sneijder war allein hingeflogen, ohne Hess, und ein Wagen hatte ihn vom Flughafen in den Randbezirk mit den Villen gebracht.

Sneijder war schon den ganzen Tag unterwegs – er hatte die unaussprechlichen Namen der Orte schon wieder vergessen –, und er hatte außer seinem morgendlichen Vanilletee noch nichts im Magen. Jetzt war es schon sechs Uhr abends. Am Flughafen hatte er sich auf dem Weg zum Ausgang aus einem Automaten drei Müsliriegel geholt und zwei davon während der Autofahrt gegessen.

»Wir sind da«, sagte der Fahrer endlich.

Sneijder packte sein Handy weg und stieg aus dem Wagen. Am Gartentor erwartete ihn bereits ein Beamter in Zivilkleidung. Sneijder gab dem Mann nicht die Hand, sondern biss stattdessen ein Stück vom letzten Müsliriegel ab.

»Präsident Hess hat uns bereits darüber informiert, dass Sie kommen, um sich die Leiche anzusehen«, sprudelte der Mann drauflos. Er versuchte ein freundliches Gesicht zu machen. »Was für eine Schokolade ist das?«

»Meine«, sagte Sneijder. »Wenn Sie sich nützlich machen wollen, holen Sie meinen Koffer aus dem Wagen. Er ist schwer, und ich habe Bandscheibenprobleme.«

Das war glatt gelogen, aber Sneijder hatte keine Lust auf Smalltalk, und schon gar nicht mit diesem Kerl. Außerdem hasste er Frankfurt, was wahrscheinlich an der Haital-Buchhandelskette lag, die hier ihren Firmensitz hatte.

»Wenn der Koffer so schwer ist, könnten Sie ihn ja auspacken und zwei- oder dreimal gehen«, schlug der Beamte vor.

»Gute Idee, aber so viel Zeit habe ich nicht. Sie schaffen das schon.« Sneijder ging auf das Gartentor zu.

Während der Beamte missmutig hinter ihm den Koffer vom Rücksitz hob, betrat Sneijder das Grundstück. *Was für eine Gegend voller Neureicher!* Der mit Terrakottasteinen gepflasterte Weg führte an einer Reihe Smaragdthujen vorbei, an einem Holzpavillon mit Orchideen und einigen griechischen Skulpturen ohne Arme, bis er schließlich bei einem Pool endete. Eine geschwungene Aluminiumwanne, bis zum Rand mit kristallklarem blauem Wasser gefüllt. Neben dem Becken standen Sonnenliegen, ein Schirm und eine Wäschespinne mit Badetüchern.

Dahinter lag die Villa. Einstöckig, pueblobraun, mit vielen Glasfronten, einem Flachdach und heruntergeklappten Sonnenblenden.

»Wer wohnt hier?«, fragte Sneijder.

Der Beamte nannte den spanisch klingenden Namen der Familie. »Der Vater ist Vizedirektor einer Bank, die Mutter engagiert sich bei Charity-Events: Flüchtlinge, Aids und solche Sachen. Beide sind seit einer Woche im Urlaub. Kanarische Inseln. Die Tochter ist allein zu Hause geblieben.«

»Etwa einundzwanzig Jahre alt, gut aussehend?«, vermutete Sneijder.

»Dreiundzwanzig – und ja, sie hat gemodelt.«

Der Killer blieb seinem Schema treu. »Wo liegt die Leiche?«

»Im Wohnzimmer.«

Sneijder trat auf die Terrasse, zog sich Überzieher für die Schuhe an, schlüpfte in Latexhandschuhe und betrat durch die Terrassentür das Haus.

Im Wohnzimmer unterhielten sich zwei Polizisten.

»Kennst du den? Ein Schwuler kommt zu einer Tankstelle und

steckt sich den Zapfhahn in den Hintern. Da kommt 'ne Oma vorbei und meint: *Also das ist aber nicht normal.* Darauf der Schwule: *Nein, das ist Super.*«

Die Polizisten wieherten vor Lachen.

Wie originell, dachte Sneijder.

»Ich kenn auch einen«, sagte der andere Polizist. »Woran erkennt man einen schwulen Schneemann?«

»An der Karotte im Arsch«, sagte Sneijder und klatschte laut in die Hände. »So, Sie hatten Ihren Spaß. Raus jetzt!«

Die beiden Polizisten starrten Sneijder reglos an.

»Rede ich undeutlich?«, rief Sneijder. »Raus! Und nehmen Sie das mit.« Er drückte einem der Witzerzähler die leere Folie des Müsliriegels in die Hand.

»Und wer sind Sie?«, fragte der Polizist.

»Nehmen Sie die Fingerabdrücke von der Folie, dann wissen Sie es … und jetzt hauen Sie ab! Ihr hirnloses Gelaber hat mich schon genug Substanz gekostet!«

»Sie sollten sich schleunigst ausweisen und uns verraten, was Sie hier wollen, sonst fliegen *Sie* raus«, knurrte einer der Männer.

»Das ist Maarten Sneijder vom BKA«, raunte der andere seinem Kollegen zu.

»Maarten S. Sneijder«, korrigierte Sneijder ihn.

»Lass gut sein, komm!« Der Beamte zog seinen Kollegen zur Tür. »Der hat mal wieder zu viel Gras geraucht.«

Endlich verdrückten sich die Polizisten nach draußen. Sneijder ging durch das Wohnzimmer. Neben den Designermöbeln hingen überdimensionale Schüttbilder, es gab Glasvitrinen in jeder Ecke, und auf einem Regal stand ein siebzig Zoll Ultra HD Fernsehgerät, das vermutlich so viel kostete wie ein Kleinwagen. Der Boden war gefliest, und nirgendwo lag auch nur ein Platzdeckchen herum. Alles blitzte steril … bis auf die Mitte des Wohnzimmers.

Dort stand ein hüfthoher ovaler Tisch mit massiver Glasplatte, auf der die Leiche lag. Mit einem knappen Bikini und dem Gesicht nach unten. Das verklebte, lange blonde Haar reichte bis zu den Fliesen. Links und rechts hingen die Arme ebenfalls hinunter, und am Ende des Tisches ragten die Beine über die Glaskante.

Wie die anderen Opfer hatte der Killer auch dieses mit einem Hammer bearbeitet und vermutlich nahezu jeden Knochen im Leib zertrümmert. Der Glastisch war dunkelrot gefärbt, ebenso die Lache auf dem Boden. Alles war mittlerweile geronnen und teilweise schwarz geworden. Würde man die Leiche anheben, hörte man vermutlich ein hässliches Knacken und Reißen.

Sneijder wunderte sich, dass der Tisch unter den Hammerschlägen nicht zu Bruch gegangen war. Die Glasplatte wies weder Sprünge noch feine Absplitterungen auf. Anscheinend hatte der Mörder gezielt auf Schulterblatt, Ellenbogen, Rückenwirbel und Gelenke geschlagen.

Sneijder wandte sich zur Tür, hinter der der Ermittler auf der Terrasse stand und ins Zimmer blickte. »Bringen Sie mir einen Spiegel. Im Badezimmer liegt sicher einer.«

Der Mann lief durchs Haus und brachte Sneijder einen Schminkspiegel mit Griff. Sneijder ging neben dem Glastisch in die Hocke und hielt den Spiegel unter den Tisch. Zwischen dem Bauch der Leiche und dem Glas war kein geronnenes Blut. Nur im Bereich der Kehle.

»Was sehen Sie?«, fragte der Mann.

»Der Mörder hat der jungen Frau zuerst die Kehle durchgeschnitten und sie danach auf dem Tisch verbluten lassen. Während des Todeskampfes hat er ihren Körper zertrümmert.«

»Dann hätte sie sich doch gewehrt.«

»Hat sie aber nicht.« Sneijder wiegte den Kopf. »Vermutlich hat sie gleich der erste Schlag in die Halswirbelsäule gelähmt.«

Sneijder hockte immer noch neben der Leiche. »Ich brauche so rasch wie möglich einen Bericht der Spurensicherung. Ich muss wissen, wie der Mann ins Haus gekommen ist. Und dann die Vernehmungsprotokolle sämtlicher Nachbarn.«

Sneijder war jedoch sicher, dass keiner der Nachbarn etwas gesehen hatte. Der Killer hatte dieses Haus nicht zufällig ausgewählt. Bestimmt hatte er es seit dem Urlaubsantritt der Eltern beobachtet und sein Opfer studiert. Mit ziemlicher Sicherheit hatte er am frühen Morgen zugeschlagen – das getrocknete Blut, die Trübung der Pupillen und die Färbung der Haut sprachen dafür –, noch bevor das Opfer gefrühstückt hatte und noch bevor es die erste Runde im Pool schwimmen konnte. Sneijder schloss die Augen und sah die aufgehende Morgensonne vor sich …

… *die noch nicht ganz über den Horizont geklettert ist, als die junge Frau die Tür zur Terrasse aufschiebt und zum Pool gehen will. Die Oberfläche des Schwimmbeckens ist spiegelglatt. Nicht der leiseste Windhauch kräuselt das Wasser. Es ist kristallklar bis zum Grund. Morgentau liegt auf dem Rasen, und in der Ferne zwitschert ein Vogel.*

Da sieht die Frau seitlich von sich einen Schatten. Der Hammer trifft sie mitten ins Gesicht, und sie taumelt zurück ins Haus. Als sie wieder einen halbwegs klaren Gedanken fassen kann, liegt sie bereits mit dem Gesicht nach unten auf dem Glastisch und blutet die Fliesen voll. Der Mann packt sie an den Haaren und zieht ihren Kopf in den Nacken. Dann spürt sie das scharfe kalte Metall der Klinge an der Kehle.

»… etwas?«

Sneijder sah auf. »Wie bitte?«

»Brauchen Sie sonst noch etwas?«

»Gibt es Blutspritzer auf der Terrasse?«

»Ein paar. Auch auf der Schiebetür.«

»Haben Sie Spuren eines Frühstücks in der Küche gefunden?«

»Nein.«

»Der Mord passierte vermutlich kurz vor Sonnenaufgang, gegen sechs. Wenn Sie die Nachbarn vernehmen, fragen Sie auch, ob sie gestern Abend etwas Ungewöhnliches bemerkt haben. Vermutlich hat der Killer die Nacht auf dem Grundstück verbracht.«

Der Beamte nickte.

»Das war's!« Sneijder sah ihn an. »Sie dürfen Ihre Arbeit machen.«

Nachdem der Mann das Wohnzimmer verlassen hatte, hielt Sneijder den Spiegel noch einmal unter den Glastisch. In der Höhe des Brustbeins klebte geronnenes Blut auf dem Glas. Vier Schnitte. Sie ergaben den Buchstaben *E*.

Mittlerweile hatten sie also die Buchstabenfolge *N-D-E*.

Das ergab keinen Sinn.

Womöglich hatten sie den ersten Mord in dieser Serie noch nicht entdeckt. Was könnte das bedeuten? *Ende?*

Es wurde Zeit, dass sie sämtliche Vermisstenanzeigen durchackerten, um das erste Opfer zu finden.

3. Teil

MÜNCHEN

23
Freitag, 2. Oktober

Am Morgen hieß es nach einer viel zu kurzen Nacht früh aus den Federn. Sabine und Sneijder hatten in einem Hotel in der Nähe des Höllhornsees übernachtet. Um halb sieben waren sie bereits in einem Wagen der bayerischen Polizei zum Flughafen München unterwegs. BKA-Kollege Timboldt hatte ihnen einen Flug nach Frankfurt gebucht, von wo sie zurück nach Wiesbaden fahren würden – und dort wartete eine Menge Arbeit auf sie. Immerhin hatten sie mittlerweile in Dortmund, Hagen, Bern und im Bayerischen Wald vier ungelöste Mordfälle, und Sabine würde sie miteinander in Verbindung bringen.

Das Funkgerät des Fahrers knackte, und er gab eine kurze Nachricht durch, als sie Erding erreichten. Dort nahm er die Ausfahrt auf die Flughafentangente. *Flughafen München 9 Kilometer* stand auf einer Überkopfanzeige. Sabine kannte die Strecke von früher und auch den Stau, in den sie gerade fuhren. Ihr Vater, ihre Schwester und ihre Nichten wohnten nicht weit von hier entfernt. Ein paar Stunden mehr Zeit, und Sabine hätte sie jetzt besuchen können, so wie es an diesem Wochenende eigentlich geplant gewesen wäre. Für einige Augenblicke dem Arbeitsalltag entfliehen, mit ihren Nichten ins Hallenbad fahren, danach Pommes essen und ins Kino. Oder wieder mal den Münchner Zoo besuchen, um nach Wolly zu sehen, einem Stachelschwein, für das Sabine die Patenschaft übernommen hatte. Kerstin, Connie und Fiona liebten den Tierpark Hellabrunn, wo sie heimlich die Esel im Gehege mit frischem Gras, aber auch mit Baumholz fütterten, das die gern knabberten.

Sabine musste einen Augenblick schmunzeln. Dann blickte sie zu Sneijder, der ebenfalls auf dem Rücksitz saß und emotionslos aus dem Fenster starrte. Sein Gesicht war so aschfahl, als hätte er die ganze Nacht kein Auge zugetan. Gedankenverloren massierte er einen Druckpunkt auf der Hand.

»Schlecht geschlafen?«, fragte Sabine.

»Gar nicht«, knurrte er.

Das sieht man! »Erzählen Sie mir mehr über Piet van Loon.«

Anscheinend empfand Sneijder die Frage als angenehme Abwechslung, da er keinen seiner üblichen Sprüche von sich gab. »Ich weiß gar nicht, wo ich anfangen soll …«, murmelte er.

In Sabines Schoß lag das geöffnete Notebook. Sie rutschte auf dem Sitz herum und legte den Arm auf die Rückbank. »Egal, wo. Wir haben Zeit.«

»Ich habe mein Leben stets einer Sache gewidmet – der Verbrechensbekämpfung. Nach dem Hochschulstudium habe ich fünfzehn Jahre mit fallanalytischen Delikten verbracht, danach das Auswahlverfahren für die Operative Fallanalyse durchlaufen, eine fünfjährige Ausbildung zum polizeilichen Fallanalytiker gemacht und Psychopathen studiert. Davon gibt es in Deutschland nicht viele.«

»Psychopathen?«

Er sah sie gelangweilt an. »Hören Sie auf, witzig zu sein.«

»Okay, schon gut.«

»Ich bilde mir sicher nicht zu viel ein, wenn ich behaupte, mich in jedes noch so kranke Gehirn hineinversetzen zu können. Mit der Methode, die ich entwickelt habe, war ich bisher jedem noch so genialen Mörder überlegen.« Er machte eine Pause. »Bis auf einen.«

Sabine gab ihm die nötige Zeit, ehe er weitersprach.

»Piet van Loon war bisher der Einzige, der sich mir entzogen hat. Ich konnte ihm nicht das Wasser reichen.«

Sabine richtete sich auf. »Jetzt ist er siebenundzwanzig Jahre alt. Als er die Morde beging, war er erst zweiundzwanzig.«

»Spielt das Alter eine Rolle?«

»Ein frühreifes Genie. Aber Sie und Horowitz haben ihn doch gefasst.«

Er hob die Schultern. »Das war nur einem glücklichen Zufall zu verdanken. Piet stand kurz davor, sein sechstes Opfer zu töten, aber wir konnten die Frau gerade noch retten. Bis zu diesem Zeitpunkt war er uns immer einen Schritt voraus, er war uns einfach ... intellektuell überlegen. Ich habe so etwas noch nie erlebt.«

»Was unterscheidet ihn von anderen Mördern?«

»Tja, was?« Sneijder starrte aus dem Fenster. »Er studiert seine Umwelt und die Menschen, mit denen er zu tun hat, ganz genau. Es ist unheimlich. Er *fühlt* sich in sie hinein, weiß, wie sie denken, und kann sie manipulieren.«

»Nichts anderes machen Sie doch auch.«

»Ja, aber ich stehe auf der richtigen Seite.«

Sabine erweckte mit einem Mausklick ihr Notebook zum Leben. »Ich habe mir Piet van Loons Akte angesehen. Hier steht, dass er Theaterwissenschaften studiert hat. Ist zwar interessant, klingt aber nicht gerade nach dem Betätigungsfeld eines Genies.«

»Er wuchs in den Niederlanden auf, lebte dann eine Zeit lang in Deutschland und studierte später in Kopenhagen. Kein Problem für ihn, da er sowieso mehrere Sprachen spricht. Als Student führte er in Kopenhagen ein gewagtes Theaterstück mit erschreckenden Bühnenbildern auf. Sein Wissen ist enorm, und er ist an so vielem interessiert. Sein Intellekt ist unersättlich, sein Geist kommt nie zur Ruhe. Vermutlich ist das sein Fluch.«

»Ist er in Steinfels sicher verwahrt?«

»Ich hoffe.« Es klang endgültig, anscheinend hatte Sneijder damit das Gespräch für sich beendet.

Sabine überflog den Rest von Piets Akte, dann klappte sie das

Notebook zu. Der Stau löste sich langsam auf, nur noch wenige Kilometer bis zum Flughafen, dann würde in Wiesbaden der analytische Teil der Arbeit beginnen. Rasterfahndung, Spurenauswertung, Weg-Zeit-Diagramme – der übliche Kram, der dazugehörte. Allerdings fühlte sich Sabine im Außendienst besser aufgehoben. Genauso wie Tina Martinelli – aber die Kehrseite der Medaille war, dass man dabei manchmal auf der Intensivstation eines Krankenhauses landete und ums Überleben kämpfte.

Sabines Handy klingelte. Als sie die Nummer sah – der Festnetzanschluss ihrer Schwester in München –, war sie plötzlich hellwach. Sie nahm das Gespräch entgegen.

»Hallo Tante Bine«, rief Kerstin, ihre jüngste Nichte.

»Guten Morgen.« Sabine bemühte sich um einen entrüsteten Ton. »Du bist ja noch gar nicht im Kindergarten.«

»Tante, ich bitte dich! Ich bin sieben!«, antwortete Kerstin altklug. »Erstens gehe ich schon in die *zweite* Klasse, und zweitens beginnt die Schule erst um acht. Opa fährt mich hin. Mama schläft noch, sie hatte gestern Nachtdienst.«

»Ich weiß, war nur Spaß«, sagte Sabine. Sie hatte sich schon immer über ihre jüngste Nichte gewundert, die eines der seltenen Kinder war, die gern zur Schule gingen. »Hast du noch Fieber?«

»Nein, ist schon wieder vorbei. Woher weißt du davon?«

»Ich arbeite bei der Kripo. Wir wissen alles.« Sabine lachte.

»Wow«, entfuhr es Kerstin.

»Nein, ich habe gestern Abend mit deinen Schwestern telefoniert, aber da hast du schon geschlafen.«

»Ach so. Wobei, *ich* habe nicht geschlafen – aber Opa hat geschnarcht wie ein Walross. Er hat mir von Prinzessinnen und Schlössern vorgelesen, voll öde, dabei ist er selbst eingeschlafen. Ich habe gesagt, er soll mir eine coole Geschichte erzählen, so wie du früher, von Geheimaufträgen und Spezialeinsätzen …« Sie seufzte wie eine Erwachsene. »Aber davon hat er keine Ahnung.«

Sabine lachte auf. »Na ja, es hat halt nicht jeder so einen verdammt coolen Job wie ich.«

»Connie und Fiona haben mir erzählt, dass du am Wochenende nicht zu uns kommen kannst. Stimmt das, oder haben sie mich wieder veräppelt?«

»Nein, das stimmt leider.« Sie sah bereits den Tower des Münchner Flughafens. »Ich bin ganz in deiner Nähe, muss aber von München wieder in mein Büro fliegen.«

Kerstin senkte die Stimme. »Ist dein fieser Ausbilder auch dabei?«

»Ja.« Sabine warf Sneijder einen kurzen Blick zu. »Wir sind jetzt ein Team.«

»O krass! Woran arbeitet ihr gerade?«

»Wir haben mehrere Fälle.« *Wieder einmal!*

»Echt jetzt?«, flüsterte Kerstin. »Erzähl!«

»Warte einen Moment … ich muss auf eine sichere Leitung umschalten.« Sie nahm das Handy herunter und kratzte mit dem Fingernagel über das Mikrofon.

Sneijder warf ihr einen merkwürdigen Blick zu, den sie mit einer beschwichtigenden Geste abtat.

»Jetzt geht es«, flüsterte sie. »Bist du noch dran?«

»*Jaaah.*«

»Also da haben wir einmal eine Frau, die nichts an hatte.«

»Nackt?«

»Ja, und sie hing noch dazu unter einer Brücke, wo sie alle sehen konnten.«

»Wow, das ist ja wie in *Des Kaisers neue Kleider,* da war der Kaiser auch voll nackt, und alle seine Minister haben ihn gesehen, nur dass er halt nicht tot war und …«

Sneijder warf Sabine einen warnenden Blick zu.

Sie nahm das Handy kurz weg, deckte es mit der Hand zu und flüsterte: »Meine Nichte steht auf solche Geschichten.« Dann führte sie das Handy wieder zum Ohr. »Dann haben wir einen Toten in einem Baumstumpf und eine Frau, mit der ziemlich hässliche Dinge gemacht wurden. Der Mörder hat uns sogar eine Botschaft hinterlassen.«

»Welche?«, flüsterte Kerstin.

Sneijder blickte sie schief an. Sie kannte seine strenge Auffassung über die Verschwiegenheitspflicht. Aber bisher hatte sie nichts erzählt, was Kerstin nicht ohnehin in der Zeitung lesen oder in den Nachrichten sehen könnte, wenn ihre Mutter sie wieder einmal zu lange unbeaufsichtigt ließ. »Nur etwas über Eidotter, mehr darf ich dir nicht verraten.«

Sneijder kniff die Augenbrauen zusammen. Er machte mit der flachen Hand eine Geste über die Kehle. Sie musste Schluss machen, ehe er einen Tobsuchtsanfall bekam.

»Das ist wie in diesem Märchen. Die Eidotter sind lebend…«

»Du, ich muss jetzt Schluss machen«, unterbrach Sabine sie, doch plötzlich stockte sie. »Was hast du da eben gesagt?«

»Die Eidotter sind lebendig geworden.«

Sabine lief ein Schauer über den Rücken. »Woher hast du diesen Satz?«

»Aus einem Märchen, das Opa mir vorgelesen hat.« Kerstin wiederholte den Spruch.

»Woher ist das?«

»Aus *Das hässliche Entlein*. Es sah so garstig aus, dass es von den anderen gebissen, gestoßen und gehänselt wurde, und es fror im Eis, und da lag es wie tot.«

Augenblicklich trat Sabine der Schweiß aus den Poren. »Kommen in diesem Märchen auch ein Baumstumpf oder eine Silbermünze vor?«

Kerstin dachte eine Weile lang nach. »Nein, in dem nicht, aber im *Feuerzeug*. Da muss ein Soldat einer Hexe ein Feuerzeug aus einem hohlen Baumstumpf holen.«

»Und all diese Märchen hat Opa dir vorgelesen?«

»Ja, schon viele Male … Opa hat nur dieses eine Buch.«

»Wie heißt es denn?«

»Keine Ahnung. *Märchenbuch* oder so ähnlich.«

»Was ist auf dem Einband?«

»Es hat keinen mehr.«

»Danke, du bist ein Schatz! Ich muss Schluss machen.«

»Hast du eine neue Spur entdeckt?«

»Ja, du bist großartig«, antwortete Sabine knapp.

»O keine Ursache«, sagte Kerstin altklug. »Stets zu Diensten.«

»Danke, Kuss!« Sabine legte auf und öffnete eine neue Worddatei auf ihrem Notebook.

»Ich glaube, wir müssen mal ein ernstes Wort miteinander reden!«, begann Sneijder.

Sabine hob kurz die Hand, ohne aufzusehen. »Nicht … jetzt!«

»Ihre Nichte wird nette Albträume bekommen, wenn Sie ihr weiterhin solche Geschichten erzählen.«

Sie ignorierte seinen Kommentar und tippte sämtliche Daten der vier Morde, die ihr in den Sinn kamen, in eine Datei. Die ermordete schwarze Richterin, der der Killer das Gesicht vom Kopf geschnitten und auf den Schminkspiegel geklebt hatte, könnte eine – wenn auch weit hergeholte – Szene aus *Das hässliche Entlein* sein. Die nackte, in aller Öffentlichkeit in Bern zur Schau gestellte und an ihren Haaren aufgehängte fedpol-Direktorin könnte eine Szene aus *Des Kaisers neue Kleider* darstellen. Und schließlich der am See im Baumstumpf verbrannte unbekannte Mann eine Szene aus *Das Feuerzeug*. Sie tippte wie besessen. Doch was war …?

»Schreiben Sie an Ihren Memoiren?«

Sabine sah kurz auf. »Nicht jetzt!«

Doch was war mit der beinlosen Frau, die auf Schloss Hohenlimburg aufgespießt worden war? Was könnte die symbolisieren?

Sabine ging im Geiste sämtliche Märchen durch, die ihr einfielen – *Die Prinzessin auf der Erbse, Hänsel und Gretel, Schneewittchen, Die Bremer Stadtmusikanten* und *Das Mädchen mit den Schwefelhölzern* – doch sie bekam keine brauchbare Assoziation hin. Es gab Hunderte Möglichkeiten. Diese Fährte war weiß Gott weit hergeholt, aber sie war der erste halbwegs brauchbare Zusammenhang, unter dem die Morde plötzlich einen Sinn ergeben könnten: bestimmte Szenen aus alten Volksmärchen.

»Wir sind da«, rief der Fahrer nach hinten.

Sabine beendete ihre Niederschrift, speicherte die Datei und sah auf. Sie waren mit dem Wagen bereits vor der Abflughalle angekommen.

»Wir sind …«

»Ja, gleich!«, würgte Sneijder den Fahrer ab. »Verraten Sie mir nun endlich, was das Gefasel über Märchen soll?«

»Erinnern Sie sich an den Mord an Joana Beck, den Sie mit Ihren Studenten durchgenommen haben?«, begann Sabine. »Sie sagten, Schizophrene könnten die Grimassen und Mimik anderer nicht deuten, wodurch sie sich bedroht fühlten. Deswegen hat der Mörder möglicherweise Beck das Gesicht heruntergeschnitten.«

»Ja und?«

»Aber das muss nicht so sein. Vielleicht wollte er sie einfach nur *hässlich* machen.«

Sneijder starrte sie lange an, ohne ein Wort zu sagen.

»Worum ging es in Piet van Loons Theaterstück?«, fragte sie.

Sneijder musste nicht lange nachdenken. »Um Märchen.«

24

Hannah hatte schrecklich mies geschlafen – zuerst hatte sie die halbe Nacht wach gelegen, dann hatte sie immer wieder derselbe Albtraum gequält. Schließlich war sie um drei Uhr früh aufgestanden und schweißgebadet zum Fenster getaumelt. In der Dunkelheit stieß sie mit dem Knie an den Bettpfosten. Mit einem dicken Kloß im Hals und panikartigen Hitzeattacken schob sie den Vorhang beiseite, riss den Fensterflügel auf und stand vor dem Gitter. Der Sturm und die Meeresbrise kühlten ihren Körper, während der Leuchtturm alle fünf bis sechs Atemzüge in ihr Zimmer blitzte.

Für jemanden, der nachts auf den Klippen stand und zur Anstalt herüberblickte, musste es merkwürdig aussehen. Eine halb nackte Frau, die mitten in der Nacht ihren Körper im Licht des Leuchtturms badete.

Dann nahm der Sturm plötzlich zu. Ein Luftzug fegte durchs Zimmer, erfasste die auf dem Tisch liegenden Papiere aus der Deckenlampe, wirbelte sie durch den Raum und drückte sie an das Gitter. Einige rutschten durch die Eisenstangen. *Nein, verdammt!* Hannah wollte danach greifen, doch da gab das Gitter nach. Das Gestänge brach aus dem Mauerwerk und löste sich knirschend aus der Verankerung. Der Fensterrahmen reichte Hannah bis zu den Knien. Sie verlor das Gleichgewicht, ruderte mit den Armen, suchte Halt, bekam aber nur den Vorhang zu fassen.

Ring für Ring riss der Stoff von der Stange. Hannah strauchelte und stürzte aus dem Fenster. Sie spürte die Kälte und die feinen Stiche des Nieselregens auf ihrer Haut, hörte das Pfeifen des

Windes, das Rauschen der Brandung, und dann krachte sie auf die Felsen. Knochen knackten, Blut spritzte über die Steine und wurde vom Meerwasser weggespült, während der Wind die Papierblätter über ihrem Kopf aufs Meer hinaustrug …

Und dann erwachte sie erneut und fuhr schweißgebadet hoch. *Fuck!* Schon wieder derselbe Traum. Ihr Herz raste. Sie starrte zum Fenster. Der Vorhang war einen Spaltbreit geöffnet. Natürlich reichte ihr das Fenster nicht bis zu den Knien. Es war ein ganz normales stabiles, vergittertes Fenster, das nicht aus dem Mauerwerk brechen würde, wenn man sich dagegenlehnte.

Sie stand auf, fühlte sich wie gerädert, nahm eine Tablette gegen die Kopfschmerzen, stellte sich in die Dusche und drehte den Hahn für das heiße Wasser auf. Langsam löste sich die Verspannung im Nacken, während ihr die Hitze den Schweiß aus den Poren trieb. Nach einigen Minuten griff sie zum Hahn und ließ sich das kalte Wasser über die Stirn prasseln.

Willkommen, dachte sie bitter. *Ein neuer Tag in der Hölle.*

Nachdem sie bei ihrer Runde dem Sozialarbeiter geholfen hatte, die schwer asozialen Fälle zu betreuen, sah ihr Dienstplan zwei Stunden Büroarbeit vor. Sie saß mit einer Mappe voller Belege vor dem PC und glich die Konten der Gefangenen ab. Danach würde sie die Häftlinge in der Gärtnerei betreuen. Doch so weit kam es nicht. Ein Telefonanruf von Morena unterbrach sie bei der Arbeit. Direktor Hollander wollte sie sofort in seinem Büro sehen.

Der Weg war nicht weit, nur den Gang hinunter, durch Morenas Zimmer, und dann stand sie auch schon in Hollanders Büro. Der Direktor saß hinter seinem Schreibtisch, eine Zigarre lag qualmend im Aschenbecher. Neben ihm stand Major Doktor Ingrid Kempen, aufrecht und die Hände hinter dem Rücken verschränkt. Unwillkürlich dachte Hannah an die CD, die sie immer noch nicht zurückgelegt hatte.

Worauf lief das hinaus? Fehlte noch, dass sie Morena in den Raum zitierten. *Die Szene wird zum Tribunal,* fiel Hannah unwillkürlich ein Satz von Schiller ein. »Sie wollten mich sprechen.«

»Uns ist aufgefallen«, begann Hollander, indem er sich nach vorne beugte und mit dem Ellenbogen leger auf den Tisch lehnte, »dass Sie sich sehr für die Vorgänge interessieren, für die sich bereits Ihre Vorgängerin interessiert hat.«

Hannahs Herz begann zu rasen. Darum ging es also. »Wofür hat sie sich denn interessiert?«

»Das wissen Sie doch«, sagte Hollander geduldig. »Ersparen Sie uns das unnötige Gerede.«

Natürlich wusste Hannah, worum es ging, aber vielleicht war alles nur ein Bluff – und bluffen konnte sie genauso gut wie er. »Tut mir leid, ich weiß nicht, worauf Sie hinauswollen.«

»Nun gut«, seufzte er. »Ich rede von Piet van Loon.«

»Sie selbst haben ihn meiner Therapiegruppe zugeteilt.«

»Ihr Interesse für ihn geht weit über Ihre berufliche Kompetenz hinaus.«

Hannah schnappte nach Luft. »Einerseits werfen Sie mir vor, noch ziemlich jung und unerfahren zu sein, andererseits kreiden Sie mein Engagement an. Es ist schwierig, das richtige Mittelmaß zu finden, um Sie zufriedenzustellen.« Ungewollt hatte sie einen schärferen Ton angeschlagen als beabsichtigt.

Dennoch blieb Hollander ruhig. »Das ist alles, was Sie dazu zu sagen haben?«

Hannah nickte.

»Nun, ich weiß sehr wohl, worüber Sie mit Ihren Klienten während der Therapiesitzungen sprechen.«

Sie kniff die Augen zusammen. »Woher? Die Justizvollzugsbeamten tragen einen Gehörschutz.«

Hollander lächelte nachsichtig. »Glauben Sie allen Ernstes, dass ich die Therapieräume nicht abhören lasse? Vor allem nach einem Fall von Selbstmord in meiner Anstalt.«

Von wegen Selbstmord!

Hannah ballte die Hand hinter dem Rücken zur Faust. Am liebsten hätte sie Hollander die Zigarre mitsamt dem Aschenbecher ins Gesicht geschlagen. »Das heißt, Ihr Zugeständnis auf Intimsphäre während der Sitzungen war nur eine Farce, um mich milde zu stimmen.«

»Keine Farce«, sagte er gelassen. »Aber ein kleine Notlüge. Zu Recht, wie sich herausgestellt hat. Zum letzten Mal: Warum sind Sie besonders an Piet van Loon interessiert?«

»Er ist einer meiner Klienten.«

»So ein Quatsch!«, fuhr er sie an. »Sie haben sogar Frenk Bruno über ihn ausgehorcht.«

Schau an, Frenk hat also gepetzt. Aber was Hannah viel interessanter fand, war die Tatsache, dass auch Hollander die Beherrschung verlieren konnte.

Der Direktor warf Kempen einen Blick zu, worauf diese die Arme hinter dem Rücken löste.

»Ich habe Ihre Daten etwas intensiver überprüft, dabei hätte ich genug andere, *wichtigere* Sachen zu tun«, begann Kempen. »Wir wissen ja, dass Sie ursprünglich aus den Niederlanden stammen, Frau Norland. Aber bevor Sie nach Deutschland kamen, um Psychologie zu studieren, haben Sie …« Kempen sah Hannah fragend an.

»Habe ich was?«

»Ihren Namen geändert.«

Hannahs Brustkorb wurde enger. »Ist das ein Verbrechen?«

Kempen ging auf die Frage nicht ein. »Ursprünglich hießen Sie van Leeuwen wie Ihre Eltern. Das Van-Leeuwen-Hotel in Amsterdam gibt es noch heute, nicht wahr?«

»Ja, das gibt es noch heute – und ich habe den Mädchennamen meiner Mutter angenommen«, log sie.

»Wir fragen uns, warum«, sagte Kempen.

»Ich hatte meine Gründe.«

»Die da wären?«

»Es sind persönliche Gründe, und ich glaube nicht, dass Sie die etwas angehen.«

»O doch. Sie haben nämlich auch Ihren Vornamen geändert. Tatsächlich heißen Sie Anna.«

Fuck! Nun kam alles heraus.

»Kennen Sie Piet van Loon von früher?«, fragte Kempen unvermittelt.

Hannah hielt Kempens Blick stand. »Nein.«

Nun mischte sich Direktor Hollander wieder in das Gespräch. »Ihr erster Fehler war, mit jemandem zu arbeiten, den Sie möglicherweise von früher kennen.«

Hannah protestierte sofort. »Ich kenne …«

»Oder!« Hollander hob beschwichtigend die Hand. »Oder mit jemandem zu arbeiten, zu dem Sie aus einer persönlichen Betroffenheit heraus in einer emotionalen Beziehung stehen. Sie hätten mich darüber informieren müssen, dann hätte ich Sie abgelehnt – und falls nicht, hätten *Sie* diesen Klienten aus Befangenheit selbst ablehnen müssen. Ich stehe für den Erfolg dieses Projekts gerade, und solange ich Direktor bin, werde ich keinen Missbrauch dulden und dafür sorgen, dass alles korrekt abläuft.«

»*Korrekt abläuft!*«, spie Hannah aus.

»Was soll *das* jetzt bedeuten?«

Hannah fühlte sich wie ein in die Ecke gedrängter, angeschossener Marder. Sie holte zum Angriff aus. »Dass Häftlinge in Ihrer Anstalt …« *Gequält werden,* dachte sie den Satz zu Ende, verstummte jedoch rechtzeitig.

»Was?«

»… belauscht werden, gehört wohl ebenfalls zum korrekten Ablauf?«, bekam sie gerade noch die Kurve.

Hollander hob die Augenbraue und warf Kempen einen kurzen Blick zu. Dann sah er Hannah wieder an. »In den Krankenakten haben Sie zweifelsohne bemerkt, dass einige Klienten schwer verletzt wurden.«

Hannah schwieg.

»Was halten Sie davon?«

»Schwer verletzt ist untertrieben.«

»Ach ja?«

»Das sieht eher aus, als wären sie systematisch gequält worden«, presste sie nun heraus.

»Tatsächlich? Aus welchem Grund sollte so etwas passieren?«

Scheiße, du bist eine verdammte Idiotin, hämmerte sie sich in ihr Hirn. Sie hätte die Klappe halten sollen, doch nun war es zu spät. »Das weiß ich nicht«, murrte sie. »Aber offenbar wurden die Fälle vertuscht, um das Therapieprogramm nicht zu gefährden.«

»Was für eine alberne Vermutung.« Hollander sah sie scharf an.

Was wollte er von ihr hören? Dass sie herausgefunden hatte, dass jemand dafür bezahlte, Häftlinge in die Mangel nehmen zu lassen? Und plötzlich wurde ihr klar, warum Hollander Irene Ellings Job einer jungen unerfahrenen Therapeutin gegeben hatte: Er wollte keine weiteren Enthüllungen riskieren. Weil nicht nur Doktor Kempen, sondern Direktor Hollander *selbst* in der Sache mit drinsteckte. *Das ist die Erklärung!* Plötzlich wurde ihr heiß. Vermutlich hatten sie alle Geld kassiert – eine kleine eingeschworene Gemeinschaft: Hollander, Kempen und ein paar Vollzugsbeamte. Unwillkürlich dachte sie an Ossis Warnung, dass sie bereits zu viel herausgefunden hatte.

Obwohl sie zugleich aufgewühlt und stinkwütend war, riss sie sich zusammen und hielt jetzt die Klappe. Mit genügend Geld ließ sich vieles in die Wege leiten. Ihre Eltern kamen aus der Hotelbranche, in der Hannah bereits viel Korruption erlebt hatte. Sobald sie hörte, dass ein Mensch unbestechlich wäre, fragte sie sich, ob man ihm vielleicht einfach nicht genug geboten hatte.

»Interessant, wie Sie mit Ihren Vorwürfen versuchen, den Spieß umzudrehen«, sagte Hollander, nachdem er sich wieder beruhigt hatte. »Aber nicht wir sind hier die Angeklagten, sondern Sie.«

»Und was, bitte schön, werfen Sie mir vor? Dass ich aus Amsterdam komme, möglicherweise einmal Piet van Loon über den Weg gelaufen sein könnte und meinen Namen geändert habe?«

»Nicht nur das.« Hollander blickte auffordernd zu seiner Stellvertreterin.

Die Ärztin machte einen Schritt hinter dem Schreibtisch hervor. »Vor einigen Tagen habe ich bemerkt, dass die Lamellen meines Bürofensters zugezogen waren.«

Hannah kribbelte es siedend heiß den Nacken empor. *Das war ja klar.*

»Und zwar nachdem ich Sie abends in der Krankenstation getroffen und verarztet habe.«

Hannah schwieg. Sie wusste, was als Nächstes kommen würde. Die Frage war: Wie viel hatte Kempen herausgefunden?

»Daraufhin habe ich sämtliche Unterlagen in meinem Büro durchsucht und bemerkt, dass eine CD aus Piet van Loons Akte fehlt. Ich wette, wir würden sie finden, wenn wir Ihr Zimmer durchsuchten.«

Hannah schwieg noch immer. Die CD steckte in ihrem Laptop, der auf dem Schreibtisch in ihrem Apartment lag. In der Schublade darunter befanden sich Irene Ellings angesengte Unterlagen.

»Diese CD möchte ich wiederhaben«, sagte Kempen.

Direktor Hollander räusperte sich. »Sie haben eine halbe Stunde Zeit, die zehn Krankenakten sowie die entwendete CD in Doktor Kempens Büro abzugeben. Für den Rest des Tages sind Sie vom Dienst freigestellt. Bis heute Abend werde ich mir eine Lösung für unser kleines Problem überlegen.«

25
Freitag, 2. Oktober

Es ging um Märchen ... hallten Sneijders Worte in Sabine nach.

Sie zog ihren Trolley hinter sich her und betrat nach Sneijder die Abflughalle des Münchner Flughafens. Dabei ließ er ihr die Schwingtür fast auf die Nase knallen. *Ein echter Kavalier!*

Sabine ging zum Lufthansa-Schalter, der jedoch noch geschlossen hatte.

Sneijder blickte auf die Armbanduhr. »Macht wohl in der nächsten halben Stunde auf. Das Büro hat uns bereits eingecheckt, unseren Boardingpass holen wir uns hier. Ihr Koffer geht bestimmt als Handgepäck durch – meiner nicht.«

Sabine war in Gedanken ganz woanders. »Ich brauche unbedingt ein Märchenbuch.«

Diesmal kam Sneijder ihr nicht mit dem üblichen *Verrennen-Sie-sich-nicht*-Mist! Immerhin hatte sie ihr Bauchgefühl in den letzten vierundzwanzig Stunden etwas weitergebracht.

Müde blickte er durch die Halle. »Dort hinten ist eine Haital-Buchfiliale, die gerade aufsperrt.«

Sabine wusste, dass diese Buchhandelskette ein rotes Tuch für Sneijder war, weil sie den Buchladen seines Vaters in den Ruin getrieben hatte. »Sie müssen mich nicht begleiten!«, warnte sie ihn. »Ich möchte vermeiden, dass Sie wieder ein Buch klauen.«

»Die haben nichts anderes verdient.«

»Was immer Sie tun – versuchen Sie, wenn möglich, den Filialleiter nicht zu erwürgen.«

»Erschießen darf ich ihn auch nicht?«

Mein Gott, Sneijder konnte ja richtig treuherzig schauen – ein Zug, den sie bisher noch gar nicht an ihm bemerkt hatte.

»Nicht heute«, antwortete sie und beugte sich zu Sneijder hinüber. »Trinken Sie in der Zwischenzeit eine Tasse Vanilletee – das vertreibt den Geruch des Marihuanas. Wir sehen uns in einer halben Stunde vor dem Schalter«, sagte sie und ging mit ihrem Trolley davon.

Fünfzehn Minuten später saß sie in der Kaffeelounge der Buchhandlung, die Beine auf ihrem Trolley hochgelagert, und hielt einen Becher heißen Cappuccino in der Hand, den sie sich aus dem Automaten geholt hatte.

Mit der anderen Hand blätterte sie durch ein über tausendvierhundert Seiten dickes Buch mit den gesammelten Werken von Hans Christian Andersen. Die drei Titel, die Kerstin ihr genannt hatte, waren auch darunter. *Verdammter Mist!* Wenn sie das alles lesen wollte, würde sie eine Woche brauchen.

Zunächst las sie das Vorwort und Andersens Kurzbiografie. Er war 1805 auf der dänischen Insel Fünen geboren worden und 1875 in Kopenhagen gestorben. Das würde zu Piet van Loon passen, der in Kopenhagen studiert und sein Theaterstück dort inszeniert hatte. Anscheinend hatten die Mordszenen zumindest nichts mit Grimms oder Hauffs Märchen zu tun.

Danach blätterte sie durch das Inhaltsverzeichnis und las sich die Titel der über hundertfünfzig Märchen durch, die Andersen geschrieben hatte. Bei einigen Titeln kamen teils beklemmende Kindheitserinnerungen in ihr hoch. Schlagartig erinnerte sie sich, dass sie in der Schule selbst mal in einem Märchen mitgespielt hatte. Es war die Weihnachtsaufführung für die Eltern gewesen. *Das Mädchen mit den Schwefelhölzern.* Sie hatte einen mit Schnee bedeckten Baum gespielt und durfte zehn Minuten lang mit den Armen wackeln. Mann, das lag gefühlte hundert Jahre zurück.

Plötzlich hörte sie eine vertraute Stimme mit einem niederländischen Akzent in der Nähe. Sie sah auf. Sneijder konnte es einfach nicht lassen. Er war ihr in die Buchhandlung gefolgt und zwang einem Verkäufer soeben ein Gespräch auf.

»Ich suche ein Buch von Carl Friedrich von Weizsäcker.«

»Haben Sie keines gefunden?«, fragte der Verkäufer.

»Würde ich sonst danach suchen?«

»Würde ich danach fragen, wenn ich die Antwort wüsste?«

Unwillkürlich musste Sabine grinsen. Der Verkäufer zahlte es Sneijder mit gleicher Münze heim.

Der Angestellte ging zu einem Regal und zog einen Band daraus hervor.

»Geben Sie schon her«, knurrte Sneijder, »oder wollen Sie dort stehen bleiben und es mir zuwerfen?«

Herrgott! Sabine blendete den Dialog aus und vertiefte sich wieder in das Buch. Sie überflog den Text der drei Märchen, die Kerstin ihr genannt hatte – und ihr stellten sich die Nackenhaare auf. Sie setzte sich auf. *Alles passt zusammen!* Die Morde in Dortmund, Bern und Bayern waren tatsächlich eindeutige Anspielungen auf *Das hässliche Entlein, Des Kaisers neue Kleider* und *Das Feuerzeug.*

Hastig überflog sie die bekanntesten anderen Märchen und las quer, fand jedoch keine Hinweise auf den vierten Mord an der gepfählten Psychologin in Hagen. Vielleicht passte der auch nicht ins Schema. Obwohl – düster und skurril genug war er. Sabine schlug das Buch zu und starrte auf den Einband. Plötzlich schrak sie hoch, als jemand neben sie trat.

»Alles erledigt?«

Sie starrte Sneijder an. »Ja.«

»Gut. Das Personal ist inkompetent und unfreundlich. Ich bin fertig, wir können gehen.«

»Ich sage lieber nichts dazu«, bemerkte Sabine und dachte an den armen Verkäufer. »Könnte sarkastisch klingen.«

»Nur raus damit«, forderte er sie heraus.

Sie rollte mit den Augen. »Sie könnten zur Abwechslung auch einmal freundlich zu den Menschen sein. Das wird Sie nicht gleich umbringen«, formulierte sie es höflich.

»Stimmt, aber warum sollte ich dieses Risiko eingehen?«

Es hatte keinen Sinn, mit ihm darüber zu diskutieren. Sie sah, dass Sneijder das Buch von Weizsäckers wie üblich präpariert und unter seinen Arm geklemmt hatte. Einige Seiten waren mit Eselsohren versehen, der Buchrücken war geknickt und der Einband aufgebogen. Bestimmt hatte er auch mit Kugelschreiber einige Notizen ins Buch geschrieben und wieder einen seiner Ex-Libris-Aufkleber, die er immer bei sich trug, auf der ersten Seite angebracht. Falls ihn der Hausdetektiv auf das Buch ansprechen würde, wenn er ohne zu bezahlen die Filiale verlassen wollte, bräuchte er nur zu behaupten, dass es sich dabei um seinen eigenen Band handelte. Mit dieser Masche versuchte er nun schon seit Jahren, die Buchhandelskette zu schädigen.

»Bei welcher Ex-Libris-Nummer sind Sie mittlerweile?«, fragte Sabine.

»Siebenhundertfünfzig.«

Mann! Sie stöhnte auf. Sneijder war irre. Über siebenhundert geklaute Bücher! Mittlerweile ging der Schaden bereits in die Tausende Euro. Eines Tages würde sie Sneijder im Knast besuchen können.

Er deutete auf ihr Buch. »Verraten Sie mir, was Sie herausgefunden haben?«

Schau an! Nun war er plötzlich an ihren Ideen interessiert. Andererseits war auch niemand in der Nähe, vor dem er sie herunterputzen könnte – deshalb konnte er auch leicht freundlich sein, ohne das Gesicht dabei zu verlieren.

»Los, spannen Sie mich nicht auf die Folter!«, drängte er.

Sabine leerte den Cappuccinobecher und warf ihn in einen Mülleimer. »Die Morde stellen möglicherweise Szenen aus einzelnen

Hans-Christian-Andersen-Märchen nach. *Das Feuerzeug, Des Kaisers neue Kleider* und *Das hässliche Entlein.*«

»Und der vierte Mord?«

»Weiß ich noch nicht. Piet van Loons Theaterstück könnte der Knackpunkt dazu sein. Um welche Märchen ging es darin?«

»Um nordische Erzählungen von Andersen.«

»Sieh an!« Sie strich sich das Haar aus der Stirn. »Vielleicht verwendet jemand van Loons Theaterstück als Vorlage oder möchte seine Mordserie von damals fortsetzen?«

»Fortsetzen?« Sneijder schüttelte den Kopf. »Es stand nur wenig darüber in der Zeitung, außerdem war die Gerichtsverhandlung nicht öffentlich. Es müsste sich also jemand Zugang zu den Polizeiakten verschafft haben.«

»Und wenn das der Fall war?«

»Selbst *wenn* es so wäre – damals bestand die Botschaft aus Buchstaben, heute sind es vermutlich Zahlen.«

»Ich weiß, aber solange die Zahlen 4, 5, 8 und 11 keinen Sinn ergeben, kennen wir den Zusammenhang nicht. Kann man die schriftliche Vorlage zu Piets Bühnenstück irgendwo nachlesen?«

»Ich habe sie nicht. Im Übrigen müssen wir zum Schalter.«

Sie erhob sich, bezahlte das Märchenbuch an der Kasse und verließ neben Sneijder die Filiale. Als sie draußen waren und er das Weizsäcker-Buch im Seitenfach seines Koffers verstaute, erhielt er eine SMS.

»Das wird der Hausdetektiv sein«, ätzte Sabine.

»Unwahrscheinlich.« Er stellte den Koffer beiseite und überflog die Nachricht.

Mittlerweile hatte sich die Abflughalle deutlich gefüllt. Sabine stellte sich auf die Zehenspitzen und spähte zu ihrem Schalter. Er hatte tatsächlich schon geöffnet. Sie konnte es kaum erwarten, in die Maschine zu steigen und das ganze Wochenende in ihrem Büro zu verbringen, um Berichte zu tippen. *Wie großartig!*

»Ich habe eine gute und eine schlechte Nachricht«, murmelte Sneijder, nachdem er die SMS gelesen hatte.

»Die gute zuerst.«

»Die Reihenfolge müssen Sie schon mir überlassen.« Er steckte das Handy weg und sah auf. »Unsere Wege trennen sich hier.«

Sie musterte ihn. »Ist das die gute Nachricht?«

»Sehr witzig, Nemez!« Sneijder massierte seine Schläfen. »Ich habe heute Morgen eine internationale Abfrage über das BKA starten lassen, um ähnliche Morde zu finden, bei denen den Opfern Zahlen in den Körper gebrannt oder geschnitten wurden.«

»Das habe ich bereits gestern Nacht erledigt.«

»Das war *gestern*. Aber heute Morgen hat sich etwas Neues ergeben, und *das* ist die gute Nachricht. Es gibt einen weiteren Mord, der ins Schema passt – und zwar in Wien.«

»Einen weiteren Mord nennen Sie eine gute Nachricht?«

»Ich sehe es als eine neue Spur mit weiteren Hinweisen. Wenn wir alle Fakten zusammentragen, bringen wir möglicherweise Licht in den Fall.«

»Sie fliegen also nach Wien, während ich nach Wiesbaden reise?«, vermutete sie.

»Falsch, Eichkätzchen! Wiesbaden hat keine Priorität mehr. Die kommen dort auch ganz gut ohne uns zurecht.« Während er sprach, tippte er eine SMS. »Ich werde mein Ticket umbuchen, um nach Wien zu fliegen, aber mit Ihnen habe ich andere Pläne.«

»Und zwar?«

»Falls Sie recht haben und der Täter Piet van Loons Werk kopiert, fortsetzt, vollendet oder was auch immer, dann stünden ihm in Andersens mystischer Märchenwelt sämtliche Türen zu den grausamsten Verbrechen offen. Aber der Einzige, der die Details zu Piet van Loons Bühnenstück wirklich kennt, ist Piet van Loon – vermutlich existieren sie nur noch in seinem Kopf.«

»Aber vielleicht wissen die Schauspieler von damals ...«

Sneijder unterbrach sie mit einer Handbewegung, und Sabine hielt den Atem an. »Ich werde das Büro instruieren, dass auch Ihr Flug umgebucht wird. Sie fliegen nach Hamburg. Von dort werden Sie mit einem Mietwagen zur Ostsee fahren. Organisieren Sie sich von unterwegs eine Fähre, die Sie zur Anstalt auf Ostheversand bringt. Ich werde in der Zwischenzeit Direktor Hollander über Ihren Besuch informieren. Aber ich warne Sie: Er ist aalglatt. Lassen Sie sich von ihm nicht verarschen!«

»Und was mache ich dort?«

»Sie werden Piet van Loon einen Besuch abstatten.«

»Ich soll Piet van Loon verhören?«

»Trauen Sie sich das nicht zu?«

»Ich … ich weiß nicht.«

»Ihr Vorteil ist, dass Sie bereits einiges über ihn wissen, er aber nichts über Sie.« Sneijder blickte auf die Uhr. »Ich muss los. Eines noch: Erwähnen Sie Piet van Loon gegenüber keinesfalls, dass Sie mich kennen oder mit mir zusammenarbeiten.«

Als würde sie das jemals freiwillig irgendwem erzählen!

26

Die Insel lag unter einer schwarzen Wolkendecke begraben. Nur das Licht des Leuchtturms schnitt monotone Kreise durch die Dunkelheit.

Mit sanfter Gleichmäßigkeit trommelte der Nieselregen ans Fenster, und Hannah bildete sich ein, dass der Geruch von Kohlen und Grillfleisch sanft ins Zimmer zog. Doch sie hatte keine Lust, der Feier beim Leuchtturm beizuwohnen. Nicht einmal, wenn es ein wolkenloser lauer Abend gewesen wäre. Stattdessen saß sie beim Licht der Stehlampe in ihrem Apartment, starrte Irene Ellings Unterlagen auf dem Schreibtisch an und brütete still vor sich hin. Gleich nach ihrem Verhör durch Direktor Hollander und Doktor Kempen hatte sie einige Blätter aus den Krankenakten kopiert und danach die Akten zusammen mit der CD zurückgegeben. Nun klopfte sie gedankenverloren mit dem Finger auf ihren privaten Laptop, auf den sie eine Kopie von Kempens CD gezogen hatte.

Die Puzzleteile lagen alle vor ihr. Sie musste sie nur noch richtig zusammensetzen: Piet van Loon war von den Medien beschuldigt worden, seine Opfer vergewaltigt zu haben. Vermutlich zu Unrecht, denn bis auf die Zeitungsartikel deutete nichts darauf hin. Wahrscheinlich hatten die Eltern eines seiner Opfer dafür bezahlt, ihm die Hoden zu zerquetschen. Aber dieses Geld war nicht an die Häftlinge geflossen, wie Hannah ursprünglich vermutet hatte, sondern direkt an die Direktion der Anstalt. Und wenn sie an die Elektroschocks und die Schallbehandlung dachte, war Piet wohl nicht der einzige Häftling, dem so etwas widerfahren war.

Das Klingeln ihres Diensthandys riss sie aus diesen düsteren Gedanken. *Sekretariat* erschien auf dem Display. Mit einem dumpfen Gefühl im Magen hob sie ab. »Hallo?«

»Hannah Norland?« Morenas Stimme klang kühl. »Ich darf Sie darüber in Kenntnis setzen, dass Direktor Hollander soeben entschieden hat, den Dienstvertrag mit Ihnen zu beenden. Er bedauert die Kündigung zutiefst, aber …«

»Ersparen Sie mir den Rest«, unterbrach Hannah sie. So etwas Ähnliches hatte sie befürchtet. Allerdings war eine Kündigung immer noch besser, als aus dem Fenster gestoßen zu werden.

»Sie bekommen Ihr Gehalt für den ganzen Monat, sind aber mit sofortiger Wirkung freigestellt«, fuhr Morena unbeeindruckt fort. »Ich darf Sie bitten, Ihre Sachen zu packen und morgen früh das Zimmer so zu verlassen, wie Sie es vorgefunden haben. Geben Sie morgen bitte Magnetkarte, Zimmerschlüssel, Diensthandy und Firmenlaptop in meinem Büro ab. Schließlich muss alles seine Richtigkeit haben. Danach reisen Sie mit dem Frühzug ab.«

So rasch! Hannahs Puls schnellte in die Höhe. Es knackte in der Verbindung. Morena hatte aufgelegt.

Fuck! Sie hatte nur noch eine Nacht Zeit. Ihr Vater hatte sie davor gewarnt hierherzukommen, genauso wie ihre Schwester. Aber wenn sie jetzt nicht das herausfand, weswegen sie hergefahren war, hatte sie die letzten fünf Jahre ihres Lebens umsonst investiert.

Hannah sprang auf, griff nach ihrer Magnetkarte und schlüpfte in die Regenjacke. Sie wollte bereits aus dem Zimmer stürzen, als sie ein alarmierendes Gefühl noch einmal kurz innehalten ließ. *Was ist, wenn sie dich erwischen?* Hastig blickte sie sich um. Sicherheitshalber griff sie nach dem Buch von Ken Kesey, bevor sie ihr Apartment verließ.

Ein Blitz erhellte den Platz vor dem Angestelltentrakt. Der Wind hatte noch einmal an Stärke zugenommen, feiner Nieselregen stach auf Hannahs Wangen. Sie klemmte sich das Buch unter die Regenjacke, zog den Reißverschluss bis zum Hals zu und lief durch die Allee.

Zwei weitere Blitze erhellten die Nacht. Der Wind trug das Laub vor ihr her, während sich die Äste bogen und lange Schatten warfen. Hin und wieder wehte der Geruch des Holzkohlegrills zu ihr herüber. Neben dem Leuchtturm flackerte das Licht mehrerer Fackeln, die in der Wiese steckten, und eine Zeltplane schnalzte im Wind. Wenn sich das Wetter nicht besserte, würden die Gäste im Regen ersaufen.

Durchnässt erreichte Hannah den Haupteingang der Anstalt. Mit der Magnetkarte schlüpfte sie durch das Tor. Da ihr der Zugang zum Zellenblock verwehrt blieb, führte ihr erster Weg direkt zur Bibliothek. Frenk Bruno war zwar nicht gerade ihr Lieblingskandidat, aber bei ihm wollte sie es als Erstes versuchen, falls er überhaupt noch da war.

Auf der Treppe zum ersten Stock kam ihr Morena entgegen. Mit Regenschirm und Regenmantel über dem Arm und mit reichlich Make-up herausgeputzt. *O Nein!* Als sie Hannah sah, blieb sie abrupt stehen. »Ich dachte, wir hätten alles telefonisch besprochen. Was suchen Sie noch so spät hier?«

»Bin auf dem Weg zur Bibliothek«, keuchte sie.

Morena lächelte amüsiert. »Tatsächlich? Am Sonntag, um diese Zeit? Alle sind auf der Feier. Das Bürogebäude ist wie ausgestorben. Wen hoffen Sie dort zu finden?«

Hannah zog das Taschenbuch unter dem Arm hervor. »Das habe ich mir ausgeliehen. Ich muss es zurückgeben.«

»Jetzt? Hat das nicht Zeit bis morgen früh?«

»Frenk ist ab morgen eine Woche im Urlaub, und die Bibliothek bleibt geschlossen«, antwortete Hannah. »Schließlich muss alles seine Richtigkeit haben!«, zitierte sie Morenas Aussage.

Morena funkelte sie an, dann warf sie einen Blick auf das Buch.

Vermutlich suchte sie nach dem Bibliothekslogo auf dem Einband. Schließlich streckte sie die Hand aus. »Ich bringe es morgen selbst in die Bibliothek.«

»Bemühen Sie sich nicht, ich bin ja schon auf dem Weg nach oben.«

»Ich frage mich, ob Frenk überhaupt noch hier ist.«

»Von draußen habe ich noch Licht im Gang gesehen«, log sie. »Aber falls er nicht mehr da ist, werfe ich es durch den Briefschlitz.«

Morena musterte sie finster. »Wir sehen uns morgen früh«, sagte sie kühl und schritt an Hannah vorbei.

Hannah eilte die Treppe hinauf und erreichte den Gang. Tatsächlich brannte noch Licht im Korridor vor der Bibliothek. Sie klopfte an die Tür und betrat den Raum. Erleichtert stellte sie fest, dass Frenk noch nicht beim Grillfest war, sondern hinter dem Schreibtisch saß, im Licht einer Schreibtischlampe. Beinahe wäre sie über Frenks abgewetzte schwarze Sporttasche gestolpert, die neben der Tür stand.

Er fuhr hoch.

»Für mich ist Sex eines der wichtigsten Dinge …«

War das nicht ihre eigene Stimme, die sie da soeben hörte?

Frenks Hände fuhren panisch über den Schreibtisch und griffen nach seinem Handy. Rasch fingerte er auf dem Display herum. Die elektronisch klingende Stimme verstummte.

Hannah starrte auf Frenks Mobiltelefon. *Du Mistkerl hast in deiner Hose nicht an deinem Ding herumgefummelt, als ich dir deinen Zettel vorgelesen habe, sondern meine Stimme aufgenommen!*

»Kann ich Ihnen helfen?«, stammelte er.

Hannah versuchte zu verdrängen, was sie soeben mitbekommen hatte, und legte das Buch auf den Tisch. »Das hatte ich mir ausgeborgt.«

»Sie hätten es länger behalten können.«

»Danke, ist nicht nötig … und ja, Sie können mir helfen«, sagte sie rasch. »Ich bin ab morgen nicht mehr in der Anstalt und …«

»Ich auch nicht«, antwortete er rasch. »Ich besuche meine Schwester in Krefeld.«

»Ich weiß, darum habe ich mich beeilt, Sie noch zu sprechen. Wollen Sie mir einen Gefallen tun?«

Beschämt ließ Frenk das Handy unter dem Tisch verschwinden. »Ja.«

»Nehmen Sie mich jetzt wieder auf?«, fragte sie.

»Nein.«

»Gut. Ich müsste mit Piet van Loon sprechen. Am besten noch heute Nacht. Könnten Sie ihm irgendwie ausrichten, dass … ich weiß auch nicht, dass er mich anruft oder, falls das nicht geht, zumindest mit mir in Briefkontakt tritt?«

Frenk sah sie verwirrt an.

»Es ist wichtig!«

»Sie wissen es noch nicht …?«, fragte er leise.

»Was?«

»Er hat in seiner Zelle randaliert, und als ihn die Schließer herausholen wollten, hat er zwei von ihnen angegriffen.« Frenks Gesichtsausdruck sprach Bände.

»Was?«, entfuhr es ihr. »Ist er tot?«

»Beinahe. Sie haben mit Schlagstöcken auf ihn eingedroschen, aber er hat nicht aufgehört, sich zu wehren, bis sie ihn halb totgeprügelt haben.«

»Das kann doch nicht sein!«

»Angeblich hat er seinen Kopf mehrmals gegen die Zellenwand geschlagen.«

Na klar! »Wo ist er jetzt?«

»Auf der Krankenstation. Doktor Kempen hat ihn sediert.«

»Wann?«

Frenk hob die Schultern. »Vor …« Er blickte auf sein nacktes

Handgelenk, worauf sich nur die tätowierte Armbanduhr befand.

»… etwa zehn Minuten.«

»Sicher?«, drängte sie.

»Ja.«

»Womit haben sie ihn sediert?«

Frenk hob die Schultern. »Woher soll ich das wissen?«

»Intravenös?«

»Habe ich Medizin studiert?«, fragte er. »Vermutlich mit Tabletten.«

»Danke.« Hannahs Gedanken rasten. »Vergessen Sie, was ich soeben gesagt habe. Sie müssen Piet nichts ausrichten.«

»Aber das tue ich gern. Morgen früh sehe ich ihn vielleicht, bevor ich in den Morgenzug steige.«

»Nicht nötig«, murmelte sie.

Ihre Magnetkarte war heute Nacht noch gültig. Damit hatte sie Zutritt zur Krankenstation. »Liegt er in einer der Isolationszellen?«

»Vermutlich«, sagte Frenk. »Einen so schweren Jungen wie Piet würde ich nicht frei auf der Station herumlaufen lassen.«

Hannah sah sich auf Frenks Schreibtisch um. »Schenken Sie mir diese zwei Büroklammern?«

»Ja, auch mehrere, aber was haben Sie damit vor?«

»Danke.« Sie griff nach den Klammern, wandte sich ab und ging zur Tür. Bevor sie die Bibliothek verließ, drehte sie sich noch einmal um. Schließlich hatte Frenk sie vor kurzem verpetzt.

»Wenn Sie nicht wollen, dass ich Direktor Hollander von Ihrer heimlichen Aufnahme mit dem Handy erzähle, sollten Sie ihm diesmal nicht verraten, worüber wir gesprochen haben. Ich war nur wegen des Buchs hier, verstanden?«

Frenk sah sie mit großen Augen an. »Verstanden.«

Fünf Jahre zuvor – Stuttgart

Hess stieß als Erster die Tür der Kajüte auf und trat über die knarrende Holztreppe ins Freie. Sneijder folgte ihm.

»So eine verdammte Scheiße!«, fluchte Hess.

Sneijder hörte, wie er würgte. Sie standen an Deck des Hausbootes und blickten über den Fluss. Der Neckar spannte sich wie ein smaragdgrünes Band zwischen Wiesen und Uferweiden. Wie in einem Gedicht von Hölderlin, das Sneijder kürzlich gelesen hatte und das den Neckar so treffend beschrieb. So eng lagen Schönheit und Grauen beisammen. Nur durch eine dünne Holzwand getrennt.

Die Beamten von der Spurensicherung warteten neben dem Abgang zur Kajüte. »Können wir?«, fragte einer von ihnen.

»Ja, gehen Sie rein«, sagte Sneijder. »Aber machen Sie sich auf etwas gefasst.«

Nach der toten Zeitungsredakteurin, der im Schlafzimmer ihrer Altbauwohnung ermordeten jungen Stewardess mit den Kalenderblättern und der auf dem Glastisch erschlagenen Bankierstochter war das nun das vierte Opfer. Aber dieses Mal hatte der Killer nicht bloß den Körper zertrümmert, sondern auch den Schädel und die Teile quer durch die Kombüse verteilt. Noch dazu war der Mord vor mindestens fünf Tagen passiert.

Hess hatte recht. *So eine Scheiße!* Nach Hannover, Köln und Frankfurt der nächste Mord. Diesmal in Stuttgart. Wieder eine junge attraktive Frau – und eine Politikerin der Grünen. Damit setzte sie der Killer massiv unter Druck. *Hallo, ihr Arschlöcher! Nun hetze ich euch die Politiker, den Generalstaatsanwalt, die Me-*

dien und die Öffentlichkeit im großen Stil auf den Hals. Und zwar
alle gleichzeitig!

Irgendwie hatten sie es nicht anders verdient. Sie hatten den Ball bisher flach gehalten und die bisherigen Morde in den Medien nicht breittreten lassen. Spärliche Informationen an die Presse und verdeckte Ermittlungen, ohne die Öffentlichkeit mit einzubeziehen. Normalerweise klappte das, und die Morde waren binnen einer Woche aufgeklärt. Aber nicht dieses Mal.

Die Fahndung dauerte schon zu lange, und der einzige brauchbare Hinweis, den sie mit Sicherheit hatten, war der, dass die Spur von Norden nach Süden führte. Alle anderen Spuren, die sie bisher verfolgt hatten – und mittlerweile arbeiteten unter Leitung des BKA über fünfundsechzig Männer und Frauen in mehreren Bundesländern an der Aufklärung der Morde –, hatten sich als unbrauchbar erwiesen. Entweder gehörten sie nicht zum Fall oder waren vom Killer manipuliert worden, um sie auf eine falsche Fährte zu führen. Inzwischen hatten sie sämtliche Berufsgruppen durchleuchtet, die auf Dienstreisen im Land unterwegs waren, mehrere Tausend Manager, Handelsvertreter und Servicetechniker überprüft und nach einer Ähnlichkeit zu dem Weg-Zeit-Diagramm des Killers gesucht. *Nichts!*

Dieser Mistkerl war so clever! Seine Arbeit, seine Vorgehensweise und sein Motiv entzogen sich jedem Profil. Er war wie ein Geist. Und nun hatte er ihre verdeckte Vorgehensweise anscheinend als Provokation ihm gegenüber aufgefasst. *Zu wenig Aufmerksamkeit!* Er war also mediengeil! Er liebte seine Auftritte und stand gern im Mittelpunkt. *Das* wollte er ihnen damit sagen. Es musste so sein. Deshalb die Politikerin. Sneijder glaubte nicht an Zufälle.

Während Sneijder sich eine Zigarette ansteckte, ein Bein auf die Reling stellte und seinen Blick über den Uferpromenadenweg mit den

Cafés, Sitzbänken und Spielplätzen schweifen ließ, ging Hess zum Heck des Bootes, wo er ungestört telefonieren konnte. Dort stand er nun in der orangefarbenen Morgendämmerung mit dem Handy am Ohr. Und Sneijder konnte sich bereits denken, mit wem er sprach.

Nachdem Sneijder den Zigarettenstummel in den Fluss geschnippt hatte, kam ein Wagen mit Blaulicht angefahren und hielt neben den anderen Polizeiautos auf dem Parkplatz. Was für ein Massenaufgebot an Beamten! Zum Glück hatte die Polizei das Ufer und den dazugehörigen Straßenabschnitt abgesperrt, damit sie von keinen Schaulustigen belagert wurden, die diesen Zirkus vielleicht auch noch filmten und ins Internet stellten.

Eine junge Frau mit langen blonden Haaren und einem breiten Metallkoffer stieg aus dem Wagen. *Die würde voll und ganz in das Beuteschema des Killers passen!*

Sneijder sah ihr zu, wie sie über den schwingenden Holzsteg auf das Boot kam, sich an die Reling klammerte und stoßweise atmete.

»Seekrank?«, fragte Sneijder.

»Nur auf Booten.«

Er musste lächeln. Und zwar zum ersten Mal seit Wochen – und diese Frau hatte es mit nur einem einzigen Satz geschafft. »Sind Sie die Rechtsmedizinerin?«, fragte er.

»Nein, die Putzfrau, ich soll hier aufwischen. Ist die Leiche unten?«

Sneijder nickte zum Kajütenabgang. »Ist ziemlich viel los dort unten. Außerdem ist es verdammt eng. Vermutlich werden die Leute Sie wieder rausjagen.«

»Soll ich es gar nicht erst versuchen?«

»Doch! Ich brauche so rasch wie möglich eine Antwort darauf, welchen Buchstaben der Mörder in die Haut über dem Brustbein der Leiche geschnitten hat.«

»Beherrschen Sie das Alphabet nicht?«, fragte sie mit ziemlich ernster Miene.

»Nur teilweise«, feixte Sneijder, doch dann wurde er ernst. »Dort unten ist alles voller Blut, man kann nicht viel erkennen. Ich brauche den Buchstaben«, wiederholte er eindringlich. »So rasch wie möglich.«

»Ich werde es versuchen.« Sie taumelte über das schwankende Schiff, presste ein knappes *O Gott!* hervor und kletterte über die Treppe unter Deck.

Hoffentlich kotzt sie nicht alles voll.

In der Zwischenzeit hatte Hess sein Telefonat beendet und kam wieder zu Sneijder. Er war immer noch blass um die Nase.

»Hast du mit dem Innenminister gesprochen?«, fragte Sneijder.

Hess schüttelte den Kopf. »Den hebe ich mir für später auf. Im Moment kann ich auf einen Anschiss gern verzichten.«

»Was war dann so wichtig?«

»Ich habe die Presse informiert.«

Sneijder starrte Hess skeptisch an, sagte aber nichts.

»Ich möchte die Sache mit den Buchstaben nicht länger zurück-halten – du hast ja gesehen, wohin das führt«, erzählte Hess.

»Spickaal und Speigatten!«, fluchte Sneijder und nahm das Bein von der Reling.

»Reg dich wieder ab! Ich habe die Presse über die Buchstaben informiert, und bereits heute Abend erscheinen Artikel in allen Tageszeitungen, dass der Analphabet wieder zugeschlagen hat.«

»*Der Analphabet?*«, schrie Sneijder. »Bist du noch bei Sinnen? Wir wollten das geheim halten, damit wir Hinweise von falschen Tätern aussieben können.«

»Ja, aber wir haben keine Hinweise!«, brüllte Hess ebenso un-gehalten. »Wir können nicht mehr länger alles unter den Teppich kehren.«

»Hast du der Presse vielleicht auch noch erzählt, dass wir keine brauchbare Spur haben und völlig im Dunkeln tappen?«

»Für wie blöd hältst du mich?«

»Für ziemlich blöd!«

Hess schnaubte. »Ich bin immer noch dein Vorgesetzter!«

»Ja, leider. *Verdomme!*«

»Außerdem habe ich eine Falschmeldung in den Medien platziert.«

Sneijders Augen wurden schmal, seine Kehle eng. »Ohne dich mit mir abzusprechen?«

»Ich hielt es für eine gute Idee. Ich habe der Presse gesagt, dass unser Mörder seine Opfer vergewaltigt hat.«

Sneijder spürte förmlich, wie seine Schlagadern knüppeldick hervortraten. »Ist nicht dein Ernst?«

»Doch! Du sagst selbst, wir brauchen etwas, womit wir falsche Hinweise aussieben können, damit wir schneller vorankommen. Außerdem werden wir den Killer damit provozieren. Er wird toben, wenn er das heute Abend liest.«

Der Analphabet! *Godverdomme!* »Wir sollten ihn nicht zu sehr provozieren.«

»Doch! Ich weiß es, er wird einen Fehler machen. Oder er wird Kontakt zur Presse aufnehmen. So oder so. Dann haben wir ihn.«

»Oder er wird so stinkwütend sein, dass er das ganze Alphabet in einer Nacht zu Ende bringt«, rief Sneijder. »Dann hast du ein Monster erschaffen, das sich nicht mehr bändigen lässt.«

»Wir *müssen* ihn aus der Reserve locken.«

Sneijder schüttelte den Kopf. »Eine solche Medienkampagne wie die, die du gerade losgetreten hast, lässt sich nicht mehr kontrollieren. Das wird verdammt böse enden.«

4. Teil

OSTHEVERSAND

27
Freitag, 2. Oktober

Die Sonne hatte den Zenit bereits überschritten, als das Boot der Küstenwache im Hafen von Ostheversand anlegte. Die Backbordseite des Schiffes drückte die vom Salzwasser zerfressenen Autoreifen an den Holzsteg, worauf diese ein hässliches Knirschen von sich gaben.

Sabine trat aus der Kajüte. Das Boot schwankte, und sie hielt sich am Dachvorsprung der Kabine fest. Zuvor war sie von München nach Hamburg geflogen, anschließend jedoch mit dem Taxi vom Flughafen zur Ostsee gefahren und nicht mit einem Mietwagen, wie Sneijder es vorgeschlagen hatte. So war es einfach schneller gegangen, und sie hatte die Fahrtzeit genutzt, um weiter in Andersens Märchenbuch zu lesen. Und war tatsächlich fündig geworden.

Und zwar beim *Standhaften Zinnsoldaten*. Der Zinnsoldat hatte im Gegensatz zu seinen Kameraden nur ein einzelnes Holzbein – so ähnlich wie die beinlose, auf einen Holzpfahl aufgespießte Gerichtspsychologin auf Schloss Hohenlimburg. Da hatte Sabine zum ersten Mal gestockt. Der Soldat trug zudem eine rot-blaue Uniform – und *das* war dann der entscheidende Hinweis! Denn der Rücken der Toten war in denselben Farben markiert gewesen. Alles schien zu passen. Damit war auch der vierte Mord eine Anspielung auf Andersens Erzählungen. Während der restlichen Fahrt hatte Sabine nachdenklich aus dem Fenster gestarrt.

Das Meerwasser spritzte über die Bootsplanken, und der frische Wind ließ Sabine frösteln.

»Sie können jetzt von Bord!«, rief der Steuermann.

»Danke.« Sabine packte ihren Trolley und wankte zur Reling.

Der zweite Mann von der Küstenwache hatte indessen ein schmales Fallreep ausgeklappt, das eine Brücke zum Steg bildete. Nun half er Sabine über die Gangway auf die Mole und reichte ihr den Trolley nach. »Wie lange werden Sie bleiben?«

Sabine sah sich um. Auf dem Parkplatz des Leuchtturms stand ein einziger Wagen. Ein schwarzer Pkw. Daneben ein Mann im dunklen Anzug, der mit einer Hand am Wagen lehnte und in der anderen eine Zigarette hielt. Offensichtlich wartete er auf Sabine. Sie ließ den Blick zum Hügel schweifen, auf dem die Anstalt thronte.

»Ungefähr eine Stunde«, sagte sie.

Der Bootsmann sah auf die Armbanduhr. »Wir holen Sie um zwei Uhr ab.« Als Sabine nickte, zog er das Fallreep wieder an Bord. Sogleich heulte der Motor auf, und durch das schäumende Wasser entfernte sich das Boot vom Steg.

Sabine sah dem Kahn kurz nach und ließ dann den Blick über die kleine Insel schweifen. *Mein Gott, ist das trostlos hier.* Sie fuhr den Griff des Trolleys aus und hielt, den kleinen Koffer hinter sich herziehend, auf den Mann am Parkplatz zu.

Nun sah sie, dass er keine Zigarette, sondern eine Zigarre rauchte. Im letzten Augenblick, bevor er ihr die Hand reichte, warf er den Stummel auf den Boden. »Maarten Sneijder hat Sie bereits angekündigt. Direktor Hollander.«

Schau an, der Herr Direktor höchstpersönlich. Sabine schüttelte seine Hand. »Sabine Nemez. Ich hätte nicht erwartet, dass Sie mich persönlich abholen.«

»Unser Hausmeister ist seit Anfang der Woche im Urlaub, und es tut gut, wenn ich mir ab und zu die Beine vertrete.« Er lächelte.

Sabine lächelte ebenfalls. Und sie hätte ein Monatsgehalt darauf verwettet, dass Hollander sie auch dann abgeholt hätte, wenn der Hausmeister im Dienst gewesen wäre.

Während Sabine den Trolley auf dem Rücksitz verstaute, startete Hollander bereits den Motor. Kaum saß sie im Wagen und hatte sich angegurtet, fuhr er auch schon los und begann sie auszufragen.

»Warum interessieren sich Sneijder und das BKA für Piet van Loon?«

Für ihren Geschmack war er eine Spur zu neugierig, außerdem hatte er nun schon zum zweiten Mal Sneijders Namen mit einer nicht zu überhörenden Geringschätzigkeit ausgesprochen, als verbände die beiden Männer eine gemeinsame, nicht unbedingt unbelastete Vergangenheit.

»Wir arbeiten alte Fälle auf und sind der Meinung, dass Piet van Loon etwas zu deren Lösung beitragen kann.« Sabine hielt es für klüger, den Direktor nicht in alle Details einzuweihen. *Ein simples Bauchgefühl!* Gerade im Knast sprachen sich Gerüchte rasch herum, was dem derzeitigen Fortkommen der Ermittlungen nicht unbedingt zuträglich wäre.

Hollander nickte. »Aber Piet van Loon wird Ihnen nicht helfen.«

Sabine drehte sich zu Hollander hin, der keine Miene verzog. »Warum?«

»Er hat noch nie einen Beamten bei Ermittlungen unterstützt.«

»Wäre es sinnvoll, wenn ich mich als Journalistin ausgäbe, die einen Artikel über ihn schreibt?«

Hollander streifte sie mit einem kurzen Blick. »Wohl kaum. Innerhalb kürzester Zeit würde er herausfinden, dass Sie keine Ahnung von Journalismus haben, nicht wahr?«

Sabine ignorierte den abfälligen Ton. »Wie würden Sie ihn dann zum Reden bringen?«

»Ich? Gar nicht.« Hollander schüttelte den Kopf. »Piet van Loon ist schneller in Ihrem Kopf, als Sie es für möglich halten. Dazu kommt, dass sich sein Profil jeder Analyse entzieht.«

»Bekommt er hier im Knast nicht genauso wie alle anderen Häftlinge eine Therapie?«

Hollander lächelte milde. »Eines sollten Sie wissen. Wir bezeichnen diese Institution als *Anstalt* und die Insassen als *Klienten*. Auch wenn es Leuten wie Ihnen vom BKA schwerfällt, möchte ich Sie bitten, sich diese Gepflogenheiten anzueignen.«

Ja, du Arschloch!

Sabine sah gelassen aus dem Fenster. »Und ich möchte Sie bitten, meine Frage zu beantworten. Bekommt er eine Therapie?«

»Ja.« Hollander schwieg.

»Dann möchte ich vorher kurz ein Wort mit seinem Therapeuten sprechen.«

»Wären Sie besser vorbereitet, wüssten Sie, dass wir ausschließlich Therapeutinnen beschäftigen.«

Sabine seufzte. »Dann möchte ich eben mit Piets Therapeutin sprechen, bevor Sie ihn in den Vernehmungsraum führen.«

»Das wird schwer möglich sein.«

Sabine wartete eine Weile, doch es kam nichts mehr aus Hollanders Mund. »Was wird schwer möglich sein? Seine Therapeutin zu sprechen oder Piet in den Vernehmungsraum zu führen?«

»Beides.«

Sabine reichte es langsam. »Warum? Weil Sie statt Therapeutin *Klientenbetreuerin* sagen und statt Vernehmungsraum *Gesprächszimmer*?«

Hollander starrte geradeaus. »Ihr Ton gefällt mir nicht.«

»Ich bin nicht hier, um Ihnen zu gefallen. Ich bin hier, weil das BKA ermittelt und Sie als Direktor dieser Anstalt das BKA mit sämtlichen Ihnen zur Verfügung stehenden Ressourcen zu unterstützen haben. Falls Sie ein Problem damit haben, können wir gern den offiziellen Weg über den Generalstaatsanwalt gehen. Doch eines sollte Ihnen dabei klar sein: Jede Minute, die wir durch Ihr Verhalten verlieren, wirft die Ermittlungen zurück. Ihre Entscheidung!«

Zum ersten Mal in ihrem Leben sehnte sie sich Sneijder herbei. Der hätte nicht so viel Geduld mit dem Direktor gehabt.

»Jede Minute ...«, wiederholte Hollander zynisch. »Ich dachte, es handelt sich bloß um alte Fälle.«

»Mord verjährt nicht. Und jetzt sollten wir diese Wortklaubereien und Hinhaltetaktik lassen, denn ich bin wirklich müde. Warum kann ich Piets Therapeutin nicht sprechen?«

»Wir mussten uns Anfang der Woche von ihr trennen.«

Die Arme hat vermutlich deine selbstgefällige Art auch zum Kotzen gefunden. »Und weiter?«

»Außerdem muss ich erst durch meine Stellvertreterin und Anstaltsärztin Doktor Kempen prüfen lassen, ob Piet van Loon sich in der gesundheitlichen Verfassung befindet, eine Vernehmung über sich ergehen zu lassen.«

Dafür hätte er seit Sneijders Anruf Zeit genug gehabt. »Hat er eine Verkühlung?« Sabines Ton klang ätzend. Mittlerweile stand ihr die Art des Direktors bis oben.

»Nein, er hat randaliert, und die Justizvollzugsbeamten hatten alle Hände voll zu tun, ihn zu beruhigen.«

»Was heißt das im Klartext?«

»Er lag vier Tage lang auf der Intensivstation unserer Krankenabteilung.«

Beim Betreten des massiven Backsteingebäudes mit all seinen düsteren Hallen, breiten Marmortreppen und der trostlosen Umgebung, die nur aus Klippen, Meer, kalten Windböen und kreischenden Möwen bestand, verstärkte sich Sabines Eindruck, dass man auf dieser Insel einfach trübsinnig werden musste. Was hatte einen Juristen wie Hollander dazu veranlasst, einen Job wie diesen anzunehmen? Doch Sabine wollte es eigentlich gar nicht wissen. Sie wollte nur mit Piet van Loon sprechen und dann rechtzeitig das Boot der Küstenwache erreichen. Für Letzteres würde Hollander aber bestimmt sorgen.

Sie hatte gehofft, dass ein weiterer Anruf von Sneijder die Sache beschleunigen würde, aber diese Einmischung schien Direktor Hollander am Arsch vorbeizugehen. Außerdem bekam sie durch Hollanders Reaktion mit, dass er und Sneijder sich in der Tat nicht ausstehen konnten. Da prallten mal wieder zwei Egozentriker aufeinander – und sie saß genau dazwischen.

Doch bei all dem Zorn, den Sneijders Art manchmal in ihr hervorrief – eine Sache konnte sie ihm nicht vorwerfen: Er drückte sich vor keiner Arbeit und ermittelte niemals ineffizient. Dahingegen deutete alles, was sie bisher von Direktor Hollander gesehen hatte, darauf hin, dass er ein selbstgefälliger Bürokrat war, der mit Beziehungen und geringem Aufwand durchzukommen versuchte.

Mittlerweile wartete Sabine schon seit fünfzehn Minuten im Vernehmungsraum. Immerhin konnte sie so eine SMS von Sneijder beantworten, die sie gerade bekommen hatte.

– *Ist er schon da?*

– *Noch nicht.*

– *Hält Hollander Sie immer noch hin?*

– *Ja, der kann froh sein, dass ich meine Waffe nicht dabeihabe.*

Sneijders Antwort ließ nicht lange auf sich warten.

– *Ruhig Blut. Wenn jemand das Recht hat, Hollander aus dem Verkehr zu ziehen, dann ich!*

Sabine musste unwillkürlich schmunzeln. *Wie läuft es in Wien?*, tippte sie, doch sie hatte keine Gelegenheit mehr, Sneijders Antwort abzuwarten.

Die Tür zu dem kleinen Raum jenseits der Glaswand öffnete sich. Ein großer Mann in Turnschuhen, grauer Hose und weinrotem Sweatshirt mit bis zu den Ellenbogen aufgerollten Ärmeln betrat das Zimmer. Das Deckenlicht warf seinen Schatten auf die weiße Wand. Über den Lautsprecher hörte Sabine Piets schweren Atem. Er hob den Kopf und blickte ihr durch die Scheibe direkt in die Augen.

»Heilige Scheiße«, entfuhr es Sabine, als sie Piet van Loons völlig zugeschwollenes Gesicht sah, das in allen Farben schillerte.

28

Sonntag, 27. September

Auf dem Weg zur Krankenstation kam Hannah bei der Kantine vorbei. *Medikamentös sediert,* rief sie sich in Erinnerung. Das hatte Frenk Bruno zumindest behauptet.

Sie stieß die Tür zur Kantine auf, ging zum ersten Tisch und ließ einen Salzstreuer in ihrer Hosentasche verschwinden. Dann lief sie weiter in den alten Gebäudetrakt. Vor der Sicherheitstür, hinter der die Krankenabteilung lag, hielt sie inne. Bisher war sie im Bürotrakt keinem Menschen begegnet. Es schien so, als wären wirklich alle Angestellten beim Grillfest des Leuchtturmwärters.

Hannah zog ihre Magnetkarte aus der Tasche, atmete einmal tief durch und zog sie durch das Magnetlesegerät. Nervös wartete sie einige Sekunden. Wenn Doktor Kempen ihr bereits die Zutrittsberechtigung entzogen hatte, konnte sie ihren Plan vergessen. Dann hieß es Kopf einziehen und abhauen. Aber mit etwas Glück war Kempen an diesem Tag zu gestresst gewesen und hatte nicht mehr daran gedacht. Immerhin hatte sie ja behauptet, sich um genug andere, *wichtigere* Dinge kümmern zu müssen als um Hannah. Da leuchtete die Lampe grün, und das Schloss sprang mit einem Summton auf.

Erleichtert zog Hannah die Tür auf und schlüpfte in den Gang. Automatisch aktivierte der Bewegungsmelder das Licht an der Decke. Hannah wollte die Tür bereits wieder hinter sich schließen, als sie eine Stimme hörte.

»Hallo, warten Sie!«

Hannah fuhr herum. Hinter ihr stand Frenk Bruno, der die Tür mit dem Fuß ungelenk am Zufallen zu hindern versuchte und ebenfalls in die Krankenstation wollte. Frenk hatte keine Hand frei. Er balancierte einen Turm ineinandergestapelter Bettpfannen sowie einen Stoß Mullbinden und Handtücher, wobei er sich extrem ungeschickt anstellte.

»Können Sie mir bitte die Tür aufhalten?«

Hannah zögerte. »Dürfen Sie überhaupt in die Krankenstation?«, flüsterte sie unwillkürlich. *Verdammt!* Ausgerechnet jetzt musste ihr dieser Spanner auf die Pelle rücken.

»Die Magnetkarte ist in meiner Hosentasche. Ich komme gerade nicht ran, aber Sie können gern nachsehen.« Er grinste.

»Danke«, wehrte Hannah ab. »Und wohin wollen Sie damit?«

»Doktor Kempen möchte, dass ich das noch in die Abteilung bringe, bevor ich Feierabend mache und zum Grillfest gehe.«

»Schon mal aus dem Fenster gesehen?«, fragte sie. »Das Fest wird wohl ins Wasser fallen.«

»Wir haben schon öfter bei Regen gegrillt. Ist nichts Ungewöhnliches so weit im Norden. Könnten Sie mir jetzt *bitte* die Tür aufhalten?«

Frenk wollte sich an ihr vorbei in die Krankenstation schieben. Hannah ließ ihn passieren. Das hatte dieser Wichser doch nur eingefädelt, weil er ihr nachsteigen wollte. Hannah wettete, dass Doktor Kempen keine Handtücher und Bettpfannen brauchte. Nicht heute Nacht!

»Und was machen *Sie* hier?«, fragte Frenk.

Als ob er das nicht wüsste! Alibihalber hob sie ihren gequetschten und immer noch blau angelaufenen Finger. »Ich brauche Schmerztabletten«, sagte sie laut, falls sich jemand in der Krankenabteilung befand, der ihr Gespräch zufällig belauschte.

»Die hätten Sie von mir auch haben können«, sagte er. »Wir könnten nachher gemeinsam zum …«

»Nein, danke«, würgte sie ihn ab. »Ich nehme eine Tablette und haue mich aufs Ohr.«

»Falls Sie es sich doch noch anders überlegen sollten, ich warte auf Sie.«

Bestimmt nicht! »Gute Nacht.«

Ihre Wege trennten sich. Frenk marschierte den Gang hinunter und verschwand nach links. Hannah ging nach rechts, vorbei an Doktor Kempens Bürotür zu den Isolationszellen. Vom anderen Ende des Korridors hörte sie Stimmen. Frenk unterhielt sich mit jemandem. Einer Frau. *Fuck!* Das war nicht gut. Hannah hatte gehofft, ungestört zu sein. Hoffentlich war es nicht Doktor Kempen, und hoffentlich würde Frenk die Klappe halten.

Nach den Türen für die Herren- und Damentoiletten kam ein Bereich mit einem grauen Steinboden aus riesigen unebenen Platten. Hannah gelangte in einen Gang mit mehreren massiven Metalltüren, die eine große Öffnung für wuchtige Schlüssel aufwiesen. Außerdem hatte jede Tür ein Guckloch. Allerdings fehlte die übliche Klappe für das Hineinschieben von Essenstabletts. *Die Isolationszellen!* Wie gruselig es hier war. Irgendwie roch es nach Tod! Durch die beklemmende Atmosphäre bekam sie plötzlich einen Eindruck, was sich während des Naziregimes in diesen Räumen abgespielt haben musste.

Hannah schaute durch die Gucklöcher. In den ersten beiden Zellen war es dunkel. Nichts regte sich darin. In der dritten brannte eine schwache vergitterte Lampe an der Decke. Der Raum war nur etwa sechs Quadratmeter groß. Weiße Bodenkacheln, weiße Wandfliesen, kein Fenster. Durch die Fischaugenoptik der Linse sah sie die ganze Zelle. In einer Ecke stand ein Tisch, in der anderen ein Bettgestell aus Eisen. Darauf lag ein mit Ledergurten an Hand- und Fußgelenken ruhiggestellter Mann. An seiner Statur und der Haarfarbe erkannte sie, dass es Piet van Loon war.

Da liegt er also!

In Zelle Nummer 3.

Ihr Herzschlag beschleunigte sich. Sie spürte das kalte Metall der

Tür, und ihr heißer Atem beschlug das Guckloch. Angst keimte plötzlich in ihr auf. Bei der Therapie nach ihrem Selbstmordversuch hatte sie gelernt, dass sie ihre Probleme nur dann lösen konnte, wenn sie ihre Ängste aufarbeitete. An diesem Punkt hatte sie dann vor der Wahl gestanden, den Suizid erneut zu versuchen, diesmal aber sorgfältiger, oder sich fürs Leben zu entscheiden. Sie hatte sich fürs Leben entschieden und beschlossen, Psychologie zu studieren. Dass sie jetzt ausgerechnet hier an diesem Ort stand, war natürlich eine extreme Variante, sich ihrer Angst zu stellen. Aber sie hatte sich jahrelang eingeredet, dass es nur so funktionieren konnte.

Einen Moment lang sah sie sich in beide Richtungen um. Sie lauschte. *Nichts!* Nur Frenk Brunos Geplapper mit der Frau war dumpf zu hören. Sicherheitshalber drückte Hannah die Klinke hinunter. *Abgesperrt!* Rasch lief sie zurück zu Doktor Kempens Milchglastür. Sie zog die Büroklammern aus der Hosentasche, bog die Enden auf und führte sie in das Schloss. Von ihrem ersten Einbruch wusste sie bereits, wie das Schloss funktionierte und dass es leicht zu knacken war. Doch die Büroklammern waren kein Dietrich! Mühsam fingerte sie damit im Schloss herum, musste den Draht aber noch einmal herausziehen und ihre schweißnassen Hände an ihrer Hose abwischen. Dann klemmte sie einen Draht in den Spalt zwischen Rahmen und Metalltür, um vorne einen stabilen kleinen Haken reinzubiegen, und führte ihn anschließend wieder ins Schloss. Jetzt schnappte der Riegel zurück, und die Tür ließ sich öffnen.

Ohne das Licht einzuschalten ging sie zum Schreibtisch. Die Beleuchtung vom Gang reichte völlig aus. Außerdem wusste sie schon, in welcher Schublade Doktor Kempen die Schlüssel für die Isolationszellen aufbewahrte. Weit entfernt hörte sie Frenks dumpfes Lachen. Anscheinend flirtete er mit einer Krankenschwester. Hannah nahm den Schlüssel mit dem Anhänger *I-03* aus der Holzschatulle und wollte das Büro gerade wieder verlassen, als ihr Blick auf den Schreibtisch fiel, auf dem eine große Teetasse stand. Kurzentschlossen nahm sie auch die Tasse mit und verließ das Büro.

Sollte sie die Tür wieder zusperren?

Sie entschied sich dagegen. So viel Zeit hatte sie nicht. Außerdem musste sie Schlüssel und Tasse nachher sowieso wieder zurückbringen.

Hastig lief sie in Richtung Isolationszellen, bog aber davor in die Damentoilette ab. Auch dort sprang das Licht automatisch an. Sie drehte das heiße Wasser des Handwaschbeckens auf und wartete. Während es lief, starrte sie auf den Kaltwasserhahn. Das *K* von *Kalt* war weggekratzt worden. Nun hieß es *alt*. Sie dachte an Frenk Brunos Worte. Im Englischen wäre aus *cold old* geworden.

Das Wasser dampfte, und der Spiegel vor ihr beschlug. Sie füllte die Teetasse mit heißem Wasser, schraubte die Verschlusskappe des Salzstreuers herunter und leerte den Inhalt in die Tasse. Das Salz löste sich auf. Mit dem Finger rührte sie einmal um. *Scheiße, war das heiß!*

Vorsichtig, damit das Salzwasser nicht aus der Tasse schwappte, verließ sie die Toilette und ging zur Isolationszelle Nummer drei. Auf halbem Weg hörte sie näher kommende Schritte.

Zurück in die Toilette oder rein in die Isolationszelle?

Hannah entschied sich für die Zelle. Sie lief weiter. Beinahe wäre das Wasser über die Tasse geschwappt und auf den Boden geklatscht. Endlich erreichte sie die Tür. Sie kramte den Schlüssel aus der Tasche und führte ihn ins Schloss.

Wahrscheinlich war es die Krankenschwester, mit der Frenk zuvor geflirtet hatte, die jeden Augenblick um die Ecke biegen würde. Dann konnte sie sich ihre Ausrede mit der Schmerztablette sonst wohin schmieren.

Hannah drehte den Schlüssel einmal herum. Das Schloss ächzte, als wäre es schon seit Jahrzehnten eingerostet. Das Budget hatte wohl nicht mehr gereicht, um auch diesen Trakt mit modernen Magnetlesegeräten auszustatten. Oder es war nie geplant gewesen, Häftlinge in diesem Teil der Einrichtung unterzubringen, was sie für wahrscheinlicher hielt.

Die Tür ließ sich immer noch nicht öffnen. Hannah drehte den Schlüssel ein zweites Mal herum. Diesmal quietschte das Schloss noch lauter, aber zum Glück hörte sie auch, wie sich der Riegel verschob.

Das Klappern der Schuhe erreichte die Biegung des Ganges. Hannah zog schnell den Schlüssel aus dem Schloss, drückte die Tür mit der Schulter auf, schlüpfte in die Zelle und schob die Tür wieder zu. Der Riegel schnappte ein.

Geräuschvoll stieß sie den angehaltenen Atem aus und lehnte die schweißnasse Wange an das kühle Metall. Das alles hatte sie sich leichter vorgestellt. Durch die massive Tür hörte sie die dumpf klingende Stimme der Schwester.

»Danke, Frenk. Die Handtücher kommen in den Schrank der Damentoilette.«

Langsam wandte sich Hannah um. Auf dem Bett vor ihr lag Piet van Loon. Gefesselt und völlig sediert. Seine Augen waren geschlossen, sein Atem ging flach. Der Brustkorb hob und senkte sich kaum merklich.

Sie stellte die Tasse auf dem Tisch ab und machte einen Schritt auf Piet zu. Im matten Licht der Deckenlampe sah sie sein Gesicht. Es war bis zur Unkenntlichkeit mit Blutergüssen übersät. Ein Auge war vollkommen zugeschwollen, das andere sah zwar etwas besser aus, schimmerte aber auch in dunklen Blautönen. Zudem war Piets Lippe aufgeplatzt, und er hatte Schürfwunden an den Wangen und Blutergüsse am Hals. Die Justizvollzugsbeamten mussten wie wahre Berserker auf ihn eingeprügelt haben.

Hannah trat näher und prüfte die Lederfesseln an seinen Handgelenken. Sie schienen nicht allzu fest zugezurrt zu sein, aber es reichte. Vorsichtig schob sie Piets Ärmel hinauf und fühlte seinen Puls. Er schlief tief und fest. Seine Augenlider flatterten. Als sie ihre Hand wegnahm, sah sie auf seinem Handgelenk eine Tätowierung. *Eine schwarze Armbanduhr.* Exakt die gleiche wie Frenk Bruno. Anscheinend hatte Frenk das Piet nachgemacht. Vermutlich ein Freundschaftsbeweis oder ein Zeichen der Verehrung.

Außerdem sah sie jetzt zum ersten Mal Piets offene Hand. Bisher hatte sie ihn immer nur mit geballten Fäusten gesehen. Nun kannte sie den Grund. Sie beugte sich tiefer. Seine Fingerkuppen waren völlig glatt. Keine Rillen, als hätte er sich die Haut mit einer Säure weggeätzt.

Im Mülleimer neben dem Bett sah sie Mullbinden und blutverschmierte Wattetupfer. Auf dem Tisch lag eine geöffnete Medikamentenpackung. *Rohypnol.* Ein Schlafmittel. Die Hälfte der Tabletten war aus der Folie gebrochen worden. Damit also hatten sie Piet ruhiggestellt. Aus eigener Erfahrung wusste sie, dass die Wirkung dieses Mittels nach etwa zwanzig Minuten einsetzen, höchstens vier Stunden anhalten und er danach langsam aufwachen würde. Spätestens dann würde eine Schwester kommen, um ihm weitere Tabletten zu geben. Vielleicht aber auch schon früher.

Hannah beeilte sich. Rasch knüllte sie Piets Kopfkissen zusammen, sodass sein Kopf höher lag. Dann holte sie die Tasse vom Tisch, öffnete Piets Mund und führte den Rand der Tasse an seine Lippen. Sie flößte ihm das Salzwasser ein, doch es lief aus den Mundwinkeln wieder raus.

Also hielt sie Piets Nase einen Moment lang zu. Er schnappte nach Luft, bekam das Salzwasser in die Luftröhre und spuckte es im Reflex wieder aus. Doch sie setzte sofort nach und schüttete ihm mehr davon in den Mund. Jetzt schluckte er notgedrungen.

»Gut so«, flüsterte sie. »Weiter.«

Bei dem Gedanken an das mittlerweile lauwarme Wasser mit dem hohen Salzgehalt wurde ihr übel. Doch sie leerte ihm auch noch den Rest aus der Tasse in den Mund, und Piet schluckte alles. Sein Körper würde bald spüren, dass er eine Salzvergiftung hatte, und dann den Mageninhalt mitsamt den aufgelösten Schlaftabletten erbrechen.

Hannah wartete. Sie starrte zum Guckloch an der Tür. Falls jemand auf den Gedanken kam durchzusehen, würde sie entdeckt werden.

Ein Kaugummi wäre jetzt nicht schlecht! Sie durchsuchte ihre Hosentaschen und fand ein Papiertaschentuch. Damit würde es auch gehen. Sie riss ein Stück ab, kaute darauf herum und klebte die nasse Pampe auf das Guckloch.

Indessen hörte sie Piet röcheln. Er bewegte sich und versuchte den Kopf zu heben. Sie sah, wie sein Magen unter dem weinroten Sweatshirt rebellierte.

Er würgte.

Rasch war sie bei ihm, drehte seinen Kopf zur Seite, damit er nicht erstickte, und wartete.

»Komm schon!«, drängte sie.

Dann endlich stülpte sich sein Magen um, und er erbrach einen Schwall Salzwasser mit brauner Magensäure.

»Weiter!« Sie schlug ihm mit der flachen Hand auf die Wange.

Seine Augenlider zuckten. Er erbrach sich erneut, und diesmal kotzte er sich eine Minute lang die Seele aus dem Leib, wobei er sich so weit aufbäumte, wie es die Lederfesseln zuließen.

»Komm zu dir!«, rief sie und schlug ihm erneut ins Gesicht.

»Schon gut«, keuchte er, während ihm ein zäher Faden Speichel aus dem Mundwinkel lief.

29

Freitag, 2. Oktober

Piet van Loon stand reglos wie ein Fels in der Mitte des etwa vier Quadratmeter großen Vernehmungsraums. Er badete im weißen Neonlicht. Nur eine Plexiglaswand mit eingebauten Mikrofonen trennte ihn von Sabine.

»Wollen Sie sich nicht setzen?«, schlug Sabine vor.

Piet reagierte nicht. Er starrte sie an, und sie widerstand dem Impuls, ihn genau zu betrachten. Dennoch sah sie aus dem Augenwinkel die Blutergüsse auf den Unterarmen, den Handgelenken und Fingerknöcheln. Piet ballte die Hände zu Fäusten. Auf dem linken Handgelenk sah sie eine tätowierte Armbanduhr.

»Ein originelles Tattoo«, sagte sie. »Wie spät ist es darauf?«

»Fünf vor zwölf«, antwortete er knapp und mit einem starken niederländischen Akzent, der sie an Sneijders Sprechweise erinnerte. Allerdings nuschelte er, was wohl an seinem geschwollenen Mund lag.

»Setzen Sie sich«, bat sie ihn sanft. »Im Sitzen spricht es sich leichter.«

»Wer sagt, dass ich mit Ihnen sprechen möchte?«

»Sie tun es doch gerade.«

Piet lächelte für einen Moment, und Sabine merkte, dass ihm sogar diese kleine Bewegung Schmerzen bereitete.

Sabine hatte schon genug Fotos aus der Rechtsmedizin gesehen – aktuelle Fälle und Dutzende aus dem Archiv des BKA – um beurteilen zu können, dass diese Wunden von keinem Schlagstock oder Totschläger stammten. Sie waren das Resultat von harten Fausthieben und Stößen gegen Tisch, Wand oder Türstock.

Dieser Fall hätte sofort zur Anzeige gebracht werden müssen. Aber ihr Gefühl sagte ihr, dass Piet schweigen und jedes Gespräch sofort abbrechen würde, sobald sie ihn auf die Ursache dieser Verletzungen ansprach. Also versuchte sie sein Aussehen zu ignorieren.

Piet machte einen Schritt auf den Stuhl zu, der vor der Scheibe stand. Sabine bemerkte sein Hinken. Offensichtlich hatte er auch noch Tritte oder Schläge gegen Knie und Fußgelenke kassiert. Kein Wunder, dass Direktor Hollander eine Vernehmung von Piet am liebsten verhindert hätte.

Ächzend ließ Piet sich auf den Stuhl fallen. »Sind Sie Anwältin?«

Sabine schüttelte den Kopf.

»Eine neue Therapeutin?«

»Nein.« Sie hatte den leicht amüsierten Ton in Piets Stimme nicht überhört. Ihr Gefühl sagte ihr, dass Piet genau wusste, weshalb sie hier war, und nur ein Spielchen mit ihr trieb. »Ich möchte mit Ihnen über Ihr Theaterstück sprechen.«

Enttäuscht sah er sie an. Hatte er vermutet – oder vielleicht sogar gehofft –, dass sie ihn zur gegenwärtigen Mordserie befragen würde, über die er möglicherweise schon informiert war?

»Für eine Kunststudentin sind Sie schon zu alt«, murmelte er.

»Ich arbeite beim Bundeskriminalamt und untersuche einige alte Morde«, sagte sie. Er musste ja nicht unbedingt erfahren, dass es sich um brandaktuelle Fälle handelte.

»Ich war es nicht.« Er sah kurz zur Tür. »Ich habe ein Alibi.« Er musste selbst schmunzeln, zuckte im gleichen Augenblick jedoch vor Schmerzen zusammen.

»Worum geht es in Ihrem Theaterstück?«

»Aus welchem Grund interessiert sich das BKA dafür?«

»Eine Mordserie könnte damit zusammenhängen.«

Piet dachte eine Weile nach. »Wurden die Schauspieler von damals getötet?«

»Worum geht es in dem Stück?«

»Um Märchen.«

»Um welche?«

»Diese Befragung ist sehr einseitig.«

»Das ist nun mal so, wenn einer der Gesprächspartner hinter Gittern sitzt und der andere nicht.«

Piet hob bedauernd die Schultern. »Wenn ich Ihnen Informationen liefere, verlange ich Hafterleichterung.«

»Wir sind hier nicht bei *Wünsch dir was!*«

»Schade.« Er sah zur Tür und war im Begriff, sich zu erheben.

Sabine wartete ab, um herauszufinden, ob er nur bluffte, doch er stand tatsächlich auf, ging zur Tür und legte die Hand auf die Klinke.

»Wenn Sie den Raum jetzt verlassen, bedanke ich mich bei allen Wärtern für Ihre ausgezeichnete Kooperation mit der Polizei. Wie schmeckt Ihnen das?«

Er verharrte in der Bewegung.

»Ich gehe davon aus, dass sich das rasch herumspricht, und Spitzel sind unter den Knastis nicht besonders beliebt, oder?«, fragte sie ihn.

Piet drehte sich um. »Das würden Sie tun?«

»Verdammt, ja, also setzen Sie sich wieder hin. Informationen sind das Einzige, was ich Ihnen anbieten kann.«

Piet blieb stehen. »Worüber?«

»Über die Mordserie.«

»Ich nehme an, in Wahrheit ist sie ziemlich aktuell.«

Sabine zögerte einen Moment. »Ja.«

»Steht ab morgen sowieso in allen Zeitungen.«

»Eher nicht.« Sie studierte seine Reaktion. »Was wollen Sie denn wissen?«

»Wer arbeitet an dem Fall?«

»Ich.«

Piet kam näher zur Scheibe, beugte sich herunter und senkte die Stimme. »Hören Sie auf, mich zu verarschen. Letzte Chance! Wer arbeitet an dem Fall?«

Sabine dachte an Sneijders Warnung, entschied sich jedoch, sie zu ignorieren. Denn würde Piet dahinterkommen, dass sie ihn belog, würde er das Gespräch sofort beenden. »Maarten Sneijder und ich.«

Piet van Loon nickte. »Wer noch?«

»Rudolf Horowitz.«

»Ah.« Piets Augenbrauen wanderten für einen Moment in die Höhe. Er nahm wieder Platz. »Sneijder und Horowitz – die alte Truppe von damals wieder vereint. Gab es in der Schweiz auch einen Mord?«

»Ich bin dran mit fragen«, unterbrach Sabine ihn. »Worum geht es in Ihrem Theaterstück?«

»Um Märchen.«

Sie atmete tief durch. »Ich dachte, wir wollten uns nicht gegenseitig verarschen? Also, etwas präziser bitte!«

»Um die Märchenwelt des Hans Christian Andersen.«

»Warum gerade die?«

»Nun … im Gegensatz zu den Brüdern Grimm, die bloß Erzählungen über alte Volksmärchen sammelten und niederschrieben, hatte der kreative Andersen eigene Märchen erfunden, weshalb diese Welt so faszinierend ist.«

»Welche Märchen haben Sie für Ihr Theaterstück verwendet?«

»Ich bin dran mit Fragen. Haben Sie Rudolf Horowitz in Bern gesehen?«

»Ja.«

»Wie geht es ihm?«

»Er ist ein alter, gebrechlicher Mann.«

»Ist er noch im Dienst?«

»Mit einem zertrümmertem Rückgrat?«

Piet verzog schadenfroh den Mund. »Wie macht er sich so im Rollstuhl?«

»Seine Arme sind kräftig.«

»Hat er keinen Elektromotor?«

»Nicht, als ich ihn gesehen habe.«

»Wie verbringt er seine Tage?«

»Mit Taubenfüttern.« Damit war das Thema für sie beendet.

»Um welche Märchen ging es?«

Piet schloss die Augen, als dächte er nach. »Ist schon verdammt lange her. *Des Kaisers neue Kleider,* soweit ich mich erinnere. *Das hässliche Entlein, Die Prinzessin unter der Erbse* und *Der standhafte Zinnsoldat.*«

»Welche noch?«

»*Ole Lukøje, Die Schneekönigin, Das Feuerzeug, Die kleine Meerjungfrau, Der unartige Junge* und *Das Mädchen mit den Schwefelhölzern.*«

Sabine hatte die Titel im Geiste notiert und mitgezählt. »Insgesamt nur zehn Märchen?«

»Nur? Ich finde, das reicht.«

Verdammt! In die Kopfhaut der bayerischen Leiche war die Zahl Elf geschnitten worden. »Sicher?«, fragte sie nach.

»Ja, sicher! Das Stück dauerte nur achtzig Minuten, außerdem hatten wir nicht mehr Requisiten.«

Sabine nickte. Ihr war aufgefallen, dass Piet van Loon *Die Prinzessin* unter *der Erbse* gesagt hatte und nicht *auf* der Erbse. Vielleicht war das nur eine sprachliche Ungenauigkeit gewesen, weil Deutsch nicht seine Muttersprache war. Außerdem war ihr aufgefallen, dass sein niederländischer Akzent etwas anders klang als der von Sneijder. Ähnlich, aber trotzdem anders. Und das lag nicht nur an seinem geschwollenen Mund.

Sabine setzte an, um etwas anderes zu fragen, doch Piet unterbrach sie. »Sneijder war schon seit zwei Jahren nicht mehr zu Besuch«, stellte er fest. »Wie geht es ihm? Hat er immer noch seine Cluster-Kopfschmerzen?«

Sabine stutzte einen Moment. *Zu Besuch?* Er verhörte immer

mal wieder jemanden, aber seit wann *besuchte* Sneijder diejenigen, die er verhaftet hatte? Außerdem wurden Piets Fragen zunehmend persönlicher. Doch was konnte er mit diesen Informationen schon anfangen? Er saß im Hochsicherheitstrakt von Steinfels fest und würde die nächsten Jahrzehnte nicht herauskommen. »Ja, er hat noch Kopfschmerzen.«

»Macht er noch Akupunktur?«

»Ja.«

»Kifft er noch immer?«

»Ja.«

Piet rückte näher. »Und klaut er immer noch Bücher?«

»Ja.«

Piet schmunzelte. Er wusste verdammt viel über Sneijder. Selbst wenn dieser ihn tatsächlich öfter auf Ostheversand aufgesucht hatte, wunderte sich Sabine, warum er solche privaten Dinge über sich erzählt hatte.

»Wohnt er immer noch in dem Landhaus am Stadtrand von Wiesbaden?«, fragte Piet.

Sabine versuchte sich keine Reaktion anmerken zu lassen. »Darüber kann ich Ihnen keine Auskunft geben.« Nun beugte sie sich ebenfalls nach vorne. »Gibt es eine Videoaufzeichnung oder eine Tonaufnahme von Ihrem Theaterstück?«

Piet schüttelte den Kopf.

»Haben Sie ein Buch? Oder gibt es ein Manuskript mit den Dialogen oder der Beschreibung der Bühnenbilder?«

Piet lächelte. »Sie überschätzen das alles ein wenig. Es war die Aufführung einer dänischen Laiengruppe. Wir haben viel improvisiert und die Bühnenbilder aus vorhandenen Requisiten zusammengestoppelt.«

»Wie viele Aufführungen gab es?«

»Insgesamt nur drei. Im *Gjellerup*, einem Kellerlokal im Kopenhagener Künstlerviertel. Die erste Vorstellung war ausverkauft, die anderen beiden nur zur Hälfte beziehungsweise zu einem Drittel voll. Danach wurde das Stück früher als geplant abgesetzt.«

»Das tut mir leid.«

»Vergessen Sie es. In den Saal passten ohnehin nur fünfzig Leute.« Piet atmete tief durch, sodass sich sein mächtiger Brustkorb hob und senkte. »Hat Sneijder einen Lebensgefährten?«

»Soviel ich weiß, nicht.«

»Was ist mit seinem letzten Freund passiert?«

Sabine hob die Schultern. »Keine Ahnung.«

Piets Augenbrauen verengten sich. »Ich merke es, wenn Sie lügen. Bei der nächsten Unwahrheit beende ich das Gespräch.«

»Ich könnte Sie mit einer Ladung der Staatsanwaltschaft vor Gericht holen und dort zu einer Aussage zwingen. Falls Sie sich weigern, erhalten Sie eine saftige Ordnungsstrafe«, drohte sie, da sie sich von Piet nicht die Gesprächsführung aus der Hand nehmen lassen wollte.

»Könnten Sie, aber ich nehme an, Sie sind in ziemlicher Eile. Darum schlage ich vor, dass Sie mich nicht mehr belügen. Einverstanden?«

Sie nickte.

»Also, was ist mit ihm?«

»Soviel ich weiß, ist er vor einigen Jahren an einer Immunschwäche gestorben.«

»Tatsächlich? Und seitdem ist Maarten allein?«

»Ja.«

»Hat er gelitten?«

»Ja.«

»Und wie …?«

»Ich denke, ich habe Ihnen genug darüber erzählt. Was können Sie mit den Zahlen Vier, Fünf, Acht und Elf anfangen?«

Piet sah sie verwirrt an. »Keine Ahnung, worauf Sie hinauswollen.«

»Stehen diese Zahlen im Zusammenhang mit Ihrem Theaterstück?«

Er hob die Schultern. »Wie kommen Sie ausgerechnet auf diese Zahlen?«

»Darüber kann ich nicht sprechen. Gab es damals bei der Aufführung jemanden, der Ihnen besonders nahestand oder den das Stück sehr fasziniert hat? Ein Schauspieler, ein Bühnenarbeiter oder ein Theaterbesucher?«

»Sie meinen, dass dieser Jemand die aktuellen Morde begangen hat?«

»Möglicherweise.«

Er schüttelte langsam den Kopf.

»Wurde das Stück zu einem späteren Zeitpunkt noch einmal aufgeführt?«

»Nein.«

»Was ist mit dem Besitzer des *Gjellerup?* Hatten Sie später noch Kontakt zu ihm?«

»Es war eine Sie, Lærke Ulfeldt, und nein – kein Kontakt mehr. Soviel ich weiß, ging der Laden pleite, und sie zog nach Ungarn. Die Schlampe schuldet mir noch dreihundertfünfzig Kronen.«

Sabine rechnete nach. »Fünfzig Euro?«

»Fünfundvierzig.«

»Hassen Sie sie deshalb?«

»Hassen? Herrgott, nein!« Er lachte. »Das ist sechs Jahre her. Nach der Aufführung bin ich von Kopenhagen nach Rotterdam gezogen. Ich hatte eine junge Frau kennengelernt. Seitdem habe ich niemanden mehr von diesem Theater gesehen.«

»Es hat nur ein Jahr gedauert, dann haben Sie mit Ihrer Mordserie begonnen. Ihre damalige Freundin Sarah war Ihr erstes Opfer.«

»Und?« Piets Stimme klang emotionslos.

»Stand diese Mordserie in irgendeinem Zusammenhang mit Ihrem Theaterstück?«

»Mit Hans Christian Andersen? Wie kommen Sie darauf? Ich habe den Frauen jeden einzelnen Knochen im Leib mit einem Hammer gebrochen und sie danach erstochen. Das wäre ein grausames Märchen gewesen.«

Mindestens so grausam, wie einen Mann bei lebendigem Leib in einem Baumstumpf zu verbrennen.

»Außerdem haben Sie Ihren Opfern jeweils einen Buchstaben in die Brust geritzt. Was bedeutete diese Buchstabenfolge?«

Piet schmunzelte. »Das bleibt mein Geheimnis.«

»Stehen diese Buchstaben im Zusammenhang mit den Zahlen Vier, Fünf, Acht und …« Sie hielt inne.

Etwas stimmte nicht. Sie starrte Piet van Loon in die Augen. Irgendetwas war falsch. Sie beobachtete seine Reaktion, doch er rührte sich nicht. Rasch rekapitulierte sie alles, was er ihr bisher erzählt hatte. Wo steckte der Fehler?

Piet van Loon ist schneller in Ihrem Kopf, als Sie es für möglich halten, zwängte sich Direktor Hollanders Warnung in ihre Gedanken.

Trauen Sie sich nicht zu, Piet van Loon zu verhören?, hallte nun auch Sneijders Frage in ihr nach. Er hatte ihr davon abgeraten, Piet van Loon gegenüber zu erwähnen, dass sie Sneijder kannte oder mit ihm zusammenarbeitete. Doch das war jetzt nicht mehr wichtig. Es ging um etwas völlig anderes.

Was verdammt passte hier nicht?

Piet van Loon sah sie herausfordernd an.

Und plötzlich wusste sie es!

Laut Befund des Rechtsmediziners hatte Piet van Loon erst mit einem Messer auf seine Opfer eingestochen und sie danach mit dem Hammer zu Brei geschlagen … nicht umgekehrt! So ein Detail hätte Piet sicherlich nicht verwechselt oder falsch wiedergegeben.

»Was haben Sie?«, fragte Piet.

Die Prinzessin unter *der Erbse.*

Sie schwieg und musterte van Loon weiterhin. Wenn sie mit Sneijder sprach, klang der Akzent zwar ähnlich, aber trotzdem anders. Und nun wusste sie, was sie die ganze Zeit an Piet van Loons Aussprache gestört hatte. Es klang, als wollte jemand einen niederländischen Akzent *imitieren*.

Sie rückte näher zur Scheibe, senkte den Blick und starrte auf Piet van Loons Hände, die er während des gesamten Gesprächs zu Fäusten geballt hatte. Die Fingerkuppen der Daumen waren gerötet und leicht entzündet.

Und mit einem Mal wusste sie, was hier nicht stimmte.

30

Sonntag, 27. September

Hannah starrte auf Piet van Loon hinunter, der langsam zu sich kam. »Wer hat Sie so zugerichtet?«

»Die Schließer«, presste er mit geschwollener Lippe hervor. Die Worte klangen seltsam verstümmelt.

»Angeblich haben Sie sich selbst auch verletzt?«

Piet öffnete ein Auge, das jedoch gleich wieder zufiel. »Ich bin vielleicht verrückt, aber so verrückt auch wieder nicht.« Er rollte mit dem Kopf herum und blinzelte zur Decke.

Instinktiv wollte sie ihm den Speichelfaden aus dem Mundwinkel wischen, doch sie hatte Angst, sein Kopf könnte herumschnappen und er würde sie in den Finger beißen. Obwohl er mit den Lederfesseln auf die Metallpritsche fixiert war, wich sie einen Schritt zurück und hielt einen respektvollen Abstand.

»Was machen Sie hier?«, presste er hervor.

»Ich möchte mit Ihnen reden.«

Seine Mundwinkel schoben sich nach oben, als müsste er schmunzeln. Gleichzeitig verzog er schmerzvoll das Gesicht. Sie sah, dass sein Zahnfleisch geblutet hatte.

»Hat das nicht Zeit …?«

»Es gibt keine nächste Therapiestunde mehr. Mir wurde gekündigt.«

»Sie haben sich doch nicht mit Direktor Hollander angelegt?«, murmelte er. »Immer noch besser, als über die Klippen ge…« Ihm fielen die Augen zu.

Hannah befürchtete bereits, er könnte wieder einschlafen. Plötzlich drehte er sich zur Seite und erbrach sich erneut.

»Scheiße«, fluchte er. »Haben Sie mir Salzwasser eingeflößt?«

»Ja.«

»Können Sie mir … den Mund abwischen?«

»Nein.«

»Ich glaube, Sie sind noch verrückter als ich.«

»Möglich.«

»Wollen Sie mit mir über Irene Elling sprechen?«

»Die kümmert mich nicht«, log Hannah. Es interessierte sie zwar, aber im Moment waren andere Fragen wichtiger. »Warum haben Sie Sarah van Leeuwen getötet?«

Piet öffnete die Augen. Sein Gesicht straffte sich für einen Moment. »So, so«, flüsterte er. Langsam wandte er den Kopf und musterte Hannah. »Mein erstes Opfer.«

»Richtig. Sie war Ihre Freundin. Warum musste sie sterben?«

»Sie sind Sarahs Schwester, nicht wahr?«, stellte er fest.

Hannahs Körper versteifte sich.

»Sie heißen gar nicht Hannah Norland«, behauptete er.

Hannah antwortete nicht. Wie war er dahintergekommen? *Er blufft doch bloß!* Doktor Kempen hatte ihm wohl kaum ihre Akte gezeigt. Außerdem war sie Piet van Loon nie zuvor begegnet. Er konnte das also gar nicht wissen.

»Hat Sarah Ihnen ein Foto von ihrer Schwester gezeigt?«, fragte sie.

»Nein, hat sie nicht.«

»Wie kommen Sie dann darauf?«

Piet lächelte. »Ich habe es von Anfang an vermutet. Ihr niederländischer Akzent …« Er hustete und spuckte wieder aus. »Ich wusste, dass Sarahs jüngere Schwestern Anna und Emma heißen. Als ich Ihren Vornamen erfuhr, wurde es mir klar. Ihre Augen …«, röchelte er. »Sie haben den gleichen Blick!«

»Aber ich heiße Hannah.«

»Natürlich.« Es klang ironisch. »Sie haben Ihrem echten Namen nur vorne und hinten ein *H* hinzugefügt. So einfach war das.«

So ähnlich wie cold – old, dachte sie. »Das ist bloß Zufall.«

Er schüttelte träge den Kopf. »Das glauben Sie doch selbst nicht. H ist der achte Buchstabe des Alphabets, und damit wird aus Anna eben Hannah und bekommt sechs Buchstaben.«

»Ich verstehe nicht.«

»*Acht* und *sechs*«, wiederholte Piet. »Deine Schwester starb am achten Juni.«

Plötzlich duzte er sie. Verwirrt schüttelte sie den Kopf. »Das ist doch bloß ein Zufall.«

»Hannah, es gibt keine Zufälle. Dieses Datum ist eines der wichtigsten in deinem Leben. An diesem Tag habe ich dir deine ältere Schwester genommen. Für immer. Dieser Tag hat sich unauslöschlich in dein Gedächtnis gebrannt und tief in deinem Unterbewusstsein verankert.«

»Nein.«

»Doch. Die Narben an deinem Hals und Handgelenk. War es schwer, danach am Leben zu bleiben? Deswegen hast du doch studiert, nicht wahr?«

Hannahs Augen füllten sich mit Tränen. Etwas Ähnliches hatte Emma auch zu ihr gesagt. *Warum richtest du dein ganzes Leben darauf aus, diesen Mistkerl begreifen zu wollen?* Dabei hätte gerade Emma es verstehen müssen, weil *sie* Hannah mit aufgeschnittener Pulsader im Badezimmer und kurz darauf ein weiteres Mal mit Vaters Krawatte stranguliert am Griff des Hochschranks gefunden hatte. Emma hatte ihr zweimal das Leben gerettet. Aber sie selbst hatte das Leben ihrer älteren Schwester nicht retten können.

»Bloß ein verrückter Zufall«, beharrte Hannah, doch ihre Stimme klang gar nicht mehr so überzeugt.

»Nach meiner Erfahrung gibt es keine Zufälle im Leben. Nicht einmal dein Nachname.«

»Was?«

»Norland ist doch auch ein bewusst gewählter Name.«

»Das ist der Mädchenname meiner Mutter«, log sie erneut, wie schon zuvor in Direktor Hollanders Büro.

»So ein Bullshit«, keuchte er. »Der Mädchenname deiner Mutter ist ein völlig anderer. Seit du erfahren hast, dass ich auf Ostheversand untergebracht bin, auf einer Felsinsel an einem der nördlichsten Punkte Deutschlands, hat es dich magisch in den Norden gezogen. Und da willst du mir weismachen, dass *Norland* ein Zufall ist?«

Hannah schloss für einen Moment die Augen. Nein, sie würde sich nicht weiter von Piet manipulieren lassen – diesen neuen Namen hatte sie wirklich zufällig ausgewählt. Er war ihr spontan gekommen, als ihr die niederländische Polizei nach der psychologischen Betreuung angeboten hatte, eine neue Identität anzunehmen. Anfangs war sie wie ihre Eltern dagegen gewesen, aber zu dem Zeitpunkt hatte sie bereits beschlossen, nach Deutschland zu gehen, um ein Studium zu beginnen. Und da brachte ein neuer Name nur Vorteile.

Immerhin wäre sie als Anna van Leeuwen, die jüngere Schwester des vom *Analphabeten* bestialisch ermordeten ersten Opfers, ein gefundenes Fressen für die deutsche Presse gewesen. Noch dazu, weil ihre Schwester mit Piet van Loon ein Liebesverhältnis gehabt hatte. Also hatte sie die Namensänderung dankend angenommen. Schließlich hatte sie im dritten Semester ihres Studiums erkannt, dass ihr neuer Name ihr eine einmalige Möglichkeit bieten könnte, Zugang zu Piet van Loons geheimsten Gedanken zu bekommen.

»Warum hast du Sarah ermordet?« Nun duzte sie ihn auch.

Piet schwieg. Offensichtlich genoss er die Situation. »Was du alles für Strapazen in Kauf genommen hast, um mir diese Frage zu stellen.«

»Warum?«, drängte sie.

»Hast du geglaubt, als meine Therapeutin die Wahrheit zu erfahren?«

»Hast du sie vergewaltigt?«

Er sah sie so intensiv an, dass sie unwillkürlich einen Schritt zurückwich. »Dich hat Sarahs Tod so sehr traumatisiert, dass du alles daransetzt, ihn zu begreifen.«

»Ich habe ihre Leiche gefunden.«

»Und nun möchtest du diese Bilder aus deinem Kopf bekommen, indem du diese Tat verstehen lernst?«

Sie sagte nichts.

»Ich frage mich, wer hier gerade wen therapiert.«

»Warum hast du ihr alle Knochen im Leib gebrochen?«, fragte sie.

»Denkst du allen Ernstes, dass du so dein Trauma verarbeiten kannst, indem ich dir meine Gründe nenne?«

Sie sah ihn an und spürte, wie sich ihre Augen mit Tränen füllten. »Ich bitte dich. Ich träume jede Nacht davon.«

»Und ausgerechnet ich soll dir helfen, damit die Albträume aufhören?«

»Ja, verdammt! Warum in Gottes Namen?«

»Gott hat nichts mit dieser Sache zu tun.«

»Was bedeutet der Buchstabe auf ihrer Brust?«

Piet sah sie emotionslos an. »Es gibt nur einen Weg, wie du diese Tat begreifen kannst. Du musst genau dasselbe Schicksal durchleben wie deine Schwester.«

Er ist verrückt!

Sie hörte ein Geräusch an der Tür und wandte kurz den Kopf.

Und so sah sie zu spät, wie Piet van Loon sich den Daumen mit einem hässlichen Knacken ausrenkte und mit der schmal zusammengepressten Hand aus der Lederfessel schlüpfte.

31
Freitag, 2. Oktober

Sabine war aufgesprungen, hatte Piet van Loon allein hinter der Glaswand im Vernehmungsraum zurückgelassen und die Tür hinter sich zugeknallt.

Sogleich kam ein Vollzugsbeamter auf sie zu. »Ist die Vernehmung beendet?«

»Nein, der Gefangene soll noch in der Zelle auf mich warten. Ich muss dringend mit Direktor Hollander sprechen.«

Der Beamte verzog unglücklich das Gesicht. »Soviel ich weiß, ist der gerade in einer wichtigen Videokonferenz mit …«

»Und was ist mit seiner Stellvertreterin, dieser Doktor Kempen?«, unterbrach Sabine ihn.

»Die müsste in der Krankenabteilung sein.«

»Können Sie mich zu ihr bringen?«

Fünf Minuten später stieß Sabine die Milchglastür zu Doktor Kempens Büro im Krankentrakt auf. Die Ärztin saß, recht leger in Jeans und einen grauen Rollkragenpullover gekleidet, hinter ihrem Schreibtisch und besprach mit einer Krankenschwester anhand einiger Datenblätter die Medikation eines Häftlings. Die beiden Frauen verstummten, als Sabine an den Schreibtisch trat.

»Doktor Kempen, tut mir leid, dass ich Sie störe.« Sabine reichte den Frauen die Hand. »Mein Name ist Nemez, Bundeskriminalamt Wiesbaden und …«

»Ich weiß, wer Sie sind und weshalb Sie hier sind.« Kempen ergriff Sabines Hand nicht. Stattdessen erhob sie sich. »Ich gehe davon aus, dass Sie einen verdammt guten Grund haben, hier einfach so hereinzuplatzen.«

»Den habe ich. Der Mann, mit dem ich gerade im Vernehmungsraum gesprochen habe, ist nicht Piet van Loon.«

Doktor Kempen strich sich mit den Fingern seitlich über den grauen Bürstenhaarschnitt. Nachdem sie Sabines Worte hatte sacken lassen, warf sie der Krankenschwester einen Blick zu, worauf diese kommentarlos das Büro verließ.

Kaum war die Tür wieder geschlossen, kam Kempen um den Schreibtisch herum. »Was faseln Sie da? Das ist doch absurd. Mit wem haben Sie denn Ihrer Meinung nach gesprochen?«

»Keine Ahnung«, sagte Sabine. »Jedenfalls nicht mit Piet van Loon.«

»Was macht Sie da so sicher? Kennen Sie van Loon überhaupt?«

»Nein, nicht persönlich.«

»Ach, nein?« Kempen holte eine Akte aus ihrem Schreibtisch und zog ein Foto hervor. »Sah der Mann nicht so aus? Ein Meter neunzig groß, muskulös, breite Schultern, etwa neunzig Kilo schwer, blondes kurzes Haar und Sommersprossen?«

»Die äußerlichen Merkmale stimmen überein.« Sabine warf einen Blick auf das Foto. »Aber das Gesicht des Mannes ist zugeschwollen.«

»Ach, haben Sie das auch bemerkt?« Kempens Stimme verlor den süffisanten Ton. »Er hat gegen die Anweisungen des Personals gehandelt, und als die Beamten ihn zur Vernunft bringen wollten, hat er sich sein Gesicht mehrmals an der Wand ...«

»Aber darum geht es doch gar nicht!«, unterbrach Sabine die Ärztin. »Sein niederländischer Akzent ist zwar eine gute, aber nicht perfekte Kopie.«

»Und so etwas erkennen Sie?«

»Ja, so etwas erkenne ich! Außerdem hat er einige Details seiner Morde falsch wiedergegeben.«

»Okay, ich sage Ihnen etwas.« Kempen fixierte Sabine mit starrem Blick. »Offensichtlich sind Sie noch nicht lange bei der Polizei und haben nur wenig Erfahrung mit Serientätern. Piet van Loon wollte Sie bloß manipulieren! Er ist ein Meister darin, falsche Fährten …«

»Und seine Fingerkuppen sind wund.«

»Wund?«

»Ja, der richtige von Loon hat sich seine Fingerkuppen vor fünf Jahren mit Säure verätzt. Seine Wunden sind längst verheilt. Aber bei dem Mann im Vernehmungsraum sind sie frisch! Das erkenne ich auch ohne langjährige Polizeierfahrung.«

Kempen überlegte, aber das ging Sabine zu langsam. »Der Mann in dem Zimmer da drüben ist ein Doppelgänger von Piet van Loon.«

»Das kann nicht sein.«

»Piet van Loon ist vielleicht schon längst über alle Berge.«

»Und das soll niemand bemerkt haben?«

»Sie haben selbst gesagt, dass er ein Meister darin ist, andere zu manipulieren und falsche Fährten zu legen. Mein Kollege Maarten Sneijder hat etwas Ähnliches befürchtet und bereits mehrmals verlangt, Piet van Loons Identität zu überprüfen.«

»Maarten Sneijders Anliegen ist mir bekannt, aber das war überhaupt nicht nötig. Piet war vier Tage lang in einer Isolationszelle auf der Krankenstation und wurde erst heute in seine Zelle entlassen.«

»Sneijder hat gestern eine Blutprobe mit DNA-Vergleich angefordert.«

»Ich weiß, wir haben nur auf die richterliche Genehmigung gewartet und danach sofort alles in die Wege geleitet.« Kempen blickte zu ihrem Computer. »Vor einer Stunde ist eine E-Mail vom Labor eingetroffen, aber ich habe auch noch etwas anderes zu tun, als überflüssige …«

»Jetzt nicht mehr! Worauf warten Sie?«

»Herrgott!« Kempen verdrehte die Augen, ging zu ihrem PC und klickte mit der Maus herum. Kurz darauf zog der Laserdrucker knarrend ein Blatt ein. Sie wartete, nahm den Ausdruck in die Hand, warf einen Blick auf den Laborbefund, und im selben Moment verlor ihr Gesicht jegliche Farbe. »Die Proben sind nicht identisch.«

Sabines angespannte Schultern sackten herunter. Sneijder hatte wieder einmal recht behalten.

»Scheiße!«, fluchte Kempen. »Warten Sie hier! Ich muss sofort Direktor Hollander verständigen, Alarm geben, alle Insassen in die Zellen einschließen und durchzählen lassen.«

»Können Sie das so machen, dass der Doppelgänger im Verhörraum nichts davon mitbekommt?«

»Wohl kaum.«

»Dann sollten Sie noch damit warten. In der Zwischenzeit verständigen Sie nur den Direktor und die Hafenpolizei. Die soll sofort sämtliche Anlegestellen in der Nähe der Insel abriegeln und Straßensperren zu allen Bahnhöfen errichten. Und Sie müssen Piet van Loon zur Fahndung ausschreiben lassen.«

Kempen schüttelte den Kopf. »Natürlich, aber Straßensperren wären mittlerweile zwecklos. Wir haben die Probe zwar heute Morgen mit dem Expressdienst ins Labor geschickt, sie aber schon gestern Abend genommen. Falls ein Austausch stattgefunden hat, dann ist der schon mindestens achtzehn Stunden her. Wir wissen nicht einmal, vor wie vielen Tagen er wirklich stattgefunden hat. Außerdem frage ich mich, mit wem Sie in der Zelle gesprochen haben?«

»Wann hat sich Piet van Loon die Gesichtsverletzungen zugezogen?«

»Am Sonntagabend.«

»Was war sonst noch los an diesem Tag?«

Kempen dachte nach. »Unser Leuchtturmwärter veranstaltete sein monatliches Grillfest.«

»Haben in dieser Woche irgendwelche personellen Veränderungen stattgefunden?«

»Wir mussten uns von einer Therapeutin trennen. Hannah Norland hat uns Montagfrüh verlassen.«

Sabine erinnerte sich an Direktor Hollanders Worte. »Und außerdem ist der Hausmeister seit Montag im Urlaub.«

»Stimmt, Frenk Bruno besucht seine Schwester in Krefeld.«

»Wie sieht dieser Frenk Bruno aus?«

»Groß, blond, muskulös …« Kempen hatte Sabines Blick bemerkt. »Nein, diese Ähnlichkeit ist doch bloß Zufall.«

»Und wenn nicht?«

»Aber Frenk könnte niemals Piet van Loons Rolle einnehmen, dazu ist er viel zu dumm.«

»Der Mann, mit dem ich gesprochen habe, hat einen nicht gerade zurückgebliebenen Eindruck auf mich gemacht. Hat Piet van Loon die Tätowierung einer Armbanduhr auf dem Handgelenk?«

Kempen wurde noch blasser. »Ja, Scheiße, verdammt! Beide haben das gleiche Tattoo.« Sie ging hinter ihren Schreibtisch und klickte wieder mit der Maus herum.

Sabine kam näher und sah, wie Kempen ein Videoprogramm öffnete und die Aufnahme vergrößerte. Eine Deckenkamera filmte den Vernehmungsraum und zeigte den vermeintlichen Piet van Loon, wie er auf seinem Stuhl saß, sich mit den Füßen an der Wand abstützte und auf den Hinterbeinen des Sessels wippte. Kempen starrte eine Weile wortlos auf den Monitor. »Aber wie ist das möglich? Sollten wir uns alle so in Frenk getäuscht haben?«

»Dieser Rollentausch war sicher keine spontane Idee. Piet van Loon hat sich vermutlich gerade *wegen* dieser Ähnlichkeit an Frenk Bruno rangemacht. Womöglich schon vor Monaten oder sogar Jahren.«

»Das hätte ich bemerkt.«

»Wenn van Loon so gut darin ist, Leute zu manipulieren und für seine Zwecke einzuspannen, wie Sie sagen, dann hat er bestimmt übervorsichtig agiert und alles bis ins letzte Detail geplant.«

»Das sähe dem Mistkerl wiederum ähnlich!« Kempen griff zu ihrem Handy, das auf dem Tisch lag, und wählte eine Nummer.

Sabine hörte, wie die Ärztin mit Direktor Hollander sprach und alle Details ihrer Schlussfolgerungen wiedergab. Sabine wartete einen Moment, dann räusperte sie sich. »Ich brauche eine Personalakte von diesem Frenk Bruno und von Hannah Norland«, flüsterte sie. »Haben Sie so etwas in Ihrem Büro?«

Während Kempen weitersprach und zwischendurch Anweisungen erhielt, griff sie in eine Schublade und holte zwei Dossiers heraus. Sabine blätterte durch die Akten, bis sie zu den Bewerbungsunterlagen kam. Hastig zog sie die Fotos von Frenk Bruno und Hannah Norland von den Büroklammern.

»Darf ich die Bilder behalten?«

Kempen nickte und beendete das Gespräch. »Ja, sind ohnehin nur Kopien. Tut mir leid, ich habe keine Zeit. Ich muss die Generaldirektion und die Landespolizei verständigen.« Sie wollte eine neue Nummer wählen, doch in dem Moment klingelte ihr Handy.

Who let the dogs out, woof, woof …

Sabine starrte auf das Telefon.

Kempen nahm das Gespräch entgegen. »Hallo?« Sie lauschte eine Weile, dann nahm sie das Handy wieder herunter. »Der Anruf kommt vom Hafen. Das Boot der Hafenpolizei wartet bereits auf Sie.«

Sabine blickte auf die Uhr. Kurz nach zwei. »Die sollen sich noch eine halbe Stunde gedulden.« Sie steckte die Fotos von Hannah Norland und Frenk Bruno in die Hosentasche. »Ich muss noch einmal mit dem Gefangenen sprechen.«

32

Hannah hörte das Knirschen der Lederfessel. Sie fuhr herum und sah, wie Piet van Loon mit der freien Hand, an der der Daumen leblos baumelte, zum Lederriemen des zweiten Handgelenks griff.

Fuck! Sie musste hier raus. Panisch griff sie in die Hosentasche und zog den Schlüssel für die Isolationszelle heraus. *Nur von außen zusperren!* Mehr nicht. *Das schaffst du! Du hast Zeit genug. Er muss ja erst noch die Fußfesseln öffnen, bevor er ganz freikommt.*

Hastig packte sie die Teetasse, um keine Spuren zu hinterlassen, und stürzte zur Tür. Rasch entfernte sie das mit Speichel zu einer Pampe geformte Taschentuch, das sie auf das Guckloch geklebt hatte. Da fiel ihr der Klumpen hinunter. Sie sah zu Piet. Der fummelte bereits an der Fußfessel herum.

Sie bückte sich, hob das Taschentuch auf, warf es in die Teetasse und zog die Tür auf. Doch als sie die Zelle verlassen wollte, prallte sie zurück. Vor ihr stand ein Mann.

»Frenk?«, entfuhr es ihr.

Er blickte sie verwirrt an.

»Lassen Sie mich vorbei, ich muss raus. Die Zelle zusperren!«

Er wich nicht zur Seite. »Ich …«

Sie bemerkte den Pfefferminzgeruch aus seinem Mund. »Sehen Sie denn nicht?«, fuhr sie ihn an. »Piet befreit sich gerade!«

Frenk Bruno blickte in die Zelle und hob die Hand. »Hallo Piet.«

Dieser Idiot! Sie wollte sich an ihm vorbeidrängen. »Helfen Sie mir, wir müssen die Tür versperren!«

»Das glaube ich nicht«, antwortete Frenk trocken. Er packte sie an den Schultern und schob sie mit seinen kräftigen Armen in die Zelle zurück.

Sie stemmte sich dagegen, doch gegen ihn anzukämpfen war, als wollte sie eine Dampflok aufhalten. Verzweifelt holte sie mit dem Arm aus, um ihm die Teetasse an den Kopf zu schmettern, doch Frenk wehrte ihren Schlag ab und wand ihr die Tasse aus den Fingern.

Verzweifelt blickte sie über die Schulter. Piet van Loons Beine waren jetzt auch frei. Er schob sich gerade mit müden Bewegungen von der Pritsche herunter und renkte sich den ausgekugelten Daumen wieder ein.

»Hilfe!«, schrie sie und spürte im nächsten Moment einen entsetzlichen Schmerz im Gesicht, der ihr bis in die Kopfhaut fuhr.

Frenk Bruno hatte ihr ins Gesicht geschlagen. Sie spürte Blut auf den Lippen. Im nächsten Moment stopfte er ihr ein großes Stofftaschentuch in den Mund, schob ihr immer mehr davon hinein, bis sie es hinten im Rachen spürte und würgen musste.

Der Schlüssel!

Sie holte aus und wollte Frenk den wuchtigen Schlüssel, den sie immer noch in der Hand hielt, ins Gesicht stoßen, doch Frenk fing ihre Hand geschmeidig ab und bog sie ihr auf den Rücken.

»*Hilfe!*«, versuchte sie durch den Knebel zu brüllen, brachte jedoch nur ein leises Stöhnen hervor.

»Hast du auch die Kabelbinder mit?«, fragte Piet.

»In der Tasche vor der Tür«, antwortete Frenk. »Ich musste noch mal zurück, um sie zu holen, vorher war die blöde Krankenschwester da.«

Plötzlich klang seine Stimme gar nicht mehr so dämlich und naiv wie sonst.

Während Frenk sie mit Gesicht und Brust voran an die Wand drückte und ihr auch den zweiten Arm auf den Rücken bog, sah sie aus dem Augenwinkel, wie Piet zur Tür wankte. Er zog die abgewetzte schwarze Sporttasche in die Zelle und schloss die Tür. Hannah trat wild um sich, doch Frenk presste sie mit seinem Körper an die Wand.

»Fang!« Frenk zog ihr den Schlüssel aus der Hand und warf ihn Piet zu.

Der fing ihn auf und sperrte die Tür zu. »Kaugummi!«, rief Piet.

Frenk spuckte aus, Piet fing den Kaugummi auf und presste ihn aufs Guckloch. Dann war er bei ihnen.

»Halt sie fest!« Piet öffnete den Reißverschluss der Sporttasche, und Hannah sah, wie er etwas daraus hervorholte. Im nächsten Moment spürte sie, wie die beiden Männer ihr die Arme zusammenquetschten und einen Kabelbinder um ihre Handgelenke zurrten, der tief in ihr Fleisch schnitt.

Sie versuchte, Frenk zu treten, schlug sich dabei aber nur das Knie an der Wand an. Dann hockte Piet bereits neben ihr und band ihr auch die Fußgelenke mit einem Kabelbinder zusammen. Danach riss Frenk sie herum, zerrte sie durch den Raum und stieß sie rücklings aufs Bett.

Ihr Puls raste. Sie würgte, wollte nach Luft schnappen, scheiterte aber an ihrem Knebel. Ihre einzige Möglichkeit war, Luft durch die Nase einzusaugen und zu versuchen, nicht zu kollabieren.

Frenk griff in die Gesäßtasche seiner Jeans und zog eine Injektionsnadel mit einer Ampulle heraus. »Brauchst du das noch?«

»Sehe ich so aus? Das Flumazenil kannst du vergessen.« Piets Magen rebellierte ein weiteres Mal, und er krümmte sich zusammen.

»Wie hat sie dich wach gekriegt?«

Piet spuckte aus und wischte sich über den Mund. »Mit Salzwasser.«

Frenk verzog das Gesicht. Er und Piet standen nebeneinander und warfen sich einen kurzen Blick zu. Dieser Augenkontakt, der nur den Bruchteil einer Sekunde dauerte, sprach Bände. Als hätten die Männer seit Jahren auf diesen Moment gewartet – und ausgerechnet sie hatte dazwischengefunkt. Und nun begriff sie alles: Frenk Bruno war nie an einem positiven psychologischen Gutachten interessiert gewesen. Und vermutlich war er auch viel intelligenter, als er alle glauben machte. Es war alles nur Theater gewesen, und sie war nach Strich und Faden verarscht worden. Genau wie alle anderen in dieser Anstalt.

»Bereit?«, fragte Piet.

Frenk nickte.

Geschockt sah Hannah zu, was als Nächstes passierte. Frenk und Piet schlüpften beide aus Sweatshirt und Hose und zogen sich jeweils bis auf die eng geschnittenen schwarzen Unterhosen nackt aus. Piet hatte zwei fingernagelgroße Narben auf Schulter und Brust, die aussahen, als rührten sie von alten Schussverletzungen her. Und Frenk hatte ähnliche, längst verheilte Narben an exakt den gleichen Stellen. Außerdem waren die beiden Männer gleich groß und hatten etwa die gleiche Statur.

Hannah zerrte an den Kabelbindern hinter ihrem Rücken und wollte die Fessel um ihre Fußgelenke aufscheuern, doch das war unmöglich. Nicht einmal das in ihrem Mund zusammengeknüllte Taschentuch konnte sie ausspucken.

Frenk kam auf sie zu und spannte die Schultermuskeln an. »Siehst du? Zwei Jahre lang habe ich dafür trainiert.« Die Muskeln glänzten im Deckenlicht. Das Licht fiel auf Bizeps und Unterarm und brachte die tätowierte Armbanduhr am Handgelenk zum Glänzen, während Frenk langsam und kraftvoll den Arm drehte.

»Hör auf mit diesem Scheiß und komm her!«, befahl Piet. Er kramte eine Schere aus Frenks Sporttasche.

Frenk setzte sich auf den Tisch, und Piet begann ihm die Haare zu schneiden. Hannah sah fasziniert zu, wie Piet dem Hausmeister Schnitt für Schnitt eine neue Frisur verpasste, die seiner eigenen im wahrsten Sinn des Wortes mehr und mehr bis aufs Haar glich.

Während Piet zwei Spiegel aus der Sporttasche holte und seinen Hinterkopf mit dem von Frenk verglich, schielte Hannah immer wieder zur Metalltür. Es waren nur drei Meter bis dorthin, die sie mit den gefesselten Beinen in fünf bis sechs Sprüngen bewältigen konnte. Vielleicht hatte sie sogar noch die Zeit, mit dem Ellenbogen ein paarmal gegen die Tür zu schlagen, um jemanden auf diese Zelle aufmerksam zu machen. Aber die Chancen standen gering, zumal Piet ständig zu ihr herübersah. Und dann?

Als ob Piet ahnte, was in ihrem Kopf vorging, hob er drohend die Schere. »Hannah, ich werde dir diese Schere in deine Halswirbelsäule rammen, sobald du dich auch nur einen Zentimeter bewegst. Da ich kein Chirurg bin, wird der Stich nicht präzise ausfallen, also wirst du entweder ersticken oder querschnittgelähmt sein. Hast du mich verstanden?«

Hannahs Körper versteifte sich. Sie nickte und hyperventilierte durch die Nase. Die Bilder der Autopsie, die sie in dem Polizeibericht gesehen hatte, gingen ihr durch den Kopf. Piet hatte fünf Frauen ermordet und würde sie bestimmt nicht mit Samthandschuhen anfassen.

Piet holte eine kleine Kunststoffschachtel aus der Tasche und wandte sich zu Frenk. »Blick nach oben!«, sagte er.

Frenk sah zur Decke, und Piet schob ihm jeweils eine Kontaktlinse ins Auge. Frenk blinzelte. Eine Träne lief ihm aus dem Augenwinkel.

»Ist immer noch ungewohnt.«

Piet zupfte an Frenks Haarsträhnen und strich ihm eine davon in die Stirn. »Du siehst gut aus, Junge!« Kameradschaftlich schlug er ihm auf die Wange.

»Danke.«

»Jetzt kommt der schlimmste Teil. Aber ich habe es damals auch überstanden. Du wirst es genauso schaffen. Hast du die Schmerzmittel genommen?«

»Ja, wie du gesagt hast.« Frenk atmete tief durch. »Mach schon. Ich bin bereit.« Er stopfte sich einen Socken in den Mund und legte eine Hand mit dem Handrücken auf den Tisch. Piet kniete sich auf sein Handgelenk und fixierte es mit seinem Gewicht auf dem Tisch.

Fasziniert starrte Hannah auf die Szene. Piet hielt ein Fläschchen und einen schmalen Pinsel mit Metallborsten in der Hand. Damit strich er eine Flüssigkeit auf Frenks Fingerkuppen.

Frenk bäumte sich auf. Sein Körper spannte sich an, sodass jeder Muskel hervortrat. Er brüllte sich die Seele aus dem Leib, doch seine Schreie wurden von der Socke gedämpft.

»Gleich ist es vorbei«, sagte Piet.

Als er fertig war, kniete er noch eine Minute auf Frenks Handgelenk, bis die Flüssigkeit getrocknet war. Es stank nach Säure, versengter Haut und verbranntem Fleisch.

»Alles okay, Junge?«, fragte Piet.

Frenk nickte mit hochrotem Kopf. Tränen liefen ihm aus den Augen.

»Die andere Hand!«

Frenk wechselte die Hand, und Piet strich auch hier die Fingerkuppen mit Säure ein. Wieder brüllte Frenk. Seine Venen traten hervor, und er zerrte so fest an seinem Arm, dass Piet ihn kaum halten konnte, obwohl er fast sein gesamtes Gewicht auf den Tisch stemmte.

»Okay, vorbei! Halt die Hände über den Kopf, damit sie nicht so stark bluten.«

Frenk folgte Piets Anweisungen. Dann zog Piet ihm die Socke aus dem Mund. Gierig schnappte Frenk nach Luft. »Wie das brennt! Wir hätten das schon früher machen können.«

»Ja, und dann hätte es jemand bemerkt.«

»Du hättest ruhig weniger davon nehmen können.«

»Willst du, dass sie den Unterschied merken?«

Je länger Hannah ihnen zusah, umso übler wurde ihr. Frenk und Piet mussten das alles lange Zeit im Voraus geplant und sich minutiös auf diesen Tag vorbereitet haben. Auf jenen Sonntag, an dem das Grillfest stattfand und Frenk seinen letzten Arbeitstag vor dem Urlaub hatte. Und aus genau diesem Grund hatte Piet den Streit mit den Wärtern provoziert, um in diesen Trakt verlegt zu werden.

Während Piet alle Utensilien in der Tasche verstaute und Frenks abgeschnittene Haare mit Schaufel und Handbesen zusammenkehrte, stand Frenk immer noch in der Unterhose in der Mitte des Raums, die Hände über dem Kopf und musterte Hannah.

»He!« Piet schnippte mit den Fingern. »Hast du dein Quartier aufgeräumt, damit es so aussieht, als ob du …?«

»Ja, hab ich!«

»Okay, dann fehlt jetzt nur noch eine Sache.« Piet starrte in Frenks Schritt.

»Was?« Instinktiv legte Frenk die Hände vor seine Hoden.

»Ich muss sie zerquetschen.«

»Nein! *Davon* war nie die Rede.«

Piet lachte. »Beruhige dich wieder. War nur Spaß!« Er stand auf. »Das würde Kempen nie überprüfen. Die Alte scheut sich davor, auch nur einen Blick darauf zu werfen, geschweige denn sie anzufassen.«

Erleichtert ließ Frenk die Schultern sinken.

Piet schlug ihm kameradschaftlich auf die Wange. »Alles okay?«

»Du Arsch!«, knurrte Frenk. Wieder sah er zu Hannah. »Sie hat unseren Plan durchkreuzt«, stellte er fest.

»Wir müssen eben improvisieren«, murmelte Piet.

»Improvisieren?«, entfuhr es Frenk. »Du musst sie *töten.*«

»Noch nicht.« Piet sah zu ihr hinüber, und Hannah erschauderte bei seinem Blick.

33

Freitag, 2. Oktober

Doktor Kempen bat die Männer der Hafenpolizei noch um eine halbe Stunde Geduld und telefonierte anschließend mit der Generaldirektion. Nachdem sie auch dieses Gespräch beendet hatte, sah sie Sabine mit entsetztem Blick an. Ihre anfängliche Arroganz war innerhalb der letzten Minuten völlig aus ihrer Stimme und Körperhaltung verschwunden.

»Wenn Sie wollen, können Sie jetzt noch einmal mit dem Mann in der Zelle sprechen. Aber ich begleite Sie.«

»Gut. Aber besorgen Sie mir vorher ein Besucherprotokoll für Piet van Loon über die letzten fünf Jahre.«

»Einverstanden.«

Die beiden Frauen verließen das Büro, und Doktor Kempen sperrte die Milchglastür zu. Dann marschierten sie zügig durch die Krankenabteilung und das Gebäude Richtung Vernehmungszimmer. Indessen telefonierte Kempen mit dem Handy und verlangte im schroffen Ton nach Piet van Loons Besucherprotokoll.

Einige Minuten später erreichten sie den Vernehmungsraum. Sabine ging vor und setzte sich, während Kempen nach ihr den Raum betrat und die Tür schloss. In der Spiegelung der Scheibe sah Sabine, dass die Ärztin mit verschränkten Armen hinter ihr stand.

Piet van Loon lächelte. »Wie ich sehe, haben Sie sich Verstärkung geholt.«

Sabine ging nicht darauf ein. Sie griff in die Tasche, holte das Passfoto von Frenk Bruno heraus und presste es an die Scheibe. »Kennen Sie diesen Mann?«

Piet van Loon starrte auf das Bild. »Das ist Frenk Bruno. Nicht Frank, auch nicht Fränk, sondern *Frenk* mit *e*. Seine Mutter hat ihn so genannt. Wollte ihm damit wahrscheinlich eins auswischen.«

Sabine hörte, wie Doktor Kempen hinter ihr schwer atmete und ihr ein leise zischendes *Verdammt* entfuhr.

»Ich habe gehört, Frenk Bruno soll ziemlich zurückgeblieben sein«, provozierte Sabine ihr Gegenüber.

Piet van Loon schob die Unterlippe nach vorne. »Wenn schon, er ist mein Freund.«

Für einen kurzen Moment hatte der Mann beim Wort *Freund* seinen niederländischen Akzent verloren. Nun war Sabine sicher, dass sie Frenk Bruno gegenübersaß. Ein kurzer Blick zu Doktor Kempen bestätigte ihre Vermutung.

In diesem Moment klopfte es an der Tür. Doktor Kempen öffnete, und ein Mann streckte den Kopf ins Zimmer herein.

»Das Protokoll«, sagte er und wollte Doktor Kempen eine dünne Akte mit einigen Blättern in die Hand drücken, doch Sabine wandte sich bereits um und griff danach. »Vielen Dank.«

Nachdem der Mann das Zimmer verlassen hatte, öffnete Sabine die Mappe und hielt sie so, dass Frenk Bruno die Eintragungen darin nicht sehen konnte. Frenk hatte zuvor in seiner Rolle als Piet gesagt, dass Sneijder schon seit zwei Jahren nicht mehr zu Besuch gewesen war. Das stimmte. In den drei Jahren davor hatte Sneijder regelmäßig die Anstalt aufgesucht, mindestens einmal pro Monat, doch vor zwei Jahren hatten die Besuche schlagartig aufgehört.

»Warum besucht Maarten Sneijder Sie nicht mehr?«, fragte Sabine.

»Das müssen Sie ihn schon selbst fragen.«

»Was wollte er von Ihnen?«

»Vielleicht wollte *ich* etwas von *ihm*.«

»Wie lange haben Sie bei seinen Besuchen mit ihm gesprochen?«

»Wer sagt, dass wir überhaupt miteinander gesprochen haben?«

Es war sinnlos. Sabine unterhielt sich mit dem Falschen. Woher sollte Frenk das wissen? Sie überflog die restlichen Einträge. Sneijder war nicht der Einzige gewesen, der Piet van Loon aufgesucht hatte. Auch diese Besuche waren regelmäßig erfolgt und hatten vor zwei Jahren abrupt geendet. Allerdings waren die Namen in den Unterlagen geschwärzt worden – aber an der Länge der Namen sah sie, dass es sich immer um ein und dieselbe Person gehandelt haben musste.

Sabine blicke von dem Dokument auf. »Wer außer Sneijder hat Sie noch besucht?«

»Sehen Sie doch selbst in Ihrer Liste nach«, antwortete Frenk.

Schlaues Kerlchen!

Sabine fuhr mit dem Finger entlang der Schwärzungen. An zwei Stellen hatte der Filzstift nicht alles ordentlich abgedeckt. Sie glaubte den ersten Buchstaben des Vornamens als ein D zu erkennen und an einer anderen Stelle den ersten Buchstaben des Nachnamens als ein H. Die Initialen DH. Sogleich kam ihr Dietrich Hess in den Sinn.

»War Dietrich Hess auch einmal bei Ihnen?«, fragte Sabine.

»Wer soll das sein?«

Sabine klappte die Mappe zu. »Als mehrfacher Mörder, der vom BKA monatelang gejagt wurde, sollten Sie diesen Namen eigentlich kennen.«

Frenk sah sie herausfordernd an.

Mittlerweile wurde Sabine das Spielchen zu dumm. Außerdem verlor sie wertvolle Zeit. Fakt war, dass Piet van Loon entkommen und mit hoher Wahrscheinlichkeit für die aktuellen Morde verantwortlich war. Allerdings hatte es den Anschein, dass Piet nur jene Personen tötete, die Sneijder verhasst waren. Dennoch glaubte Sabine, dass Piet sich an Sneijder rächen wollte. Aber – und das war das Entscheidende – was verband die beiden? Diese

Frage konnten ihr nur entweder Sneijder oder Piet van Loon beantworten. Der *echte* Piet van Loon.

»Frenk«, sagte Sabine schließlich. »Ich nehme an, Sie wissen, dass Sie sich der Mittäterschaft schuldig machen, falls Sie Piet van Loon zur Flucht verholfen haben.«

Ihr Gegenüber senkte die Stimme, hielt jedoch die Farce des niederländischen Akzents aufrecht. »Ich bin sowieso die ganze Zeit in diesem Gebäude. Ob vor oder hinter den Gittern – was macht das für einen Unterschied?«

»Was hat Piet Ihnen angeboten, dass Sie sich so von ihm verprügeln ließen?«

»Ich verehre ihn.«

»Kuhscheiße!«, entfuhr es Sabine. »Was hat er Ihnen versprochen?«

»Ein Haus.«

»Ein Haus? Das haben Sie ihm geglaubt?«

»Ein Haus in den Niederlanden. Ich war schon mal da.«

»Hören Sie mir gut zu! Wir werden Piet fassen, danach hat er keinen Besitz mehr, und Sie kriegen nicht einmal einen Dachziegel von diesem Haus zu sehen.«

»Er hat es mir aber versprochen.«

Der Kerl ist absolut verrückt!

»Okay, das reicht.« Sabine erhob sich, drehte sich um und bedeutete Doktor Kempen, dass die Vernehmung für sie beendet war.

Kempen öffnete die Tür, und die beiden Frauen verließen den Raum.

Nachdem Kempen die Tür geschlossen hatte, ergriff sie sogleich das Wort. »Das war nicht besonders schlau, dass Sie Frenk gegenüber zugegeben haben, die Täuschung durchschaut zu haben.«

»Das spielt keine Rolle mehr. Piet van Loon musste damit rechnen, dass der Schwindel auffliegen würde, sobald jemand herkommt, um ihn zur gegenwärtigen Mordserie zu befragen. Vermutlich hat er sogar erwartet, dass Maarten Sneijder persönlich kommt – und der hätte die Täuschung noch schneller durchschaut als ich.«

»Wie gehen wir nun vor?«

Wir? Jetzt plötzlich, wo es offensichtlich war, dass Kempen Scheiße gebaut hatte, waren sie ein Team.

»Frenk weiß nun, was wir wissen. Er sitzt im Knast, und Piet van Loon ist vermutlich schon seit Sonntagabend oder Montagfrüh – also seit fünf Tagen – draußen«, fasste Sabine zusammen. »Frenk wird versuchen, mit Piet Kontakt aufzunehmen, um ihn zu warnen. Sie müssen ihn beobachten. Finden Sie heraus, wie der Kontakt zustande kommt und wo Piet steckt.«

»Okay.«

»Hat Piet Familie?«

»Seine Mutter war alleinerziehend.«

»Hat er Geschwister?«

»Nein.« Kempen griff sich an die Schläfen. Offenbar war sie mit der Situation überfordert.

Aus diesem Grund sprach Sabine die nächsten Sätze betont langsam. »Die Polizei muss Piet jetzt rasch zur Fahndung ausschreiben. In der Zwischenzeit kümmere ich mich darum, dass Sie vom BKA in Wiesbaden Unterstützung erhalten. Die werden einen Verhörspezialisten herschicken, der Frenk Bruno in die Mangel nimmt. Wir müssen wissen, was er weiß. Und er wird garantiert nicht zimperlich mit ihm umgehen.«

Kempen nickte.

Sabine öffnete das Besucherprotokoll und zeigte auf den geschwärzten Namen. »Wer hat Piet van Loon noch besucht außer Sneijder?«

Kempen machte ein unglückliches Gesicht. »Ich bin nicht befugt, Ihnen das zu sagen.«

Sabine klappte die Mappe zu. »Wollen Sie mich veräppeln?«

»Tut mir leid.«

»Kommen Sie«, versuchte Sabine es ein weiteres Mal, diesmal freundlicher. »Bedeutet DH etwa Dietrich Hess? Sie können es mir verraten. Er ist mein Vorgesetzter.«

»Tut mir leid. Die Schwärzung hat einen Grund, und ich muss mich an die Vorschriften halten.«

Das halte ich im Kopf nicht aus! Sabine hob die Schultern. »Wenn Sie meinen, dass das klug ist.«

»Es ist nicht klug, aber es geht nicht anders. Die Anweisung kommt vom BKA. Höchste Stelle.«

Sabine nickte. Sie hatte verstanden. »Okay, ich muss los.«

Kempen reichte Sabine die Hand. »Danke für Ihre Hilfe. Vor dem Haupteingang steht ein Wagen bereit, der Sie zum Hafen bringt. Viel Glück.« Kempen wandte sich ab und griff im Gehen bereits zu ihrem Handy.

Anweisung von oben!

Sabine sah ihr nach. Am liebsten wäre sie in den Verhörraum gegangen, hätte Frenk Bruno am Haarschopf herausgezerrt und die Wahrheit aus ihm herausgeprügelt. Aber wenn sie sich die Blutergüsse und Schwellungen in seinem Gesicht in Erinnerung rief und sich überlegte, was er für diese Täuschung alles in Kauf genommen hatte, war zu befürchten, dass er ihr dann erst recht nichts verraten und seinen Triumph still und heimlich genießen würde. Und zwar jede einzelne Minute, die sie im Dunkeln tappte.

Sabine wollte bereits zur Treppe gehen, als der Justizvollzugsbeamte zur Tür des Vernehmungsraums deutete. »Der Gefangene möchte Sie noch einmal kurz sprechen.«

34
Sonntag, 27. September

»Du musst sie töten«, wiederholte Frenk. »Sonst wird sie ...«

»Ich habe etwas anderes mit ihr vor.« Piet packte Hannah am Arm und zog sie zu sich.

Sie spürte Piets Atem und seine Ausdünstung nach Schweiß und Erbrochenem.

»Sie hat noch nicht alles erfahren.« Er sah sie an. »Und das willst du doch, oder?«

Sie schüttelte den Kopf. Die Panik schnürte ihr die Kehle zu.

»Nicht mehr? Dafür ist es jetzt aber zu spät, denn du hast unsere kleine Welt betreten.«

»Du musst sie verschwinden lassen!«, beharrte Frenk.

»Zeig her!«

Frenk senkte die Arme, und Piet warf einen Blick auf die Fingerkuppen. »Sieht gut aus. Wird jetzt noch zwei, drei Tage lang brennen und jucken. Du darfst nicht daran reiben.«

»Ja, hast du mir schon hundert Mal gesagt.«

Piet nahm ein Taschentuch und tupfte damit über Frenks Fingerkuppen. Dieser zuckte zusammen, ließ die Prozedur aber willig über sich ergehen.

Piet atmete tief durch. »Bist du bereit?«

Frenk biss die Zähne zusammen und nickte. Piet, der selbst immer noch nur eine Unterhose trug, schob die Kleidung, die auf dem Boden lag, mit dem Fuß beiseite. »Okay, bringen wir es hinter uns. Ich mache es kurz. Schließ die Augen, damit die Linsen nicht verrutschen.«

»Okay.« Frenk schloss die Augen.

»Ich zähle bis drei, okay?«

»Okay!«

»Eins …« Piet holte aus und schlug Frenk mit der Faust ins Gesicht.

Frenk taumelte einen Schritt zurück. Instinktiv riss er die Arme hoch, doch Piet hatte ihn bereits mit drei weiteren gezielten Schlägen auf Nase, Lippen und Wange getroffen. Er packte Frenk von hinten an den Haaren und schlug seinen Kopf mehrmals gegen die Wand. Aus Frenks Kehle drang nur ein dumpfes Stöhnen.

Hannah wandte den Blick ab. Jetzt hörte sie die Schläge und Tritte nur noch, das Knirschen von Knochen, Klatschen von Fleisch und dazwischen Frenks unterdrücktes Stöhnen. Tapfer hielt er den Mund und ließ die Tortur über sich ergehen.

Als das Keuchen und die Geräusche der Schläge endlich verstummten, sah Hannah mit pochendem Herzen wieder auf. Frenk saß zusammengekauert und wimmernd in einer Ecke. Sein Gesicht begann zu einer unförmigen Masse aufzuquellen.

Piet kramte Pinsel, Tupfer und eine Flasche mit durchsichtiger Flüssigkeit aus der Sporttasche. Im nächsten Moment roch Hannah Desinfektionsmittel. Damit pinselte Piet über Frenks Wunden und wischte ihm das Blut ab.

»Du Arschloch hättest nicht so hart zuschlagen müssen«, presste Frenk mit aufgeplatzter Lippe hervor. »Ich glaube, ein Zahn wackelt.«

Piet grinste. »Glaub mir, du siehst gut aus.« Er ging durch die Zelle und schlüpfte in Frenks Hose. Danach wischte er mit einem Handtuch aus der Sporttasche das erbrochene Salzwasser unter der Metallpritsche auf.

Als er an Hannah vorbeiging, strich er ihr zärtlich über die Wange. »Wahre Männerfreundschaft«, flüsterte er. »Darüber haben sie dir an der Uni nichts beigebracht.«

Er ging wieder zu Frenk, streckte ihm die Hand hin und half

ihm auf die Beine. Wackelig lehnte Frenk an der Wand. Hannah sah die geprellten Rippen, die Blessuren am Bauch und auf den Oberschenkeln. Sie würden sich innerhalb der nächsten Stunden zu herrlich blauen Flecken entwickeln und danach Piets Verletzungen wie ein Ei dem anderen gleichen.

»Bald haben wir es hinter uns.« Piet half Frenk in die Anstaltskleidung der Häftlinge.

Mit zusammengebissenen Zähnen hob Frenk die Arme und schlüpfte in das weinrote Sweatshirt, die Socken und die graue Hose. Dann humpelte er zur Pritsche. »Weg da!«

Hannah wich zur Seite.

Piet half Frenk auf die Pritsche. Ächzend streckte er sich der Länge nach aus. Piet fesselte Frenks Hand- und Fußgelenke. Dann schlüpfte er in Frenks Hemd. »Möchtest du ein Schlafmittel?«

»Ich konnte keines bekommen«, stöhnte Frenk.

»Du schaffst es auch so. In ein paar Stunden kommt die Schwester, um nachzudosieren.« Piet strich ihm über die Stirn. »In spätestens fünf Tagen sind sie da. Dann bist du frei und bekommst eine Therapie.«

»Ich liebe dich, Mann.«

»Ich dich auch.«

»Bevor sie kommen, müssen wir aber noch eine Sache tun.« Piet van Loon griff zur Schere, die auf dem Tisch lag.

35

Der Justizvollzugsbeamte deutete zur Tür. »Piet van Loon möchte Sie nochmal sprechen«, wiederholte er.

Van Loon, dachte Sabine zynisch. Seufzend öffnete sie die Tür und betrat den Raum. Frenk Bruno stand mit verschränkten Armen im Zimmer.

»Frenk, Sie wollten mich sprechen«, sagte Sabine geradeheraus.

»Ja, Sie wollten doch wissen, was die Zahlen bedeuten.« Er hatte jeglichen niederländischen Akzent abgelegt und sprach in einem deutschen Dialekt. Diesmal vermutlich mit seiner echten Stimme.

»Ja, das will ich.«

»Piet hat die Dialoge und den Akzent zwei Jahre lang mit mir trainiert. War ich gut?«

»Ja«, gab sie zu. »Ich habe eine Weile gebraucht, um dahinterzukommen.«

»Was hat mich verraten?«, fragte er.

»Was bedeuten die Zahlen?«, konterte sie.

»Das weiß ich nicht.« Er hob die Schultern. »Aber Piet wusste, dass jemand kommen würde, um mit ihm darüber zu sprechen. Er hat mir aufgetragen, demjenigen zum Abschied etwas mitzuteilen.«

Sie trat näher. »Und zwar?«

Frenk öffnete langsam seine verschränkten Arme, und Sabine wich instinktiv einen Schritt zurück. In Gedanken sah sie Frenk eine Waffe ziehen, auf sie anlegen und durch die Scheibe schießen, doch nichts dergleichen passierte. Wie auch immer Frenk und Piet den Tausch vollzogen und die Flucht bewerkstelligt hatten – eine Waffe hätte er unmöglich in den Zellentrakt schleusen können.

Sabine beobachtete Frenk mit wachsamen Augen, wie er einen Schritt nach vorne machte und den Arm hob. Er öffnete die Faust, spreizte die Finger und presste die Handfläche an die Scheibe.

Sabine starrte auf seine Hand. Wie sie vermutet hatte, waren die Papillarlinien an den Kuppen erst kürzlich mit Säure entfernt worden und zeigten einen fortgeschrittenen Heilungsprozess. Doch das war es nicht, was Frenk ihr zeigen wollte.

Sie blickte auf seinen Handballen. Mit einem scharfen Gegenstand war eine Wunde tief ins Fleisch geschnitten worden. Sie zeigte eine Zahl.

Eins.

36
Sonntag, 27. September

Piet steckte die blutige Schere in die Hosentasche, schulterte die Sporttasche, nahm die Teetasse und ging zur Zellentür. Dort steckte er sich den Kaugummi, der auf dem Guckloch klebte, in den Mund, öffnete die Tür einen Spaltbreit und lauschte.

»Scheinen alle ausgeflogen zu sein«, flüsterte er und kam mit seinem Kopf ganz nahe an ihr Ohr. »Ich schneide dir jetzt die Kabelbinder an den Fußgelenken durch. Und dann gehst du langsam vor mir her. Aber denk immer daran, dass ich eine Schere habe. Also mach keine Dummheiten!«

Er bückte sich und löste ihre Fesseln. Dann schob er sie in den Gang. Als auch er draußen war, sperrte er die Isolationszelle mit dem Schlüssel, den Hannah mitgebracht hatte, zweimal zu. Wiederum quietschte das Metall. Hannah sah sich in beide Richtungen um und sehnte sich zum ersten Mal danach, Doktor Kempen, Morena oder Direktor Hollander den Gang herunterkommen zu sehen, doch nichts passierte.

Mit dem Stofftaschentuch im Mund und den Händen hinter dem Rücken gefesselt, wurde sie von Piet vor ihm hergeschoben. Vor der Tür zu Doktor Kempens Büro hielt er an und drückte die Klinke hinunter.

»Du hast die Tür geöffnet«, flüsterte er. »Mit einem Dietrich?«

Sie zeigte keine Reaktion, sondern starrte indessen zum Ende des Gangs, in der Hoffnung, dass sie den Schatten einer Krankenschwester entdecken würde. Doch dort war nichts. Wenn Doktor Kempen allerdings morgen früh bemerken würde, dass ihre Bürotür offen war, würde sie sofort Alarm schlagen, und Piet hätte keine Chance, von der Insel zu fliehen. Irgendwie tröstete sie der Gedanke, dass Piet trotz seiner vermutlich jahrelangen Vorbereitungen nicht weit mit ihr kommen würde.

Sie sah, wie Piet mehrmals den Gang hinauf und hinunter blickte.

»D... k...mmst n...cht ...aus«, nuschelte sie.

Er drückte sie mit dem Rücken an die Wand und nahm ihr ein Stück des Knebels aus dem Mund.

Gierig schnappte sie zuerst nach Luft, dann schluckte sie. »Du kommst hier niemals raus«, keuchte sie. »Im ganzen Gebäude sind Kameras.«

Er stopfte ihr das Taschentuch wieder tief in den Rachen, noch tiefer, als Frenk es zuvor getan hatte. »Wer sagt, dass wir durch das Gebäude gehen?«

37
Freitag, 2. Oktober

Sneijder war am späten Vormittag am Flughafen in Wien Schwechat gelandet. Und zwar mit fünfzehn Minuten Verspätung und höllischen Rückenschmerzen. Daran hatte auch das dritte Glas Tomatensaft mit Pfeffer, Salz, Tabasco und Wodka nichts geändert.

Kriminalkommissar Hauser vom Wiener Bundeskriminalamt empfing ihn in der Ankunftshalle – was Sneijder ein Déjà-vu bescherte, da er ihn bereits von einem anderen Fall kannte. Hauser war ein fünfundfünfzigjähriger, meist übel gelaunter Ermittler, der Dienst nach Vorschrift schob und Tag für Tag weiter seinem Ruhestand entgegenlebte.

»Tag, Sneijder«, sagte Hauser. »Jedes Mal, wenn Sie nach Wien kommen, kriege ich Bauchschmerzen, weil wir dann eine Leiche nach der anderen finden.«

»Liegt an Wien, nicht an mir«, antwortete Sneijder knapp. »Haben Sie noch Ihre ekelhaften Geckos in der Wohnung? Wie hießen die noch gleich? Tom und Jerry?«

»Ja, und danke der Nachfrage, denen geht es gut.« Hauser musterte ihn von der Seite. »Aber Sie sehen scheiße aus.«

»Hab nicht viel geschlafen. War zuvor auf Tatorten in Bern und Regensburg.«

Hauser sah ihn verwundert an. Offenbar hatte er mit einem zynischen Kommentar gerechnet, doch Sneijder war im Moment selbst dafür zu müde. Trotzdem sollte Hauser sich besser vorsehen und ihn nicht weiter reizen.

»Haben Ihre Morde mit unseren zu tun?«, fragte der Kollege.

»Kann ich noch nicht sagen. Wohin fahren wir?«

Hauser nahm den Weg durch eine Menschentraube zum Ausgang, wo sein Wagen direkt vor der Ankunftshalle parkte. Mit einem Reifen auf dem Randstein und einem Schild des Wiener Bundeskriminalamts in der Windschutzscheibe. »In eine Villa im Süden Wiens. Drei Tote. Die Eltern und ihr dreizehnjähriger Sohn.«

»Wann wurden die Leichen entdeckt?«

»Heute Morgen.«

»Wie heißt die Familie?«

»Kessler, Erich Kessler.«

»Graf Erich von Kessler?«, fragte Sneijder überrascht.

»Ja, aber Grafentitel gibt es per Gesetz schon lange nicht mehr.« Hauser öffnete den Kofferraum seines Wagens. »Sie kannten ihn?«

»Nicht persönlich. Würden Sie bitte?«

Hauser hob Sneijders Gepäck in den Kofferraum. »Was heißt das – *nicht persönlich?*«

»Ich hatte mal mit der Familie zu tun«, sagte Sneijder. *Vor fünf Jahren.*

Eine Dreiviertelstunde später erreichten sie die Himmelstorstraße, die sich als eine Allee mit altehrwürdigen Kastanienbäumen mit tief hängenden Ästen herausstellte. Dort lag zwischen zwei freistehenden dreistöckigen Wohnhäusern Erich von Kesslers Villa. Ein klassischer Prunkbau.

Sneijder stieg aus, kickte eine aufgeplatzte Kastanie über die Straße und starrte über die verwitterte und von Efeu bewachsene Mauer, die das Grundstück umgab, zu der zweistöckigen Villa hinüber.

Langsam ging er zum schmiedeeisernen Gartentor. Unter einem Vordach stand ein alter Rasenmäher, dessen Blech nass glänzte. Hatte es kürzlich in Wien geregnet? Die Luft war jedenfalls frostig – und alles schien darauf hinzuweisen, dass es bald noch kälter werden würde.

»Wollen wir reingehen?«, fragte Hauser.

»Gehen Sie schon mal vor.« Sneijder blickte zum Briefkasten. *Graf Erich von Kessler* stand in altmodisch geschwungener Schrift auf einem schwarz gewordenen Blechschild. *Hier hast du also gewohnt, Erich.*

Kessler war knapp über sechzig gewesen. Nach dem tragischen Autounfall seiner ersten Frau hatte er eine um zehn Jahre jüngere Frau geheiratet. Kesslers erste Ehe war kinderlos gewesen, aber mit seiner zweiten Frau hatte er eine Tochter und Jahre später als Nachzügler noch einen Sohn bekommen. Der gut aussehende, charismatische Ex-Manager hatte als Vorstands- und Aufsichtsratsmitglied in rund einem Dutzend Konzernen gesessen. Reichtum und sein gutes Aussehen waren seine Markenzeichen gewesen. Somit hätte Kessler kein Problem gehabt, noch jüngere Frauen zu finden, aber seine Ehefrau und seine Familie gingen ihm sogar noch vor dem Job über alles. Der Sohn war dreizehn, wie Sneijder soeben erfahren hatte, und Kesslers Tochter wäre heute – Sneijder rechnete nach – knapp sechsundzwanzig Jahre alt gewesen. Doch dazu war es nicht mehr gekommen, und sie war auch der Grund, warum Sneijder schon so viel über Kessler wusste: Sie war in ihrer Wohnung ermordet worden. In Köln, wo sie gelebt und als Stewardess gearbeitet hatte. Sneijder dachte an die Leiche im Schlafzimmer und die abgerissenen Kalenderblätter im Mülleimer.

Es war der 14. Juli gewesen, vor etwas mehr als fünf Jahren. Sneijder erinnerte sich an ihr hübsches Gesicht. Die junge Frau war mit einem Messer verletzt und anschließend mit einem Hammer zu Tode geprügelt worden. Zum Schluss hatte Piet van Loon ihr den Buchstaben *D* in die Brust geschnitten.

Nachdem Piet van Loon in Bern gefasst worden war, hatte Erich von Kessler es sich zur Lebensaufgabe gemacht, Piet zu zerstören. Geld genug hatte er gehabt. Nun war der Geschäftsmann tot, genauso wie seine Frau und sein Sohn. Sneijder war ihnen nie persönlich begegnet. Eine gesamte Familie im Lauf von fünf Jahren ausradiert. *Was lernt man daraus?* Rache konnte sich zu einem gefährlichen Bumerang entwickeln. Falls der Mord überhaupt mit Piet van Loon zu tun hatte – doch davon ging Sneijder mittlerweile aus.

Er marschierte durch den Garten und betrat das Haus. Zwischen die Gerüche alter Perserteppiche, edler Holzvertäfelung und dicker Tapeten mischte sich der Duft des Todes. Anhand der Geräusche, die die Beamten in dem Haus machten, nahm Sneijder an, dass sich die Leichen im oberen Stockwerk befinden mussten – wahrscheinlich im Schlafzimmer.

Von einem Tisch nahm er sich Latexhandschuhe und Überzieher für die Schuhe und ging die Treppe nach oben. Die Stufen knarrten. Ebenso der Parkettboden im oberen Stockwerk. Ein langer Läufer lag in dem dunklen, hohen Korridor, von dem zu beiden Seiten Türen wegführten.

Auf den Kommoden standen jede Menge Fotorahmen, Porzellanvasen, Keramikfiguren und prunkvolle Uhren. Mit jedem Schritt, den Sneijder weiter in den Korridor ging, nahm der Geruch beginnender Verwesung zu.

Er warf einen Blick in jedes Zimmer. Die Vorhänge waren zugezogen, und das dürftige Licht fiel auf Polstermöbel und Lampenschirme. Die Morde waren also nachts passiert. Am Ende des Gangs, wo die Beamten im letzten Zimmer arbeiteten, befand sich dann wohl das Schlafzimmer.

Sneijder trat ein. Tatsächlich lagen hier die Toten aufgebahrt, doch er hatte sich geirrt: Es war nicht das Schlafzimmer, sondern ein Salon. Während er sich umsah, hörte er, wie zwei Beamte von der Spurensicherung leise miteinander sprachen.

»Ich hätte nicht gedacht, dass so etwas möglich ist.«

»Die Schirme haben garantiert Metallspitzen. Er muss sie noch extra zugespitzt haben.«

»Möglich, aber dann hat er die Schirme selbst mitgebracht.«

»Überleg mal, wie viel Kraft dafür …«

Sneijder atmete tief durch. »Lassen Sie mich einen Augenblick allein?«, bat er die Wiener Kollegen und war gleichzeitig von seiner eigenen Freundlichkeit überrascht.

Die Beamten sahen auf, bewegten sich jedoch nicht. Hauser stand ebenfalls im Raum. »Okay, ihr habt es gehört.« Er klatschte einmal in die Hände. »Kurze Pause.«

Die Männer und Frauen von der Wiener Kripo verließen den Raum. Hauser ging als Letzter raus. Als er an Sneijder vorbeikam, senkte er die Stimme. »Sie haben fünfzehn Minuten – und rühren Sie nichts an.«

Hau bloß ab, dachte Sneijder. *Ich kann auch ganz anders.*

Er ging in die Knie und zog das Verlängerungskabel aus der Steckdose, an dem die Lampen auf ihren Stativen hingen. Schlagartig wurde es dunkel im Raum, denn auch hier waren die dicken Vorhänge vor den beiden Fenstern noch bis auf einen Spalt zugezogen. Sneijder schloss die Tür hinter sich, knipste eine Stehlampe an, ließ den Blick durch den Salon schweifen und versuchte die zahlreichen Koffer der Spurensicherung aus seiner Wahrnehmung zu streichen.

An der Rückseite des Raums befand sich ein offener Kamin. *Kalte Asche.* Auf dem Marmorsims stand eine Reihe kleiner, bunter Porzellanskulpturen. *Hummel-Figuren.* Über dem Kamin hing ein düsteres Gemälde von Edvard Munch, gegen das *Der Schrei* ein heiteres Kindergartenbild war. Passte zur Stimmung, die in diesem Raum herrschte. In einer Ecke thronte ein Konzertflügel. Im Geiste hörte Sneijder eine Klaviersonate. Neben dem Flügel hing ein Papageienkäfig. *Das Kreischen und Flügelschlagen des Vogels erfüllt den Raum.* Doch nur in Sneijders Vorstellung, denn das Tier mit den blauen und roten Federn lag reglos auf dem Boden des Käfigs.

In der Mitte des Zimmers hing ein mächtiger Kronleuchter,

darunter standen in U-Form drei Sofas mit weinrotem Bezug. Darauf hatte der Mörder die Toten drapiert. Auf jedem Möbelstück einen. Der Länge nach ausgebreitet, als würden sie schlafen. Beinahe friedlich, wenn diese eine Sache mit den Schirmen nicht wäre. Sneijder hatte so etwas noch nie gesehen.

Fasziniert trat er näher.

Der Sohn trug einen Schlafanzug, Kesslers junge Frau ein schwarzes Negligé und Kessler einen Morgenmantel mit Hauspantoffeln. Die Arme der Toten lagen jeweils eng am Körper angelegt. Die Köpfe der Leichen waren extrem nach hinten überstreckt, die weit aufgerissenen Augen starrten zur Decke. Die Münder waren ebenso weit geöffnet – und aus dem Rachen ragten jeweils der Griff und der obere Teil eines Regenschirms.

Der Mörder hatte jedem einen Schirm gewaltsam in die Kehle gerammt, mit der Spitze die Speiseröhre hinunter, vermutlich bis in den Magen. Es sah bizarr aus.

Sneijder schob dem Jungen das Pyjamaoberteil hinauf und tastete über seinen Bauch. Die Muskelspannung hatte bereits nachgelassen. Das Gewebe war erschlafft, und unter der Haut spürte er deutlich den Gegenstand im Körper. Die Wunde hatte in den Bauchbereich geblutet. Demnach war der Junge während der Tat noch am Leben gewesen. Die tiefen Schnitte in der Brust waren eindeutig als die Zahl Zwölf zu erkennen. Allerdings fand Sneijder keine Kratzer, Schürfwunden, abgebrochenen Fingernägel oder andere Hinweise auf einen Kampf. *Der Junge hat sich den Schirm doch sicher nicht wehrlos in den Rachen rammen lassen.*

Sneijder untersuchte die Leiche. Aus der Halsschlagader ragte eine Nadelspitze. Im Halsbereich von Erich von Kessler und seiner Frau entdeckte er eine Punktierung wie von einem Einstich. Offenbar waren die drei zuvor mit einer Injektion gelähmt worden. Abschürfungen in den Mundwinkeln wiesen darauf hin, dass die Familie geknebelt worden war.

Sneijder schloss die Augen.

Vermutlich hast du die Villa nach Einbruch der Dunkelheit be-obachtet, bist vielleicht sogar schon ins Haus eingestiegen und hast gewartet, bis sie schlafen. Dann hast du sie in ihren Schlafräumen überrascht, mit einem rasch wirkenden Serum gelähmt, sicherheits-halber geknebelt und in den Salon geschleppt. Danach hast du ih-nen den Knebel aus dem Mund gerissen und jedem bei lebendigem Leib und vollem Bewusstsein einen Schirm in den Magen gerammt.

Respekt!

Sneijder versuchte sich die Schmerzen dieser drei Menschen vorzustellen. Sie mussten entsetzlich geschrien haben – es zu-mindest mit zerfetzten Stimmbändern versucht haben –, bis sie schließlich an ihren inneren Verletzungen verblutet waren. Und ja – die Beamten hatten recht gehabt –, dieser Akt musste mit enorm viel Kraft und noch größerer Wut durchgeführt worden sein.

Sneijder bemerkte erst jetzt, dass er instinktiv einen Joint aus der Sakkotasche genommen hatte und ihn gedankenverloren zwi-schen den Fingern drehte.

Ich weiß nicht, wie du es angestellt hast, aber du bist es, Piet! Ich weiß es. Ist das deine Rache?

»Rauchen ist hier verboten!«

Sneijder wandte sich langsam um. Hauser hatte die Tür geöffnet und blickte vom Flur ins Zimmer.

»Sehen Sie mich rauchen?«, fragte Sneijder.

»Ich wollte nur verhindern, dass Sie Spuren verwischen.«

Sneijder seufzte tief, ging aber nicht weiter darauf ein. Er ließ die Zigarette in der Sakkotasche verschwinden. »Ich muss einen Blick auf die Körper der anderen Leichen werfen.«

»Wegen der Schnitte?«

»Ja.«

Hauser ging zu Kesslers Leiche und öffnete den Morgenmantel.

Indessen schob Sneijder das Negligé der Frau weiter nach oben. Bei ihr zeigten die Schnitte eine Vierzehn.

»Was zeigt Kesslers Wunde?«, fragte Sneijder.

»Sieht aus wie eine Fünfzehn.«

»Fünfzehn?« Sneijder betrachtete die Wunde. *Tatsächlich.* »Gibt es einen vierten Toten im Haus?«

Hauser schüttelte den Kopf.

»Wurde der Papagei getötet?«

»Ja, erwürgt. Sein Gekreische ist dem Mörder vermutlich auf die Nerven gegangen.«

Vermutlich. »Wurde der Körper des Tieres verstümmelt?«

Hauser schüttelte den Kopf. »Warum?«

»Weil die Zahl Dreizehn fehlt.«

»Aha.« Mehr sagte Hauser nicht.

Warum fehlt die Dreizehn?

»Haben wir Zeugen?«, fragte Sneijder.

»Einen neunjährigen Jungen im Nachbarhaus. Die Kollegen, die die Bewohner der Nachbarschaft befragt haben, sind der Meinung, dass er etwas gesehen haben muss. Aber er ist so verstört, dass er nicht spricht.«

»Ist eine Therapeutin bei ihm?«

»Eine was? Nein.«

»Nein?«, entfuhr es Sneijder. *O Mann!* »Ich …«, sagte er, wurde jedoch vom Klingeln seines Handys unterbrochen.

Zur gleichen Zeit betraten Hausers Kollegen von der Spurensicherung wieder den Salon.

Sneijder verließ den Raum, lehnte sich am Ende des Korridors an die Fensterbank und nahm das Gespräch mit heiserer Stimme entgegen. »Sneijder.«

Es war Timboldt, mit dem er die gestrige Nacht am Ufer des Höllhornsees bei der im Baumstumpf verbrannten Leiche verbracht hatte. »Wir haben Neuigkeiten«, sagte Timboldt müde.

»Ich hoffe, gute«, seufzte Sneijder. »Schieß los.«

»Wir konnten die Leiche im Wald identifizieren. Ein dreiundfünfzigjähriger Mann. Ein Niederländer. Er kommt aus Den Haag. Sein Name ist Are Peters.«

Eine plötzliche Kälte erfasste Sneijder. »*Peeters*«, korrigierte er die Aussprache des Kollegen.

»Ja, mag sein.«

Vervloekt! Was zum Teufel ist hier bloß los?

»Konntest du schon rausfinden, wer das Wohnmobil gemietet hat?«, fragte Sneijder, obwohl er die Antwort bereits kannte.

»Ja, Peeters selbst hat es gemietet. Unsere Recherche hat ergeben, dass er einmal im Jahr in Bayern Urlaub machte. Immer im Herbst und immer an diesem See. Angeln, Schwimmen und so ein Zeug. Abhärtungstraining. Er dürfte ein richtiger Naturbursche gewesen sein. War Soldat und zuletzt Ausbilder beim niederländischen Heer.«

»Ich weiß«, unterbrach Sneijder ihn.

»Kanntest du ihn?«

»Unwichtig, danke.« Sneijder legte auf. Er wandte sich um und starrte durchs Fenster auf die Straße. Das nächste Opfer, das er kannte. Peeters war ein harter Bursche gewesen, und er hatte es seinem Mörder sicher nicht leicht gemacht. *Wenigstens etwas.*

Eine Sache jedoch passte nicht. Bisher hatte Sneijder angenommen, dass es sich um das Wohnmobil des Killers gehandelt hatte. Wenn Peeters es gemietet hatte, musste der Täter die abgetrennten Beine der in Hagen ermordeten Gerichtspsychologin dort extra deponiert haben.

Aber warum, verflucht? Um sie zu verwirren? Um Spielchen mit ihnen zu treiben?

Er riss sich vom Anblick der Straße los, steckte das Handy ein und ging durch den Korridor zur Treppe. Mittlerweile hatte einer der Beamten das Licht im Gang eingeschaltet. Sneijder kam erneut an der Kommode mit den Fotorahmen und Uhren vorbei. Und dort lag unscheinbar zwischen Vase und Keramikfiguren eine Tube Brennpaste verborgen. Sneijder griff danach.

Du verfluchter Klootzak!

»Alles in Ordnung?«

Sneijder wandte sich um. Hauser stand im Türrahmen und starrte ihn an.

»Ja«, murrte Sneijder. Diese Hinweise waren so offensichtlich, als wollte der Killer, dass sogar der Dümmste einen Zusammenhang zwischen den Morden entdeckte. *Warum spielst du mit uns?*

»Sie sagten etwas von … *Klootzak?*«, fragte Hauser.

»Hab vermutlich nur laut gedacht.« Sneijder legte den Brandbeschleuniger zurück auf die Kommode und zog die Latexhandschuhe aus. »Nehmen Sie Fingerabdrücke von dieser Tube«, sagte er, obwohl er sicher war, dass sie keine finden würden. Einfach deshalb, weil es keine gab. »Und schicken Sie das Ergebnis so rasch wie möglich in mein Büro.« Er ging weiter zur Treppe.

»Wohin gehen Sie?«, rief Hauser ihm nach.

»In das Nachbarhaus«, antwortete Sneijder. »Ich werde den Jungen befragen.«

»Der spricht nicht.«

»Noch nicht.«

38
Sonntag, 27. September

Piet van Loon öffnete die Tür zu Doktor Kempens Büro und schob Hannah hinein. Rasch schloss er die Tür hinter sich. Während Hannah neben einem Aktenschrank stand, durchsuchte er Kempens Schubladen. Schließlich fand er einen Schlüsselbund und sperrte damit die Tür von innen zu.

Ein Ersatzschlüssel! Fuck!

Kempen würde nicht bemerken, dass jemand in ihrem Büro gewesen war, und demnach auch nicht Alarm schlagen.

Piet hielt immer noch die Teetasse in der Hand. »Wo ist die gestanden?«

Hannah überlegte kurz, dann nickte sie mit dem Kopf zu einer falschen Stelle unmittelbar vor dem Monitor.

Piet musterte sie eine Weile, dann betrachtete er in dem Licht, das vom Gang durch die Milchglastür fiel, die Schreibtischplatte. »Netter Versuch, Kleines.« Er fuhr mit der Fingerspitze über die Tischfläche. »Aber der Rand der Tasse hat hier einen Abdruck hinterlassen.« Er platzierte die Tasse neben der Computermaus. »Versuche nicht, cleverer zu sein als ich.«

Als Nächstes öffnete er das einzige Fenster ohne Gitterstäbe im ganzen Gebäude und starrte in die Dunkelheit. Draußen fegte der Sturm um das Gemäuer. Regentropfen trommelten auf das Blech des Fensterbretts.

Er schob Hannah zum Fenster. »Du zuerst!«

Sie wehrte sich, aber Piet packte sie hart am Oberarm. »Wir springen da jetzt beide hinunter.«

»N…!«, jammerte sie durch den Knebel.

»O doch! Und mach dir keine Hoffnungen, dass Kempen das angelehnte Fenster bemerken wird. Jeden Montagmorgen pünktlich um sieben Uhr kommt die Putzfrau und räumt das Zimmer auf. Sie wird glauben, dass Kempen vergessen hat, das Fenster zu schließen, und wird es zumachen. Und wenn Kempen später das Büro betritt, wird ihr nichts auffallen.«

»D... funk...ion...t nie!«

»Doch, das wird es. Und jetzt mach schon!« Er schob sie zum Fenster.

Die Kälte erfasste Hannah schockartig. Panisch schüttelte sie den Kopf. Sie erinnerte sich an ihren Albtraum, wie sie aus dem Fenster ihres Apartments hinuntergestürzt und auf die Felsen aufgeschlagen war. Sie würde auf keinen Fall die drei Meter in die Dunkelheit hinunterspringen.

»Du hast zwei Möglichkeiten«, zischte Piet. »Entweder stirbst du jetzt, und ich versenke deine Leiche im Meer – oder du bleibst am Leben, aber dann musst du mit mir kommen. Deine Entscheidung!«

Sie setzte sich aufs Fensterbrett, und Piet schob ihre Beine ins Freie. Der Wind ließ sie frösteln.

»Es sind nur knapp drei Meter. Unten ist ein schmaler Kiesweg, der um das Gebäude führt. Daneben fallen die Klippen zum Meer hinunter. Also roll dich zur Seite, wenn du aufkommst.«

»N...!«, brüllte Hannah, und dann stieß Piet sie aus dem Fenster.

Wie in ihrem Albtraum kam ihr der Flug endlos lange vor – als bliebe die Zeit stehen. Sie dachte an das Van-Leeuwen-Hotel ihres Vaters, ihre Psychologieausbildung, ihre jüngere Schwester Emma und die Warnung ihrer Eltern, nicht ihren Namen zu ändern, sich auf keinen Fall für dieses Gefängnis zu bewerben, und Kontakt mit Piet van Loon aufzunehmen. Sie hätte die Vergangenheit ruhen lassen sollen und versuchen müssen, Sarahs Tod auf andere Art und Weise zu verarbeiten. So wie Vater es getan hatte, indem er sich noch mehr in seine Arbeit stürzte, oder Mutter, die sich ehrenamtlich für Waisenkinder engagierte, oder Emma, die sich für Kunst interessierte und sich ihre Albträume mit surrealen Ölgemälden von der Seele malte. Jeder hatte seinen eigenen Weg gefunden – aber ihrer war der Härteste. Sie wollte das Übel begreifen, seine Ursache verstehen, und dafür hatte sie sich in die Höhle des Löwen begeben müssen.

Ihre Gedanken endeten abrupt, als sie mit den Beinen hart aufkam und ihre Schuhe sich in den Kies gruben. Der Aufprall stauchte ihren Körper zusammen und drückte ihr die Luft aus der Lunge. An ein Abrollen war gar nicht zu denken gewesen, zumal sie die Arme nicht frei bewegen konnte.

Hannah spürte, wie sie sich den Knöchel verstauchte, und dann kippte sie um und schlug mit Oberkörper und Kopf hart auf den Felsen auf. Ihre Schulter war schwer angeschlagen, sie spürte Blut auf der Stirn, und ihre Rippen fühlten sich an, als wären eine oder mehrere böse geprellt. Wie ein lebloser Sack lag sie da. Der Wind wirbelte ihre Haare durcheinander, und gierig sog sie die Luft durch die Nase ein. *Dieser verdammte Knebel!* Sie hyperventilierte wieder. Der Zustand, sich das Taschentuch nicht einfach aus dem Mund reißen und nach Luft schnappen zu können, wurde unerträglich.

Im nächsten Moment knallte die Sporttasche neben ihrem Kopf auf die Felsen. Hannah hörte ein Geräusch über sich. Piet saß auf dem Fensterbrett. Er zog das Fenster, so gut das von außen ging, wieder zu und sprang in die Tiefe. Hart kam er neben ihr auf, rollte zur Seite und stand im nächsten Moment schon wieder auf den Beinen. Sein Gesicht war schmerzverzerrt, was vermutlich an den zahlreichen Prellungen lag.

»Ich sagte abrollen, du Kuh!«, keuchte er.

Mit auf den Rücken gefesselten Armen, du Arschloch?

Er zerrte sie am Oberarm hoch. Der stechende Schmerz im Fußgelenk ließ ihr Bein einknicken. *Fuck!*

Piet schulterte die Sporttasche. »Weiter!«, drängte er und schob sie über den schmalen Kiesweg vor sich her.

Sie stolperte durch die Dunkelheit und orientierte sich dabei an der Backsteinmauer, an der sie mit der Regenjacke schleifte.

Nach einem mühevollen und schmerzhaften Fußmarsch von etwa zehn Minuten erreichten sie die Ecke des Gefängnisgebäudes. Rechts ging es zum Haupteingang, und links führte die Lindenallee zum Angestelltentrakt.

Das Licht des Mondes schimmerte immer wieder für einige Augenblicke durch die Wolkendecke hindurch und beleuchtete den Platz vor ihnen.

Ohne ihr eine Verschnaufpause zu gönnen, stieß Piet sie im Schatten der Bäume in Richtung des Nebengebäudes. Hannah zählte nur drei Fenster, hinter denen Licht brannte. Die anderen Angestellten schliefen entweder schon oder befanden sich immer noch auf der Grillfeier beim Leuchtturm.

Als sie das Angestelltenhaus erreichten, drückte Piet sie mit der Wange an die Hausmauer neben der Eingangstür. Mit beiden Händen durchsuchte er ihre Jacken- und Hosentaschen, bis er ihre Magnetkarte fand, und öffnete damit die Tür.

Auf der Karte stand ihre Zimmernummer. Piet schob sie ins Gebäude und über die Treppe vor sich her in den ersten Stock, bis sie ihre Zimmertür erreichten.

Was zum Teufel hast du in meinem Zimmer vor?

Mit einem Mal kam ihr der schreckliche Gedanke, dass er dort ihren Selbstmord inszenieren würde. Ein Sprung aus dem Fenster. Ähnlich wie bei Irene Elling. Oder mit einem Gürtel am Griff des Hochschranks stranguliert. Möglichkeiten gab es viele. Und angesichts ihrer Kündigung ersparte er sich sogar, einen Abschiedsbrief schreiben zu müssen.

Sie versuchte zu schreien und begann um sich zu schlagen, doch Piet packte sie am Genick und schob sie ins Zimmer. Kraftvoll warf er sie aufs Bett, kniete sich auf ihre Brust und drückte ihr die Spitze der Schere an die Kehle. »Halt endlich dein verdammtes Maul! Und keine Bewegung mehr!«

Langsam stieg er von ihr herunter. Mit entsetztem Blick sah sie, wie er durchs Zimmer ging und ihre Sachen in ihren Koffer stopfte. Er öffnete alle Schubladen und kramte heraus, was ihr gehörte. Als er auf die Kopie seiner Krankenakte und Irene Ellings vergilbte Dokumente stieß, hielt er einen Moment lang inne.

Neugierig faltete er die Blätter auseinander und nahm sich die Zeit, darin zu lesen. Schließlich zog er eine Augenbraue hoch. »Interessant. Eine hübsche Summe.« Er stieß einen leisen Pfiff aus. »Da hast du etwas Gefährliches ausgegraben.« Er hob den Blick, starrte sie an und senkte die Stimme. »Weißt du, was das bedeutet? Jemand hat dieses Geld erhalten, um mich zu kastrieren. Und weißt du auch wer?«

Sie nickte zaghaft.

»Derselbe, der Elling aus dem Fenster gestoßen hat. Ich konnte die alte Dame gut leiden.«

Plötzlich schöpfte sie neue Hoffnung. »W...r könnten ...«, presste sie mit dem Knebel im Mund hervor.

»Halt's Maul. Nichts könnten wir. Du schon gar nicht, denn mit dir habe ich ganz andere Pläne.«

»Aber i... könnte ...ir helfen, die ...«

»Ich weiß, wer dahintersteckt. Keine Sorge, den nehme ich mir vor. Ihn und seine Familie.« Piet faltete die Papiere zusammen und steckte sie in die Gesäßtasche. Dann durchsuchte er die anderen Schubladen und packte ihre restlichen Sachen in den Koffer.

Plötzlich hielt er inne. »Schau an, ein Dietrich.« Er hielt das handliche Werkzeug hoch und drehte es zwischen den Fingern. »Ich muss sagen, du hast dich auf deinen Aufenthalt in Steinfels gut vorbereitet.«

Sie antwortete nicht, sondern sah nur zu, wie er auch den Dietrich in seiner Hosentasche verschwinden ließ. Anschließend hörte sie, wie er im Badezimmer ihre Kosmetika in einen Beutel stopfte und alles im Koffer verstaute, bis das Zimmer so aussah wie an dem Tag, als sie es betreten hatte.

Nur Diensthandy, Dienstlaptop, Ausweis und ihre Magnetkarten ließ er auf dem Schreibtisch zurück.

»Hannah, deine Kündigung tut mir leid – aber nun beginnt ein neuer Lebensabschnitt für dich … mit neuen Erfahrungen.« Er lächelte.

Wieder erfasste sie Panik, als sie die Konsequenzen seines Tuns begriff. Hollander hatte ihr gekündigt, und morgen früh würde es so aussehen, als wäre sie zu Fuß zum Bahnhof gegangen und hätte die Insel mit dem Zug verlassen.

Niemand wird nach mir suchen!

Und solange Frenk seine Rolle als Piet van Loon erfolgreich spielte, würde auf Ostheversand auch sonst niemandem etwas Merkwürdiges auffallen. Denn offiziell war Frenk ab morgen im Urlaub – bei seiner ganz bestimmt fiktiven Schwester in Krefeld.

»Du siehst blass aus«, bemerkte Piet.

Sie sah ihn angsterfüllt an.

»Komm hoch, wir checken aus!«

Sie hatten das Grillfest mit dem beleuchteten Zelt, aus dem immer noch Musik und Stimmengewirr drangen, links liegengelassen und waren immer weiter durch den Sturm hinuntermarschiert. Auf dem Weg zum Bahnhof war ihnen niemand begegnet.

Im Gasthaus beim Bahnhof brannte schon längst kein Licht mehr. Auch der Bahnhof selbst lag im Dunkeln.

Piet hatte sie über den Bahnsteig auf die Gleise gestoßen, und nun ging sie über die Bahnschwellen vor ihm her. Seit einer gefühlten Stunde.

Hannahs Knöchel war dick angeschwollen. Trotz Regenjacke war sie bis auf die Haut durchnässt. Die Haare hingen ihr ins Gesicht, und der Wind zerrte an ihrer Kleidung. Monoton setzte sie einen Schritt vor den anderen. Hin und wieder knickte ihr Fuß auf einer Bahnschwelle um. Sie biss die Zähne zusammen und marschierte tapfer weiter. Mit den Händen hinter dem Rücken gefesselt und dem Griff ihres Koffers in der Hand, den sie mühsam hinter sich herzog. Klappernd rumpelten die kleinen Kunststoffräder über den Schotter und blieben manchmal an den Schwellen hängen – aber Piet dachte nicht eine Sekunde daran, ihr zu helfen.

In monotoner Gleichmäßigkeit fiel das Licht des Leuchtturms über ihren Köpfen aufs Meer hinaus. Piet ging die ganze Zeit neben ihr her und stieß sie in den Rücken, sobald sie langsamer wurde.

Sie versuchte sich zu erinnern, wie weit die Insel vom Festland entfernt lag. Waren es vier oder fünf Kilometer gewesen? Bei ihrem Tempo würden sie weit nach Mitternacht die Küste erreichen. Und dann?

Was hatte Piet mit ihr vor?

Er hatte alle Zeit der Welt, denn niemand würde sie in den nächsten Tagen vermissen. All das gehörte zu Piets perfidem Plan, den er in den letzten Stunden neu überdacht haben musste.

Auf beiden Seiten des Damms schlugen die Wellen gegen die Felsen. Hannah kniff die Augen zusammen und spürte den Regen auf dem Gesicht und das Salzwasser, das auf ihren Lippen brannte und ihr Haar mehr und mehr verklebte.

Während es um sie herum immer dunkler wurde – die tief hängenden Wolken schienen selbst das Licht des Leuchtturms zu schlucken –, verschwommen das Prasseln des Regens, das Klatschen der Wellen und das Rauschen des scheinbar unendlichen Meeres zu einer dunklen Trostlosigkeit.

39

Freitag, 2. Oktober

Die Wohnung befand sich im zweiten Stock des Gebäudes, das direkt neben Erich von Kesslers Villa lag. In dem schmalen Kinderzimmer hatten nur ein Bett, ein Schreibtisch, ein Schrank mit Stofftieren sowie eine Unmenge von Kinoplakaten Platz, mit denen der Junge die Wände tapeziert hatte: *Star Wars – Episode I bis VI*.

Sneijder saß auf einem Drehstuhl. »Du bist völlig ruhig und entspannt«, sagte er mit tiefer, gelassener Stimme.

Auf dem Fensterbrett stand ein Raumschiff aus Lego. Draußen war es mittlerweile dunkel geworden, und durch den Spalt des Vorhangs sah Sneijder im Licht der Laternen die Kastanienbäume am Straßenrand. Einige Autos fuhren vorbei.

»Deine Zehen und Füße fühlen sich schwer an.«

Der Junge saß mit verschränkten Beinen auf dem Bett. Seine Arme ruhten auf einem Kissen in seinem Schoß, und neben ihm lagen ein gelber Stoffhase und ein brauner Stoffigel.

Hauser hatte recht gehabt. Der Junge konnte sich an nichts erinnern. Er hieß Gregor. Ein blonder Knirps, der für sein Alter ziemlich klein war, mit Sommersprossen, zerrissenen Jeans und einem aufgeschürften Knie, das er sich beim Skateboarden blutig geschlagen hatte.

»Deine Arme fühlen sich schwer an ... ganz schwer.«

Sneijder hörte das Murmeln hinter der geschlossenen Kinderzimmertür. Eine Beamtin der Wiener Polizei versuchte gerade die Eltern des Knaben zu besänftigen.

»Du hörst deinen Herzschlag. Er wird immer ruhiger. Auch

dein Atem wird immer ruhiger, und du spürst eine angenehme Wärme durch deine Zehen, Beine und Arme kribbeln.« Sneijder zog einen Kugelschreiber aus der Sakkotasche und hielt ihn dem Jungen vors Gesicht.

»Deine Augen folgen dem Stift.« Langsam schwenkte Sneijder den Kugelschreiber von links nach rechts und wieder zurück. Er passte die Geschwindigkeit Gregors Atem an.

Nach drei Minuten fielen Gregor die Augen zu.

»Du bist völlig ruhig … und du bist in Sicherheit … weil ich bei dir bin.« Sneijder merkte, wie der Kopf des Jungen ansatzweise nickte. »Es ist alles in Ordnung. Ich halte deine Hand.«

Der Junge nickte. Seine Hand umklammerte jetzt das Ohr des Stoffhasen.

»Wir gehen zurück. Gemeinsam. Du rollst auf deinem Skateboard die Straße deiner Erinnerung zurück, und ich begleite dich. Es ist gestern Abend, und du bist mit deinem Skateboard vor deinem Haus.« Sneijder machte eine Pause. »Es ist schon lange dunkel. Siehst du die Straße?«

»Ja.«

»Wie spät ist es?«

»Halb neun.«

Sneijder runzelte die Stirn. »Was machst du noch so spät dort draußen?«

»Morgen ist schulfrei, wir haben die Zeit vergessen und fahren auf dem Bürgersteig herum.«

»Wer ist wir?«

»Ich, Kevin und Alex.«

»Deine Freunde?«

»Ja, sie sind zwei Jahre älter als ich und wohnen ein paar Häuser weiter in einer Seitengasse. Ich verabschiede mich von ihnen.«

»Sehen wir ihnen nach?«

»Ja.«

»Und dann gehen wir nach Hause?«

»Ja.«

»Was passiert als Nächstes?«

»Ich gehe an der Nachbarvilla vorbei, und da steht dieser Mann.«

»Siehst du sein Gesicht?«

»Nein, nur seinen Rücken.«

»Und weiter?«

»Ich will an ihm vorbeigehen. Da fällt mir das Skateboard runter. Es klappert auf dem Boden. Ich bücke mich. Als ich wieder hinschaue, hat sich der Mann umgedreht. Er starrt mich an.«

»Siehst du sein Gesicht jetzt?«

»Nein, es ist im Schatten, aber dann fährt ein Auto vorbei.«

»Er schaut dich immer noch an?«

»Er will sich wegdrehen, aber einen Moment lang sehe ich sein Gesicht im Scheinwerferlicht. Es ist schrecklich. Ich schreie laut. Da kommt er her, packt mich und sagt, ich soll mein Maul halten und abhauen, sonst kommt er zu mir nach Hause und reißt mir und meinen Eltern das Herz aus der Brust.«

»Was machst du?«

»Ich laufe schreiend davon.«

»Wie sieht sein Gesicht aus?«

»Ich …«

»Ich bin bei dir, du bist völlig sicher. Wie sieht sein Gesicht aus?«

»Wie das von dem versteinerten Ding von den Fantastischen Vier.«

Sneijder stutze. »Wie *was*? Meinst du die Figur aus dem Comic?«

»Ja, seine Augen sind geschwollen. Die Lippe auch. Die Nase ist eingedrückt.«

»Wie groß ist er?«

»So groß wie Sie.«

»Ist er dick oder dünn? Muskulös oder schmächtig?«

»Muskulös.«

»Haarfarbe?«

»Die kann ich im Dunkeln nicht erkennen, aber hell … und kurz.«

Piet van Loon!

Godverdomme!

Er ist es!

»Danke«, sagte Sneijder. »Du wirst heute Nacht gut schlafen und schöne Träume haben, denn dir und deinen Eltern kann nichts passieren.«

»Ja …«, seufzte Gregor. Seine Stimme klang unsicher.

»Und weißt du warum? Yoda und Obi-Wan Kenobi passen auf dich auf.«

Jetzt grinste der Junge.

»Du kannst die Augen öffnen.«

Gregor blinzelte und rieb sich die Augen mit seinen kleinen Fäusten.

Sneijder griff dem Jungen an sein gesundes Knie und schüttelte freundschaftlich das Bein. »Danke, das war gut. Die Macht ist mit dir.«

Der Mund des Jungen klappte auf. »Sind Sie ein echter Jedi-Ritter?«

Sneijder lächelte. »So etwas Ähnliches.«

»Krieg ich fünf?«

»Klar.« Sneijder schlug in die geöffnete Hand des Jungen ein.

Als Nächstes brauchte er dringend eine starke Tasse Vanilletee.

40
Freitag, 2. Oktober

Sabine saß kaum auf dem Boot der Küstenwache in der Kajüte, da kramte sie das Buch von Hans Christian Andersen aus ihrem Trolley.

Während der unruhigen Fahrt zum Festland hüllte sie sich in eine Decke und las erneut Andersens Kurzbiografie. Die See war bewegt, sodass die Gischt ans Fenster spritzte und das Deckenlicht zeitweise flackerte.

Andersen war als Sohn einer alkoholkranken Wäscherin geboren worden. Nach dem Tod seines Vaters ging er mit vierzehn Jahren nach Kopenhagen, wo er sich bemühte, als Schauspieler zum Theater zu kommen. *Wie Piet van Loon, der in Kopenhagen Theaterwissenschaften studiert hatte.* Das verband den Killer mit dem Dichter. Was noch? Andersens Geschichten?

Die Erzählungen waren düster, und Andersens dunkler Stil formte sich bereits am Ende seiner Schulzeit, als er das Gedicht *Das sterbende Kind* verfasste, in dem er die Welt aus der Sicht eines kleinen Kindes beschrieb. Diese Perspektive sollte später typisch für sein literarisches Schaffen werden, las Sabine. Falls Sneijder recht behielt, standen dem Mörder in Andersens mystischer Märchenwelt Tür und Tor für unzählige schreckliche Szenarien offen.

Nach der Biografie las Sabine jene zehn Märchen, die Frenk ihr genannt hatte, und machte sich an den Rand der Seiten Notizen.

Schließlich erreichte das Boot den Flensburger Hafen. Sabine ging von Bord, suchte unter dem Dachvorsprung einer Busstation Schutz und rief mit dem Handy ein Taxi. Nach fünf Minuten schoss ein moderner Wagen durch die Pfützen.

Sabine gab auch diesem Fahrer einen Hundert-Euro-Schein als Anzahlung. »Ich muss zum Hamburger Flughafen, und ich habe es eilig«, sagte sie knapp und stieg mit ihrem Trolley hinten ein. Da sie ungestört arbeiten und dabei nicht belauscht werden wollte, wandte sie sich an den Fahrer. »Stört es Sie, wenn wir das Radio anmachen?«

Kommentarlos schaltete der Fahrer das Radio ein, dann setzte sich der Wagen in Bewegung. Wenn der Fahrer auf die Tube drückte, würden sie knapp zwei Stunden brauchen. Zeit genug, um die gesamte Rückbank in ein mobiles Büro umzufunktionieren und mit der Arbeit zu beginnen. Inzwischen hatte Kempen bereits die Fahndung nach Piet van Loon in die Wege geleitet, und Sabine hatte einen Verhörspezialisten angefordert. Sie zog ihr Notebook aus dem Seitenfach des Trolleys und fuhr es hoch. Mit dem Internet-Stick brachte sie sogar eine Verbindung zustande.

Als Sneijders Skype-Symbol aufpoppte, sah sie, dass er online war. Eigentlich hatte sie ihn am Handy anrufen wollen, doch eine Videokonferenz mit ihm war vielleicht die bessere Lösung. Allerdings war Skype dafür ungeeignet. Sie brauchte einen sicheren Übermittlungsweg, also wählte sie ihn über das Behördennetz des BKA an.

Während das System die Verbindung herstellte, steckte sie sich die Hörstöpsel ins Ohr. Sie blickte kurz aus dem Fenster. Es regnete, der Himmel war grau, und das Wetter wurde immer mieser. Eine Zeit lang hatten Möwen ihre Fahrt begleitet, doch jetzt ging es im Landesinneren an Äckern vorbei und durch eine Anzahl kleiner Dörfer.

Als der Klingelton der Videokonferenz ertönte, hörte Sabine nichts mehr von der regennassen Fahrbahn und dem Motorengeräusch des Taxis. Nur das Radio lief monoton im Hintergrund. Sneijders abgehacktes und ruckelndes Bild erschien auf dem Monitor.

»Hallo, Eichkätzchen«, murrte er.

Sie erschrak und überprüfte die Farbeinstellung der Bildschirmanzeige. *Passt alles!* Sneijder sah verdammt blass aus. »Haben Sie kurz Zeit?«, fragte sie leise.

»Wäre ich sonst rangegangen?«, antwortete er. »Auch länger, wenn Sie möchten.«

Was war in ihn gefahren? *So freundlich?* Keine drei erhobenen Finger, die sie dazu zwangen, in knappen, präzisen Sätzen zu sprechen?

»Ich bin gerade mit dem Taxi von Flensburg zum Flughafen unterwegs«, erklärte sie.

Sneijder nickte. »Hört der Taxifahrer mit?«

Sie schüttelte den Kopf. »Das Radio läuft.«

Hinter Sneijders Kopf sah sie die gepolsterte Lehne einer Couch und an der Wand einen großen Spiegel im Barockrahmen. Im Spiegelbild bemerkte sie mehrere an Tischen sitzende Menschen und einen durchs Lokal gehenden Kellner. Teller und Tassen klimperten, und Gemurmel ertönte im Hintergrund. Sneijder saß in einem Wiener Kaffeehaus. Rauchschwaden waberten um seinen Kopf. Er hielt einen Joint in der Hand. Anscheinend verwechselte er Wien mit Amsterdam, aber solange ihn der Kellner nicht aus dem Lokal warf, konnte ihr das egal sein.

»Und?«, fragte Sneijder nach einem langen Zug. Neben einer Tasse lag die geklaute Weizsäcker-Biografie, in der er vermutlich gelesen hatte. »Wie war es in Ostheversand?«

»Piet van Loon ist ausgebrochen«, antwortete sie knapp. »Vermutlich schon vor fünf Tagen. Die Fahndung läuft bereits. Ich habe beim BKA einen Verhörspezialisten angefordert, der auf dem Weg zur Insel ist, um herauszufinden, wie Piet das angestellt hat.«

»Warum übernehmen Sie das nicht?«, fragte er.

»Weil ich einer anderen Sache auf der Spur bin.« Sie hielt kurz das Märchenbuch von Andersen in die Kamera. Zahlreiche Seiten waren eingeknickt. »Sie wirken nicht sehr überrascht«, stellte sie fest.

»Ich habe mir bereits gedacht, dass er auf freiem Fuß ist«, seufzte er. »Um ehrlich zu sein, seit dem Moment, als ich in Bern die Leiche von Nicola Wyss unter der Brücke gesehen habe. Nennen Sie es eine düstere Vorahnung.« Er drückte die Zigarette im Aschenbecher aus und nahm einen Schluck Tee.

Die dampfende Tasse kam so nah an die Kamera heran, dass Sabine meinte, den Duft des Vanilletees riechen zu können.

»Außerdem«, fuhr Sneijder fort, »habe ich mittlerweile am Wiener Tatort eine Personenbeschreibung erhalten, die auf Piet van Loon passen könnte. Falls das stimmt, hat er heftige Prellungen und Verletzungen im Gesicht.«

Sabine nickte. »Die stammen von einer Auseinandersetzung mit den Vollzugsbeamten. Teile der Verletzungen hat er sich angeblich selbst zugefügt. Vermutlich gehörte das zu seinem Plan, aus dem Gefängnis auszubrechen.« Sie erzählte ihm von dem Austausch mit Frenk Bruno, dann dachte sie nach. »Woher haben Sie die Personenbeschreibung?«

»Von einem jungen Jedi-Schüler.«

Sabine starrte auf den immer noch leicht qualmenden Joint im Aschenbecher. »Was?«

»Vergessen Sie es!«

»Wie sieht der Wiener Tatort aus?«

Sneijder senkte die Stimme und nannte ihr sämtliche Details, angefangen von der Villa bis zu den drei im Salon aufgebahrten Leichen mit den Regenschirmen in der Kehle. Noch bevor Sneijder mit seiner Beschreibung fertig war, wusste sie, was dieses Szenario darstellen sollte. »Können Sie etwas damit anfangen?«, wollte er wissen.

»*Ole Lukøje*«, sagte sie. »Ein Märchen von Andersen. Ole Lukøje ist der Sandmann. Er kommt nachts in die Häuser der Menschen und schleicht auf Strümpfen leise die Treppe hinauf. Er wartet, bis sie schlafen, drückt sich dicht hinter sie und spannt seinen mächtigen Schirm auf. Die braven Kinder bringt er sanft zum

Einschlafen, indem er ihnen schöne Träume schenkt, aber den bösen Kindern beschert er Albträume. Insgesamt sieben, denn die Woche hat sieben Tage.«

»Demnach handelte es sich in Wien um verdammt böse Kinder. Falls Sie recht haben und all die Morde zusammenhängen, dann haben wir jetzt insgesamt sieben Tote.« Sneijders Augen waren rot gerändert. Die Tränensäcke darunter hingen tief. »Diesmal ist auch ein dreizehnjähriger Junge darunter.«

»Scheiße«, entfuhr es Sabine, da sie spontan an ihre Nichten denken musste.

Dann erwähnte Sneijder den toten Papagei, und Sabine dachte an eine Szene aus Ole Lukøje. *Der Sandmann berührt mit der Spitze seines Schirms ein Gemälde, und die Vögel darin beginnen zu singen und sich zu bewegen* – nur mit dem Unterschied, dass *dieser* Sandmann den Tod brachte. »Welche Zahlen haben Sie auf den Körpern der Leichen gefunden?«

»Zwölf, Vierzehn und Fünfzehn.«

Sabine dachte kurz nach. »Die Dreizehn fehlt?« Sie sah Sneijder nicken. »Damit durchbricht der Mörder sein bisheriges Schema. Bis jetzt hat er immer nur *ein* Opfer mit *einer* Zahl am Tatort hinterlassen.«

»Piet van Loon steigert sich«, sagte Sneijder.

»Sie sind überzeugt, dass er es ist?«

»Wer sonst?«

»Kannten Sie die Opfer?«, fragte sie.

»Nicht persönlich, aber ich hatte mal mit Erich von Kessler zu tun.«

»*Der* Erich von Kessler, dessen Tochter Piet van Loon vor fünf Jahren in Köln ermordet hat?«

»Ja.«

Einiges scheint zusammenzupassen. »Und ...« Sabine zögerte. »Hat Kessler Sie gehasst?«

»Wie gesagt, ich hatte mal mit ihm zu tun«, wiederholte Sneijder emotionslos.

Sabine kaute auf ihrer Lippe. *Aber er hat deine Frage nicht beantwortet!* Andererseits hatte es keinen Sinn, Sneijder zu drängen. Im Spiegel hinter ihm sah sie, wie ein Kellner im schwarzen Anzug mit Fliege auf ihn zukam.

»Alles in Ordnung bei Ihnen?«, fragte eine tiefe, gedehnte Stimme im Wiener Dialekt.

»Sieht das so aus? Nein, ist es nicht!«, fuhr Sneijder den Kellner an.

»Wünschen der Herr …?«

»Dass Sie mich in Ruhe lassen! Danke!«, brummte Sneijder.

»Entschuldigen der gnädige Herr vielmals die aufdringliche Störung«, sagte der Kellner gelassen, und Sabine sah, wie er sich auf leisen Sohlen mit einem Tablett in der Hand entfernte.

»Sie mögen die Wiener nicht besonders, oder?«, fragte sie.

»Im Moment mag ich keinen um mich.« Er massierte einen Punkt an der Schläfe. Seine Glatze glänzte weiß. An der Stelle zwischen Daumen und Zeigefinger steckte eine Akupunkturnadel, die auf und ab wippte.

»So schlimm?«, fragte sie.

»Sie machen sich keine Vorstellung. Die Leiche in Bayern ist übrigens identifiziert worden. Are Peeters war Soldat beim niederländischen Heer. Und ja, ich habe ihn gekannt, und ja, er hat mich gehasst, um Ihre nächsten Fragen vorwegzunehmen.«

Sabine schwieg, um ihm Zeit zu geben. Indessen ging ihr der erste Satz von Andersens Märchen *Das Feuerzeug* durch den Kopf. *Ein Soldat kam auf der Landstraße dahermarschiert … Er war im Krieg gewesen, und nun wollte er nach Hause.* Peeters Überreste würden jetzt wohl im Sarg nach Hause kommen.

»Warum hat er Sie gehasst?«

»Ich lernte ihn während meines Militärdienstes in den Niederlanden kennen. Wir merkten beide, dass wir ähnliche Neigungen hatten, aber zwischen uns war nichts, wäre auch gar nicht möglich gewesen. Unser Ausbilder war ein Arschloch. Eines von der üblen Sorte. Er hatte den Beinamen *Der Schleifer.* Keiner wusste das besser als Are Peeters und ich. Er hat Schwule gehasst, diesen Hass während der gesamten Dienstzeit an Are und mir ausgelebt und uns mehr als alle anderen schikaniert. *Was uns nicht umbringt, macht uns nur härter,* haben wir uns täglich gesagt. Zwei Jahre lang.«

Sneijders sah verbittert in die Kamera. Vermutlich war er in dieser Zeit zu dem geworden, der er heute war.

Er nahm Tabakfussel und Zigarettenpapier in die Hand und rollte sich einen weiteren Joint. Die Bewegung hatte etwas Meditatives. »Peeters blieb beim Heer, aber ich beendete den Militärdienst mit einundzwanzig Jahren und ging nach Deutschland. Jahre später traf ich ihn wieder – zufällig. Ein Fall führte uns zusammen.«

»Und dann wurde er …« Sabine schluckte. »Ihr Liebhaber?«

»Ja, und kein schlechter.« Sneijder lächelte kurz. »Meine erste Beziehung mit einem Mann. Sie hielt drei Jahre, doch dann kam es zu einem unschönen Ende. Na ja, das Übliche, wenn Paare sich verkrachen. Wir waren zu unterschiedlich – und ich nehme an, er hat mir übel genommen, dass ich ihn verlassen habe.« Es klang, als sagte er das zu sich selbst.

Bestimmt hatte ihn auch der Wiener Erich von Kessler aus irgendeinem Grund nicht besonders gut leiden können. *Es muss so sein!* Alles andere ergäbe keinen Sinn. Das war bisher die einzige Gemeinsamkeit der Opfer.

»Ich frage mich, wie Piet seine Opfer so ausspionieren konnte, dass er sie innerhalb eines so straffen Zeitplans von nur wenigen Tagen finden und umbringen konnte«, überlegte sie laut.

»Sie erwähnten Frenk Bruno«, murmelte Sneijder. »Das ist der Bibliothekar der Anstalt. Ich würde seinen Computer und Internetzugang untersuchen. Die Opfer hatten ein öffentliches Leben, und es gibt Interviews und Zeitungsartikel über sie. Wahrscheinlich hat Frenk Suchabfragen gestartet oder war sogar mit einigen der Opfer über soziale Netzwerke befreundet, um so für Piet ihre Gewohnheiten herauszufinden. Während seiner fünf Jahre im Knast hatte Piet Zeit genug, das mit Frenk zu organisieren.«

Das klang einleuchtend. »Außerdem hat er seine Opfer nach einem bestimmten Schema ausgewählt. Alle haben mit Ihnen zu tun. Die ersten drei Jahre haben Sie ihn auch regelmäßig auf Ostheversand besucht. Und bei jedem Besuch hat er ein bisschen mehr über Sie erfahren«, vermutete sie.

Sneijder schwieg. Er drehte immer noch an seinem Joint.

»Warum haben Sie Piet van Loon so oft besucht?«, wollte sie wissen.

Sneijder gab keine Antwort. Er befeuchtete das Papier mit der Zunge und klebte den Joint zusammen.

»Wissen Sie, wer DH ist?«, fragte sie.

»Nein.«

Die Antwort kam zu prompt. Sneijder hatte nicht einmal nachgedacht oder danach gefragt, in welchem Zusammenhang sie das wissen wollte. Dieser verdammte Mistkerl wusste also doch, um wen es ging! *Demnach kann es sich nur um Dietrich Hess handeln!*

»Okay«, seufzte Sabine schließlich. »Wenn Sie nicht mit mir darüber reden wollen, muss ich das akzeptieren. Dann müssen wir das Pferd eben von der anderen Seite aufzäumen. Welche möglichen Opfer kämen Ihrer Meinung nach als Nächstes in Frage?«

Sneijder riss ein Streichholz an, entzündete den Glimmstängel, nahm einen tiefen Zug und starrte in die Kamera, während langsam Rauch aus Nase und Mund quoll.

»Welchen Menschen können Sie am wenigsten leiden?«, bohrte Sabine weiter.

»Interessanter Aspekt! Sie meinen, wen ich am meisten *hasse*?«, wiederholte er. »Meine Mutter«, antwortete er dann, ohne zu zögern.

Okay! Das war eine Ansage! »Und wo wohnt sie?«

»In Rotterdam.« Ein Zucken ging durch Sneijders Augenlid, hervorgerufen wie durch eine böse Erinnerung. Plötzlich blickte er auf und drückte den eben erst angefangenen Joint im Aschenbecher aus. Er hob die Hand und rief in den Raum. »Kellner! Die Rechnung!« Dann beugte er sich dicht zum Mikrofon des Notebooks und senkte die Stimme. »Sagen Sie Ihrem Taxifahrer, dass er auf die Tube drücken soll, damit Sie rascher zum Flughafen kommen.« Sneijder blickte auf die Armbanduhr. »Ich telefoniere mit dem BKA und setze alles in Bewegung. Sie fliegen mit der nächsten Maschine nach Rotterdam.« Er blickte auf. »Verdammt, was ist das für ein Laden hier? Ich sagte *zahlen*!«

Sabine sah, wie er einen Zwanzig-Euro-Schein aus der Tasche kramte und auf den Tisch warf.

»Und was haben *Sie* vor?«, fragte sie.

»Ich muss los. Flughafen! Sie sind brillant. Wir treffen uns in Rotterdam.«

Sabine wusste, dass Rotterdam Sneijders Geburtsstadt war. Aber *brillant*? Hatte sie soeben tatsächlich mit Sneijder gesprochen?

»Warum ausgerechnet diese Stadt?«, fragte sie.

»Dort ist der Ursprung. Und reden Sie mit niemandem darüber, sonst bereue ich, dass ich Sie mitgenommen habe, und das wollen Sie nicht.«

Es klang kryptisch, aber mehr sagte er nicht. Die Verbindung war weg. Sneijder hatte das Notebook bereits zugeklappt.

Mittlerweile kannte Sabine Sneijders Philosophie gut genug, um zu wissen, wie er tickte. *Um an die Quelle zu kommen, muss man gegen den Strom schwimmen.*

Und vermutlich taten sie das gerade.

Fünf Jahre zuvor – Wiesbaden

Sneijder saß in seinem Büro am Schreibtisch und starrte durch das gekippte Fenster auf den Innenhof des BKA. Im Aschenbecher lag ein halb gerauchter Joint – der dritte in dieser Nacht –, und der Vanilletee in der Kanne war mittlerweile kalt geworden.

Von dem psychischen Druck, der wie ein Felsblock auf ihm lastete, war ihm übel. In seinen Handrücken steckten so viele Akupunkturnadeln, dass es aussah, als hockten im Dämmerlicht der Lampe zwei Igel nebeneinander auf seinem Schreibtisch. Die Jalousie vor dem Fenster klapperte im Wind.

An diesem Fall würde er sich zum ersten Mal die Zähne ausbeißen. Sie suchten nach einem Killer, der nirgends sesshaft war. Er reiste durchs Land und hinterließ dabei eine Blutspur. Willkürlich oder unwillkürlich – es gab kein Muster. Anscheinend wählte er seine Opfer zufällig aus, studierte sie jedoch zuvor fein säuberlich. Möglicherweise war bereits alles im Vorfeld geplant worden. Die Frage lautete nur: Nach wie vielen Toten war die Reise zu Ende? Und würde sie überhaupt je enden?

Sneijder nahm einen Zug vom Joint und blickte auf die vier Akten vor sich, die immer dicker, breiter und dunkler wurden, je länger er sie anstarrte.

Mit dem ersten Opfer, jener Zeitungsredakteurin in Hannover, hatte alles begonnen. Dann die Stewardess im Schlafzimmer ihrer Kölner Wohnung, danach die Tochter des Bankiers auf dem Glastisch in der Frankfurter Villa ihrer Eltern und zuletzt die junge Politikerin in der Kajüte ihres Hausboots in Stuttgart. Und die Medien berichteten seit Stunden vom *Analphabeten*.

Sneijder starrte auf das einzige gerahmte Foto, das an der Wand neben dem Fenster hing. *Die niederländische Königsfamilie.* Signiert von den einzigen Menschen, vor denen er tiefen Respekt empfand. Dann kam lange nichts – *seeehr lange nichts* –, und erst am ganz anderen Ende der Skala tauchte Hess mit seiner beschissenen Medienkampagne auf.

Dieses verfluchte Arschloch! Dass Hess auch das wieder verbockt hatte, zeigte, dass er wenigstens eine Tugend besaß, was Sneijder ihm nicht zugetraut hätte: Konsequenz!

Sneijder nahm einen weiteren Zug und sah dem Rauch nach, wie er in Zeitlupe vom Wind durchs Zimmer getrieben wurde. Da klingelte sein Telefon. Zumindest glaubte er, dass es sein Telefon war. Der Ton klang danach, aber er war so weit entfernt. Wie lange hatte es schon geläutet? Viermal, fünfmal? Verdammt, er musste aufhören, dieses Zeug zu rauchen.

Sneijders Hand fuhr zum Hörer. »Hallo?«, sagte er nach einer Ewigkeit.

»Dass ich Sie endlich erreiche!«

»Wie oft haben Sie es schon versucht?«

»Seit mindestens zehn Minuten – jedes Mal bin ich in der Vermittlung gelandet, aber die sagten mir, dass Sie in Ihrem Büro seien.«

»Mit wem spreche ich überhaupt?«, murmelte er.

»Hausboot ... seekrank ... Na, dämmert es?«

»Ah.« Seine Gedanken wurden klarer. Er drückte die Zigarette im Aschenbecher aus. »Die Rechtsmedizinerin aus Stuttgart.«

»Ich habe die Information, um die Sie mich gebeten hatten.«

Sneijder griff zu einem Stiftebecher, bekam einen Kugelschreiber zu fassen, stieß dabei aber den Behälter um. »*Verdikkeme!*«, fluchte er. Die Stifte rollten in Zeitlupe über den Schreibtisch und fielen zu Boden, aber das bekam er nicht mehr mit. Mit fahrigen Fingern schrieb er *N-D-E* auf ein Blatt Papier. »Und?«, fragte er.

»Es ist ein R.«

»Ein R?«, fragte er. »So wie *restlos bekifft?*«

»Genau. Brauchen Sie sonst noch etwas von mir?«

»Ja, einen starken Kaffee.«

»Das wird schwierig, bis ich damit bei Ihnen in Wiesbaden bin, ist er kalt.«

»Besser ein kalter als gar keiner.«

»Haben Sie Lust, dass wir mal auf ein Bier gehen?«

»Ich trinke kein Bier.«

»Auf Kaffee und Kuchen?«, fragte sie.

»Ich bin schwul.«

»Oh.« Sie verstummte.

»Ist nicht Ihre Schuld. Danke für Ihre Arbeit, Sie haben mir weitergeholfen.« Er legte auf und kritzelte ein R auf das Blatt. Eigentlich war sie nett gewesen, aber er stand nun mal nicht auf Frauen.

N-D-E-R

Was sollte das bedeuten? Immer nachdrücklicher kam er zu dem Schluss, dass sie einen ersten Mord übersehen oder die Leiche noch nicht gefunden hatten. *Inder? Ender? Onder? Under?* Oder etwa Fragmente von S-*N*-E-I-J-*D-E-R?*

Seine Kopfhaut begann zu kribbeln. Er griff nach der Teetasse und trank einen Schluck. Die Vanilleschoten schmeckten bitter.

Oder *Ander!*

Unwillkürlich starrte er auf das Foto an der Wand.

Die Fragmente der Fingerabdrücke!

Die Niederlande!

Vervloekt, das war es!

Plötzlich wusste er, wer der Mörder war. Woher er kam! Und was er damit bezweckte!

Wenn er das alles Hess erzählte, würde der ihn sofort vom Fall abziehen. Aber Sneijder war sicher, dass nur er den Killer fassen konnte. Und er wusste auch schon, wo er suchen musste.

In Rotterdam.

5. Teil

ROTTERDAM

41
Freitag, 2. Oktober

Sabine landete um neunzehn Uhr in Rotterdam. Der Flughafen war klein und übersichtlich, und sie konnte von Glück reden, dass es überhaupt eine direkte Maschine von Hamburg hierher gegeben hatte.

Kaum hatte Sabine mit ihrem Trolley die Ankunftshalle betreten und ihr Handy eingeschaltet, vibrierte es. Das Display zeigte eine Nachricht von Sneijder.

Beeilen Sie sich! Warte draußen im Taxi.

Sie suchte den Ausgang und ging durch eine automatische Schiebetür. Draußen parkte eine Reihe Reisebusse, in deren Scheiben sich die untergehende Sonne spiegelte. Es war saukalt. Neben den Bussen standen die Taxis, und bei einem von ihnen war das Seitenfenster heruntergelassen. Ein Arm mit schwarzem Sakkoärmel hing heraus, zwischen den Fingern der Hand steckte eine qualmende Zigarette. Instinktiv hielt Sabine auf dieses Taxi zu. Als sie näher kam, bemerkte sie den Geruch von Gras. Das war vielleicht nichts Ungewöhnliches in Rotterdam; ungewöhnlich war jedoch, dass der Mann *im Taxi* rauchte. Diese Freiheit würden sich nicht viele herausnehmen. Und deshalb war sie hier richtig.

Sie blickte durch das offene Fenster. Sneijders Gesicht lag im Schatten. Dennoch bemerkte sie seine tiefliegenden Augen und den fahlen Gesichtsausdruck.

»Sie müssen sich ja hier wie zu Hause fühlen«, vermutete sie.

»Ich bin in Wiesbaden zu Hause«, murmelte er. »Mein Basset fehlt mir.«

Sabine erinnerte sich an den zutraulichen Hund. Als sie Sneijder eines Tages in seinem Haus am Waldrand besucht hatte, war der Basset mit fliegenden Ohren über das Stoppelfeld gerast. »Wer füttert Vincent denn während Ihrer Abwesenheit?«

»Die Studenten aus meinem Modul an der Akademie wechseln sich ab.«

»Ist nicht wahr! Seit wann?«

»Seit diesem Semester, gehört zum Ausbildungsplan.«

»Sie Ausbeuter!« Sabine reichte ihren Trolley dem Taxifahrer, der ausgestiegen war und nun wartend neben dem Wagen stand. Während er ihr Gepäck im Kofferraum verstaute, stieg sie ins Auto und setzte sich neben Sneijder auf die Rückbank.

»Haben Sie kein Haustier?«, fragte Sneijder.

»Ich bin weder der Katzen- noch der Hunde- oder Hamstertyp.«

»Dann haben Sie vermutlich einen Vogel.«

Sabine dachte kurz darüber nach, ob das eine seiner beiläufigen Beleidigungen gewesen war.

»Sie haben auch keinen Freund«, stellte er fest. »Warum eigentlich?«

»Wie denn? Und wann? Ich komme ja kaum dazu, meine abendliche Joggingrunde zu laufen, geschweige denn, meine Familie mal in München zu besuchen.«

»Tja, dann hätten Sie beim Münchner Dauerdienst bleiben müssen«, murmelte er.

Mittlerweile war der Taxifahrer eingestiegen und losgefahren. Sneijder beugte sich zu ihm und nannte ihm auf Niederländisch eine Adresse.

»Wohin fahren wir?«, fragte sie.

»In eine Bar, einen Freund für Sie finden.« Sneijder verzog keine Miene.

»Okay, und jetzt im Ernst. Wohin?« Sie hasste es, verarscht zu werden – und erst recht von Sneijder, der selbst seit Jahren Single war.

»Das habe ich Ihnen doch bereits bei unserer Videokonferenz gesagt.« Er sah aus dem Fenster.

»Zu Ihrer Mutter? Ich dachte, Ihre Eltern wären nach Deutschland gezogen?«

»Sind sie auch. Ein Jahr vor der deutschen Wiedervereinigung sind sie von Rotterdam nach Duisburg übersiedelt, wo Vater eine kleine Buchhandlung führte. Doch nach seinem Tod ist Mutter wieder zurück in ihr altes Haus gezogen. Das war zwischenzeitlich nur vermietet.«

»Und dorthin fahren wir jetzt?«

Sneijder nickte.

»Und … wieso?«

Sneijder schwieg.

Doch diesmal würde sie ihn nicht so einfach davonkommen lassen. »Sie sagten, dass Sie Ihre Mutter hassen. Warum?«

Mittlerweile hatte sich das Taxi aus dem Straßengewirr des Flughafens befreit und fuhr an einem Wasserlauf entlang. Der Horizont war in dunkelblaue Farbtöne getaucht, als hätte ein Maler mehrere Eimer Farbe über das Land gegossen. Da Rotterdam ein einziger großer Hafen war, musste sich irgendwo hinter den Kanälen und Häusern das Meer befinden. Dort zogen auch die Möwen über den Himmel.

Sneijder schloss das Seitenfenster. »Ich vergötterte meinen Vater. Er war ein so gebildeter, belesener Mann.«

Anscheinend wollte er nicht über seine Mutter sprechen. »Hat er Sie deshalb mit zweitem Vornamen Somerset genannt, nach William Somerset Maugham?«

»Ja, das war seine Idee. Er war nie arrogant, nie im Stress, verlor nie eine lautes Wort und nahm sich stets für jeden Zeit.«

Und sein Sohn ist das genaue Gegenteil.

Sneijder sah kurz zu ihr herüber. »Ich erkenne an Ihrem Blick, was Sie gerade denken.«

»So, was denn?«

»Dass der Apfel manchmal doch weit vom Stamm fällt.«

»Na ja … manchmal sogar sehr weit«, sagte sie.

»Danke. Außerdem war er sensibel, andernfalls hätte er sich nicht das Leben genommen, als er mit seiner Buchhandlung bankrott ging. Meine Eltern hatten zwar Geld genug, aber diese und andere Enttäuschungen brachen seinen Lebenswillen.«

»Aber es gehen doch regelmäßig Firmen pleite.«

»Stimmt, aber der Laden war nicht bloß eine Firma für ihn, sondern sein Lebenstraum«, seufzte er. »Reden wir nicht mehr darüber. Jedenfalls litt auch Vater an Cluster-Kopfschmerzen, noch schlimmer als ich. Ständig bekam ich als kleiner Junge von Mutter zu hören: *Sei leise, Papi hat Kopfschmerzen. Du bringst ihn noch ins Grab.* Und dann war er tatsächlich eines Tages tot.«

»Aber zu diesem Zeitpunkt waren Sie doch schon erwachsen.«

»Ja, ich war einundzwanzig und hatte gerade meine Zeit beim niederländischen Heer hinter mir. Die letzten Monate vor Vaters Tod hatte ich ihn kaum gesehen, was auch ein Grund für Mutter war, mir die Schuld an seinem Tod zu geben. Sechs Jahre später habe ich mich dann geoutet. Und endgültig mit meiner Mutter gebrochen.«

»Weil sie Ihre Homosexualität nicht akzeptieren wollte?«

»Nein, weil sie behauptet hat, mein Vater hätte es schon immer gewusst und sich vor Scham erhängt.«

»Eine wirklich nette Frau«, bemerkte Sabine.

»Ja, so ist sie. Und sie hat keine Ahnung. Mein Vater war tolerant, er hätte es verstanden. Sie hingegen hat es versäumt, ihm während der Krise mit der Buchhandlung beizustehen.«

»Gab es einen bestimmten Grund dafür?«

»Ja, den gab es. Während Vater Tag und Nacht schuftete, hatte sie einen anderen.«

»O Gott.« Sabine schluckte. »Aber trotzdem – sie ist Ihre Mutter.

Meinen Sie nicht, dass Sie eines Tages versuchen sollten, ihr zu vergeben?«

»Nein, das meine ich nicht.«

Eine halbe Stunde später erreichten sie in der Nähe des Hafens eine Gartensiedlung mit kleinen, bungalowartigen Einfamilienhäusern. Das Taxi hielt vor dem Nieubrugsteeg Nummer 7.

Während Sneijder aus dem Wagen stieg, in seinen Mantel schlüpfte und den Fahrer bezahlte, hob Sabine ihren Trolley aus dem Kofferraum und sah sich um. Die Siedlung wirkte trist und verlassen; es roch nach Salzwasser und stank nach Fisch. Sneijder schlug die Autotür zu, und im nächsten Moment brauste das Taxi davon.

Sabine sah dem Taxi nach, dann starrte sie Sneijder perplex an. »Wo ist eigentlich Ihr monströser Schrankkoffer? Etwa noch im Taxi?«

»Witzig! Am Flughafen in einem Schließfach. Ich reise mit leichtem Gepäck.« Er griff in die Manteltasche und zog Handy, Diktafon und Schlüsselbund hervor.

»Ist da auch der Schlüssel für dieses Haus dran?«

»Ja.«

»Tragen Sie den immer mit sich herum?«

»Ja – falls Mutter das Schloss nicht ausgetauscht hat, kommen wir also problemlos hinein.«

»Und wenn sie zu Hause ist?«

»Müssen Sie mich vielleicht zurückhalten, damit ich ihr nicht an die Gurgel gehe, sobald sie ihre erste unqualifizierte Bemerkung macht.« Sneijder verzog keine Miene. Vermutlich meinte er das sogar ernst. Gut, dass er keine Waffe bei sich hatte.

»Sie könnten mich als Ihre neue Freundin vorstellen, falls das hilft«, schlug Sabine vor.

Sneijder musterte Sabine von oben bis unten. »Ich bitte Sie, das ist doch wohl nicht Ihr Ernst?« Er wandte sich ab.

Charmant wie immer!

In dem kleinen Vorgarten mit dem ungemähten Rasen hatte sich das Laub zu Haufen geballt. Kleine Windräder, die zwischen verwitterten Gartenzwergen steckten, drehten sich mit einem schnalzenden Geräusch im Wind.

Sneijder drückte das hüfthohe Gartentor auf und ging die paar Schritte zur Eingangstür. Ohne zu läuten, nahm er den Schlüssel und sperrte auf.

»Es war zweimal abgesperrt, sie ist nicht zu Hause«, erklärte er und trat ein.

»Und wonach suchen wir?«

»Nach Spuren von Piet van Loon«, drang es aus dem Inneren des Hauses zu ihr.

»Im Haus Ihrer Mutter?« Sabine folgte Sneijder. Im Vorraum roch es nach einer Mischung aus abgestandener Luft und verschiedenen Salben. Typisch für Wohnungen, in denen alte Leute lebten, die sich mit Ischiassalbe und Franzbranntwein einrieben.

Sabine schaltete das Licht im Vorraum ein, sah sich um, konnte jedoch auf den ersten Blick nichts Ungewöhnliches feststellen. Häkeldeckchen auf den Kommoden sowie reichlich Kerzenständer und gerahmte Fotos. Einige Pflanzen hingen traurig aus den Töpfen. Sabine steckte den Finger in die Erde. *Trocken.* Kein gutes Zeichen! Neben einem vollen, aber erkalteten Aschenbecher lag eine Brille. Sabine blickte durchs Glas. *Kurzsichtig. Mindestens fünf Dioptrien.*

»Hat Ihre Mutter einen Führerschein?«, rief sie.

»Nein, geht alles zu Fuß.«

Dann würde sie ohne Brille wohl kaum das Haus verlassen. Demnach müsste sie eigentlich hier sein.

Wenn Sneijder seine Mutter tatsächlich so verachtete, wie er behauptet hatte, wusste Piet van Loon garantiert davon. Ein guter Grund, die alte Frau zu töten. Auch wenn es verrückt klang und Sabine die Hintergründe noch nicht kannte – dieser Mord hätte ins Schema gepasst. Und wenn Piet bisher nicht aufgetaucht war, würde er es vielleicht noch tun.

Sneijder lief an Sabine vorbei. Er hatte jede Tür im Haus aufgerissen und einen Blick in die Zimmer geworfen.

»Etwas Ungewöhnliches gefunden?«, fragte sie.

»Nein.«

»Hat das Haus einen Keller?«

»Nein.« Sneijder eilte ins Wohnzimmer, wo er die Terrassentür aufriss und den Garten betrat.

Der Wind wehte den dünnen Vorhang ins Zimmer. Kälte kroch über den Parkettboden ins Haus. Mittlerweile hatte sich eine bleigraue Dunkelheit über den Garten gelegt.

Sabine knipste eine Lampe im Wohnzimmer an. Der knarrende Holzboden und die alten Möbel passten zu dem abgewohnten Haus. Durchs Fenster sah sie, wie Sneijder durch den Garten zu dem Geräteschuppen lief. Währenddessen betrachtete sie die Fotos über dem Schwedenofen, dessen Rohr neben den Bildern in der Wand verschwand.

Ein großes Schwarzweißfoto zeigte eine Familie mit einem etwa zehnjährigen Jungen. Beinahe hätte sie »süß« gesagt. Der Junge musste der kleine Maarten sein, wie sie an dem ernsten Blick und den stechenden Augen erkannte. Trotzdem wirkte der Anblick befremdlich, da sie Sneijder bisher immer nur mit Glatze gesehen hatte – und dieser Junge hatte helles lockiges Haar.

»Hatten Sie als Junge *blonde* Locken?«, rief sie durch die offene Tür in den Garten.

Sneijder antwortete nicht.

»Sind Ihre Koteletten schwarz gefärbt?«

»Wenn Sie das jemandem vom BKA verraten …«, hörte sie Sneijder draußen rufen.

… *muss ich Sie töten,* vollendete sie den Satz in Gedanken. Sie hörte, wie er mit dem Schloss des Geräteschuppens klapperte.

»Ich verrate es niemandem, Somerset!«, rief sie.

»Will ich Ihnen auch geraten haben, Eichkätzchen«, keuchte er.

Sneijders Vater sah im eleganten dunklen Dreiteiler wie ein Gentleman aus. Zumindest hatten Vater und Sohn den gleichen Modegeschmack. Aber Sneijder senior hatte warme, einfühlsame Augen, die Mutter hingegen einen strengen Blick. Ihr Haar war zu einem straffen Knoten hochgebunden. Der Gesichtsausdruck erinnerte Sabine an jemanden, den sie kannte, ebenso wie das blonde, kräftige Haar, die Sommersprossen und der große, breite Körperbau. *Wem, verdammt, sieht diese Frau ähnlich?*

»Kommen Sie!«, rief Sneijder plötzlich aus dem Garten. Seine Stimme duldete keinen Widerspruch.

Sie schob den Vorhang beiseite und lief ins Freie. Das Gras des Rasens war genauso hoch wie vor der Eingangstür und bereits feucht von der Nachtkälte, die sich allmählich breitmachte.

Sneijder stand vor dem Schuppen, dessen Holz im Schein der Lampe unter dem Dachvorsprung orangefarben leuchtete. Auf dem Weg zur Hütte schlug Sabine ein übler Geruch entgegen, wie von toten Tieren. Auf dem Bauernhof ihrer Großmutter hatte sie im Hof oft tote Mäuse und Ratten gefunden, die die Katzen hinter einem Holzverschlag versteckt hatten. Genauso übel roch es hier … nur süßlicher, und Sabine wusste, was das zu bedeuten hatte.

Sneijder kramte Latexhandschuhe aus der Manteltasche und schlüpfte hinein. Auch das war kein gutes Zeichen. Er zog das aufgebrochene Vorhängeschloss vom Riegel und tippte mit dem Schuh die Holztür an, die quietschend nach innen schwang.

Jetzt wurde der Gestank noch schlimmer, wie von einer Mülldeponie. Doch Sabine konnte nichts erkennen, da die Lampe über dem Eingang sie blendete. Außerdem hörte sie ein leises Klackern, das aus dem Schuppen drang. Sie warf Sneijder einen fragenden Blick zu, den er jedoch nicht bemerkte. Sein Gesicht war angespannt.

Wieder erklang ein Knistern und Knacken … wie wenn eine Nadel auf eine Schallplatte gehoben wurde. Plötzlich drang Musik aus der Hütte. Instinktiv ging Sabine vom Eingang weg und zog sich hinter die Holzwand zurück. Sneijder stand auf der anderen Seite der Tür.

Ihre und Sneijders Blicke trafen sich. Sie deutete mit der Hand eine Geste an, als ob sie telefonieren wollte. *Soll ich Hilfe anfordern?*

Er schüttelte den Kopf. Dieser sture Hund wollte einen Alleingang riskieren.

Da schmetterte ein Streichorchester los. Sabine zuckte zusammen. Im nächsten Moment setzte der Chor ein.

Freude, schöner Götterfunken, Tochter aus Elysium,
Wir betreten feuertrunken, Himmlische, dein Heiligthum!
Beethovens 9. Sinfonie.

Was zum Teufel geht hier vor?

Sneijders Hand tastete hinter dem Türrahmen an der Wand entlang. Schließlich fand er den Lichtschalter und knipste die Lampe in der Hütte an.

Sabine sah einen Schallplattenspieler mit zwei Lautsprechern auf dem Boden. Das Kabel führte zu einem Verteiler mit Kippschalter. Durch das Öffnen der Tür war mit Hilfe einer Stange der Schalter umgelegt worden, und der Plattenspieler hatte sich automatisch eingeschaltet.

»Können Sie das Stromkabel rausziehen und die Musik ausmachen?«, rief Sabine.

Sneijder schüttelte den Kopf. »Er wollte, dass wir das hören.«

Er?

Sneijder konnte nur Piet von Loon meinen. »Und Sie tun ihm den Gefallen?«

»Nur so kann ich den Grund für diese Inszenierung herausfinden.« Er betrat den Schuppen.

Sabine folgte ihm und prallte im nächsten Augenblick zurück.

Nicht wegen des übelkeitserregenden Gestanks. Nicht wegen des vielen Blutes. Nicht wegen der Leiche an sich. Sondern wegen der entsetzlich weit aufgerissenen Augen der etwa siebzigjährigen Frau mit den langen blonden Haaren.

In der Mitte des Schuppens hing am Ende eines Kabels eine trübe Glühlampe. Genau darunter war die Leiche arrangiert worden. Wie das Bühnenbild eines schrecklichen Theaterstücks.

Die nackte Frau saß aufrecht auf einem Holzfass. Nach dem eingefallenen Gesicht, der grünlichen Farbe der Haut, dem Gestank, den schrecklich sichtbar gewordenen Venen und dem von Gasen aufgeblähten Körper zu urteilen, war sie seit mindestens vier Tagen tot. An den Schürfwunden im Gesicht und an den Handgelenken war zu erkennen, dass sie gefesselt und geknebelt gewesen war. Doch Fesseln und Knebel fehlten jetzt. Lediglich ein Brett war an die Rückseite des Fasses genagelt worden, an dem die Leiche lehnte und an das sie auf Höhe des Halses mit Klebeband fixiert war, sodass sie nicht hinunterfallen konnte.

An der Rückwand des Schuppens hing eine dunkelblaue Wolldecke – und auf dem Boden vor der Leiche stand eine Häckselmaschine, wie sie im Herbst zum Zerkleinern von Ästen und Sträuchern verwendet wurde. Für gewöhnlich quollen daraus die zerkleinerten Zweige als unförmige Masse, nur dass diesmal keine Äste in der Maschine steckten, sondern die Beine der Frau.

Freude trinken alle Wesen an den Brüsten der Natur;
Alle Guten, alle Bösen folgen ihrer Rosenspur.

Von nun an würde Sabine dieses Musikstück in ihrer Erinnerung für alle Zeiten mit dem Anblick dieser toten Frau verbinden. Sie begann die Sinfonie schon jetzt zu hassen.

Vermutlich war die Frau während der Folter langsam verblutet. In dieser Zeit musste Piet sie von hinten gehalten haben, während sie mit dem Oberkörper wild hin und her geschlagen und erfolglos versucht hatte, sich zu befreien.

Vor dem eingetrockneten Brei lagen zwei überkreuzte Taucherflossen auf dem Boden, die wie ein Fischschwanz aussahen. Zwar mit Blut besprenkelt, aber das Blau war immer noch zu erkennen. Wie die Decke im Hintergrund. Daneben stand ein Eimer Wasser, in dem vergammelte Blütenblätter und ein Plastikgoldfisch schwammen.

Bei dem Anblick fiel Sabine die Textstelle eines Hans-Christian-Andersen-Märchens ein. *Weit draußen auf dem Meer ist das Wasser ganz blau, wie die Blütenblätter der schönsten Kornblume.*

»Woran denken Sie?«, fragte Sneijder.

»An *Die kleine Meerjungfrau.* Und Sie?«

»An die Zahl, die meiner Mutter in den Oberschenkel geschnitten worden ist.«

Sabine kam näher.

Drei.

42
Montag, 28. September

Irgendwann mitten in der Nacht, während er mit Hannah über den Damm gelaufen war, hatte der Nieselregen aufgehört. Aber dann war der Sturm gekommen, und der hatte es auch nicht besser gemacht. Doch Piet war das egal gewesen.

Gegen fünf Uhr früh erreichten sie endlich den nächstgrößeren Ort auf dem Festland. Bis dahin hatte alles wie am Schnürchen geklappt. Sie liefen unbemerkt an der Küste entlang, abwechselnd über Schotter, Kies und matschigen Sandstrand. Kein Hundegebell, keine Suchscheinwerfer oder Patrouillenboote der Polizei in Ufernähe. Da sich der Mond mittlerweile gänzlich hinter den Wolken versteckt hatte, brachten sie in nahezu absoluter Dunkelheit Meter für Meter hinter sich. Alles passte wunderbar.

Dollerupholz hieß das armselige Kaff, das sie nun an der Küste der Flensburger Förde erreichten. Eigentlich hätte Piet dankbar dafür sein müssen, dass sie ihn ausgerechnet hier und in keiner Haftanstalt in Lübeck, Kiel, Berlin oder Bützow untergebracht hatten. Von dort wäre eine Flucht nahezu unmöglich gewesen – wo doch schon die Vorbereitung hierzu knapp zwei Jahre gedauert hatte. Allein wäre es kaum zu bewerkstelligen gewesen. Aber er war schon immer gut im Manipulieren von Leuten gewesen, und so hatten einige Häftlinge und Ex-Knackis mitgeholfen, die es Sneijder heimzahlen wollten. Genauso wie er.

In einer Holzscheune in Dollerupholz stand der klapprige beigefarbene Citroën 2CV. Genau dort, wo Frenk Bruno es ihm beschrieben hatte. Die Ente war abgesperrt, und der Schlüssel lag unter einem vorderen Kotflügel auf dem Reifen.

Sie fuhren über Westerholz und Glücksburg entlang der Küste. Einige neugierige nachtaktive Möwen, die das Motorengeräusch angelockt hatte, begleiteten die einsame Fahrt. Ihre Bäuche glänzten im Scheinwerferlicht des Wagens, das abwechselnd immer wieder verschiedene Sandstrände, Holzstege und Strandkörbe aus der Dunkelheit riss.

Eine Stunde später erreichten sie Flensburg. Kurz vor sechs Uhr war es immer noch dunkel. Auf dem verlassenen Parkplatz beim Nordertor, dem Wahrzeichen der Stadt, stand wie vereinbart der rostbraune Lieferwagen mit dem Firmenlogo.

Piet saß im 2CV und betrachtete den Lieferwagen im Scheinwerferlicht. Er dachte an Hannah, die geknebelt und gefesselt in dem engen Kofferraum der Ente lag. Wenn alles geklappt hatte, befand sich ein gusseiserner Ring an der Decke des Lieferwagens. Sobald er einmal aus dem Pkw gestiegen war, musste der Wechsel rasch erfolgen. *Doch jetzt nur nichts überstürzen!*

Piet sah sich um. *Hat jemand geredet?* Würden sie hier auf ihn warten? Er machte das Licht aus und betrachtete in der Dunkelheit den Rundbogen und die Zinnen aus rotem Backstein. Angeblich war es das einzige erhalten gebliebene Stadttor in ganz Schleswig-Holstein. Über dem Torbogen waren neben dem Stadtwappen auch die Umrisse des königlich-dänischen Wappens zu erkennen.

Dänemark, dachte er. *Andersen, Kierkegaard, Hamlet, Schloss Kronborg, Tania Blixen und ihre Bücher über Afrika.* Würde er Kopenhagen noch einmal wiedersehen? Unwahrscheinlich, da seine Reise in den Süden führte. *Nimm einfach Abschied.*

Zumindest für den Moment war Norddeutschland auch nicht so übel. Das Flensburger Stadtwappen trug die schöne und treffende Erkenntnis *Friede ernährt, Unfriede verzehrt.* Ja, damit kannte er sich aus.

Piet sah durchs Seitenfenster. Gar nicht so weit entfernt lagen einige Seemannskneipen. Soeben lief ein weißer Jack-Russell-Terrier mit braunem Gesicht und rotem Stoffhalsband die Werftstraße hinunter, hielt bei dem Tor und hob kurz das Bein.

»Kalle!«, rief ein Betrunkener.

Piet wartete, bis der Mann mit dem Hund in einer schmalen Seitengasse verschwunden war, dann kramte er den Schlüssel des Lieferwagens aus einem Fach von Frenk Brunos Sporttasche. Piet musste das Auto wechseln. Der Lieferwagen hatte mehr PS, und mit dem Logo einer Tiefkühlkostfirma sah er unverdächtiger aus als die alte Ente.

Er stieg aus, ging zu dem Lieferwagen und inspizierte das Innere. Fahrzeugpapiere, Führerschein und fünftausend Euro lagen im Handschuhfach, Pannendreieck, Verbandkasten und gelbe Warnweste im Heck – nur vollgetankt war die Kiste nicht. Piet grummelte. Die Nadel der Anzeige kletterte gerade mal eine Markierung über den roten Bereich hinaus. Aber bis zur nächsten Tankstelle würde es reichen.

Piet bereitete alles für Hannah vor, sah sich noch einmal auf der Straße um und zerrte sie anschließend an den Haaren aus dem Kofferraum.

Als er fünf Minuten später den Lieferwagen startete, war Hannah sicher im Heck verstaut. Er legte den ersten Gang ein und fuhr los.

43
Freitag, 2. Oktober

Während Sneijder im Geräteschuppen blieb, die Tür geschlossen hatte und sich von Beethovens 9. Sinfonie beschallen ließ, stand Sabine im Garten. Zu beiden Seiten lagen einige Gärten hinter den Heckenreihen, aber erst im übernächsten Haus brannte Licht.

Möglicherweise hatten die Nachbarn etwas von dem Mord mitbekommen – trotz des Lärms der Häckselmaschine und trotz der Musik des Plattenspielers, die Piet van Loon sicherlich dazu eingeschaltet hatte. Es war einen Versuch wert, sie zu befragen. Aber Sneijder hatte ihr untersagt, jetzt schon die niederländische Kripo zu verständigen. Frühestens in einer Stunde. Da Piet van Loon ohnehin schon längst über alle Berge war und bereits in Deutschland nach ihm gefahndet wurde, wollte Sneijder den Tatort auf sich wirken lassen. So wie er es immer tat. Manchmal befürchtete Sabine, dass er diese Momente sogar genoss.

Jeder andere Ermittler hätte um seine Mutter getrauert. Sneijder nicht. Für ihn waren das hier nur ein weiterer Tatort und eine weitere Spur zu Piet van Loon, der zu seiner ganz persönlichen Nemesis geworden war.

Und es sah ganz danach aus, als wollte Piet es ihm diesmal so richtig heimzahlen. Zumindest Sabine würde der Anblick der Frau unauslöschlich in Erinnerung bleiben – als nächstes Bild in einer langen Reihe von Tatorten, die wie ein endloser Diastreifen des Wahnsinns in ihrem Kopf abgespeichert war. Die zerquetschten Beine von Sneijders Mutter wirkten wie ein Fischrumpf, der in den Fischschwanz überging. Genau diese schmerzhafte

Verwandlung hatte Andersen in seinem Märchen beschrieben. Die kleine Meerjungfrau wollte zur Menschenfrau werden, weshalb ihr die Meerhexe einen Trank zubereitete, wodurch sich ihr Schwanz zu zwei Menschenbeinen formte ... *aber es tut weh, es ist, als ginge das scharfe Schwert durch dich hindurch.*

Ja, weh getan hatte es gewiss!

Sobald die Musik leiser wurde, hörte sie Sneijder in sein Diktafon sprechen. Allerdings verstand sie kein Wort. Nach fünfundzwanzig Minuten verstummte die Musik endlich ganz. Das Licht in der Hütte erlosch, und Sneijder trat ins Freie. Er rang nach Atem und schnappte gierig nach der frischen Nachtluft.

»Wie geht es Ihnen?«, fragte sie.

Sneijders Atem wurde in der Kälte sichtbar. »Wie soll es mir schon gehen? Mittlerweile hat sich der Geruch all der Toten bereits so tief eingenistet, dass er mich überallhin verfolgt.«

Das war sein einziger Kommentar? In seinem Gesicht lag nicht die geringste Spur von Trauer.

»Der Tod Ihrer Mutter schockiert Sie gar nicht?«, fragte Sabine nach.

»Für mich ist sie schon vor über zwanzig Jahren gestorben.« Er steckte das Diktiergerät in die Manteltasche.

Vielleicht war diese emotionale Kälte ja nur Sneijders Art, mit der Situation umzugehen.

»Was hat die Musik zu bedeuten?«, fragte Sabine. »Warum hat er ausgerechnet die Ode an die Freude ausgewählt? Die Europahymne, Beethovens Neunte, die Unvollendete.«

Im Licht, das von der Lampe am Eingang der Hütte auf Sneijder herunterfiel, sah sein schmales, kantiges Gesicht mit den langen Schatten gespenstisch aus. »Manche glauben das. Aber Beethovens Neunte ist nicht die Unvollendete. *Sie* wurde vollendet«, korrigierte er sie. »In Wahrheit ist Franz Schuberts 7. Sinfonie in h-Moll die Unvollendete.«

»Aha.« Für klassische Musik hatte sich Sabine noch nie besonders interessiert. »Aber warum dieses Stück?«

»Vielleicht genau aus diesem Grund«, antwortete Sneijder. »Wir sollen etwas auf den ersten Blick als unvollendet betrachten, was in Wahrheit jedoch längst abgeschlossen ist.«

»Abgeschlossen? Sie meinen die Mordserie?«

Sneijder hob die Schultern. »Möglich. Vielleicht liegt es aber auch daran, dass Beethoven diese Sinfonie in Wien geschrieben hat. Ich komme gerade aus Wien.«

»Das konnte Piet van Loon doch unmöglich vorhersehen.«

»Unterschätzen Sie ihn nicht. Er ist schon seit so vielen Jahren in meinem Kopf. Hat einen Weg dort hinein gefunden. Durch eine Hintertür. Vermutlich wusste er zu jeder Zeit, an welchem Punkt meiner Ermittlungen ich mich gerade befinden würde.«

»Das glaube ich nicht«, widersprach sie ihm.

»Er hat mir in Wien einen Hinweis hinterlassen. Die Paste, mit der er meinen ehemaligen Lebensgefährten in Brand gesteckt hat. So steuert er mich und meine Gedanken.«

»Sie dürfen sich nicht von ihm manipulieren lassen.«

»Das sagen Sie so leicht. Er ist anders als alle Killer, die ich je gejagt habe.«

»Umso wichtiger ist es, dass wir uns auf die Fakten konzentrieren – und die anderen Märchen, die noch kommen werden.«

Sneijder seufzte. »Sie hatten von Beginn an den richtigen Riecher. Haben Sie gut gemacht. Kommen Sie, wir gehen ins Haus.« Er klopfte ihr auf die Schulter.

Sie zuckte zusammen.

»Was haben Sie?«

»Nichts.«

Wenn Sneijder einem auf die Schulter klopfte, wusste man nie, ob er einen loben oder einem das Kreuz brechen wollte.

Sneijder schloss die Terrassentür und ging zu einer Wand, an der an zwei Scharnieren ein Ölgemälde von einer Seeschlacht hing. Er klappte es auf. Dahinter befand sich ein Tresor in der Wand. Sneijder öffnete ihn mit einem Schlüssel von seinem Bund und griff tief in die Öffnung hinein. Zum Vorschein kamen ein aufgerissenes vergilbtes Kuvert, das er ziemlich rasch in seiner Sakkotasche verschwinden ließ, da sein Inhalt wohl nicht für ihre Augen bestimmt war, sowie ein dickes Dossier, das er vor ihr auf den Couchtisch legte.

»Bitte sehr.« Mehr sagte er nicht.

Sabine setzte sich und schlug die Mappe auf. Es war eine vollständige Akte über Piet van Loon. Ausführlicher als die Informationen, die sie im BKA-Archiv über ihn gefunden hatte. Sie sah auf. »*Das* war im Safe Ihrer Mutter?«

»Nicht im Safe meiner Mutter. Sie befinden sich in meinem Elternhaus. Ich bin hier aufgewachsen. Das ist der ehemalige Tresor meines Vaters. Nennen Sie es eine Art kleines Backup zum BKA-Archiv, das ich hier vor zwei Jahren angelegt habe.«

»Ich nehme an, Hess weiß nichts davon.«

Er schüttelte den Kopf.

Sabine blätterte durch die Dokumente. Gerichtsanhörungen, psychiatrische Gutachten, Richterbeschlüsse, Urteile über diverse Verfahren. Und immer wieder stieß sie auf Namen, die ihr in den letzten Tagen mehrfach untergekommen waren.

Als sie endlich begriff, worum es ging, sah sie auf. »All die Opfer haben gar nichts mit Ihnen zu tun. Das sind bloß Zufälle. Sie haben vielmehr alle mit Piet van Loon zu tun!«, erkannte sie nun.

Sneijder nickte.

Sabine blätterte noch einmal durch die Dokumente. »Die in Bern ermordete fedpol-Direktorin Nicola Wyss ließ Piet van Loon vor fünf Jahren in Bern verhaften. Die in Hagen gepfählte Gerichtspsychologin Doktor Aschenbach erstellte das Gutachten über seinen Geisteszustand, und die in ihrem Schlafzimmer ermordete Richterin Joana Beck brachte ihn nach Ostheversand, in die Anstalt für geistig abnorme Rechtsbrecher. Graf Erich von Kessler war der Vater von Piets drittem Opfer. Er muss Unsummen für diese Gutachten bezahlt haben, damit Piet niemals die Möglichkeit auf Entlassung wegen guter Führung bekommen würde.«

»So ist es – das sind die Zusammenhänge.«

»Also eine Racheaktion.«

»Könnte man so sagen.«

»Aber wie passt Ihre Mutter in dieses Bild? Und Are Peeters? Er war *Ihr* Kollege beim niederländischen Heer. Was hatte Piet van Loon mit denen zu tun?«

Sneijder griff ein weiteres Mal in den Safe und holte eine kleinkalibrige Waffe in einem Lederholster heraus.

»Was soll die Pistole?« Sabine erhob sich. »Wir fliegen doch ohnehin wieder nach Wiesbaden zurück.« Sie stutzte. »Oder nicht?«

»Nein, tun wir nicht.« Sneijder überprüfte das Magazin, steckte die Waffe ins Holster zurück und befestigte es unter seinem Sakko am Gürtel. »Ich fürchte, wir bleiben noch etwas länger in Rotterdam.«

Irgendetwas stimmte hier nicht. Sabine hatte Sneijder noch nie so geheimnistuerisch und gleichzeitig so zweifelnd und verletzlich gesehen. Trotz seiner äußeren Härte wirkte er schwach.

»Sollten wir jetzt nicht endlich die niederländische Kripo einschalten?«

»Noch nicht. Ich muss Ihnen vorher noch etwas sagen, und ich möchte nicht, dass es die ganze Welt erfährt.«

Sie starrte auf Sneijders Waffe. »Was wollen Sie mir sagen?« Ihr Blick fiel wieder auf die Fotos an der Wand. Sneijders Vater, Sneijders Mutter.

Diese Ähnlichkeit!

Plötzlich wusste sie, an wen Sneijders Mutter sie erinnerte. Sabine hatte auf Ostheversand zwar nur Piet van Loons blutig geschlagenen Doppelgänger gesehen, aber sie kannte van Loons Fotos aus der Polizeiakte.

»Zuerst muss ich Sie etwas fragen.« Sie fixierte Sneijder mit einem scharfen Blick. »Und ich erwarte mir eine ehrliche Antwort.«

»*Eine* Frage?«

»Ja.«

»Einverstanden.«

»Sie und Piet van Loon stammen beide aus Rotterdam. Ist Piet Ihr Bruder?«

Sneijder sah sie lange an. »Nein, das ist er nicht.«

44
Montag, 28. September

Piet sah in den Seitenspiegel des Lieferwagens. Über den Horizont schob sich soeben das erste, orangefarbene Licht der Dämmerung. In wenigen Minuten würde er die Sonne aufgehen sehen. Zum ersten Mal seit fünf Jahren nicht durch das vergitterte Fenster seiner Zelle, sondern in Freiheit.

So lange hatte er darauf gewartet und in all der Zeit nie den Glauben aufgegeben, dass es eines Tages passieren würde.

Der alte Motor knatterte, und das Rütteln und Scheppern der Blechwand hinter ihm gaben ihm das Gefühl von Freiheit. *Immer in Bewegung bleiben! Wie schon vor fünf Jahren.* Mit dem einen Unterschied, dass er es diesmal einfach cleverer anstellen würde. *Nicht das Erzählte reicht, nur das Erreichte zählt,* sagte er sich. Und es gab noch so viel zu tun.

Seit einer halben Stunde war er bereits von Flensburg mit dem Lieferwagen unterwegs in den Süden. Zuerst Richtung Hamburg, und von dort würde er weiter nach Westen fahren, über Bremen nach Osnabrück. Fürs erste nicht auf der Autobahn, sondern auf Feldwegen, Gassen und kleinen Nebenstraßen. Das dauerte zwar länger, aber dort gab es keine Verkehrskameras und Abschnittskontrollen auf den Überkopfanzeigen.

Piet trank einen Schluck aus der Wasserflasche und warf einen Blick auf die Straßenkarte, die er neben sich auf dem Beifahrersitz ausgebreitet hatte. Daneben lag ein zerfleddertes Buch aus der Anstaltsbibliothek, das Frenk ihm in die Sporttasche gesteckt hatte – *sein* Buch. Über Kenia. Hinter dem Rückspiegel klemmte ein Foto von der Serengeti. Wenn er am Ende seiner Reise alles hinter sich lassen und fliehen musste, dann nach Afrika. Aber noch war es nicht so weit.

Vor ihm lag das nächste Dorf. Wieder nur wenige Häuser mit kleinen Gärten, Wiesen und Äckern. Diesmal liefen sogar schnatternde Enten an der Straße entlang, und einige Männer schoben soeben ein Boot aus einer Garage und luden den Segelmast auf das Dach ihres Wagens.

Montagmorgen. Die Ortschaften erwachten zum Leben. Einige Frauen fuhren mit dem Rad und Körben auf der Lenkstange zum Bäcker und Dorfladen. Hier war die Welt noch in Ordnung. Er liebte Schleswig-Holstein und hatte massenhaft darüber gelesen. Hier hätte er sich glatt niederlassen können – allerdings hatte er sich für ein anderes Leben entschieden.

Mittlerweile ging die Sonne am Horizont auf. Ihre Strahlen fielen durch die Seitenscheibe des Wagens und brachten die Armaturen zum Leuchten. Aber vor ihm verdunkelten bleigraue Wolken die Landschaft, aus denen Blitze bis zum Boden fuhren. In weiter Ferne grollten dumpfe Donner. Ein merkwürdiges Wetter. Und er war mittendrin, fuhr vom Licht in die absolute Dunkelheit, in der das Land schon bald versinken würde. Wie hatte sein Vater einst gesagt? *Jede Wolke kommt irgendwann einmal als Gewitter wieder.*

Er kurbelte das Seitenfenster hinunter. Sogleich fuhr der Wind in die Fahrerkabine und wirbelte sein blondes Haar durcheinander. Es roch nach Regen. Das stürmische Schleswig-Holstein war nicht umsonst ein Land der Windmühlen, feucht und mit Moos auf den Dächern.

Er verließ den winzigen Ort mit den reetgedeckten Häusern und fuhr an zahlreichen Windrädern vorbei. Im Seitenspiegel sah er hinter sich drei große Ballons am Horizont auftauchen. Rot, weiß und blau. Die Farben der niederländischen Flagge. Piet glaubte nicht an Zufälle. Vielleicht war es ein Zeichen. Eine Vorahnung. Die Ballonfahrer würden mit dem Wind nach Südwesten fahren. Richtung Niederlande. Wie er.

Piet betrachtete sich im Rückspiegel. Sein Gesicht sah furchterregend aus. Vor allem, wenn er die Zähne bleckte und dabei grinste. Wie in Zeitlupe schob er den Kiefer hin und her. Nachdem er das Betäubungsmittel größtenteils ausgekotzt und sein Körper den Rest mittlerweile abgebaut hatte, kam er schön langsam wieder zu klarem Verstand. Aber als Nebeneffekt meldeten sich nun erstmals die Schmerzen in seinen Gliedern.

In Frenk Brunos Sporttasche hatte er eine Packung starke Schmerzmittel gefunden, die nun in seiner Brusttasche steckte. Er spülte zwei Tabletten mit einem Schluck Wasser hinunter. Demnächst würde es Zeit für eine kurze Rast sein. Er musste ohnehin bald tanken. Bei der nächsten Tankstelle würde er halten – aber er musste sich keine Sorgen machen. Bisher war alles glattgegangen, und er hatte keine einzige Straßensperre oder Funkstreife gesehen.

Nach einer weiteren Viertelstunde fuhr er direkt in die Gewitterfront. Endlich kam kurz vor einem Ortsende eine Tankstelle in Sicht. Piet setzte den Blinker, lenkte den Wagen zur Zapfsäule und stieg aus.

Der Wind zerrte an seinem Hemd. Ein Glockenspiel bimmelte unter dem Dachvorsprung der Waschanlage. Die auf einer Schnur aufgefädelten Scherben erinnerten ihn an sein Vorhaben.

Piet steckte den Zapfhahn in die Tanköffnung und starrte zum Horizont. Der Wind trieb Laub und Zweige über die Straße. Es wurde zunehmend kälter. Hoffentlich funktionierte die Heizung im Wagen.

Der Griff des Zapfhahns schnappte aus der Verankerung. *47 Liter*. Piet ging in die Hütte des Tankwarts, legte eine Zeitung, zwei Sandwiches, einen Müsliriegel sowie drei Dosen Eiskaffee auf den Tresen und zog ein dünnes Geldbündel aus der Hosentasche.

Der Tankwart blickte kurz auf, zuckte bei Piets Anblick jedoch zusammen und starrte rasch zur Seite.

»Hatte die Karre aufgebockt«, nuschelte Piet in norddeutschem Dialekt. »Wollte Öl wechseln, aber der Kack-Wagenheber hat nachgegeben. Die Karre hätte mir beinahe das Gesicht zerquetscht.« Er strich sich mit den Fingern über die Wange. »Zum Glück ist nicht mehr passiert. Was bin ich schuldig?«

Er warf einen Blick auf die Registrierkasse und blätterte ein paar Scheine auf den Tresen. »Stimmt so.« Dann verließ er die Hütte.

Schon von weitem, als er auf den Lieferwagen zuging, hörte er das hohle blecherne Klopfen. Rhythmisch und monoton wiederkehrend.

Er erreichte den Wagen und ging einmal herum. Etwas schlug gegen die Blechwand. Immerzu gleich. Doch wenn man genau hinhörte, gab es bei den Abständen zwischen den Schlägen einen Unterschied.

Dreimal lang … dreimal kurz …

Er wusste, welches Signal als Nächstes kommen würde. *Dreimal lang.*

Obwohl er der einzige Kunde war, sah er sich auf der Tankstelle um. Sicherheitshalber. *Keine Videoüberwachung!* Außerdem war niemand zu sehen, bis auf den Tankwart in der Hütte, der seine Nase in ein Magazin steckte. Piet sperrte die Hecktür auf und stieg in den Lieferwagen. Mit einem Ruck riss er den grauen Stoffvorhang zur Seite, der auf einer Querstrebe montiert war und den Ladebereich des Wagens in zwei Hälften trennte.

Dort stand sie … nein, vielmehr hing sie. An einem an die Decke geschweißten Ring. Mit den Händen über dem Kopf gefesselt und einem Knebel im Mund. Mit einem Bein schlug sie gegen die Seitenwand.

»Dich hört niemand«, sagte Piet emotionslos. »Und so kommst

du niemals frei. SOS geht übrigens kurz, lang, kurz – nicht umgekehrt.« Er klopfte es im richtigen Takt an die Blechwand.

Dann kniete er sich hin, fing ihre Beine ein, mit denen sie ihn treten wollte, und schnürte ihre Fußgelenke mit einem Kabelbinder zusammen.

Als sie sich beruhigt hatte und sich nicht mehr wehrte, zog er ihr den Knebel aus dem Mund. Er war blutig. Offenbar hatte sie sich in die Zunge gebissen.

»Wohin …?«, keuchte sie, kam jedoch nicht weiter.

Er schlug ihr mit der Faust einen Zahn aus, dann stopfte er ihr den Knebel wieder in den Mund. Ihr Kopf wurde rot. Sie würgte.

»Leg dich nicht mit Menschen auf der Flucht an«, flüsterte er, »die haben nichts zu verlieren.«

Er zog den Vorhang wieder vor, kletterte aus dem Wagen und sperrte die Hecktür zu.

45
Freitag, 2. Oktober

Sabine starrte Sneijder lange Zeit an. »Er ist also nicht Ihr Bruder?«, wiederholte sie.

Sneijder schüttelte den Kopf.

»Aus welchem Grund haben Sie ihn dann so oft in der Anstalt besucht?«

Sneijder seufzte. »Setzen Sie sich.« Er nahm auf dem breiten Sessel Platz.

Mein Gott, was kommt jetzt? Sie setzte sich daneben auf die Couch.

Sneijder schob die Blätter gedankenversunken in die Dokumentenmappe zurück. Schließlich hob er den Blick. »Piet van Loon ist mein Sohn.«

Sabine wurde kalt bis in den Fingerkuppen und Zehenspitzen. Sie blickte Sneijder an, auf der Suche nach irgendeiner Gefühlsregung, doch sein Gesicht war wie versteinert. »Sie verarschen mich«, presste sie hervor.

Er deutete in den Garten. »Dort draußen im Schuppen liegt die Leiche meiner Mutter, wir jagen einen Mörder, der innerhalb von nur fünf Jahren dreizehn Menschen getötet hat, und Sie glauben ernsthaft, dass ich Sie verarsche?«, fragte er ruhig.

»Aber wie kann Piet Ihr Sohn sein? Sie sind doch …«

»Was? Schwul? Ja, das bin ich. Wegen dieser Neigung wurde ich zwei Jahre lang beim Heer gedemütigt. Zumindest hat mein Ausbilder es versucht und keine Gelegenheit ausgelassen. Ich wollte es zunächst selbst nicht wahrhaben und habe versucht, es zu verdrängen. Stattdessen wollte ich ein normales Leben führen wie alle anderen auch. Ich lernte eine Frau kennen, meine einzige große Liebe. Mit ihr wollte ich eine Familie gründen. Sie ist Piets Mutter.« Seine Augen glänzten rot gerändert.

So verletzlich hatte sie Sneijder noch nie gesehen. Vermutlich hatte er, verbissen wie er war, seit über zwanzig Jahren keine einzige Träne vergossen – was vielleicht auch daran lag, dass er bisher nie mit jemandem über diese Geschichte gesprochen hatte.

»Aber wie …?«, murmelte sie, doch er brachte sie mit einer Geste zum Schweigen.

»Wir waren fünf Jahre lang zusammen.«

»Verheiratet?«

Er schüttelte den Kopf. »Sie hieß van Loon. Wir lebten ein Jahr lang in Rotterdam, hier in diesem Haus. Zu diesem Zeitpunkt war mein Vater bereits tot, und meine Mutter war wieder in dieses Haus gezogen.« Er blickte ins Wohnzimmer. »Auf diesem Boden hat Piet als einjähriges Kind mit Bauklötzen gespielt. Er hatte eine schwere Schilddrüsenerkrankung. Weil ein niederländischer Arzt sein Medikament falsch dosiert hatte, sind wir nach Deutschland gegangen. Zu diesem Zeitpunkt machte ich gerade meinen Abschluss an der Hochschule und begann in Wiesbaden mit der Ausbildung zum Fallanalytiker.«

Sie hieß van Loon. Sneijder hatte von Piets Mutter in der Vergangenheitsform gesprochen, und bestimmt hatte er seine Gründe dafür. »Was …?«

Wieder unterbrach er sie mit einer Geste. »Durch meine Ausbildung und meinen Job bin ich viel gereist. Und mir wurde klar, ich konnte dieses Familienleben nicht führen. Es war nicht meine Bestimmung. Dennoch versuchte ich die Verantwortung zu übernehmen und ein guter Vater zu sein. Ich wollte diese Fassade bis zu Piets Volljährigkeit aufrechterhalten. Aber Piets Mutter spürte, dass ich innerlich daran zerbrach. Tag für Tag ein Stück mehr.

Sie wusste, dass ich schwul war und an diesem falschen Leben zugrunde gehen würde – also gab sie mich frei und ermutigte mich, mich zu outen, weil es das Beste für mich wäre. Sie war eine großartige Frau. Als Piet fünf Jahre alt war, tat ich es schließlich.« Sneijder hob den Blick und sah sie an. »Ich kann mir vorstellen, was Sie jetzt über mich denken.«

»Was denn?«

»Dass ich ein armseliges Leben führe.«

Sie schüttelte den Kopf. »Nein, keiner sollte den ersten Stein werfen. Aber ich bin wütend auf Sie, weil Sie schon viel früher ehrlich zu mir hätten sein sollen, statt mir die Wahrheit zu verheimlichen. Schließlich sind wir Partner, und Sie sind … waren so etwas wie eine Vertrauensfigur für mich.«

»Solange ich nicht definitiv wusste, dass Piet mit dieser Sache zu tun hatte, sah ich keinen Anlass, Ihnen die Wahrheit zu erzählen.«

»Aber Sie hätten …«

»Was denn?«, brauste er auf. »Ich habe Sie doch in dieses Haus nach Rotterdam mitgenommen und Ihnen alles erzählt, oder etwa nicht?« Er massierte seine Schläfen und beruhigte sich wieder. »Aber jetzt muss ich Sie bitten, das, was Sie heute erfahren haben, für sich zu behalten. Dass Piet mein Sohn ist, wissen bisher nur Horowitz, Gefängnisdirektor Hollander, einige befreundete Beamte und Sie.«

»Und BKA-Präsident Hess?«

»Ja, der auch.«

Natürlich! Sie dachte an die Initialen DH. »Und die Häftlinge in Ostheversand?«

»Vermutlich nicht, es sei denn, Piet hat ihnen davon erzählt, was ich aber bezweifle.«

»Manchmal fällt der Apfel eben doch weit vom Stamm«, wiederholte sie einen Satz, den Sneijder erst kürzlich verwendet hatte. Er, sein Vater und sein Sohn hätten unterschiedlicher nicht sein können. »Und nach Piets Verhaftung hat niemand die Wahrheit über Ihr Verwandtschaftsverhältnis herausgefunden?«

»Nein.«

»Aber das niederländische Geburtenbuch! In den Akten müsste doch …« Sie dachte nach und wurde plötzlich stutzig. »Mein Gott, Sie haben es vertuscht, nicht wahr?«

»Ich hatte meine Gründe«, knirschte Sneijder und wechselte das Thema. »Sie wollten den Grund wissen, warum ich Piet so oft auf Ostheversand besucht habe.«

»Den kenne ich nun.«

»Dahinter steckt noch mehr.« Er blickte zu Boden und senkte die Stimme. »Ich habe ihn damals in Bern geschnappt, habe verhindert, dass er einen sechsten Mord verübt, und ihn in den Knast gebracht. Wie wahrscheinlich jeder Vater fühlte ich mich für meinen Sohn verantwortlich. Drei Jahre lang schien die Therapie gut anzuschlagen, doch dann erfuhr ich, dass er in Steinfels plötzlich von anderen Häftlingen gequält wurde.«

»Ein Mann wie Piet?«

»Ich konnte mir das auch nicht vorstellen, gerade in einer Anstalt wie Steinfels, in der es von Kinderschändern, Frauenmördern, Sadisten und Psychopathen nur so wimmelt. Piet ist eine zu starke Persönlichkeit, als dass er sich von anderen Häftlingen unterkriegen lassen würde. Ich ahnte, dass diese Geschichten nicht stimmen konnten, doch Piet hielt die Klappe. Schließlich wurden ihm vor eineinhalb Jahren die Hoden mit einer Kneifzange zerquetscht, und von da an geriet die Situation völlig außer Kontrolle.«

»*Uuuh!*« Sabine verzog das Gesicht. »Wer war dafür verantwortlich? Auch andere Häftlinge?«

»Ich nehme an, Graf Erich von Kessler. Vermutlich hat er einige korrupte Wärter im Gefängnis bestochen, um so den Tod seiner Tochter zu rächen.«

»Falls das stimmt, warum hat er so lange damit gewartet?«

»Vor zwei Jahren ging der alte Direktor in den Ruhestand, und Hollander wurde sein Nachfolger.«

Ach, du Scheiße! »Können Sie das alles beweisen?«

»Nein, das kann ich nicht.« Er sah auf. »Richterin Beck erteilte mir ein Besuchsverbot für Ostheversand. Laut Direktor Hollander und Gerichtspsychologin Aschenbach würden sich meine Besuche negativ auf Piets Therapie auswirken. Ich habe versucht, die Misshandlungen an Piet aufzuklären und die Verantwortlichen zur Rechenschaft zu ziehen, doch es ist mir nicht gelungen. Auch meine Bemühungen, Piet in eine andere Anstalt verlegen zu lassen, sind gescheitert. Richterin Beck hat es immer wieder verhindert.«

»Steckt Kessler auch dahinter?«

»Höchstwahrscheinlich.«

»Haben Sie versucht, mit Piet Kontakt aufzunehmen?«

»Natürlich, aber er hat meine Briefe ignoriert. Schließlich habe ich mich mit Piets Therapeutin getroffen, einer erfahrenen Frau. Irene Elling. Ich habe sie gebeten, in der Sache zu recherchieren, doch sie ist kürzlich bei einem Unfall ums Leben gekommen.«

»Unfall? Meinen Sie, dass …?«

Sneijder hob die Schultern. »Möglicherweise. Falls ja, wurde auch dieser Vorfall vertuscht.«

Sabine dachte nach. »Warum hat sich Kessler ausgerechnet auf diese Art an Piet gerächt? Mit einer Kastration? Das ist doch Wahnsinn.«

»Das kann ich Ihnen verraten. Piet wurde in den Medien durch eine Falschmeldung als Vergewaltiger dargestellt. Kessler musste annehmen, dass seine Tochter mehrfach sexuell missbraucht worden war. Anscheinend hat er sich deshalb für diese Bestrafung entschieden. Wenn jemand auf diese Weise kastriert wird, ist er zwar zeugungsunfähig und hat null Testosteron-Ausschüttung, aber der sexuelle Reiz ist für ihn immer noch da. Es ist also eine besonders grausame Form der Rache. Allerdings waren Piets

Morde nie Akte der Sexualität, sondern Verbrechen aus reiner Wut und Aggression.«

»Und durch seine Kastration haben wir es nun mit einem wirklich wütenden Mann zu tun. Wie kam es zu dieser Falschmeldung?«

Sneijder sah sie mit dunklen, hasserfüllten Augen an.

»Hess?«, vermutete sie.

»Wer sonst?«

»O Gott! Wusste er schon damals, dass Piet Ihr Sohn ist?«

»Nein. Wir jagten den so genannten *Analphabeten*. An einem bestimmten Punkt ahnte ich, wer dahinterstecken könnte. Hätte ich Hess damals von meiner Vermutung erzählt, hätte er mich wegen Befangenheit sofort vom Fall abgezogen. Also machte ich mich allein auf die Suche nach Piet – und meine erste Spur führte nach Rotterdam.«

»Ein Alleingang?«

»Ich musste es tun. Außer mir wäre sonst niemand Piet gewachsen gewesen. Das Morden hätte nicht aufgehört.«

»Gerade für Sie muss es schlimm sein, einen Mörder als Sohn zu haben.«

»Wer ein Warum zu leben hat, erträgt fast jedes Wie«, antwortete Sneijder lakonisch.

»Es tut mir leid.«

»Schon gut. Piet und ich haben dieselbe Erbanlage. Ich wurde Kriminalist und verwende mein Talent, um Mörder zu jagen. Aber was hat Piet aus dieser Anlage gemacht?« Er führte den Gedanken nicht zu Ende, sondern starrte wieder auf den Boden des Wohnzimmers.

Vermutlich sah er in Gedanken seinen kleinen Jungen mit Bauklötzen spielen, unschuldig lächelnd, mit Sommersprossen und blonden, lockigen Haaren. Die Arme ausgestreckt, weil er von Papa hochgenommen werden wollte.

Sneijder räusperte sich. »Als Piet zum jungen Mann heranwuchs, ahnte ich bereits, dass er psychische Probleme hatte und eines Tages, falls er nicht richtig behandelt wird, aggressive Tendenzen entwickeln könnte. Aber er wollte sich nicht helfen lassen. Aber an so etwas Extremes habe ich natürlich nie gedacht. Und schließlich begann er damit, wahllos junge Frauen zu töten.«

»Aber heute wählt er seine Opfer gezielt aus. Menschen aus seiner Vergangenheit. Nicola Wyss, Joana Beck, Doktor Aschenbach, Graf Erich von Kessler samt Familie …« Sabine blickte in den Garten. »Und seine Großmutter. Aber auch Are Peeters. Immerhin sah er in ihm den Grund dafür, warum Sie die Familie verlassen haben.«

»Möglich, aber es ist nicht nur das«, widersprach Sneijder. »Mit der Wahl seiner Opfer löst Piet auch gleichzeitig ein zweites Problem. Denn er tötet Menschen aus meinem Umfeld, mit denen ich zerstritten war oder die ich gehasst habe.«

»Warum sollte er das tun? Aus Liebe zu Ihnen?«

Sneijder schüttelte den Kopf. »Ich bin nicht einmal sicher, ob Piet tatsächlich zu Liebe fähig ist. Im Gegenteil. Aus Piets Sicht habe ich die Familie zerrissen. Dahinter steckt also ein anderer Plan. Die Wahl der Opfer ist ein intelligenter Schachzug. Damit zwingt er mich, etwas gegen mein Naturell zu tun, etwas, das mir widerstrebt: nämlich meinen Job zu tun – zu versuchen, diesen Menschen, die ich verachte, das Leben zu retten. Er schwächt mich. Sobald es um Opfer geht, deren Tod mich in gewisser Weise … nun ja, *erfreut,* bin ich nicht mehr mit Herzblut bei der Sache und daher nicht länger hundertprozentig einsatzfähig. Und er weiß, dass nur ich ihn fassen kann.«

»Sie müssen gegen Ihr Alter Ego antreten.«

»Das macht die Jagd so schwierig. Er ist mir verdammt ähnlich und ahnt zu jedem Zeitpunkt, was in meinem Kopf vorgeht und was ich als Nächstes vorhaben könnte.«

»Umgekehrt müsste es doch auch funktionieren.«

»Leider nein«, seufzte er. »Trotz allem ist er mein Sohn.« Sein Gesicht hatte eine ungesunde Blässe angenommen. Er massierte abwechselnd die Druckpunkte auf seinen Händen.

Sabine war zwar immer noch zornig auf Sneijder, weil er erst jetzt mit allen Details herausrückte, doch je mehr er erzählte, umso besser verstand sie die Zusammenhänge. »Warum hat er sich Ihrer Meinung nach für diesen Weg entschieden? Für all die grausamen Morde?«

»Tja, wie heißt es so schön? Tue zehn Jahre lang Gutes, und niemand wird es bemerken. Tue eine Stunde lang etwas Böses, und die ganze Welt spricht über dich.«

»Er sucht Anerkennung?«

Sneijder nickte.

»Ihre?«

»Vermutlich. Und wie Sie sehen, hat er Erfolg damit.«

»Nicht mehr lange«, sagte sie. »Wir werden ihn fassen.«

Sneijder starrte ins Leere. »Das hoffe ich.«

Sabine hatte Sneijder noch nie so zweifelnd gesehen wie in diesem Moment. Aber im Gegensatz zu ihm war sie emotional nicht befangen. Und sie hatte den Biss und den absoluten Willen, Piet van Loon zur Strecke zu bringen.

»Es hat doch alles mit Piets Theaterstück zu tun«, überlegte sie laut. »Es dient ihm als Vorlage für seine Morde. Deshalb brauchen wir eine Kopie oder Aufzeichnung des Theaterstücks mit allen Bühnenbildern, damit die Buchstaben von damals und die Zahlen von heute endlich einen Sinn ergeben.«

Sneijder erhob sich und ging zu einer Kommode. »Deshalb sind wir hier.« Er öffnete einige Schubladen, wühlte durch die Sachen und holte schließlich ein Manuskript hervor.

»Ist es das, wofür ich es halte?«, fragte sie.

»Piets Großmutter besaß ein Exemplar davon. Hier ist das Theaterstück.«

46
Montag, 28. September

Bad Bentheim war der letzte Ort vor der deutsch-niederländischen Grenze. Nichts erinnerte mehr an die Zollabfertigungsanlagen des ehemaligen Grenzübergangs, den es seit der Öffnung der Binnengrenzen nicht mehr gab. *Was für ein Geschenk!* Die Autobahn führte ohne Unterbrechung durch. Diese Hürde noch, dann war er in den Niederlanden.

Piet van Loon nahm den letzten Schluck Kaffee und drückte das Blech der Dose zusammen. Im Fußraum des Beifahrersitzes lag ein Plastikbeutel mit Müll: Dosen, Getränkeflaschen, Servietten, Sandwich- und Müsliriegelverpackungen.

Er drosselte die Geschwindigkeit und ließ sich von einigen Pkws überholen. Bis jetzt war er nie mehr als achtzig Stundenkilometer gefahren, und deshalb hatte er für die Strecke von rund vierhundertfünfzig Kilometer bis zur Grenze statt viereinhalb knapp sieben Stunden gebraucht. Vielleicht waren seine Vorsicht unnötig und sein Misstrauen unbegründet gewesen, aber niemand hatte vorhersagen können, ob Frenk trotz der akribischen Vorbereitungen seine Rolle tatsächlich so gut spielte, dass keiner den Austausch innerhalb der ersten vierundzwanzig Stunden bemerken würde.

Einige hundert Meter vor ihm tauchte das blaue Schild mit dem gelben Sternenbanner auf. *Nederland.* Er blickte in die Seitenspiegel und sah links und rechts durch die Scheiben. Keine Polizeikontrollen. Keine auffälligen Wagen. Keine Patrouillen mit Funkgeräten und Spürhunden.

Er klappte die Sonnenblende herunter, damit die Verkehrskameras sein Gesicht nicht erkennen konnten. Dann schob er den schmalen Sprechschlitz in der Wand hinter sich auf, der die Fahrerkabine mit dem Frachtraum des Lieferwagens verband. Der Geruch von Urin drang heraus.

Er pochte an das Blech. »Wie geht es dir? Alles aufrecht?«

»Ich kann nicht mehr stehen«, presste Hannah mit trockener Kehle hervor.

Er hatte ihr zuletzt vor einer Stunde einen Schluck zu trinken gegeben. Bei der Gelegenheit hatte er ihr den Knebel aus dem Mund nehmen müssen und festgestellt, dass sie sich erbrochen hatte und beinahe daran erstickt wäre. Seitdem stand sie jammernd und weinend mit über dem Kopf gefesselten Händen und verschnürten Beinen im Frachtraum. Manchmal, wenn die Kraft in den Beinen nachließ, hing sie auch nur an den Armen. Ihre Handgelenke waren blutig gescheuert. Sie hatte sich sogar angepinkelt, daher stank der hintere Bereich des Wagens entsetzlich nach Urin. Seitdem gab er ihr nichts mehr zu trinken.

»In ein paar Stunden sind wir da.«

»Ich kann nicht mehr«, stöhnte sie. »Lass mich bitte gehen, ich verspreche dir, dass ich niemandem verrate werde, dass …«

Er lachte auf. »Ich glaube dir sogar, dass du das vorhast. Ehrlich! Aber wir beide wissen, dass du, sobald du in einer warmen Polizeistube unter einer Decke bei einer Tasse heißen Tee sitzt und mit einer Kripopsychologin sprichst, dich in Sicherheit fühlst. Du denkst, dass ich dir dann nichts mehr anhaben könnte. Du glaubst, du hast es überstanden, und dann kommt dein Zorn auf mich, und du beginnst zu plaudern. Nein, Hannah. Du bleibst bei mir. Tut mir leid.«

»Binde mich bitte wenigstens los.«

»Ich darf dich daran erinnern, dass *du* zu mir in die Zelle gekommen bist. *Du* wolltest Antworten. Ich werde sie dir geben, versprochen. Hab noch etwas Geduld.«

Das Grenzübergangsschild zu den Niederlanden war nur noch wenige Meter entfernt.

»Und jetzt halt dein Maul!« Er schob den Sprechschlitz zu und konzentrierte sich auf die Straße.

Leicht tippte er aufs Gas, damit die Autos hinter ihm nicht zu hupen beginnen würden. *Keine Polizeistreifen! Keine Alarmfahndung! Keine stichprobenartigen Kontrollen!* Demnach spielte Frenk Bruno seine Rolle perfekt.

Nachdem Piet das Schild passiert hatte, trat er aufs Gas.

Endlich war er in den verhassten Niederlanden. Was für eine Scheißgegend! Mein Gott, wie er dieses Land verabscheute.

Piet spürte, wie sich seine Muskeln unwillkürlich anspannten und seine Finger sich knirschend um das Lenkrad legten.

Die Niederlande.

Hier würde seine Tour durch Schmerz, Elend und Wahnsinn beginnen. Mit dem einen Unterschied, dass er sich diesmal nicht aufhalten lassen würde – bis er seinem Vater gegenüberstand. Schließlich hatte er Zeit gehabt, um aus seinen Fehlern zu lernen.

47

Für einen Moment flackerte das elektrische Licht in Maarten Sneijders Elternhaus. Die ohnehin schon schwachen Lampen zuckten, dann wurde es wieder hell.

Sabine blickte erschrocken auf.

»Die Leitungen sind alt. Das kommt ab und zu mal vor«, erklärte Sneijder.

Sabine griff zu dem Manuskript auf dem Tisch. Der blassgelbe Karton war fleckig. In dunkelroten und erdbraunen Farben war ein an Fäulnis erkrankter Fliegenpilz auf dem Deckblatt abgebildet. Darunter standen drei Zeilen in dänischer Sprache, die sie jedoch leicht übersetzen konnte.

TODESMÄRCHEN

Ein Stück von Piet van Loon
in drei Akten und fünfzehn Szenen

»Das Stück hieß *Todesmärchen?*«, fragte Sabine.

»Andersens Erzählungen enden oft mit dem Tod. Denken Sie doch nur an *Das Mädchen mit den Schwefelhölzern.*«

»Wie kam Piet eigentlich darauf, ausgerechnet Andersens Märchen auf die Bühne zu bringen?«

»Er studierte in Kopenhagen, da war es naheliegend«, erklärte Sneijder. »Und er liebte jede Form von Märchen, Erzählungen und Sagen. Als er noch ein Junge war, las er die klassischen Sagen von Jason, Herakles, Odysseus und Perseus.«

Sabine dachte an ihre Nichten. »Das hat ihm gefallen?«

»Ja, Perseus war schließlich ein cleverer Bursche, der die Medusa enthauptet hat. Und die Geschichte vom Trojanischen Pferd faszinierte ihn sogar noch mehr. Aber das mit den Märchen stammt wohl aus der Zeit, als er noch kleiner war, da habe ich ihm vor dem Einschlafen oft vorgelesen. Grimm, Hauff, Andersen, Lagerlöf und Ebner-Eschenbach.«

»Und dann hat er dieses Stück als junger Mann auf die Bühne gebracht, um die Beachtung seines Vaters zu erlangen«, vermutete Sabine. »Ging es ihm schon damals um Ihren Respekt und Ihre Anerkennung?«

»Vermutlich.«

»Stimmt es, dass das Stück nur dreimal mit mäßigem Erfolg im Gjellerup gelaufen ist?«, fragte sie, als sie sich daran erinnerte, was sie von Frenk Bruno erfahren hatte.

»So war es.«

»Haben Sie je eine der Vorstellungen gesehen?«

»Ich war dienstlich verhindert. Aber ich habe gehört, es soll ein Fiasko gewesen sein. Kaum Applaus. Das Stück war viel zu düster, zu hart und brutal inszeniert.«

»Und das in fünfzehn Szenen.« Sabine blätterte durch das Manuskript. »Darf ich die Seiten auseinandernehmen?«

»Wenn es Ihnen hilft.« Sneijder zuckte mit den Achseln. »Meiner Mutter wird es egal sein.«

Sabine riss die zusammengeleimten Blätter auseinander und legte sie nebeneinander auf den Tisch. Drei Akte zu je fünf Szenen. Jede Szene hatte ihr eigenes Bühnenbild und interpretierte eines von Andersens Märchen auf schaurige Art. Allerdings gab es fünf Szenen ohne Märchenbezug. Sie bildeten eine Art Rahmenhandlung mit Rückblende, die Hans Christian Andersen in seiner Schreibstube bei der Entstehung seiner Märchen zeigte.

»Hat Piet selbst mitgespielt?«, fragte Sabine.

»Er war nur Autor und Regisseur. Wenn man den damaligen Schauspielern glauben darf, brachte er Verständnis und großes Einfühlungsvermögen für die Theatergruppe auf. Allerdings konnte er mit dem Verriss der Kritiker nicht umgehen, die das Stück seiner Meinung nach nicht verstanden haben.«

Sabine hatte die Blätter der drei Akte vor sich arrangiert. Die Texte waren zwar auf Dänisch verfasst, aber auf Grund der Zeichnungen ließ sich erkennen, um welches Märchen es sich handelte. Die Skizze von der Schneekönigin war am schrecklichsten, da sie eine Frau mit Glassplittern im Herzen und in den Augen zeigte. »Was steht hier?«

»Ich konnte nie besonders gut Dänisch«, sagte Sneijder. »Aber meiner Meinung nach handelt es sich bloß um eine Beschreibung des Bühnenbildes.«

Sabine überflog den Text, konnte aber keine verteilten Rollen finden. »Keine Dialoge?«

»Soviel ich weiß, kam das Stück ohne gesprochenen Text aus. Ein Pantomimenspiel mit musikalischer Begleitung.«

»Beethoven?«, vermutete Sabine.

Sneijder nickte. »Ja, Sie haben recht. Beethoven, Wagner, Orff und der Däne Carl Nielsen.«

Sabine starrte auf die Blätter und übersetzte die Titel im Geiste ins Deutsche.

1. AKT

01 Die Prinzessin auf der Erbse

02 Die kleine Meerjungfrau

03 Das hässliche Entlein

04 Der standhafte Zinnsoldat

05 Des Kaisers neue Kleider

2. AKT

3. AKT

»Das ist unser Fahrplan der bisherigen Morde und jener, die uns noch bevorstehen.«

Sneijder nickte. »Und das erklärt auch, warum manche Zahlen auf den Opfern fehlen. Beispielsweise bei den Wiener Morden die Dreizehn. Er setzt nur die Märchenszenen um.«

»Allerdings passen die Zahlen nicht zu den Morden und Tatorten. Das Märchen von der kleinen Meerjungfrau ist die Szene Nummer zwei, aber in den Oberschenkel Ihrer Mutter ist eine Drei geschnitten.«

»Das sehe ich gerade.« Sneijder stand auf, zündete sich gedankenverloren einen Joint an und ging durchs Wohnzimmer.

Der süßliche Geruch des Marihuanas brannte in Sabines Nase. Während Sneijder auf und ab ging und immer wieder durch seine eigenen Rauchschwaden schritt, betrachtete Sabine die Auflistung.

Plötzlich schnippte Sneijder mit den Fingern und zeigte vom anderen Ende des Raums auf die Blätter. »Die Zahlen auf den Leichen sind Hinweise auf den nächsten bevorstehenden Mord.«

Sabine überflog die Blätter, um Sneijders Theorie zu überprüfen.

»Ja, genau«, murmelte sie. »Die Zahl Drei auf Ihrer Mutter weist auf das nächste Bühnenbild hin, nämlich *Das hässliche Entlein*. Die entstellte Richterin hatte eine Vier auf der Stirn, die auf das nächste Bühnenbild *Der standhafte Zinnsoldat* hinweist, und so weiter. Es passt perfekt zusammen. Jede Tat weist auf den nächsten Mord hin.«

»Und die Zahlen Zwölf, Vierzehn und Fünfzehn, die zuletzt bei der Familie Kessler in Wien gefunden wurden, weisen auf die letzten drei Märchen hin: *Der unartige Junge*, *Die Schneekönigin* und *Das Mädchen mit den Schwefelhölzern*.«

Es stimmte. Obwohl Sneijder nicht zum Tisch blickte, sah er die einzelnen Blätter offenbar präzise vor seinem geistigen Auge.

»Demnach wird er nur noch drei Menschen töten.«

»Falls er das nicht schon längst getan hat«, gab er zu bedenken.

»Jedenfalls kennen wir jetzt die Todesarten.«

Sabine blickte ihn fragend an.

»Nun machen Sie schon«, drängte er sie. »Schließlich haben Sie die Märchen gelesen. Wie könnte Piet sie umsetzen?«

Sie warf einen Blick auf die entsprechenden Skizzen der Bühnenbilder und dachte nach. »Der unartige Junge könnte jemanden aufspießen, die Schneekönigin könnte von Glassplittern entstellt werden, und das Mädchen mit den Schwefelhölzern könnte erfrieren.«

»Aufgespießt, zerschnitten und erfroren«, wiederholte Sneijder mehrmals wie ein Mantra. »Uns bleibt nicht mehr viel Zeit. Nach den Morden in Wien wird Piets grausames Spiel eine neue Dimension annehmen.«

»Wie meinen Sie das?«

»Denken Sie an den Tatort, den ich Ihnen beschrieben habe. Bisher haben wir nur je *eine* Zahl gefunden, die uns zum nächsten Mord führte, aber in Wien waren es *drei* Zahlen. Die letzten drei Mordszenarien werden vermutlich in einem großen Finale gleichzeitig stattfinden.«

»Das mag sein, aber …« Sabine starrte auf die Blätter und versuchte alles noch einmal zu rekonstruieren, was Sneijder soeben gesagt hatte. Doch irgendetwas passte nicht in das Schema. Und da wusste sie es. »Der erste Mord fehlt! *Die Prinzessin auf der Erbse.*«

»Richtig, und auch die Zahl Eins, die auf diesen ersten Mord hinweist«, sinnierte Sneijder.

Plötzlich wurde Sabine übel. »Ich habe diesen Hinweis erhalten.«

»Sie?« Sneijder nahm den Joint aus dem Mund und blickte Sabine durch eine dicke Rauchwolke an. »Wann?«

»Heute Nachmittag auf der Insel Ostheversand. Piet van Loons Doppelgänger hat seine Handfläche auf die Scheibe im Vernehmungsraum gepresst. Auf seinem Handballen war eine Eins tief ins Fleisch geschnitten.«

»Piets erster Mord. *Die Prinzessin auf der Erbse*«, wiederholte Sneijder. »Er muss jemanden getötet haben, bevor er den Mord an seiner Großmutter begangen hat.« Sneijder ging zum Tisch, griff nach einem der Blätter, drehte es um und zog einen Kugelschreiber aus dem Sakko.

»Was machen Sie da?«

»Ich suche den ersten Tatort.« Er zeichnete auf der leeren Rückseite des Blattes merkwürdige Umrisse. Asche vom Joint fiel auf das Papier.

»Sie zerstören gerade Beweismaterial«, protestierte sie.

»Falsch! Ich versuche, das Schema zu verstehen, um drei weitere Morde zu verhindern.« Sneijder beendete seine Skizze. »Schauen Sie! Das sind Österreich, Deutschland und die Schweiz.«

»Das soll Österreich sein?«

»Sparen Sie sich Ihre Kommentare.« Er markierte mehrere Punkte auf der skizzierten Landkarte. »Die Insel Ostheversand, Rotterdam, Dortmund, Hagen, Bern, Regensburg und Wien.«

Nun verband er die Punkte, und Sabine begriff, dass er soeben

Piets Weg rekonstruiert hatte. Die Spur führte im Zick-Zack-Kurs von Norden nach Süden.

»Nehmen wir an, Sie haben recht und der Austausch mit Frenk Bruno und Piets Ausbruch fanden am Sonntagabend statt, als Piet sich die Gesichtsverletzungen zugezogen hat. Danach führte seine erste Fahrt nach Rotterdam. Sehen Sie in Ihrem Handy nach, wie lang diese Strecke ist.«

Während Sabine einen Routenplaner aufrief, kritzelte Sneijder zu den einzelnen Punkten auf seinem Plan Datum und Uhrzeiten.

»Sechshundertdreißig Kilometer«, sagte sie und tippte bereits die Angaben für die nächste Berechnung in das Programm. »Vor fünf Jahren hat er sich zwischen den Morden ein paar Wochen Zeit gelassen. Diesmal nicht! Er ist verdammt schnell unterwegs, und ich frage mich ohnehin, wie er all die Morde in so kurzer Zeit schaffen konnte.«

»Ja, es ist alles sehr knapp«, murmelte Sneijder. »Aber es geht gar nicht anders. Er muss sich beeilen, bevor jemand den Ausbruch bemerkt.«

Sabine nannte Sneijder die Kilometeranzahl der nächsten Route, und nach einer Minute hatten sie folgendes Schema:

Sonntag, 27. September – ca. 23 Uhr
Gefängnisinsel Ostheversand
Ausbruch
Nächste Etappe: 630 km

Montag, 28. September – ca. 21 Uhr
Rotterdam
Die kleine Meerjungfrau: Piets Großmutter
Beine in der Häckselmaschine zerquetscht
Zahl 3 auf dem Oberschenkel
Nächste Etappe: 250 km

Dienstag, 29. September – ca. 20 Uhr
Dortmund
Das hässliche Entlein: Richterin Joana Beck
Gesicht heruntergeschnitten und auf Spiegel geklebt
Zahl 4 auf der Stirn
Nächste Etappe: 26 km

Dienstag, 29. September – zwischen 22 und 2 Uhr
Hagen
Der standhafte Zinnsoldat: Gerichtspsychologin
Dr. Aschenbach
Beine abgetrennt und aufgespießt
Zahl 5 auf dem Rücken
Nächste Etappe: 620 km

Mittwoch, 30. September – zwischen 22 und 2 Uhr
Bern
Des Kaisers neue Kleider: fedpol-Direktorin
Nicola Wyss
An den Haaren nackt unter der Brücke aufgehängt
Zahl 8 auf dem Bauch
Nächste Etappe: 620 km

Donnerstag, 1. Oktober – ca. 15 Uhr
Bayerischer Wald
Das Feuerzeug: Sneijders erster Freund Are Peeters
In einem Baumstumpf verbrannt
Zahl 11 auf dem Kopf
Nächste Etappe: 395 km

Donnerstag, 1. Oktober – zwischen 21 und 24 Uhr
Wien

Ole Lukøje: Graf Erich von Kessler mit Familie,
Vater von Piets 3. Opfer
Mit einem Regenschirm erstochen
Zahl 12, 14 und 15 auf der Brust
Nächste Etappe: ???

Sabine betrachtete Sneijders Gekritzel. »Wann schläft dieser Mensch?«

»Wahrscheinlich nimmt er Amphetamine und schmerzstillende Mittel«, knurrte Sneijder.

»Er muss seine erste Tat also zwischen seiner Flucht von Ostheversand und seiner Ankunft in Rotterdam verübt haben«, stellte sie fest. Es konnte unmöglich anders sein.

Sneijder legte den Stift beiseite. »Und ich weiß auch schon, wer das Opfer war.«

Sie sah auf. »Nämlich?«

»Sie sagten doch, dass zeitgleich mit Piets Ausbruch auch eine Therapeutin verschwunden ist«, erinnerte er sie.

Sabine zog die Fotos von Frenk Bruno und Hannah Norland aus der Jackentasche und legte sie auf den Tisch.

»*Godverdomme!*«, fluchte Sneijder, als er auf die Bilder starrte. »Das ist Hannah Norland?«

»Ja, Piets Therapeutin. Sie kennen die Frau?«

»Und ob ich sie kenne. In Wahrheit heißt sie Anna van Leeuwen. Sie ist die jüngere Schwester von Piets damaliger Freundin, die vor fünf Jahren sein erstes Opfer war.«

»O Gott!«, entfuhr es Sabine. »Wenn Sie recht haben, ist Hannah Norland jetzt sein erstes Opfer, genauso wie ihre Schwester damals. Wo hat der damalige Mord stattgefunden?«

Sneijder drückte die Zigarette auf dem Tisch aus. »In Piets Wohnung in Rotterdam. Rufen Sie ein Taxi!«

48
Montag, 28. September

Hannah spürte, dass Piet abbremste. Sie hörte das Ticken des Blinkers. Der Lieferwagen rumpelte über eine Bodenwelle, wurde langsamer und rollte aus, bis er stand. Dann erstarb der Motor.

Sie versuchte, sich zu drehen und einen Blick durch den Schlitz zu erhaschen, doch es war nichts zu sehen.

Ihre Handgelenke waren wundgescheuert und brannten. Bei jeder Kurve hatte sich der Kabelbinder tiefer ins Fleisch geschnitten. Immer wieder war neues Blut über ihre Arme gelaufen und zu einer mittlerweile dicken Kruste geronnen. Ihre Beine machten nicht mehr mit. Am liebsten hätte sie die Kabelbinder wie ein wildes Tier mit den Zähnen durchgebissen und sich auf dem Boden zusammengerollt, um dort auf der Stelle einzuschlafen. Doch daran war nicht zu denken, sie reichte mit den Zähnen erst gar nicht so weit hinauf, um es zu versuchen.

Nun hörte sie, wie Piet das Autoradio laut aufdrehte – irgendeinen niederländischen Sender – und aus dem Wagen stieg.

Nichts passierte. Eine Viertelstunde lang. Schließlich begann sie um Hilfe zu rufen, musste aber immer wieder ausspucken, weil die Wunde, wo Piet ihr einen Zahn ausgeschlagen hatte, immer noch zu bluten schien. Zudem versuchte sie mit den gefesselten Beinen die Seitenwand des Wagens zu erreichen, um wieder gegen das Blech zu treten, auch wenn das bei der Tankstelle wenig gebracht hatte. Jetzt kam sie mit den Beinen jedoch nicht einmal mehr bis zur Wand.

Nach einigen Minuten gab sie auch das Rufen auf. Es kostete sie zu viel Kraft. Außerdem übertönte das Autoradio sämtliche Geräusche.

Eine geschätzte halbe Stunde später verstummte das Radio plötzlich. Stattdessen hörte sie das Knarren der Sprungfedern. Piet saß wieder im Wagen und kramte im Handschuhfach herum. Dann stieg er aus und warf die Autotür mit einem satten Knall zu. Eine Minute lang passierte nichts.

Schließlich wurde die Hecktür geöffnet und der Vorhang zur Seite geschoben. Piet stand keuchend vor ihr. Schweiß perlte auf seiner Stirn.

»Willkommen zu Hause.«

Er schnitt die Kabelbinder über ihrem Kopf auseinander. Sofort fielen ihre Arme herunter, und unerträgliche Schmerzen durchströmten sie, da die überdehnten und mittlerweile steif gewordenen Schultern seit so vielen Stunden in ein und derselben Stellung verharrt hatten.

Sie wollte schreien, doch Piet stopfte ihr wieder den Knebel in den Mund. Sie ließ sich fallen. *Endlich hinlegen!* Piet fing sie auf. Sie sank in seine Arme und ließ sich von ihm aus dem Auto tragen.

Draußen herrschte zwar Dämmerlicht, aber nach so vielen Stunden in der Dunkelheit war sie sogar davon geblendet. Die Luft war kühl, und sie spürte die immer noch feuchte Hose im Schritt.

Kraftlos sah sie sich um. Sie befanden sich im Innenhof eines dunkelroten Backsteingebäudes. Drei Stockwerke reichte das Haus in die Höhe. Auf dem Parkplatz stand nur Piets Wagen. Die düstere und unheimliche Atmosphäre des Gebäudes kam ihr bekannt vor, doch im Moment war ihr Gehirn so taub, dass sie sich an nichts erinnern konnte. Sie roch bloß die Nähe eines Hafens und verband eine böse Erinnerung damit.

Piet zerrte sie vom Auto weg zu einer bereits offenen Wohnungstür, die direkt in den Hof mündete. Hannahs gefesselte Beine schleiften hinter ihr her über das Kopfsteinpflaster.

Piet stieß einen Fluch auf Niederländisch aus. »Alte, besoffene Schlampe!«

Falls sie zufällig jemand sehen oder hören würde, müsste er annehmen, dass Piet sie in einer üblen Kneipe aufgegriffen hatte und nun heimbrachte.

Verzweifelt versuchte sie, den Knebel auszuspucken und um Hilfe zu rufen, doch im nächsten Moment waren sie bereits in der Wohnung. Piet ließ sie achtlos auf den Boden fallen, schloss die Tür hinter sich und sperrte ab.

Sie rollte sich zur Seite und wollte sich aufrappeln, doch er packte sie bereits am Kragen und zog sie weiter durchs Vorzimmer. Neben der Eingangstür lagen einige Postpakete, Kuverts und Luftpolstertaschen. Auf den meisten von ihnen erkannte Hannah deutsche Briefmarken und Poststempel. Dann wurde sie weitergezerrt.

Piet schleifte sie durchs Wohnzimmer und warf sie schließlich im Schlafraum auf die Couch. Die Vorhänge waren zugezogen, dennoch erkannte sie Frenk Brunos schwarze Sporttasche auf dem Boden. *Diese Wohnung! Der Parkettboden! Die Vorhänge, Kommoden, Bilder und Lampenschirme!* Hannah kannte diese Einrichtung … und dann wusste sie plötzlich woher. Sie wollte sich den Knebel aus dem Mund zerren und laut zu kreischen beginnen, doch Piet schlug ihr sofort mit der flachen Hand ins Gesicht. Für einen Moment trübte sich ihre Erinnerung, doch dann war sie wieder da.

Es war Piets Wohnung in Rotterdam! Nachdem Sarah sich zuletzt am 8. Juni vor fünf Jahren bei ihr gemeldet hatte, waren fast drei Monate vergangen, in denen ihre Schwester kein Lebenszeichen von sich gegeben hatte. Schließlich hatte Hannah die Adresse von Sarahs damaligem Freund herausgefunden. *Diese Adresse!* Ihre Eltern hatten ihr geraten, sich nicht in das Leben und die Angelegenheiten ihrer Schwester einzumischen, da Sarah ihrer Meinung nach alt genug war, um zu wissen, was sie tat. Doch auch Hannah war alt genug, um zu wissen, was *sie* tat. Sie hatte nicht glauben können, dass Sarah sich so lange absichtlich nicht bei ihr melden wollte. Darum war sie die knappe Autostunde von Amsterdam nach Rotterdam gefahren, durch die schmalen Gassen entlang der Wasserläufe, am Hafen vorbei bis zu diesem Gebäude. Zu dieser Wohnung.

Sarah hatte ihr damals von einem gewissen Piet van Loon erzählt – und *VAN LOON* hatte auch auf dem Schild über der Klingel dieser Tür gestanden. Doch niemand hatte ihr geöffnet.

Über eine Stunde lang hatte Hannah im Innenhof gewartet, auf einer Bank neben den Mülleimern, und mehrmals den breiten Briefschlitz hochgeklappt und durch den Spalt ins Innere der Wohnung geblickt, aber nichts weiter als die dunklen Möbel eines Vorraums entdeckt. Kein Anzeichen von Leben.

Das gesamte Gebäude schien wie ausgestorben. Bis auf einen alten Mann mit einer Zeitung unter dem Arm war Hannah niemandem begegnet. Hannah hatte mit ihm gesprochen, wollte ihn über Piet van Loon aushorchen, doch das Einzige, was der Alte ihr hatte erzählen können, war, dass schon lange niemand mehr in van Loons Wohnung ein oder aus gegangen war. Seit Monaten nicht mehr.

Als der Mann in seiner Wohnung verschwunden war, hatte Hannah ein Stück Draht von einem kaputten Korb aus einem Mülleimer abgebrochen, zurechtgebogen und das Schloss geöffnet.

Sie hatte doch bloß einen Hinweis auf Sarah finden wollen – ihre geliebte große Schwester, die einfach von zu Hause abgehauen war und sie und Emma zurückgelassen hatte. Sie hoffte, eine Nachricht auf dem Anrufbeantworter zu finden, Sarahs Handy, eine neue Adresse, ein paar Fotos, Kino- oder Theaterkarten, einen nicht abgeschickten Brief an Hannah oder Rechnungen von Supermärkten, in denen sie eingekauft hatte. Irgendetwas. Ein winziges Lebenszeichen, dass es Sarah gut ging. Dass sie glücklich war.

Nach einer ersten erfolglosen Suche war ihr Blick schließlich an der leise vor sich hin summenden Tiefkühltruhe hängen geblieben. Sie wusste auch nicht, warum sie dort hineingeblickt hatte. Vermutlich um zu sehen, ob Sarah darin wie zu Hause ihre geliebten Sirupwaffeln mit *Chocovlokken* eingefroren hatte.

Stattdessen hatte sie Sarah in der Truhe gefunden. Nackt, mit gefrorenen Haaren, leblosen Augen, einem gebrochenen, zerschmetterten Körper und einem in die Brust geschnittenen Buchstaben. Der Rest ihres Leibes war mit dem Papier einer Tageszeitung bedeckt gewesen. Mit einer Ausgabe vom 8. Juni, Sarahs Geburtstag.

Lange Zeit hatte Hannah wie hypnotisiert auf die Tote gestarrt. Ihr Hirn wollte einfach nicht wahrhaben, was sie sah. Wollte ihr einreden, dass der Anblick nicht echt war. Nicht der Realität entsprechen *konnte*. Doch dann hatte Hannah zögerlich Sarahs kalte Wange berührt, ihr Haar und ihre Augenlider, unter denen trübe Pupillen ins Nichts starrten.

Geschockt von der Berührung hatte sie aufgeschrien, war panisch aus der Wohnung gestürzt und direkt einem hoch gewachsenen, glatzköpfigen Mann im dunklen Anzug und mit einer Waffe in der Hand in die Arme gelaufen, der soeben den Finger auf die Türklingel legen wollte. Er hatte sie mit einem rauen *Verdomme!* aufgefangen, sonst wäre sie über ihre eigenen Beine in den Hof gestolpert.

»Fühl dich wie zu Hause«, riss Piets Stimme sie aus ihren düsteren Gedanken.

Hannahs Erinnerung verblasste. *Wie zu Hause!* Ihr Körper spannte sich an. An diesem Ort war ihre Schwester gestorben.

Piet beugte sich über die Couch und zog ihr den blutigen Knebel aus dem Mund. »Na, zufrieden?«

»Lass mich gehen«, flehte sie und tastete mit der Zunge über den Krater im Zahnfleisch. Wahrscheinlich hatte sie den Zahn hinuntergeschluckt. Darüber hinaus hatte Piet ihr noch einen Stiftzahn eingeschlagen, der nun wackelte und immer wieder von neuem zu bluten begann.

»Du weißt, dass ich das nicht kann.« Er ging in den Vorraum, wo sie hörte, wie er etwas aufriss und mit der Verpackung raschelte. »Wie du siehst, habe ich einige Vorbereitungen getroffen«, rief er aus dem Vorraum.

Im nächsten Augenblick kam er mit dem Inhalt zweier Pakete ins Schlafzimmer.

Hannahs Augen weiteten sich. »Bitte nicht!«

In einer Hand hielt er einen Hammer, in der anderen ein Stanley-Messer. »Böse Erinnerungen?«, fragte er.

Sie schluckte Blut.

»Keine Sorge, mit dir habe ich etwas anderes vor. Sieh dich um.«

Sie blickte in die Ecke des Zimmers. Im Dämmerlicht stapelte sich ein Haufen übereinandergelegter fleckiger Matratzen nahezu eineinhalb Meter hoch. Die untersten wurden durch das gesammelte Gewicht zusammengedrückt.

»Dreizehn Stück – nur für dich«, erklärte Piet. »Ich habe sie aus den umliegenden Wohnungen hergetragen und einige aus dem Keller geholt.«

»Was ist mit den anderen Leuten im Haus?«, nuschelte sie.

»Typisch Psychologin. Immer kümmerst du dich zuerst um andere.« Er ging zu dem Stapel und klopfte auf die oberste Matratze. »Eigentlich wäre das für Emma gedacht gewesen. Heute Abend hätte ich deine Schwester aus dem Hotel deiner Eltern geholt. Aber nun bist *du* hier. Das hat mir Zeit gespart – und das Risiko verringert, in Amsterdam erwischt zu werden.«

Sie dachte an die Kabelbinder und den Ring an der Decke des Lieferwagens. »Du hattest alles schon vorbereitet.«

»Kluges Kind. Frenk Bruno war während seiner Urlaube mehrmals hier. Aber weil du so begierig darauf brennst, alles zu erfahren, wirst *du* statt deiner Schwester den Auftakt machen.«

»Warum kannst du uns nicht in Ruhe lassen?«, weinte sie.

Er setzte sich neben sie. »*Du* hättest Ruhe geben sollen, aber du wolltest unbedingt meine Motivation herausfinden. Nun sollst du sie am eigenen Leib erfahren – wie damals deine Schwester. Ich finde, dieser Neuanfang hat etwas Symbolisches. Meinst du nicht auch?«

»Aber warum all die Morde?«, presste Hannah hervor.

»Als Therapeutin solltest du eigentlich wissen, dass jeder Mord, den ein Soziopath begeht, stellvertretend für eine Form des Hasses steht, den er in sich trägt.«

»Du bezeichnest dich selbst als Soziopath?«

»Du brauchst dir doch nur meine Akte durchzulesen, was du zweifellos getan hast.«

»Und *du* hasst Frauen?«

»Meine Mutter konnte meinen Vater nicht halten.«

»Aber warum meine Schwester?«, schluchzte sie. »Sie war deine Freundin!«

»Um wirklich frei zu werden, muss man töten, was man liebt.«

»Und ihr alle Knochen im Leib brechen?«

»Das Sterben ist ein langer Akt. Ich musste zuerst ihre Strukturen zerstören und ihr den Halt nehmen, um sie auf den eigentlichen Tod vorzubereiten. Nur so konnte ich sie ganz vernichten.«

»Und was sollte das A auf ihrem Körper bedeuten? Etwa *Abtreibung?*«

»Abtreibung?«, wiederholte er langsam.

»Hast du nicht gewusst, dass sie im dritten Monat schwanger war?«, heulte Hannah los. »Die Ärzte haben es bei Sarahs Obduktion festgestellt. Sie hätte einen Jungen bekommen.«

Piet riss die Augen auf. Und dieser Blick wirkte einen Moment lang entsetzlich verstört, als flackerten zugleich Angst, Schuld und Wahnsinn darin auf. »Ich habe damals meinen … Sohn ermordet?«

»Ja, das hast du.« Wie gebannt starrte Hannah ihn an. »Und meinen Neffen.«

Plötzlich lächelte Piet süffisant. »So ein Pech aber auch. Er hätte mein Werk fortsetzen können.«

Von jemandem, der so eiskalt war und den zerschmetterten Körper seiner Freundin in die Tiefkühltruhe gesteckt hatte, war wohl auch keine Reue zu erwarten gewesen. »Aber warum?« Sie wischte sich die Tränen aus dem Gesicht. »Um Aufmerksamkeit zu erlangen?«

Er nickte langsam. »Ja, damals ging es nur darum. Es war ein geistiges Kräftemessen. Danach hätte es enden und sich zum Guten wenden können. Aber das hat es nicht! Was nicht meine Entscheidung war. Und so geht es heute um noch viel mehr als damals ... nicht mehr nur um Hass, sondern auch um Enttäuschung und Vergeltung.« Er beugte sich zur Sporttasche hinüber und holte ein zerknittertes Kuvert aus dem Seitenfach. »Willst du hören, was mein Vater mir vor zwei Jahren ins Gefängnis geschrieben hat?«

Sie schüttelte den Kopf, denn mittlerweile war sie schon so weit in diesen kranken Geist eingedrungen, dass sie den Eindruck hatte, vor einem tiefen Abgrund zu stehen, und keinen Schritt mehr weiter gehen wollte. Doch Piet ließ ihr ohnehin keine Wahl.

Er öffnete das Kuvert. »Ich werde es dir trotzdem vorlesen.« Langsam faltete er einen handschriftlichen Brief auseinander. »*Ich kann dir gar nicht sagen, wie enttäuscht ich von dir bin. Wir waren auf einem so guten Weg, aber die Zeit mit dir war vergeudet. Alle Mühe umsonst! Es ist sinnlos, und es kotzt mich an. Wieder einmal hat sich bestätigt: einmal ein Krimineller, immer ein Krimineller. Du stehst für alles, was ich verabscheue. Ich ertrage deine Gegenwart nicht länger ...* und so weiter und so fort.«

»Das alles tut mir leid, aber ich kann nichts dafür«, schluchzte sie.

»Das stimmt, aber nur wenn wir leiden, sind wir für die Wahrheit offen«, sagte er. »Zieh dich aus!«

Sie zögerte und presste schließlich die Arme vor die Brust. »Nein.«

Er hob die Hand und ballte die Faust. Hannah zuckte reflexartig zusammen und hielt sich die Hände vors Gesicht, weil sie jeden Moment mit einem weiteren Schlag rechnete. Doch es kam keiner.

»Zieh dich aus!«, befahl er ihr nur und schnitt ihre Fesseln um die Fußgelenke auf.

Langsam knöpfte sie Hose und Bluse auf und schlüpfte aus den Kleidern. Als sie mit zittrigen Fingern den Verschluss ihres BHs öffnen wollte, stoppte er ihre Bewegung.

»Das reicht.« Er nahm ihre Kleidung, knüllte sie zusammen und warf sie in die Ecke.

Der Anblick ihrer dreckigen, verschwitzten und angepinkelten Kleider, ein elender kleiner Haufen, achtlos in der Ecke der Altbauwohnung, ließ ihr die Tränen in die Augen steigen. Genauso achtlos würde ihre Leiche in dieser Wohnung verrotten. Wenn sie Pech hatte, würde sie erst dann gefunden werden, wenn sie nicht mehr zu erkennen war. Verschrumpelt, zusammengefallen und nur noch auf Grund ihres Gebisses zu identifizieren. Dann hätten ihre Eltern ihre zweite Tochter verloren. Wegen ein und desselben Irren.

»Hör auf zu heulen!«, brüllte er sie an.

Sie wischte sich die Tränen aus den Augen. *Kämpfe! Du hast Psychologie studiert,* schärfte sie sich ein. *Du darfst nicht aufgeben.*

»Ich …«, begann sie, doch der Gedanken, der ihr soeben gekommen war, war schon wieder verloren. Verzweifelt versuchte sie sich zu erinnern, aber ihr Kopf war so schwer. Der letzte Tag in der Anstalt auf Ostheversand kam ihr vor, als läge er unendlich lange zurück. Da erinnerte sie sich wieder an Irene Ellings Unterlagen mit den versengten Rändern. »Ich könnte dir helfen, die Wahrheit ans Licht zu bringen.«

Sein Kopf kam näher, sodass sie seinen Atem auf der Haut spürte. »Die Wahrheit worüber?«

»Über Ellings Tod und ...«

»Sehe ich so aus, als würde mich der interessieren?«

»Und deine Misshandlung? Es wäre eine Win-win-Situation.«

»Verschon mich mit dieser Psycho-Kacke! Das Werk von damals wird weitergehen. Und diesmal habe ich ein viel schlimmeres Sterben vorbereitet.« Er erhob sich. »Aber nicht, weil ich will, sondern weil ich *muss*. Es ist meine Bestimmung. Sie alle wollten es so.«

»Das ist nicht fair!«

»Wäre es fair, würde es mich nicht erregen. Aber ich gebe dir eine Chance. Zumindest die hast du dir verdient, weil du eine tapfere kleine Frau bist.«

Nun erfüllte sie doch noch ein Funke Hoffnung. »Welche?«

»Aus der Scheibenwaschanlage des Wagens werde ich einen Schlauch schneiden, der lang genug ist, damit er dich eine Weile am Leben erhält. Und dann hängt es nur von dir und meinem Vater ab, ob du überlebst oder nicht.«

»Deinem Vater?«, wiederholte sie.

»Du bist ihm schon einmal begegnet. Damals, vor fünf Jahren, als du Sarah gefunden hast. Der niederländische Ermittler.«

»*Der* ist dein Vater?«

»Ich habe ihn mir nicht ausgesucht.« Piet stand auf, zerrte die erste Matratze vom Stapel und warf sie auf den Boden. »Wenn dich jemand retten kann, dann er. Bei deiner Schwester hat er kläglich versagt. Allerdings hatte ich ihr damals auch keine Chance gegeben, nicht so wie dir heute. Sie ist gering, aber immerhin.«

Er schob die Matratze in die andere Ecke des Zimmers. »*Es war einmal ein Prinz, der wollte sich eine Prinzessin suchen, aber es sollte eine* echte *Prinzessin sein.*« Er deutete auf die Matratze. »Leg dich dort hin, Prinzessin.«

Eine halbe Stunde später umgab sie absolute Dunkelheit. Ihre Arme und Beine waren wieder gefesselt, und in ihrem Mund steckten zwei bitter schmeckende Schläuche. Über einen bekam sie Flüssigkeit, über den anderen atmete sie. Flach und langsam. Was, wenn sie sich verschluckte oder erstickte? Die Angst kam in immer größeren Wellen. Und jede Panikattacke dauerte länger als die vorherige.

Zudem spukten ihr Piets letzte Worte durch den Kopf, nachdem sie ihn angefleht hatte, sie nicht allein in der Dunkelheit zurückzulassen.

»Aber das muss ich, leb wohl.«

»Wohin gehst du?«

»Der unartige Junge besucht seine Großmutter.«

49

Sie saßen im Taxi und rasten durch die engen Gassen Rotterdams zu Piets Wohnung.

Während der Fahrt telefonierte Sneijder endlich mit der niederländischen Kripo. Soviel Sabine verstand, forderte er eine Ermittlergruppe und ein Spurensicherungsteam an, um Haus und Grundstück seiner Mutter auf den Kopf stellen zu lassen. In der Zwischenzeit brannten Sabine immer mehr Fragen auf der Zunge.

Endlich beendete Sneijder sein Telefonat. Er wandte sich ihr zu. Sein Gesicht war noch blasser als vorhin, obwohl das eigentlich kaum mehr möglich schien. »Sagen Sie schon, was wollen Sie wissen?«

»Piet hat fünf Jahre lang im Knast gesessen«, begann sie. »In seine Wohnung wird doch längst jemand anderes eingezogen sein.«

»Nicht in diese Wohnung. Das gesamte Wohnhaus, ein Altbau mit fünfzehn Mietwohnungen, gehört ... gehörte meiner Mutter. Piet lebte in einer davon. Nach dem Mord an Sarah van Leeuwen haben die Mieter jedoch der Reihe nach gekündigt. Niemand wollte in das *Rotterdamer Mordhaus* einziehen. Zwei Jahre lang stand es komplett leer, und danach wurden nur noch gelegentlich Flüchtlinge und Obdachlose darin untergebracht, weil meine Mutter das Geld brauchte.«

»Sollten wir nicht ...?«

»Nein«, unterbrach er sie. »Wir sind da!« Er sprang aus dem Wagen und lief über die Straße.

... die Polizei rufen, dachte Sabine den Satz zu Ende. Aber es

waren Sneijders Heimatland, seine Familie, sein Fall – und seine Regeln.

»Warten Sie bitte hier«, sagte Sabine auf Englisch zu dem Fahrer. Sie ließ ihren Trolley im Kofferraum und lief ebenfalls über die Straße.

Dieses Gebäude befand sich noch näher am Hafen als Sneijders Elternhaus. Hier war der Fischgeruch intensiver als zuvor, und Sabine hörte das dumpfe Tuten mehrerer Boote. Dieses Viertel sah trostlos aus. Genauso wie das dunkle Backsteingebäude, in das Sneijder verschwunden war.

Auf dem Ziegeldach hing an einem Kabel eine abgebrochene Satellitenschüssel, die im Wind leicht hin und her schwang. Sabine gelangte durch einen Torbogen in den Innenhof. Hier war es dunkel, da nur wenig Licht von der Straßenbeleuchtung in den Hof fiel. Sabine konnte erkennen, dass man über eine schmiedeeiserne Außentreppe, die einer Feuerleiter glich, direkt zu den Wohnungstüren gelangte. Die Fenster waren allesamt vergittert. Anscheinend eine gefährliche Gegend.

Im Hof parkte ein alter rostbrauner Lieferwagen mit einem Tiefkühlkostlogo und deutschem Kennzeichen. *Aus Schleswig-Holstein!*

Sneijder hatte die Waffe bereits aus seinem Gürtelholster gezogen. In der anderen Hand hielt er sein Handy und leuchtete mit dem Display in das Innere des Wagens.

Instinktiv ballte Sabine die Faust. »Ist das sein Fluchtauto?«, flüsterte sie.

»Sieht so aus.«

»Ist er hier?«

Sneijder blickte durch die Scheibe auf den Beifahrersitz. »Wohl kaum. Er hat gestern Nacht drei Morde in Wien begangen und ist nicht so dumm, danach hierher zurückzukehren.«

»Woher wissen Sie, dass er überhaupt hier war?«, flüsterte sie immer noch. »Der Wagen könnte doch …«

»Auf dem Beifahrersitz liegt eine Straßenkarte von Norddeutschland.« Sneijder löste sich von dem Wagen und ging zielstrebig auf eine Tür zu, die zu einer ebenerdigen Wohnung führte. Er leuchtete in das einzige schmale Fenster, das nicht vergittert war.

»War das seine Wohnung?«

»Hören Sie auf zu flüstern, das macht mich nervös«, zischte Sneijder. »Ja, das war seine Wohnung. Das ist das Badezimmerfenster, aber ich kann nichts erkennen.« Er schlüpfte wieder in ein Paar seiner Latexhandschuhe und drückte die Klinke nieder. Abgesperrt. »Hat man Ihnen an der Akademie beigebracht, wie man so ein Schloss öffnet?« Er leuchtete mit dem Handy auf die Türklinke.

Sneijder konnte also immer noch keine Schlösser öffnen. Sabine betrachtete das veraltete Zylinderschloss. »Ja, dazu brauche ich nur einen …«

»Ach was, keine Zeit«, unterbrach er sie. »Wählen Sie lieber den internationalen Notruf. Die sollen ein Kripoteam herschicken. Ich gehe in der Zwischenzeit rein.« Er machte einen Schritt zurück und trat gegen die Tür.

Gleich beim ersten Tritt knirschte das Holz, beim zweiten wackelten die Scharniere, beim dritten verbog sich bereits der Metallrahmen.

Indessen hatte Sabine jemanden von der Vermittlung dran. Sie verließ den Hof, suchte draußen nach dem Straßennamen und gab die Adresse durch. Danach forderte sie auf Englisch ein Kripoermittlerteam an. Als sie fertig war, sah sie den Taxifahrer, der den Krach gehört hatte, aus dem Wagen gestiegen war und nun neugierig in den Hof blickte.

»Bleiben Sie im Auto!«, befahl sie ihm. Dann lief sie wieder in den Hof.

Mittlerweile hatte Sneijder die Eingangstür vollständig aufgebrochen. Der Riegel war aus dem Rahmen gerissen worden, und

Holzsplitter standen weg. Einfacher wäre es gewesen, gleich den Generalschlüssel aus dem Haus seiner Mutter mitzunehmen, doch daran hatte Sneijder wohl nicht gedacht.

Sabine betrat die Wohnung. Sneijder stand im Vorraum. Er legte einen Kippschalter um, und eine mickrige Deckenlampe flackerte auf.

»Im Haus gibt es noch Strom?«, wunderte sich Sabine.

Sneijder hatte bereits den Sicherungsschrank geöffnet. »Anscheinend hat meine Mutter den Strom nicht abgemeldet. Außerdem hat jemand neue Sicherungen reingedreht. Sehen Sie?«

Er ging weiter ins Wohnzimmer und schaltete auch dort das Licht ein. Die Vorhänge waren zugezogen. Auf dem Boden lagen jede Menge aufgerissene Briefkuverts und Postpakete, die Sneijder durchsuchte und die Absender betrachtete.

»Vieles davon wurde in Flensburg aufgegeben. Anscheinend hat Piet sich das selbst von Ostheversand nach Hause geschickt, oder jemand hat ihm diese Sachen besorgt.«

Sabine dachte an das Gespräch mit Frenk Bruno und dass Piet ihm ein Haus versprochen hatte. »Ich tippe auf Frenk Bruno.« Sie wandte sich um und sah auf eine große Wand, von der sämtliche Bilder abgenommen worden waren. Stattdessen klebten auf der fleckigen Tapete Straßenkarten, Flyer, E-Mails mit Adressen, Fotos von Gebäuden, Stadtpläne und Listen mit Zugverbindungen.

Sabine las die Namen der Städte laut vor. In keiner davon hatte sich ein Mord ereignet. »Was soll das?«

»Falsche Spuren, für den Fall, dass sein Austausch im Gefängnis vorzeitig aufgeflogen wäre und die Polizei seine alte Wohnung durchsucht hätte.«

»Deshalb soll er das alles inszeniert haben?«

»Um uns zu beschäftigen, ja. In der Zwischenzeit hätte er unbemerkt die Morde in Dortmund, Hagen, Bern, Regensburg und Wien begehen können – was er auch getan hat.«

»Und wo hat er seine Vorbereitungen für die echte Mordserie getroffen?«

Sneijder tippte sich an die Stirn. »Hier drin. Ich bin mir sicher, es gibt keine einzige schriftliche Aufzeichnung darüber. Piet hatte fünf Jahre Zeit, alles bis ins letzte Detail zu planen. Und dieser Frenk Bruno hat ihm dabei geholfen.«

»Damit hat er sich all die Zeit beschäftigt?«

»Piet denkt auf einer anderen Ebene als Sie und ich. Wenn er ein Messer sieht, fragt er sich automatisch, wen er damit töten kann.«

»So tickt er?«

»Schon als Kind mied er andere Kinder, um ihnen nichts Böses anzutun. Manchmal war er sogar ein süßer Junge, aber ich wusste, jede Wolke kommt irgendwann einmal als Gewitter zurück.« Sneijders Worte klangen immer verbissener. Schließlich trat er eine leere Schachtel durchs Zimmer. »*Vervloekt!* Das alles bringt uns nichts. Dieser Mistkerl spielt mit uns, und wir haben keine Ahnung, wo er die letzten drei Morde inszenieren wird.«

»Uns fehlt immer noch der erste Mord«, erinnerte Sabine ihn. »Ich sehe mich in den anderen Zimmern um.«

»Machen Sie sich auf etwas gefasst. Meiner Meinung nach muss es in diesem Gebäude passiert sein.«

Mit einem flauen Gefühl im Magen verließ sie das Wohnzimmer und ging in die Küche. Der Anblick dort ließ sie zurückprallen. Die Speise- und Getränkereste auf dem Tisch sahen aus, als hätte hier jemand tagelang gehaust. In der Spüle stapelten sich Teller und Kaffeebecher. Der Mikrowellenofen stand offen, und auch darin befand sich eine schmutzige Schüssel mit Speiseresten. Aufgerissene Medikamentenpackungen lagen herum: Aspirin, starke Schmerzmittel, Antibiotika, Magen- und Aufputschmittel sowie eine Packung Tabletten mit der Aufschrift *Jatrosom,* von denen Sabine noch nie zuvor gehört hatte.

Dann fiel ihr Blick auf den Griff der Kühltruhe. Da der Strom im Haus funktionierte, war die Truhe ein möglicher Ort, um die Entwicklung von Leichengeruch so lang wie möglich zurückzuhalten. Mit einem Kugelschreiber aus ihrer Brusttasche fuhr sie in den Griff und zog den Deckel hoch. Augenblicklich spürte sie die Kälte aufsteigen. Das Licht in der Truhe ging an. Sabine war darauf vorbereitet, in die starren Augen einer Leiche zu blicken, doch die Truhe war leer. Sie ließ den Deckel zufallen, betrachtete den Rest der Küche, fand jedoch keinen brauchbaren Hinweis und ging weiter.

Im Schlafzimmer gab es auch nichts zu sehen. Bloß ein ein, einhalb Meter hoher Stapel Matratzen in einer der Ecken. Es roch nach Fäkalien und Urin. *Absolut verrückt!*

Sie wollte den Raum bereits wieder verlassen, als ihr Blick auf einen Haufen zusammengeknüllter Kleidungsstücke fiel. Hose, Regenjacke und Bluse.

Eine außergewöhnlich schicke blaue Bluse sogar.

Neugierig betrachtete sie das Stück. Dann wanderte ihr Blick wieder zu den Matratzen. *Die Prinzessin auf der Erbse. Natürlich!* Sofort kniete sich Sabine neben den Stoß und bemerkte erst jetzt, dass aus dem Spalt zwischen den unteren beiden Matratzen zwei durchsichtige Kunststoffschläuche mit knapp einem Zentimeter Durchmesser ragten. Einer lag auf dem Boden, der zweite hing in einen leeren Plastikeimer.

Hier war der Gestank nach Fäkalien unerträglich. Nun bemerkte Sabine auch die Ausbeulung der Matratzen, die sich nach oben hin nivellierte. Sie hatte die ungefähre Größe eines Menschen. Lag hier vielleicht ein Toter?

Nein, der typische Leichengeruch fehlt.

Und plötzlich wusste sie, wozu die Schläuche dienten. Sie befeuchtete ihre Fingerspitzen und hielt sie unmittelbar vor eine Schlauchöffnung. Deutlich war der Luftzug zu spüren.

»Sneijder!«, brüllte sie. »Wir brauchen einen Krankenwagen!«

Sabine sprang auf, riss die oberste Matratze herunter und wollte sie ans andere Ende des Zimmers schleudern, doch sie war viel zu schwer. Das Ding hüpfte auf den Boden, klappte zusammen, und Sabine versuchte, es auf die andere Seite zu schieben. Dann zerrte sie die zweite und dritte Matratze herunter. Schweiß trat ihr auf die Stirn. Insgesamt mussten es an die zweihundertfünfzig Kilo sein, die hier übereinandergestapelt lagen.

Indessen kam Sneijder ins Zimmer. Er hielt bereits das Handy ans Ohr und sprach auf Niederländisch. Sabine hörte, wie er den Straßennamen nannte. Dann legte er auf.

»Unter den Matratzen liegt jemand. Vielleicht schon seit Tagen«, keuchte sie.

Sneijder war sogleich bei ihr und half ihr, die Matratzen der Reihe nach herunterzuheben. Als nur noch drei Stück auf dem Boden lagen, waren die Umrisse eines Menschen bereits deutlich zu erkennen.

»Jetzt vorsichtig«, sagte Sneijder.

Sie hoben die dritte Matratze weg. Nun stieg Sabine der Geruch von Blut und Eiter in die Nase.

»Vorsichtig.« Sneijder hob das untere Ende an.

Es schien zu kleben. In kleinen Schritten zog er die Matratze an jeder Seite hoch. Darunter war jetzt das Wimmern einer Frau zu hören.

»Dimmen Sie das Licht!«, befahl er. »Diese Frau liegt seit mindestens vier Tagen in absoluter Dunkelheit.«

Sabine schaltete das Licht aus. Nun fiel nur noch der schwache Schimmer vom Gang in das Schlafzimmer.

»Ich bin so weit. Helfen Sie mir!«

Gemeinsam hoben sie die Matratze herunter. Ein schmatzendes Geräusch war zu hören. Jemand stöhnte erbärmlich auf. Im trüben Licht sah Sabine eine halb nackte, gefesselte Frau. Zahlreiche Quetschungen und Druckstellen hatten ihren Körper und ihr Gesicht wundgescheuert. Ihre Haut nässte und schillerte in dunklen Blautönen.

Sneijder beugte sich zu ihr hinunter und löste behutsam die Heftpflaster, mit denen die Schläuche an ihren Lippen befestigt worden waren. Dann zog er ihr die Schläuche aus dem Mund. »Mein Name ist Maarten S. Sneijder, Bundeskriminalamt Wiesbaden. Hannah Norland, richtig? Sie sind in Sicherheit.« Dann wandte er sich an Sabine. »Ich brauche ein Messer und ein Glas Wasser. Rasch!«

Sabine lief in die Küche, wo sie Becher und ein scharfes Brotmesser fand. Aber aus der Wasserleitung lief nur rostbrauner Dreck, begleitet vom hohlen Knarren und Schlagen der Rohre. Verzweifelt blickte sie sich um und fand neben den Speiseresten eine Packung Orangensaft, die sie aufriss. Sie füllte den Becher und lief damit ins Schlafzimmer.

Zuerst griff Sneijder nach dem Messer und schnitt der Frau die Kabelbinder an Fuß- und Handgelenken auf. Dann nahm er den Becher. »Ist das Orangensaft?«

»Ja.«

»Woher?«

»Aus einem Tetra Pak. Originalverschlossen.«

»Haben Sie sich vergewissert, dass es keinen Nadeleinstich in der Packung gibt?«

»Nein«, antwortete sie verdutzt. Dieser Mann dachte so perfid böse.

»Dann los, worauf warten Sie?«

Sabine rannte in die Küche und fand eine andere verschlossene Packung, auf die sie drückte und die sie in alle Richtungen drehte. Nirgends trat Flüssigkeit aus. Sie lief zurück und riss diese Packung auf. »Nehmen Sie die.«

Sneijder versuchte, die Frau aufzusetzen und ihr einen Schluck einzuflößen. Doch sie begann zu weinen, und Sneijder nahm sie in die Arme. »Hannah, alles wird gut, Sie sind in Sicherheit.«

Ja, sie war in Sicherheit, aber irgendetwas stimmte hier nicht. Aus welchem Grund hatte Piet die Frau nicht gleich getötet, sondern ihnen die Chance gegeben, sie lebend zu finden?

Im Dämmerlicht sah Sabine am Bauch der Frau eine tiefe, stark entzündete Schnittwunde in Form einer Zahl.

Zwei.

Und ihr Instinkt sagte ihr, es würde weitergehen, und diesmal würden sie keine Chance haben, die restlichen Morde zu verhindern.

50
Freitag, 2. Oktober

Fünf Minuten später traf endlich der Notarztwagen ein. Sneijder unterhielt sich mit Arzt und Sanitätern und führte sie ins Haus. Kurz darauf fuhren sie eine Trage mit Infusionsflaschen in die Wohnung.

Indessen bezahlte Sabine den Taxifahrer, bat auf Englisch um ihr Gepäck und erklärte ihm, dass er nicht mehr länger auf sie warten müsse. So wie es aussah, würde ihr Aufenthalt vermutlich noch bis spät in die Nacht dauern.

Nachdem das Taxi davongefahren war, steckte Sabine die Hände in die Jackentaschen und kauerte sich neben einer Straßenlaterne in eine Mauernische. Ihr war eiskalt, und ihr knurrte der Magen. Mittlerweile war es weit nach zweiundzwanzig Uhr. Der Sternenhimmel war glasklar, und das bedeutete, die Nacht würde verdammt kalt werden. Perfekte Bedingungen für den ersten bevorstehenden Schnee, der sicher nicht mehr lange auf sich warten lassen würde.

Sneijder trat aus dem Haus, gesellte sich zu ihr und zündete sich eine Zigarette an. »Hannah wird auf die Intensivstation gebracht. Sie ist dehydriert, hat zahlreiche Druckstellen, Quetschungen und eine Blutvergiftung, wird aber wahrscheinlich durchkommen. Der Arzt hat bestätigt, dass sie dort seit mindestens vier Tagen so gelegen haben muss.« Er starrte auf Sabines Trolley, der an der Hausmauer stand. »Wo ist unser Taxi?«

»Habe ich weggeschickt. Wo bleibt eigentlich die Kripo? Die müsste doch längst da sein.«

Sneijder stellte seinen Mantelkragen auf und hauchte in die Faust. »Wird noch kommen. Die Kollegen in Rotterdam sind stark unterbesetzt und haben bis über beide Ohren mit Drogendelikten zu tun. Damals habe ich zwanzig Minuten auf die warten müssen, nur dass es da nicht so kalt war.«

»Haben *Sie* seinerzeit Sarah van Leeuwens Leiche gefunden?«

»Ihre Schwester hat sie gefunden, aber ich war zufällig zur selben Zeit hier. Sarahs Körper lag mit gebrochenen Knochen in einer Tiefkühltruhe.«

»Wie schrecklich.« Für einen Moment dachte Sabine daran, wie sie die Leiche ihrer Mutter vor drei Jahren in der Münchner Frauenkirche gefunden hatte. Damals hatte sie Maarten Sneijder kennengelernt. Genaugenommen *wegen* des Mordes an ihrer Mutter. Wäre sie nicht umgebracht worden, hätte Sabine nie die Bekanntschaft mit Sneijder gemacht, er hätte sie nicht zum BKA geholt, sie hätte keine Ausbildung an der Akademie gemacht und wäre nun nicht hier. Vermutlich würde sie immer noch in der Münchner Fußgängerzone Taschendiebstähle aufklären. Möglicherweise hatte der Tod ihrer Mutter sogar diesen Sinn gehabt. Zumindest konnte sie ihm nachträglich diesen Sinn geben, jeden Tag, an dem sie Mörder jagte.

»Woran denken Sie?«, fragte Sneijder.

»An das, was wir hier tun.«

»Rätsel lösen?«

»Nicht nur.« Sabine erinnerte sich an die Buchstaben. »Haben Sie je herausgefunden, was Piet van Loons Buchstabenreihe bedeuten sollte?«

Sneijder sah sie mit großen Augen an. »Ich dachte, das wüssten Sie längst.«

»Ich?«, fragte sie überrascht. »Die Buchstabenfolge lautete N-D-E-R-A.«

»Falsch, Eichkätzchen. Überlegen Sie! Auf Sarahs Körper, zerschmettert und tiefgefroren in der Truhe, stand ein A. Ihre Leiche wurde zwar zuletzt gefunden, aber in Wahrheit war sie Piets *erstes* Opfer.«

»Also A-N-D-E-R«, reihte Sabine die Buchstaben um. »Andersen!«

Sneijder nickte.

»Er hat schon damals auf sein Theaterstück hingewiesen. Seit wann wussten Sie davon?«

»Als vor fünf Jahren die Buchstabenfolge N-D-E-R aufgetaucht ist, bin ich einem vagen Bauchgefühl gefolgt und zu Piets Wohnung in Rotterdam gefahren.«

Erneut flammte der Groll gegen Sneijders Zurückhaltung in Sabine auf. »Und trotzdem haben Sie die ganze Zeit geschwiegen?«

»Fangen Sie nicht schon wieder damit an! Erstens haben Sie die Verbindung zu Hans Christian Andersen selbst entdeckt ...«

»Ja, und spätestens da hätten Sie den Mund aufmachen müssen!«

Nun wurde auch er laut. »Piet saß im Gefängnis, zumindest dachte ich das zu diesem Zeitpunkt noch. Somit konnte es keinen Zusammenhang zwischen alter und neuer Mordserie geben.« Er wurde wieder leiser. »Und so lange wollte ich Piets Privatsphäre schützen.«

»Wohl eher Ihre eigene«, sagte sie bissig. »Weiß ich jetzt alles?«

Er sah sie lange an. »Nein.«

»Nein?«, fuhr sie ihn an. »Was zum Teufel verheimlichen Sie mir noch?« Wenn es möglich gewesen wäre, hätte sie ihn jetzt am liebsten mit ihren Blicken seziert. »Wer ist eigentlich Piets Mutter?«

»Das geht Sie nichts an.«

»Was? Das darf doch nicht wahr sein«, rief sie.

»Sie hat mit der ganzen Sache nichts zu tun.«

»In Ordnung, das muss ich wohl so akzeptieren«, presste sie schließlich zwischen zusammengebissenen Zähnen hervor. Sie kannte keine Niederländerin, die van Loon hieß. Anscheinend hatte die Frau wirklich nichts mit dieser Sache zu tun, weshalb Sneijder sie aus allem raushalten wollte.

Er warf den Joint auf den Boden und trat ihn aus. »Mir ist kalt, ich gehe rein und sehe nach Hannah.«

Sabine verharrte eine Minute lang allein in der Kälte. Endlich sah sie zwei Fahrzeuge mit Blaulicht die Straße herunterfahren. *Reichlich spät!*

Die Autos bremsten vor dem Gebäude neben dem Krankenwagen. Zwei Polizisten und zwei Ermittler in Zivil kamen auf Sabine zu. Sie wies sich mit ihrem BKA-Ausweis aus und erklärte den Männern auf Englisch, was Sneijder und sie in dem Haus gefunden hatten.

»Sneijder?«, fragte einer der Beamten. Es klang wie *Sniieder*. »Maarten S. Sneijder?«

»Ja.« Anscheinend konnte man sich in den Niederlanden noch gut an ihn erinnern, doch dann fiel Sabine ein, dass Sneijder regelmäßig mit Europol in Den Haag zusammenarbeitete. »Kommen Sie!«

Die Männer begleiteten sie in den Hof.

»Das ist vermutlich der Wagen des Mörders, nach dem wir suchen«, ließ sie die Beamten wissen.

»Nach dem *Sie* suchen?«, wiederholte einer der Männer.

Sabine erzählte, dass Piet van Loon aus einer Anstalt in Norddeutschland ausgebrochen war. Währenddessen rollten die Sanitäter die Trage aus dem Haus, auf der Hannah Norland in einer goldfarbenen Folie eingewickelt lag und an einer Infusionsflasche hing. Sie trug eine Sauerstoffmaske. Hannahs Augen waren geschlossen, als wäre sie ohne Bewusstsein.

»Wo ist Sneijder?«, fragte einer der Ermittler.

»In der Wohnung.« Sabine blickte zur Eingangstür.

In diesem Moment wurde es hinter dem schmalen Badezimmerfenster neben der Eingangstür hell. Es folgte ein Knall wie von einem Blecheimer, der zu Boden fiel, dann flackerte das Licht in der Wohnung auf. Gleichzeitig ertönte ein markerschütternder

Schrei, und Sabine sah grelle Funken hinter dem Badezimmerfenster.

Noch während die Männer im Hof standen und glotzten, rannte Sabine schon ins Haus. Auf dem Weg durch den Flur riss sie bereits den Reißverschluss ihrer Jacke auf und zog sie aus.

Die Badezimmertür stand offen. Das Licht flackerte immer noch. In der Ecke lagen zwei Metalleimer, und auf den Fliesen schwamm eine Wasserlache. Darin lag Sneijder. Hinter ihm schlugen Funken aus einem blanken Stromkabel. Sneijders Körper zuckte, schreiend versuchte er sich aufzubäumen.

Sabines Herz raste, als sie näher trat. Dabei achtete sie darauf, dass ihre Schuhe nicht mit der Flüssigkeit in Kontakt kamen. Als Sneijders Bein unkontrolliert hochfuhr, schlang sie ihre Jacke um sein Fußgelenk, drehte den Stoff mit ein paar Handgriffen zusammen und zerrte Sneijder am Bein aus dem Bad.

Doch sie hatte sich das leichter vorgestellt, als es war. Der Strom hielt Sneijder fest in seinem Griff und wollte ihn um keinen Preis freigeben. Noch dazu hielten die neuen Sicherungen, und der verdammte FI-Schalter flog nicht raus.

Sneijders Schreie erstarben. Sabine stemmte sich erfolglos mit den Beinen gegen den Parkettboden. Da knieten plötzlich die beiden Polizisten neben ihr und packten mit an. Gemeinsam gelang es ihnen, Sneijder in den Vorraum zu zerren.

Mittlerweile standen auch die Sanitäter und Kripoermittler in der Wohnung. Am liebsten hätte Sabine lauf aufgeschrien. *Zuerst zu spät kommen und dann nicht einmal anpacken!*

»Ist er tot?«, kreischte sie.

Einer der Sanitäter fühlte seinen Puls. *»Nee.«*

Der Notarzt riss Sneijders Hemd auf und legte ihn in eine stabile Seitenlage. Schaumbläschen bildeten sich vor Sneijders Mund, und ein dünner Blutfaden lief ihm aus dem Mundwinkel. Anscheinend hatte er sich auf Zunge und Lippe gebissen.

»Er hat leichte Verbrennungen und Herzrhythmusstörungen«, erklärte der Notarzt auf Englisch. Dann verlangte er nach Brandsalbe, Wundauflagen und Wärmedecke, worauf ein Sanitäter zum Wagen stürzte.

Sabine beugte sich zu Sneijder hinunter. Endlich schlug er die Augen auf und versuchte sich auf den Rücken zu drehen. Seine Lider flatterten.

»*Godverdomme!*« war das erste Wort, das er von sich gab. »Wie lange war ich weg?«

Sabine musste vor Erleichterung laut auflachen.

»Sie finden das auch noch lustig?«, keuchte er.

Der Arzt mahnte ihn, nicht zu sprechen, doch Sneijder hielt sich natürlich nicht daran.

»Ich habe das Kabel auf dem Boden zu spät gesehen«, presste er hervor und versuchte sich aufzurappeln. »Als ich die angelehnte Tür öffnete, fielen bereits die Wassereimer herunter.«

Nur Hannah Norland umzubringen war Piet wohl nicht genug gewesen. Er hatte auch für seinen Vater eine tödliche Falle vorbereitet. Doch beides war schiefgegangen – offenbar war Piet van Loon doch nicht so genial, wie alle dachten.

Sabine richtete sich auf. Und wer Fehler machte, konnte auch zur Strecke gebracht werden.

Fünf Jahre zuvor – Rotterdam

Sneijder landete in Rotterdam und holte seine Dienstwaffe vom Zoll ab. Jedes Mal das gleiche Spielchen. Er hatte sie zuvor am Flughafen anmelden müssen, dann war sie im Frachtraum der Maschine in einer gesicherten Box transportiert worden. *Wie nervtötend!*

Danach fuhr er mit dem Taxi direkt zum Mietshaus seiner Mutter, in dem Piet eine Wohnung gehörte. Er musste mit dem Jungen reden, seine Fingerkuppen überprüfen oder ihm zumindest in die Augen blicken, um sich zu vergewissern, dass er nichts mit den Morden in Deutschland zu tun hatte. Außerdem musste er endlich dieses schreckliche Bauchgefühl loswerden, das wie ein Tumor in seinen Eingeweiden saß. Allerdings wusste er instinktiv, dass es sich bestätigen würde. Deshalb hatte er die Dienstwaffe mitgenommen.

Die Hinweise, die der Killer hinterlassen hatte, waren zwar dünn, aber sie passten: Die vier Buchstaben konnten vieles bedeuten, aber auch *Sneijder* oder *Andersen*. Und Sneijder hatte seinem Jungen vor vielen Jahren die Andersenmärchen vorgelesen, die er später als schauriges Stück auf die Bühne gebracht hatte.

Und dann war da noch die Sache mit den merkwürdigen Fragmenten der Fingerabdrücke, als hätte sich der Täter die Fingerkuppen mit Säure verätzt. Mit zwölf Jahren hatte Piet eine ähnlich verrückte Idee gehabt, die er ihm stolz erzählt hatte. *Papa, wenn ich einmal groß und Verbrecher bin, werde ich mir die Fingerabdrücke wegmachen. Dann wirst du mich nie erwischen.*

Oder vielleicht würde er ihn *gerade deswegen* erwischen!

Als Sneijder den Innenhof des Backsteingebäudes betrat, hörte er, wie das Taxi davonfuhr. Vor Piets Wohnungstür hielt er kurz inne und läutete dann. Wenn der Junge nicht öffnen würde oder nicht zu Hause wäre, würde er den Generalschlüssel seiner Mutter holen. Und bei Gott – dann würde er die gesamte Wohnung des Jungen auf den Kopf stellen.

Kaum war der Klingelton erklungen, wurde die Tür auch schon aufgerissen, und eine junge Frau stolperte ihm kreischend in die Arme. Sein Instinkt herzufahren war richtig gewesen. Etwas Grauenvolles musste in der Wohnung passiert sein.

Sneijder beruhigte die junge Frau, die nicht aufhören wollte zu weinen. Er spürte, dass jede Faser ihres Körpers auf Flucht eingestellt war. *Nur raus aus dieser Wohnung und weg von diesem Haus!*

Vorsichtig tastete er sie nach Verletzungen ab, aber es gab keine – zumindest keine offensichtlichen. Dann brachte er sie hinaus zur Straße, fand in ihrer Handtasche den Autoschlüssel ihres Wagens und setzt sie auf den Beifahrersitz. Ein kleiner roter DAF 66. Eine niederländische Automarke und mittlerweile ein richtiger Oldtimer. Dort durchwühlte er den Rest ihrer Handtasche und fand ihren Führerschein. *Anna van Leeuwen. Verdomme!* Die jüngere Schwester von Sarah, seiner potentiellen Schwiegertochter, die er bisher nicht kennengelernt hatte.

»Anna, beruhigen Sie sich. Sie sind in Sicherheit«, sagte er mit sanfter Stimme.

»Tot ... tot«, wiederholte sie monoton.

Er verständigte sogleich Kripo, Spurensicherung und Notarzt und forderte eine Psychologin an, die auf traumatisierte Menschen spezialisiert war.

Solange niemand kam, wartete er bei Anna im Wagen und versuchte weiterhin, sie zu beruhigen. In dieser Zeit schaute er ständig zum Innenhof des Wohnhauses, denn möglicherweise befand sich ein Mörder darin. Und falls seine Vermutung stimmte, war dieser Mörder nicht irgendjemand, sondern ... sein Sohn! Denn

Anna war aus Piets Wohnung gekommen. Und die junge Frau sah furchtbar aus.

Ihre Hände zitterten, Tränen liefen ihr übers Gesicht, sie hyperventilierte und drohte jeden Moment einen Kreislaufzusammenbruch zu haben. Sneijder kannte das Verhalten von Zeugen, die einen Mord beobachtet hatten. Annas Reaktion war schlimmer! Er wusste, dass er in den nächsten Stunden keinen vernünftigen Satz aus ihr herausbringen würde. Und sie war zu aufgebracht, um auf Hypnose zu reagieren.

Das Einzige, was er machen konnte, war, ihre Hand zu halten und dabei einen Akupressurpunkt zu drücken, um ihre Atmung zu beruhigen. Wieder blickte er zum Haus. Doch weder betrat noch verließ jemand das Gebäude.

Zehn Minuten später trafen endlich Notarztwagen und Psychologin ein. Nachdem Sneijder ein paar Worte mit dem Arzt gewechselt hatte und Anna in der Obhut der Psychologin wusste, ging er in den Hof, streifte sich Überzieher über die Schuhe und schlüpfte in Latexhandschuhe, die er immer bei sich trug. Er zog seine Dienstwaffe und betrat die Wohnung.

Die Rotterdamer Kripo war immer noch nicht da, und so warf Sneijder allein einen Blick in alle Zimmer.

Keine Spur von Piet.

Vor der offenen Tiefkühltruhe blieb er schließlich stehen. Die aufsteigende kalte Luft war immer noch sichtbar und wirkte wie eine Seele, die soeben ausgehaucht worden war. Die Seele einer jungen, hübschen blonden Frau.

Sarah van Leeuwen. Er kannte sie von Fotos. Schlagartig kam die Erkenntnis, dass er selbst die Mitverantwortung für diese Tat trug und das Elend in die Welt und über diese Familie gebracht hatte. Er hätte laut schreien, mit der Faust gegen die Wand schlagen und das gesamte Mobiliar der Wohnung zertrümmern können, doch er stand nur da und schluckte seine Wut hinunter.

Beruhige dich und konzentrier dich auf deine Arbeit! Es ist ein Mord wie jeder andere auch. Du wirst den Täter fassen, und er kommt in den Knast. Ende. Fertig! Das hast du schon hundertmal gemacht.

Und dieses Mal machst du es genauso!

Sneijder atmete ein paarmal tief durch, dann war er wieder bei der Sache. Wie hatte der Mörder den Körper der Frau in diese Truhe gebracht? Er musste ihre Schultern ausgekugelt und die Ellenbogen und Fußgelenke gebrochen haben, um sie wie ein Paket zusammenzufalten. Und zuletzt hatte er ihr einen Buchstaben in die Brust geschnitten. *Ein A!*

A-N-D-E-R … sen!

Piet, du dummer Hund! Warum nur? Um zu testen, ob ich dich fassen kann?

Natürlich kann ich das!

Und das werde ich auch.

Du hättest mich nicht herausfordern dürfen. Ab jetzt bist du für mich ein Killer wie jeder andere auch. Gib mir noch ein oder zwei Tage, dann habe ich dich.

Sneijder steckte seine Pistole ein und ließ die Fingerknöchel knacken. Er würde das tun, was er immer tat. Spuren suchen und sich in das Hirn des Täters hineinversetzen. *Ganz einfach!*

Sneijder betrat das Wohnzimmer und betrachtete die Wand, an der Landkarten von den Niederlanden, Deutschland, Österreich, der Schweiz und Italien hingen.

»Da hast du dir ja einiges vorgenommen«, murmelte er.

Neben dem Tisch stand ein Mülleimer, in dem Servietten, das zerknüllte Kuvert einer Bank und zusammengedrückte Getränkedosen lagen. Auf dem Tisch stapelten sich zahlreiche Bücher über verschiedene Städte sowie Reiserouten, Hotelinfos und Zugfahrpläne. Doch es gab keine konkreten Hinweise auf Hannover, Köln, Frankfurt oder Stuttgart, wo die Morde zwei bis fünf stattgefunden hatten. Vermutlich reiste Piet mit öffentlichen Verkehrs-mitteln und entschied sich unterwegs spontan, wo er zuschlagen würde. Genug Geld hatte er bestimmt bei sich.

Und wohin führt es dich als Nächstes?

Bisher hatte Piets Route von Norden nach Süden geführt. Bald würde er entweder Österreich oder die Schweiz erreichen und von dort weiter nach Italien reisen. Sie mussten also verstärkte Fahndungsmaßnahmen an der Grenze veranlassen, um zu verhin-dern, dass sich das alles zu einem noch größeren internationalen Problem auswuchs. Auch wenn es das mit diesem ersten Mord in Rotterdam bereits geworden war!

Vermutlich hatte Piet genau das vor – so viele Staaten wie mög-lich in die Ermittlungen zu verwickeln. Seit heute würden ne-ben Deutschland auch die Niederlande mitzureden haben. Wei-tere würden hinzukommen. Und je mehr sich daran beteiligten, desto schwieriger wurde es, die Ermittlungen zu koordinieren.

Piet wusste, dass sein Vater nur dann funktionierte, wenn er frei agieren konnte und von keinem bürokratischen Druck eingeengt wurde. Es war ein Wettlauf mit der Zeit, und je mehr Sneijder da-rüber nachdachte, umso sicherer wurde er, dass der nächste Mord ebenfalls im Ausland stattfinden würde.

Österreich oder die Schweiz? Wohin gehst du?

Gedankenverloren ging Sneijder zum Festnetzapparat, hob den Hörer ab und drückte die Wahlwiederholungstaste. Nach einigen Klingeltönen meldete sich eine sympathische Damen-stimme.

»Hier ist die niederländische Botschaft in Wien. Sie erreichen uns leider außerhalb unserer ...«

Ein Tonband! Sneijder legte auf.

Also Österreich!

Andererseits war Österreich bereits indirekt in die Ermittlun-gen involviert, da Piet als drittes Opfer die junge Stewardess in

Köln ermordet hatte: Graf Erich von Kesslers Tochter. Und der Wiener setzte bereits Himmel und Hölle in Bewegung, damit der Mörder seiner Tochter gefasst wurde.

Österreich war also bereits dabei.

Sneijder starrte auf den Telefonapparat. Wozu also diesen Hinweis hinterlassen? Piet, das ist nicht deine Art. Dafür bist du zu intelligent. Das wäre doppelt gemoppelt. Womöglich war das nur eine falsche Spur, um Sneijder unnötig zu beschäftigen.

Vielleicht also doch die Schweiz?

Oder vielleicht soll ich das nur denken?

Verdomme! Sneijders Hirn fühlte sich an, als wäre es in Watte gepackt.

Da hörte er das Heulen einer Sirene, knirschende Autoreifen und das Zuschlagen von Türen. Endlich traf die niederländische Kripo ein. Zwei Männer und eine Frau. Sie sahen aus, als arbeiteten sie undercover bei der Drogenfahndung. Unrasiert, struppiges Haar, zerzauste Zivilkleidung. Noch dazu polterten sie mit gezogenen Waffen in die Wohnung, und als sie Sneijders Handschuhe und seine Pistole im Holster sahen, brüllten sie herum und legten ihre Knarren auf ihn an.

»Sachte, Jungs«, sagte er auf Niederländisch und wollte seinen Dienstausweis aus der Tasche holen. Doch sein Arm wurde ihm sogleich von der Frau auf den Rücken gebogen, und der Ausweis wurde ihm aus der Hand genommen, während ein anderer Beamter ihm den Lauf einer Waffe ins Genick drückte. Sie zwangen ihn auf die Knie und legten ihm Handschellen an.

»Mein Name ist Maarten S. Sneijder. Ich bin vom deutschen Bundeskriminalamt in Wiesbaden«, erklärte er, doch das schien keinen der Kollegen zu interessieren.

Doch immerhin hatten sie ihm die Hände nicht hinter dem Rücken, sondern vorne gefesselt. Sie brachten Sneijder nicht einmal raus zum Wagen, sondern ließen ihn vor sich knien und begannen mit dem Verhör gleich an Ort und Stelle im Wohnzimmer.

Während die niederländische Kollegin die Leiche in der Tiefkühltruhe entdeckte und ihr Kollege telefonierte, um Sneijders Identität überprüfen zu lassen, nahm der dritte das Magazin aus Sneijders Waffe und bombardierte ihn mit Fragen. Und alle zerstörten inzwischen jede Menge Spuren, weil sie weder Überstreifer für die Schuhe noch Handschuhe trugen.

Godverdomme! Was für ein Haufen Idioten. Ihm wurde übel bei dem Gedanken, ab jetzt mit der niederländischen Kripo zusammenarbeiten zu müssen. Während sich das Räderwerk der internationalen Bürokratie langsam durch sämtliche Hierarchien in Bewegung setzte, würde Piet das Werk des *Analphabeten* in aller Seelenruhe fortsetzen können.

Wie schlau von dir, du elender Mistkerl!

Während Sneijder mit seinen Gedanken bereits ein bis zwei Tage in der Zukunft war, beantwortete er geduldig die Fragen, die ihm völlig plan- und ziellos gestellt wurden. Nach einer gefühlten Ewigkeit kam einer der Beamten auf ihn zu und hielt ihm ein Handy hin. Sneijder klemmte es zwischen Wange und Schulter ein. »Ja?«, murmelte er müde.

Mit etwas Glück war es der Leiter des *Dienst Nationale Recherche*, der niederländischen Kriminalpolizei, oder der Vizedirektor von Europol in Den Haag, die er beide kannte. Doch er hatte sich getäuscht. Der Anrufer sprach deutsch.

»Du sturer Esel!«, brüllte eine ihm bekannte Stimme in den Apparat. »Was hast du wieder angestellt?«

Dietrich Hess war auf tausend. Wieder einmal.

»Ich habe …«, wollte Sneijder erklären.

»Das interessiert mich einen Scheißdreck! Die Kollegen in den Niederlanden haben dich festgenommen, weil du eine Wohnung widerrechtlich ohne Durchsuchungsbeschluss betreten hast.«

»Es ist die Wohnung meines …« *Sohnes,* wollte er sagen, doch dazu kam er nicht mehr, da Hess ohnehin nicht zuhörte und unaufhörlich weiterbrüllte.

»Du hast weder mich noch die Auslandsabteilung des BKA oder die niederländischen Kollegen über deinen Alleingang informiert. Was hast du dir dabei gedacht?«

Hätte ich sie informiert, wäre es kein Alleingang gewesen! »Es war Gefahr im Verzug und …«

»Scheiß drauf! Und was bei uns los ist, kümmert dich einen Dreck! Du lässt die Ermittlungen einfach liegen und gehst ins Ausland! Kein Mensch weiß, wo du bist.«

»Ich …«

»Und deine verdammte Waffe hast du auch mitgenommen. Ist dir eigentlich noch zu helfen?«

»Ich …«

»Diese Reise war nicht autorisiert!«, brüllte Hess.

Sneijder hörte, wie Hess die Faust auf den Tisch knallte.

»Erzähl du mir nichts von Autorisierungen!«, brüllte nun auch Sneijder. Er hatte es satt! »Deine Falschmeldung an die Presse war genauso wenig autorisiert – mit dem kleinen Unterschied, dass meine Ermittlungen uns weitergebracht haben, aber deine *vervloekte* Meldung nicht!«

Die niederländischen Beamten waren einen Schritt zurückgetreten, und obwohl sie wahrscheinlich nur die Hälfte des Gesprächs verstanden, lauschten sie gespannt dem Telefonat.

Doch Hess ließ sich nicht in die Enge treiben, sondern brüllte lauthals weiter. Allerdings hörte Sneijder nicht mehr zu. Sein Blick war wieder auf den Tisch im Wohnzimmer gefallen, wo italienische, österreichische und schweizer Reiseführer lagen.

Österreich, Italien, Niederlande und Deutschland hatten mit dem Euro dieselbe Währung. *Die Schweiz nicht!* Dort müsste Piet in Schweizer Franken zahlen.

»Hörst du mir eigentlich zu?«, rief Hess.

Das Handy klemmte immer noch zwischen Wange und Schulter, aber Sneijder antwortete nicht. *Schweizer Franken!* Sneijder warf noch einmal einen Blick in den Mülleimer neben dem Tisch. Dort lag zwischen den Servietten und Getränkedosen das zerknüllte Kuvert der Rabobank, des größten niederländischen Kreditinstituts. Eine Papiertüte, wie man sie bekam, wenn man Bargeld oder Kontoauszüge aus der Filiale holte. Aber aus welchem Grund hätte Piet das tun sollen?

Oder wenn man *Fremdwährungen* in der Filiale erhielt!

Der Hinweis mit dem Anruf bei der niederländischen Botschaft in Wien war eine falsche Spur gewesen.

Piet hatte Franken getauscht!

Also die Schweiz!

Er würde direkt über die Schweiz weiter nach Italien reisen.

Und zwar von Stuttgart aus, vermutlich über Zürich oder Bern nach Italien.

»Ich habe gefragt, ob du mir noch …?«

Sneijder ignorierte die Frage. Er löste das Handy zwischen Wange und Schulter und ließ es in seine gefesselten Hände fallen. Rasch unterbrach er die Verbindung und wählte eine neue Nummer.

»Geben Sie das Telefon wieder zurück!«, forderte ihn ein Beamter auf Niederländisch auf.

»Ein Anruf steht mir zu, und das ist dieser!«, sagte Sneijder und tippte unbeirrt weiter.

»Sie haben eine Minute Zeit.«

»Ja, *vervloekt*!« Er führte das Telefon zum Ohr und wartete auf das Freizeichen.

Es läutete fünfmal.

Mann, geh schon ran!

Endlich hob jemand ab. »Horowitz!«

»Hallo, hier ist Sneijder, ich brauche deine Hilfe«, sagte er ohne Umschweife.

»Einmal im Jahr meldest du dich, und dann brennt immer die Hütte«, seufzte Horowitz.

»Keine Zeit für Smalltalk«, unterbrach Sneijder ihn. »Mein Sohn wird von Deutschland in die Schweiz einreisen. Sobald er im Land ist, wird er einen Mord begehen.«

»*Du* hast einen Sohn?«

»Sein Name ist Piet van Loon. Ihr müsst ihn zur Fahndung ausschreiben.«

»Das ist nicht gut«, presste Horowitz hervor.

»Vermutlich hat er bereits fünf Morde begangen, einen in Rotterdam, vier in Deutschland.«

»Sag bloß, es handelt sich um den *Analphabeten?*«

Sneijder schwieg eine Weile.

»Das ist gar nicht gut«, wiederholte Horowitz. »Wann kommst du nach Bern?«

Sneijder sah auf und betrachtete die niederländischen Kollegen, die im Halbkreis um ihn standen. »Sobald ich diese Scheiße hier in Rotterdam geklärt habe.«

6. Teil

FRANKFURT

51

Samstag, 3. Oktober

Sabine saß im Frühstücksraum des Flughafenhotels in Rotterdam allein in einer Nische bei einer Tasse Kaffee. Ein trockenes Toastbrot hatte sie mit Mühe hinunterbekommen, doch zu mehr fehlte ihr der Appetit.

Während sie gedankenverloren in ihrer Tasse rührte, kam Sneijder die Treppe des Foyers herunter und betrat den Raum. Er trug einen nagelneuen Designeranzug und ein Paar schwarz glänzende neue Schuhe. Wie viele Garnituren hatte der wohl in seinem Schrankkoffer dabei?

Seine Blicke suchten sie, und als er sie in der Nische bemerkte, strafften sich seine eingefallenen Gesichtszüge ein wenig. Er kam auf ihren Tisch zu und setzte sich. »Morgen.«

»Morgen.« Sie schob ihm eine frische Tasse Kaffee hin.

»Danke«, wehrte er ab und ließ die Tasse unangetastet stehen. »Die haben hier verdammt guten Vanilletee. Ich habe mir bereits einen bestellt. Sollten Sie auch probieren.«

In dem Moment trat ein Kellner an ihren Tisch. »*Heer Sneijder.*« Er stellte ein Tablett mit einer Kanne Tee ab, und es schien, als erwachten Sneijders Sinne bei dem Geruch der Vanilleschoten zu neuem Leben.

Sneijder zelebrierte das Eingießen des Tees und nippte fast schon kontemplativ an der Tasse. »Unser Flug nach Frankfurt geht um zehn Uhr.« Sein Augenlid zuckte.

»Wird auch Zeit, denn ich habe nicht damit gerechnet, dass wir so lange unterwegs sind. Mir geht langsam die frische Kleidung aus.«

»Es gibt Waschsalons in jedem größeren Hotel, außerdem sollten Sie sich angewöhnen, so wie ich mit großem Schrankkoffer zu reisen.«

»Beim nächsten Fall vielleicht.« Sabine rieb sich die Augen und verkniff sich ein Gähnen. Sie war erst nach drei Uhr ins Bett gekommen.

Nach Sneijders Stromunfall im Badezimmer von Piets Wohnung war er im Notarztwagen ins Krankenhaus gebracht worden. Abgesehen davon, dass er erst gar nicht ins Krankenhaus wollte, hätte er normalerweise vierundzwanzig Stunden auf der Überwachungsstation verbringen müssen. Doch schon bei der Untersuchung durch den Kardiologen war Sneijder unruhig geworden. Mit der Begründung, dass sie so rasch wie möglich zum BKA nach Wiesbaden mussten, um drei geplante Morde zu verhindern, hatte Sneijder die stationäre Aufnahme und jegliche weitere Behandlung verweigert und einen Revers unterschrieben, damit er das Krankenhaus vorzeitig verlassen durfte. Danach war er in seinem fleckigen, völlig unbrauchbar gewordenen Anzug mit dem Taxi zum Flughafenhotel gefahren. Indessen hatte Sabine seinen Koffer aus dem Schließfach am Flughafen geholt und sich danach mit Sneijder im Foyer des Hotels getroffen, wo er bereits zwei Zimmer für eine Nacht gebucht hatte.

»Gar kein Doppelzimmer, Maarten?«, hatte sie gefeixt, was er nur mit einem müden Lächeln goutiert hatte. Kurz darauf war Sabine ohne zu duschen todmüde ins Bett gefallen.

Nun saß sie Sneijder wieder gegenüber. Obwohl sie sicher war, dass er trotz seiner Beschwerden zahllose Telefonate geführt, fast die ganze Nacht durchgearbeitet und nur wenig geschlafen hatte, sah er nicht so zerknittert aus wie am Vortag.

Sie hatten die erste brauchbare Spur gefunden, und je näher sie dem Killer kamen, umso mehr Farbe bekam Sneijders Gesicht. Die Mörderjagd erfüllte ihn mit frischer Energie und brachte seine Lebensgeister zurück.

Alles war so wie immer – nur dass sie diesmal keinen gewöhnlichen Killer jagten, sondern Sneijders Sohn. Und das war die einzige Komponente der Gleichung, die Sabine nicht richtig einschätzen konnte. Wie würde Sneijder sich verhalten, wenn sie Piet von Angesicht zu Angesicht gegenüberstanden?

Sneijder hatte diese Situation schon einmal in Bern vor fünf Jahren erlebt. Und dabei hatte Horowitz eine Kugel ins Rückgrat bekommen und saß seither querschnittgelähmt im Rollstuhl. Sabine hoffte, dass Sneijder beim nächsten Mal nicht zögern würde, seinen Sohn auszuschalten, falls er eine Gelegenheit dazu bekommen würde – denn sie hatte keine Lust, so zu enden wie Horowitz.

Während Sabine an ihrem Kaffee nippte, telefonierte Sneijder schon wieder, offenbar mit der Fahndungsgruppe des BKA.

»Ich will nicht wissen, was Sie *nicht* tun können. Was *können* Sie tun?«, bellte er ins Telefon.

Er wartete eine Weile und lauschte, während seine Finger auf die Tischplatte trommelten. Schließlich unterbrach er den Redefluss seines Gesprächspartners. »Ja, ich weiß selbst, dass er erst seit fünf Tagen auf der Flucht ist, aber in dieser Zeit hat er in Rotterdam einen Mord und einen Mordversuch begangen. Danach konnten wir seine Spur nach Dortmund, Hagen, Bern, Bayern und Wien verfolgen. Und überall dort hat er …« Sneijder massierte seine Nasenwurzel.

Sabine warf ihm einen Blick zu, und er rollte mit den Augen.

»Nein!«, unterbrach Sneijder seinen Gesprächspartner. »Verstehen Sie das denn nicht? Sein Vorsprung ist zu groß und …« Sneijder senkte die Stimme und zischte ins Telefon. »Haben Sie überhaupt eine Ahnung, was Piet van Loon in fünf Tagen alles leisten kann? Wozu er in dieser Zeit fähig ist? *Ich* weiß es! Ich habe ihn in Aktion erlebt … Ja, tun Sie das. Ich will, dass jeder verdammte Polizist im Schengen-Raum ein Fahndungsfoto von ihm hat, und *kein einziges Wort* zur Presse. Habe ich mich deutlich ausgedrückt? *Kein Wort!* Er darf nicht erfahren, dass wir ihm auf der Spur sind.« Sneijder nahm das Handy runter.

»Wer war das?«, fragte Sabine.

»Dirk van Nistelrooy von Europol, ein selbstgefälliges arrogantes Arschloch.« Er nippte am Tee, dann sah er Sabine an. »Ich habe heute Morgen bereits mit der Anstalt auf Ostheversand telefoniert. Frenk Bruno hat keinen Kontakt zu Piet aufgenommen. Außerdem habe ich mit dem Krankenhaus gesprochen. Hannah liegt immer noch auf der Intensivstation. Möglicherweise kann sie schon heute Abend von den niederländischen Kollegen kurz vernommen werden. Und Horowitz hat mich angerufen, aber ich erreiche ihn jetzt nicht.« Er trank den Tee aus und stand auf.

»Haben Sie fertig gefrühstückt?«, fragte sie.

»Ja, und wir sind auch bereits auf unseren Flug eingecheckt. Gehen wir zum Gate.«

Sneijder hatte einen Flug in der ersten Klasse gebucht. Kaum war der Flieger in der Luft und das Anschnallzeichen erloschen, steckte er sein Notebook an die Strombuchse und fuhr das Gerät hoch.

An den zahlreichen geöffneten Fenstern auf seinem Monitor sah Sabine, dass Sneijder mit seinen Kollegen verbunden war und sie die Ermittlungs- und Fahndungsergebnisse austauschten.

Während sie durch eine Schlechtwetterzone flogen und der Flieger ordentlich durchgeschüttelt wurde, bat die Stewardess Sneijder, sein elektronisches Gerät auszuschalten. Doch Sneijder reagierte nicht darauf.

Bevor die Stewardess ansetzen konnte, noch etwas zu sagen, unterbrach Sabine sie. »Vergessen Sie es! Er wird nicht auf Sie hören. Kümmern Sie sich lieber um die anderen Passagiere.«

Nach einer Dreiviertelstunde beendete Sneijder seine Arbeit. Er klappte das Notebook zu, massierte seine Schläfen und bestellte einen Tomatensaft mit Pfeffer, Salz, Tabasco und reichlich Wodka.

»Wir sind bereits im Sinkflug«, sagte die Stewardess.

»Und?« Sneijder hob die Schultern und sah sie fragend an.

»Ich meine nur, dass …«

»Einen Tomatensaft mit Pfeffer, Salz, Tabasco und reichlich Wodka«, wiederholte er. »Wenn möglich, bevor wir landen.«

Die Stewardess ging weg.

Sabine stöhnte auf. »Was gibt es Neues?«, fragte sie, obwohl es kein guter Zeitpunkt war, ihn anzusprechen.

Sneijder blickte lange Zeit aus dem Fenster, ehe er zu reden begann. »Die Vorbereitungen laufen auf Hochtouren. Drei geplante Morde stehen noch aus, falls sie nicht schon geschehen sind. Die …« Er verstummte, als die Stewardess mit einem Tablett und Sneijders Tomatensaft zurückkam.

In der ersten Klasse wurden Getränke normalerweise in Gläsern serviert. Auf dem Tablett hingegen stand ein Plastikbecher. Sneijder nahm ihn nicht, sondern starrte ihn nur an.

Dann hob er den Blick. »Waren Sie früher Chemikerin?«

»Nein, warum?«

»Weil dieser Drink wie ein verdammter Laborversuch aussieht. Wo ist das Eis?«

»Sie sagten nicht, dass Sie den …«

»Dann sage ich es eben jetzt. *Mit Eis!* Soll ich es Ihnen aufschreiben?«

»Sie haben es nicht gesagt, aber das ist kein Problem, ich …«

Sneijder hob die Hand. »Wissen Sie, warum Gott Ihnen zwei Ohren, aber nur einen Mund gegeben hat? Damit Sie doppelt so gut hören wie reden können. Und jetzt den Drink, wenn es möglich ist – mit Eis! Im Glas! *Vor* der Landung!«

Die Stewardess zog kommentarlos wieder ab.

»Sie haben es *nicht* gesagt«, raunte Sabine ihm zu. »Und die Frau kann nichts dafür, dass Ihr Sohn frei herumläuft und Menschen ermordet, und deshalb sollten Sie freundlicher zu ihr sein.«

»Man kann zu jedem Menschen freundlich sein. Die Kunst besteht darin, es zu vermeiden. Wollen Sie den Stand der Ermittlungen nun erfahren oder nicht?«

Sie nickte. »Wenn es nicht zu viele Umstände macht.«

»Die Beamten des BKA arbeiten mit den Landeskriminalämtern zusammen und versuchen sämtliche Personen zu schützen, die je mit mir oder Piet in näheren Kontakt gekommen sind – aber das sind verdammt viele.«

»Und das weiß er.«

Sneijder nickte. »Piet hat seinen Wohnsitz von Sodom nach Gomorrha verlegt. Er rast seiner Vollendung entgegen. Die Frage lautet: Wen hat er sich für das Finale aufgehoben?«

»Haben Sie noch weitere Verwandte, von denen ich nichts weiß? Einen Bruder, eine Schwester, einen Cousin?«

»Nein.«

»Dann würde ich sagen, Gefängnisdirektor Hollander oder BKA-Präsident Hess sind gute Anwärter für diese Rolle.«

»Der Gedanke ist mir auch schon gekommen. Außerdem sollten wir uns fragen, *wo* er zuschlagen wird.«

Sabine dachte an Piets Reiseroute, die Sneijder auf der Rückseite eines Blatt Papiers skizziert hatte. »Vermutlich wird er von Wien weiter in den Süden reisen.«

»Italien«, murmelte Sneijder. »Zumindest war das vor fünf Jahren sein Plan: die Niederlande, Deutschland, die Schweiz, Österreich und Italien. Aber dazu ist es nicht mehr gekommen. Diesmal wird er es cleverer anstellen, um seinen Plan zu vollenden.«

»Welchen Fehler hat er damals begangen?«

»Er hat mir einen Hinweis auf die Schweiz gegeben. Diesmal hat er lauter falsche Hinweise in seiner Wohnung hinterlassen. Entscheidend ist nicht der Fehler, sondern das, was wir daraus lernen.«

»Vielleicht wird er genau aus diesem Grund Italien meiden.«

»Vielleicht. Ich würde sagen, es ist eine fünfzig-fünfzig Chance.«

»Prima.«

Die Stewardess brachte Sneijders Tomatensaft in einem großen Glas, das bis oben hin mit Eis gefüllt war. Sabine musste innerlich schmunzeln, aber Sneijder verzog keine Miene.

»Da ist noch eine Sache, die ich wissen sollte«, sagte sie, nachdem die Stewardess abgezogen war und Sneijder den ersten Schluck genommen hatte. »Und zwar, bevor ich meinen Bericht schreibe. Wer ist Piets Mutter?«

Er sah sie lange an und sagte schließlich: »Sie darf aber nicht im Bericht erwähnt werden.«

Sabine nickte, und plötzlich ahnte sie, dass ihr die Antwort nicht gefallen würde. »Wer ist es?«

»Sie kennen die Frau, es ist Diana Hess.«

»Die Frau von BKA-Präsident Hess?« Sie setzte sich auf. »Sie … Sie verarschen mich?«

»Das würden Sie merken.«

»Sie ist Niederländerin?«

Sneijder nickte. »Ihr Mädchenname ist van Loon.«

Sabine hatte nie einen Akzent bei Diana Hess festgestellt. Schlagartig wurde ihr klar, warum Diana Hess immer eine schützende Hand über Sneijder gehalten hatte, sodass Hess ihn wegen seiner Extravaganzen nicht suspendieren konnte. Nicht weil Sneijder ihr vor vielen Jahren das Leben gerettet hatte – nun gut, deswegen sicher auch –, aber vor allem deshalb, weil sie seine Jugendliebe war und sie einen gemeinsamen Sohn hatten.

Sabine starrte ihn an. Sie hatte so viele Fragen, musste sich aber auf das Wesentliche konzentrieren. »Ich …« Plötzlich verstummte sie, da ihr ein Detail eingefallen war. *Die Insel Ostheversand. Die Anstalt Steinfels. Das Besucherprotokoll.* »Sie haben mich angelogen!«, fuhr sie Sneijder an.

»Was? Ich habe …«

Sie unterbrach ihn mit einer schroffen Handbewegung. »Sie können viel Gutes in der Welt bewirken, wenn Sie jetzt einfach den Mund halten und meine Frage beantworten.« Sie hasste sich selbst für diesen Ton, vor allem deshalb, weil sie nicht so werden wollte wie Sneijder, aber trotzdem merkte, dass sie immer mehr von ihm und seiner Art übernahm. Wie hieß es so schön? Wenn du lange genug in den Abgrund blickst, blickt der Abgrund auch in dich hinein.

Sneijder sah sie an und bekam ein schlimmes Augenflimmern. »In Ordnung«, sagte er leise. Er musste an ihrem Blick erkannt haben, dass jetzt kein günstiger Zeitpunkt war, einen Streit vom Zaun zu brechen.

»Der geschwärzte Name auf Piets Besucherprotokoll mit den Initialen DH – das ist nicht Dietrich Hess, sondern Diana Hess, richtig?«

Sneijder nickte. »Diana hat ihren Sohn besucht, aber auf Anweisung von Hess wurde ihr Name entfernt. Damit niemand erfährt, dass der Sohn seiner Frau ein Mörder ist.«

Herrgott! Sabine musste das erst einmal verdauen. »Ich versuche das mal aus Piets Sicht zu sehen. Sein Vater ist Profiler und sein Stiefvater der Präsident des BKA.« Das alles war unglaublich. »Aber wann …?« Ihr fehlten die Worte.

»Wann Diana und Hess sich kennengelernt haben? Auf einem Polizeiball in Wiesbaden. Ich habe die beiden miteinander bekannt gemacht. Sie heirateten, als Piet zwölf Jahre alt war.«

»Wie ist Hess überhaupt mit einem Stiefsohn wie Piet zurechtgekommen?«

Sneijder sah sie lange an, und es schien, als blickte er durch sie hindurch. »Gar nicht«, sagte er plötzlich. »Piet ist nun mal anders als andere Kinder. Hess hat ihn in seinem Haus zwar geduldet, aber nie wirklich akzeptiert – trotzdem war es für Diana das Beste … und auch für Piet. Zumindest dachte ich das bis vor fünf Jahren noch.«

»Es muss schrecklich für Diana sein, ihren Sohn im Gefängnis zu wissen.«

»Ist es das nicht für jede Mutter?«, entgegnete Sneijder. »Diana und ich haben ihn so oft wie möglich in der Anstalt besucht, seine Therapie unterstützt und seine Fortschritte durch die medikamentöse Einstellung beobachtet. Er hat sich drei Jahre lang zum Positiven verändert! Wir hätten es geschafft, doch dann kam Hollander als neuer Direktor auf die Insel, und Piet wurde rückfällig und wieder aggressiv. Durch das Besuchsverbot ist er uns völlig entglitten.«

Trotz ihres Zorns auf Sneijder wurden ihr plötzlich seine Beweggründe dafür klar, sein Verwandtschaftsverhältnis zu Piet nach dessen Verhaftung zu vertuschen und sie nicht von Anfang an in alles einzuweihen. Denn bei alldem ging es nicht nur um seine eigene Privatsphäre, sondern auch um die von Diana Hess und die seines Vorgesetzten.

All das, was sie mittlerweile über Sneijders Vergangenheit erfahren hatte, war ungemein belastend – und am liebsten hätte sie es wieder aus ihrem Gedächtnis gelöscht. Doch ohne dieses Wissen würde sich der Fall nicht lösen lassen. Also versuchte sie ihre persönlichen Gefühle zurückzustellen und einfach weiterzumachen.

»Wo ist Piet aufgewachsen?«, fragte sie.

»Zum Teil bei seiner Mutter, zum Teil bei seiner Großmutter.«

»Diejenige, die er vor ein paar Tagen ermordet hat?«

Sneijders Blick genügte als Antwort. »Sie hat nicht nur meinen Vater und mich schlecht behandelt, sondern auch Piet – und weil er sich für Theaterwissenschaften interessierte, hat sie ihn bezichtigt, genauso schwul zu sein wie ich.«

»O Gott«, stöhnte Sabine auf. »Deshalb ist sie also zu einem Teil seiner *Todesmärchen* geworden.«

Eine Durchsage unterbrach ihre Gedankengänge. Sabine hatte schon vorher bemerkt, dass der Flieger in den Landeanflug übergegangen war. Nun kam die Mitteilung, nicht mehr aufzustehen und sich anzuschnallen.

In diesem Moment läutete Sneijders Handy. Natürlich ging er ran, worauf Sneijders Lieblingsstewardess sogleich auf ihn zustürzte.

»Schalten Sie das Mobiltelefon aus!«, herrschte sie ihn an.

Sneijder hob nur eine Hand, ohne die Frau anzusehen. »Wann und wo?«

»Schalten Sie das Telefon aus!«

Sneijder hob den Kopf. »Sie behindern eine laufende Ermittlung«, zischte er und widmete sich gleich wieder seinem Telefonat.

»Sie …«, rief die Stewardess, und dann taumelte sie durch den Gang, weil der Flieger in ein Luftloch stürzte.

Sneijder telefonierte noch eine Minute. »Bis später«, sagte er schließlich und beendete das Gespräch.

Im nächsten Moment wurden die Passagiere durchgerüttelt, ein paar Reihen weiter hinten kreischte eine Frau, dann setzte der Flieger hart auf der Piste auf.

»*Verdomme!*«, fluchte Sneijder und schaltete das Handy aus. »Ist ja gerade noch mal gut gegangen.« Dann wandte er sich an Sabine. »Das war Horowitz. Die Schweizer Kripo ist auf eine Spur gestoßen. Horowitz ist bereits in Frankfurt gelandet. Wir treffen ihn hier am Flughafen.«

52
Samstag, 3. Oktober

Doktor Groen war fünfzig Jahre alt, hochgewachsen, sportlich und hatte grau meliertes Haar. Vielleicht sahen sich deshalb immer alle Krankenschwestern nach ihm um, sobald er eine Station betrat – was ihn oftmals nervte.

Soeben übernahm er die Morgenvisite im Laurens-Krankenhaus in Rotterdam. In Zimmer Nummer eins zog er die Lesebrille aus der Brusttasche seines Kittels und warf einen Blick auf die Krankenakte von Hannah Norland. Unter dem Namen der Patientin stand handschriftlich ein zweiter Name. *Anna van Leeuwen.*

Groen wandte sich an die Assistenzärztin an seiner Seite, die die Nachtschicht im Krankenhaus gehabt hatte. »Zwei Namen?«

»Laut Führerschein heißt sie Hannah Norland, aber die Polizei führt sie unter dem Namen Anna van Leeuwen«, erklärte die Ärztin.

Groen dachte an den Polizeiwagen vor dem Krankenhaus und den Beamten, der im Gang saß und das Zimmer bewachte.

Van Leeuwen! Dieser Name sagte ihm etwas. Vor fünf Jahren war eine junge Frau mit diesem Namen in Rotterdam grausam ermordet worden. Das wusste er deshalb, weil einer seiner Kollegen von der Rechtsmedizin die Tote obduziert und anschließend mit ihm über die vielen Knochenbrüche gesprochen hatte.

Groen überflog die restlichen Blätter der Akte. Eigentlich hätte die Patientin in eine Uni-Klinik überstellt werden müssen, aber das Laurens-Krankenhaus war das nächste gewesen und deswegen letzte Nacht vom Notarztwagen angefahren worden. Immerhin besaßen sie eine kleine Intensivstation – andernfalls wäre die Patientin jetzt nicht mehr am Leben gewesen.

Groen betrachtete das Gesicht der Frau, ihre eingefallenen Wangen, die tiefliegenden Augen und die blasse Haut. Sie war bewusstlos. Ein Segen für sie. Er strich ihr über die Wange. »Wie geht es ihr?«

»Sie wurde vier Tage lang unter mehreren Matratzen gefangen gehalten und ist extrem geschwächt.«

Groen nickte. »Was haben Sie der Frau verabreicht?«

»Der Notarzt hat ihr noch während der Fahrt einen Plasma-expander gegeben.«

Groen nickte erneut. Er hätte dasselbe gemacht. *Kreislaufstabilisierung.* Das stand im Vordergrund.

»Nach der Untersuchung haben wir ihr eine fünfprozentige Glukoselösung gegeben«, sagte die Ärztin.

Die Lösung erhöhte den Blutzucker und versorgte das Gehirn mit Energie. »War sie bei der Ankunft auch schon bewusstlos?«, fragte er.

Die Assistenzärztin schüttelte den Kopf. »Erst seit einer halben Stunde.«

»Und da haben Sie mich nicht eher gerufen?« Groen warf einen Blick auf die Displays der Geräte, dann betrachtete er die blauen Arme der Patientin, schob schließlich die Decke hoch und sah ihre ebenfalls blauen Beine.

»Wir haben ihre Schnittwunde am Bauch versorgt und die Blutvergiftung gestoppt. Außerdem haben wir ihr eine Anti-Thrombosespritze gegeben.«

»Ja«, murmelte Groen. Es blieb dennoch die Frage, ob die Frau durchkommen würde. Ihr Kreislauf war immer noch instabil, und im Moment sah es nicht so aus, als würde sich das verbessern.

»Bereiten Sie eine weitere Infusion vor«, sagte er schließlich, nachdem er sich entschieden hatte, wie sie vorgehen sollten. »Wir stellen auf künstliche Ernährung um. Eine spezielle Nährlösung mit Aminosäuren, Elektrolyten und Vitaminen. Die Klinikapotheke soll etwas Entsprechendes zusammenmischen.«

»Meinen Sie wirklich, dass das notwendig …?«

»Ja. Und dann geben wir ihr noch eine zweite Infusion mit einer Fettlösung. Rasch!« Groen blickte wieder auf die Anzeigen.

Er dachte an Hannahs ermordete Schwester und den Polizeibeamten vor der Tür. Sein Bauchgefühl sagte ihm, dass es sich bei Hannah Norland um kein normales Opfer eines Gewaltverbrechens handelte. Diese Frau wusste etwas, und somit war es besonders wichtig, sie durchzubringen.

53
Samstag, 3. Oktober

Nachdem Sabine und Sneijder in Frankfurt endlich aus dem Flugzeug draußen waren, gingen sie direkt zum Gepäckband. Sabine stellte sich mit ihrem Trolley neben eine Betonsäule.

Sneijder stand an ihrer Seite, rieb sich die Augen und wartete darauf, dass sich das Band endlich in Bewegung setzen würde. Einen Moment lang tastete er nach der Säule.

»Ist Ihnen nicht gut?«, fragte Sabine.

»Augenflimmern«, antwortete er karg.

»Sie hätten auf die Ärzte hören und länger im Krankenhaus bleiben sollen.«

»Und danach hätte mich die niederländische Kripo dann ein paar weitere Tage dort behalten.«

Auch wieder wahr. »Haben Sie die Waffe aus Ihrem Tresor eigentlich zurückbekommen?«

»Sie machen Witze!« Sneijder schüttelte den Kopf. »Das wird ein mühsamer bürokratischer Prozess – und am Ende landet die Pistole für immer in der Asservatenkammer.« Sneijder stützte sich wieder an der Säule ab, und erst als sich das Förderband in Bewegung setzte, ging er einige Schritte darauf zu, um nach seinem Schrankkoffer Ausschau zu halten.

Wenn er so weitermachte und sich nicht schonte, würde er eines Tages einfach umkippen. Dann würde jeder – Schlafmangel und Cluster-Kopfschmerzen hin oder her – den Marihuanajoints die Schuld daran geben. Somit hätte Hess endlich etwas in der Hand, um ihn mit einer Suspendierung endgültig aus dem Verkehr zu ziehen. Und *das* würde Sneijders Aus bedeuten – für einen Mann, der nur eines konnte und nichts anderes wollte: Killer jagen.

Sabine wurde sich bewusst, dass sie nun endlich auf den Grund dieser endlosen Rivalität zwischen Hess und Sneijder gestoßen war, die sie trotz aller Unterschiedlichkeit der zwei nie wirklich verstanden hatte: Obgleich Sneijder nur platonisch, liebten beide Männer immer noch dieselbe Frau – Diana Hess.

Sie sah die hochgewachsene, eloquente und charakterstarke Frau vor sich, der sie es zu verdanken hatte, dass sie nach dem Rauswurf durch Hess doch noch an der Akademie fertigstudieren hatte dürfen. Wie würde Diana reagieren, wenn sie erfuhr, dass ihr Sohn aus Ostheversand ausgebrochen war, um erneut zu morden? Und dass Sneijder ihn bis zum Ende seiner Kräfte jagen würde? Würde Sneijder ihr erzählen, dass Piet in seiner Wohnung eine tödliche Falle für ihn vorbereitet hatte?

Sie betrachtete Sneijder, wie er neben dem Förderband stand und auf die heranrollenden Koffer starrte.

Eigentlich hätte jeder das Badezimmer betreten können, überlegte Sabine. Ein Arzt, ein Sanitäter, ein niederländischer Kripoermittler. Wie hatte Piet sichergehen können, dass es seinen Vater treffen würde? Sie runzelte die Stirn. Die einzig richtige Antwort lautete: *Gar nicht!*

Sie löste ihre Hand vom Griff des Trolleys und ließ die Fingerknöchel knacken. Aus welchem Grund hätte Piet überhaupt eine Falle für seinen Vater konstruieren sollen, wenn er doch um dessen Aufmerksamkeit buhlte? Piet hasste seinen Vater vielleicht, weil er sich als Kind nicht genug beachtet und abgeschoben gefühlt hatte. Aber anderseits liebte er ihn. Sonst würde er wohl kaum so viel Energie in sein Vorhaben stecken, damit sich sein Vater ausschließlich mit ihm und seinen Racheplänen beschäftigen musste.

Und man tötete niemanden, den man liebte. Das hätte Piet viel einfacher haben können: ein Besuch in Sneijders Haus am Waldrand, ein nächtlicher Einbruch, zwei Kugeln in den Kopf. *Aus! Fertig!* Aber das hatte er nicht getan.

Stattdessen hatte er eine Stromfalle aufgebaut. Aber für wen, verdammt? Jemand wie Piet überließ nichts dem Zufall, sondern plante alles bis ins letzte Detail. Also, bei welcher Person, verflucht nochmal, hätte Piet sicher sein können, dass sie ausgerechnet das Badezimmer betreten und in die Falle tappen würde?

Es gab nur eine Antwort: *Hannah Norland.*

Falls es ihr irgendwie gelungen wäre, sich von den Matratzen zu befreien, hätte sie versucht, das Haus zu verlassen. Zuerst hätte sie in der Küche nach einem Messer gesucht, um sich die Kabelbinder an Hand- und Fußgelenken durchzuschneiden. Dann hätte sie vermutlich nach etwas zu trinken gesucht, danach ihre Kleidung angezogen und versucht, mit dem Telefon im Wohnzimmer Hilfe zu holen. Aber die Telefonleitung war schon seit längerem tot.

Die Eingangstür war abgesperrt gewesen. Also hätte Hannah ein Fenster gesucht, um hinauszuklettern. Aber alle waren vergittert – bis auf eines: das Badezimmerfenster!

Hannah Norland wäre folglich ins Badezimmer gegangen … und gestorben, denn niemand hätte den tödlichen Stromkreis unterbrochen.

Piet van Loon hatte Hannah nicht gleich getötet, so wie alle anderen Opfer davor und danach, sondern ihr eine Überlebenschance eingeräumt. Allerdings eine falsche Chance! Eine getürkte Hoffnung! Tatsächlich wollte er sichergehen, dass sie am Ende wie alle anderen starb. Es musste einfach so sein! Er hatte definitiv ihren Tod geplant. Schon allein deshalb, weil es die erste Tat seit seinem Ausbruch war. Der Auftakt seiner neuen Mordserie. Und die würde jemand wie Piet nicht gleich mit einem kläglich gescheiterten Versuch beginnen.

Aber falls auch dieser Plan schiefgegangen wäre?

Und er war ja auch schiefgegangen, da es stattdessen Sneijder erwischt hatte. Die Frage war nun: Würde sich so jemand wie Piet doppelt absichern?

»Was ist? Sie sehen aus, als gingen Ihnen schreckliche Gedanken durch den Kopf.«

Sabine sah auf. Ihr Blick stellte sich scharf. Erst jetzt merkte sie, wie tief sie in ihren Gedanken versunken gewesen war. Sneijder stand mit seinem Schrankkoffer neben ihr und betrachtete sie besorgt.

»Hannah Norland ist in Lebensgefahr.«

»Ihr geht es gut«, widersprach Sneijder.

»Sie verstehen nicht!«, fuhr Sabine ihn an. »Sie schwebt in Lebensgefahr. Der Stromanschlag galt nicht Ihnen, sondern Hannah.«

Sneijder ließ sich ihre Worte durch den Kopf gehen und nickte schließlich. »Aber Piet würde nicht so verrückt sein, ein zweites Mal in die Niederlande zu reisen, um Hannah zu töten.«

»Das weiß ich«, murmelte Sabine. »Und deshalb hat er vermutlich eine zweite Falle vorbereitet.«

»Wo?«

»Ich weiß es nicht. Ich muss mit dem Krankenhaus telefonieren. Haben Sie die Nummer?«

Sneijder griff nach seinem Handy und wählte. Nach einer halben Minute bekam er endlich jemanden an den Apparat, und Sabine hörte, wie er auf Niederländisch einen Arzt verlangte, der Deutsch sprach. Schließlich gab er ihr das Telefon.

»Hallo, hier spricht Doktor Groen«, hörte Sabine die Stimme eines Mannes mit starkem niederländischen Akzent.

Sabine nannte ihren Namen, erklärte dem Arzt, wer sie war und dass sie Hannah Norland gefunden hatte. »Ich möchte Sie bitten, auf Hannah achtzugeben, denn ich habe den begründeten Verdacht, dass ihr etwas zustoßen könnte.«

»Was meinen Sie damit?«

»Sie dürfen Hannah nicht zu früh aus der Station entlassen.

Vielleicht wartet eine tödliche Falle auf sie. Auf dem Weg zu ihrem Haus, in der Tiefgarage, in ihrem Auto oder in der Wohnung – ich weiß es nicht. Am besten sprechen Sie mit der Kripo, damit die Hannah unter Personenschutz stellt.«

»Ein Beamter steht vor ihrer Tür.«

»Gut. Seine Kollegen sollen in der Zwischenzeit Hannahs Umfeld im Auge behalten.«

»Aber was soll ich denen sagen?«

»Meinen Namen und dass ich einen Anschlag auf ihr Leben befürchte.«

»Okay.« Groen schluckte. »Ich kümmere mich darum. Warten Sie einen Moment … bleiben Sie dran.«

Sabine hörte aufgeregte Rufe und hektischen Lärm. Schließlich war der Arzt wieder am Apparat. Er keuchte.

»Der Kreislauf der Patientin bricht zusammen. Wir wissen nicht, warum, wir wissen nur, dass wir sie jeden Moment verlieren werden.«

54
Samstag, 3. Oktober

Verflucht nochmal! Groen nahm das Handy herunter. Hannah Norlands Herz-Kreislauf-System brach zusammen. Und das, obwohl sie ihr alles Notwendige verabreicht hatten. Was verdammt nochmal hatten sie falsch gemacht?

Das Team aus Assistenzärzten, Pflegern und Krankenschwestern sah Groen erwartungsvoll an.

»Okay, alle herhören!«, rief Groen. »Wir versetzen sie in ein künstliches Koma. Bereiten Sie alles für die Narkose vor.«

Das Team um ihn herum wurde aktiv. Zuerst bekam Hannah ein Opiat gegen Schmerzen und Brechreiz, das über eine automatische Spritzpumpe dosiert und intravenös verabreicht wurde. Danach erhielt sie über eine zweite Dosierpumpe ein Schlafmittel, um das künstliche Koma einzuleiten.

Zum Schluss kam ein Relaxans hinzu, das die Muskulatur lähmte, wodurch auch Hannahs Kiefer schlaff wurde. Nach knapp zwei Minuten begann das Mittel zu wirken. Hannahs Eigenatmung setzte aus. Normalerweise würde sie jetzt binnen weniger Sekunden sterben.

»Okay – intubieren. *Jetzt!*« Groen trieb sein Team mit einer ungeduldigen Geste an.

Seine Assistenzärztin führte Hannah den Intubationsspatel in den Mund bis in den Rachen ein. Danach steckte sie den Tubus, ein Plastikrohr, vorsichtig in Mund und Luftröhre, damit sie die Stimmbänder nicht verletzte. Zuletzt fixierte die Ärztin den Tubus mit Pflastern am Mund. Nun wurde Hannah künstlich beatmet.

Groen wartete eine Minute, in der er ständig auf die Displays der Geräte starrte. Der Kreislauf war immer noch schwer im Keller. Sie mussten ihr Herz-Kreislauf-System ankurbeln. Falls nicht … Groen starrte auf die Anzeigen. *Verdammt, wir verlieren sie!*

»Bereiten Sie einen dritten Perfusor vor«, murmelte er.

»Was geben wir ihr?«

»Noradrenalin.«

Die Ärztin sah ihn an.

»Los!«, rief er. Sie mussten Hannahs Kreislauf mit Adrenalin aufputschen.

Die Patientin wurde an eine dritte Dosierpumpe angehängt, aber ihr Zustand verbesserte sich nicht.

Scheiße, fluchte Groen innerlich. Ihr Puls ging immer rascher runter. Ein Herz-Kreislauf-Zusammenbruch würde folgen, danach der Herzstillstand.

»Was machen wir?«, fragte eine Ärztin.

»Ich …« Er atmete tief durch. »… weiß es nicht.« Er spürte die Panik in seinem Team, die langsam auch auf ihn übersprang. Eine vergleichbare Situation hatte er noch nie erlebt. Nun sah er, dass jemand die Tür geöffnet hatte. Der Polizist stand im Türrahmen und starrte ins Zimmer. »Raus!«, brüllte Groen.

Der Kreislauf *durfte* nicht versagen! Das konnte es einfach nicht geben. Er musste hochkommen! Doch das tat er nicht. Und dafür gab es keine plausible Erklärung.

Doch!

Eine gab es.

»O Gott«, entfuhr es Groen. Er starrte zum Tisch, wo er das Handy hingelegt hatte. Rasch lief er hin und führte es zum Ohr. »Sind Sie noch dran?«, fragte er auf Deutsch.

»Ja, wo waren Sie so lange?«, fragte die Frau, die sich ihm als Sabine Nemez vorgestellt hatte. »Wie geht es Hannah?«

»Sie haben gesagt, dass Sie …« Er hob kurz die Hand, um das

Gemurmel seines Teams hinter ihm verstummen zu lassen. »Dass Sie Hannah Norland gefunden haben?«

»Ja.«

»Hören Sie mir jetzt genau zu! Wir werden Hannah Norland in den nächsten Minuten verlieren. Darum ist es wichtig, dass Sie sich konzentrieren.«

»Was ist passiert?«

Groen ignorierte die Frage. »Hat die Patientin etwas zu sich genommen, nachdem Sie sie gefunden haben?«

»Nein, nur einen kleinen Schluck Orangensaft.«

»Mehr nicht?«, rief Groen. »Waren Sie dabei?

»Ja, und die Packung war originalverschlossen«, bestätigte Sabine.

»Aber die Patienten war nicht vollständig dehydriert. Sie muss in diesen vier Tagen etwas getrunken haben.«

»Das ging gar nicht. Sie lag unter einem Berg von Matratzen und hatte nur einen Atemschlauch, der ins Freie …«

»Das kann nicht sein. Denken Sie nach!«, fuhr Groen sie an.

»Moment … Sie haben recht, da waren *zwei* Schläuche. Einer lag in einem leeren Plastikeimer.«

»Hat sich darin eine Flüssigkeit befunden?«

»Als wir sie fanden, nicht. Davor vielleicht schon.«

»Es *muss* eine Flüssigkeit darin gewesen sein. Versuchen Sie sich zu konzentrieren! Haben Sie in der Wohnung irgendwelche Medikamentenpackungen gefunden?«

Stille.

Groen starrte zum Krankenbett. Der Puls war ganz unten. Wenn ihm nicht sofort etwas einfiel, würde sie sterben.

»Ja, in der Küche lagen jede Menge Medikamentenpackungen.«

»Was stand darauf?«

»O Gott … ich.« Sabine Nemez machte eine Pause. »Aspirin, starke Schmerzmittel, Antibiotika, Magentabletten und etwas namens Jetrosom … Jetrosan … oder so ähnlich.«

»Jatrosom!«, rief Groen. »Verfluchter Mist. Warum haben Sie das dem Notarzt nicht gesagt?«

»Woher sollte ich wissen, dass das wichtig war? Was bewirkt das?«

»Jatrosom ist ein Antidepressivum, das den Blutdruck senkt. Wie viele Milligramm standen auf der Packung?«

»Ich glaube zwanzig. Und die Packung war leer!«

»Auch das noch.« Die Tabletten mussten im Wasser aufgelöst und der Patientin verabreicht worden sein. »Die Medikamente, die Hannah Norland in der Klinik erhalten hat, sind kontraindiziert.«

»Was genau meinen Sie damit?«

»Jatrosom verträgt sich nicht mit Opiaten und Noradrenalin. Die Wechselwirkung ist tödlich. Ich muss Schluss machen!« Er unterbrach die Verbindung und warf das Handy auf den Tisch.

Im gleichen Moment hörte er den monotonen Piepton des Herzstillstands.

Er wandte sich an sein Team, das ihn die ganze Zeit über fassungslos angestarrt hatte. »Stoppen Sie sofort alle Medikamente, und leiten Sie die Reanimation ein.«

Selbst wenn sie kein künstliches Koma mit einem Opiat herbeigeführt hätten und der Patientin nur ein Medikament mit kreislaufanregendem Adrenalin gegeben hätten, wäre es über kurz oder lang zu der Wechselwirkung mit dem Antidepressivum gekommen.

Welcher Mistkerl auch immer Hannah Norland das angetan hatte – er hatte sich mit dem Antidepressivum doppelt abgesichert.

Was für ein cleveres Arschloch!

55
Samstag, 3. Oktober

Fluchend nahm Sabine das Handy herunter. »Die Verbindung wurde unterbrochen.«

Sneijder war blass geworden. Er hatte das Gespräch mitgehört. »Ich habe auch nicht geahnt, dass es zu so einer Reaktion kommen kann. Aber der Notarzt hätte es wissen und sich danach erkundigen müssen! *Vervloekt!* Dieser Stümper!« Er knirschte mit den Zähnen.

Sabine hob Sneijders Handy hoch. »Soll ich es nochmal versuchen?«

»Lassen Sie es. Die kämpfen gerade um Hannahs Leben. Hoffen wir das Beste.«

Sie gab ihm sein Telefon zurück, er steckte es ein, packte seinen Koffer und rollte damit durch den Ausgang in die Ankunftshalle. Sneijder sah sich um. »Horowitz müsste gleich da sein.«

Sabine konnte nicht ruhig stehen bleiben. »Ich halte das nicht länger aus. Ich werde …«

»Mir geht es genauso«, beruhigte Sneijder sie. »Ich schätze, das Krankenhaus wird uns anrufen, sobald …« In diesem Moment klingelte sein Handy.

Er ging sofort ran, sprach ein paar Sätze, dann wechselte er ins Niederländische. Nach einer halben Minute legte er auf.

An Sneijders Gesichtsausdruck sah Sabine, was passiert war. »Ist sie tot?«

Er nickte nur.

O nein! Im gleichen Moment wurde Sabine schlecht. Die Übelkeit zog sich tief in ihre Gedärme und setzte sich wie ein Tumor in ihren Eingeweiden fest. »Piet hat sie ermordet.«

Sneijder nickte. »Ziemlich gründlich.« Seine Hand ballte sich zur Faust, dass die Knöchel knackten. *Und alles nur, damit ich dir mehr Beachtung schenke,* schien sein Blick zu sagen, in dem so unendlich viel Hass, Traurigkeit, Schuld und Versagen lagen.

Sabine bemerkte, wie ihm der Schweiß auf die Stirn trat. Seine Augenlider zuckten unkontrolliert.

»Entschuldigen Sie mich«, presste er hervor, ließ seinen Koffer bei Sabine und ging die Halle hinunter, wo er auf das Toilettenzeichen zusteuerte. Vermutlich brauchte er ein paar Minuten für sich. Vielleicht würde er sich ein paar Akupunkturnadeln setzen oder sich sogar in die Kloschüssel übergeben. *Solange es hilft!*

Sie sah ihm einen Moment lang nach, bis eine bekannte Stimme sie aus den Gedanken riss.

»Hallo! Frau Nemez!«

Sie sah sich um. Wenige Meter von ihr entfernt fuhr Horowitz im Rollstuhl auf sie zu. An der Rückenlehne hing ein schmaler Hartschalenkoffer.

Horowitz bremste vor ihr und gab ihr die Hand. »Wo ist Maarten?«

»Unpässlich.« Sie nickte zu den Toiletten. Dann erzählte sie Horowitz in Kurzform, was sie in Regensburg, Wien, auf der Insel Ostheversand und in Rotterdam herausgefunden hatten.

Horowitz hörte aufmerksam zu und unterbrach sie kein einziges Mal. Auch schien er wenig überrascht zu sein, als sie Piets Ausbruch und den Mord an Sneijders Mutter erwähnte.

»Wenn er sich an sein eigenes Theaterstück hält, dann sind noch drei Morde ausständig«, schloss sie ihren Bericht. »Und was führt Sie hierher?«

»Die Spurensicherung hat den Wagen untersucht, den der Mörder in Bern am Hauptbahnhof gestohlen hat, damit Nicola Wyss aus ihrer Wohnung entführt und zur Untertorbrücke gebracht hat.«

»Hinweise?«

»Ja, wir konnten das Fragment eines Fingerabdrucks auf dem Blech der Hecktür sicherstellen. Der Rand ist mit dem mit Säure weggeätzten Abdruck von Piets Zeigefinger identisch.«

»Er hat einen Fingerabdruck hinterlassen?«, fragte Sabine. Das passte nicht zu Piet, der alles bis ins kleinste Detail plante.

»Es muss ihm passiert sein, als er sich an den Wagen gelehnt hat. Vielleicht ist er aber auch mit der Hand drangekommen, als er Wyss ins Heck heben wollte. Jedenfalls haben wir von Piets Ausbruch erfahren. In der Schweiz läuft bereits die Fahndung nach ihm.«

»Er ist nicht mehr in der Schweiz.«

»Deswegen bin ich hier«, sagte Horowitz. »Im gestohlenen Wagen befand sich ein Navi. Archiv und Zwischenspeicher sind zwar gelöscht worden, aber die Techniker konnte die Daten rekonstruieren.«

»Piet hat das Navi benutzt?«

»Er hat damit die schnellsten Routen von Bern nach Regensburg und von dort nach Wien berechnet.«

»Lassen Sie mich raten. Zum Höllhornsee und zur Villa von Graf Erich von Kessler?«

»Richtig. Und anschließend von Wien nach Budapest.«

»Ungarn?«, fragte Sabine überrascht. »Deswegen sind Sie extra hergeflogen? Das hätten wir doch auch am Telefon besprechen können.«

»Ich weiß, aber Staatsanwalt Berger hielt es für eine gute Idee herzufliegen, und ich habe zugestimmt. Außerdem ist es in meinem persönlichen Interesse, Piet zur Strecke zu bringen.« Horowitz umklammerte die Lehne des Rollstuhls. »Ich muss Maarten beistehen, denn ich fürchte, er braucht jede Unterstützung, die er kriegen kann.«

»Verstehe.« Sabine dachte nach. »Piet will also seinen alten Plan, in den Süden zu fahren, wiederaufgreifen, allerdings auf einer anderen Route. Diesmal über Regensburg, Wien und Budapest. Er folgt dem Lauf der Donau.«

»Sieht ganz danach aus …« Horowitz starrte an Sabine vorbei, und sein Blick verlor sich in der Ferne.

Sie wandte sich um und sah, wie Sneijder soeben aus der Toilette stolperte.

»Er schaut nicht gut aus«, bemerkte Horowitz.

»Das hat er noch nie«, sagte Sabine trocken.

»Ich meine, er sieht echt *scheiße* aus. Aber wer täte das nicht, an seiner Stelle?«

»In Rotterdam hat er auf einem Tatort einen starken Stromschlag erhalten. Danach hatte er Herzkammerflimmern. Eigentlich müsste er noch im Krankenhaus liegen, aber Sie kennen ihn ja.«

»Ja, gut genug«, seufzte Horowitz. »Er hasst Ärzte fast genauso wie …« Er verstummte.

Sabines Atem stockte.

Sneijder war einen Schritt zurück zur Toilettentür getaumelt, hatte noch versucht, nach der Klinke zu fassen, dabei aber ins Leere gegriffen und fiel nun der Länge nach hin. Steif wie ein Brett schlug er mit dem Gesicht auf dem Boden auf, während die Leute um ihn herum entsetzt auseinanderstoben.

Fünf Jahre zuvor – Bern

Unmittelbar nach den Ereignissen in Piets Wohnung in Rotterdam war Sneijder in Bern gelandet und im Taxi zum Hauptgebäude der Kripo gebracht worden. Dort hatte Horowitz bereits ein Soko-Team zusammengestellt.

Eine junge Beamtin führte Sneijder zum Konferenzraum in den dritten Stock.

»Hier hinein bitte«, sagte sie und öffnete ihm die Tür.

Sneijder trat ein.

Der Raum war mit Jalousien verdunkelt. Es roch nach Kaffee, und einige Tischlampen brannten. Fünf Männer und drei Frauen saßen um einen langen ovalen Tisch. Jeder hatte ein surrendes Notebook vor sich, und in der Mitte des Tisches thronte eine Spinne, ein Apparat für Telefonkonferenzschaltungen. Zudem warf ein Videobeamer eine Karte der Schweiz an die Wand und blendete in der oberen Ecke ein aktuelles Foto von Piet ein.

Rudolf Horowitz erhob sich und kam auf Sneijder zu. »Lange nicht gesehen«, sagte er in breitem Schwyzerdütsch und drückte Sneijder die Hand. »Wir haben dich früher erwartet.«

»Die Kollegen in Rotterdam wollten mich nicht eher gehen lassen.«

Horowitz winkte nach der jungen Kollegin, die Sneijder in den Raum geführt hatte. »Eine Kanne Vanilletee für unseren Gast.« Danach raunte er Sneijder zu. »Gekifft wird hier nicht, und reiß dich zusammen! Die Kollegen haben sich freiwillig gemeldet und machen Überstunden.«

»Werden wir noch sehen«, murrte Sneijder.

Er ersparte sich jegliches Begrüßungsgeplänkel, trat an den Tisch und begann sogleich. »Wenn Sie sich alle bemühen, ein halbwegs akzeptables Hochdeutsch zu sprechen, kann ich Sie besser verstehen, das erspart mir Zeit, und wir kommen rascher voran. Ich nehme an, Sie wissen bereits, wer ich bin und worum es geht.«

Einige nickten, andere starrten Sneijder beunruhigt an.

Sneijder deutete auf Piets Foto. »Dieser Mann hat fünf Morde begangen, und das nächste Mal wird er in der Schweiz zuschlagen.« Er warf einen Blick auf die Männer und Frauen vor sich. »Können Sie mir folgen?« Er schnippte mit den Fingern.

»Ja«, murmelten einige.

»Gut. Hat die Fahndung nach Piet bisher etwas gebracht?«

»Nein«, sagte Horowitz und warf Sneijder einen ermahnenden Blick zu.

»Dann waren wir zu spät dran, und er ist bereits im Land. Sie können die zusätzlichen Leute an den Grenzkontrollen abziehen. Vermutlich hat Piet van Loon in Stuttgart einen Wagen gestohlen und ist damit über die Grenze gefahren. Ich nehme an, entweder nach Zürich, Bern, Basel oder Genf. Nach dem geplanten Mord, falls er nicht schon längst passiert ist, wird er erneut einen Wagen klauen und damit höchstwahrscheinlich weiter in den Süden fahren. Das bedeutet zweierlei.«

Sneijder machte eine Pause und massierte seine Schläfe. *Diese verdammten Kopfschmerzen!* Er sah wieder auf, um sich nichts anmerken zu lassen. »Wir brauchen Kontakt zur Stuttgarter Kripo und Informationen über sämtliche Fahrzeuge, die dort in den letzten fünf Tagen als gestohlen gemeldet wurden, vornehmlich Wohnmobile und Kleinlaster. Danach überprüfen Sie die Videoaufnahmen von den Grenzkontrollen, ob eines dieser Fahrzeuge in die Schweiz gekommen ist.«

Eine Dame hob die Hand und wollte etwas sagen.

»Zweitens!«, unterbrach Sneijder sie. »Machen Sie sämtliche Fahrzeuge ausfindig, die in der Schweiz in den letzten zwei Tagen gestohlen wurden, und verstärken Sie die Grenzkontrollen nach Italien. Dorthin wird er sich vermutlich als Nächstes absetzen. Fragen?«

Die Dame schüttelte den Kopf. »Hat sich erübrigt.«

»Gut, nächster Schritt! Wir brauchen Zugriff auf die Verkehrs- kameras aller Großstädte in der Schweiz. Ist das machbar?«

»Ja«, sagte ein Mann.

»Haben Sie eine Gesichtserkennungssoftware, die wir bei den Überwachungskameras in Haltestellen und Busbahnhöfen installieren können?«

»Ja, aber dazu bräuchten wir einen richterlichen …«

»Herrgott!«, rief Sneijder. »Wir wissen, wie dieser Mann aus- sieht. Und wir wissen, dass er zuschlagen wird. Wenn wir jetzt die Hände in den Schoß legen und auf die Erteilung irgendwel- cher Genehmigungen warten, wird es eine weitere Tote geben. Ein Mord, den wir verhindern könnten. Und ich kann Ihnen verraten, was er machen wird: Er sucht sich eine junge Frau aus, zwischen achtzehn und fünfundzwanzig Jahren, hübsch, schlank, langes blondes Haar. Vielleicht sogar eine Person des öffentlichen Inte- resses. Er wird sie mit einem Messer lebensgefährlich verletzen und ihr anschließend mit einem Hammer sämtliche Knochen im Leib zertrümmern. Zum Abschluss wird er ihr über dem Brust- bein einen Buchstaben tief in die Haut schneiden. *Das* ist seine Botschaft an uns! Mit alldem wird er so lange weitermachen, bis wir ihm endlich das Handwerk gelegt haben. Und wenn wir das nicht *jetzt* tun, wird er sich weiß Gott wohin absetzen.«

Horowitz war aufgestanden. »Maarten, beruhige dich!«

»Ja, gerne. Wenn wir ihn haben! In der Zwischenzeit brauche ich Ihren vollen Einsatz für einen maschinellen Datenabgleich. Wir müssen jene Personen finden, die die Merkmale erfüllen, um eines von Piets Opfern zu werden.« Sneijders Augen schmerzten. Undeutlich sah er, wie die Frau von vorhin wieder die Hand hob. »Ja?«, murmelte er.

»Wie sicher sind Sie, dass das alles genau so, hier und jetzt eintreten wird?«

»Die Wahrheit ist – ich weiß es nicht, aber es ist unsere einzige Chance.« Er stützte sich mit den Armen am Tisch ab und sank in den Stuhl.

Sechs Stunden später lehnte Sneijder in der kleinen Teeküche des vierten Stocks am offenen Fenster und rauchte einen Joint.

Noch nie war die Zeit so langsam vergangen wie an diesem Nachmittag. Er hörte Stimmen vom Gang und nahm einen weiteren Zug. Ständig ging ihm die Frage im Kopf herum, ob er etwas übersehen hatte. Ihm fiel nichts ein, was es hätte sein können. Er hatte alle Register gezogen – und nun hieß es abwarten. Aber diese Untätigkeit zermürbte ihn.

Endlich ging die Tür auf, und Horowitz kam in die Küche. Mit seinem Telefon in der Brusttasche und einer zusammengerollten Mappe in der Hand. Er sah abgekämpft aus, mit aufgerollten Hemdsärmeln, grauen Bartstoppeln und Ringen unter den Augen, die Sneijder erst jetzt auffielen. Aber vermutlich sah er selbst auch nicht frischer aus.

»Schlechte Neuigkeiten«, sagte Horowitz und kam zu Sneijder ans Fenster. »Ein als gestohlen gemeldeter Wagen mit Stuttgarter Kennzeichen wurde in der Berner Innenstadt von einer Verkehrskamera aufgezeichnet.«

»Das sind *gute* Neuigkeiten.« Sneijder drückte den Joint auf dem Blech des Fensterbretts aus und schnippte den Stummel anschließend in den Innenhof. »Das ist er!«

Horowitz sah aus dem Fenster, atmete tief durch, sagte aber nichts.

»Und weiter?«

»Wir haben den Wagen leider aus den Augen verloren, aber die Fahndung läuft bereits.«

Sneijder ging zu der freien Wand neben der Küchenzeile, an der ein eineinhalb Meter langer Stadtplan von Bern hing. »Wo genau?«

Horowitz deutete auf eine Stelle der Innenstadt. »Hier, in der Nähe des Hauptbahnhofs. Einer meiner Leute hat sich deine Ansprache anscheinend sehr zu Herzen genommen und daraufhin in diesem Bezirk die Gesichtserkennungssoftware an die Verkehrskameras gekoppelt. Ohne richterlichen Beschluss! Du weißt, was das bedeutet?«

»Muss ja niemand erfahren. Und?«

»Wir haben Piet van Loon gefunden.«

Sneijders Herzschlag setzte für einen Moment aus. Bis jetzt war er nicht einmal sicher gewesen, ob er mit seinen Vermutungen überhaupt annähernd richtiggelegen hatte. »Wo?«

Horowitz zeigte ihm eine Straße in der Nähe des Bahnhofs. »Hier. Die Sichtung war vor zehn Minuten. Seitdem ist er verschwunden.«

»Okay, lass uns in Ruhe überlegen. Zunächst sollten wir alle uniformierten Polizisten aus dieser Gegend abziehen, damit wir ihn nicht verscheuchen.«

»Habe ich bereits angeordnet.«

»Gut.« Sneijder schloss die Augen. »Sind die personenbezogenen Daten schon ausgewertet?«

»Ja. Die anderen Städte interessieren uns ja jetzt nicht mehr. In Bern konnten wir achtzehntausend potenzielle Opfer ausfindig machen.«

»Gut, wir brauchen sämtliche Treffer im Umkreis von fünfhundert Metern um diesen Punkt.« Sneijder öffnete die Augen und presste den Zeigefinger auf jene Stelle, an der Piet zuletzt gesehen worden war.

»Das wird dauern.«

»Beeilt euch! In der Zwischenzeit bringst du so viele Zivilbeamte wie möglich in Stellung, damit wir sämtliche in Frage kommenden Personen observieren können.«

»Maarten, woher soll ich so viele Leute nehmen?«

»Woher soll ich das wissen?« Sneijder hob die Schultern. »Bin ich der Chefprofiler in der Schweiz, oder bist du es?«

Horowitz stieß angewidert die Luft aus. »Du weißt genauso gut wie ich, dass es völlig unrealistisch und personell überhaupt nicht machbar ist, so viele mögliche Opfer unter Personenschutz zu stellen.«

»Ich rede ja auch nicht davon, dass wir jede Zielperson Tag und Nacht von einer Taktischen Gruppe oder einem Mobilen Einsatzkommando observieren lassen.«

»Sondern?«

»Eine Person beobachtet den Wohnort und hält nach Piet Ausschau. Sollte er auftauchen, erfolgt der Zugriff.«

»Verdammt! Selbst da reden wir von unglaublich vielen verdeckt operierenden Beamten und einem ständig bereiten Team.«

Sneijders Augenbrauen verengten sich. »Ich glaube, dir ist noch nicht ganz bewusst geworden, worum es hier geht! Das ist unsere Chance, ihn *jetzt* zu schnappen. Wenn er uns aber durch die Lappen geht oder vielleicht sogar merkt, dass wir ihm so dicht auf den Fersen sind, wird er untertauchen und noch vorsichtiger werden. Und das nächste Mal haben wir garantiert nicht mehr so viel Glück wie heute. Bringst du fünfzig Beamte zusammen?«

Horowitz schnaubte. »Ja, möglicherweise. Aber vielleicht war Piet nur in dieser Gegend, um zu Abend zu essen, oder er hat sich eine Unterkunft für die Nacht gesucht.«

»Oder vielleicht ist er bereits in einer der Wohnungen und hat einer jungen Frau mit dem Hammer die Kniescheiben zertrümmert und die Zähne aus dem Mund geschlagen«, sagte Sneijder kalt.

Als Sneijder und Horowitz im Wagen der Kripo die Nägeligasse erreichten, piepte das Handy des Schweizers. Horowitz suchte einen Parkplatz und hielt an.

Im nächsten Augenblick ratterte eine Tram an ihnen vorbei und hielt mit quietschenden Kupplungen. Es dämmerte bereits, und die Straßenbeleuchtung ging an. Jede Menge Leute stiegen an der Station ein und aus.

»Hier ist endlich das Ergebnis der Datenbankabfrage.« Horowitz hob das Handy, sodass Sneijder einen Blick auf das Display werfen konnte, und scrollte zum Anfang der Liste. »Die Kollegen konnten die möglichen Opfer im näheren Umkreis auf einundzwanzig Personen eingrenzen.«

»Nur einundzwanzig?«

»Schau dich um. Innere Stadt. In dieser Gegend wohnen fast nur ältere Menschen. Junge können sich diese Mieten kaum leisten.«

Sneijder überflog Namen, Alter, Adressen und die wenigen Berufsbezeichnungen, die bei den Personen angegeben waren.

»Wer ist diese Magister Hedi Zahn?«, fragte Sneijder.

»Eine junge Radiomoderatorin.«

»Ist sie zu Hause?«

»Möglich. Soviel ich weiß, beginnt ihre Sendung im Studio für gewöhnlich um dreiundzwanzig Uhr.«

»Gut, wir beide fahren zu ihr, und deine Kollegen übernehmen die anderen zwanzig Treffer.«

Horowitz tippte eine SMS, dann legte er den Gang ein und fuhr einige Straßen weiter, wo er eine Parklücke fand. Als er das Einsatzschild der Kripo aus dem Seitenfach der Tür nehmen wollte, um es aufs Armaturenbrett zu legen, stoppte Sneijder seine Bewegung.

»Kein Schild!« Sneijder blickte die Straße hinunter, sah in den Rückspiegel und anschließend die Fassade des Wohnhauses hinauf. Drei Stockwerke, und im Erdgeschoss befand sich der Eingang zu einer Migros-Filiale. »Ich brauche eine Waffe.«

»Maarten!« Horowitz' Stimme klang angespannt. »Du weißt, dass ich dir keine geben kann.«

»Und du weißt, dass ich dich nur mit Waffe begleite. Also lass uns keine Zeit mit unnötigen Diskussionen vergeuden. Wo ist deine Ersatzwaffe?«

Horowitz blickte zum Handschuhfach.

Sneijder öffnete es und nahm eine kleinkalibrige Walther heraus. Am Gewicht merkte er, dass sich kein Magazin im Griff befand. Fragend hob er eine Augenbraue. »Was soll ich mit dem Ding? Es Piet an die Schläfe werfen?«

Horowitz griff an seinen Gürtel und gab Sneijder ein Magazin. »Du schießt nur in Notwehr, haben wir uns verstanden?«

»Das kann ich dir nicht versprechen.«

»Himmel, Arsch!«, fluchte Horowitz. »Komm, setz das auf.« Er griff zum Rücksitz und holte eine schwarze Baseballkappe nach vorne. »Ist mein Talisman, gehört meinem Enkelsohn. Du bist nicht gerade klein, und wenn Piet deine Glatze bemerkt …«

»Du hast recht.« Sneijder setzte die Kappe auf. »Gehen wir!«

Horowitz stieg aus dem Wagen und ging voraus. Sneijder steckte das Magazin in die Walther und stieg ebenfalls aus. Nachdem er die Waffe unter seinem Sakko hinten im Hosenbund hatte verschwinden lassen, zog er sich die Kappe tiefer ins Gesicht, machte sich kleiner und folgte Horowitz die Straße hinunter.

Sie passierten die Migros-Filiale und hielten vor der Hausnummer fünfzehn, einem Altbau mit einem Innenhof, in dem Kinderwägen, Fahrräder und einige randvolle Mülltonnen standen.

»Hedi Zahn wohnt im dritten Stock«, erklärte Horowitz.

»Wie weit ist der nächste Treffer auf der Liste von hier entfernt?«

Horowitz blickte auf sein Handy. »Etwa hundert Meter die Straße runter und links in eine Seitengasse … eine Studentin.«

»Sind deine Männer bereits dort?«

»Ja. Willst du nun zu Hedi Zahn raufgehen und läuten?«

Sneijder sah sich um. Das Haus hatte keine Gegensprechanlage. »*Du* gehst rauf. Läute aber bei den Nachbarn. Geh in deren Wohnung und befrage sie, ob sie nebenan etwas Auffälliges bemerkt haben. Dann rufst du Hedi Zahn vom Apparat der Nachbarn an und schaust, ob sie rangeht.«

»Und du?«, fragte Horowitz.

»Ich bleibe in der Zwischenzeit hier unten im Innenhof und beobachte die Straße.« Sneijder merkte, wie Horowitz' Blick zu Eis gefror. »Was ist?«

»Leck mich!«, entfuhr es Horowitz. »Dreh dich jetzt nicht um. Piet ist soeben aus einem Wohnhaus auf der gegenüberliegenden Straßenseite gekommen.«

»Du verarscht mich doch?«

»Ich bin nicht zu Scherzen aufgelegt.«

»*Gegenüber*? Was macht er dort?«, fragte Sneijder.

»Eine alte Dame mit einem Einkaufskorb hat gerade das Haus betreten. Piet steht einfach nur da, blickt sich um und zündet sich eine Zigarette an.«

Sneijder unterdrückte den Drang, sich umzudrehen. »Gibt es in diesem Haus ein Hotel oder eine Pension, die Zimmer vermietet?«

Horowitz' suchender Blick schweifte herum. »Soviel ich erkennen kann, nicht. Und laut unseren Ermittlungen lebt in diesem Haus auch keine Person, die in sein Beuteschema passen könnte.«

»Dann hat er sein Schema soeben geändert.«

»Oder unser Datenabgleich war für den Arsch!«

»Dass wir hier und jetzt auf ihn treffen, ist vielleicht nur ein verdammt großer Zufall«, murmelte Sneijder. »Allerdings sind ihm auch einige Fehler unterlaufen. Aber wenn er uns jetzt entkommt, wird er dieselben Fehler kein zweites Mal begehen.«

»Ich weiß. Er lernt schnell.«

Sneijder schaute Horowitz an. »Wie kommst du darauf?«

»Immerhin ist er dein Sohn.«

»Das weißt du auch nur deshalb, weil ich es dir am Telefon erzählt habe.«

»Ich weiß es, seit ich ihm gerade eben das erste Mal in die Augen gesehen habe.«

»Ist er …?«

»Beweg dich nicht. Noch hat er uns nicht bemerkt.«

»Was macht er?«

»Steht immer noch da und raucht.« Horowitz griff zu seinem Handy.

»Nicht!«, zischte Sneijder. »Wenn er bemerkt, dass du telefonierst, rennt er weg, und wir beide sind zu alt für eine Verfolgungsjagd.«

»Was machen wir?«

»Du gehst nach links, ich nach rechts. Nach einigen Metern überqueren wir die Straße und nehmen ihn in die Zange.« Sneijder dachte an die Walther in seinem Hosenbund, dann setzte er sich in Bewegung.

7. Teil

WIESBADEN

56

Samstag, 3. Oktober

Maarten Sneijder war nach seinem Kreislaufzusammenbruch vor der Toilette des Flughafens auf Sabines Wunsch in das Wiesbadener Krankenhaus gebracht worden. Sie hatte ihn im Krankenwagen begleitet, und Horowitz war im Taxi ebenfalls nach Wiesbaden gefahren, um sich in der Nähe des BKA ein Hotelzimmer zu nehmen.

Nachdem die Ärzte Sneijders Kreislauf stabilisiert hatten und er wieder ansprechbar war, durfte Sabine ihn für eine Minute sehen. Sie betrat das Zimmer und setzte sich an sein Bett. Sneijder hing an mehreren Geräten und trug einen Kopfverband.

»Wo bin ich?«

»In Wiesbaden«, sagte sie.

»Ich habe von der Fahrt nichts mitbekommen.«

»Ist auch besser so. Sie haben sich bei Ihrem Sturz eine Platzwunde an der Stirn zugezogen, die genäht werden musste. Außerdem haben Sie sich das Knie verletzt, ganz zu schweigen von …«

»Eichkätzchen«, röchelte er und hob kraftlos drei Finger. »Die Ärzte werfen Sie sicher gleich raus. Erzählen Sie mir, warum Horowitz hergekommen ist.«

In knappen Sätzen berichtete sie von dem Fingerabdruck auf dem Kleinlaster und den Daten des Navis, die die Schweizer Kripo rekonstruiert hatte.

Sneijder wurde nachdenklich. »Diese Fehler hätte Piet niemals gemacht.«

»Habe ich auch gedacht, aber er *hat* sie gemacht.«

Wie Sneijder prophezeit hatte, betrat eine Schwester das Zimmer und bat Sabine, den Raum zu verlassen.

Sie erhob sich. »Erholen Sie sich … Partner.«

Er lächelte. »Heute Abend bin ich wieder fit … versprochen.«

Übertreib es bloß nicht! Sie verließ das Zimmer und ging an den beiden Polizeibeamten vorbei, die im Gang saßen und zu Sneijders Sicherheit abkommandiert worden waren.

»Passen Sie gut auf den Mann da drinnen auf«, sagte sie.

»Keine Sorge, solange wir hier sind, passiert ihm nichts.«

»Ich meinte, dass er nicht abhaut«, fügte sie hinzu, woraufhin die beiden Männer sie verdutzt ansahen.

Kaum hatte sie den Fahrstuhl erreicht, läutete ihr Handy. Es war die Nummer von Präsident Hess' Sekretärin. Sogleich nahm sie das Gespräch entgegen. »Sabine Nemez.«

»Präsident Hess möchte Sie augenblicklich in seinem Büro sehen.«

»Ich dachte, er würde das Wochenende in seinem Landhaus verbringen?«

Sabine hörte die Sekretärin schnaufen. »Ist alles anders gekommen. Beeilen Sie sich.«

Eine halbe Stunde später betrat Sabine das Vorzimmer des Präsidenten. Die Sekretärin sah nur kurz von ihrem Bildschirm auf. »Wurde auch Zeit!«

»Ist er frei?«

»Ja, gehen Sie rein. Die Herren warten schon auf Sie.«

Die Herren?

Sabine trat ein und merkte gleich, wie kühl die Stimmung in dem Büro war. Präsident Hess saß hinter seinem Schreibtisch, im schwarzen Nadelstreif mit gelockertem Krawattenknoten. Seine schwere Rolex lag neben dem Telefon. Mit einer Hand tippte er in den PC, mit der anderen drehte er einen Füllfederhalter zwischen den Fingern. Offensichtlich war er noch angespannter als Sabine.

Hinter Hess stand ein etwa fünfzigjähriger Mann, hochgewachsen und schlank, im grauen Dreiteiler. Er hatte kantige, wettergegerbte Gesichtszüge, Kinn und Wangen waren von Akne vernarbt. Völlig entspannt hielt er einen Untersetzer mit Kaffeetasse in der Hand, an der er gelegentlich nippte.

»Das ist Sabine Nemez«, sagte Hess zu dem Mann, der ihm über die Schulter blickte. Dann an Sabine gewandt: »Setzen Sie sich!«

Sabine nahm Platz und spürte, wie sie der fremde Mann von oben herab durch die Gläser seiner Stahlrahmenbrille musterte, während sein Finger über den Rand der Kaffeetasse kreiste. Sie hatte den Kerl mit dem grauen Seitenscheitel noch nie gesehen.

»Um es kurz zu machen«, begann Hess, »es wurde beanstandet, dass meine Leute überall in Europa Chaos anrichten.«

Wer zum Teufel sollte so etwas tun? Diese Kompetenz hatten nicht viele. Sabine schielte zu dem Mann mit dem pockennarbigen Gesicht. Sie räusperte sich. »Sie sprechen jetzt aber nicht von mir und meinen Ermittlungen?«

»Ach nein?« Hess wurde lauter. »Sneijder hat in Wien einen minderjährigen Zeugen gegen den Willen seiner Eltern mit Hypnose unter Druck gesetzt. So ein Eingriff in die Privatsphäre ist unerhört! In Rotterdam hat er ohne Durchsuchungsbeschluss eine Tür eingetreten. Dann wurde er – wieder einmal – im Ausland von der Polizei mit einer Waffe aufgegriffen. Herrgott, Sie sind seine Partnerin! Jetzt liegt er mit Kreislaufkollaps zur Beobachtung im Krankenhaus.«

»Aber das Haus gehört …«

»Unterbrechen Sie mich nicht!«, fuhr Hess sie an. »Sie haben ohne Autorisierung einen Häftling in Ostheversand vernommen, und soeben habe ich erfahren, dass Sie einen pensionierten Schweizer Kripobeamten in Ihre Arbeit miteinbezogen haben. Stellen Sie jetzt Ihr eigenes Team zusammen und ermitteln auf eigene Faust?«

Sabine spürte, wie ihre Halsschlagadern anschwollen. Sie ballte die Hände zu Fäusten. Unwillkürlich fiel ihr gesenkter Blick auf den Schreibtisch. Vor ihr stand ein gerahmtes Foto von Diana Hess, und fast wehmütig dachte Sabine daran, wie Hess' Ehefrau sie mehr als nur einmal vor einem seiner Anschisse gerettet hatte. Dann jedoch glitten ihre Gedanken unwillkürlich zu Piet, dem Stiefsohn von Präsident Hess. Vermutlich war die Situation auch darum für Hess alles andere als leicht – und er rastete deswegen gerade aus.

»Darf ich auch etwas dazu sagen?«, fragte sie.

»Nein!«, brüllte Hess. »Ihre Kollegin Tina Martinelli liegt schwer verletzt im Krankenaus, aber das hindert Sie nicht, mit ihr in Kontakt zu treten. Sie umgehen Standardprozeduren und untergraben dabei Moral und Disziplin in den Abteilungen!«

»Merken Sie das an mir oder an der Disziplin in den Abteilungen?«, fragte Sabine und dachte im gleichen Augenblick, dass sie besser den Mund gehalten hätte.

Nun meldete sich auch der Mann im Hintergrund zu Wort. Er stellte die Kaffeetasse ab, rückte seine Manschettenknöpfe zurecht und fixierte Sabine. »Wer schnelle Erfolge will, hat bei der Fallanalyse nichts verloren.« Er hatte, ähnlich wie Sneijder, einen niederländischen Akzent.

Sabine kam augenblicklich ein Gedanke in den Sinn: Willst du den Charakter eines Menschen erkennen, gib ihm Macht – und es schien, als verkörperte dieser Mann das Sinnbild der Macht.

»Bin ich vom Dienst suspendiert?«, fragte sie.

»Nein, aber Sie sind raus aus diesem Fall!«

»Und Sneijder?«

Hess lachte auf. »Ich bitte Sie! Er ist dienstuntauglich. Ich habe gerade mit ihm telefoniert. Er ist ein Wrack!«

»Wem übertragen Sie die Ermittlungen?«

Hess wollte antworten, doch der Fremde machte einen Schritt

nach vorne. »Sie haben Ihren Vorgesetzten nicht richtig verstanden, darum werde ich Ihnen diese Frage beantworten. Das BKA ermittelt nicht mehr.«

Was soll diese Hühnerkacke? Sabine fuhr im Stuhl hoch und sah Hess an. »Und das lassen Sie sich gefallen?«

Der BKA-Präsident war nur gegenüber dem Innenminister und dessen Sekretär weisungsgebunden; und dieser Niederländer sah nicht so aus, als gehörte er zur deutschen Bundesregierung. Nicht einmal der Generalbundesanwalt oder der Bundesnachrichtendienst konnte dem BKA einen einmal übernommenen Fall abnehmen. Also, was sollte das hier?

»Setzen Sie sich wieder!«, befahl Hess. »Das ist Dirk van Nistelrooy aus Den Haag. Ab sofort koordiniert Europol die Ermittlungen. Wir und die Bundeskriminalämter der anderen Länder arbeiten zu.«

»Europol? Aber …«

»Ich habe Sie nicht zum Sprechen aufgefordert«, unterbrach Dirk van Nistelrooy sie. »Mittlerweile sind die Niederlande, die Schweiz, Österreich und Deutschland in den Fall verstrickt. Es wird Zeit, dass Profis die Sache in die Hand nehmen.«

Profis? Sabine hätte kotzen können. Ohne die Ermittlungen von Sneijder, Horowitz, Tina und ihr hätte niemand so bald einen Zusammenhang zwischen den Morden herausgefunden.

»Nemez, Sie schreiben sofort Ihren Bericht und stellen den Kollegen von Europol sämtliche Ermittlungsergebnisse zur Verfügung«, sagte Hess. »Ich nehme an, es wird nicht lange dauern, denn Sneijder hat uns in den letzten Tagen bereits über nahezu alles informiert. Wir brauchen nur noch Ihre Daten.«

Sabine spürte, wie ihr Blutdruck stieg. »Und danach geht mich der Fall nichts mehr an?«

»Sie haben es erfasst! Und kommen Sie nicht auf die Idee, etwas zu beschönigen oder die Ermittlungen zu verzögern«, mahnte

Hess sie eindrücklich. »Sie würden mich vor Europol bloßstellen, und ich kann mir nicht vorstellen, dass Sie das wollen.«

»Nein, das will ich nicht«, antwortete sie mit knirschenden Zähnen. Sie blickte zu Nistelrooy und erinnerte sich daran, dass Sneijder ihn als selbstgefälliges arrogantes Arschloch bezeichnet hatte. Anscheinend hatte Sneijder da ausnahmsweise mal untertrieben. »Und was gedenken *Sie* in dem Fall zu tun?«

»Sie denken, nach all dem Chaos, das Sie veranstaltet haben, hätten Sie ein Recht darauf zu erfahren, wie wir koordiniert vorgehen?«

»Ja, das denke ich. Immerhin waren es *meine* Ermittlungen, die einen Zusammenhang zu anderen ...«

»Schon gut!«, unterbrach Nistelrooy sie. »Meinetwegen sollen Sie die Chance erhalten, von erfahrenen Profis zu lernen.« Er steckte eine Hand in die Hosentasche, kam um den Tisch herum und blickte aus dem Fenster. »Wir wissen, dass Piet van Loon wieder zuschlagen wird. Aber der Wurm muss dem Fisch schmecken. Also haben wir über hundertfünfzig Personen in Europa unter Personenschutz gestellt, von denen wir annehmen, dass es sich um potenzielle Opfer handeln könnte. Wir haben Fallen aufgestellt, und in eine davon wird Piet van Loon tappen.«

»Sie haben keine Ahnung, wo er als Nächstes zuschlagen wird.«

»O doch. Unsere Spurensicherer haben nach Auswertung der bisherigen Fakten herausgefunden, dass er seine Mordserie höchstwahrscheinlich in Ungarn fortsetzen wird.«

»Die ehemalige Besitzerin des *Gjellerup* in Kopenhagen, wo Piet sein Theaterstück aufgeführt hat, lebt heute in ...«

»Danke, das wissen wir, und unsere Statistiker haben alles im Griff«, unterbrach Nistelrooy sie.

»Statistiker«, wiederholte Sabine abfällig.

»Ja, Statistik. Sie halten wohl nicht viel von Standardprozeduren, Auswertung der Fakten und statistischen Analysen?«

Hess bedeutete mit einem subtilen Kopfschütteln, dass Sabine die Klappe halten sollte. Aber das konnte sie nicht. Nicht in dieser Situation und nicht vor diesem aufgeblasenen Kotzbrocken!

Sie neigte den Kopf. »O doch, so eine Statistik ist ungemein hilfreich. Wenn ich mit den Zehen im Eiswasser stehe und mit dem Hintern auf einer heißen Herdplatte sitze, habe ich im Durchschnitt eine angenehme Körpertemperatur. So viel zur Statistik.«

Hess verdrehte die Augen.

Nistelrooy wandte sich vom Fenster ab. »Dieser Vergleich zeigt Ihr Niveau.«

»Okay, Sie wollen etwas Niveauvolles hören«, spie Sabine aus. »Dann erzähle ich Ihnen etwas über Piet van Loon. Er ist ein präzise denkender Mensch, der uns bisher immer einen Schritt voraus war.«

»Sind Sie ihm persönlich begegnet?«

»Natür…«, begann Sabine, stoppte jedoch, als sie sich erinnerte, dass sie in Ostheversand nur mit seinem Doppelgänger gesprochen hatte. »Nein, bin ich nicht. Aber nach allem, was ich bisher von ihm weiß, ist er ein raffinierter …«

»Mag sein«, unterbrach Nistelrooy sie. »Aber selbst der raffinierteste kleine Scheißkerl verwandelt einen jahrzehntealten Cabernet Sauvignon nur in gewöhnlichen Urin. Das sollten Sie sich immer vor Augen führen. Das Gespräch ist beendet. Wir haben zu tun.«

Danke für diesen bildhaften und niveauvollen Vergleich.

Sabine erhob sich und dachte beim Verlassen des Büros an all die Experten und Statistiker, die sich offensichtlich alle einig waren. Aber die Erfahrung hatte sie bisher eines gelehrt: Sobald sich alle Experten einig waren, wurde gerne etwas übersehen – und gerade dann war Vorsicht geboten.

57
Samstag, 3. Oktober

Kommentarlos verließ Sabine die Büros von Hess und seiner Sekretärin und steuerte auf die Fahrstühle zu. Eine der Lifttüren öffnete sich soeben, und eine große Frau im Kaschmirmantel mit hochgesteckten grauen Haaren trat in den Flur.

Diana Hess!

»Guten Tag«, sagte Sabine überrascht und schüttelte die dargebotene Hand. »Was machen Sie denn hier?«

»Unsere Pläne fürs Wochenende wurden kurzfristig abgesagt. Ist wahrscheinlich besser bei diesem Wetter! Es wird immer kälter …
brrrr! Ich hole nur einige Sachen aus dem Büro meines Mannes.«

In Anbetracht der Umstände war es wohl ohnehin klüger, wenn Diana Hess die nächsten Tage in ihrem Haus verbrachte, das sich auf dem BKA-Gelände befand.

»Und selbst? Wieder zurück aus der Schweiz, wie ich sehe.«
Hess wollte fröhlich klingen, was ihr aber nur teilweise gelang.

»Nicht nur«, antwortete Sabine. »Ich war in Bayern, an der Ostsee und zuletzt mit Sneijder in Rotterdam.«

Diana Hess nickte. Offenbar war sie bereits über alles informiert, denn Sneijder hatte im Zuge seiner vielen Telefonate wahrscheinlich auch das eine oder andere mit ihr geführt, um ihr vom Tod seiner Mutter und vom Ausbruch ihres gemeinsamen Sohnes zu berichten. Dianas sonst so anmutiges, jetzt aber von Kummer und Sorgen geprägtes Gesicht schien Sabines Theorie zu bestätigen.

»Es tut mir leid, was passiert ist«, sagte Sabine.

Sie presste die schmalen Lippen aufeinander. »Maarten hat Ihnen von Piet erzählt?«

Sabine nickte. »Ja, alles. Wie gesagt, es tut mir aufrichtig leid.«

»Schon gut.« Ihre Augen füllten sich mit Tränen. »Wenn ich Ihnen bei den Ermittlungen irgendwie helfen kann, dann … was haben Sie?«

»Die Ermittlungen wurden uns entzogen. Dirk van Nistelrooy ist gerade im Büro Ihres Mannes.«

»Europol?«, entfuhr es ihr. »Herrgott! Nistelrooy ist ein …« Sie schwieg, aber ihr Blick sagte genug.

Selbstgefälliges Arschloch?, dachte Sabine den Satz zu Ende.

»Ich werde mit meinem Mann darüber sprechen.«

»Nein, bloß nicht«, bat Sabine. »Diesmal nicht.«

»Sind Sie schon aneinandergeraten?«

»Leider.«

»Sie sollten versuchen, mit Nistelrooy gut auszukommen. Unter uns …« Diana Hess senkte die Stimme. »Er wird als möglicher Nachfolger des BKA-Präsidenten gehandelt, wenn mein Mann eines Tages in den Ruhestand geht.«

Auch das noch.

»Ich fürchte, das habe ich verbockt.«

»Kopf hoch.« Diana Hess nickte ihr zu, dann verschwand sie im Gang.

Als Sabine in den Fahrstuhl stieg, erhielt sie eine SMS von Horowitz. Der Akku ihres Handys zeigte nur noch fünf Prozent, aber zum Lesen der Nachricht reichte es.

Haben Sie Zeit? Bin in der Mensa der Akademie.

In das BKA-Hauptgebäude wäre Rudolf Horowitz ohne Passierschein niemals hineingelassen worden, aber die Kantine der gegenüberliegenden Akademie für hochbegabten Nachwuchs war sowohl für Gäste als auch für aktive und ehemalige Kripoermittler zugänglich.

Sabine verließ das BKA-Gebäude durch die Drehtür, und

sogleich blies ihr der kalte Wind um die Ohren. Innerhalb der letzten Stunden hatte es deutlich abgekühlt. Sie schlug den Jackenkragen hoch und vergrub die Hände in den Hosentaschen.

Als sie über die Straße zur Akademie lief, fielen ihr die ungewöhnlich vielen Sicherheitsvorkehrungen auf. Neben der Pförtnerloge bei den automatischen Schranken standen zusätzliche bewaffnete Männer des Haussicherungsdienstes, und am Zaun entlang der Straße harrte ebenfalls alle zweihundert Meter ein Mann in der Kälte aus. Außerdem hörte sie raues Hundegebell. Anscheinend befand sich eine Hundestaffel auf dem Areal.

Vom Gelände der Akademie kam ihr der Chef des Sicherheitsdienstes und des Mobilen Einsatzkommandos mit einem Funkgerät entgegen. Sabine hatte Lohmanns Bekanntschaft vor über zwei Jahren gleich in ihrer ersten Woche an der Akademie gemacht. Er war einer von Sneijders ältesten und vertrautesten Kollegen und vielleicht auch deshalb ein wenig netter zu ihr als viele andere beim BKA.

Als sie auf gleicher Höhe waren, nahm Lohmann das Funkgerät herunter.

»Viel los hier«, bemerkte Sabine.

»Seit einer Stunde herrscht erhöhte Sicherheit. Kenne noch keine Details – pass auf dich auf, Mädchen!«

Typisch Lohmann! Immer kurz angebunden. Und weg war er.

Sabine betrat die Mensa und sah sich um. So spät am Nachmittag nach dem Ende des Unterrichts herrschte hier nur noch halber Betrieb. Der Lärmpegel war erträglich. Einige Studenten standen bei den Getränkeautomaten oder unterhielten sich an den Tischen bei einer Tasse Kaffee. In einer Nische saß Horowitz in seinem Rollstuhl allein vor einem Tablett und stocherte in dem Essen auf seinem Teller herum.

Sabine ging zu seinem Tisch und setzte sich. Zuerst erzählte sie Horowitz mit gedämpfter Stimme, wie es Sneijder ging, und danach von ihrem Gespräch bei Präsident Hess, wobei sie jede Menge Dampf abließ.

»Nistelrooy und sein Team von Statistikern wirken auf mich wie Leute, die sich um jeden Preis profilieren müssen«, beendete sie ihren Bericht.

»Da erzählen Sie mir nichts Neues«, kommentierte Horowitz. »Das sind ein Haufen Tintenpisser, die mehr an ihrer eigenen Meinung interessiert sind als an allem anderen. Aber zumindest machen sie ihren Job schon viele Jahre.«

»Ja, hoffen wir das Beste«, seufzte sie. »Ich muss mich leider verabschieden und einen Bericht für die Kollegen von Europol zusammenstellen.« Sabine wollte sich erheben.

»Ich könnte Ihnen dabei helfen.«

Sie lächelte. »Danke, aber ich fürchte, man würde Sie nicht in die BKA-Festung lassen.«

»Ich war nicht untätig.« Horowitz zog Passierschein und Gästeausweis aus der Innentasche seines Sakkos.

»Wie haben Sie das geschafft?«

»Früher hat fedpol oft mit dem BKA zusammengearbeitet. Ich kenne nicht nur Sneijder schon seit vielen Jahren, sondern auch zahlreiche andere Kollegen, unter anderem Lohmann.«

»Der hat Ihnen den Gästeausweis gegeben?«

Horowitz nickte.

Sabine rückte mit dem Stuhl wieder an den Tisch. »Vier Augen sehen bekanntlich mehr als zwei. Darum nehme ich Ihr Angebot gerne an – auch wenn Hess und Nistelrooy das nicht schmecken dürfte.«

»Taffes Mädchen! Bekomme ich in Ihrem Büro eine Tasse heißen Kakao mit Honig?«

Sabine ging im Kopf die Vorräte in ihrer Schublade durch. »Lässt sich einrichten.«

»Gut, verlieren wir keine Zeit und legen unseren Grips zusammen, um das zu beenden, was Maarten vor fünf Jahren begonnen hat. Das sind wir ihm schuldig.«

Irgendwie klang es theatralisch. Sabine erhob sich. »Sneijder erzählte mir, dass Sie nur deshalb auf Piets Spur gekommen waren, weil Piet einen Fehler begangen hatte.«

Horowitz fuhr mit dem Rollstuhl vom Tisch weg, wendete und gab den Rädern einen kräftigen Schwung Richtung Seitenausgang. »Stimmt, außerdem haben wir ihn nicht durch Maartens Können, sondern durch einen glücklichen Zufall gefasst.«

Sabine hielt Horowitz die Kantinentür auf. »So etwas Ähnliches hat er erwähnt. Und das nagt an seinem Ego, nicht wahr?«

»Richtig. Ein Sneijder versagt nicht.«

Sabine trat in die Kälte und dachte an ihren Partner, der im Krankenhaus lag, und an Piet van Loon, der jetzt wieder irgendwo dort draußen unterwegs war.

58
Samstag, 3. Oktober

Um acht Uhr abends hatte Sabine ihren Bericht endlich fertig. Die Fakten und Sachverhalte, der Grund ihrer Reisen und die Ergebnisse waren dokumentiert, die Zeugenaussagen niedergeschrieben, alle Unterlagen eingescannt und mit den Fotos ins Archiv geladen.

Sie klappte das Notebook zu. »Danke, dass Sie mir geholfen haben.«

Horowitz saß ihr in ihrem kleinen Büro gegenüber und blickte aus dem Fenster in die Dunkelheit. »Keine Ursache.« Er riss sich von dem Anblick der Straßenbeleuchtung los und hob die Tasse. »Danke. Wohin damit?«

»Einfach auf dem Tisch stehen lassen.«

Jetzt, nachdem sie alle Erlebnisse der letzten Tage mit Horowitz zusammengefasst hatte, sah sie den Fall zum ersten Mal völlig wertfrei aus der Vogelperspektive. Vielleicht lag es aber auch daran, dass Hess sie abgezogen hatte und sie erst jetzt die nötige emotionale Distanz aufbringen konnte. Und aus dieser Sicht stimmte etwas nicht.

Sie räusperte sich. »Obwohl alles darauf hindeutet, dass Piet sich nach Ungarn abgesetzt hat, glaube ich nicht recht daran.«

Horowitz hob neugierig den Kopf. »Warum?«

»Eben *weil* alles darauf hindeutet.«

»Mittlerweile glaube ich ebenso wenig an die Ungarn-Theorie«, gestand er.

Verblüfft sah sie ihn. »Und warum?«

Er knetete die Unterlippe. »Als es uns vor fünf Jahren gelang,

Piet zu fassen, nahmen wir eine Menge Kollateralschäden in Kauf. Heute würden wir vermutlich anders handeln, denn es sind nicht die Erfolge, aus denen wir lernen, sondern die Niederlagen. Aber das Gleiche gilt auch für Piet. Damals übersah er einen Hinweis, der Maarten in die Schweiz führte. Würde Piet den gleichen Fehler ein zweites Mal begehen?«

»Vermutlich nicht.«

»Eben. Ich frage mich, ob er so unvorsichtig wäre und einen Fingerabdruck am Auto hinterlassen würde. Oder würde er ein Navi benutzen, obwohl er sich denken könnte, dass die Techniker in der Lage sind, die letzten Eingaben zu rekonstruieren?«

Sabine fuhr hoch. »Wissen Sie, was das bedeutet? Falls wir recht haben, könnte Piet überall zuschlagen. Erneut in der Schweiz, in Österreich oder in Deutschland.« Sie starrte auf ihr Notebook. »Haben Sie sich mal überlegt, welche Personen als letzte drei Opfer in Frage kommen könnten?«

»Seit Sie mir von Piets Theaterstück und den Verbindungen der bisherigen Opfer erzählt haben, gehen mir immer wieder dieselben Gedanken durch den Kopf.« Horowitz rollte näher und hob die Hand. »Es müssten drei Personen sein, die Piet aus persönlichen Gründen hasst.«

»Direktor Hollander, Doktor Kempen und vielleicht ein Aufseher der Anstalt?«

Horowitz schüttelte den Kopf. »Jemand, der ihm sehr nahesteht. Und wer steht ihm näher als seine Familie?«

»Seine Mutter«, überlegte Sabine. »Sein Stiefvater ... und sein leiblicher Vater.«

»Richtig. Diana und Dietrich Hess und Maarten Sneijder«, vollendete Horowitz den Gedanken. »Mittlerweile kennen Sie ja Maartens Familiengeschichte. Piet liebt seinen Vater über alles, aber zugleich hasst er ihn auch. Gleichzeitig verachtet er seine Mutter, weil sie Maarten freigab und sich Jahre später mit einem anderen Mann einließ. Noch dazu mit Dietrich Hess. Er und Sneijder haben Piet damals zur Strecke gebracht.«

»Aber Sie doch auch?«

Horowitz lächelte. »Ich bin nur eine Randfigur. Außerdem, sehen Sie mich an.« Er klopfte auf seine leblosen Beine. »An mir braucht sich niemand mehr zu rächen. Ich vegetiere in diesem Stuhl vor mich hin.«

»Übertreiben Sie nicht, Sie haben immer noch Ihren brillanten Geist.« Sabine schwieg eine Weile. »An der Theorie ist was dran. Aber falls Piet wirklich *diesen* Plan durchziehen will, wird es für ihn kein leichtes Unterfangen. Sein Vater steht im Krankenhaus unter Personenschutz, und Diana und Dietrich Hess sind in ihrem Bungalow auf dem BKA-Gelände völlig sicher. Immerhin ist der BKA-Präsident eine der bestgeschützten Personen des Landes.«

Horowitz hob die Schultern. »Sie haben mich nach meiner Meinung gefragt.«

»Ja, aber leider will sie außer mir niemand hören. Gerade deshalb sollte ich versuchen, Hess darüber zu informieren.« Sie griff zum Handy und wählte die Nummer ihres Vorgesetzten. Hess' Sekretärin hob ab, und als sie merkte, dass Sabine dran war, stellte sie das Gespräch sofort durch.

»Ich habe meinen Bericht fertig. Alles online. Allerdings glaube ich …«

»Hören Sie …«, unterbrach Hess sie und machte eine Pause. Plötzlich klang seine Stimme versöhnlich; zumindest versöhnlicher als am Nachmittag in seinem Büro, wo er sie zur Schnecke gemacht hatte. »Morgen ist Sonntag, nehmen Sie sich frei.«

»Warum plötzlich so verständnisvoll?«, fragte sie.

»In Anbetracht der vielen Kompetenzüberschreitungen, die Sie in den letzten Tagen begangen haben, würde ich das Dirk van Nistelrooy gegenüber niemals zugeben, aber trotzdem haben Sie …« Er holte tief Luft. »… gute Arbeit geleistet.«

Sabine war völlig perplex. »Danke.«

»Und noch etwas, Nemez. Wir haben eine aktuelle Spur zu Piet van Loon gefunden. Einen Moment, ich schalte Sie auf einen anderen Apparat.«

Sie hörte ein Knacken in der Leitung, dann war Hess wieder da. Diesmal klang seine Stimme gedämpfter. »Er hat bereits einen weiteren Mord begangen.«

»Sneijder?«, entfuhr es ihr.

»Nein, eine junge Frau. Heute Nachmittag, in einem Vorort von Budapest. Eindeutig van Loons Handschrift.«

Der unartige Junge kam Sabine augenblicklich in den Sinn. »Wurde die Frau mit einem Pfeil erstochen?«

»Gepfählt.«

Sabines Herz schlug schneller. Das passte zu Piets Drehbuch. *Budapest!* Er war also doch weiter in den Süden vorgedrungen. »Stand das Opfer unter Personenschutz?«

»Ihr Name befand sich zwar auf der Liste der in Frage kommenden Ziele, aber wir waren zu spät dran. Die junge Frau betrieb ein Marionettentheater. Piet hat sie gekannt und vermutlich gehasst.«

Sabine dachte nach. »Lærke Ulfeldt, die ehemalige Besitzerin der Kleinkunstbühne *Gjellerup* in Kopenhagen?«

»Ja, verdammt. Sie haben es geahnt, nicht wahr?«

Der Akku ihres Handys quäkte. »Ja, ich habe bei meinem Besuch auf Ostheversand von ihr erfahren. Sie hat Piet dreihundertfünfzig Kronen geschuldet. Weitere Details stehen in meinem Bericht.« Sabine hörte, wie im Hintergrund von Hess' Büro ein Telefon klingelte. »Aber wie können Sie trotzdem sicher sein, dass es sich um keinen Trittbrettfahrer handelt und Piet tatsächlich der Mörder ist?«

»Die Tote hatte eine Schnittverletzung im Nacken. Die Zahl Sechzehn. Ich bekomme Besuch und muss Schluss machen.« Hess legte auf.

Sabine steckte das Handy weg und starrte lange Zeit ins Nichts, bis sie schließlich Horowitz' Stimme aus den Gedanken riss.

»Was ist passiert?«

»Piet van Loon hat eine junge Künstlerin in Ungarn ermordet«, sinnierte sie.

»Also doch! Dann haben wir uns wohl in allen Punkten getäuscht.« Horowitz trommelte mit den Fingern auf den Boden der leeren Tasse.

»Haben Sie vor, weiter nach Ungarn zu fliegen?«

»Ungarn?« Horowitz überlegte. »Mittlerweile bin ich zu alt und zu müde für diesen Job. Außerdem ist Dirk van Nistelrooy jetzt dafür zuständig. Europol wird sich darum kümmern. Wenn sie Piet schon so dicht auf den Pelz gerückt sind, haben sie ihn binnen vierundzwanzig Stunden gefasst.«

Gedankenverloren packte Sabine ihr Notebook in die Tasche und knipste die Schreibtischlampe aus. »Die Zahl Sechzehn wurde in die Haut des Opfers geschnitten«, murmelte sie.

»Und? Das passt doch.«

Ganz und gar nicht! »Das Theaterstück hat nur fünfzehn Szenen, und es dürften nur noch drei Morde passieren, nach Sneijders Meinung sogar gleichzeitig – aber nichts auf diesen Opfern dürfte auf einen weiteren Mord hinweisen.«

»Dann hat Piet vermutlich sein Muster geändert.«

»So kurz vor dem Finale?«

Sechzehn! Nach allem, was sie bisher herausgefunden hatten, konnte das gar nicht sein. Es ergab einfach keinen Sinn. Diese Tote, selbst wenn alles rundherum zusammenpasste, stand womöglich in keinem *echten* Zusammenhang mit Piets Mordserie. »Aus welchem Grund sollte Piet für das Finale ausgerechnet eine ehemalige Bühnenkollegin auswählen, die ihm nicht wirklich nahstand?«, murmelte sie. »Weil sie sein Stück nach drei Vorstellungen abgesetzt hat und ihm noch Geld schuldet?«

»Vielleicht deshalb, *weil* es so unwahrscheinlich klingt«, vermutete Horowitz.

»Nein.« Sie schüttelte den Kopf. »Außerdem ist Frenk von Piet darauf trainiert worden, mir diesen Hinweis zu geben.« Sie hielt Horowitz die Tür auf, und er fuhr in den Gang.

Sabine musste Sneijder anrufen, um mit ihm darüber zu reden. Sie blickte auf das Display ihres Handys. *Mist!* Der Akku war endgültig leer. Genervt steckte sie das Telefon in die Ladestation auf ihrem Schreibtisch. Dann eben ein Spontanbesuch im Krankenhaus.

Sie nahm ihre Jacke und sperrte die Bürotür zu.

59
Samstag, 3. Oktober

Was für ein Mistwetter, dachte Gomez und blickte durch den Zaun, der das BKA-Gelände umgrenzte. Obwohl Gomez Wollmütze und seine dickste Dienstjacke trug, musste er sich mit kurzen Schritten warm halten und ging vor dem Zaun auf und ab.

An dieser Stelle war die Straßenbeleuchtung ausgefallen, und er verbarg sich in der Dunkelheit, sah regelmäßig die Straße hinauf und hinunter und gab alle fünfzehn Minuten einen Funkspruch durch.

Hier war absolut tote Hose. Um diese Uhrzeit kam vielleicht einmal in fünf Minuten ein Wagen vorbei, und Fußgänger gab es so gut wie keine. Nicht in dieser Nacht. Die Temperatur lag nahe dem Gefrierpunkt, und es roch nach Schnee. Es war nur eine Frage der Zeit, bis Schneeregen einsetzen und dann die ersten Flocken vom Himmel fallen würden.

Gomez hörte das Knacken des Funkgeräts und lauschte über das Headset dem Gespräch zweier Kollegen, die sich auf seiner Frequenz unterhielten. In drei Stunden würde er abgelöst werden. Wenigstens konnte er dann heimfahren, während sich sein Nachfolger den Arsch abfrieren musste.

Gomez stopfte die Hände in die Jackentasche und ging einige Schritte auf und ab. Die nächsten Kameras auf dem Zaun waren etwa hundertfünfzig Meter weit entfernt und filmten die Straße. Nur wenige Autos parkten hier. Unter anderem auch ein weißer Kastenwagen mit der Aufschrift einer Glasereifirma, der schon den ganzen Abend an dieser Stelle stand. In regelmäßigen Abständen brachte der Wind die großen Glasscheiben im Gestell an der Außenwand des Wagens zum Klirren. Gomez hielt sich genau dahinter auf, weil es hier etwas windgeschützter war.

Er fragte sich, wie lange diese erhöhte Sicherheit noch dauern sollte, ehe wieder Ruhe einkehren würde. Zwei, drei Tage?

Da hörte er ein Geräusch. Schritte. Über die Straße kam ihm ein Mann im bodenlangen schwarzen Mantel entgegen. Sogleich aktivierte Gomez das Funkgerät, das an seinem Einsatzgürtel hing.

»Hier Gomez, Nordseite. Ich bekomme Besuch.«

»Ist sie hübsch?«, fragte ein Kollege.

»Blödmann!«, antwortete Gomez.

Der Mann passierte das dunkle Straßenstück, und Gomez fiel auf, dass er auf einem Bein humpelte, als wäre das Knie lädiert.

Im Scheinwerferlicht eines vorbeifahrenden Wagens sah Gomez, dass der Mann eine Glatze hatte und schmale schwarze Koteletten trug, die von den Ohren bis zum Kinn reichten. *Sneijder!* Was machte der hier? Vor zwei Jahren war Gomez vom Landeskriminalamt zur BKA-Akademie gewechselt und hatte in Sneijders Modul sogar den zweithöchsten IQ der Gruppe vorweisen können. Gebracht hatte es ihm nichts, denn man musste auch mit den seelischen Abgründen dieses Jobs zurechtkommen. Also hatte er die Ausbildung zum Profiler nach zwei Semestern abgebrochen und arbeitete nun in Lohmanns Haussicherungsdienst – ein Job, der deutlich weniger nervenaufreibend, aber trotzdem gut bezahlt war.

»Entwarnung«, sagte Gomez. »Es ist Sneijder.«

»Lass dir von dem alten Knaben kein Gespräch aufzwingen«, feixte einer seiner Kollegen.

»Maarten S. Sneijder«, brummte Sneijder in seinem unverwechselbaren niederländischen Akzent, als er nah genug heran war.

»Ja, entschuldigen Sie.« Gomez kannte Sneijders Macken gut genug. »Wie geht es Ihnen? Ich habe gehört, Sie waren im Krankenhaus?«

Schade, dass sie dich nicht dort behalten haben!

»Bin schon wieder fit«, murrte Sneijder und neigte den Kopf zu Boden. Im nächsten Moment flammte ein Streichholz auf, und er steckte sich eine Zigarette an.

Kurz darauf roch Gomez den Dunst von Gras.

»Auch eine?«, fragte Sneijder.

»Nein danke, bin im Dienst.«

Sneijder nickte zu dem Kastenwagen mit der Firmenaufschrift. »Was ist das für ein Auto?«

»Steht schon seit dem frühen Nachmittag hier.«

»Danach habe ich nicht gefragt. Haben Sie das Kennzeichen überprüft?«

»Ja, alles legal, wurde nicht als gestohlen gemeldet.«

»Heute ist Samstag, vielleicht wurde der Diebstahl noch gar nicht bemerkt. Haben Sie Fahrer und Firma auch überprüft?«

»Nein. Soll ich …?«

»Natürlich sollen Sie das! Aber erst, wenn ich weg bin«, sagte Sneijder. »Wenn Ihnen etwas merkwürdig vorkommt, rufen Sie sofort Lohmann an.«

»Klar. Wonach halten wir eigentlich Ausschau?«, fragte Gomez, obwohl er nicht damit rechnete, eine Antwort von Sneijder zu erhalten.

»Piet van Loon. Sagt Ihnen der Name etwas?«

»Hab von ihm gehört.«

»Er ist ausgebrochen, und Europol vermutet, dass er hier einen Mord verüben könnte. Aber er hat heute bereits in Budapest zugeschlagen. Der kommt nicht mehr hierher zurück.«

»Also Entwarnung?«

»Noch nicht. Weiter die Augen offen halten!« Sneijder machte einen weiteren Zug und schnippte die Zigarette achtlos auf die Straße.

In diesem Moment trat Sneijder zur Seite, und sein Mantel klaffte auf. Gomez blickte hin, sah für den Bruchteil einer Sekunde etwas aufblitzen und griff instinktiv zur Dienstwaffe.

Im nächsten Augenblick spürte er bereits den Einstich und den Schmerz. Tief drang der dünne Stahl seitlich unter der Achsel in seinen Körper ein. Gomez glaubte sogar das Knirschen der Rippen zu hören, als die spitze Klinge die Stelle knapp neben dem Rand der schusssicheren Weste durchstieß. Verzweifelt versuchte er nach der Waffe zu greifen, doch Sneijder hatte bereits die Hand auf seinen Arm gelegt.

»Es ist gleich vorbei«, flüsterte Sneijder und drängte ihn mit der Klinge voran zum Heck des Kastenwagens.

Gomez' Fingerspitzen wurden taub. Im nächsten Moment gaben seine Beine nach, doch bevor er zu Boden sackte, fing Sneijder ihn mit einem kräftigen Griff auf und lehnte ihn an den Wagen.

»Was tun Sie?«, presste Gomez heraus und versuchte die Finger zu bewegen, um das Funkgerät zu erreichen.

»Nein, nein, nein«, murmelte Sneijder, riss das Funkgerät von Gomez' Gürtel, klemmte es sich an und zog ihm das Headset vom Kopf. Dann öffnete er die Hecktür des Wagens.

»Was zum …?«, röchelte Gomez. Sein Körper war schweißgebadet, und erst jetzt begriff er, dass Sneijder ihm mit einem Stilett durch die Rippen gestochen hatte, und zwar so tief, dass sich seine Lunge mit Blut füllte. Jede Sekunde, die verging, wurde es mehr. Er hustete.

»Gleich ist es vorbei«, sagte Sneijder sanft, ließ Gomez in den Wagen gleiten, stieg ein und schloss die Tür hinter sich.

Im nächsten Moment flammte ein kleines Deckenlicht auf. Gomez starrte genau in die Lampe. Er hustete Blut. Bläschen bildeten sich in seinem Mundwinkel, und er hatte nicht die Kraft, den Arm zu heben, um sich das Blut vom Mund zu wischen.

Aber seine Überlebensreflexe waren noch nicht ganz erloschen. Instinktiv tasteten seine Finger zur Waffe, erwischten sie aber nicht. Da hörte er, wie Sneijder ihm den Gürtel mit dem Holster abnahm. Ihm Schuhe, Hose, Jacke und Hemd auszog.

Heute Nacht stirbst du also. Er würde in dieser Karre elend verrecken, und zwar in den nächsten Sekunden, wenn er nicht rasch etwas unternahm und Hilfe holte. Panik erfasste ihn. Sein Puls beschleunigte noch einmal, er hyperventilierte, und plötzlich wurde sein Körper seltsam warm. *So ist das also, wenn man …*

Sein Kopf fiel zur Seite, und er sah Fensterscheiben und jede Menge schmale Glaselemente. Sein Blick verlor sich. Er ließ los, döste für einen Augenblick weg und wartete auf den Tod.

In weiter Ferne hörte er eine Stimme. Diesmal hatte sie keinen niederländischen Akzent, sondern imitierte seinen hessischen Dialekt.

»Hier Gomez, Nordseite. Alles in Ordnung.«

60
Samstag, 3. Oktober

Das Licht im Korridor sprang automatisch an, als Sabine voraus zu den Fahrstühlen ging. Hinter ihr quietschten die Räder von Horowitz' Rollstuhl. Sie drückte auf die Taste, um abwärts zu fahren.

»Verdammt ruhig hier«, bemerkte Horowitz.

»Mhm«, murmelte Sabine gedankenverloren. *Stimmt. Es war verdammt ruhig. Zu ruhig eigentlich, wenn man es genau nimmt!*

Sabine starrte zum Ende des Glaskorridors, durch den sie das Nebengebäude sehen konnte. Dann sah sie zur Uhr am Gang. *Einundzwanzig Uhr fünf.* Normalerweise brannte in den Büros der Außendienstmitarbeiter um diese Zeit noch Licht, da die Kollegen an Berichten schrieben. Diesmal nicht. Sie blickte in die andere Richtung. Auch hier waren die Büros dunkel. Alle waren ausgeflogen.

Kein Wunder. Europol hatte so viele Abteilungen des BKA in Beschlag genommen, um mit einer Großoffensive Piets potenzielle Opfer zu observieren, dass bestimmt mehrere hundert Kollegen im Einsatz waren, um die Beamten der Länderpolizeien vor Ort zu koordinieren. So gesehen sorgte Piet richtiggehend für Vollbeschäftigung.

Vollbeschäftigung!

Was für ein Wort.

»Der Fahrstuhl ist schon da.«

Sabine sah auf. Horowitz wartete bereits in der Kabine auf sie, und sie hatte es gar nicht bemerkt.

»Was haben Sie?«, fragte er.

»Die Kollegen von BKA und Europol konzentrieren sich allesamt darauf, dass Piet irgendwo im Ausland zuschlagen wird.«

»Hat er ja auch.«

Hat er ja auch, wiederholte Sabine in Gedanken. »Und das glauben Sie?«

»Ich hätte es nicht für möglich gehalten, aber …«

»Eben! Ich auch nicht. Und die Zahl sechzehn auf dem Opfer passt nicht in das Schema, das wir bisher herausgefunden haben. Irgendetwas stimmt hier nicht.«

»Dieser Mord in Budapest sorgt zumindest dafür, dass die Sicherheitsvorkehrungen beim BKA gelockert werden«, sagte Horowitz.

»Sie haben recht. Alles konzentriert sich aufs Ausland, und nach einer Phase der erhöhten Sicherheit geht alles wieder auf Normalbetrieb zurück. Aus Erfahrung entsteht in solchen Situationen eine Sicherheitslücke. Möglicherweise will sich Piet diesen Effekt zu Nutze machen … Ich an seiner Stelle würde es«, überlegte sie laut.

Die Tür wollte sich automatisch schließen, doch Horowitz durchbrach die Lichtschranke mit der Hand, worauf der Fahrstuhl ein leises *Ping* von sich gab. »Kommen Sie?«

»Warten Sie noch einen Moment.« Sabine dachte nach. Möglicherweise waren der von Nistelrooy angeordnete Personenschutz und all die Fallen, die sie Piet gestellt hatten, umsonst. Wäre er wirklich so dumm, in eine davon zu tappen? Nein, bestimmt nicht. Er war viel cleverer – so clever wie Perseus oder Odysseus.

Plötzlich drängte sich Sabine eine Assoziation zu den klassischen Sagen auf, von denen Sneijder ihr erzählt hatte.

Die Geschichte vom Trojanischen Pferd faszinierte Piet sogar noch mehr.

Sabine starrte Horowitz an. »Piet ist das Trojanische Pferd!«

»Was meinen Sie?«

»Ich sage Ihnen: Er *ist* schon längst auf dem Gelände.«

»Ist das Ihr Ernst?«

»Klar! Er möchte seine gesamte Familie auslöschen, und hier glaubt er alle drei auf einmal erledigen zu können. Wir müssen uns trennen. Fahren Sie zum Büro von Präsident Hess. Reden Sie mit ihm oder seiner Sekretärin. Falls Sie keinen der beiden erreichen, reden Sie mit Lohmann. Haben Sie seine Nummer?«

»Ja. Und was haben Sie vor?«

»Ich laufe zum Haus von Diana Hess.«

Fünf Jahre zuvor – Bern

Sneijder hatte sich die schwarze Baseballkappe tiefer ins Gesicht gezogen, ging leicht in die Knie, um sich kleiner zu machen, und drängte sich auf der Nägeligasse an den Menschen vorbei.

Wenige Meter vor ihm stand Piet. Sneijder konnte bereits die Schuhe und Hosenbeine seines Sohnes erkennen, doch höher wagte er den Blick nicht zu heben.

Piet rauchte. Nach einem weiteren Schritt roch Sneijder den Zigarettenqualm. Langsam ließ er die Hand unter das Sakko gleiten und tastete hinter seinem Rücken nach der Walther, die in seinem Hosenbund steckte.

Nur noch wenige Schritte trennten ihn von dem Hauseingang, vor dem Piet stand. Für einen Moment wurde Sneijder unsicher. Hatte Horowitz sich geirrt? Oder würde er dort tatsächlich auf seinen Sohn treffen?

Sneijder schaute kurz auf.

Und sah Piet.

Zum ersten Mal nach so langer Zeit. Groß, muskulös, struppiges blondes Haar. Sein Gesicht war kantiger geworden, der Blick ernster. Fast melancholisch. *Was geht bloß in deinem Kopf vor? Warum hast du all diese Frauen getötet?*

Nur noch zwei Meter trennten sie voneinander. Unmittelbar hinter Piet kam Horowitz die Straße herunter. Für einen Augenblick trafen sich Sneijders und Horowitz' Blicke. In diesem Moment griff Horowitz zum Schulterholster unter dem Sakko.

Vervloekt! Zu früh!

Piet hatte die Bewegung bemerkt. Er blickte für den Bruchteil einer Sekunde zu Horowitz und setzte an, in die entgegengesetzte Richtung zu laufen. Doch da sah er Sneijder. Er bremste ab und starrte ihm direkt in die Augen. Die Reaktion dauerte nur den Hauch einer Sekunde – trotzdem lief die Zeit für Sneijder extrem verzögert ab. Zuerst trat ungläubige Verwunderung in Piets Gesicht, unmittelbar gefolgt von Hass und plötzlich aufkeimender Verzweiflung. Ein Ausdruck von Panik erfasste ihn, weil er in diesem Moment realisierte, dass sie hinter alles gekommen waren, was er getan hatte und noch vorgehabt hatte zu tun.

Im nächsten Augenblick lief die Zeit für Sneijder wieder in rasantem Normaltempo ab. Piet drehte aus dem Stand um und verschwand durch den Eingang ins Wohnhaus.

Horowitz griff sogleich zum Handy. Sneijder hörte noch, wie er Verstärkung anforderte, dann war Sneijder auch schon im Treppenhaus und folgte dem Getrampel von Piets Schuhen. Im Laufen zog er die Waffe und lud die erste Patrone in die Kammer.

Im engen Treppenhaus herrschte das düstere Licht einiger schwacher Deckenlampen. Es gab keinen Fahrstuhl. Sneijder hörte, wie Piet die Stufen in den ersten Stock hetzte, und folgte ihm.

»Piet! Du kommst hier nicht raus«, keuchte er. »Mach es nicht schlimmer, als es ohnehin schon ist.«

Keine Antwort!

Piet lief weiter.

»Stell dich, Junge! Ich helfe dir. Wir stehen das gemeinsam durch.«

Keine Antwort!

»Die Polizei ist innerhalb weniger Minuten mit einem Einsatzkommando hier. Sie werden dich erschießen!«

Keine Reaktion!

Dieser saudumme Hund!

Der Schrei einer älteren Frau vom obersten Stockwerk ließ Sneijder das Blut in den Adern gefrieren. Er erreichte die Treppe zur dritten und letzten Etage und erstarrte im nächsten Augenblick in der Bewegung.

Auf den Stufen stand eine grauhaarige Dame, die mit ihrem Einkaufskorb offenbar gerade hinauf in ihre Wohnung wollte. Piet hatte sie am Kragen der Bluse gepackt, herumgerissen und presste ihr nun die Spitze eines ausgefahrenen Stanley-Messers an die Kehle.

Sneijder hörte, wie Horowitz unten immer noch telefonierte, aber er versuchte das Gespräch auszublenden. Er legte die Waffe auf Piet an. »Lass die Frau gehen!«

»Waffe runter!«, zischte Piet. Er keuchte nicht einmal.

Die Dame gab nur wimmernde Laute von sich und umklammerte panisch den Griff ihres Einkaufskorbs. Erst als Piet den Druck der Klinge auf ihre Kehle verstärkte, glitt ihr der Korb aus den Fingern, fiel auf die Stufen und kippte um.

Aus dem Augenwinkel sah Sneijder, wie Äpfel und Orangen aus dem Korb rollten und an ihm vorbei über die Stufen nach unten hüpften.

»Lass die Frau gehen!«

In diesem Moment ging das automatische Licht im Treppenhaus aus. Die Frau schrie, und Sneijder schoss.

Der ohrenbetäubende Knall hallte für mehrere Sekunden im Haus nach. Im Mündungsfeuer hatte Sneijder gesehen, dass er die Frau getroffen hatte. Ein Streifschuss am Hals. *Verdikkeme!* Hinter ihr hatte die Kugel jedoch auch Piet in die Schulter getroffen.

Die Frau kreischte, aber Piet gab keinen Laut von sich. Im Dämmerlicht sah Sneijder, wie Piet die Frau von sich stieß und weiter nach oben lief.

Sneijder konnte die Frau rechtzeitig auffangen, bevor sie die Treppe herunterstürzte. Er setzte sie auf die Stufen und lehnte ihren Kopf an die Wand. Als Nächstes riss er sich die Kappe vom Kopf, rollte sie zusammen und presste sie der Frau auf die Halswunde. Sogleich tränkte sich der Stoff mit Blut.

»Mein Name ist Maarten S. Sneijder, Bundeskriminalamt Wiesbaden. Tut mir leid, dass ich Sie verletzt habe, aber Sie werden es überleben.«

»Sie blöder Trottel!«, fluchte die Frau im Schweizer Dialekt.

»Bewegen Sie sich nicht!« Sneijder drückte die Hand auf die Wunde und blickte nach oben. Von Piet war nichts zu sehen. Mit der freien Hand griff Sneijder nach seinem Telefon, wählte die internationale Notrufnummer und forderte einen Krankenwagen an.

»Welche Hausnummer ist das?«, fragte er die Frau.

Sie nannte ihm die Nummer, er gab sie durch, und in diesem Moment ging das Licht im Treppenhaus wieder an.

Als Nächstes hetzte Horowitz die Stufen herauf. »Die Straße ist abgeriegelt«, keuchte er, als er sie erreichte. »Das Einsatzkommando kommt in … um Gottes willen!« Er starrte auf Sneijders blutige Hand. »Bist du verletzt?«

»Nein, aber ich habe diese Frau getroffen.«

»*Du*? Scheiße!«

»Piet ist oben!«, rief Sneijder.

Horowitz umklammerte die Waffe mit beiden Händen und lief in den nächsten Stock.

»Ist dieser Mann auch von der Polizei?«, presste die Frau hervor.

»Ja, Kripo Bern.«

»Folgen Sie ihm.«

»Ich lasse Sie nicht allein.«

»Seien Sie nicht albern.« Die Frau griff nach der Kappe und presste sich den blutgetränkten Stoff an den Hals. »Ich komme allein zurecht. Folgen Sie ihm. Aber versprechen Sie mir, dass Sie diesmal nicht danebenschießen!«

»Versprochen.« Sneijder erhob sich und rannte nach oben.

Im letzten Stock gab es nur drei Wohnungstüren. Eine davon stand offen. Aus der Dunkelheit drangen Geräusche. Piet saß in der Falle! Von hier gab es kein Entkommen.

Sneijder blickte auf Schloss und Holzrahmen. Die Tür war nicht gewaltsam geöffnet worden. *Warum ausgerechnet diese Wohnung?*

Als Sneijder den Vorraum betrat und das Wohnzimmer erreichte, sah er die Antwort. In der Ecke brannte eine Stehlampe. Ihr Licht fiel auf die Couch, und dort lag eine halb nackte junge Frau, nur mit einem Slip bekleidet. *O Gott!* Sie blutete aus zahlreichen Schnitten, und ihr Körper sah aus, als wäre jeder Knochen in ihrem Leib mit einem Hammer zertrümmert worden.

Sneijder blickte sich im Raum um. Keine Spur von Horowitz oder Piet! Er schlich über den Teppich zur Couch und ging davor in die Knie. Vorsichtig zog er der Frau den Stoffknebel aus dem Mund und tastete nach ihrem Puls.

Wie durch ein Wunder lebte sie! Ihr Herz schlug zwar nur noch schwach, aber sie atmete, und ihre Lippen bewegten sich. Sneijder strich ihr die schwarzen Strähnen aus der Stirn. *Sie ist schwarzhaarig!* Deshalb hatten sie sie nicht als mögliches Opfer eingrenzen können.

»Ein Krankenwagen ist unterwegs«, flüsterte er, griff nach einer Decke und zog sie ihr über den Körper.

Dabei fiel ihm auf, dass Piet ihr noch keinen Buchstaben in die Haut über dem Brustbein geschnittenen hatte. Warum hatte er die Tat noch nicht zu Ende geführt? Anscheinend war er nur mal kurz vors Haus gegangen, um sich umzusehen, frische Luft zu schnappen und eine Zigarette zu rauchen. Womöglich hatte er bei den anderen Opfern auch gewartet und ihnen beim Todeskampf zugesehen. Und vielleicht war genau *das* der Grund, warum diese Frau überleben würde.

»Halten Sie durch!«, flüsterte Sneijder.

Als wollte sie ihm ein Zeichen geben, richtete sie ihren panischen Blick zur Tür neben dem Wandverbau mit dem Fernsehgerät, von wo es in einen weiteren Raum ging.

In diesem Moment hörte Sneijder bereits Geräusche aus diesem Zimmer.

Er erhob sich, hielt die Waffe vor sich und stieß mit der Schuhspitze sachte die Tür auf. Das Schlafzimmer. Neben dem Bett flackerte eine rot-violette Lavalampe, und auf dem Balkon brannte die Außenbeleuchtung. Ein Luftzug bauschte den Vorhang vor der offenen Balkontür auf. Davor stand Rudolf Horowitz mit dem Rücken zu Sneijder. In der seitlich nach unten gestreckten Hand hielt er seine Dienstwaffe.

»Rudolf? Was …?« Sneijder verstummte.

Piet befand sich vor Horowitz, stand ihm von Angesicht zu Angesicht gegenüber, mit einem Fuß auf dem Balkon. Daneben führte eine Feuerleiter hinunter.

Mit einem Fuß in der Freiheit. Deshalb bist du also in die Wohnung zurückgerannt!

Mit einer Hand bohrte Piet die Klinge des Stanley-Messers in Horowitz' Kehlkopf, mit der anderen Hand fixierte er Horowitz' Schusshand. Deshalb rührte sich Horowitz nicht vom Fleck und stand wie versteinert da.

»Nicht die Waffe fallen lassen!«, zischte Piet. »Und jetzt langsam umdrehen.«

Horowitz drehte sich herum.

Sneijder sah Piets blutende Schulterwunde. Er zielte erneut auf Piets Schulter, dann auf seine Brust. Für einen Moment hatte er freie Schussbahn. Doch statt abzudrücken, blinzelte er zu Horowitz. Dieser hatte sich bereits umgedreht und formte mit den Lippen ein Wort: *Schieß!*

Sneijders Finger legte sich auf den Abzug. Immer noch freie Schussbahn.

Horowitz' Lippen bewegten sich erneut. *Schieß doch!*

Sneijder *wollte* abdrücken, zögerte jedoch.

»Vater, ich hätte nicht gedacht, dass du es tatsächlich übers Herz bringst, auf mich zu schießen.«

Vor seinem geistigen Auge sah Sneijder, wie er die alte Frau im

Treppenhaus am Hals getroffen hatte und sie gestürzt war. Das Projektil der verdammten Waffe hatte nach links gezogen. Sollte er noch mehr Kollateralschäden riskieren? Oder blockierte ihn einfach nur die Vorstellung, noch einmal auf seinen Sohn schießen zu müssen – diesmal vielleicht sogar mit einem tödlichen Treffer? Seine Hand tat, was sie bisher noch nie in einer solchen Situation getan hatte – sie zitterte.

Im nächsten Moment war Piet völlig hinter Horowitz verschwunden. Er tastete nach Horowitz' Waffe und wand sie ihm aus der Hand.

Godverdomme!

Er hatte zu lange gewartet. Seine Finger umklammerten knirschend den Griff der Walther.

»Piet, es ist eine Pattsituation. Gib auf!«

Piet löste die Klinge von Horowitz' Kehle. Stattdessen drückte er Horowitz nun den Lauf der Dienstwaffe in den Rücken. »Es ist keine Pattsituation, Vater. Was immer du tust, wofür immer du dich entscheidest – du wirst verlieren.«

Der laute Knall des Schusses ließ Sneijder bis auf die Knochen erstarren. Unzählige Gedanken schossen ihm gleichzeitig durch den Kopf, als er Horowitz' schmerzverzerrtes Gesicht sah, die zusammengebissenen Zähne, wie er von der Wucht des Projektils nach vorne geschleudert wurde und bäuchlings zu Boden fiel.

Reglos blieb Horowitz mit einer blutenden Wunde im Rückgrat liegen, und Piet zielte erneut auf ihn. Doch diesmal höher, um ihm in den Kopf zu schießen.

Die Lavalampe tauchte das Zimmer in rote Farbtöne. Da drückte Sneijder ab. Das Projektil fuhr seinem Sohn in die Brust, riss ihn zurück und warf ihn neben der Feuerleiter gegen das Geländer des Balkons. Die Waffe schlitterte ihm aus der Hand und fiel klimpernd durch die Metallstreben nach unten.

Sneijder kniete sich neben Horowitz hin und presste ihm den Handballen auf die blutende Wunde. Mit der anderen Hand griff er zum Telefon und drückte die Wahlwiederholungstaste.

Jetzt würden sie mehr als nur einen Krankenwagen brauchen.

8. Teil

GEISBERG

61
Samstag, 3. Oktober

Die Kälte stach Sabine wie mit Nadeln ins Gesicht, als sie über den Trainingsparcours des BKA-Geländes rannte. Im Mondlicht vor ihr wand sich der Pfad wie eine riesige Schlange durch den Wald.

Jetzt ein Haken, dort hinten noch ein Haken.

Sabines Seite begann zu stechen. Trotzdem wäre ihr damaliger Ausbilder an der Akademie stolz auf sie gewesen, denn selbst in ihrer besten körperlichen Kondition war sie diesen Weg noch nie in diesem Tempo gelaufen.

Keuchend erreichte sie den Bungalow neben dem Hochseil-Klettergarten. Das Haus der Familie Hess lag im Dunkeln. *Scheiße!* Die automatische Außenbeleuchtung brannte sonst immer. Außerdem fehlte der Wachmann, der normalerweise vor dem Haus stand. Kein gutes Zeichen.

Sabine lief über den mit Tannennadeln bedeckten Fußweg zur Terrassentür, wo sie schnaufend unter dem Dachvorsprung stehen blieb. Ihre Lunge rasselte wie eine Dampflok. Sabine wischte sich den Schweiß von der Stirn. Ein dünnes Rinnsal lief ihr über den Rücken. Erst jetzt spürte sie, wie der beißende Wind sie frösteln ließ.

Instinktiv griff sie zum Gürtel. *Kein Holster!* Ihre Dienstwaffe hing ja immer noch im Waffenspind. Sie hätte sich verdammt nochmal die Zeit dafür nehmen müssen, sie zu holen, bevor sie kopfüber aus dem Hauptgebäude gestürzt war. Aber ihre schlimmste Befürchtung hatte sie angetrieben, und sie hoffte immer noch, dass es nur falscher Alarm gewesen war.

Sabine stellte sich auf die Zehenspitzen und hob den gläsernen Lampenschirm aus der Halterung über der Tür. *Ja, verdammt!* Sie hatte recht behalten. Die Glühlampe war tatsächlich ein Stück aus der Fassung gedreht worden.

Sabine stellte die Glaskugel neben der Eingangstür auf den Boden und drückte die Türklinke hinunter. *Nicht abgesperrt.* Hinter dem Spalt herrschte absolute Dunkelheit, ebenso hinter den Fenstern des Bungalows. War tatsächlich niemand zu Hause? Eigentlich hätte beim Öffnen der Tür die Alarmanlage ausgelöst werden müssen. Aber nichts geschah.

Sabine griff in ihre Jackentasche. *Leer! Verflixt!* Ihr Handy steckte in der Ladestation in ihrem Büro. Sie hoffte, dass Horowitz unterdessen kräftig Alarm geschlagen hatte.

In der Zwischenzeit würde sie im Bungalow nach dem Rechten sehen. Aber ohne Waffe? Nein, sie musste zurück ins Hauptgebäude, um zu telefonieren und ihre Pistole aus der Waffenkammer zu holen. Schon wollte sie wieder zurücklaufen, als sie in unmittelbarer Nähe ein gurgelndes Geräusch hörte. Es kam aber nicht aus dem Haus, sondern seitlich davon aus den Büschen.

Sabine streckte sich erneut und drehte die lockere Glühlampe in die Fassung. Augenblicklich wurde das Glas heiß, und grelles Licht blendete sie. Sie schirmte die Augen mit der Handfläche ab und lief zu den Büschen. Dort lag jemand der Länge nach seitlich ausgestreckt mit der Wange auf dem Erdboden. *Diana Hess?*

Nein. Sabine sah Lackschuhe und eine blaue Uniformhose. *Ein Beamter!* Er hustete und spuckte Blut.

Sogleich beugte sich Sabine zu ihm hinunter und ertastete eine blutende Verletzung neben dem Schulterblatt. Jede Hilfe kam zu spät. Der Mann erstickte gerade an seinem eigenen Blut. Sein Gesicht war bereits blau angelaufen. Er wollte etwas sagen, röchelte aber nur, bis ihm der nächste Blutschwall aus Mund und Nase drang.

Er riss den Mund in immer kürzeren Abständen auf und versuchte zu atmen. Sabines Gedanken rasten. Seine Lunge schien durch einen tiefen Messerstich verletzt worden zu sein. Ähnlich wie bei Tina Martinelli. Mit jedem Atemzug würden mehr Luft und Blut in den verletzten Brustkorb gelangen und das Herz zusammendrücken. Sie musste die Stelle mit einem Schlauch drainieren, um das Blut abfließen zu lassen. Das war seine einzige Chance. Aber wo sollte sie jetzt einen Schlauch herbekommen? *Scheiße, ich brauche einen erfahrenen Notarzt!*

Sabine kam sich schrecklich hilflos vor, und im nächsten Augenblick erstarrte der Mann bereits in seiner letzten Bewegung und gab keinen Ton mehr von sich. Leblos sank sein Kopf zur Seite.

Sabines Herz gefror, als sie an die logische Schlussfolgerung dachte. *Piet ist tatsächlich hier! Ich hatte recht, verdammt!* Und wahrscheinlich war Diana Hess bereits genauso tot wie dieser Kollege. Sabine öffnete die Jacke des Mannes und tastete über den Einsatzgürtel. Das Funkgerät fehlte. Ebenso seine Dienstwaffe.

Scheiß drauf!

Sie sprang auf, rannte zum Eingang, riss die Tür auf, trat ins Haus und tastete an der Wand nach dem Lichtschalter. Würde sie Piets nächste Märcheninszenierung in den Räumen vorfinden? *Der unartige Junge.* In Sabines Gedanken spukten Bilder von einem alten Mann in einer Blockhütte, der eines Nachts bei strömendem Regen Besuch von dem unartigen Jungen erhielt. Der Alte setzte den blonden, frierenden Knaben zum Ofen, wärmte ihn und briet ihm einen Apfel, doch der Junge spannte seinen Bogen und schoss dem Alten einen Pfeil ins Herz.

Ich bin so gut zu dir gewesen, aber was bist du für ein böser Junge, der anderen Übles tut!

Die Lampe ging an, und vor Sabine lag der langgestreckte Flur. An den Wänden hingen Urkunden, Auszeichnungen und Medaillen, und auf einem Regal standen zahlreiche Pokale. Am Ende dieser Trophäensammlung befand sich das Wohnzimmer.

Sabine schnappte sich den größten und schwersten Pokal. *Dietrich Hess – 1. Platz beim Präzisionsschießen* stand auf dem Sockel.

Sie schwang das wuchtige Ding hoch und betrat das Wohnzimmer. Neben dem Türrahmen tastete sie nach dem Schalter, machte auch hier das Licht an und sah sich um. Nichts Ungewöhnliches. Ein Wohnzimmer mit Bar, Theke, Leseecke und einem Klavier. Sabine hatte diesen Bungalow noch nie von innen gesehen und war überrascht, wie schlicht er eingerichtet war für einen BKA-Präsidenten.

Da! Eine Blutspur auf dem Teppichboden. Sie begann mit einzelnen Tropfen und wurde immer dicker. Sabine beugte sich hinunter und tauchte den Finger ein. Das Blut war noch nicht völlig geronnen. Die Spur führte quer durchs Zimmer zum nächsten Raum.

Als Sabine die angelehnte Tür aufstieß und auch dort das Licht einschaltete, prallte sie zurück. Das Schlafzimmer. Von Diana Hess fehlte jede Spur. Aber Dietrich Hess lag auf dem weißen Laken des Doppelbetts in einem unglaublichen Blutbad. Eine Eisenstange ragte einen halben Meter aus seinem Bauch hervor.

Sabine hätte nicht gedacht, dass Hess mit einer solchen Verletzung noch am Leben sein könnte, aber er war es. Hess japste nach Luft, umklammerte mit einer Hand die Eisenstange – die anscheinend den Pfeil des Jungen symbolisieren sollte –, sodass sie nicht umkippte, und versuchte mit der anderen die Wunde zuzudrücken, um die Blutung zu stoppen.

Sabine sicherte zuerst den Raum und warf einen Blick hinter die Tür. *Leer.* Dann ließ sie den Pokal zu Boden fallen, lief zum Fenster und klappte die Jalousie zu. Wertvolle Sekunden verstrichen. Aber sie durfte Piet kein Ziel bieten, der vermutlich – falls er nicht noch im Haus war – irgendwo dort draußen lauerte.

Erst jetzt kümmerte sie sich um Hess. »Ich nehme an, Piet war hier.« Sie öffnete ein Kopfkissen und riss das Innenpolster raus.

Hess brachte kein Wort heraus, aber an seinem Blick erkannte sie, dass es so gewesen sein musste. Der Mord in Budapest war nur eine Ablenkung gewesen!

Sie drückte den Überzug des Kissens auf Hess' Wunde und zerrte mit der anderen Hand das Laken von der Matratze des zweiten Betts.

»Lassen Sie das!«, presste Hess nun mit zusammengebissenen Zähnen hervor. Sein Gesicht war fiebrig weiß. »Er hat Diana mitgenommen.«

Als Nächstes wollte Sabine ihm mit dem Laken einen Druckverband anlegen, um die Blutung zu stoppen, doch Hess bäumte sich verzweifelt auf. »Sie müssen ihm folgen!«

»Nicht bewegen! Ich kann Sie nicht so zurücklassen. Sie werden verbluten.«

»Im Safe liegt meine Waffe. Holen Sie Diana zurück!«

Sabine zögerte.

»Nemez, das ist ein Befehl, verdammt!« Er blickte zum Fenster. »Ich habe gesehen, wie er sie in Richtung Osttor gezerrt hat. Sie hat so entsetzlich geweint …«

»Zum Osttor?« Sabine dachte nach. Der Weg dorthin führte einen knappen Kilometer durch den Wald. Dann kam die Straße. »Wahrscheinlich sind sie schon längst …«

»Sie können sie noch einholen! Beim Kampf mit Piet hat sich Diana das Bein verletzt.«

»Okay.« Sabine stand auf und wischte sich die zittrigen, blutigen Hände an den Jeans ab, während sie sich umsah. Aber da war kein Tresor. Hess blickte neben das Bett zum Nachtschrank. Sabine schob das Möbelstück zur Seite, und dahinter lag ein in die Wand eingelassener Safe. Hess nannte ihr die Kombination, und sie öffnete die Tür. Im oberen Fach befanden sich Reisepass, Kreditkarte, Schmuck und ein Bündel Bargeld. Im unteren Fach lagen eine Glock und ein Magazin, das sie in die Waffe steckte. Nachdem sie den Tresor wieder geschlossen hatte, sah sie, dass hinter dem Nachtschrank ein Handy auf dem Boden lag.

»Gehen Sie!«

»Einen Moment noch.« Sie nahm das Telefon, sah, dass die Tastensperre nicht aktiviert war, und wählte Lohmanns Nummer. Das Gespräch wurde umgeleitet, und Lohmanns Stellvertreterin ging ran.

Sabine ließ die Frau gar nicht erst zu Wort kommen und nannte ihren Namen und ihre Dienstnummer. »Präsident Hess liegt mit einer schweren Bauchverletzung im Schlafzimmer seines Bungalows. Ich brauche sofort einen Notarzt, Sanitäter und einen Hubschrauber. Und … nein, hören Sie mir zu! Außerdem ist Piet van Loon auf dem Gelände und bewegt sich Richtung Osttor. Geben Sie Alarm! Ich nehme die Verfolgung auf. Ende.« Sie nahm das Handy runter und sah Hess an. »Sind Sie sicher, dass …?«

»Ja! Ich komme zurecht. Machen Sie schon!« Hess bäumte sich erneut auf. »Aber seien Sie vorsichtig. Piet ist bewaffnet. Er trägt die Uniform eines Polizisten.«

Sabine zog den Schlitten der Waffe nach hinten. »Ich werde ihn finden.« Eigentlich wollte sie das Handy mitnehmen, aber dann sah sie, wie Hess' Augenlider flatterten. »Können Sie telefonieren?«

»Ja«, presste er hervor.

Sie aktivierte den Lautsprecher und drückte ihm das Telefon in die Hand. »Bleiben Sie wach! Und reden Sie!«

Während Hess mit blutverschmierten Fingern versuchte, das Telefon in der Hand zu halten, verschwand Sabine durch Wohnzimmer und Flur ins Freie. Sogleich rannte sie los, über den Waldpfad nach Osten.

In diesem Moment merkte sie, dass die ersten zarten Schneeflocken vom Himmel fielen. Und zur gleichen Zeit ging auf dem Gelände die Sirene los.

62
Samstag, 3. Oktober

Wie bei einem Feuerwehreinsatz tönte die Sirene über das Gelände. Nun würde es nur noch wenige Minuten dauern, bis die Sicherheitskräfte das gesamte BKA-Areal umstellt hatten und sich innerhalb des Geländes sukzessive zum Osttor vorwärtsbewegten. Allerdings waren das viele Hektar Waldgebiet, die sie zu durchkämmen hatten.

Nach einer Strecke von etwa vierhundert Metern erreichte Sabine eine Abzweigung im Wald. Rechts verlief der Weg weiter zum Osttor, links führte ein schmaler Pfad quer durch den Wald zum viel weiter entfernt gelegenen Nordtor. Keuchend blieb sie stehen, beugte sie sich einen Moment lang nach vorn, stützte sich auf den Knien ab und starrte auf die Weggabelung vor sich. Sie hatte Seitenstechen. *Du musst weiter!* Da hörte sie einen erstickten Schrei aus dem Wald. *Diana!* Das Geräusch war von links gekommen. *Links?*

Kurzerhand ignorierte sie die Vermutung, die Hess geäußert hatte, und lief mitten in den Wald hinein Richtung Nordtor. Nach weiteren vierhundert Metern gelangte sie auf eine Anhöhe, hinter der eine kleine Lichtung lag. Hier war die Sirene nur noch dumpf zu hören und wurde zeitweise vom Knacken gefrierender Äste übertönt.

Einzelne Schneeflocken fielen kerzengerade zwischen den Ästen der Nadelbäume hindurch und zuckerten den Waldboden für den Bruchteil einer Sekunde ein, ehe sie zerschmolzen. Mitten im sich auflösenden zerrinnenden Weiß bemerkte Sabine Fußspuren. Eine davon sah aus, als hätte jemand ein Bein nachgeschleift.

Sie erreichte den Rand der Lichtung. Auf den Gräsern bildete sich bereits eine hauchdünne Schneeschicht, die zart im Mondschein glitzerte. Vor sich sah sie zwei Gestalten. Auch wenn sie den Mann nicht genau erkannte – es musste Piet van Loon sein. Er trug eine Polizeikappe und eine dicke Uniformjacke von Lohmanns Haussicherungsdienst. An seinem Gürtel baumelte ein Funkgerät. Er zog eine Frau hinter sich her. Sie war barfuß, trug nur ein knappes Nachthemd und wehrte sich, sodass Piet Mühe hatte, sie zu bändigen. Sabine konnte ihm unmöglich ins Bein schießen, ohne zu riskieren, dass sie die Frau traf.

Diana stürzte, worauf Piet sie wieder hochzerrte. Nun sah Sabine deutlich, dass Diana humpelte und offensichtlich Schmerzen hatte, da ihr Bein bei jedem Schritt nachgab. Allein wäre Piet deutlich schneller gewesen. Dennoch hatte er sich für diesen gemeinsam viel mühsameren Weg entschieden. Entweder wollte er den Mord an seiner Mutter trotz des Alarms immer noch genau so umsetzen, wie er es geplant hatte, oder er wusste, dass er für seine Flucht eine Geisel zum sicheren Geleit vom Areal brauchte.

Wie auch immer – Sabine gab einen Warnschuss in die Luft ab, um Piet zu stoppen. Gleichzeitig wollte sie die Kollegen auf ihren Standort aufmerksam machen und hoffte, dass diese den Schuss trotz der Sirene gehört hatten.

»Piet van Loon!«, rief sie. »Ich …«

Ohne Vorwarnung dreht Piet sich um und schoss. Neben Sabine zerplatzte die Rinde eines Baumes. Gleichzeitig bohrte sich etwas durch den Stoff der Hose in ihre Hüfte. Sofort warf sie sich hinter den Baum.

Sie tastete über ihre Hüfte und spürte einen langen spitzen Holzsplitter. *Verdammte Kuhscheiße!* Warmes Blut lief ihr über den Oberschenkel hinunter.

Dass Piet kein weiteres Mal schoss, verriet ihr, dass er sparsam mit seiner Munition umging. Garantiert ahnte er, wie viel schwieriger es seit dem Losschrillen der Sirene sein würde, lebend von diesem Areal zu entkommen.

Instinktiv wollte sie sich den Splitter aus dem Fleisch ziehen, aber dadurch würde sie nur noch mehr bluten. Also biss sie die Zähne zusammen und ließ das Holzstück stecken.

Okay, du Bastard! Du hast es so gewollt! Sie würde kurzen Prozess mit diesem Scheißkerl machen – besonders nach dem, was er heute mit Dietrich Hess angestellt hatte, auch wenn sie ihrem Vorgesetzten manchmal die Pest an den Hals wünschte.

Da flammte der blaue Lichtstrahl einer Taschenlampe auf, der über das Gelände wanderte und bei ihrem Baum stoppte. Piet hatte sich den Blaulicht-Laser der Polizei an die Uniform montiert. Der dafür vorgesehene Klettverschluss befand sich normalerweise auf dem linken Schulterteil, damit sich Rechtshänder beim Schießen nicht selbst einen Schatten warfen.

Bestimmt verwendete er Diana als Schutzschild. Aber sobald Sabine das direkte Licht seiner Taschenlampe sehen würde, hätte sie freie Schussbahn.

»Sind Sie Verhandlungsführer bei Geiselnahmen?«, rief Piet.

»Es gibt nichts zu verhandeln.« Im gleichen Moment kam sie mit der Waffe im Anschlag hinter dem Baum hervor und visierte die Taschenlampe an.

»Jetzt!«, schrie Diana und drehte sich zur Seite.

Linke Schulter! Freies Schussfeld!

Sabine schoss und suchte wieder Deckung hinter dem Baum. Piet hatte ebenfalls geschossen, aber den Bruchteil einer Sekunde später als sie, und er hatte nur den Baum getroffen. Rinde spritzte wie ein Sprühregen über den Boden.

Piet stöhnte auf.

»Diana, sind Sie verletzt?«, rief Sabine.

»Nein«, keuchte die Frau.

Sabine musste Piet mit einem Streifschuss an der Schulter

getroffen haben, sodass es ihm Jacke und Klettverschluss aufgefetzt und die Lampe weggerissen hatte. Diese lag nun einige Meter weit entfernt auf dem Boden zwischen einigen Zweigen und leuchtete schräg in den Himmel. Piet und Diana wurden fast frontal angestrahlt.

Okay, du Arschloch!

Sie gab ihre Deckung auf, kam hinter dem Baum hervor und visierte Piet an. Sein linker Arm hing leblos herunter. Rasch lief sie über die Lichtung, bis sie hinter der Lampe zum Stehen kam. Da Piet das Licht blendete, würde er nicht genau erkennen können, wo sie stand.

»*Jetzt* können wir verhandeln«, sagte Sabine.

»Hau ab, sonst töte ich die Geisel«, drohte Piet. »Sie ist die Frau des Präsidenten.«

»Das ist mir bekannt, Piet«, sagte Sabine ruhig. »Außerdem weiß ich, dass sie Ihre Mutter ist.«

Piet schien einen Augenblick lang irritiert, und Sabine nutzte diese Zeit, um ihn genauer zu betrachten. Er trug ein Headset. Sein Gesicht war zwar immer noch angeschwollen, aber die Prellungen waren mit dickem weißen Make-up überschminkt worden, das dem typisch fiebrigen Glanz von Sneijders Gesicht ähnelte, wenn er unter Clusterschmerzen litt. Außerdem hatte Piet die gleichen dünnen schwarzen Koteletten wie sein Vater, nur dass diese irgendwie aufgemalt wirkten. Unter der Polizeikappe trug er offenbar eine Glatze. Ohne Kappe hätte er seinem Vater zum Verwechseln ähnlich gesehen.

Du Mistkerl hast dich als deinen Vater ausgegeben, danach einen Kollegen getötet und dich in seiner Uniform auf das Gelände geschlichen.

Schon allein wegen dem, was Piet ihrer Kollegin Tina Martinelli auf Schloss Hohenlimburg angetan hatte, hätte sie ihn am liebsten auf der Stelle kaltblütig abgeknallt. Er musste nur den Arm mit der Waffe auf sie richten, dann würde sie ihn abservieren. *Tu mir doch einfach den Gefallen, du Arschloch!*

Aber das tat er nicht. Er hatte hinter Diana Schutz gesucht und hielt ihr die Waffe an die Schläfe. »Woher weiß sie das?«, fragte er seine Mutter.

»Ich weiß alles über Sie, Piet«, sagte Sabine rasch, ehe Diana antworten konnte.

Was hatte sie über Geiselnehmer gelernt? *Respektiere dein Gegenüber, versetz dich in seine Lage und gewinne sein Vertrauen.*

Drauf gepfiffen! Die Typen, die diese Regeln erfunden hatten, waren noch nie auf jemanden wie Piet gestoßen. Sabine erinnerte sich an Direktor Hollanders Worte.

Er ist schneller in Ihrem Kopf, als Sie es für möglich halten.

Also durfte sie ihm keine Chance geben, ihren Gedanken zuvorzukommen. Und sie musste Zeit gewinnen, damit die Kollegen sie auf dem Areal finden konnten.

»Haben Sie den Mord in Budapest selbst begangen oder jemanden damit beauftragt, um uns abzulenken?«

»Ich weiß nicht, wovon Sie reden.«

»Alles schien perfekt, aber die Zahl sechzehn passte nicht in das Konzept Ihres Theaterstücks.«

»Sie kennen es?«

»Ein grottenschlechter Schund und zu Recht bei den Kritikern durchgefallen – genauso wie Sie! Sie haben noch nie etwas erfolgreich zu Ende gebracht«, provozierte sie ihn weiter. »Frenk Bruno ist ein mieser Schauspieler, und Hannah Norland hat im Krankenhaus überlebt, auch wenn Sie sich mit der Stromfalle und dem Antidepressivum unglaublich viel Mühe gegeben haben.«

»Niemals!«, brüllte er.

»O doch!«, log sie. »Sie haben auf ganzer Linie versagt, denn Dietrich Hess hat ebenfalls überlebt. Hören Sie die Sirene? Er ist bereits auf dem Weg ins Krankenhaus.«

»Du blöde Schlampe glaubst, du könntest mich aus der Reserve locken und ich falle drauf rein. Wo sind denn deine Kollegen, wenn du angeblich so schlau bist, alles herausgefunden und unter Kontrolle hast?«

»Das Areal ist umstellt, Sie haben keine Chance.«

»Ich töte sie, und es ist mir verdammt ernst!«, brüllte er.

»Ihre einzige Geisel?«, rief Sabine. »Dann wird Ihnen die Flucht nie gelingen.«

Piet lachte laut auf. »Täusch dich nicht!«

Was zur Hölle hat er vor? Sie dachte an Andersens Schneekönigin und die schreckliche Skizze in Piets Manuskript von der Frau mit den Glassplittern in den Augen. Vor langer Zeit hatte der Teufel einen Spiegel erschaffen, der das Böse gut aussehen und alles Schöne verzerrt und hässlich wirken ließ. Eines Tages zersprang der Spiegel in Tausende Scherben, und die Splitter bohrten sich in die Augen und Herzen der Menschen, worauf sich die Herzen in Eisklumpen verwandelten und die Menschen alles um sich herum nur noch hässlich und böse fanden.

»Was haben Sie mit der Schneekönigin vor?« Sabine wartete Piets Antwort nicht ab. »Es ist noch ein langer Weg bis zum Nordtor – aber sobald Sie sich bewegen, töte ich Sie, Piet van Loon!«

»Piet, ich kenne diese Frau«, flüsterte Diana. »Sie macht es, hör um Himmels willen auf!«

Sabine schloss ein Auge. Kimme und Korn des Visiers verschwammen, und im Hintergrund stellte sich ihr Ziel scharf. So hatten sie es an der Akademie gelernt. Ein exakter Schuss in den Kopf. Und sie würde keine Sekunde zögern.

Es ist der Sohn deines Ausbilders!

Und der Sohn von Diana Hess!

Denk nicht dran! Konzentrier dich! Er ist ein perverser Serienkiller, der unschädlich gemacht werden muss, ehe er weitere Menschen tötet. Schlimmstenfalls würde er vor den Augen seiner Mutter sterben. Aber wenn sie jetzt schoss und ihn traf, würde sie selbst bei einem tödlichen Treffer in den Frontallappen riskieren, dass er im Reflex den Abzug drückte.

Die Schneeflocken fielen nun dichter. Plötzlich verstummte die Sirene, und eine merkwürdige Stille legte sich über den Wald. Beinahe friedlich glitzerten die Kristalle im Mondlicht.

Piet packte seine Mutter und zerrte sie weiter nach hinten. Da bemerkte Sabine, dass auch er humpelte. Vermutlich stammte die Verletzung von Tina Martinelli, die Piet auf Schloss Hohenlimburg ins Bein geschossen hatte.

»Ich möchte Ihnen etwas anbieten«, sagte Sabine. »Ihre Mutter ist schwer verletzt. Mit ihr werden Sie die Strecke zum Nordtor nicht schaffen. Bis dahin ist es noch mehr als ein Kilometer. Die Kollegen werden Sie innerhalb kürzester Zeit eingeholt und umstellt haben.«

Er hörte ihr zu. »Weiter!«

»Wenn Sie Ihre Mutter am Leben lassen, biete ich mich Ihnen im Gegenzug als Geisel an.«

»Das sieht mein Plan nicht vor.«

»Mit mir kommen Sie schneller voran«, fügte Sabine hinzu. »Außerdem führe ich Sie zu Ihrem letzten Ziel: Maarten S. Sneijder.«

»Er ist weder in seinem Haus noch in seinem Büro, und an sein Handy geht er nicht ran. Ich habe gehört, er ist im Krankenhaus. In welchem?«

»Das ist der Deal: Sie lassen Diana am Leben, und ich führe Sie zu Sneijder. Ich weiß, wo er ist.«

»Sabine, Sie müssen das nicht tun«, flehte Diana.

»Seien Sie still!«, sagte Sabine. »Piet, Sie können nicht beides erreichen. Sie müssen sich entscheiden. *Jetzt!* Wer ist Ihnen wichtiger? Ihre Mutter oder Ihr Vater?«

Sie wusste, wie Piets Entscheidung ausfallen würde. An seinem Zögern merkte sie, dass er diese Variante tatsächlich in Betracht zog. Also hatte er seinen Plan bereits aufgegeben, die Mordserie vollständig zu Ende zu bringen, und dachte nur noch an Flucht und an sein letztes Ziel.

»Sie sind ausgebildete BKA-Beamtin«, gab er zu bedenken. »Das ist mir zu riskant.«

Bei dem Gedanken, was sie als Nächstes vorhatte, schlug ihr das Herz bis zum Hals. Außerdem trieb ihr der Adrenalinschub trotz der Kälte den Schweiß aus den Poren.

Du bist absolut verrückt, wenn du das jetzt tust, sagte sie sich. *Piet hat Tina Martinellis Lunge mit einem Stilett durchstochen, mindestens einen Kollegen getötet, und er wird genauso wenig zögern, dich oder seine Mutter zu töten.* Sie würde es trotzdem riskieren. Denn ohne Diana Hess wäre sie nicht hier – und jetzt hatte sie endlich Gelegenheit, sich bei Diana zu revanchieren.

Sabine trat vor das Licht, hob sachte den Arm mit der Waffe, holte aus und warf die Pistole meterweit weg in den Wald. Für einen Moment kam ihr der Gedanke, dass Piet jetzt auf sie schießen könnte, um sie auszuschalten, doch das tat er nicht. Er wusste, dass er sich in einer verzweifelten Lage befand. Außerdem hatte er eine verletzte Schulter. Und wenn er nicht völlig verrückt war, würde er mit ihrer Hilfe versuchen, nicht geschnappt zu werden, um sein Werk später zu vollenden.

»Die Jacke!«, befahl er.

Sie öffnete den Reißverschluss, schlüpfte aus der Jacke und warf sie hinter sich zu Boden, sodass er sehen konnte, dass sie keinen Einsatzgürtel mit Ersatzwaffe, Taser oder Pfefferspray trug.

»Das T-Shirt!«

Er ging auf Nummer sicher. Allerdings hätte sie an seiner Stelle das Gleiche getan. Sie zog das T-Shirt aus und stand nur noch in ihrem BH und den Jeans vor ihm. Die Kälte ließ sie augenblicklich bis auf die Knochen frieren. Eine Gänsehaut überzog ihren Körper, als die Schneeflocken auf ihren Schultern landeten, sogleich schmolzen und eine bitterkalte Schicht bildeten.

Nun löste Piet ein Paar Handschellen von seinem Einsatzgürtel und warf es ihr vor die Füße.

»Anlegen!«, befahl er.

Verdammt! Anscheinend hatte sie ihn unterschätzt. Langsam bückte sie sich und griff nach den Handschellen. In weiter Ferne hörte sie das Kläffen von Hunden.

»Schneller!«, drängte er.

Sie legte sich eine der Fesseln um das Handgelenk, zog sie zu und wollte bereits mit der anderen Hand in die zweite Öffnung schlüpfen, als er sie aufhielt.

»Hinter dem Rücken anlegen!«

»Nein.«

»Ich sagte *hinten*!«

Sabine nahm die Hände hinter den Rücken, schloss die zweite Handschelle und drückte sie gegen ihren Körper, sodass sie mit einem klickenden Geräusch einrastete. Dann ging sie auf Piet zu. Nur noch wenige Meter trennten sie voneinander.

Er aktivierte das Funkgerät. »Hier Gomez, Nordseite. Alles in Ordnung«, sagte er mit einem hessischen Akzent, dann schaltete er das Gerät wieder aus. Er war mit dem Oberkörper hinter Diana Hess hervorgekommen, und Sabine konnte einen Blick auf seinen Brustkorb werfen. Sie sah das Namensschild auf der Dienstjacke.

A. Gomez.

Sabine schluckte den plötzlich aufkeimenden galligen Geschmack im Mund hinunter. Das bedeutete, dass Gomez, ihr Studienkollege aus den Anfangstagen an der Akademie, genauso tot war wie der Wachposten vor dem Bungalow. *Du Scheißkerl!* Ermordet mit einem Stich in die Lunge.

Piet biss unter Schmerzen die Zähne zusammen und zielte weiterhin auf seine Mutter. Sabine befürchtete schon, dass er sie trotzdem erschießen könnte, doch da leuchteten Taschenlampen zwischen den Bäumen auf, und näher kommendes Hundegebell ertönte. Die Kollegen waren schon verdammt nahe. Piet zögerte. Anscheinend wollte er die Polizisten nicht mit einem weiteren Schuss auf sich aufmerksam machen.

Nun holte er aus und schlug seiner Mutter den Griff der Waffe an die Schläfe, sodass sie rücklings über den Waldboden stolperte und bewusstlos zu Boden fiel. Dabei rutschte ihr Nachthemd hoch, und Sabine sah das schwer verletzte Schienbein im Mondlicht.

Als Nächstes richtete Piet die Waffe auf sie. Er machte einen Schritt auf Sabine zu, packte sie am Oberarm, riss sie herum, überprüfte ihre Handschellen und drückte sie fester zu. Sabine biss die Zähne zusammen. Dann stieß er sie vor sich her. »Du kennst den Weg! Also los, im Laufschritt!«, befahl er und rammte ihr den Lauf der Waffe in den Rücken.

Sie setzten sich in Bewegung und rannten über den Waldboden Richtung Nordtor. Von dieser Stelle war es noch etwa ein Kilometer bis dorthin. Die Kälte stach ihr in die Brust, und sie hustete und zitterte am ganzen Leib.

»Schneller!«, trieb Piet sie immer wieder an.

Sie schlotterte vor Kälte, ballte die Hände zu Fäusten und lief im Eiltempo weiter. Nach einigen Minuten nahm ihr das Schneetreiben die Sicht, aber schließlich tauchte vor ihr das Nordtor auf.

»Rechts in den Wald!«, befahl Piet.

Sie verließen den Pfad und hetzten über Wurzeln und bemooste Steine zwischen den Büschen hindurch. Nach einigen Metern erreichten sie den Zaun. Dahinter stand ein heller Kastenwagen auf der Straße. Vermutlich Piets Fluchtfahrzeug. Das Mondlicht spiegelte sich in dem Blech und den Glasscheiben, die an der Seite hingen. *Das Firmenfahrzeug einer Glaserei!*

Glas!

Die Schneekönigin!

In dem Wagen gab es jede Menge Glas. Dahin hatte er Diana also bringen wollen. An dieser Stelle gab es weder Beamte noch eine Hundestaffel noch Fahrzeuge mit Blaulicht. Piet musste jetzt nur noch den zweieinhalb Meter hohen Zaun mit dem Stacheldraht überwinden, dann könnte er auch ohne Geisel abhauen. Mit auf den Rücken gefesselten Händen würde sie ohnehin nicht hinüberklettern können.

Er richtete die Waffe auf sie. »Leg dich dort vor dem Zaun auf den Boden!«

Sie hatte ein ganz mieses Gefühl im Magen. »Warum?«

»Mach schon! Der Zaun lässt sich an der Stelle, wo der Wagen steht, hochschieben. Rutsch unten durch.«

»Mit gefesselten Händen?«

»Du sollst durchrutschen!«, fuhr er sie an.

Das Hundegebell war wieder in weiter Ferne zu hören. Vermutlich hatten die Tiere die Spur von Diana Hess aufgenommen, bereits die Lichtung erreicht und die Frau gefunden. Danach würden sie Piets und ihrer Spur folgen. Sabine ließ sich neben dem Maschendrahtzaun auf die Knie nieder. Jetzt spürte sie wieder den Holzsplitter in der pochenden und pulsierenden Wunde in ihrer Hüfte, verdrängte aber den Schmerz. Sie wollte sich gerade auf den kalten Erdboden legen, da hörte sie in einigen Metern Entfernung in der Nähe des Zauns das Knacken eines Astes. Ihr Kopf fuhr herum, allerdings sah sie nichts in dem Schneetreiben. Der Wind wirbelte die Flocken wie in einem dichten Tornado über den Waldboden.

Piet hatte das Geräusch ebenfalls gehört. Ohne zu zögern packte er Sabine von hinten an den Haaren, zog sie hoch und drückte ihr den Lauf der Waffe in den Rücken. Das kalte Metall des Laufs bohrte sich in ihre Wirbelsäule und ließ sie schaudern.

»Halt ja dein Maul!«, zischte er. Sein Kopf bewegte sich kurz zur Seite, wo der Kastenwagen hinter dem Zaun stand, dann blickte er nach vorne.

Auch Sabine starrte in das Schneetreiben. Daraus tauchten jetzt die schattenhaften Umrisse einer großen Gestalt auf. Sabine erkannte einen Mann im langen Mantel, der humpelnd auf sie zukam. Nun sah sie auch den dampfenden Atem und hörte das lautstarke Keuchen.

Der Mann trat aus dem herumwirbelnden Schnee, wischte sich mit der freien Hand übers Gesicht und streckte die andere Hand aus, um mit einer Waffe auf sie zu zielen. Er war am Ende seiner Kräfte.

Sie sah sein Gesicht.

Es war Maarten S. Sneijder.

63
Samstag, 3. Oktober

Plötzlich blieb für Sabine die Zeit stehen – und alle Schneeflocken erstarrten in der Luft, als wären sie am Himmel festgefroren. Die dünne Schneeschicht glänzte friedlich im Mondlicht. Ruhe kehrte ein. Verrückterweise erinnerte Sabine sich an *Das Mädchen mit den Schwefelhölzern,* jenes Märchen, in dem sie als Kind bei der Schulaufführung mitgewirkt und einen Baum gespielt hatte, dessen schneebedeckte Äste sie unermüdlich auf und ab bewegte, um den Wind zu demonstrieren. Nur dass sie damals nicht so gefroren hatte wie heute.

In dieser Geschichte kauerte ein hungriges und frierendes Mädchen in einer schmalen Gasse zwischen zwei Häusern. Seine kleinen Hände waren fast abgestorben, und vor lauter Kälte zündete es ein Streichholz nach dem anderen an, um sich daran zu wärmen und nicht zu Tode zu frieren, anstatt sie zu verkaufen. Die Geschichte war so traurig, dass Sabine sogar während der Vorstellung geweint hatte. Und weil dem Mädchen so bitterkalt gewesen war, hatte es seine verstorbene Großmutter gebeten, es zu sich in den Himmel zu holen.

Und auch diese Geschichte hier wird böse ausgehen.

Sneijder hatte sich den Verband über der Platzwunde abgenommen. In einer Hand hielt er eine Dienstwaffe, mit der anderen wischte er sich den Schweiß von der Stirn. Sein Atem dampfte in der Kälte. Er stand schief da, fast schon verkrümmt, als versuchte er, sein lädiertes Knie nicht zu belasten.

»Die Situation kommt mir vertraut vor, Vater«, rief Piet. »Was immer du tust, du wirst verlieren.«

»Du zitierst dich selbst«, keuchte Sneijder.

»Das macht unser Gespräch attraktiver, findest du nicht auch?«

Zielstrebig humpelte Sneijder über den Waldboden am Zaun entlang, hielt auf sie zu und zielte während jedes einzelnen Schrittes auf Piet. Sneijders Gesichtsausdruck war so aggressiv, dass Sabine tatsächlich dachte, er würde jeden Moment abdrücken. Sie hoffte bloß, dass sich die Vergangenheit nicht wiederholen und diesmal nicht *sie* mit zerschossener Wirbelsäule im Rollstuhl landen würde.

»Er hat eine Waffe!«, warnte Sabine ihn.

»Halt's Maul!«, rief Piet.

»Ich weiß«, knurrte Sneijder, ohne den Blick von Piet zu nehmen. »Du bist verhaftet!«

Piet lachte laut auf und verstärkte den Druck der Pistole in Sabines Rücken, sodass sie die Zähne zusammenbiss und ein Stöhnen von sich gab. Bei dem Laut zuckte Sneijder nicht einmal mit der Wimper. »Vater, du vergisst, auch ich habe Rechte.«

Sneijder stoppte nur wenige Meter vor ihnen. »Du hast das Recht, dich mit erhobenen Händen hinzuknien und mit dem Gesicht voran auf den Boden zu legen!«, spie er aus. »Und alles, was du verschweigst, werde ich aus dir rausprügeln. Ich scheiß auf deinen Anwalt, ich scheiß auf deine Geisel, und ich werde alles mir zur Verfügung Stehende verwenden, um dir Schmerzen zuzufügen. Hast du deine Rechte verstanden?«

Sabine wurde schlagartig übel. Piet hielt sie immer noch an den Haaren gepackt und wich keinen Schritt zurück.

»Hast du deine Rechte verstanden, Arschloch?«, brüllte Sneijder.

»Wirf deine Waffe zu mir rüber, sonst stirbt diese Frau.«

»Piet, diese Frau ist mir scheißegal. Das Gelände ist umstellt. Wir werden es hier und jetzt beenden. Tot oder lebendig, deine Entscheidung.«

»Du konntest nie besonders gut bluffen.«

»Das ist kein Bluff, Junge.«

Sneijders Stimme klang todernst, voller Verbitterung und Zorn. In diesem Ton hatte sie ihn noch nie reden gehört. Möglicherweise war sie ihm in dieser Situation wirklich völlig gleichgültig, und er kalkulierte ihren Tod mit ein. Wenn er innerlich hart genug war, würde er seinen eigenen Sohn mit einem gezielten Schuss außer Gefecht setzen. Sie presste die Augen zusammen, spürte nur die Kälte und dachte an das Mädchen mit den Schwefelhölzern und plötzlich auch an ihre Mutter. Falls Sneijder zögerte, nicht traf oder sonst wie versagte, würde sie zum nächsten Bauernopfer werden. *Bitte lass es rasch vorbeigehen!*

»Du siehst entsetzlich aus«, stellte Piet fest. »Aus welcher Klinik haben sie dich entlassen?«

Sneijders Gesicht war wie versteinert. »Als mir klar wurde, um wen es sich bei deinen letzten Opfern handeln wird, bin ich getürmt.«

Piet sah sich um. »Und dein Instinkt hat dich ausgerechnet hierhergeführt?«

»Ich habe mit den Männern vom Haussicherungsdienst gesprochen und zufällig erfahren, dass ein Kollege per Funk durchgegeben hat, ich sei angeblich am Nordtor gewesen«, redete Sneijder weiter. »Doch zu dem Zeitpunkt hatte ich gerade erst das Krankenhaus verlassen. Daraufhin bin ich hierhergekommen, um mit dem Mann zu reden. Aber der war nicht mehr auf seinem Posten.« Sneijder nickte zum Kastenwagen, ohne den Blick von Piet zu nehmen. »Der perfekte Ort, dunkel, keine Kamera und nur ein Wachposten. Ich hätte mich auch für diesen Platz entschieden, um auf das Gelände zu gelangen.«

»Waffe weg, sonst jage ich ihr eine Kugel in den Rücken!«

Sneijder ignorierte die Drohung. »Ich habe die Tür des Wagens aufgebrochen und die Leiche darin gefunden.« Sneijder starrte auf

Piets Jacke. »Ich kannte den Jungen, dessen Uniform du trägst. Er hieß Gomez. Dann habe ich die Zündkerzen entfernt.«

»Du lügst! Waffe runter!«

»Du bist uns in die Falle gegangen. Draußen wartet das Mobile Einsatzkommando.« Sneijder hob den Arm.

Auf dieses Zeichen hin sah Sabine im Augenwinkel zwei Lichter auf der gegenüberliegenden Straßenseite aufblitzen.

Piet blickte kurz hinüber, und in diesem Moment schoss Sneijder. Sabine spürte den Luftzug des Projektils. Es zischte an ihren Haaren vorbei und traf Piet mit voller Wucht in den Kopf.

Gleichzeitig hörte Sabine den Knall von Piets Pistole und zuckte zusammen. Ihr Körper spannte sich an, und sie bereitete sich geistig darauf vor, in den Rücken getroffen zu werden, doch sie spürte keinen Schmerz. Erst jetzt realisierte sie, dass der Schuss durch den Ruck, mit dem Piet selbst zurückgerissen worden war, an ihrer Hüfte vorbeigegangen war. Stattdessen hatte das Projektil das Blech des Kastenwagens mit einem klirrenden und zugleich metallenen Klang durchschlagen und ließ jetzt die Glasscheiben in tausend kleinen Scherben auf den Asphalt hinunterprasseln.

Mit steifgefrorenem Körper wandte sie sich um. Piet lag auf dem Boden. Das Projektil aus Sneijders Waffe hatte seinen Kopf seitlich gestreift, das Auge und Teile des Jochbeins weggerissen.

Mein Gott, er hat tatsächlich auf seinen Sohn geschossen! Der Schnee um Piets Kopf färbte sich rot. Seine Beine zuckten, und sein unversehrtes Auge starrte in den Himmel. Noch war er am Leben.

Mit starren Gliedern wankte Sabine zu Piet und trat ihm mit dem Fuß die Waffe aus der Hand. Da stand Sneijder bereits neben ihr und drückte ihr den Schlüssel für die Handschellen in die Hand. Während Sabine damit vorschichtig nach dem Schloss tastete, den Schlüssel in die Öffnung schob und mühsam die Fesseln aufbekam, schlüpfte Sneijder aus seinem Mantel und legte ihn ihr um die Schultern. Dann kniete er neben Piet, nahm seinen blutenden Kopf und bettete ihn in seinen Schoß.

»Du hast es getan …«, röchelte Piet ungläubig. »Ich habe diese Bühne nur für dich inszeniert … Mit all den Botschaften, die ich dir hinterlassen habe.«

Sabine fror immer noch. Sie schlüpfte in die Ärmel des Mantels, bückte sich und hob Piets Waffe auf. Mit klammen Fingern überprüfte sie das Magazin. »Haben Sie kein Handy?« Erfolglos durchsuchte sie Sneijders Manteltaschen. »Ich könnte einen Notarzt rufen.«

»Es liegt im Krankenhaus«, murmelte Sneijder, ohne aufzusehen. »Es hätte ohnehin keinen Sinn.« Er strich seinem Sohn über die Stirn. »Er ist unheilbar krank. Solange er lebt, würde das Morden weitergehen.« Sneijders Augen glänzten im Mondlicht.

Sabine stellte sich neben Piet und richtete die Waffe auf ihn, obwohl sie wusste, dass von ihm keine Gefahr mehr ausging.

Piet versuchte zu schlucken. »Deinen Respekt habe ich nie bekommen. Gegen dich muss man sich erst beweisen. Anders hätte ich dich nicht dazu bringen können, mein Werk zu betrachten.«

»Dein Werk«, wiederholte Sneijder abfällig. Er neigte den Kopf zu seinem Sohn hinunter. »In dir steckt immer noch so viel Hass.«

»Wundert es dich? War es so verdammt schwer, mir nur *ein Mal* deine Aufmerksamkeit zu schenken?«, presste Piet hervor. »Oder meine Vorstellung anzusehen?«

»Ich *war* im Theater«, sagte Sneijder.

Piet atmete schwer. »Du verlogener Bastard!«

»Ich habe es erst zur dritten Vorstellung geschafft. Allerdings kam ich zu spät. Ich stand hinten, in einer Nische neben dem Notausgang, und sah die letzten zwanzig Minuten, aber du hast mich nicht bemerkt.«

»Das sagst du mir erst jetzt? Mit dir war es schon immer so. Zuerst kommst *du,* danach lange nichts. Außerdem hast du jedem verheimlicht, dass ich dein Sohn bin, weil du dich meinetwegen geschämt hast.«

»Du weißt, dass ich deine Mutter schützen wollte.«

»O ja, sie und ihr beschissenes konservatives Leben«, spie Piet aus. »Du hast nicht nur sie im Stich gelassen, sondern auch zugelassen, dass mich die Wärter im Knast quälen.«

»Ich weiß …«

»Einen Scheißdreck weißt du! Hollander hat meine Medikation geändert, woraufhin die Schmerzen in meinem Kopf wieder begannen. Aber jedes Mal, wenn ich die Einnahme verweigerte, bekam ich Prügel. Weißt du, wie es ist, in die Nieren geschlagen zu werden?«

»Es tut mir leid.«

»Warum hast du mich gerade in dieser Zeit im Stich gelassen?«

»Ich wollte dir helfen und die Misshandlungen aufklären.«

»*Du* wolltest *mir* helfen?« Piet bäumte sich auf. »Ich hätte die Psychopharmaka ertragen, die Schmerzen in meinem Kopf, den Abbruch der Therapie, auch die Prügel und dass sie mir die Hoden zerquetscht haben. All das und noch viel mehr hätte ich ausgehalten. Aber das Ende deiner Besuche und dein Brief, dass du mich verabscheust, haben mich endgültig aufgeben lassen. In dieser Zeit hielt mich nur ein Gedanke aufrecht: Eines Tages werde ich rauskommen. Und ich habe zwei Jahre dafür gebraucht.«

Sneijder schwieg. Sein Blick sagte, dass er so einen Brief niemals verfasst hatte. »Jemand muss meine echten Nachrichten abgefangen und ausgetauscht haben.«

»Vater, ich kenne deine Handschrift.« Piet versuchte mit den Fingern seine Brusttasche zu erreichen, doch ihm fehlte die Kraft. »Da ist dein Brief … und noch etwas.«

Sneijder öffnete Piets Jacke und zog ein dickes Bündel zusammengefalteter Papiere aus seiner Hemdtasche hervor.

»Hollander hat Geld von Kessler erhalten. Die beiden haben alles inszeniert. Mit diesen Unterlagen hätte Irene Elling es beweisen können, aber Hollander hat sie aus dem Fenster gestoßen. Am Schluss wollte ich mir noch Hollander holen, aber das … schaffe ich nicht mehr.«

»Ich kümmere mich darum.«

Piet begann zu husten. Das Blut floss immer noch aus seiner Kopfwunde auf Sneijders Hände und seinen Schoß. »Jeden Morgen wacht in Kenia eine Gazelle auf«, flüsterte er am Ende seiner Kräfte. »Und sie weiß, wenn sie nicht gefressen werden will, muss sie schneller laufen als der Löwe.«

»Ich weiß, mein Junge, es ist ein beschissenes Leben.«

»Aber jeden Morgen wacht in Kenia auch ein Löwe auf, und er weiß, wenn er nicht verhungern will, muss er schneller laufen als die …« Piet verstummte.

»Ich weiß.« Sneijder legte die Hand auf Piets Gesicht und schloss ihm sanft das Auge. Dann krümmte er sich, drückte seinen Sohn an sich und hielt ihn so fest, als wollte er ihn vor einer letzten Torheit bewahren.

Sabine fuhr herum, als sie lautes Hundegebell hörte und das Licht von Taschenlampen zwischen den Bäumen aufblitzen sah.

Sie hob die Hand, rief laut ihre Dienstnummer und ihren und Sneijders Namen. »Wir sind hier, das Areal ist gesichert!«

Dann sah sie durch den Zaun am Kastenwagen vorbei zur anderen Straßenseite in die Dunkelheit, wo sich immer noch nichts bewegte. »Wo ist das Mobile Einsatzkommando?«

»Dachten Sie wirklich, dort wäre eines?«, fragte Sneijder.

»Aber die Lichter vorhin!«

Sneijder öffnete die Hand und ließ einen Autoschlüssel neben sich in den Schnee fallen. »Ich habe den Wagen des Oberarztes geklaut, um schneller herzukommen.«

»Und woher haben Sie die Waffe?«

»Von einem der Polizisten geborgt, die immer noch vor meinem Krankenzimmer stehen.«

Geborgt? O Gott! Dann war es offenbar auch ein Bluff gewesen, dass Sneijder den Kastenwagen aufgebrochen und die Zündkerzen entfernt hatte. Was jedoch wirklich grausame Realität sein würde, war Gomez' Leiche im Wagen.

»Warum sind Sie ohne Verstärkung reingegangen?«

»Es ist eine persönliche Angelegenheit. Ich wollte es mir nicht einfach – ich wollte es *richtig* machen.« Sneijder strich seinem Sohn über den kahlen Schädel.

»Es tut mir alles so leid«, sagte Sabine.

Sneijder nickte. »Haben Sie verstanden, was Piet mir am Ende sagen wollte?«

»Ich … nein«, antwortete sie unsicher.

Sneijder presste die Augen zusammen. »Es ist egal, ob man Löwe oder Gazelle ist«, flüsterte er. »Wenn die Sonne aufgeht, muss man rennen.«

Sabine sah auf Piet hinunter. »Waren Sie damals wirklich im Theater?«

Sneijder versuchte das Gesicht abzuwenden, aber sie sah an seinem Gesichtsausdruck, wie es ihm die Seele in der Brust zerriss. »Nein, war ich nicht.«

Epilog –
eine Woche später

Sabine stand im Zwischenabteil der Wagons. Unter ihr schlugen die Kupplungen aneinander, aber sie ließ sich von dem Lärm nicht irritierten, sondern blickte in aller Ruhe aus dem Fenster. Der Zug holperte über den Damm, und die aufgewühlte See zog an ihr vorbei.

»... und dann hat er Piet einfach in den Kopf geschossen«, beendete sie ihren Bericht am Telefon.

»Ach du Scheiße«, fluchte Tina Martinelli. »Obwohl du davorgestanden hast?«

»Ja«, knirschte Sabine. Sie konnte es immer noch nicht fassen, dass Sneijder ihr Leben riskiert hatte. *Hätte er dich tatsächlich geopfert?* Diese Frage würde wohl für immer ungeklärt zwischen ihnen stehen bleiben.

»Und wer hat den Mord in Budapest begangen?«, fragte Tina.

Sabine rief sich die Ermittlungsergebnisse der ungarischen Kripo in Erinnerung. »Dafür hat Piet tatsächlich einen Auftragsmörder engagiert. Eine schlampige Arbeit. Auf Grund von Zeugenaussagen konnte der Mann geschnappt werden, und ein Abgleich seiner Handydaten ergab, dass Piet ihm übers Telefon letzte Anweisungen gegeben hat.«

»Wie viel hat Piet dafür bezahlt?«

»Es war der Freundschaftsdienst eines Ex-Knackis – dreitausend Euro.«

»Porca puttana!«, entfuhr es Tina.

Sabine musste schmunzeln. Ihre Kollegin lag immer noch im Krankenhaus, hatte aber bereits mit den ersten Reha-Übungen begonnen. Vermutlich war sie in einem Monat wieder einsatz-bereit.

»Dietrich Hess liegt übrigens auch hier, nur ein paar Zimmer weiter«, erzählte Tina. »Seine Frau war vorher kurz da, humpelte mit einem Gipsbein herein und hat ihn und mich besucht.«

»Wie geht es ihm?«

»Er ist noch beschissener dran als ich, kommt aber durch, die alte Krücke. Schade eigentlich! Wo bist du überhaupt?«, fragte Tina. »Da ist so ein Lärm.«

Sabine hielt sich ein Ohr zu und sprach lauter ins Handy. »Sneijder hat mich gebeten, ihn auf die Insel Ostheversand zu begleiten. Wir sind gerade mit dem Zug dorthin unterwegs.«

»Und wie geht es Sneijder?«, fragte Tina.

»Nicht gut.« Sabine sah, wie der Zug die Insel erreichte und in den Bahnhof einfuhr. »Ich muss Schluss machen.« Sie legte auf und steckte das Handy weg.

Sneijder kam aus dem Abteil. »Mit wem haben Sie telefoniert?«

Typisch Sneijder! Er muss immer alles wissen. »Mit Martinelli. Sie flucht wie eine sizilianische Mafiabraut.«

Sneijder grinste. »Dann geht es ihr schon wieder besser.«

Der Zug hielt, und sie stiegen aus.

Sneijder ging voraus. »Am besten, wir warten vor der Bahnhofs-halle. Ein Wagen müsste uns bald abholen.«

»Erfahre ich nun, weshalb wir hier sind?«

Während Sneijder durch die Halle marschierte, holte er ein ver-gilbtes aufgerissenes Kuvert aus der Brusttasche des Mantels.

»Ist das der Brief aus Ihrem Safe in Rotterdam?«, fragte sie.

»Ja, Piets Nachricht an mich, von jenem Tag, als man ihn nach Ostheversand gebracht hat.«

»Das ist über fünf Jahre her«, stellte Sabine fest. »Was steht drin?«

Kommentarlos reichte Sneijder ihr den Umschlag, und sie holte einen Brief daraus hervor, der so zerknittert war, als hätte Sneijder das Blatt Papier in den letzten fünf Jahren mehrere Dutzend Mal gelesen. Die Nachricht bestand nur aus einem Absatz, der allerdings auf Niederländisch geschrieben war.

»Danke vielmals, *sehr* hilfreich.« Sabine gab Sneijder den Brief ungelesen zurück.

»*Vater, ich musste erst zum Mörder werden, damit du dich mit mir befasst*«, übersetzte Sneijder aus dem Gedächtnis. »*So haben wir beide erreicht, was wir wollten. Du hast einen Mörder gefasst – und ich wollte, dass du mir deine Zeit widmest. Aber wir haben uns gegenseitig geschwächt. Du hast dich selbst gejagt, und ich bin vor mir selbst davongelaufen. Vielleicht können wir jetzt eine normale Beziehung führen.* Mehr steht nicht drin.«

»Eine Art Hilferuf«, überlegte Sabine. »Schenk mir deine Aufmerksamkeit, und ich werde mich ändern.«

»Diana und ich haben es versucht. Fast hätten wir es geschafft.«

Sabine blickte über die Anhöhe zur Haftanstalt. »Und deshalb sind wir hier?«

»Hannahs Trolley lag in Piets Wohnung. Auf ihrem Laptop war ein Stück eines Überwachungsvideos aus der Anstalt Steinfels. Die Kripo fand den ganzen Film in Doktor Kempens Safe, auf einer CD mit Irene Ellings letzter Therapiesitzung. Somit wusste Kempen vom Mord an Elling.«

»Hat Direktor Hollander sie getötet?«, fragte Sabine.

»Vermutlich. Die Sache wird noch untersucht. Kempen konnte ihren Vorgesetzten nicht ausstehen. Höchstwahrscheinlich hat sie ihn mit dieser Aufnahme erpresst. Beim Foltern der Häftlinge hat sie zwar nicht mitgewirkt, aber die Folgen heruntergespielt und dafür ebenso wie Hollander Geld kassiert. Doch anscheinend wollte sie mehr vom Kuchen. Irene Ellings Unterlagen werden da vielleicht noch einiges ans Tageslicht bringen.« Sneijder verstummte, da ein altersschwacher weißer VW-Käfer den Bahnhof erreichte und vor ihnen hielt.

Diesmal holten sie weder Direktor Hollander ab noch Frenk Bruno, der wegen Beihilfe zur Flucht in Untersuchungshaft saß, sondern der neue Bibliothekar der Anstalt.

Fünfzehn Minuten später betraten Sneijder und Sabine ohne anzuklopfen das Büro von Hollanders Sekretärin.

Morena sah verwirrt auf und legte eine Zeitschrift beiseite. »Ich wusste zwar, dass jemand von der Kripo kommt, aber Sie?«, entfuhr es ihr. »Ich dachte, Richterin Beck hat unmissverständlich festgelegt, dass Sie diese Anstalt …«

»Richterin Beck ist tot«, unterbrach Sneijder sie völlig emotionslos.

»Falls Sie den Direktor sprechen wollen, der telefoniert gerade.«

»Wenn er schlau ist, tut er das mit seinem Anwalt.« Sneijder schenkte ihr sein typisches eiskaltes Leichenhallenlächeln. »Warten Sie draußen! Und lassen Sie niemanden herein.«

»Aber ich …«

»Jetzt!« Sneijder schob den Mantel beiseite, sodass seine Waffe im Holster zu sehen war.

Morena erhob sich. »Wie Sie wollen! Aber ich verständige den Sicherheitsdienst«, murmelte sie, während sie sich an Sneijder vorbeidrückte und ihr Büro verließ.

Nachdem sie die Tür geschlossen hatte und Sabine mit Sneijder allein war, reichte er ihr das Paar Handschellen von seinem Gürtel. »Halten Sie sich bereit. Sie werden gleich eine Festnahme durchführen.«

Sabine sah ihn erstaunt an. »Haben Sie einen Haftbefehl?« Die ganze Sache kam ihr ziemlich überstürzt und unüberlegt vor.

»Den brauchen wir nicht.« Sneijder öffnete die Tür zu Hollanders Büro und trat ein.

Hollander saß selbstgefällig hinter dem Schreibtisch, die Beine auf einer Kommode, und telefonierte, während er ihnen den

Rücken zuwandte und aus dem Fenster blickte. Wortlos klemmte Sneijder einen Besuchersessel unter die Türklinke.

Indessen nahm Hollander die Beine herunter, drehte sich mit dem Stuhl herum und starrte Sneijder perplex an. »Sie?«

Sneijder ging zu ihm, wand ihm den Telefonhörer aus der Hand und knallte ihn auf den Apparat. »Habe ich Ihre Aufmerksamkeit?«

»Was fällt Ihnen ein?«, knurrte Hollander und starrte zu dem unter die Klinke geklemmten Stuhl. »Sie konnten sich noch nie an Regeln halten – und ehrlich gesagt, habe ich von Ihnen auch kein anderes Auftreten erwartet.«

»Dabei könnte man meinen, dass wir uns so ähnlich sind, vertreten wir doch dieselbe Ansicht: Die Gesellschaft muss vor dem Einzelnen geschützt werden.« Sneijder beugte sich über den Tisch. »Aber ich frage Sie: Wer schützt den Einzelnen vor der Gesellschaft?«

Hollander funkelte ihn an. »Worauf wollen Sie hinaus?«

»Ihr Vorgänger war immun gegen Graf Erich von Kesslers Bestechungsversuche. Im Gegensatz zu Ihnen.«

»Wovon zum Teufel sprechen Sie?«

»Ich rede von dem netten Zusatzeinkommen, das Sie Ihren drei Exfrauen verheimlichen, die Ihnen seit Jahren den letzten Cent aus der Tasche ziehen.«

»Nette Theorie!«

»Irene Elling hat aufgedeckt, was in Ihrer Anstalt passiert ist. Fünftausend Euro für jeden blauen Fleck, zehntausend Euro für jede Prellung, hunderttausend Euro, wenn die Psychotherapie wegen aggressiven Verhaltens abgebrochen wird«, zählte Sneijder auf. »Was haben Sie mit den drei Millionen gemacht, die Ihnen Erich von Kessler im Lauf der Jahre gezahlt hat?«

»Neidisch, weil *Sie* ein mickriges BKA-Gehalt beziehen? Und nun sage *ich* Ihnen etwas.« Hollander setzte sich aufrecht in den

Stuhl. »Vielleicht verdirbt Geld den Charakter, aber auf keinen Fall macht der Mangel an Geld ihn besser.«

»Einen Teil davon haben Richterin Beck und Gerichtspsychologin Aschenbach erhalten, nicht wahr?«

Hollander lachte. »Vermutlich, damit Aschenbach für ein entsprechendes Gutachten sorgt und Beck Sie von der Anstalt fernhält. Stellen Sie sich das in Ihrer kleinen Welt so vor? Fantasieren Sie ruhig weiter! Welche Straftat habe ich noch begangen?«

»Sagen Sie es mir!«

»Ich verstehe, dass Sie aufgebracht sind. Wie ich hörte, haben Sie dieses miese Schwein Piet van Loon endlich erwischt. Wieso hat das so lang gedauert?«

»Mieses Schwein?« Sneijders Augenbraue zuckte. »*De mortuis nil nisi bene.*«

»Über Tote nur das Gute? Ich bitte Sie! Auch wenn es sich dabei um einen Frauenmörder handelt?«

»Sie müssten ja wissen, wie es sich anfühlt, ein Frauenmörder zu sein.«

Hollander sprang auf. »Das reicht jetzt endgültig.« Er zeigte zur Tür. »Verlassen Sie auf der Stelle mein Büro! Alle beide!«

Sabines Puls stieg rasant an. »Sneijder!«, zischte sie. »Wir gehen!« Auf diese Art und Weise würde es zu keiner Verhaftung kommen. Sie wandte sich an Hollander. »Er hat eine schwere Zeit hinter sich und ist gerade ein bisschen unsensibel.«

»Ich weiß, dass Sie Piet foltern ließen und Irene Elling ermordet haben«, behauptete Sneijder.

»Klingt interessant, was Sie da angeblich herausgefunden haben. Aber das alles können Sie niemals beweisen! Darf ich Ihnen Nachhilfe in Juristerei geben? Wahr ist nicht das, was passiert ist, sondern das, was man beweisen kann. Was für ein Pech, dass Ihre einzigen Zeugen Aschenbach, Elling, Beck und Kessler tot sind!«

»Ihr Glück.« Sneijder ließ Hollander nicht aus den Augen. »Ich wollte Frieden mit meinem Sohn schließen, aber Sie mussten alles zerstören. Aus Geldgier und weil Kessler verhindern wollte, dass Piet jemals in ein anderes Gefängnis überstellt wird, Hafterleichterung erhält und vielleicht einmal in fünfundzwanzig Jahren bei guter Führung rauskommt.«

Hollander lächelte süffisant. »Unterstellen Sie mir etwa, ich hätte Piets wahres Potenzial gefördert und entfaltet?«

»Genau das! Sie haben ihn wieder zum Mörder gemacht.«

»Wieder?«, rief Hollander. »Einmal ein Krimineller, immer ein Krimineller.«

»Beinahe die gleiche Wortwahl, die Sie verwendet haben, als Sie meine Nachrichten an Piet gegen einen Brief mit exakt gleicher Handschrift ausgetauscht haben. Hat Kessler meine Briefe gelesen und daraufhin die Fälschung anfertigen lassen, Sie mieses Stück Dreck?«

»Bei so einem Vater erklärt sich die Aggressivität seines Sohnes. Ich hoffe, das war der einzige Bastard, den Sie in die Welt gesetzt haben.«

»Ja, das war er«, sagte Sneijder verbittert.

O Gott! Sabine sah wie Sneijders Kiefer mahlten. Er hatte schon im Normalfall keine hohe Toleranzschwelle, und Hollander provozierte ihn auch noch.

Da zog Sneijder seine Dienstwaffe aus dem Holster unter dem Sakko hervor.

Im selben Augenblick griff auch Sabine zu ihrem Holster, doch Sneijder stoppte sie mit einer Handbewegung. »Stecken lassen!« Er lud die Waffe durch.

Sabine starrte Sneijder an. »Was zum Teufel soll das?«

Hollanders Schrecksekunde dauerte etwas länger. Er kniff die Augen zusammen. »Sie glauben doch nicht wirklich, dass mich diese Waffe beeindruckt.«

Verdammt! Sie musste einen Weg finden, um …

Der Schuss unterbrach ihre Gedanken.

»Sneijder!«, rief sie und sah erst jetzt, dass Sneijder danebengeschossen hatte. Das Projektil war einen halben Meter neben Hollanders Kopf in die Wand gefahren.

»Sneijder, es reicht!« Sabine zog ihre Waffe und legte auf ihn an.

»Sind Sie verrückt?«, brüllte Hollander. »Ist das eine miserable Nummer von guter Bulle – böse Bulle?«

»Sneijder, ich befehle Ihnen, die Waffe runterzunehmen!«, rief Sabine mit dem Finger am Abzug.

»Halten Sie sich raus!«, zischte Sneijder und hatte dabei denselben gefährlichen Ton und Gesichtsausdruck wie in jener Nacht, als er gezwungen gewesen war, auf seinen Sohn zu schießen.

»Sie sollten auf Ihre Kollegin hören!«, rief Hollander mit hochrotem Kopf. Auf seinem Hemd bildeten sich Schweißflecken unter den Achseln.

Sabine atmete durch. Nun lag es an ihr, die Ruhe zu bewahren, damit die Situation nicht eskalierte. »Sneijder«, sagte sie bemüht entspannt. »Piet hat Sie manipuliert. Er wollte, dass Sie genau das tun, um seine Rache zu vollenden.«

»Sie haben keine Ahnung, wie es sich anfühlt, sein eigenes Kind töten zu müssen, das Begräbnis vorzubereiten und neben seiner Mutter am Grab zu stehen«, presste Sneijder hervor, während er auf Hollander blickte, der mit schweißbedeckten Schläfen zurückwich.

»Piet ist in Ihrem Kopf«, sagte Sabine. »Sie müssen sich von ihm befreien.«

»Er ist schon seit so vielen Jahren in meinem Kopf.« Sneijder zielte auf Direktor Hollanders Stirn.

»Sneijder! Zum letzten Mal: Waffe runter!«

»Tun Sie doch etwas!«, rief Hollander. Seine Arroganz hatte sich vollends aufgelöst. »Er ist verrückt. Schießen Sie auf ihn!«

»Halten Sie den Mund«, fuhr Sabine den Direktor an. Sie blickte zur Tür. Von dem Schuss alarmiert, würden bald die Sicherheitsleute das Büro stürmen. So lange musste sie einen vorsätzlich geplanten Mord verhindern, denn auf nichts anderes würde es hinauslaufen. Aber sie hatte keine Ahnung, ob sie tatsächlich auf Sneijder schießen konnte. Immerhin hatte er seinen Sohn geopfert, um ihr Leben zu retten.

Verzweifelt wandte sich Hollander an Sneijder. »Hören Sie auf Ihre Kollegin. Sie werden es sonst für den Rest Ihres Lebens bereuen.«

»Ich bereue schon so vieles in meinem Leben, auf eine Sache mehr oder weniger kommt es nicht an.«

»Sie sollten …«

Da drückte Sneijder ab.

Der laute Knall ließ Sabine zusammenfahren und hallte in ihren Ohren nach, als wäre ihr Trommelfell gerissen.

Sneijder hatte einen präzisen Schuss abgefeuert. Hollander wurde durch die Wucht über seinen Stuhl nach hinten an die Wand geschleudert. Das Projektil hatte seinen Kopf getroffen. Blut und Hirnmasse spritzten an die Wand.

Sabines Hand zitterte, als sie weiterhin ihre Waffe auf Sneijder richtete. Ihr Denken setzte aus. Immer und immer wieder sah sie, wie Sneijder abdrückte, als verweigerte ihr Gehirn, was soeben geschehen war.

»Warum verdammte Scheiße nochmal haben Sie das getan?«, schrie sie ihn an. Ihre Finger waren eiskalt, und ihre Hände fühlten sich an, als wäre alles Blut aus ihnen gewichen.

Scheiße, was soll ich nur tun?

Sneijder ließ die Schultern sinken. Für einen Moment schloss er die Augen, dann atmete er erleichtert aus und sah sie an. »Ich wollte es nicht einfach – ich wollte es *richtig* machen.« In seinem Blick lagen so viel Erleichterung und Erlösung.

»Sneijder, verflucht …«, rief sie und spürte, wie ihr Tränen über die Wangen liefen.

»Alles ist gut.« Er legte die Pistole auf den Schreibtisch und streckte Sabine die Handgelenke entgegen. »Ich quittiere meinen Dienst und stelle mich.«

Sneijder stand an den Klippen und zog an einem Joint. Seine Hände zitterten nicht. Mit völliger Gelassenheit beobachtete er, wie Direktor Hollanders Leiche in einem schwarzen Sack auf einer Bahre die Eingangstreppe hinuntergetragen und in das Heck eines Wagens geschoben wurde.

Die Türen knallten zu, und das Auto fuhr zum Hafen. Dort wartete bereits ein Polizeiboot auf Sneijder.

»Kommen Sie«, sagte Sabine. »Ich muss Sie abführen.«

»Einen Zug noch.« Sneijder schloss die Augen und atmete langsam aus.

»Im Knast werden Sie keinen Tag überleben.«

»Lassen Sie das meine Sorge sein.«

Danksagung

Damit ist die erste Trilogie um Maarten Sneijder … verzeihen Sie bitte, Maarten S. Sneijder beendet. Aber seine Geschichte wird weitergehen, und weitere Bände werden folgen.

Dafür, dass die Handlung in diesem Thriller rund geworden ist, muss ich mich diesmal ganz besonders bei meinen Testlesern bedanken, die mir wieder einmal ihre wertvolle Zeit, ihren Grips und ihre Ideen geschenkt haben: Heidemarie Gruber, Günter Suda, Veronika Grager, Gaby Willhalm, Roman Schleifer, Robert Froihofer, Barbara Krussig, Sebastian Aster, Dagmar Kern, Leni Adam, Peter Hiess und Jürgen Pichler. Ihr seid die Besten, und das wisst ihr auch. Danke.

Wie schon bei allen anderen Romanen zuvor gilt mein besonderer Dank Roman Hocke und Markus Michalek von der Literaturagentur AVA-International und dem großartigen Team des Goldmann-Verlags für das Vertrauen und die wunderbare Zusammenarbeit. Die Crew um mich wird immer größer, und ich fühle mich wohl behütet, zumal in dieser angenehmen Atmosphäre die böse Kreativität, die notwendig ist, um Thriller zu schreiben, gut gedeihen kann. Auch das muss einmal gesagt werden – daher geht mein Dank an die engagierten *Goldfrauen* Manuela Braun, Gülay Erdem, Christina Fretschen, Barbara Henning, Lisanne Kawasch, Melanie Michelbrink und ganz besonders an meine Lektorin Vera Thielenhaus für ihre guten Ideen.

Danken möchte ich auch Günther Wildner für die tolle Pressearbeit in Österreich und die vielen organisierten Lesungen.

Aber nun zum Buch: Für die Recherchen bedanke ich mich

wieder einmal bei Kriminalhauptkommissar Hans Busch vom BKA Wiesbaden für die Beantwortung meiner vielen nervigen Fragen. Bei Brigadier Alfred Steinacher und Major Herbert Pusterhofer von der Justizanstalt Hirtenberg für die Zeit, die Antworten und die Führung durch das gesamte Gefängnisareal, was nicht selbstverständlich ist und mir enorm weitergeholfen hat.

Für medizinisches Fachwissen bedanke ich mich bei Dr. med. Helmut Niederecker aus Berndorf, bei Prof. Dr. med. Christian Jackowski vom Institut für Rechtsmedizin an der medizinischen Fakultät der Universität Bern und besonders bei Dr. med. Lothar Löser, Facharzt für Anästhesiologie und Notarzt im Rettungsdienst, für die wertvolle Zeit und die ausgezeichneten Ideen. Weiter gilt mein Dank Simone Bremer, Sandra Zivotic und Prof. Dr. med. Rainer H. Böger vom Institut für Klinische Pharmakologie und Toxikologie am Universitätsklinikum Hamburg-Eppendorf.

Für rechtliche Fragen danke ich Rechtsanwältin Dr. Gerda Mahler-Hutter und für psychologische Fachfragen Psychotherapeutin Eva Gruber und Mag. Uta Weber-Grüner vom Verein Lichtblick für ihre Zeit und ihre Ideen.

Zuletzt geht mein Dank auch noch an Michaela Brugger, die eine Seminararbeit über Maarten S. Sneijder verfasst hat, die wirklich interessant zu lesen war. Nun ist Sneijder auch schon zum Thema an der Uni geworden.

Verdomme!

Und Ihnen, liebe Leserinnen und Leser, danke, dass ich wieder einmal für Sie morden durfte …

Andreas Gruber

Andreas Gruber, 1968 in Wien geboren, lebt als freier Autor mit seiner Familie in Grillenberg in Niederösterreich. Er hat bereits mehrere äußerst erfolgreiche und preisgekrönte Erzählungen und Romane verfasst.
Mehr zum Autor und seinen Büchern finden Sie unter *www.agruber.com* sowie unter *www.facebook.com/Gruberthriller*.

»An Andreas Gruber schätze ich vor allem, dass er eigene erzählerische Wege geht – und das atmosphärisch so glaubhaft, so greifbar, dass man ihm bereitwillig folgt.«
Andreas Eschbach

Andreas Gruber im Goldmann Verlag:

Die Reihe um Maarten S. Sneijder
Todesfrist. Thriller ( auch als E-Book erhältlich)
Todesurteil. Thriller (auch als E-Book erhältlich)
Todesmärchen. Thriller (auch als E-Book erhältlich)

Die Reihe um Walter Pulaski und Evelyn Meyers
Rachesommer. Thriller (auch als E-Book erhältlich)
Racheherbst. Thriller (auch als E-Book erhältlich)

Die Reihe um Peter Hogart
Die Schwarze Dame. Thriller (nur als E-Book erhältlich)
Die Engelsmühle. Thriller (nur als E-Book erhältlich)

Außerdem lieferbar:
Herzgrab. Thriller (auch als E-Book erhältlich)

GOLDMANN
Lesen erleben

Andreas Gruber
Die schwarze Dame

E-Book Only
ISBN 978-3-641-14599-6

Exklusiv als E-Book:
Der Wiener Privatermittler Peter Hogart wird beauftragt, in Prag nach einer Kollegin zu suchen, die in einem Fall von Versicherungsbetrug ermittelte und spurlos verschwand. In der von dunklen Mythen beherrschten Stadt sticht Hogart in ein Wespennest: Binnen Stunden hat er Schläger, Geldeintreiber, einen wahnsinnigen Killer und die gesamte Prager Kripo am Hals. Nur die Privatdetektivin Ivona Markovic, die gerade eine Reihe bizarrer Verstümmelungsmorde untersucht, scheint auf Hogarts Seite zu sein. Als die beiden bei einem Anschlag nur knapp dem Tod entrinnen, wird klar, dass es eine Verbindung zwischen ihren Fällen gibt. Und dass ihnen die Zeit davonläuft ...

www.goldmann-verlag.de
www.facebook.com/goldmannverlag

GOLDMANN
Lesen erleben